SABRINA QUNAJ

Die fremde Prinzessin

GOLDMANN
Lesen erleben

Buch

Wales im 12. Jahrhundert: Lia kennt als Tochter einer walisischen Magd und des normannischen Lords Richard de Clare nichts als Missgunst. Doch als ihr Vater sie mit fünfzehn nach Irland bringt, wo er sich zum Missfallen des englischen Königs ein mächtiges Reich aufgebaut hat, und sie in die Obhut seiner Ehefrau Aoife gibt, beginnt für sie ein neues Leben. Die fremde Prinzessin bringt Lia das faszinierende, wilde Land näher, in dem die Clans sich allerdings erbittert gegen die Herrschaft de Clares wehren. Und als dieser seine Tochter mit einem seiner Gefolgsmänner vermählt statt mit ihrer heimlichen Liebe, dem Ritter Raymond FitzGerald, stürzt das nicht nur Lia ins Unglück. Denn die gefährliche Fehde zwischen ihrem Vater und Raymond löst Unruhen unter den Besatzern aus, auf die die Iren nur gewartet haben …

Weitere Informationen zu Sabrina Qunaj
sowie zu lieferbaren Titeln der Autorin
finden Sie am Ende des Buches.

Sabrina Qunaj

Die fremde Prinzessin

Historischer Roman

GOLDMANN

Sollte diese Publikation Links auf Webseiten Dritter enthalten, so übernehmen wir für deren Inhalte keine Haftung, da wir uns diese nicht zu eigen machen, sondern lediglich auf deren Stand zum Zeitpunkt der Erstveröffentlichung verweisen.

Dieses Buch ist auch als E-Book erhältlich.

MIX
Papier aus verantwortungsvollen Quellen
FSC® C014496

Verlagsgruppe Random House FSC® N001967

1. Auflage
Originalausgabe Mai 2018

Die Veröffentlichung dieses Werkes erfolgt auf Vermittlung
der literarischen Agentur Peter Molden, Köln.
Umschlaggestaltung: UNO Werbeagentur, München
Umschlagmotiv: FinePic®, München
Karte: Peter Palm, Berlin
MR · Herstellung: kw
Satz: omnisatz GmbH, Berlin
Druck und Bindung: GGP Media GmbH, Pößneck
Printed in Germany
ISBN: 978-3-442-48592-5
www.goldmann-verlag.de

Besuchen Sie den Goldmann Verlag im Netz:

Für alle Leser, die mich auf der Reise
durch die Zeit mit den Geraldines
begleitet haben

DIE GERALDINES

Nesta ferch Rhys ⚭ Gerald de Windsor

William FitzGerald
⚭
Maria de Montgomery

Raymond le Gros

Griffin FitzWilliam

Isabel de Carew

Maurice FitzGerald
⚭
Alice de Montgomery

William FitzMaurice

Nesta FitzMaurice

David FitzGerald

Milo FitzBishop

DIE DE CLARES

Gilbert de Clare ⚭ Alice de Claremont

Gilbert de Clare, Earl of Pembroke
⚭
Isabel de Beaumont

Richard de Clare
(Strongbow)

Basilia de Clare

Alina de Clare

Richard de Clare

– Henry I

Isabel FitzRoy

* fiktiv
(Die Stammbäume zeigen die wichtigsten Charaktere und sind nicht vollständig)

Henry I

Henry FitzRoy

Meilyr FitzHenry

Robert FitzHenry

Stephen de Mareis

Robert FitzStephen

Ralph FitzRobert

Angharad FitzGerald
ꝏ
William de Barry

Philip de Barry

Robert de Barry

Gerald de Barry (Giraldus Cambrensis)

Milo de Cogan (2. Ehe)

Richard de Clare, Lord von Cardigan (†1136) ꝏ Alice de Gernon

Alice de Clare
ꝏ
Cadwaladr ap Gruffudd

Ralph le Walleys

Roger de Clare, Earl of Hertford

ꝏ 2. Ehe mit Unbekanntem

Hervey de Montmorency

ATLANTISCHER OZEAN
n
W
O
S
NORTHERN UI NEILL
ULSTER
URIEL
BREIFNE
CONNACHT (Connaught)
MEATH
Dublin
Offelan
Offaly
Kildare
LEINSTER
Limerick
Kilkenny
THOMOND
Ferns
OSSORY
Okinselagh
MUNSTER
Waterford
Wexford
Baginbun
DESMOND
Cork
ATLANTISCHER OZEAN
0
50
100 km

Tweed
NORDSEE
Tyne
Man
Ouse
IRISCHE SEE
York
Anglesey
Chester
GWYNEDD
Trent
POWYS
Shrewsbury
Severn
ENGLAND
WALES
ELFAEL
DEHEUBARTH
Prendergast
Pembroke
GWENT
Oxford
Themse
Striguil
Wallingford
Cardiff
Bristol
Sæfern-See

Dramatis Personae

Historische Persönlichkeiten sind mit einem * gekennzeichnet

In Striguil

Basilia de Clare*, illegitime Tochter des Earl of Striguil und einer walisischen Magd
Alina de Clare*, ihre Zwillingsschwester
Richard de Clare* , ihr Bruder
Strongbow – Richard FitzGilbert de Clare*, ihr Vater und mächtiger Baron Englands
Isabel de Beaumont*, Strongbows Mutter
Hervey de Montmorency*, Strongbows Onkel väterlicherseits und Ehemann Isabels
Robert de Quincy*, ein Ritter in Strongbows Haushalt
Elen ferch Davydd, Basilias Mutter, Magd auf der Burg Striguil
Marared ferch Davydd, Basilias Tante, arbeitet in der Taverne von Striguil
Siwan, Marareds Tochter
Davydd, Basilias Großvater, der Pfeilmacher
Colwyn, Sohn eines Fischers im Dorf
Merfyn, Händler, der sich in Striguil ein gutes Geschäft verspricht
Rhian, seine Frau
Nerys, ihre Tochter
Gareth, ein Händler
Gildas ap Rhydderch, ein Schäfer aus Elfael und Freund von Davydd

Die Geraldines:

Die Nachfahren der walisischen Fürstentochter Nesta ferch Rhys und ihres normannischen Gemahls Gerald de Windsor nannten sich »Geraldines« – meist werden aber auch Nestas Söhne von anderen Männern in diese Bezeichnung miteingeschlossen. Das »Fitz« bedeutet »Sohn von«. Viele spätere Generationen nannten sich aber FitzGerald, obwohl sich der Name auf den Großvater oder Urgroßvater bezog, da sie damit ihre Zugehörigkeit zum Clan der Geraldines verdeutlichten. So wird Raymond le Gros auch meist FitzGerald genannt, obwohl sein Vater William hieß.

Raymond FitzWilliam de Carew (le Gros)*, ein berühmt-berüchtigter Ritter in Strongbows Haushalt
William FitzGerald*, sein Vater, Lord von Carew und Emlyn, Constable von Pembroke
Maria de Montgomery*, seine Mutter
Griffin FitzWilliam*, Raymonds grausamer Bruder
Isabel FitzWilliam*, Raymonds abenteuerliche Schwester
David le Walleys*, Isabels Sohn von einem walisischen Prinzen
Maurice FitzGerald*, Raymonds Onkel, der sein Land in Wales verlor und sein Glück in Irland sucht
Nesta FitzMaurice*, Raymonds Cousine, Maurice FitzGeralds Tochter
William FitzMaurice*, Nestas Bruder, der von Pockennarben gezeichnet ist
Meilyr FitzHenry*, Raymonds Vetter und enger Freund von Maurice de Prendergast
Robert FitzStephen*, Raymonds Onkel, der in Wales und in Irland in Gefangenschaft gerät
Milo de Cogan*, Raymonds Vetter, Knappe in Strongbows Dienst

Milo FitzBishop*, Raymonds Vetter, illegitimer Sohn des Bischofs von St. David

Weitere Eroberer:

Henry Plantagenet, Henry II.*, König von England
Maurice de Prendergast*, ein flämischer Lord, Strongbows bester Freund
Walter Bloet*, ein Ritter in Strongbows Dienst
Ralph Bloet*, sein Bruder
Geoffrey FitzRobert*, ein wissbegieriger Knappe in Strongbows Dienst
John de Hereford*, ein Ritter in Strongbows Dienst
Richard de Hereford*, ein Ritter in Strongbows Dienst
Adam de Hereford*, ein Ritter in Strongbows Dienst
John de Clahull*, der Marshal Strongbows
Robert de Birmingham*, ein Ritter in Strongbows Dienst
William FitzAudelin*, der Dapifer des Königs
Humphrey de Bohun*, der Lord High Constable des Königs
Hugh de Lacy*, ein Nobler im Gefolge des Königs, der sein Vertrauen genießt

Waliser

Rhys ap Gruffydd*, der rechtmäßige Erbe von Südwales, der große Erfolge gegen die Normannen erzielt
Gwilym, ein Bogenschütze in Strongbows Gefolge
Niah, die mysteriöse Geliebte von Maurice de Prendergast

Iren

Um Ihnen das Lesen zu erleichtern, habe ich mich in diesem Buch anstatt der gälischen für die englische Schreibweise der irischen Namen entschieden, obwohl diese erst nach der Eroberung Irlands entstanden ist.

Dermot McMurrough*, verbannter Fürst von Leinster, der in England Hilfe sucht
Aoife McMurrough*, seine Tochter
Donnell Kavanagh*, Dermots ältester und illegitimer Sohn
Murtough Mac Murrough*, Aoifes und Donnells Vetter
Morice Regan*, Dermots Sekretär
Cailech, Donnell Kavanaghs Champion und enger Freund
Donnell Mac Gillapatrick*, Fürst von Ossory, Freund von Maurice de Prendergast
Rory O'Connor*, Fürst von Connaught, Hochkönig Irlands
Tiernan O'Rourke*, der »Einäugige«, Fürst von Breifne, dem seine Frau von Dermot McMurrough aus Leinster gestohlen wurde, was den Krieg zwischen den irischen Fürsten und somit auch die Eroberung durch die Normannen auslöste
Donnell O'Brian*, Fürst von Thomond, Dermot McMurroughs Schwiegersohn
Dermot Mac Carthy*, Fürst von Desmond
Faelán Mac Faeláin *, widerspenstiger Clanführer von Offelan
Dermot O'Dempsy*, gegnerischer Clanführer von Offaly
O'Foirtchern*, gegnerische Clanführer
O'Nolan*, gegnerische Clanführer

Ostmänner (Dänen und Norweger in Irland, einstige Wikinger)
Fretellus*, Stadtführer Waterfords
Sitric Weitblick, Stadtführer Wexfords

Weitere Charaktere:

Eugène Perrè, ein Händler aus Antwerpen
Hildraed, eine sächsische Magd in Ferns
Ethil, eine sächsische Magd in Ferns

Prolog

Was macht uns zu etwas Besonderem, worin liegt unser Wert? Seit ich zurückdenken kann, hat man mir erklärt, ein Nichts zu sein. Ich bin keine Waliserin, nur weil meine Mutter eine ist. Ich bin keine Normannin, auch wenn mein Vater zu den Mächtigsten dieses Volkes gehört. Beide Seiten sehen mich als Kind des Feindes, als Bastard, befleckt, und noch nicht einmal in meine Familie aus Sündern passe ich hinein.

Aber ist es tatsächlich unsere Geburt und Abstammung, die uns ausmacht? Oder sind es unsere Taten, die unseren Wert bemessen und das Besondere in uns zum Strahlen bringen?

In meinem Leben bin ich vielen erstaunlichen Menschen begegnet. Königen und Bauern, Fürsten und Hirten, Prinzen und Bastarden. Ich habe Schönheit gefunden, strahlend wie alles Gold eines Königreichs, und Hässliches, das einen Einblick in den Abgrund der Hölle gibt. Und zumeist steckte beides in nur einem Menschen. Selbst in mir.

Mein Name ist Basilia de Clare. Ich war eine Feder im Sturm, wurde von einer Seite zur anderen gezerrt, aber sind wir das nicht alle, bis wir die Wahrheit tief in unserem Inneren entdecken?

Striguil Castle, Ostwales, Pfingsten 1164

Lia duckte sich unter einer Handvoll Pferdedung hinweg. »Meine Großmutter zielt besser, Colwyn! Und die ist eine Lady – die kann überhaupt nicht werfen!«

»Ach ja?« Colwyn wischte sich die Hände im taunassen Gras ab und ballte sie zu Fäusten. »Komm her, wenn du dich traust, und sag das noch einmal!«

Lia wandte sich demonstrativ ab, sie sollte lieber nicht darauf eingehen.

»Also doch ein Feigling!« Colwyn stampfte auf den Boden, kam aber nicht näher. Das tat er selten, meist gab er sich damit zufrieden, sie aus der Ferne zu beleidigen. Er war neun Jahre alt, nur wenig älter als sie, aber er sah sehr viel stärker aus. Sein Vater war einer der Fischer aus dem Dorf, hier im Schatten der Burg von Striguil. Er versorgte die Garnison mit allem, was der Fluss so hergab, während Colwyn lieber herumstreifte und Ärger machte.

»Komm, Alina.« Lia nahm ihre Zwillingsschwester bei der Hand und hob mit der anderen den Weidenkorb mit dem Leinen auf. »Wir müssen uns beeilen. Wenn *Mam* heute Abend von der Arbeit auf der Burg zurückkommt und keine saubere Wäsche findet, gerbt sie uns das Fell.«

Alina warf ihr einen ihrer typisch tadelnden Blicke zu. »Deine Sprache lässt zu wünschen übrig – wie immer. Und wärest du nicht stehen geblieben, um mit Colwyn zu streiten, müssten wir uns nicht so beeilen … wie immer.«

»Dann ziehe ich dich das nächste Mal eben nicht mehr aus dem Weg, wenn er Mist nach uns wirft.«

»Du weißt, was *Mam* sagt, Basilia: *Gall pechod mawr ddyfod trwy ddrws bychan* – eine große Sünde kann durch eine kleine Tür eintreten.«

Lia verengte die Augen, sie hasste es, wenn ihre Schwester sich so altklug benahm und sie mit ihrem vollen Namen ansprach. Es war ein Name, der nicht zu ihr passte. Er gehörte zu strengen, normannischen Ladys, zu Frauen, die auf steinernen Burgen lebten und nicht mit Dreck oder Schlimmerem beworfen wurden. Lia war weder eine Normannin noch eine Lady und fand ihren Namen daher eher verhöhnend. Sie wandte sich Alina zu, bemüht, einen halbwegs freundlichen Ton anzuschlagen. »Eine große Sünde? Was willst du damit sagen?«

»Dass du stets anzunehmen scheinst, deine Streitereien wären bedeutungslos. Als wären es nur ein paar harmlose Worte, während du in Wahrheit mit deinem Verhalten Schande über uns alle bringst. Du vergisst, dass der Herrgott es so vorgesehen hat, dass Mitglieder des schwachen Geschlechts sich nicht mit denen des starken messen.«

Kopfschüttelnd trat Lia nach einem Kieselstein. »Ich bin ganz bestimmt nicht schwächer als Colwyn.«

Alina schnappte empört nach Luft und bekreuzigte sich. *»Nâd i'th dafod dorri dy wddf* – lass deine Zunge dir nicht das Genick brechen.«

»Himmel, Alina, pass bloß auf, sonst unterstellt man dir noch, für ein Mädchen unschicklich klug zu sein.«

Alina funkelte sie an. »Ich kenne noch ein paar weise Worte: *Y mae dafad ddu ym mhob praidd.*«

Lia senkte den Blick, sie wollte es nicht zeigen, aber diese Worte trafen sie. *Da ist ein schwarzes Schaf in jeder Herde.* Wie oft hatte sie sich schon so gefühlt?

»Colwyn zu ignorieren ist das beste Heilmittel, wann lernst du das endlich, Basilia?«

Lia deutete mit dem Daumen hinter sich, Colwyns schlurfende Schritte waren deutlich im nassen Gras zu hören. »Wie du wünschst, Alina.«

Sie hatte kaum ausgesprochen, da kam der Fischerjunge auch schon an ihre Seite entlang des Ufers, seine unnatürlich langen Arme schwangen mit jedem Schritt vor und zurück. »Haltet ihr euch immer noch für was Besseres, *Bastarde*? Denkt ihr, ihr müsst euch nicht mit mir abgeben, nur weil eure Großmutter eine *Lady* ist?«

Er gab Lia einen Stoß in den Rücken, und sie biss die Zähne zusammen. Sie verbot sich, auf irgendeine Weise zu reagieren, ließ aber Alinas Hand los und legte ihr den Arm um die Schultern, um sie besser schützen zu können. Sie mochten nur selten einer Meinung sein, trotzdem fühlte Lia sich für ihre jüngere Schwester verantwortlich. Zwar war Alina nur kurz nach ihr geboren, aber sie war ein gutes Stück kleiner als sie und wäre nie in der Lage, sich gegen einen Grobian wie Colwyn zu wehren. Diese Aufgabe war seit jeher Lia zugefallen. Egal, ob sie das zu einem schwarzen Schaf machte oder nicht. »Verschwinde, bevor du es bereust.«

»Was willst du denn machen, he? Zu Väterchen laufen?« Noch ein Stoß. »Der ist nicht hier, und ansonsten schert sich niemand auch nur einen Dreck um euch.«

»Sag nichts«, zischte Alina und zwickte sie in die Seite. Doch der hochmütige, tadelnde Blick von gerade eben war verschwunden, stattdessen las Lia Furcht in ihren Augen.

Sie schluckte die Widerworte hinunter und konzentrierte sich auf ihr Ziel. Unbeirrt hielt sie auf die Stelle des Flusses zu, wo das Ufer flach hinabfiel und die Strömung friedlicher war. Ihre Mutter hatte ihnen immer wieder eingeschärft, nirgends anders zu nahe ans Wasser zu gehen, denn so knapp an der

Mündung zum Severn türmten sich die Wellen mit den Gezeiten oft mehrere Fuß hoch, um sich dann weiß schäumend niederzuwerfen. Es wäre leicht, vom Gewässer mitgerissen zu werden und hinter der scharfen Biegung des Flusses für immer zu verschwinden. Einen Moment lang überlegte sie, Colwyn einen Schubs zu geben, erschrak aber sogleich selbst über diesen Gedanken. Der Priester hatte ihr oft bei der Beichte erklärt, dass ihre Fantasien frevelhaft und unchristlich waren, dass ihre Seele durch den Makel ihrer illegtitimen Geburt beschmutzt war und sie nur durch ständiges Beten auf Gottes Pfad überdauern konnte – so wie ihre tugendhafte Schwester.

»Alina, nimm die Hemden, ich fange mit den Überkleidern an.« Sie kniete sich ins nasskalte Gras und beugte sich über das Wasser. Vielleicht verschwand Colwyn wirklich, wenn sie ihm lange genug ihre Aufmerksamkeit verwehrten.

Sie konnten ihre Arbeit nur bei Flut erledigen, setzte die Ebbe ein, blieb kaum mehr als ein schlammiges Bett übrig, das Unwissende in seinem Treibsand verschluckte. Noch ein unchristlicher Gedanke streifte sie, während sie Colwyn hinter sich auf und ab gehen hörte. Was war nur los mit ihr? Sie sollte einfach ignorieren, dass er hier war. Es war ein taufrischer Frühlingsmorgen, an dem die Bäume am Ufer mit ihren rissigen Rinden silbern glänzten. Die Blätter strahlten in saftigem Grün und verhießen freundlichere, wärmere Zeiten. Darauf sollte sie sich konzentrieren, auf das Schöne, anstatt auf die auf- und abgehenden Schritte hinter sich.

Sie wollte gerade die ersten Kleidungsstücke ins eisige Nass tauchen, als ihr ein schmerzhafter Schlag in den Nacken die Luft entweichen ließ.

»Ich rede mit dir, Bastard! Plötzlich nicht mehr auf deinem hohen Ross, was? Glaubst du, ich verschwinde einfach? So wie der Anteil unserer Getreideration im Winter, die dein Vater einfach gestrichen hat?« Noch ein Schlag.

Alina wimmerte neben ihr und schrubbte mit der Aschelauge so energisch die Hemden, als könnte sie dadurch alles andere ausblenden. Dabei murmelte sie immer wieder leise: »Nicht, nicht, nicht.« Wie eine Beschwörung, aber Lia konnte nicht schweigen.

Sie warf Colwyn einen Blick über die Schulter zu. »Nimm dich in Acht, wenn du über meinen Vater sprichst. Er kommt zu Pfingsten zurück, vermutlich ist er längst auf dem Weg. Und wenn er hört …«

Colwyn lachte boshaft auf. »Der Earl ist weit weg im Frankenreich! Vielleicht ersäuft er auf der Heimreise im Meer, vielleicht fällt er in einer von König Henrys Schlachten auf dem Festland. Und was dann, Bastard? Was passiert dann mit deiner Hurenmutter und euch Halbblutbälgern? Wer wird euch beschützen?«

Lia stopfte die Kleider zurück in den Korb und rappelte sich auf, Alinas zischendes »Nein« ignorierend. Sie baute sich vor Colwyn auf, der ob ihres Vormarsches einen Moment lang erschrocken die Augen aufriss.

Sie war fast so groß wie er, dennoch bot er einen furchterregenden Anblick. Die schwarzen strähnigen Haare betonten seine blasse Haut, die riesige Nase und buschigen Augenbrauen wirkten riesig in seinem schmalen Gesicht. »Du sprichst von Dingen, die nicht geschehen sind und so Gott will, auch nicht wahr werden. Noch ist mein Vater einer der mächtigsten Männer in ganz Wales, England und der Normandie, und du tätest gut daran, dich zu erinnern, wie man seine Töchter behandelt.«

»Seine *Bastarde*!« Er gab ihr einen weiteren kleinen Schubs, nur um sie zu provozieren, nicht mehr, um sie zu verletzen. Vielleicht zeigten ihre Worte doch Wirkung. Der Schatten der Burg, das Wissen, wer ihr Vater war, hatten sie schon oft vor ernsthaftem Schaden bewahrt.

»Die Bastarde des *Feindes*!«

Lia atmete tief durch, um sich zu beruhigen. Sie sollte seine Schikanen gewohnt sein, die anderen Kinder im Dorf behandelten sie selten anders. »Es ist schon erstaunlich, wie gerne du *Bastard* sagst, obwohl es doch ein Wort des Feindes ist.« Sie stemmte die Hände in die Seiten. »Mir scheint, du bist kein so reiner, stolzer Waliser, wie du vorgibst.« So wie das halbe Dorf, fügte sie in Gedanken hinzu. Denn die Waliser kannten Bastarde nicht. Für sie spielte es keine Rolle, ob ein Kind ehelich oder unehelich geboren war, solange der Vater es anerkannte. Aber das schien wohl nicht für Kinder eines normannischen Vaters zu gelten.

»Ich bin auch kein *Waliser*«, spuckte Colwyn ihr entgegen. »Nenn mich nicht beim Namen, den der Feind uns gegeben hat. Ich bin ein Brite, aber was verstehst du schon davon, Bastard, Halbblut, Tochter einer Hure, die sich zum Feind ins Bett legt und …«

Lia hörte nicht länger hin und kniete sich wieder an Alinas Seite, die sich vor- und zurückwiegte und summte. Sie musste ihre Arbeit erledigen, durfte Colwyns Worte nicht an sich heranlassen. Obwohl er mit einem recht hatte: Sie verstand das alles nicht.

Ihr Großvater hatte ihr einmal von einer Zeit erzählt, in der es noch keine Burgen, Ritter, Lords und Earls und schwere, alles niedertrampelnde Schlachtrösser in diesem Land gegeben hatte. Es hatte keine Normannen gegeben. Es war das Land der Briten gewesen, die von den Engländern »Waliser« – Fremde – genannt wurden. Ein Land der stolzen Fürsten und tapferen Krieger. Aber dann waren die Normannen aus dem fernen Frankenreich über das Meer gekommen und in England eingefallen. Sie hatten das angelsächsische Volk erobert und waren anschließend in ihre Heimat, nach Wales, gekommen, um auch die Briten zu bezwingen. Sie hatten Burgen wie die erbaut, auf die Lia jetzt blickte. Ein Zeichen der Macht, sagte ihr Großvater, der Unterdrückung. Im Westen und Norden von Wales hielten die britischen Fürsten immer noch fest an ihrem Kampf, an ihrer Rebellion für die Freiheit. Und sie waren stark. Sie waren nicht so leicht zu besiegen wie die Sachsen, die Engländer, die nun schon fast hundert Jahre unter normannischer Vorherrschaft standen.

Für Lia bedeutete all das nichts. Britischer Stolz, Freiheitskampf, Rebellion … Sie war hier unter diesem Bollwerk der Einschüchterung geboren, als Tochter eines normannischen Earls und einer walisischen Magd. Sie kannte nichts anderes als ein Leben unter den Normannen, deren Sprache kaum jemand hier verstand. Auch Colwyn kannte kein Normannisch, bis auf das Wort Bastard natürlich. Das hatte er aufgeschnappt, und es schien sein Lieblingswort geworden zu sein.

»Ich wette, ihr hattet genügend Getreide im Winter, nicht wahr? Ihr habt nicht zugesehen, wie eure Mutter sich zu Tode hungert, damit alle anderen essen können. Ihr habt kein Grab schaufeln müssen!« Colwyn kniete sich zwischen sie und Alina und sah zwischen ihnen hin und her. »Habt euch den Bauch vollgeschlagen.«

Lia sah Colwyn entsetzt an. Sie hatte vom Tod seiner Mutter gehört, war aber genauso wie alle anderen der Ansicht gewesen, sie wäre einem Fieber erlegen. »Colwyn, ich wusste nicht …«

»Ihr seid genauso wie die auf der Burg, schaut auf uns herab, lebt im Überfluss …«

»Das ist nicht wahr!« Lia streckte die Hand nach ihm aus, aber er schlug sie weg.

»Hör auf. Lass ihn.« Alina sah sie mit Unglauben über ihre Unbelehrbarkeit an, und Lia fand es in diesem Moment noch befremdlicher, ihr Spiegelbild vor sich zu sehen, zu wissen, dass andere sie nur durch ihren Größenunterschied auseinanderhalten konnten. Sie hatten dieselben grauen Augen, dasselbe rotgoldene Haar – Erbe ihres normannischen Vaters. Doch sie glichen sich nur äußerlich.

»Ach, der andere Bastard kann auch reden.« Colwyn wandte sich Alina zu, die sofort zurückwich.

Lia holte tief Atem. »Colwyn, dein Verlust tut mir leid, ganz ehrlich, aber wir hatten alle wenig. *Mam* nimmt keine Almosen«, sagte sie schnell, um die Aufmerksamkeit von ihrer Schwester zu lenken. »Sie schuftet jeden Tag oben in der Burg, bis ihr die Hände bluten. Sie würde nie zulassen, bevorzugt behandelt zu werden, sie ist eine stolze Britin! Wir mussten auch oft hungrig ins Bett, aber wir geben nicht anderen die Schuld!«

»Ach ja?« Colwyn wandte sich wieder ihr zu, und solche Mordlust funkelte in seinen Augen, dass Lias Herz einen Satz machte. »Dann schauen wir mal, wie stolz sie ist, wenn ihr Gör im Wye ersäuft.«

Lia fuhr zurück, erwartete bereits Colwyns kräftige Hände um ihren Hals zu spüren, doch er drehte sich unvermittelt um, packte Alina im Nacken und drückte sie nieder. »Luft anhalten, Bastard.« Alina schrie auf, und Lia konnte nicht mehr klar denken. Alles verschwamm vor ihren Augen, ihr wurde schrecklich heiß, und ihr Körper handelte ganz von selbst. Sie hörte sich ebenfalls schreien, sah ihre Fäuste auf Colwyn einschlagen, ihre Finger krallten sich in sein schlichtes naturbelassenes Hemd und zerfetzten es im Versuch, ihn wegzuzerren. Nichts half, er ließ nicht los, er drückte Alina ins Wasser, sie schlug um sich, strampelte, und Lia sprang auf, trat auf ihn ein, dann fiel ihr Blick plötzlich auf einen angeschwemmten Ast.

Mit wild hämmerndem Herzen rannte sie darauf zu, hob ihn mit all ihrer Kraft auf, obwohl er fast so lang war wie sie und taumelte zurück zu Colwyn. Nässe floss über ihr Gesicht, vielleicht waren es Tränen, sie hörte sich immer noch schreien, als sie ausholte und das schwere Holz auf Colwyns Rücken niedersausen ließ. Sofort klappte er zusammen, ließ Alina los, die sich hustend und röchelnd zur Seite drehte, aber Lia war noch nicht fertig. »Komm uns …«, sie schlug ihm auf die Schulter, sie wusste nicht, woher sie die Kraft nahm, »… nie wieder zu nahe.« Sie holte erneut aus. Mit Schwung sauste der Ast nach vorne und traf ihn am Kopf.

»Basilia!« Alina streckte die Hand nach ihr aus, als könnte sie sie aufhalten, aber es war zu spät. Colwyn lag da, regungslos, Blut strömte aus einem Schnitt, wo früher mal seine Augenbraue gewesen war, quer über sein Gesicht.

»Oh, lieber Gott, Basilia, was hast du getan?« Alina sah sie aus schreckgeweiteten Augen an wie eine Fremde, und ihr fiel der Ast aus den Händen. Übelkeit kam in ihr hoch, ihr Magen hob sich, und ehe sie sich's versah, würgte sie den Haferbrei vom Morgen ins Gras.

Alina sprang auf, eilte zu ihr, fasste sie aber nicht an. »Wieso Basilia? Wieso musst du immer so schrecklich sein? Wann denkst du endlich einmal nach, bevor du handelst? Was sollen wir denn jetzt machen? Ist er etwa tot?«

»Er hätte dich umgebracht, Alina«, erwiderte Lia matt, konnte den Blick aber nicht von Colwyn abwenden. Sie starrte auf seine Brust, suchte nach einem Anzeichen, dass er atmete.

Mit schwachen Knien ging sie näher heran, beugte sich hinunter und berührte ihn. Da war etwas. Sie blinzelte. Jetzt sah sie es an seinen Lippen, sie bewegten sich ganz leicht, wenn die Luft hindurchströmte. Er lebte noch!

»Oh Gott, ich danke dir.« Sie bekreuzigte sich und blickte gen Himmel. Ihre Erleichterung hielt aber nicht lange an, als ihr bewusst wurde, dass sie das nicht retten würde. Wenn Colwyn ernsthaft verletzt war oder sich erholte und anderen erzählte, was sie getan hatte, steckte sie in Schwierigkeiten. Welche Strafe erwartete sie? Erst vor Ostern hatte es einen Streit zwischen zwei Fischern gegeben, der so ausgeartet war, dass sich die beiden nicht nur selbst verletzt, sondern auch noch eine Fuhre der letzten Winteräpfel ruiniert hatten. Die Wachen aus der

Burg waren dazwischengegangen und hatten beiden als Strafe ein Fingerglied abgeschnitten.

Lia sah auf ihre Hände hinab und schluckte. Sie wusste auch von einem Mann, der im Winter einen Rehbock geschossen hatte. Er war geblendet worden, obwohl er nur seine hungernde Familie hatte ernähren wollen. Der Constable der Burg, der hier das Sagen hatte, wenn ihr Vater fort war, kannte keine Gnade. Und er hasste die Bastarde seines Herrn. Was blühte ihr für die vermutlich folgenschwere Verletzung eines Jungen, der zu einem kräftigen Arbeiter herangewachsen wäre?

»Alina ...« Ihre Stimme hörte sich sonderbar an, so heiser und schwach, sie erkannte sich gar nicht wieder. »Lauf nach Hause. Hol Hilfe. Großvater, Tante Marared ... irgendjemanden. Colwyns Vater vielleicht auch.« Sie spürte Alinas Blick, die Fragen, den Vorwurf, aber zum Glück sagte sie nichts und gehorchte. Vermutlich war sie froh, vom schrecklichen Anblick des blutenden Jungen fortzukommen. Auch Lia hatte nichts anderes mehr im Sinn, als wegzulaufen.

Sie wartete, bis Alina im blühenden Apfelhain auf dem Weg zur Siedlung verschwunden war, dann überprüfte sie ein letztes Mal Colwyns Atmung und rannte los, das Flussufer entlang. Sie wusste nicht, wohin sie sollte, ihre Beine trugen sie wie von selbst. Sie überquerte die Ebene zwischen Burghügel und Wald, preschte durch Pfützen im kniehohen Gras und blickte zur fernen Erhöhung zu ihrer Linken, auf der die gelbliche Priorei-Kirche lag. Das Gotteshaus schaute auf sie hinunter, als wüsste es genau, was sie getan hatte, vorwurfsvoll, strafend, so wie der Priester bei ihren häufigen Beichten, zu denen ihre Mutter sie zwang. Der gewaltige Schatten der Burg in ihrem Rücken trieb sie weiter, während auf der anderen Seite des Hains ihr Zuhause lag – eine Holzhütte am Waldrand, fast schon verschluckt von der sich einen Weg bahnenden Natur. Dort lebte sie mit ihrem Großvater, dem Pfeilmacher, ihrer Mutter und ihrer Tante, die meist in der

Taverne ihr Geld verdiente. Vermutlich war jetzt eher passend: Dort *hatte* sie gelebt, denn zurück konnte sie nicht mehr.

Nicht auszudenken, wie ihre Familie reagierte – sowohl ihre walisische, bei der sie ihr ganzes Leben verbracht hatte, als auch die normannische Seite, die meist nur ein ferner, unerreichbarer Schemen war, genauso wie die Burg. Aber wo sollte sie hin? Ihre Cousine Siwan, die Tochter Tante Marareds, hatte vor ein paar Jahren ins benachbarte Dorf eingeheiratet. Dort wäre sie vielleicht eine Weile sicher. Aber vermutlich suchte man bei Siwan als Erstes nach ihr. Dann gab es noch ihren großen Bruder Richard. Er war zwei Jahre älter als sie und lebte im Westen von Wales. Dort diente er einem Freund ihres Vaters als Knappe, dem flämischen Lord Maurice de Prendergast. Aus ihm würde mal ein Ritter werden. Meist vermisste sie ihn kaum, sie war noch so klein gewesen, als er gegangen war, aber heute könnte sie einen Bruder gut gebrauchen. Wie lange es wohl dauerte, um nach Prendergast zu kommen? Tage? Wochen? Wo war Westen?

Bestimmt hatte Alina ihren Großvater schon erreicht und lief mit ihm zusammen zurück zum Fluss. Fragten sie sich bereits, wo Lia war? Tränen verschleierten ihre Sicht, sie hatte ihr Zuhause längst hinter sich gelassen, vor ihr lag die Straße, die in den Wald hineinführte, zu fremden Orten, von denen sie nur in Geschichten gehört hatte.

Ein fernes Geräusch, das sich wie menschliche Stimmen anhörte, ließ sie innehalten. Sie lauschte, versuchte über ihren schnellen Atem und die lachenden Laute eines über ihr auf einem Ast sitzenden Grünspechts Genaueres zu verstehen. Die Geräusche kamen von hinter der Straßenbiegung. Lia hörte mehrere Stimmen, vermischt mit Klimpern und Scharren.

»Die Händler.« Ihr kam nur ein Flüstern über die Lippen, sie hatte ganz vergessen, dass zu Pfingsten fahrende Händler in Striguil vorbeizogen. Sie wussten, dass der Earl die Burg zu dieser Zeit besuchte, und erhofften sich von ihm und seinen Rittern ein gutes Geschäft.

Angespannt setzte sie sich wieder in Bewegung, wich von der Straße ins Dickicht und hockte sich ins Gestrüpp, hoffend, dass die Händler an ihr vorbeizogen, ohne sie zu entdecken. Mit angehaltenem Atem schob sie ein paar taunasse Blätter zur Seite und sah tatsächlich einen Karren, vor den zwei kaum vorwärtskommende Maultiere gespannt waren. Ein halbes Dutzend bunt gekleidete Männer und Frauen begleiteten den Zug, sie unterhielten sich fröhlich und ließen zwischendurch immer wieder die Peitsche knallen. Lia entdeckte Stoffe unter den Abdeckplanen, Kochgeschirr klimperte, und bestimmt gab es, versteckt in irgendwelchen Truhen, auch Kostbarkeiten wie Geschmeide, exotische Früchte und womöglich sogar Waffen.

»Die Garnison wird nach dem langen Winter kräftig zugreifen, und wenn der Earl eintrifft, werden wir reich.« Ein kräftiger Mann mit ergrautem, schütterem Haar und ausladendem Bauch knallte erneut die Peitsche. Er sprach walisisch, die Sprache des einfachen Volkes dieses Landes, seinen Bart hatte er wie die meisten Waliser komplett abgeschabt und nur über der Oberlippe stehen gelassen. Die Frau mit den schwarzen Locken an seiner Seite wies nach vorne. »Sollen wir zuvor in der Siedlung halten?«

»Auf dem Rückweg, wenn uns die Ritter noch etwas zu verkaufen lassen. Jetzt ist keine Zeit, du hast sie ja gesehen. Sie waren schon in Tintern Abbey, der Earl wird jeden Moment eintreffen.«

Lia hielt den Atem an. War ihr Vater wirklich so nahe? In Tintern Abbey lag die letzte Ruhestätte ihres Großvaters, sie befand sich kaum eine Stunde flussaufwärts von hier. Ihr Vater war zurück, er hatte die Kämpfe für König Henry im Frankenreich unbeschadet überstanden, er kam tatsächlich nach Hause!

»Und ich sage immer noch, dass wir uns vom Earl kein gutes

Geschäft erhoffen können. Der hat doch mehr Schulden als das ganze Land zusammen. Er ist nichts mehr als ein feiner Name, seit der König ihm Pembroke weggenommen hat.« Ein kleiner dünner Mann drängte sich zwischen die beiden anderen, dessen Stimme jedoch so tief und tragend war, dass Lia sich nicht gewundert hätte, wäre sie auch noch für alle auf der Burg zu vernehmen. »Strongbow! Dass ich nicht lache! Sein Vater, ja, der war noch Strongbow, der war noch ein Earl, hat Länder ohne Ende gehalten, vor dem musste man sich fürchten, aber dieser jetzt? Der König verabscheut ihn, und der werte Earl rennt ihm dafür hinterher wie ein junger Welpe, um mal einen Knochen abzubekommen.«

»Das ist nicht wahr!«

Alle fuhren zu ihr herum, sogar die Maultiere zuckten unter ihrem Ruf zusammen und scheuten zur Seite.

Lia presste sich die Hand gegen den Mund, aber es war zu spät. Der kleine Dünne kam mit zwei schnellen Schritten auf sie zu. Sie versuchte noch zurückzurutschen, aber da hatte er sie schon am Arm gepackt und unsanft aus ihrem Versteck gezerrt.

»Na, wen haben wir denn da?«

»Lasst mich los!« Sie versuchte sich zu befreien, aber dafür, dass er so ausgehungert aussah, hatte der Waliser unglaubliche Kraft.

»Lass sie, Gareth, nur ein neugieriges Dorfkind.« Die schwarzhaarige Frau, die ungefähr im Alter ihrer Mutter sein musste, kam zu ihr und legte ihr die Hand auf die Schulter. »Hast wohl gehört, dass wir kommen, und wolltest dir all die schönen Dinge ansehen, nicht wahr? Hast du denn auch was in der Börse?«

Lia schüttelte den Kopf, das Kinn trotzig vorgeschoben.

»Und deine Eltern?«

»Der Earl …« Sie biss sich auf die Lippe und blickte schnell zu Boden. Das Letzte, das sie zugeben sollte, war, die Tochter

Strongbows zu sein. Besser, die Händler hielten sie tatsächlich für ein armes, eingeschüchtertes Dorfkind. Sie schüttelte den Kopf, als wäre sie zu ängstlich, um zu sprechen.

»Jaja, der Earl …« Die Frau kniete vor ihr nieder und sah sie mit einem zahnlückigen Lächeln an. »Hat euch wohl auch alles genommen, nicht wahr? Wer alles in unsinnige Feldzüge steckt, um einen König zu beeindrucken, muss es wieder von irgendwoher holen.«

»Dabei ließe sich mit der Kleinen bestimmt gut Geld verdienen«, merkte der Dünne an und betrachtete sie von oben bis unten. »Kamen deine Eltern noch nie auf den Gedanken, dein hübsches Gesicht zu nutzen? Diese großen grauen Augen blitzen wie ein Gewitterhimmel, und mit dieser goldenen Pracht …« Er streckte die Hand nach ihrem Haar aus, und Lia wich zurück, funkelte ihn an, was ihn lachen ließ.

»Ja, ein wahres Juwel. Wenn sie noch singen oder tanzen kann …«

»Du hast recht.« Der Mann mit dem Fassbauch stützte sich auf die Peitsche und musterte sie nun ebenfalls. Nur in seinen Augen lag keine Berechnung, von ihm ging etwas Warmes, Gutmütiges aus, das Lia an ihren Großvater erinnerte. »Vielleicht sollten wir sie mit zur Burg nehmen und sie dem Earl zeigen. Er weiß Schönheit bestimmt zu schätzen. Lebt nicht auch seine Mutter auf der Burg, Gareth? Sie hätte bestimmt ihre Freude an so einem reizenden Ding.«

Fast wäre Lia ein abfälliger Laut entkommen. Ihre Großmutter mochte Schönheit etwas abgewinnen, aber nicht dem Bastard ihres Sohnes.

Gareth grinste breit. »Der Earl weiß bestimmt gar nicht, was für ein Schatz da unter seinem Gesinde herumläuft, und wird uns dankbar sein, ihn entdeckt zu haben. Schulden hin oder her, er ist immer noch ein Earl, und wer so eine Burg sein Eigen nennt, wird sich erkenntlich zeigen können.«

Lia wollte protestieren, diese Händler hatten nicht über sie zu entscheiden. Aber dann kam ihr ein Einfall. Ihr Vater würde bald hier eintreffen, das bedeutete, dass nicht länger der Constable der Burg über Recht und Unrecht entschied. Lia konnte ihm alles erklären, ohne einen Finger oder Schlimmeres zu verlieren.

Der freundliche Mann zog sie leicht am Ohr und lächelte aufmunternd. »Der Earl kann dich seiner Mutter schenken, dort würde es dir gutgehen, und deine Eltern wären wohl auch froh darüber, ein Maul weniger füllen zu müssen im Wissen, dass du da oben auf der Burg lebst.«

Lia senkte den Blick.

»Na, na, keine Angst, komm, hoch mit dir.« Er packte sie unvermittelt unter den Achseln und hob sie auf die Tücher auf dem Wagen. »Dann verrate uns mal deinen Namen. Ich bin Merfyn, das hier ist Rhian«, er zeigte auf die schwarzhaarige Frau, »unseren mürrischen Gareth kennst du ja schon, und da vorne bei den Viechern sind Nerys, Sion und Taran.« Die Händler hoben die Hände und winkten ihr zu.

Lia versuchte sich an einem Lächeln. »Ich heiße Lia«, flüsterte sie, froh darüber, nicht ihren wahren, normannischen Namen, den ihr Vater ihr gegeben hatte, nennen zu müssen. »Mein Großvater ist der Fletcher hier, er macht die besten Pfeile.«

Merfyn lachte. »Gut zu wissen.« Er öffnete den Beutel an seinem Gürtel und zog ein zerfleddertes Bündel heraus. »Hier.«

Lia faltete das Tuch vorsichtig auseinander und fand ein Stück angekohltes Haferfladenbrot darin.

»Du bist ganz blass, du musst etwas essen.«

»Vielen Dank.« Sie sah das Brot an und fühlte sich schlecht, von Menschen zu nehmen, die bestimmt selbst nicht viel hatten. Aber es wäre ihr unhöflich vorgekommen, Merfyns Freundlichkeit abzulehnen. Zwar war ihr immer noch übel, aber ihr Magen fühlte sich auch an wie ein hohler Stein, seit sie sich übergeben hatte. Bis zum Abendbrot würde sie es nie aushalten, ohne zu essen. Zögerlich biss sie ab und war erstaunt, wie gut es schmeckte.

Merfyn knallte die Peitsche, und der Wagen fuhr rumpelnd an. Schnell hielt sie sich an der Seite des Karrens fest.

»So, dann erzähl mal, was treibst du eigentlich hier draußen im Wald?«

Lia wies auf die schwarzhaarige Frau, sie musste sich Mühe geben, weiter ängstlich zu wirken und nicht allzu erleichtert, einen Weg in die Burg gefunden zu haben. »Wie Rhian schon gesagt hat. Ich war neugierig.« Sie biss erneut ab, um niemandem in die Augen sehen zu müssen.

»Nun, wir freuen uns, deiner Unterhaltung zu dienen. Als Gegenleistung erzählst du uns alles, was du über den Earl und seine Männer weißt.« Er tätschelte ihr Knie, ehe er erneut die Peitsche schwang. »Kinder merken sich alles, was geredet wird, und verstehen mehr, als die meisten glauben. Also erzähl. Wer hält heute die Burg, wenn der Earl hinter dem König herrennt?«

Basilia hielt im Kauen inne und befand, dass die Information keinen Schaden anrichten konnte. »Die Mutter des Earls – Lady Isabel de Beaumont. Und sein Onkel, der Constable – Sir Hervey de Montmorency.«

Merfyn seufzte schwer und tauschte einen Blick mit Gareth an seiner Seite. »Hat sich das also nicht geändert. Wir werden sehen, ob wir heute überhaupt ein Geschäft machen, bevor der Earl eintrifft. Der Constable ist nicht gerade gastfreundlich.«

Lia biss sich auf die Lippe, fast hätte sie »das könnt ihr laut sagen« gemurmelt. Stattdessen klammerte sie sich noch stärker fest, der Wagen holperte immer mehr. Die Römerstraße war teilweise gepflastert, aber zwischen den vergilbten Steinen hatten sich längst Gräser und Farne ausgebreitet. Auch die eine oder andere weiß blühende Blume reckte im Gitternetz aus Licht und Schatten ihr Köpfchen hervor.

Die Bäume standen so nahe an der Burg nicht mehr so dicht wie weiter westlich, wo das Gehölz wild verwachsen war. Hier hielt der gräfliche Förster den Wald in Zaum, ließ Holz schlagen für Feuer, Häuser und vor allem auch für Bögen. Schließlich unterstanden ihrem Vater die besten Bogenschützen des Landes, was ihm und schon seinem Vater davor den Namen Strongbow eingebracht hatte. Die Händler plauderten weiter über den Earl, über König Henrys Feldzüge im Frankenreich und über die aufständischen Waliser im Westen, denen sie den Sieg wünschten.

»Ich sage ja nicht, dass die Normannen nur schlecht sind«, ließ sich Gareth mit seiner volltönenden Stimme vernehmen. »Wir machen durchaus ein gutes Geschäft mit ihnen, aber ich wäre trotzdem nicht traurig, sie vom Rand der Erde fallen zu sehen und meine Waren nur noch wahren Briten feilzubieten.«

Rhian lachte, im zunehmenden Sonnenlicht zeigten sich ihre Falten deutlich, was sie älter wirken ließ, als Lia anfangs angenommen hatte. Vielleicht war sie die Frau des grauen Merfyn. »Ich wäre ja schon zufrieden, wenn es uns gelänge, sie nach England zurückzudrängen. Sollen die Sachsen sich mit ihnen herumschlagen. Schließlich waren sie es auch, die sich haben überrennen lassen und die ganze Bande ins Land ließen.«

Lia hörte nicht länger hin. Sie musste sich überlegen, wo sie sich in der Burg versteckte, bis ihr Vater eintraf, was sie ihm erzählte und wie sie zukünftig Colwyn aus dem Weg ging. Denn eines war sicher, er würde Rache suchen, sobald ihr Vater die Burg wieder verließ. Wenn er das noch konnte … Ob es ihrem Großvater gelungen war, ihm zu helfen?

Lia zog sich das Schultertuch über den Kopf und unterdrückte ein Schaudern. Wenn sie entdeckt wurde, ehe sie zur Burg gelangten, konnte ihr niemand mehr helfen.

Sie erreichten die grasbewachsene Ebene des Dorfes, und Lia machte sich so klein wie möglich. Das enge Tal bot den einzigen Zugang zur Burg. Auf der anderen Seite lagen die steil abfallenden Klippen zum Fluss, deshalb galt Striguil als uneinnehmbar. Am Fuße des Burghügels standen die Katen von Fischern, Handwerkern und Bauern mit ihren durch Hecken und geflochtenen Zäunen eingegrenzten Feldern eng beieinander. Rauch von den Herdfeuern stieg in Säulen von den Strohdächern auf und sammelte sich zu einer dunklen Wolke, die über dem Dorf hing. Die Menschen hier ernährten die Burg und profitierten im Gegenzug vom Schutz, den ein solches Bollwerk und die kampferprobte Garnison vor Raubbanden und der rauen Umwelt bot. Manchmal kamen Sachsen von England über den Fluss, um zu plündern, aber auch Briten fielen gerne in normannisch besetztes Land ein.

Vor ihr erhob sich Striguil Castle wie ein graues Ungetüm. Aus der Ferne wirkte sogar das Holz der Palisaden grau – ganz so, als wollte die Burg wie ein Gewittersturm auf seine Untergebenen herabblicken. Aber Lia hatte keine Angst vor diesen Mauern, eher erfüllten sie sie mit Ehrfurcht und heute auch mit der Hoffnung auf Schutz.

Wären die Dinge anders gelegen, hätte Gott entschieden, ihre Mutter als Hochwohlgeborene zur Erde zu schicken und nicht als einfache Magd, würde Lia in dieser Burg leben. Es wäre ihr Zuhause, Kinder wie Colwyn hätten nie gewagt, Hand an sie und ihre Schwester zu legen.

Vorsichtig schob sie ihr Tuch aus dem Gesicht und sah sich nach ihrer Familie oder Colwyns Angehörigen um, die auf der Suche nach ihr durch die Siedlung streiften. Aber nur ein paar Kinder von den Feldern betrachteten den Wagen, die Basilia aus der Ferne nicht erkannten. Noch nicht.

Am liebsten hätte sie selbst die Peitsche in die Hand genommen, um schneller voranzukommen. Sie bewegten sich quälend langsam vorwärts, der Weg war kaum noch befestigt und matschig vom Frühlingsregen.

»Hört ihr das?« Rhian sah zurück zum Wald, die Stirn in Falten gezogen. »Zieht ein Gewitter auf?«

Gareth schnaubte. »Der Himmel ist klar, dummes Weib.«

»Was ist es dann?«

Basilia lauschte ebenfalls. Da war etwas … sie konnte es über den Lärm der Händler eher spüren als hören, ein kaum vernehmbares Beben, wie der Nachhall eines Donners.

Erschrocken blickte sie zurück, und da drangen auch schon gerüstete Reiter aus dem Wald hinter ihnen. Die Hufe ihrer schweren Pferde stampften auf den Boden, gelb-rote Waffenröcke leuchteten so farbenfroh wie der Frühling über den Ringpanzern. Lanzenspitzen funkelten mit den Beschlägen der Zäume in der Sonne, die Beine der Tiere waren über und über mit Matsch besudelt, trotzdem tat das ihrem beeindruckenden Anblick keinen Abbruch.

Basilia sah ihnen entgegen und vergaß ganz, sich zwischen den Händlern zu verbergen, um nicht erkannt zu werden. Sie hielt nur Ausschau nach einem hochgewachsenen Mann mit rotem Haar und einem sanften, schönen Gesicht, das nichts von einem Krieger hatte und noch weniger zu dem Beinamen Strongbow passte. Aber er war nicht da. Wieso war ihr Vater nicht dabei?

An der Spitze hielt sich stattdessen ein wahrhafter Hüne auf einem muskulösen Rappen. Goldene Locken ragten unter dem Helm hervor und tanzten im Wind. Das Gesicht konnte sie aus der Ferne und wegen des Nasenkolbens des Helms nicht erkennen, aber sie wusste trotzdem, wer er war. Schließlich gab es solch eine Erscheinung nur einmal in Wales: Raymond FitzGerald de Carew, den alle Raymond le Gros nannten, da er so riesenhaft war – ein Ritter ihres Vaters.

Die Reiter machten einen Bogen um die Händler und den Karren, kaum einer warf ihnen auch nur einen Blick zu. So enttäuscht Basilia auch war, ihren Vater nicht zu sehen, so froh war sie, dass ihr Plan, heimlich in die Burg zu gelangen, um dort auf ihn zu warten, noch gelingen konnte. Denn wenn seine Ritter hier waren, konnte auch er nicht weit sein. Vielleicht war er einfach länger beim Grab seines Vaters in Tintern Abbey geblieben.

Der Zug setzte seinen Weg fort, vorbei an den Flachsfeldern, auf denen sich erste blassblaue Blütenkelche gen Himmel reckten, und weiter den festgetretenen Pfad hinauf zur Burg. Rhian und die andere Frau Nerys, die vielleicht ihre Tochter war, holten Schellen und Flöten hervor und begleiteten ihre Schritte mit fröhlicher Musik, sodass alle wussten, dass sie hier waren und Kostbarkeiten aus fernen Ländern brachten.

Basilia hätte sie am liebsten angefleht, still zu sein, denn immer mehr Dorfleute kamen herbei, um den Karren genauer zu begutachten. Basilia hielt den Kopf gesenkt. Das Tuch tief in die Stirn gezogen, lehnte sie sich hinter eine der Truhen und betete stumm.

Ihr Herz schlug wild in ihrer Brust. Sie wusste, sie tat etwas Verbotenes, es war ihr nicht erlaubt, die Burg zu betreten, wenn ihr Vater nicht da war. Denn für alle anderen Bewohner war sie eine Sünde, an die sich niemand gerne erinnerte. Den meisten missfiel es schon, dass ihre Mutter hier als Magd arbeitete, ein ständiger Beweis für die Verfehlungen des Earls. Allen voran ihrer Großmutter, Lady Isabel, die bestimmt einen Tobsuchtsanfall erleiden würde, wenn sie wüsste, dass Lia sie gerade Großmutter in Gedanken genannt hatte.

Sie atmete tief durch – sie hatte keine andere Wahl. Ihr Verbrechen gegen Colwyn wog sehr viel schwerer als dieses heimliche Eindringen in die normannische Welt.

Die Wachen von den Palisaden winkten sie weiter. Das Torhaus schloss sich wie ein dunkler Tunnel um sie, von dessen Mauern die Musik unerträglich laut hallte. Schließlich gelangten sie in einen weitläufigen Hof, und weitere Wachen in Ringpanzern und mit dem gelb-roten Wappen traten klirrend an sie heran, große, zottelige Hunde begleiteten sie.

»Woher kommt ihr?« Ein Ritter mit einem sonderbaren Schnarren in der Stimme schob die Händler mit dem Schwert zur Seite. Er war nicht besonders hochgewachsen, wirkte unter der Rüstung aber sehr kräftig.

Merfyn breitete die Hände aus und antwortete in akzentstarkem Normannisch: »Von hier und da. Zuletzt waren wir in Monmouth und sind dem Wye flussabwärts gefolgt. Wir bringen feinstes Tuch aus Flandern, Wein aus dem Frankenreich und Kostbarkeiten von den Ostmännern aus Dublin. Auch ein paar Einzelstücke von den Kreuzfahrern aus dem Morgenland nennen wir unser Eigen.«

Der Ritter trat gelangweilt an den Karren heran, hob das Abdecktuch an und spähte in die Truhen, die Augen in dem runden, von dunklen Stoppeln übersäten Gesicht zu Schlitzen verengt.

Basilia rutschte langsam, den Blick gesenkt, zu Boden. Sie zwang sich, Ruhe zu bewahren, schließlich war sie fast noch nie auf der Burg gewesen. Ihr Vater besuchte sie in den seltenen Momenten, in denen er hier war, meist zu Hause in der Hütte. Somit kannten die Wachen sie kaum, verbanden sie eher als Teil eines Zwillingspärchens. Ohne Alina fiel sie bestimmt nicht weiter auf.

Sie betete, dass ihre Mutter wegen der Ankunft des Earls und seines Gefolges genug in der Halle zu tun hatte und nicht gerade jetzt in den Hof kam und sie entdeckte. Verstohlen sah sie sich nach einem möglichen Versteck um.

Vor ihr ragte der rechteckige Steinturm mit den schmalen Fensterhöhlen in die Höhe, als wäre er direkt aus den Klippen gewachsen. Die Reihen aus rotem Sandstein in den ansonsten grauen Mauern leuchteten in der Sonne.

Lia wusste, zur einen Seite führte eine fast senkrechte Felswand zum Fluss hinab, auf der anderen eine steile Böschung ins Tal. Nur eine erhöhte Galerie aus Holzplanken, die zwischen der Wehrmauer an der Flussseite und dem Burgturm angebracht war, ermöglichte es, auf den Hof auf der anderen Seite zu gelangen. Dort gab es Gärten, vielleicht könnte sie sich zwischen den Bäumen verbergen? Oder lieber gleich hier in den Ställen? Lia sah ein paar der Ritter, die vorhin angekommen waren, unter dem strohgedeckten Unterstand vor dem Stall beisammenstehen. Noch konnte sie nicht unentdeckt dorthin gelangen.

»Stellt den Wagen hier bei der Mauer ab, wo er nicht stört, dann wartet auf den Constable.« Der Ritter deutete auf einen Platz neben dem Torhaus, als ein Schatten auf sie fiel.

»Der Constable ist schon hier.«

Lia zuckte bei der ruhigen, von Eis überzogenen Stimme zusammen und schob sich so unauffällig wie möglich hinter Rhian. Im nächsten Moment trat auch schon der Onkel ihres Vaters, Hervey de Montmorency, zu den Händlern und rieb sich die schmalen Hände mit den langen, beringten Fingern. Er war nicht nur der Constable der Burg, sondern auch der Ehemann Lady Isabels. Schon bald nach dem Tod des verstorbenen Earls hatte Lady Isabel dessen Halbbruder geheiratet, was die beiden zum Herrscherpaar Striguils machte, solange ihr Vater nicht hier war. Hervey war Mitte fünfzig, das graue Haar trug er penibel kurzgeschnitten, und auf seinen glattrasierten Wangen schimmerten Äderchen blau hindurch. Die stechend grauen Augen inspizierten die Ladung. Anders als bei ihrem Vater lag keine Wärme und Güte darin.

»Verzeiht, werte Gäste, ich will nur sichergehen, dass sich hier drin kein dreckiges Waliserpack versteckt.« Er nahm dem Ritter das Schwert aus der Hand und stach damit in die Tücher, zerfetzte sie gnadenlos.

Rhian schrie entsetzt auf, aber Gareth ergriff ihren Arm und zog sie zurück. Das brachte sie aber nicht zum Schweigen. »Er zerstört es …«, keuchte sie abgehackt. »Er zerstört alles!«

»Was ist los?« De Montmorency wandte sich ihr zu, nicht einmal hämisch lächelnd, sondern als verwirrte ihn die Aufregung der Händlerin tatsächlich. »Wieso vergießt du Tränen für diese Lumpen, Weib? Ich sollte euch allein schon für die Beleidigung, dieses mottenzerfressene Zeug hier hochzubringen, aufhängen.«

»Der Earl hat uns eingeladen!« Merfyn trat vor die anderen, den Griff der Peitsche hielt er fest umklammert, als müsste er sich davon abhalten, sie gegen den Constable einzusetzen. »Er lässt uns jedes Jahr zu Pfingsten kommen. Das könnt Ihr nicht tun!«

»Da irrst du dich, ich ziehe in Erwägung, dir zu zeigen, was ich alles tun kann.« Sein Blick flog erneut zum Karren und dann zurück zu Merfyn. »Wünschst du eine Demonstration?« Er hob das Schwert, setzte die Spitze an Merfyns Brust über dem ausladenden Bauch.

Alles wurde still, als hielte die ganze Welt die Luft an. Auch Lia atmete nicht mehr. Sie ballte die Hände zu Fäusten, ihr wurde übel vor Wut und auch vor Angst. Wo blieb ihr Vater? Er würde diesem Unrecht bestimmt ein Ende bereiten.

»Verzeiht, Mylord.« Merfyn hob ergeben die Hände, wissend, dass er gegen den Constable einer Burg machtlos war. »Es steht Euch natürlich frei, mit der Ware zu tun, was Euch gefällt.«

»Bist du verrückt?« Rhian schob sich nach vorne, ehe Gareth sie aufhalten konnte. »Der Earl wird davon hören, damit kommt Ihr nicht durch, Ihr widerwärtiges Wiesel!« Sie ließ noch weitere walisische Beschimpfungen folgen, die de Montmorency bestimmt nicht verstand, aber das musste er auch nicht, der Hass in ihrer Stimme sprach Bände.

»Hört auf«, zischte Lia drängend, nicht wissend, vor was sie mehr Angst hatte – durch ihre Einmischung entdeckt zu werden oder tatenlos zusehen zu müssen, wie ein Unglück geschah.

Aber Rhian dachte nicht daran, auf sie zu hören. Sie fuhr in gebrochenem Normannisch fort: »Nein! Zu lange lassen wir uns schon alles gefallen, uns von den *Freinc* in den Staub treten, das hört jetzt auf! Ihr werdet uns den Schaden ersetzen!«

De Montmorencys Lippen hoben sich zu einem schmalen Lächeln, das Lia einen Schauer über den Rücken jagte. Er hob seine freie Hand, legte sie fast schon zärtlich auf Merfyns Schulter und machte mit der anderen eine ruckartige Bewegung nach vorne. Ein gemeinsamer Aufschrei gellte ihr in den Ohren, vielleicht schrie sie sogar selbst. Die Hunde sprangen bellend um sie herum, sie wusste gar nicht richtig, was geschah, sah nur die blutige Schwertspitze, die plötzlich aus dem Rücken des Händlers blickte. Die Peitsche fiel ihm aus der Hand, gebückt stand er da, ein dumpfer Laut drang ihm aus der Kehle, dann zog de Montmorency das Schwert zurück.

Basilia zuckte bei dem Geräusch zusammen, Rhian und Nerys schrien erneut, und Merfyn brach in sich zusammen, ehe Rhian ihre Arme um ihn schlingen konnte.

»Behauptet nicht, ich hätte euch nicht gewarnt.« De Montmorency gab das bluttriefende Schwert an den Ritter mit der schnarrenden Stimme zurück, der es mit derselben gelangweilten Miene entgegennahm und abwischte. Ganz so, als wäre hier überhaupt nichts passiert, als wäre nicht gerade ein Mensch gestorben! Voller Entsetzen sah Lia sich um. Diese Burg war voll von Rittern, die geschworen hatten, Schwache und Arme zu beschützen und Ehre und Gerechtigkeit zu dienen! So hatte es ihr Vater ihr immer erklärt! Aber niemand sah auch nur in die Richtung des Torhauses!

»Tut doch etwas!« Sie sah den Wachen in die versteinerten Gesichter, aber keiner zuckte auch nur mit der Wimper. »Helft ihnen!«

Eine Hand legte sich auf ihre Schulter, sie zuckte zusammen, bemerkte aber, dass es Nerys war, die sie an sich zog. »Sei still, Kind«, flüsterte sie sanft und sah zu Rhian, die über Merfyn gebeugt bitterliches Wehklagen ausstieß. Lia schüttelte den Kopf, sie konnte all das nicht glauben, meinte in einen Albtraum geraten zu sein.

»Jetzt verschwindet von hier, Gesinde, bevor ich mit eurer Brut fortfahre.« Wie aus dem Nichts schnellte de Montmorencys Hand nach vorne, packte Basilia an der Schulter und entriss sie aus Nerys' Händen, ehe sie zurückweichen konnte. Wie eine Schlange, die aus dem Nichts hervorstieß und seine Zähne in ihrem Opfer verfing, nur waren es Ringe, die sich in ihre Haut bohrten.

Lia wand sich und suchte gleichzeitig nach einem Fluchtweg. Die Ritter, die vorhin angekommen waren, wandten sich ihnen endlich zu, traten durch den Tumult näher, aber wenn sie sie erkannten, würde sie nie von hier wegkommen! »Nehmt Eure Hände von mir, sofort!«

»Was sagst du da?«

Sie hielt abrupt inne, konnte kaum noch atmen, als ihr bewusst wurde, dass sie instinktiv normannisch gesprochen hatte, damit de Montmorency sie verstand. Die Sprache ihres Vaters, des Adels, die auch ihre Mutter durch die lange Zeit auf der normannischen Burg fließend beherrschte. Aber keiner dieser Händler sprach sie richtig, und das Kind eines Händlers sollte sie schon gar nicht kennen.

De Montmorencys Griff lockerte sich einen flüchtigen Moment lang, dann flog ihr Schultertuch zurück, und seine eisenharte Hand schloss sich um ihr Kinn, riss ihren Kopf hoch, sodass sie ihn ansehen musste.

»Na, wen haben wir denn da?« Verachtung troff aus seiner Stimme, starrte ihr aus seinen grauen Augen entgegen. »Die Bastardbrut. He, de Quincy!« Er winkte dem Ritter von vorhin. »Komm her. Sieh mal, wer sich hierher verirrt hat. Eine von den Zwillingen.«

Lia reckte ihr Kinn vor, fast ohnmächtig vor Angst, gleichzeitig aber auch getrieben von grenzenlosem Zorn. »Ich bin Basilia de Clare, und mein Vater wird hiervon hören!«

Sie spürte die Blicke der Händler, die Fassungslosigkeit, die Trauer, das Unverständnis, und Lia wünschte, ihr Name trüge tatsächlich Macht, dass sie all das hier hätte verhindern können.

Ein Lachen schlug ihr entgegen, der Griff um ihr Kinn verstärkte sich schmerzhaft. »Hört ihr das? Sie nennt sich *de Clare*!« Er beugte sich ein wenig zu ihr hinunter, bis sie seinen intensiv blumigen Seifengeruch einatmete, von dem ihr ein Würgereiz hochstieg. »Du bist keine de Clare, wage es nie wieder, diesen stolzen Namen mit einem dreckigen Bastard wie dir in Verbindung zu bringen. Du bist ein *Nichts*.« Er stieß sie grob von sich, sie taumelte zurück, versuchte ihr Gleichgewicht zu halten, stürzte aber in den Schlamm. Tränen schossen ihr in die Augen, sie rieb ihr Kinn, das fürchterlich schmerzte. Sie sah zu den Händlern, die Merfyn auf den Karren hoben. Rhian starrte sie an, voller Unglauben, und Lia fühlte sich wie ein Unheilbringer. »So und jetzt …« De Montmorency trat vor sie hin, und Lia hatte keine Zeit, lange nachzudenken. Sie war frei, er hielt sie nicht mehr fest, sie musste fort von hier. Ohne einen weiteren Augenblick zu vergeuden, sprang sie auf die Füße und rannte los, de Montmorencys Stimme in ihrem Ohr: »De Quincy! Schaff sie in den Zwinger zu den Hunden, bis ich entschieden habe, wie ich sie für ihr unrechtmäßiges Eintreten bestrafe.«

Lia umrundete den Karren, das Torhaus war direkt vor ihr, sie wollte darin verschwinden, aber der Schlamm hielt sie zurück, ihre Füße wollten nicht weiter. Im nächsten Moment verspürte sie einen dumpfen Schmerz in ihrer Schulter, als sie grob niedergestoßen wurde. Sie verlor den Boden unter den Füßen, der Ritter de Quincy hob sie hoch und warf sie sich über die Schulter.

»Lasst mich sofort runter!« Sie strampelte und trat, aber er hielt sie gnadenlos fest. »Ich schwöre, das werdet Ihr bereuen!«

»Halt's Maul, Gör, bevor ich dich über die Mauer in den Fluss werfe.«

Das Gebell von Hunden nahm zu, Lia hob den Kopf, so gut es ging, und sah eine Jagdhündin umzingelt von einem Wurf Welpen.

»Wirf sie rein, de Quincy!«

Lia gab einen entsetzten Laut von sich, ehe sie es verhindern konnte. Sie hörte das Knurren der Hündin, sah ihr rot leuchtendes Zahnfleisch, als sie die Zähne fletschte und sich vor ihre Welpen stellte. Das tiefe Grollen aus ihrer Kehle vibrierte durch Lias Körper.

»Wartet.«

Lia fuhr beim Klang der resoluten Frauenstimme zusammen.

»Wo bringt Ihr sie hin, Sir Robert?«

»Der Constable will sie im Zwinger haben, Madame.«

»Lasst sie bei mir.«

Der Ritter ließ sie zu Boden sinken, und Lia blickte langsam hoch in das strenge, von einem Wimpel umschlossene Gesicht ihrer Großmutter, Lady Isabel de Beaumont.

»Was hast du diesmal angestellt?«

»Ich wurde Zeugin eines Mordes, und nun will man mich anscheinend beseitigen ... Madame.« Sie hob ihre Röcke und knickste, wenn in der Geste auch keine Höflichkeit lag.

Lady Isabel sah über sie hinweg zu Robert de Quincy, der den Kopf schüttelte, mit einem Laut, der ihre Worte ins Lächerliche zog.

»Welche von den beiden ist sie denn überhaupt?«

»Basilia.«

»Das hätte ich mir denken können. Nun, dann komm mal mit, ich werde mich um dich kümmern, bis jemand deine Mutter ausfindig macht, damit sie dich entfernt.«

Lia konnte sie nur erstaunt ansehen. Zwar klangen Lady Isabels Worte nicht besonders freundlich, trotzdem kam sie nicht umhin zu erkennen, dass ihre Großmutter sie gerade gerettet hatte. Nur wie sollte Lady Isabel sich gegen ihren Gatten durchsetzen? De Montmorency war zu allem fähig, das hatte sie gerade mit eigenen Augen gesehen, sie musste weg von hier.

Widerwillig folgte sie der Dame mit ihrem prunkvollen Brokat-Bliaut und dem strengen Wimpel, suchte aber nach wie vor nach einem Ausweg. Ihr Blick fiel zum Unterstand der Pferde, wo zwei der mächtigen Schlachtrösser noch gezäumt dastanden und darauf warteten, versorgt zu werden. Sie war schon ein paar Mal auf dem Pferd ihres Vaters geritten, aber das war lange her, und er hatte immer hinter ihr gesessen.

Ein Kribbeln fuhr durch ihren Körper, ihr Blick wanderte an den Tieren vorbei und traf zu ihrer Überraschung den des hünenhaften Ritters Raymond le Gros, der sie unverwandt anstarrte. Sie zuckte zusammen, ertappt, als könnte er ihre Fluchtgedanken lesen. Sie wusste nicht, wieso er sie ansah, aber es konnte nichts Gutes bedeuten. Die Ritter waren gefährlich, wenn ihr Vater nicht da war und sie im Zaum hielt, das hatte sie eben auf schmerzvolle Weise erfahren. Trotzdem konnte sie nicht wegsehen, etwas war sonderbar an seinem nachdenklichen Blick.

Er hatte den Helm abgesetzt, die goldenen Locken standen ihm wirr vom Kopf ab, was ihn trotz seiner Größe sehr jung aussehen ließ. Er war definitiv jünger als ihr Vater, der schon mehr als dreißig Jahre zählte. Weiterhin beobachtete er sie und Lady Isabel, flüchtig sah er zurück zu de Quincy, dann zu den Pferden, und schließlich ging er auf ein kleineres Tier zu, einen abgesattelten Zelter-Wallach, der noch ein paar Packtaschen umgehängt hatte und sein Zaumzeug trug.

Lady Isabel zerrte sie weiter, aber Lia konnte nicht anders, als sich weiter auf Sir Raymond zu konzentrieren. Er nahm die

Packtaschen ab, führte das Pferd mit der weißen Blesse an die seitliche brusthohe Umzäunung des Unterstands, klopfte ihm den Hals und schob ihm mit dem Stiefel etwas Heu hin. Dort blieb das Tier friedlich stehen und fraß.

Lia schüttelte den Kopf, sie hatten bereits die Außentreppe des Burgturms erreicht, wenn sie erst mal drinnen war, konnte sie nicht mehr verschwinden. Ihre Mutter wäre ebenso machtlos gegen de Montmorency und würde sich im Versuch, sie zu schützen, nur selbst in Gefahr bringen. Aber wo sollte sie hin? Zu Hause wartete bestimmt bereits Colwyns Vater. Der würde sie zurück zur Burg zerren, zum Constable, für eine grausame Bestrafung, wenn er diese nicht selbst in die Hand nahm.

»Madame?«

Lady Isabel blieb stehen und sah sie voller Verachtung an. »Was ist?«

»Ich müsste den Abtritt aufsuchen.«

Der stechende Blick der Dame ruhte auf ihr, Lia glaubte nicht, sich je so klein gefühlt zu haben, aber dann nickte sie und wies nach oben. »Na dann komm.«

Lia fluchte innerlich. Sie hatte erwartet, irgendwo draußen einen vorzufinden und nicht in der Burg.

»Was ist jetzt? Beweg dich. Oder soll ich jemanden besorgen, der dir dabei behilflich ist?«

Lia wusste nicht, wie Großmütter sich normalerweise verhielten, sie hatte keine andere als Lady Isabel. Die Frau ihres Großvaters, des Pfeilmachers, hatte sie nie kennengelernt, sie war schon jung gestorben. Doch sie stellte sich oft vor, dass sie bestimmt eine gutmütige Frau gewesen war.

Unvermittelt fiel ein Schatten auf sie, und Raymond le Gros' Gestalt türmte sich neben ihr auf. Lia wich einen Schritt zurück, näher zu Lady Isabel, was ihr selbst sofort albern vorkam, schließlich hatte bestimmt ihre Großmutter den Hünen wie angedroht herbeigewinkt, um ihr Beine zu machen.

»Madame.« Sir Raymond verneigte sich knapp, seine Miene war düster in dem kantigen Gesicht mit den ausgeprägten Wangenknochen und dem eckigen Kinn. »Mylord Striguil hat mich gebeten, Euch mitzuteilen, dass er noch seine Lehnsmänner aus der Nachbarschaft besucht, um sie auf die drohende Gefahr der Waliser aufmerksam zu machen.«

»Drohende Gefahr?«

Raymond nickte. »Es heißt, Rhys und Owain Gwynedd haben ein Bündnis geschlossen, die Fürsten von Süd- und Nordwales sind somit gegen uns vereint.«

Lady Isabel führte mit einem dramatischen Keuchen ihre Hand an die Kehle, aber Lia interessierte sich nicht für das Gespräch. Eine Bewegung aus den Augenwinkeln zog ihre Aufmerksamkeit auf sich. Es war Raymonds kräftige Kriegerhand, die auf ihrer Augenhöhe, während er sprach, zu den Pferden zeigte und eine wegscheuchende Geste machte. Erstaunt sah sie zu dem Ritter auf, aber er schien sich ganz auf Lady Isabel zu konzentrieren. »Es ist nur eine Frage der Zeit, bis sie angreifen, und sollten sie unerwartet siegen, werden sich auch die Clanführer hier im Osten des Landes gegen uns erheben.« Er machte einen Schritt auf Lady Isabel zu, als wollte er die Dringlichkeit seiner Worte unterstreichen, gleichzeitig schob er damit aber auch Lia hinter sich. »Das alles muss Euch nicht sorgen, Madame, Ihr sollt nur wissen, dass Euer Sohn gesund aus dem Frankenreich zurückgekehrt ist und bald hier eintreffen wird. Außerdem …«

Basilia hörte nicht länger hin. Sie war nicht sicher, warum Raymond ihr half und ob es nicht vielleicht eine grausame Falle war, aber sie hatte keine Zeit mehr, darüber nachzudenken. Eine bessere Möglichkeit würde sich nicht ergeben. Ohne zurückzusehen, schlich sie so unauffällig wie möglich zum Stall hinüber, kletterte auf die Umzäunung neben dem fressenden Wallach und gelangte so ohne Schwierigkeiten auf seinen Rücken. Ihr Herz schlug ihr bis zum Hals, die Welt sah von so hoch oben ganz anders aus, sie spürte die Atemzüge des Pferdes, jeden Muskel, der sich unter ihr bewegte. Bislang war sie nur einmal ohne Sattel geritten, aber sie konnte sich jetzt keine Angst erlauben.

»He, du da! Was machst du da?« Ein Stallbursche kam mit zwei Eimern aus dem hölzernen Verschlag zu ihrer Linken und sah sie finster an.

Basilia lächelte, als wäre alles in Ordnung, nahm die Zügel auf und zog an einem, um das Pferd umzudrehen. Zuerst gehorchte es nicht, es wollte weiterfressen, aber dann klopfte sie ihre Schenkel zusammen, schnalzte mit der Zunge, und schon setzte sich der Zelter in Bewegung.

»He! Steig sofort ab!«

Sie schlug noch fester mit den Schenkeln, auch wenn sie mit dem Gleichgewicht zu kämpfen hatte, fuchtelte mit den Zügeln, rief laut »Los! Los!«, und endlich fiel das Pferd in einen schnellen Zeltgang.

Sie hörte nun auch andere rufen, Wachen vielleicht, und sie hatte alle Mühe, oben zu bleiben, obwohl der Zeltgang nicht so holprig war wie der Trab, als sie einmal auf dem Pferd ihres Vaters hatte sitzen müssen. Ihre Beine schlackerten wild an den Seiten, was das Pferd zu einem sonderbaren Sprung animierte. Lia fiel nach vorne auf den Hals, sie klammerte sich an die Mähne und bemerkte plötzlich, dass der Wallach galoppierte. Verschwommen sah sie die Wachen zu ihr laufen, aber der Zelter rannte weiter, die Dunkelheit des Torhauses fing sie ein, nur um kurz darauf durch grelle Sonnenstrahlen ersetzt zu werden.

Lia wagte es nicht, sich aufzurichten, sie sah die Welt an ihr vorbeisausen, der schmale Pfad den Burghügel hinunter wirkte auf sie wie eine Todesfalle, er war matschig, und an der Seite ging es steil hinab ins Tal. Aber ihr Pferd rannte sicher, legte sogar noch an Geschwindigkeit zu, als sie die Ebene erreichten. Es folgte der Straße Richtung Wald, aber Lia wusste, dort suchten die anderen bestimmt als Erstes nach ihr, und vermutlich waren Verfolger nicht weit. Mit aller Kraft zog sie an einem der Zügel, und wie durch ein Wunder änderte der Wallach die Richtung, folgte nun dem Fluss.

Sie trieb den Zelter mit ihren Rufen noch stärker an, obwohl sie längst nicht mehr saß, sondern auf dem Hals lag, beide Arme um ihn geschlungen. Die Wiese sauste wie ein grüner Schleier unter ihr vorbei. Sie sah kaum, wohin sie galoppierten, spürte nur, dass es plötzlich bergauf ging, vermutlich den Hügel zur Priorei Kirche hoch. Lia zog am anderen Zügel, wieder gehorchte der Wallach, obwohl ihr Vater ihr immer wieder eingebläut hatte, ein Pferd nicht mit den Zügeln zu lenken. Ein Ritter konnte sich diesen einfachen Weg auch nicht leisten, er hielt im Kampf in einer Hand das Schwert oder die Lanze, in der anderen den Schild. Ein Pferd wurde mit den Schenkeln und dem Gewicht geritten, aber Basilia hatte nicht oft genug geübt, um auch nur zu erahnen, wie sie das anstellen sollte. Sie spürte, dass es nun wieder bergab ging, vor sich sah sie den Waldrand, keinen Pfad, nur dichtes Gestrüpp. Der Wallach brach zu ihrer Erleichterung nicht hindurch, sondern lief am Saum entlang, und Lia wagte einen Blick zurück. Da war niemand. Waren die Wachen und Ritter überrascht genug gewesen, um ihr den entscheidenden Vorsprung zu ermöglichen? Hatte Raymond le Gros sie wirklich entkommen lassen? Wieso sollte er das tun?

Erneut ging es bergauf, steiler diesmal, Lia klammerte sich stärker fest, die Muskeln in ihren Oberschenkeln brannten. Sie spürte, wie sie zu rutschen begann, keuchte und schluchzte auf, wissend, dass sie sich nicht länger halten konnte. Ihre Finger lösten sich, sie spürte sich noch einen Moment lang abgleiten, dann fiel sie hart mit dem Rücken auf den Boden.

Die Luft entwich ihr, als hätte ihr jemand mit einem Hammer auf die Brust geschlagen. Ein sonderbarer Laut drang durch die Stille, sie konnte kaum glauben, dass er von ihr stammte. Sie versuchte zu atmen, aber es ging nicht, da war nur stechender Schmerz. Ein Wimmern entrang sich ihrer Kehle, die Angst zu ersticken hielt sie fest umklammert. Immer wieder versuchte sie, nach Luft zu schnappen. Sie rappelte sich auf alle viere auf, keuchte, schloss die Augen und konzentrierte sich aufs Atmen.

Allmählich ließ das Stechen nach, und die Luft strömte nun leichter in ihre Lungen. Schwach hob sie den Kopf. Weit und breit waren nichts als hügelige Weiden zur einen Seite und Wald zur anderen zu sehen. Wo war sie nur? Sie hatte das Tal noch nie verlassen. Weit weg konnte sie nicht sein, trotzdem bereitete ihr der fremde Anblick Unbehagen. Sie sollte sich im Forst ein Versteck suchen, um nicht sofort entdeckt zu werden, aber alles in ihr sträubte sich dagegen, sich der Dunkelheit auszusetzen.

Ihre arme Mutter, sie machte sich bestimmt Sorgen! Sie hatte ohne Zweifel schon gehört, dass ihre Tochter auf einem Pferd der Burg davongaloppiert war. Wo war der Zelter überhaupt? Lia ließ erneut ihren Blick über das Grasland schweifen, aber vom Wallach fehlte jede Spur.

Mühsam stand sie auf, ihr Überkleid war nass und hatte einen tiefen Riss, aber das war jetzt auch schon egal. Ihre Mutter hatte ja ohnehin keine Gelegenheit mehr, sie deswegen zu tadeln.

Niemand würde sie je wieder tadeln, denn der Wald wartete schon auf sie. So war es wohl auch das Beste, denn der Priester hatte recht: Sie war nicht normal, kein Mädchen benahm sich wie sie. Sie brachte Unheil über ihre Familie, ihre Seele war befleckt. Ein Schluchzen drang aus ihrer Kehle, aber niemand hörte es.

Es war dunkel, kalt und nass, sie wusste nicht, wo sie war, nur, dass sie nie wieder aus diesem Labyrinth aus mächtigen Bäumen herausfinden würde. Der Wald war so dicht, dass sie an den engstehenden Stämmen mit ihren rauen Rinden entlangschrammte. Sie wagte es nicht, die Straße zu benutzen, dort würde sie zu leicht entdeckt werden. Aber sie wüsste ohnehin auch nicht mehr, wie sie sie finden geschweige denn hier draußen überleben sollte. Sie fror, hatte Hunger und spürte unzählige Schürfwunden. Und was war mit wilden Tieren? Sie hatte gehört, es gäbe Wölfe in diesem Land, auch wenn sie noch nie einen gesehen hatte. Männer bekamen gutes Geld für einen toten Wolf, nicht nur seines Felles wegen, sondern um die Schafe zu schützen. Auch Wildkatzen sollte es geben! Aber das waren nicht die einzigen Gefahren. Ein falscher Schritt könnte sie in einem Moor versinken lassen. Oft genug hatte sie die Männer auf der Burg fluchen hören über dieses sumpfige Flusstal und sogar über Treibsande, die die Flüsse bildeten, bevor sie ins Meer mündeten.

Mit einem unterdrückten Schluchzen ließ sie sich in den Farn sinken. Sie zitterte erbärmlich, umschlang ihre Knie und vergoss unter ihrem Laubdach stumme Tränen. Da war ein Rascheln im Gestrüpp, aber sie war längst zu müde, um sich davor zu ängstigen. Immer wieder fielen ihr die Augen zu, aber der Gedanke an ihre Familie hielt sie wach. Sie vermisste sogar ihre Schwester, mit der sie meist nichts anzufangen wusste, da sie so anders war und selten Lust auf Abenteuer hatte. Doch jetzt konnte Lia sie verstehen. Sie würde ihr warmes Strohlager an der Seite ihrer Mutter und Tante dem Wald ebenso vorziehen. Vielleicht sah morgen alles anders aus, wenn die Sonne zurückkehrte und Wärme und Licht brachte.

Sie hatte gerade erschöpft ihren Kopf auf die Knie gelegt, da schreckte ein fernes Bellen sie hoch. Angestrengt starrte sie in die Dunkelheit und sah in der Ferne ein tanzendes orangefarbenes Licht, das die umliegenden Stämme beleuchtete. Und auf der anderen Seite war noch eines und noch eines. Feen!, dachte sie zuallererst, aber das lauter werdende Bellen offenbarte die wahre Herkunft des Feuerscheins.

Lia konnte sich vor Angst nicht regen. Die Männer der Burg! Sie waren hier! Mittlerweile wussten sie bestimmt von Colwyn, und nun kam noch Pferdediebstahl hinzu. So ein Zelter war mehr als vierzig Kühe wert. Dafür würde sie hängen!

Mit einem Satz sprang sie hoch, stieß sich den Kopf an einem tiefhängenden Ast, beachtete ihn aber gar nicht und rannte in die entgegengesetzte Richtung der Lichter davon. Sie hielt ihre Hände vor sich ausgestreckt, um Zweige zur Seite zu schieben, trotzdem brannte ihr Gesicht schon bald von unzähligen Kratzern. Ihr Fuß verfing sich ein ums andere Mal in Wurzeln und Schlingpflanzen, sie stürzte immer wieder, aber sie gab nicht auf, kämpfte sich weiter.

Die Zweige griffen nach ihr, hielten sie fest und zerrissen, was von ihrem Überkleid übrig war. Sie wusste nicht, wie sie auf ihrer Flucht neue Kleidung auftreiben sollte, aber darüber konnte sie sich Gedanken machen, wenn sie entkommen war. Noch durfte sie sich keine Rast erlaubten. Sie musste die Hunde abhängen.

»Basilia!«

Abrupt blieb sie stehen, hielt den Atem an, obwohl sie glaubte, ihre Lunge müsste jeden Moment bersten. Um sie herum war nichts als Gestrüpp und Dunkelheit.

»Basilia, komm heraus!«

Eine ihr wohlbekannte männliche Stimme. Sir Raymond wusste, dass sie hier war! Kein Wunder, sie war in ihrer Panik nicht gerade leise durchs Dickicht gebrochen. Sie hörte ihn leise murmelnd vor sich hin schimpfen und grummeln, er war ganz nahe. Gefährlich nahe.

»Ich schwöre dir, wenn du nicht gleich herauskommst und ich noch länger durch den Matsch stiefeln muss, fang ich an zu heulen.«

Sie stutzte und wiederholte die Worte noch einmal in ihrem

Kopf. Sie hatte Gewaltandrohungen erwartet, detaillierte Foltermethoden, aber bestimmt keinen Humor in der furchterregenden Schwärze.

»Ich meine es ernst, Basilia! Wenn ich ohne dich zurückkehre, kann ich mich nie wieder unter die anderen Ritter wagen, meine Männlichkeit wäre dahin! Und das alles wäre deine Schuld.« Seine Stimme wurde immer höher, brach mit einem unterdrückten Schluchzen. »Ist es das, was du willst? Kannst du damit leben?«

Sie biss sich auf die Unterlippe, um nicht zu lachen. Sie war sich sicher, dass dies eine List war, um sie dazu zu bringen, sich durch einen Laut zu verraten. Sie musste verschwinden.

Vorsichtig rutschte sie weiter zurück, ein Zweig knackste unter ihrem Lederschuh, so laut wie ein Schrei in der Stille, und sie schnappte erschrocken nach Luft.

Der Ritter sprach nicht mehr, sie wusste nicht, wo er war, er musste sie gehört haben und … Ein lautes Rascheln ließ ihr Herz in der Brust einen gewaltigen Satz machen, und im nächsten Moment brach ein wahrhafter Riese aus dem Gebüsch.

»Basilia de Clare! Hätte ich gewusst, dass du den armen Fridolin dafür benutzt, Waldelfe zu spielen, anstatt nach Hause zu reiten, hätte ich dich eigenhändig in den Zwinger gesperrt.«

Lia starrte hoch in das Gesicht von Raymond le Gros, das nur ein schwarzer Fleck in der Dunkelheit war, umgeben von dem auffällig hellen Haar, das in der Finsternis herausleuchtete.

»Sir Raymond …«

»Dein Vater wollte mich schon vierteilen!«

Die hochsteigende Panik ebbte sofort wieder ab. »Er ist zurück?«

»In all seiner Pracht, und wie du dir vorstellen kannst, war er außer sich, als er hörte, dass du verschwunden bist. Wir haben Fridolin ohne dich aufgelesen, und deine Familie fürchtet das Schlimmste.«

Vorsichtig versuchte Lia, sich weiter wegzuschieben, was Raymond seufzen ließ. »Du musst dich nicht vor mir fürchten. Du kennst mich doch, wir sind uns schon oft begegnet.« Er streckte seine Hand nach ihr aus, es war eine große Hand, die bestimmt kräftig zupacken konnte. »Komm, ich tue dir nichts.«

Sie zögerte weiterhin, und er machte noch einen vorsichtigen Schritt auf sie zu. »Dir geschieht nichts, du hast mein Wort. Deine Familie will dich einfach nur wohlbehalten zurück.«

Daran zweifelte sie. Vor ein paar Stunden noch hatte man sie in einen Zwinger sperren wollen. Und Raymond war hier, um sie zu übergeben. Er sagte, sie musste sich nicht vor ihm fürchten, und vielleicht war das die Wahrheit. Schließlich hatte er ihr geholfen, aber spätestens auf der Burg konnte er das nicht mehr. Vermutlich konnte das nicht einmal ihr Vater. Das Gesetz galt für alle, und ihre Vergehen ließen sich nicht einfach auslöschen.

»Ich kann nicht nach Hause.«

Er ging vor ihr auf ein Knie nieder, und nun konnte sie die grauen Augen erkennen, die sich ruhig und freundlich auf sie richteten. Als hätte er tatsächlich nicht vor, sie mit Gewalt zurückzubringen. »Wie kommst du denn auf so einen Gedanken?«

Sie schwieg und fragte sich, wo die anderen Krieger waren, die sie aus ihrem Versteck zerrten, auf ein Pferd schnürten und de Montmorency vor die Füße warfen.

Schließlich grub sie ihre Fingernägel in den nassen Stoff ihres Überkleids. »Was ist mit Colwyn? Lebt er noch?«

Raymonds Augen verengten sich. »Meinst du dieses Rindvieh, das beinahe deine Schwester im Wye ertränkt hätte?«

Lia spürte, wie ihr bei der Erinnerung Tränen in die Augen schossen. »Ich habe ihn geschlagen … mit einem Ast … immer wieder. Bestimmt ist er tot. Dafür werden sie mir einen Finger abschneiden oder mich aufhängen.«

»Also erstens geht es ihm besser, als er verdient, und zweitens wird dich niemand dafür bestrafen, deine Schwester gerettet zu haben.«

»Sein Vater sieht das bestimmt anders. Er wird Rache wollen.«

»Sein Vater wird in der Kapelle knien und beten, dass möglichst schnell Gras über die Sache wächst und der Earl davon absieht, den Angriff auf seine Tochter aufs Härteste zu bestrafen. Er wird hoffen, dass die Prügel, die sein Sohn von einem Mädchen eingesteckt hat, ausreichen, um der Gerechtigkeit Genüge zu tun.«

Lia wischte sich über die Nase, konnte dem Ritter nicht mehr in die Augen sehen. »Aber … ich habe nicht nur Alina beschützt. Ich habe zugeschlagen, damit er sie loslässt, aber dann … dann habe ich es erneut getan, weil ich zornig war. Ich konnte einfach nicht aufhören, ich wollte, dass *er* endlich aufhört, und dann lag er da, überall war Blut und …« Ein Schauer lief ihr den Rücken hinunter, und das Zittern von vorhin kehrte plötzlich zurück. »Ich bin gefährlich, Sir Raymond. Eine Sünderin. Ein Teufelskind, so wie sie im Dorf sagen.« Sie spürte Raymonds Blick auf sich und sah ihn herausfordernd an. »Ihr solltet wirklich mehr Angst vor mir haben.«

Schnell rutschte Raymond ein Stück von ihr weg, die Hände hoch erhoben. Lia musste gegen ihren Willen grinsen. Sie sah zu ihm auf und musterte ihn von oben bis unten. »Nun, vielleicht müsst *Ihr* keine Angst vor mir haben, Ihr seid ein Riese, aber damit seid Ihr auch schon der Einzige auf der Welt.«

Lachend ließ der Ritter sich neben ihr nieder, und ehe sie sich's versah, lag sein dick gefütterter Umhang um ihre Schultern. Seine Augen funkelten belustigt, warm und gütig. Und erneut bemerkte Lia, wie wohl sie sich in seiner Gegenwart fühlte. Sicher. Verstanden. Als könnte sie ihm alles sagen.

»Ich glaube, Ihr erkennt nicht, wie schlimm es um mich steht, Sir Raymond. Ihr haltet mich für ein einfältiges Kind, aber in mir drinnen lebt die schwarze Seele einer Sünderin – ich wollte Colwyn in den Wye stoßen. Schon bevor er Alina angegriffen hat, kam mir der Gedanke, obwohl ich wusste, dass die Strömung lebensgefährlich ist.«

Raymond sah sie ernst an. »Nicht die Gedanken zählen, Basilia, sondern, ob wir danach handeln.«

»Das macht keinen Unterschied. Sündige Gedanken, sündige Taten … das ist alles dasselbe.«

»Für Colwyn macht es einen Unterschied, denn er lebt noch. Und für Gott ebenfalls. Für unsere Gedanken können wir nichts, sie machen uns nicht zu schlechten Christen, zu schlechten Menschen. Du hast dich entschieden, erst zu handeln, als deine Schwester in Gefahr war, das beweist, was für eine reine Seele du besitzt … das schafft nicht jeder.«

Lia sah ihn prüfend an. Irgendwas ging von diesen letzten Worten aus, sein Tonfall war nachdenklich, als schweifte er in die Ferne. Sprach er von sich selbst? Hatte er etwas Schlimmes getan? Ehe sie nachfragen konnte, fuhr er schon fort: »Außerdem will ich diesen ganzen Teufelsbrut-Unsinn aus dem Dorf nie wieder aus deinem Munde hören, Basilia de Clare!«

Ein Schnauben, das auch ein Schluchzen sein konnte, entfuhr ihr, sie zog den Umhang enger um sich, da er so wohlig warm war. »Ich bin keine de Clare. Ich bin ein Bastard.«

»Dein Vater hat dich anerkannt, und sein Wort ist Gesetz.«

»Aber er ist nie hier, und in seiner Abwesenheit herrschen andere Gesetze.«

Der hünenhafte Ritter neben ihr seufzte. »De Montmorency und Lady Isabel machen es euch nicht leicht, nicht wahr?«

Sie brachte nur ein Kopfschütteln zustande.

»Nun, de Montmorency ist ein faules, gieriges Stück Dreck, das sich gerne von einem hochwohlgeborenen Neffen durchfüttern lässt. Und Lady Isabel: Meine Ritterehre verbietet mir, etwas Schlechtes über eine Lady zu sagen, aber du darfst nicht persönlich nehmen, was sie sagt.«

Lia verstand nicht, was er meinte, aber er fuhr ohnehin schon fort, als säßen sie hier wie zwei Freunde gemütlich bei Sonnenschein am Fluss und nicht als Fremde halb erfroren im nassen Wald, während die ganze Burg nach ihr suchte.

»Du und deine Geschwister, ihr erinnert sie an eigene Verfehlungen, daran, dass sie selbst nicht immer so vorbildlich gehandelt hat, wie sie es von anderen erwartet. Du weißt, dass dein Vater eine Halbschwester hat?«

Lia sah zu ihm auf. »Ja, sie ist etwas älter als er und Äbtissin in einem Nonnenkloster in der Normandie. Vater hat einmal von ihr erzählt. Und von seiner anderen Schwester, die genauso wie ich Basilia heißt. Nach ihr hat er mich benannt. Auch wenn der Name zu seiner Schwester bestimmt besser passt als zu mir.«

»Ja, damit magst du recht haben.«

Überrascht sah sie ihn an, das hatte sie nicht erwartet, und ein wenig trafen seine Worte sie sogar.

Raymond aber lächelte, zumindest glaubte sie, das in der Dunkelheit zu sehen. »Der Name bedeutet ›königlich‹, wusstest du das? Und ich finde, königlich zu sein ist nicht gerade erstrebenswert, auch wenn viele das glauben. Und du, Basilia, bist ganz vieles, aber bestimmt nicht königlich. Dafür scheinst du mir viel zu ehrlich.«

Lia sollte sich beleidigt fühlen, aber seine Worte klangen wie ein Kompliment. Als wäre sie genau so, wie sie sein sollte. Dieses Gefühl hatte ihr selten jemand gegeben.

»Dann nennt mich Lia«, sagte sie bestimmt, und sie hörte ihn leise lachen.

»Lia – das ist hübsch, es passt zu dir. Nun, Lia, um auf die Familie deines Vaters zurückzukommen. Seine Halbschwester ist eine Tochter des verstorbenen Königs Henry I. Deine Großmutter war eine Weile seine Mätresse, ehe der König sie mit deinem Großvater verheiratete. Also hatte auch Lady Isabel einen Bastard – obwohl ich das Wort nicht mag.«

Lia sah in Raymonds Gesicht hoch und wollte ihren Ohren nicht trauen. Die tugendhafte, sittenstrenge Lady Isabel war die Mätresse eines Königs gewesen? Hatte ein Kind außerhalb des Ehebundes geboren? Sie wusste, was das bedeutete. Seit sie zurückdenken konnte, hatte sie gelernt, dass Bastarde etwas Schmutziges, Sündhaftes waren. Die Menschen im Dorf wurden nie müde, sie daran zu erinnern, genauso wenig der Onkel ihres Vaters oder ihre Großmutter. Bastarde waren nichts wert, die Liebe ihrer Mutter, Tante, ihres Vaters und Großvaters war machtlos gegen all den Hass der anderen. Zwar blickten Briten nicht derart verachtungsvoll auf illegitim geborene Kinder, sofern der Vater sie anerkannte, aber die Dörfler verabscheuten sie auch so, weil sie ein Kind des Feindes war.

»Sieh dich an, Lia. Du bist völlig durchgefroren und müde. Es wird wirklich Zeit, dich zurückzubringen.«

Sie rutschte erneut von dem Ritter weg, auch wenn ihr klar war, dass er sie jederzeit schnappen und zur Burg zerren konnte, wenn er wollte. Ein untersetzter Mann wie de Quincy hatte sie schon ohne Mühe unter Kontrolle gehabt, Raymond le Gros brauchte dazu wohl nur seinen kleinen Finger.

Raymond hob die Hände, als hätte er ihre Gedanken gelesen. »Ich werde dich nicht zwingen, wenn du hierbleiben willst, gut.«

Sie legte ihr Kinn auf die Knie. Trotz des warmen Mantels fror sie immer noch bitterlich. Jedoch hatte sie sich lange nicht mehr so geborgen und verstanden gefühlt wie hier in der Dunkelheit mit Raymond le Gros. Der Gedanke, sich dem Rest der Welt zu stellen, ließ sie erwägen, tatsächlich hierzubleiben.

»Aber du musst wissen, dass du mich, sollte das deine Entscheidung sein, dazu verdammst, die Nacht hier in diesem kalten, nassen Loch zu verbringen, denn alleine lassen kann ich dich leider auch nicht. Und du solltest bedenken, was für eine lange Reise ich hinter mir habe – den ganzen Weg aus der Normandie über den Kanal bin ich gekommen, dem Wetter und dem Meer ungeschützt ausgesetzt, dann hierhergeritten, ohne eine Mahlzeit im Bauch. Und ein so großer Mann, wie ich es bin, braucht regelmäßig etwas zwischen die Zähne, sonst fällt er einfach um. Deshalb bitte ich dich um Erbarmen. Ich brauche wirklich ein warmes Feuer, etwas in den Bauch und mindestens drei Tage Schlaf.«

Lia presste die Lippen aufeinander und erhob sich schließlich mühevoll. Jeder Knochen tat ihr weh, doch es gelang ihr, halbwegs würdevoll zu nicken. »Nun gut, Sir Raymond. Ich werde dafür sorgen, dass Ihr nicht verhungert.«

Raymond führte sie zielsicher durch den Wald zu den anderen, als könnten seine Augen wie die einer Katze nachts besser sehen. Erstaunlich fand sie auch, dass er auf seinem Weg durchs Dickicht kaum Geräusche verursachte. Solche Leichtfüßigkeit hätte sie einem derart großen Mann nicht zugetraut. Aber vielleicht war diese Fähigkeit unerlässlich für einen Krieger, der sich bestimmt auch mal anschleichen musste. In ihrer Fantasie sah sie Raymond auf der Lauer liegen, den Feind überraschen, böse Menschen verfolgen und Gerechtigkeit einfordern.

Nach einer gefühlten Ewigkeit erkannte sie die ersten tanzenden Lichter, und die traumhaften, abenteuerlichen Bilder schwanden mit der näher dringenden Realität. Sofort wurde ihr ganz mulmig zumute. Was, wenn Raymond sich täuschte? Was, wenn ihr doch eine grauenvolle Strafe blühte?

Instinktiv griff sie nach seiner Hand, und als sich seine warmen Finger um ihre schlossen, fühlte sie sich sofort besser. Sie spürte, dass er auf sie hinabsah, er sagte aber nichts, sondern ging wortlos weiter.

Zwei kleine Jagdhunde liefen ihnen kläffend entgegen, und am liebsten hätte Lia sich von Raymond auf den Arm nehmen lassen. Aber mehr als aufgeregt um sie herumspringen taten die Tiere zu ihrer Erleichterung nicht. Schließlich erkannte Lia inmitten eines Kranzes aus Fackeln einen Reiter auf einem Pferd, das rote Haar des Mannes leuchtete im Schein des Feuers.

Schlagartig blieb sie stehen. Ihr Herz begann schneller zu schlagen, und sie spürte, wie ihr erneut die Tränen kamen.

»Basilia?« Der Reiter schwang sich aus dem Sattel und schob sich zwischen den anderen Rittern hindurch. »Basilia, bist du es wirklich? Geht es dir gut?«

Raymond ließ sie los, gab ihr einen kleinen Schubs, und Lia setzte vorsichtig einen Schritt vor den anderen. Es war eine Ewigkeit her, seit sie ihrem Vater, dem mächtigen Strongbow, das letzte Mal gegenübergestanden war. Und damals hatte sie sich keiner Vergehen schuldig gemacht. Was sollte sie jetzt sagen? Musste sie einen Knicks machen? Ihn ansprechen wie die Lords und Ladys? Wie hatte sie beim letzten Mal mit ihm gesprochen? Sie konnte sich nicht erinnern.

»Basilia!« Er beschleunigte seine Schritte, sein Ringpanzer klirrte, sein Schwert pendelte an seiner Seite. »Was hast du dir nur dabei gedacht?«

Sie blieb stehen, ihr Hals war plötzlich wie zugeschnürt. Sie sah zurück zu Raymond, der beinahe mit der Dunkelheit verschmolzen war. Da fiel ihr Vater unvermittelt vor ihr auf die Knie. Sie zuckte zurück, so überrascht war sie, aber im nächsten Moment schlang er schon seine Arme um sie und zog sie fest an seine Brust.

»Mach das nie wieder, hast du mich verstanden? Wenn dir etwas geschehen wäre …« Er verstärkte seinen Druck, und Lia konnte sich nicht mehr zusammenreißen.

Sie klammerte sich an seinen Umhang und weinte, es sprudelte nur so aus ihr heraus. Die leise Erinnerung seines Geruchs nach Eisen und Pferd hüllte sie ein, gab ihr das Gefühl, dass ihr nichts mehr passieren konnte.

»Lieber Gott, ich danke dir«, murmelte er immer wieder. »Du hast sie mir zurückgebracht.« Er hielt sie fest an sich gedrückt, seine ruhige Stimme klang wie eine sanfte Brise.

»Es tut mir leid.«

Er schob sie von sich, ließ seinen Blick prüfend über sie gleiten und wischte ihr mit beiden Händen übers Gesicht die Haare zurück. Es brannte, aber das machte ihr nichts aus. »Du siehst fürchterlich aus, fy nghalon.«

Lia schniefte und wischte sich über die Nase. Er nannte sie »mein Herz«, zwei der wenigen Wörter, die er in ihrer Muttersprache aussprechen konnte. Sie blinzelte die Tränen weg, um ihn genauer betrachten zu können. Im Grunde hatte er sich kaum verändert. Das rote Haar trug er etwas länger als beim letzten Mal, es fiel ihm weich in den Nacken. Auch den Bart hatte er sich nicht weggeschabt, seine Wangen und das Kinn waren von Stoppeln übersät. Die vielen Sommersprossen konnte sie in der Dunkelheit kaum erkennen, aber sie sah, wie müde seine Augen wirkten. Ansonsten war er derselbe, er löste dieselben Gefühle von Wärme und Geborgenheit in ihr aus wie sonst auch, vermischt mit unerschütterlicher Ehrfurcht.

»Danke, dass du nach mir hast suchen lassen.« Sie wischte sich die in ihren Kratzern brennenden Tränen von den Wangen und dachte an die Einsamkeit im kalten Wald. »Ich hätte nie wieder zurückgefunden.« Was ihr Ziel gewesen war, aber während er sie so nahe bei sich hielt, spürte sie keine Bedrohung mehr, durch nichts und niemanden.

»Natürlich lasse ich nach dir suchen, wenn du einfach so verschwindest. Jeden Stein hätte ich umgedreht.« Er zog sie noch einmal an sich und küsste sie auf den Scheitel. Dann erhob er sich. »Komm, du bist eiskalt, ich bringe dich zu deiner Mutter. Sie ist vor Sorge bestimmt schon ganz krank.«

»Sie wird fürchterlich schimpfen.«

Er sah auf sie hinab, und sie glaubte, ein Lächeln zu erkennen. »Darum kümmere ich mich schon. Hier.« Er zog einen Ring von seinem Finger und reichte ihn ihr. In der Dunkelheit konnte sie ihn kaum erkennen, aber sie spürte, dass Steine in den schmalen goldenen Reif eingesetzt waren. »Trage ihn stets bei dir, und du wirst wissen, dass du einen Beschützer hast.«

Basilia presste die Lippen aufeinander. Sie wusste, sie durfte ein so wertvolles Geschenk nicht annehmen. Ihre Mutter bestand stets darauf, dass sie kostbare Gaben ihres Vaters ablehnten. Nur ein paar Haarbänder hatten sie behalten dürfen. »Wir brauchen diesen Prunk nicht«, hatte sie ein ums andere Mal gesagt, »wir lieben euren Vater, auch ohne dafür bezahlt zu werden.« Dabei wusste Lia, dass es ihrer Mutter auch um das Gerede im Dorf ging, um die Leute, die sagten, dass sie sich verkaufte.

Aber wenn ihr Vater wollte, dass sie den Ring behielt? Er war etwas, das sie bei sich tragen konnte und sie an ihn erinnerte. Sie besaß nichts dergleichen, sie konnte ihn nicht zurückgeben. Doch sie konnte ihn gut verstecken, sodass weder ihre Mutter noch ihre Schwester davon erfuhren.

»Danke.« Sie steckte den Ring an ihren Daumen und schloss die Hand zur Faust, damit sie ihn nicht verlor. Zu Hause wollte sie ihn auf eine Schnur fädeln und um den Hals tragen.

Ihr Vater hob sie in den Sattel und schwang sich hinter ihr aufs Pferd. »Jetzt musst du erst mal ins Warme und schlafen.«

Sie nickte und schmiegte sich an ihn. Der Wald war hell beleuchtet von den Fackeln der anderen Ritter. Sie spürte so manchen missfälligen Blick auf sich. Sogar Raymond hatte sich darüber beschwert, mitten in der Nacht nach ihr suchen zu müssen. Was mochte den anderen Männern durch den Kopf gehen?

»Hervey de Montmorency hat Merfyn getötet.« Die Worte verließen ihren Mund, ehe sie darüber nachdenken konnte.

»Wen?« Ihr Vater hielt seine Arme fest um sie geschlungen und lenkte das Pferd mühelos mit seinen Beinen.

»Einen walisischen Händler, der auf die Burg kam. De Montmorency hat ihn umgebracht. Einfach so.«

»Ach Liebes, Hervey hat mir bereits erzählt, dass der Händler einen Radau veranstaltet hat, von der aufkommenden Rebellion der Waliser sprach und dann nach einer Waffe griff.«

Lia schnappte empört nach Luft. »Das ist eine Lüge!«

»Die gesamte Garnison hat mir seine Worte bestätigt. Du warst sehr aufgeregt, es war bestimmt ganz schrecklich für dich, das alles mitanzusehen, aber …«

Lia drehte sich im Sattel zu ihrem Vater um, so gut es ging. »Merfyn hat nichts getan. Er hat mich nur sicher zur Burg gebracht, mir zu essen gegeben. Er war freundlich. Ich wollte wegen Colwyn mit dir sprechen, und er hat mich mitgenommen. Er war ein einfacher Händler, ein guter Mann.«

»Basilia, gute Männer haben mir ihr Wort gegeben.«

»Zählt *mein* Wort denn nichts?«

Er zog sie wieder an sich, sodass sie nach vorne sehen musste. »Natürlich, aber du bist noch ein Kind. Du weißt vielleicht gar nicht wirklich, was du gesehen hast, du warst wegen des Fischersjungen aufgewühlt und …«

»Er ist ein Lügner! Er ist ein Mörder und ein Lügner!« Ihr Atem ging immer schneller, sie konnte nicht glauben, dass de Montmorency mit solch einer abscheulichen Tat davonkam. Sie hatte sich die größten Sorgen gemacht, für ihr Verbrechen bestraft zu werden, aber anscheinend zählte Gerechtigkeit hier überhaupt nichts. »Was ist mit de Quincy? Es war *sein* Schwert, er wird dir sagen …«

»Er hat mir erzählt, dass der Händler es ihm abnehmen wollte, dass mein Onkel noch beherzt dazwischenging und die Situation rettete.«

»Aber …« Sie sah sich hilfesuchend um, die Ritter hielten

einigen Abstand von ihnen, die meisten gingen voraus und beleuchteten den Weg zurück zur Straße. Sie konnte nicht glauben, dass bei all den Menschen auf der Burg niemand bereit war, die Wahrheit auszusprechen. »Sir Raymond.« Sie suchte zwischen den Bäumen nach der hünenhaften Gestalt. »Er war im Hof, er muss es gesehen haben.« Aber kaum hatte sie die Worte ausgesprochen, bereute sie sie auch schon. Die ganze Garnison hatte gelogen. War das Wort eines Ritters überhaupt noch etwas wert? Einst hätte sie, ohne zu überlegen, darauf vertraut, aber jetzt nicht mehr.

Sie spürte ihren Vater tief ein- und ausatmen, dann winkte er einem der neben ihm herlaufenden Burschen. »Hol le Gros her.« Der Junge nickte und verschwand Augenblicke später in der Dunkelheit.

Lia schloss die Augen. Wieso hatte sie Raymond in diese Sache hineingezogen? Er konnte schlecht als Einziger etwas anderes behaupten, ohne in Schwierigkeiten zu geraten. Das wusste er, und sie hätte es wissen müssen.

»Mylord?« Raymond trieb sein Pferd aus der Dunkelheit neben sie.

»Le Gros, meine Tochter sagt, du wärst Zeuge des Aufstands der walisischen Händler gewesen, der meinen Onkel gezwungen hat, zum Äußersten zu greifen. Ist es so?«

»Es tut mir leid, Mylord, ich habe keinen Aufstand gesehen.«

Lia sah den Ritter überrascht an. Die Worte waren ihm so schnell und mühelos über die Lippen gekommen, als hätte er nicht einmal darüber nachdenken müssen, sich zwischen Wahrheit und Lüge zu entscheiden – ungeachtet der Konsequenzen, die ihm womöglich von de Montmorency oder seinen Kameraden blühten.

»Weil es keinen gab«, murmelte sie, aber ihr Vater beachtete sie gar nicht.

»Was soll das heißen? Was hast du gesehen?«

Raymond sprach ungerührt, er sah sie nicht an, nur seinen Herrn. »Die Händler kamen durchs Tor, Mylord, de Quincy überprüfte sie, de Montmorency ging hinzu, nahm de Quincys Schwert, setzte es dem Händler an die Brust und stach zu – mitten ins Herz.«

Einen Moment lang war es ganz still, eine Eule rief, von fern her hörte sie ein Rascheln, aber niemand wagte es zu sprechen.

Schließlich spürte sie, wie ihr Vater den Rücken straffte. »Wie kommt es, dass du etwas völlig anderes gesehen hast als der Rest der Anwesenden?«

Raymond zuckte mit den breiten Schultern. »Die anderen leben mit de Montmorency auf der Burg. Sie dienen ihm, nicht Euch, Mylord. Und Euer Onkel ist eine Ratte, ist er immer schon gewesen.«

Ein bedrohliches Knurren stieg aus der Kehle ihres Vaters. »Lass uns besser nicht von Ratten sprechen«, knurrte er. Lia verstand die Schärfe seiner Worte nicht, schließlich schien Raymond der einzig treue Ritter zu sein, den er hatte.

Gern hätte sie Raymond ein dankbares Lächeln geschenkt, aber sein Blick war weiterhin starr auf ihren Vater gerichtet. Im Moment war auch wichtiger, dass de Montmorency seine gerechte Strafe erhielt.

»Siehst du, Vater? Sowohl de Montmorency als auch de Quincy haben einen unschuldigen Mann ermordet. Wirst du sie davonjagen?«

»Mach dir darüber keine Gedanken, meine Kleine.« Er trieb das Pferd erneut an, energischer diesmal. »Was mit dem Händler geschehen ist, ist natürlich bedauerlich, aber …«

»Es war Mord!«

»Nun, ein Dutzend Männer sagen etwas anderes.«

Lia schüttelte ungläubig den Kopf. Sie konnte sich nicht erinnern, je an ihrem Vater gezweifelt zu haben, je etwas anderes als den größten, gütigsten Mann in ihm gesehen zu haben. Aber nun spürte sie einen Stich der Enttäuschung. Sie musste ihn überzeugen, nur wie?

Sie erreichten die Ebene am Fuße des Burghügels, zu ihrer Rechten lag die Hütte ihres Großvaters, des Fletchers, die sie in der Dunkelheit aber kaum erkennen konnte. Vor ihr auf dem Burghügel glitten Fackellichter mit den patrouillierenden Wachen auf und ab. Sie hatte nicht mehr viel Zeit, ehe ihr Vater sie ablud und seiner Wege ging.

»*Mam* hat mir erzählt, wie ihr euch kennengelernt habt«, begann sie vorsichtig und machte sich ganz schwer, in der Hoffnung, das Pferd damit in seinen Schritten zu verlangsamen. »Sie trug Gänsefedern für die Pfeile aus der Burg zu Großvater und stieß mit dir zusammen. Du warst übersät mit Federn, und ein Lord trat und schlug sie dafür. Aber du gingst dazwischen. Du wusstest, was Gerechtigkeit war. Du weißt auch jetzt, was richtig ist.«

Keine Antwort, es blieb ganz still, und Lia biss die Zähne zusammen. Sir Raymond stieß ein verdächtiges Husten neben ihr aus.

»De Montmorency hat willkürlich und grausam gehandelt, er hat ein Menschenleben ausgelöscht, einfach so, und die anderen müssen jetzt ohne ihn weiterleben. Du bist der Earl und …«

»Er ist mein Onkel.«

»Das stellt ihn nicht über das Gesetz.«

Ein Brummen, dann blieb das Pferd plötzlich stehen. Ihr Vater stieg ab und hob sie aus dem Sattel. Dann wandte er sich erneut an Sir Raymond neben ihm.

»Le Gros, du hast walisische Wurzeln, sprichst ihre Sprache und kennst ihre Gesetze. Welche Strafe kennen sie für … das Töten eines Menschen?«

Lia horchte verwundert auf. Raymond stammte von ihrem Volk ab? Wie kam es dann, dass er ein normannischer Ritter war?

Raymond blickte ihrem Vater unumwunden in die Augen.

»Wie Ihr sehr genau wisst, Mylord«, betonte er und ließ dabei nun doch flüchtig seinen Blick über sie schweifen, »bestrafen die Waliser nicht mit Tod oder Verstümmelung. Tötet einer von ihnen einen anderen, so muss der Familie des Opfers der Verlust vergolten werden. Sie muss Zahlungen und Güter erlangen, um die Arbeitskraft auszugleichen und das für …«

Ihr Vater winkte ungeduldig ab. »Jaja, richtig, eine Kompensationszahlung. Nun, dann sieh zu, dass du die Händler einholst und ihnen ihren Verlust ausgleichst.«

»Mylord, die Familie des Täters ist dazu verpflichtet, diese Zahlungen der Familie des Opfers über sieben Generationen zu erbringen.«

»Wir wollen es nicht übertreiben!«

Lia sah zwischen ihrem Vater und Raymond hin und her. »Du willst die Händler bezahlen?«

»Walisisches Recht für einen Waliser. Nun geh schon, le Gros, wir wollen ja nicht, dass die Händler um ihre Gerechtigkeit gebracht werden.«

Raymond verneigte sich knapp und zog sich zurück, ließ Lia sprachlos stehen. Sie sollte Genugtuung verspüren, aber stattdessen fühlte sie sich veralbert, wie ein dummes Kind. Ihr Vater hatte gewusst, dass de Montmorency mit einer Zahlung davonkommen würde.

»Das ist nicht genug«, hörte sie sich sagen. »De Montmorency sollte verbannt werden.«

Ihr Vater lachte leise auf, sie hörte seine Ungeduld darin, als er sich zu ihr hinabbeugte. »Und wer, werte Tochter, soll dann die Burg in meiner Abwesenheit führen?«

Trotzig schob sie ihr Kinn vor. »Du hast genügend fähige Männer. Was ist mit Sir Raymond?«

Abrupt richtete er sich auf, starrte auf sie hinunter. »Du und *Sir* Raymond scheint euch ja prächtig zu verstehen. Was hat er zu dir gesagt?«

Sie trat einen Schritt zurück, überrumpelt von seinem plötzlichen Zorn. »Überhaupt nichts!«

Ihr Vater sah sie lange an, dann nickte er und ging vor ihr auf ein Knie nieder. »Ich will, dass du mir jetzt sehr genau zuhörst, Basilia. Du bist meine Tochter, eine de Clare, ich habe dich und deine Geschwister anerkannt. Das macht euch sehr bedeutsam.«

Lia sah ihn ausdruckslos an, sie hatte sich noch nie in ihrem ganzen Leben bedeutsam gefühlt. Für sie war »bedeutsam« ein Fremdwort.

»Ihr seid mir sehr nahe, und viele andere wollen mir nahe sein. Sie wollen an der Macht und dem Reichtum eines Kronvasallen teilhaben. Über mir steht nur noch der König selbst, und wer Teil meiner Familie ist, kann viele Vorzüge genießen.«

»So wie de Montmorency«, brummte sie, aber ihr Vater winkte ab. Er umschloss ihre Hand, die noch immer den Ring festhielt.

»Eines Tages werden deine Schwester und du heiraten. Ihr werdet als de Clares gute Partien machen, Ladys sein. Dass ihr nicht ehelich geboren wurdet, spielt nur eine geringe Rolle. Das heißt, es gibt viele Männer, die gerne den Platz an eurer Seite einnehmen würden, die in die Familie eines Earls einheiraten wollen.«

Lia verengte die Augen. Eine Lady? Sie war nur ein Bastard, gehörte nicht in die Welt aus Rittern, Damen und Mauern aus schutzbietendem Stein. Aber sie musste sich eingestehen, dass es verlockend klang. Teil dieses Lebens, eine Normannin zu sein, eine Noble, der die Menschen mit Respekt begegneten. Sie wäre auch froh, eine richtige Waliserin zu sein, selbst wenn dies bedeutete, jenem Volk anzugehören, das von den Normannen regiert wurde, das einen Gutteil seines Landes verloren hatte und für die fremden Herrscher mit ihrer fremden Sprache arbeitete. Dann hätte sie zumindest gewusst, wohin sie gehörte, sie wäre von ihren eigenen Leuten akzeptiert worden, so einfach sie auch waren. Dann wäre sie kein Kind des Feindes. Aber mit einem normannischen Vater und einer walisischen Mutter war sie nichts, wertlos, sie gehörte nirgendwohin. Wie sollte sich das durch eine Heirat ändern?

»Verstehst du, was ich dir sage?« Ihr Vater legte ihr die Hände auf die Schultern. »Du wirst vielen begegnen, die freundlich zu dir sind, um deine Gunst zu erlangen. Täusche dich darin nicht.« Er warf einen Blick zurück. Dann sah er ihr wieder in die Augen, mit einem sturmgrauen Blick, der seinen Beinamen Strongbow unterstrich. »Ich will dich beschützen, Basilia, dich vor jeglichem Unglück bewahren. Deshalb musst du mir vertrauen. Raymond le Gros ist ehrgeizig. Er ist ein jüngerer Sohn, er kann kein Erbe erwarten und muss selbst zusehen, wie er zu Besitz gelangt. Du solltest vorsichtig sein und nicht alles glauben, was er sagt.«

Sie zuckte zurück, sodass seine Hände von ihr abglitten. Bereits zum zweiten Mal heute war sie von ihrem Vater enttäuscht. Einem Mann wie Sir Raymond, der ihr in den letzten Stunden zur Seite gestanden hatte, begegnete er mit Misstrauen. Und einen Mann wie de Montmorency nahm er in Schutz.

Hilfesuchend blickte sie gen Himmel, als könnte sie dort Antworten auf die vielen Fragen finden, die sie seit diesem verwirrenden Tag quälten. Aber stattdessen entdeckte sie etwas ganz anderes.

Sie schnappte nach Luft, als sie einen goldenen Blitz durch den Nachthimmel zur Erde jagen sah. Auch ihr Vater neben ihr keuchte erschrocken auf, genauso wie alle anderen, die plötzlich wild durcheinanderriefen.

Es war nicht nur ein einzelner leuchtender Schweif, es wurden immer mehr! Die Sterne fielen vom Himmel! Nie zuvor hatte sie dergleichen gesehen, unaufhörlich rasten die Lichter in der Ferne durch die Schwärze.

»Hab keine Angst, Basilia.« Ihr Vater zog sie dicht an sich

heran und streichelte ihr über die Schulter. »Das hat nichts zu bedeuten.« Sie hörte die Sorge in seiner Stimme, und auch die anderen gestandenen Krieger bekreuzigten sich panisch, ein paar von ihnen fielen gar auf die Knie und beteten.

Lia starrte nur auf die abstürzenden Lichter und war überrascht, dass sie keine Furcht verspürte. Eher Traurigkeit. Ihr kamen die fallenden Sterne wie ein Verlust vor. Weil auch ihr Vater in ihrer Achtung gefallen war.

Colwyn saß mit dem Rücken zu ihr am Flussufer. Die Sonne brannte ungewöhnlich heiß in diesen Mittagsstunden herunter, und Lia fragte sich, ob das mit den fallenden Sternen der Nacht zu tun hatte. Sie waren zum wichtigsten Gesprächsstoff geworden, der sogar die Aufregung über ihr Verschwinden gemildert hatte. Ihre Mutter hatte zwar angedroht, sie einzusperren, und ihr Vater war entschlossen gewesen, ihr eine Wache zur Seite zu stellen, aber sie hatte beide überzeugt, dass sie nur hatte nach Hause reiten wollen, das Pferd aber mit ihr durchgegangen und sie so im Wald gelandet war.

Entschlossen setzte sie einen Fuß vor den anderen und spielte mit den Enden des um ihre Taille gebundenen Stricks, der ihr einzig heiles Überkleid zusammenhielt. Es wäre doch gelacht, wenn sie nicht allen, und vor allem sich selbst, beweisen konnte, dass sie sehr wohl dazu imstande war, eine gehorsame, liebliche Normannin zu sein. Ihre Mutter war nach ihrer Rückkehr so verzweifelt gewesen, und Lia hatte ihr schwören müssen, sich von nun an tadellos zu benehmen.

Sie warf einen Blick zurück über die Schulter, um sicherzugehen, dass niemand ihr gefolgt war, und überwand schließlich den letzten Abschnitt.

»Colwyn.«

Der Junge fuhr herum, zuerst sah er überrascht, fast schon

erschrocken aus, dann blitzte Zorn in seinen dunklen Augen auf. »Was willst du, Bastard?« Ein roter, breiter Kratzer zog sich durch seine buschige Augenbraue, vielleicht würde er eine Narbe behalten. Ihr Magen zog sich zusammen.

»Ich wollte dich um Verzeihung bitten.«

»Soll das ein Scherz sein?« Er sprang auf, und beinahe wäre sie zurückgewichen, aber sie straffte die Schultern, hob den Kopf und sah ihm so entschieden wie möglich entgegen.

»Ich wollte Alina beschützen, bin aber zu weit gegangen. Es tut mir sehr leid, dass du so verletzt wurdest.« Sie streckte ihm die Hand entgegen, aber Colwyn ballte seine zur Faust.

»Wen interessiert das?« Er kam auf sie zu und brachte sein Gesicht vor ihres, so nah, dass nur noch ein Blatt zwischen sie gepasst hätte. »Du hast mich nicht verletzt, Bastard. Du bist ein kleines, nutzloses Mädchen mit unreinem Blut. Deine Entschuldigung kannst du dir sparen, und jetzt verschwinde.« Er stieß sie von sich, so heftig, dass sie nach hinten auf die Wiese fiel.

Sie presste ihre Lippen aufeinander, um nicht vor Schmerz aufzukeuchen, denn ihr Steißbein schmerzte immer noch grauenvoll von dem gestrigen Sturz vom Pferderücken. Sie starrte zu Colwyn hoch und atmete tief durch. Sie wusste, was jetzt das Richtige war. Heimkehren, ihrem Großvater bei den Pfeilen helfen oder Hemden ausbessern. Es gab immer etwas zu tun. Stattdessen stand sie langsam auf, straffte die Schultern und fixierte ihn mit all ihrem Hass. Nicht nur Hass auf ihn, sondern auf die gesamte Situation. Gerade hatte sie sich vorgenommen, mit dem edlen Gemüt einer zukünftigen Lady über den Dingen zu stehen, doch gleich bei ihrem ersten Versuch scheiterte sie kläglich. Sie wusste allmählich nicht mehr, wer sie war, geschweige denn, wer sie sein sollte.

»Es tut mir leid, dass du meine Entschuldigung nicht annehmen willst.« Sie sah in sein selbstgerechtes Gesicht und ballte ihrerseits die Fäuste. »Es ist aber auch nicht wichtig, denn schließlich werden wir beide nie wieder in eine solche Lage geraten.«

»Ach, werden wir nicht?« Er machte einen drohenden Schritt auf sie zu. »Denkst du wirklich, ich habe Angst vor deinem Väterchen? Glaubst du, er kann euch beschützen?«

Sie lächelte immer noch, auch wenn es sich wie eine Grimasse anfühlte. »Nein. Aber du musst wissen, dass ich meine Tat zwar bereue, doch manchmal verliere ich einfach die Kontrolle über mich, und dann …« Sie ging näher, sah ihm direkt in die Augen und kicherte furchterregend, »… werde ich gefährlich.«

Colwyn zuckte zurück, was ihr besondere Genugtuung verschaffte. »Du … du bist nur ein kleines Mädchen.« Irgendetwas lag in seinem Blick, sie konnte es nicht richtig deuten, aber es gefiel ihr.

Sie nickte langsam und drehte eine Haarsträhne um ihren Finger. »Ich weiß. Und ich verspreche, dir nicht mehr wehzutun, solange du Alina und mich in Ruhe lässt.«

»*Mir* nicht wehtun? Du?« Colwyns Stimme klang seltsam schrill.

Sie ging noch etwas näher, legte ihm die Hand auf den Arm, was seine Augen fast aus den Höhlen springen ließ. »Solange du mir keinen Grund dazu gibst.«

Colwyn starrte sie noch einen Moment lang fassungslos an, dann gab er ein grunzendes Geräusch von sich und stapfte davon, seine langen Arme neben sich herschwenkend.

Lia lehnte sich gegen einen Baum und lachte leise in sich hinein.

»Du hast recht, Kleine. Man sollte wirklich Angst vor dir haben.«

Erschrocken fuhr sie herum und blickte dann grinsend zu Boden. »Sir Raymond.«

Er löste sich vom Stamm einer Ulme und trat mit belustigt

funkelnden Augen näher, die Hände neben sich erhoben. »Ich komme in Frieden, bitte tu mir nichts.«

Ihre Mundwinkel hoben sich ganz von selbst, sie konnte sich gerade noch von einem Lachen abhalten. Auch Raymond grinste, was ihn sehr viel jünger wirken ließ als seine Anfang dreißig. In seinem Ringpanzer und mit gegürtetem Schwert stand er vor ihr, der dunkle Umhang mit dem Wappen ihres Vaters darauf flatterte im Wind um ihn herum. Seine Stiefel waren bis zu den Waden von eingetrocknetem Schlamm besudelt, was sie an seinen Auftrag erinnerte. »Habt Ihr die Händler gefunden?«

Sein Blick wanderte an ihr vorbei. »Ja.«

»Habt Ihr sie bezahlt?«

»Es heißt immer, Waliser sind ein stolzes Volk.« Er wandte sich dem Fluss zu und blickte über das schlammige Bett zur anderen Uferseite, nach England.

Lia ging an seine Seite. Sie musste an ihre Mutter denken, die ihnen stets verbot, Wertvolles von ihrem Vater anzunehmen. »Ja, das sagt man.«

Raymond hob seine Hand ans Kinn und wischte sich mit einem Seufzen über die goldenen Bartstoppeln. »Nun, es hat sich herausgestellt, dass das Gerücht wahr ist. Sie sind stolz. So stolz, dass es schon einer Dummheit gleichkommt.«

Lia seufzte. »Sie haben das Geld nicht genommen.«

Er sah auf sie hinab. »Dabei habe ich so nett Bitte gesagt.« Er lachte kurz auf, aber es klang nicht besonders fröhlich. »Die traurige Wahrheit ist, dass die Normannen noch sehr viel Schlimmeres mit den Engländern und den Walisern gemacht haben als de Montmorency gestern, seit sie diese Länder für sich beanspruchen. Wir können nichts dagegen unternehmen.«

»Die Normannen?« Sie trat einen Schritt zurück. »Ihr seid doch selbst einer.«

»Ich bin ein Geraldine.« Mit diesen Worten wandte er sich ab und ging weiter, Richtung Burg.

Lia beeilte sich, ihm hinterherzukommen. »Was bedeutet das?«

Er hielt kurz inne und schien zu überlegen. »Sagen wir, meine walisische Abstammung ist edler als die normannische deines Vaters.«

»Das verstehe ich nicht.«

Ein leises Lachen erklang, während er seinen Weg einfach fortsetzte. »Du bist ganz schön neugierig.«

»Nur wer Fragen stellt, wird klüger, sagt mein Großvater immer.«

»Ein weiser Mann, wie mir scheint.«

»Mein Vater ist auch ein weiser Mann.« Sie blieb stehen, und als Raymond sich ihr zuwandte, musterte sie ihn aufmerksam. »Wieso seid Ihr zum Fluss gekommen?«

»Weil ich gesehen habe, wie du dorthin gegangen bist.«

»Wieso seid Ihr mir gefolgt?«

»Um mit dir zu reden.«

Beinahe hätte sie die Augen gerollt, dann erinnerte sie sich an ihren Vorsatz, in Zukunft damenhafter zu sein. »Wieso?«

Raymond legte den Kopf schief, und nun war er es, der sie prüfend ansah. »Das Schicksal der Händler hat dich berührt, ich dachte mir, du willst wissen, ob ich sie gefunden habe. Außerdem wollte ich überprüfen, ob du deinen Ausflug gestern unbeschadet überstanden hast.« Er hob seine Hand an ihr Gesicht, berührte sie aber nicht und deutete nur vielsagend auf die vielen Kratzer, die ihre Mutter gestern mit einer Salbe aus Schmalz und Kräutern eingerieben hatte.

»Es geht mir ausgezeichnet. Danke.«

»Na dann.« Er wollte sich wieder abwenden, als es aus Lia herausplatzte.

»Habt Ihr vor, mich zu heiraten?« Sie sah ihn direkt an, wollte seine Reaktion sehen und erkennen, ob hinter den Worten ihres Vaters Wahrheit steckte.

»Heiraten.« Er rümpfte die Nase und sprach es aus wie etwas Fremdes, das sich für seine Zunge sonderbar anfühlte.

»Ihr seid ein jüngerer Sohn, Ihr werdet nichts erben, Ihr müsst Euren Weg selbst gehen und …«, rezitierte Lia aus dem Gedächtnis.

»Heiraten.« Plötzlich weiteten sich seine Augen. »Lia, du bist was? Acht, neun Jahre alt?«

»In ein paar Jahren heiratsfähig, ein profitables Bindeglied zum Earl of Striguil.«

Alle Farbe wich aus seinem Gesicht, nur um im nächsten Moment dunkelrot anzulaufen – vor Zorn, wie ihr schien. »Woher hast du denn diesen Unsinn schon wieder? Du kannst unmöglich selbst auf solch dumme Gedanken kommen!«

Damit hatte er recht, trotzdem ärgerte es sie, wenn er sie wie ein kleines Kind behandelte. »Wieso nicht? Weil ich zu jung bin, um ein falsches Spiel zu erkennen?«

»Du glaubst, ich spiele ein falsches Spiel?« Der Zorn ließ seine Stimme noch tiefer werden, und Lia hatte alle Mühe, ruhig stehenzubleiben.

»Ihr wart so freundlich zu mir.«

»Ein grausames Verbrechen!«

»Mir sind noch nicht besonders viele freundliche Ritter begegnet!«

Er deutete unwirsch zum Wald. »Ich bringe dich nach Hause, bevor einer von uns noch Ärger kriegt. Danach bleibst du von meiner Freundlichkeit verschont.«

Lia stand da wie vom Donner gerührt, plötzlich überkam sie die schreckliche Angst, ihn zu verlieren, obwohl sie ihn ja kaum kannte. Er war bislang der Einzige, der sie behandelte, als wäre sie jemand. Eine eigenständige Person. Nicht nur ein dummes Kind, ein Bastard, die Tochter eines mächtigen Mannes oder als was sie sonst noch gesehen wurde. Einfach nur Lia, mit der er sich unterhielt. Sie wollte das nicht verlieren.

»Es tut mir leid! Ich *will* Euch vertrauen.« Sie packte seinen Arm, und er blickte erstaunt auf ihre Hand hinab, als wundere er sich, dass jemand es wagte, ihn zu berühren, wenn er zornig war.

Sie glaubte schon, er würde einfach davongehen und sie stehenlassen, aber er seufzte nur. »Lia, ich bin nicht wütend auf dich, sondern auf denjenigen, der dir diesen Floh ins Ohr gesetzt hat, der dir einbläut, einem Freund nicht zu vertrauen, und dich damit dazu verdammt, allein durchs Leben zu gehen, wo du mir ohnehin schon recht einsam scheinst. Ich bin wütend, weil ich genau weiß, wer dir das eingeredet hat. Weil mehr dahintersteckt, als du weißt und ahnen kannst.«

Lia senkte den Blick, es hatte keinen Sinn, seine Worte zu leugnen. »Er will mich nur beschützen.«

»Das soll er auch. Aber er zieht dich in eine Sache rein, die …«

Sie sah zu ihm hoch. »Was ist zwischen euch? Ihr seid sein Ritter, ich dachte, Ihr wäret … befreundet.«

Raymond schüttelte mit einem traurigen Lächeln den Kopf. »Ich bin ein Ritter in seinem Dienst. Und das ist in Ordnung so. Es hat mich wohl etwas unvorbereitet getroffen – diese Fragen über Heiratsabsichten.« Endlich zeigte sich das vertraute belustigte Funkeln. »Einigen wir uns darauf, dass ich weiterhin nett zu dir sein darf und du einfach deine Kindheit genießt, ohne an zukünftige Ehemänner zu denken?«

Lia nickte grinsend, erleichtert über diese Versöhnung und die fehlenden Heiratsabsichten. Sie streckte ihm ihre Hand entgegen. »Freunde.«

Raymond sah auf ihre winzige Hand hinab und lächelte auf sehr sonderbare Weise, als berührte ihn ihre Geste. Schließlich schlug er ein, ihre Hand verschwand in seiner, sie schloss sich sanft um sie, und er schüttelte sie. »Freunde.«

Einen Moment lang hielt er sie noch fest, sah ihr in die Augen, fast schon nachdenklich, dann wies er wieder zum Wald. »Na dann komm, deine Mutter fragt sich bestimmt schon, wo du bist.«

Nein, ihre Mutter sicher nicht, sie arbeitete wie jeden Tag auf der Burg, vielleicht verbrachte sie heute auch Zeit mit ihrem Vater. Aber ihr Großvater mochte bereits fluchend nach ihr suchen, und so folgte sie Raymond quer durchs hohe Gras vom Ufer weg Richtung Waldrand. Sie ertappte sich dabei, wie sie zu ihm aufsah, glücklich, sich nicht mehr von ihren nagenden Zweifeln quälen lassen zu müssen. Ihr Vater mochte denken, was er wollte, er glaubte ja sogar de Montmorency. Raymond hatte bestimmt keine geheimen Absichten. Und außerdem gab es bestimmt Schlimmeres, als Raymond zu heiraten, wenn sie schon heiraten musste.

3 Jahre später
Striguil Castle, Ostwales,
Frühling 1167

Lia beobachtete die vielen Karren auf der Straße, voll beladen mit gekochten Eiern, Fleisch und anderen Köstlichkeiten. Ihr lief das Wasser im Munde zusammen. Nur noch wenige Tage, dann war die Fastenzeit vorüber, dann gab es wieder anderes als Fisch und Krabben und Haferfladen. Am Ostersonntag lud die Burg all seine Untergebenen zu einem großen Fest ein, Lady Isabel wusch ihnen nach dem Kirchgang die Füße, und dann gab es so viel zu essen, bis ihnen der Bauch schmerzte. Auch Milch und Butter waren endlich wieder erlaubt, und sie konnten all die Eier essen, die die Hühner während der Fastenzeit gelegt hatten und die zur Haltbarkeit hart gekocht worden waren.

Lia freute sich schon darauf, sie später rot anzumalen, um an das Blut Christi zu erinnern. Vorher musste sie aber noch Zweige und Äste für die Messe morgen sammeln, damit der Altar damit geschmückt werden konnte, zur Erinnerung an die Geißelung Jesu.

Sie hielt sich am Waldrand, von wo sie die Straße im Auge behalten konnte, insgeheim hoffend, ihren Vater zurückkehren zu sehen. Aber er war wie immer mit dem König unterwegs. Mal hier, mal da, mal in England, mal in Wales, mal in der Normandie, mal in Aquitanien. Zu sehen bekam sie ihn so gut wie nie, aber sie kannte es nicht anders. Ein leises Hoffen und Bangen war trotzdem ihr ständiger Begleiter. Das Warten auf jemanden, auf etwas, auf einen Weg in seine Welt, in der er sie endlich mit sich nahm und ihr einen Platz gab, an den sie gehörte. Sie berührte seinen Ring an ihrer Brust, genoss das schwache Gewicht, das sie stets an ihn erinnerte.

Einen Moment lang sah sie noch den Karren auf ihrem Weg zur Burg zu, dann bückte sie sich und zog weitere Zweige aus dem Gestrüpp. Sie wollte sich gerade abwenden, beide Arme voll beladen, als ihr ein Mann auffiel, der den Pfad verließ und direkt auf sie zukam. Er hielt einen langen Wanderstab in der Hand, stützte sich aber nicht darauf, sondern ging leichtfüßig zwischen zwei Feldern hindurch, die die Bauern gerade zur Aussaat des Hafers pflügten.

Lia sah sich um, auf der Suche nach jemandem, den der Mann vielleicht kannte, aber hinter ihr lag nur die Hütte ihres Großvaters. Unentschlossen, was sie tun sollte, blieb sie stehen, wartete, vielleicht brauchte er ja Hilfe.

»Mädchen!« Er hob den Stock und winkte freundlich lächelnd. »Hab keine Angst.« Er kam zügig näher, und Lia ging ihm das letzte Stück entgegen.

»Kann ich Euch helfen?« Sie ließ ihren Blick über ihn wandern, er trug enganliegende Beinlinge, gute Stiefel und ein bläulich gefärbtes Leinenhemd. Um die Taille hatte er ein Lederband gebunden, das das Hemd zusammenhielt, daran war ein Beutel befestigt. Er schien ihr kein Adliger, aber durchaus wohlhabender als ein einfacher Bauer aus diesem Dorf.

»Das ist sehr freundlich von dir.« Er beugte sich zu ihr hinunter. Er war nicht besonders hochgewachsen, bestimmt einen Kopf kleiner als ihr Vater, wenn auch bestimmt zehn Jahre älter als er, vielleicht etwas über vierzig Jahre. Das schwarze, an den Schläfen ergraute Haar trug er so kurz, dass nur noch Stoppeln zu sehen waren, den Schnurrbart dafür umso länger. Seine Haut war dunkel, als verbrächte er sehr viel Zeit draußen. »Kannst du mir vielleicht sagen, wo ich den Fletcher finde?« Er sprach walisisch, und Lia musterte ihn noch einmal genauer. Vielleicht war er der Bedienstete eines großen walisischen Kriegsherrn oder sogar eines Fürsten und wollte Pfeile in Auftrag geben. Von ihrer Mutter wusste sie, dass walisische Herrscher sich weitaus besser um ihre Untergebenen kümmerten als normannische. Dreimal im Jahr, zu Ostern, zu Pfingsten und zu Weihnachten, gaben die Fürsten ihre Kleidung an ihre Hofbeamten und die persönliche Kriegsbande weiter. Und diese wiederum gaben ihre Kleidung dem nächsten Rang und immer so weiter, bis alle neu ausgestattet waren. Die Kleidung des einfachsten Mannes spiegelte die Würde des Herrn wider, und ein schlecht gekleideter Mann konnte für einen Fürsten nur beschämend sein. Die Normannen verstanden davon nichts, sie kleideten sich lieber selbst besonders prächtig und hätten auch nichts dagegen, liefe das Gesinde nackt herum. Das ließe sich vielleicht ändern, wenn sie selbst einmal eine normannische Lady war. Dann könnte sie die walisischen Traditionen mit den normannischen verbinden, aus beidem das Beste herausholen.

»Der Fletcher ist mein Großvater«, antwortete sie und deutete mit dem Kopf Richtung Hütte. »Er wohnt gleich da drüben.«

»Ach, dein Großvater? Dann bist du eins von Elens Mädchen?«

Verwundert zog sie die Augenbrauen hoch, nickte aber und setzte sich in Bewegung, um den Fremden nach Hause zu begleiten.

»Lass mich dir helfen.« Er streckte die Hände aus und wollte ihr die Zweige abnehmen, aber sie wich ihm aus.

»Das ist schon in Ordnung. Sie sind für die Kapelle im Dorf. Später sammeln meine Schwester Alina und ich noch welche für die große Priorei-Kirche am Hügel.«

»Wie fleißig ihr seid.« Er musterte sie von oben bis unten. »Wenn deine Schwester Alina heißt, dann musst du Basilia sein.«

Sie blieb stehen. »Woher wisst Ihr das?«

»Bitte verzeih meine Unhöflichkeit.« Er verneigte sich knapp. »Mein Name ist Gildas, mein Vater war ein enger Freund deines Großvaters – damals, als er noch oben in Elfael lebte. Von dort komme ich.«

»Ich weiß nicht, wo das ist. Auch nicht, dass Großvater dort lebte, ich dachte, er war immer schon in Striguil.«

Er legte ihr die Hand auf den Arm. »Dann gibt es ja noch viel zu erzählen.« Er zwinkerte ihr zu und ging weiter.

Das Tor zu ihrem Zuhause, das immer noch niemand repariert hatte, lehnte gegen den Zaun, es war bereits so von Schlingpflanzen überwuchert, dass es kaum noch zu sehen war. Auch die Tür der Hütte stand weit offen, um Licht und Sonne hineinzulassen.

»Großvater? Ich bringe einen Gast!« Ihre Augen brauchten einen Moment, um sich nach der grellen Frühlingssonne an das Zwielicht im Inneren zu gewöhnen. Die Sonne griff zwischen den Ritzen des Holzes als staubumwirbelte Lichtfinger herein und warf vor der Tür ein großes Rechteck auf die Binsen.

Ihr Großvater saß auf einem Tuch auf dem Boden, gleich neben der schwelenden Feuerstelle, die nie gelöscht wurde. In der Ecke kniete Alina und schnitzte Nocken in die Eschenschäfte, durch welche die Pfeile später an den Sehnen eingespannt werden konnten.

»Einen Gast?« Ihr Großvater legte seine Schnitzarbeit zur Seite und stand mit düsterer Miene auf. Seine grauen Augenbrauen zu einer Linie zusammengezogen und die Lippen zu einem schmalen Strich gepresst, sah er an ihr vorbei. Er war immer schon misstrauisch gewesen. Sie glaubte, das lag an der Nähe zu den Normannen, die manchmal hier anklopften und nach Tante Marared fragten. Mittlerweile wusste Lia, dass ihre Tante in der Taverne ihren Körper für Geld verkaufte, denn in der Burg durfte sie nicht arbeiten. Auch sonst war niemand bereit, sie für ihre Dienste zu entlohnen. Nur Männer. Niemand sprach darüber, aber Lia hatte es sich aus Gesprächsfetzen zusammengereimt. Lady Isabel hatte stets verhindert, dass Marared Anstellung in der Burg fand, denn vor beinahe dreißig Jahren hatte sie einem Ritter ein uneheliches Kind geboren. Der Ritter hatte nichts vom Kind wissen wollen und war dann in einem Grenzscharmützel gefallen.

Zum Glück lebte Siwan inzwischen glücklich verheiratet mit einem Fischer im benachbarten Dorf, wo niemand sie aufgrund ihrer Herkunft beschimpfen konnte. Bei ihrem eigenen Sohn und seinen drei Bastarden konnte Lady Isabel zum Glück nicht viel unternehmen, und so hatte zumindest Lias Mutter eine anständige Stellung als Magd.

»Davydd, ich bin es, Gildas ap Rhydderch aus Elfael. Erinnerst du dich noch an mich? Ich war ein Junge bei unserer letzten Begegnung.«

»Du meine Güte, Gildas, tritt ein!«

Der Mann schob sich an Lia vorbei und fand sich sogleich in einer festen Umarmung wieder. Erstaunt über die Vertraulichkeit sah Lia zu den beiden Männern hoch und dann zu Alina, die sofort diensteifrig Wasser in eine Schale schöpfte und sie dem Fremden zum Waschen anbot, so wie es sich gebührte.

»Wie gut es tut, dich wiederzusehen, Junge! Obwohl, das darf ich ja nicht mehr sagen, du bist schon lange ein Mann. Sei willkommen! Basilia, los, bring meinem Freund zu trinken.«

Lia setzte sich in Bewegung, aber Alina war schneller. Sie füllte auch einen Becher mit Brunnenwasser, denn Milch und Bier waren immer noch verboten, und reichte ihn Gildas mit einem mühelosen Knicks.

Lia presste die Lippen aufeinander, ein merkwürdiger Stich fuhr ihr durch die Brust. Eifersucht vielleicht. Neid. Ein Teil in ihr wollte so sein wie ihre Schwester, der alles so leichtfiel, während sie selbst nur verloren in der Mitte stand und nicht wusste, was sie tun, wie sie sich verhalten sollte.

»Ich … ich bringe die Zweige zur Kapelle«, murmelte sie, aber niemand hörte richtig hin. Also machte sie sich auf den Weg zu der kleinen Kirche inmitten der Katen der Bauern und erkundigte sich, ob sie noch auf andere Weise behilflich sein konnte. Aber sie wurde nicht gebraucht, und so überlegte sie, zum Fluss zu gehen, sich ins hohe Gras zu legen und in den blauen Himmel zu sehen. Sie kam jedoch schnell zu der Erkenntnis, dass das ungerecht wäre. Sie sollte zu Hause helfen, es gab immer etwas zu tun.

Bei ihrem Eintreffen saßen Gildas und ihr Großvater zusammen und sprachen miteinander wie alte Freunde. Lia hatte ihren Großvater schon lange nicht mehr so gut gelaunt gesehen. Aber sobald er sie bemerkte, änderte sich sein Tonfall, zwischen seinen Augenbrauen entstand die vertraute Falte, die aussah wie ein Kirchturmdach.

»Wo ist die Wäsche?«

Lia sah an sich hinab.

»Du solltest doch auch gleich die Wäsche zum Fluss bringen.«

Oh nein! Sie wusste doch, sie hatte etwas vergessen! »Ich hatte die Hände voll. Ich hole sie sofort.«

»Alina hilft schon den ganzen Tag bei den Pfeilen und hat auch schon angefangen, die Gemüsebrühe zu kochen, während du den gesamten Vormittag mit ein paar Zweiglein vergeudet hast.«

Lia scharrte mit einem Fuß durch die Binsen. Vermutlich hatte sie tatsächlich zu lange gebraucht, weil sie stets die Straße beobachtet hatte. »Es tut mir leid, ich fange gleich an.«

Ein Seufzen, das sie sehr gut kannte, entfuhr ihrem Großvater, aber ehe er sie erneut tadeln konnte, erhob sich Gildas. »Lass sie, Davydd, Kinder müssen doch auch Kinder sein, sie müssen in die Natur, sie brauchen genauso wie Pflanzen viel frische Luft und Sonnenschein.«

»Die hat sie beim Waschen.«

Gildas lachte. »Außerdem müssen sie spielen.«

Lia verengte misstrauisch die Augen, wieso half er ihr? Er kannte sie doch überhaupt nicht!

»Lass sie hierbleiben, sie ist doch neugierig, seit ich ihr gesagt habe, dass du mal in Elfael gelebt hast. Für die Wäsche ist später immer noch Zeit, und du weißt, mein Aufenthalt hier ist begrenzt. Ich würde gerne alle besser kennenlernen, solange ich hier bin.«

»Wieso?«

»Basilia!« Ein scharfer Blick ihres Großvaters, aber diesmal senkte sie nicht verlegen die Lider, sie fixierte weiterhin den Fremden.

Gildas lächelte immer noch breit, was seinen Schnurrbart zucken ließ. Sie konnte keine Falschheit an ihm entdecken, er sah sie durch und durch offen und freundlich an. »Das erzähle ich dir gerne.« Er ließ sich wieder nieder, und auch ihr Großvater nahm seine Arbeit auf, schnitzte weiter am Schaft eines Pfeils, der sich in Richtung Spitze und Nocke verjüngte. Mit dem Kinn wies er zu Alina. »Hilf deiner Schwester.«

Lia nickte und nahm die sortierten Gänsefedern zur Hand. Auf einen Pfeil durften immer nur die Federn desselben Flügels, niemals welche von einem rechten und einem linken Flügel, das störte die Flugbahn. Sie wollte schon bei Gildas nachfragen, was der Grund seines Besuchs war, aber nach einem Blick auf ihre schweigsame konzentrierte Schwester biss sie sich lieber auf die Zunge und wartete.

»Nun, Basilia, wieso fange ich nicht einfach noch einmal von vorne an? Deine Schwester und dein Großvater wissen ja schon einen Teil.« Er breitete die Arme aus, holte tief Luft wie für eine große Verkündung und sagte schließlich ganz leise: »Ich bin gekommen, um Davydd vom Tod meines Vaters zu erzählen. Wie ich dir ja schon sagte, waren die beiden einst enge Freunde.«

Lia senkte beschämt den Blick, plötzlich tat ihr ihr Misstrauen leid. »Ich bedaure Euren Verlust.« Sie nahm ein paar fertige Pfeilschäfte und brachte die Federn mit Garn an, das sie spiralförmig um den Schaft herumwickelte.

»Ich danke dir, aber das musst du nicht, er war schon lange sehr krank, der Herr hat ihn von seinem Leiden erlöst und zu sich geholt. Härter trifft mich der Verlust meiner Frau. Dasselbe Fieber, das meinen Vater am Ende dahingerafft hat, nahm auch sie.«

Ihr Großvater bekreuzigte sich. »Das hast du noch gar nicht erwähnt. Gott möge sich ihrer Seele erbarmen. Ein doppelter Schlag.«

Gildas blickte in die Glut. »Ja, es war wirklich ein Schlag. Ich tröste mich mit dem Gedanken an meine beiden Söhne – sie sind Krieger im Dienste des Fürsten Einion Clud, ich kann sehr stolz sein. Es hat keinen Sinn, der Vergangenheit hinterherzutrauern, ich blicke in die Zukunft.« Er wandte sich erneut Lia zu, das Leuchten in seinen Augen kehrte zurück. »Ich habe deiner Schwester vorhin von der wunderschönen Landschaft Elfaels erzählt. Ich lebe ebenfalls am Fluss Wye, nur weiter nördlich, eine Tagesreise entfernt.«

Sie hielt mit ihrer Arbeit inne. »Ihr habt einen weiten Weg hinter euch.«

»Ach, ich habe jeden Schritt genossen an einem so herrlichen Frühlingstag. Und Davydd hat euch nie von Elfael erzählt?«

»Es war nicht wichtig.« Ihr Großvater sah auf sein Werk hinab. »Als ich Witwer wurde, entschied ich mich, mit meinem Handwerk an den Ort zu gehen, wo es die größte Nachfrage gibt – unter einem Earl, der Strongbow heißt, sind Pfeile immer begehrt. Mehr gibt es da nicht zu sagen.«

»Also kanntest du Gildas' Vater von damals?«, wollte Alina schüchtern wissen, ohne von ihrer Arbeit aufzusehen.

»Er war mir ein guter Freund, hin und wieder kam er mich

besuchen, oder ich ging hoch nach Elfael – aber das letzte Mal war vor eurer Geburt.« Er wandte sich dem Gast zu. »Ich nehme an, du hältst jetzt seine Schafherden.«

Gildas nickte. »Deshalb muss ich auch alsbald wieder zurück, aber zuvor möchte ich natürlich Elen und Marared begrüßen. Es ist eine Ewigkeit her, seit ich die beiden gesehen habe. Ich glaube, sie waren sogar noch Kinder. Besonders an Elen erinnere ich mich noch.« Er sah lächelnd zu Boden. »Sie war eine sanfte Seele, mochte nichts lieber, als Blumenketten zu flechten und …« Er schüttelte den Kopf. »Nun, Marared habe ich auch nicht vergessen. Sie war nicht auf den Mund gefallen. Kaum zu glauben, dass die beiden Schwestern sind.«

Ihr Großvater lachte. »Nun, sieh dir die beiden hier an.« Er deutete zu Alina und ihr. »Sie sind Zwillinge und könnten nicht unterschiedlicher sein.« Er sagte es mit Zuneigung, trotzdem spürte Lia, Hitze in ihren Wangen hochsteigen.

»Nun, ich weiß, dass Elen und Marared sich bestimmt freuen werden, dich wiederzusehen, Gildas. Besonders Elen kann etwas Aufmunterung gebrauchen, es geht ihr schon längere Zeit nicht gut.«

»Sie vermisst unseren Vater«, beeilte Lia sich zu sagen, denn ein seltsames Gefühl machte sich in ihrer Magengegend breit. Prompt erntete sie einen tadelnden Blick von ihrem Großvater.

Gildas ließ sich aber durch nichts von seiner guten Laune abbringen. »Es ist sehr bedauerlich, dass er nicht hier ist. Ich hätte ihn sehr gerne kennengelernt.«

»Mein Vater ist der Earl of Striguil, einer der wichtigsten Kronvasallen des Königs. Selbst wenn er hier wäre, zu ihm kann man nicht einfach gehen, als wäre er ein einfacher Bauer … oder Schafhirte.«

»Basilia!« Ihr Großvater warf das Stück Holz und sein Messer zu Boden. »Jetzt ist es aber genug, welcher Teufel ist in dich gefahren, der dich so sprechen lässt?«

Lia presste die Lippen aufeinander und funkelte einen nach dem anderen an. Sie wusste nicht, wieso sie sich in Gildas' Anwesenheit plötzlich so bedroht, in die Ecke gedrängt fühlte. Irgendetwas an seinem Blick, wenn er über ihre Mutter sprach, gefiel ihr einfach nicht. Vielleicht lag das auch an ihrer Tante Marared, die nicht müde wurde, ihrer Mutter einzubläuen, dass sie in die Zukunft sehen und weiterziehen musste.

Aber Gildas lachte ein frohes Lachen, das ihr sonderbar erschien im Anbetracht seines Verlusts und ihrer Unfreundlichkeit. »Ach, sie hat doch recht. Und ich verstehe, dass ihr euren Vater alle sehr vermisst.« Er lächelte sie noch einen Moment lang an, dann wandte er ihr den Rücken zu und beobachtete das Schnitzhandwerk ihres Großvaters. Leise hörte sie ihn sagen. »Es fällt mir immer noch schwer, mir vorzustellen, dass die stille, vernünftige Elen drei Kinder mit einem Normannen hat, einem so mächtigen Mann, der, wenn man seinem Ruf glaubt, eiskalt ist. Ich hatte sie mir immer in einem warmen, trauten Heim vorgestellt, umgeben von ihren Lieben.«

Ihr Großvater legte seinem Gast die Hand auf den Arm. »Nicht nur du, mein Freund. Nicht nur du. Aber was nicht ist, kann ja noch werden.« Die beiden sahen sich an, und Lia brach einen Pfeil in ihren Händen.

Das Haus des Kerzenziehers lag direkt am Fuße des Burghügels, es war ein prächtiger Holzbau, größer und aufwendiger als die einfachen Katen der Bauern. Es hatte sogar Fenster, die mit Läden zu verschließen waren, während es in der Hütte ihres Großvaters nur ein kleines Fensterloch gab, das sie im Winter mit Strohbündeln zustopften und einem Stück Stoff verhängten. Der Kerzenzieher, ein Sachse von der anderen Uferseite, war gerade nicht zu Hause. Lia hatte gesehen, wie er eine Kiste auf einen Karren gebunden und sich Richtung Priorei aufgemacht hatte. Vermutlich, um seine Waren dort zu verkaufen. Besonders zu Ostern war Nachschub besonders wichtig. Die Kirche und ihr Vater waren die Einzigen, die sie kannte, die sich solch wertvolle Kerzen aus Bienenwachs leisten konnten. Bei ihr zu Hause brannten nur beißend ranzige Talglichter oder Binsenkerzen. Wie es wohl war, in einem so süßlich duftenden Haus zu wohnen? Sogar hier draußen, wo sie sich gegen eine der Wände lehnte, roch es angenehm.

»Du hättest wirklich nicht auf mich warten müssen, Gildas.« Das war die Stimme ihrer Mutter. Sie und der Schafhirte schlenderten gemeinsam den Pfad zur Burg hinauf, vorbei am Haus des Kerzenziehers und Lias Versteck.

»Du bist gestern Abend nicht nach Hause gekommen, und ich konnte unmöglich abreisen, ohne wenigstens Guten Tag zu sagen.«

Lia spähte um die Ecke, ihre Mutter senkte den Blick, sie trug ein schlichtes Kopftuch, eine ihrer schwarzen Strähnen hatte sich daraus gelöst und fiel auf die gerötete Haut. Sie war wunderschön.

»Ja, ich hatte sehr viel zu tun in Vorbereitung für die Feierlichkeiten. Es wird auch angenommen, dass der Earl zurückkehrt.«

Ihr Herz machte einen Sprung, am liebsten hätte sie freudig aufgeschrien, aber sie presste sich die Hand gegen die Lippen.

»Du meinst deinen Liebsten?« Humor klang aus seiner Stimme, aber ihre Mutter blieb erschrocken stehen und sah zu dem Hirten auf. Der hob beschwichtigend die Hände.

»Sieh mich nicht so entsetzt an, Elen, ich ziehe dich nur auf. Du hast drei wundervolle Kinder und kannst stolz sein. Zwar kenne ich nur zwei von ihnen, aber ich bin sicher, dass dein Sohn dir ebenfalls alle Ehre macht.«

Ihre Mutter nickte, schien dem Hirten gegenüber aber genauso misstrauisch zu sein wie Lia gestern. Er war lange wach geblieben und hatte mit ihrer Tante Marared gesprochen, zu leise, um alles mitanhören zu können, aber sie wusste, dass es auch um ihren Vater gegangen war. Der Name »Strongbow« war nicht nur einmal gefallen.

»Verzeih, Gildas. Du verstehst bestimmt, dass ich nicht oft höre, auf meine Entscheidungen stolz sein zu können.«

»Ja. Ich kann mir vorstellen, dass das Leben hier nicht leicht ist. Deine Schwester hat mir ein wenig erzählt – missachtet oben auf der Burg und unten im Dorf. Es muss auch für deine Töchter sehr schwierig sein.«

»Es ist, wie es ist.« Ihre Mutter setzte ihren Weg fort. Die Sonne war gerade erst aufgegangen, und Lia hoffte, dass Gildas, nachdem er ihre Mutter zur Arbeit begleitet hatte, bald wieder abreiste.

»Der Sachse wird sich freuen, dass du in seiner Abwesenheit so gut auf sein Haus achtgibst, Lia.«

Lia zuckte zusammen und fuhr herum, nur um ihrer Tante Marared gegenüberzustehen. Mit einem bemüht tadelnden Blick, der das Lächeln kaum verbergen konnte, stand sie mit den Händen in die Seite gestemmt da und sah auf sie hinunter. Das kinnlange, unbedeckte Haar wehte wild um ihr immer schmaler werdendes Gesicht. »Die Binsen fegen sich nicht von alleine hinaus, und es ist doch recht ungerecht, die Arbeit allein deiner Schwester zu überlassen.«

»Ich habe nur etwas frische Luft geschnappt.«

»Und deine Mutter belauscht.«

Lia verengte die Augen. »Was will dieser Gildas hier?«

»Er ist ein Freund deines Großvaters.«

Ein Schnauben entfuhr ihr. Sie war nicht so leichtgläubig anzunehmen, dass hinter dem Besuch und dem Getuschel des letzten Abends nicht mehr steckte. »Was will er von meiner Mutter?«

Ihre Tante sah sie lange schweigend an, dann wischte sie sich die kurzen Strähnen zurück und ging vor ihr in die Hocke. »Deine Eltern lieben sich sehr, das weißt du, oder? Sie waren noch sehr jung, als sie einander fanden, und damals schien alles sehr einfach.«

»Das ist es immer noch.«

Mitleid schimmerte in den fast schwarzen Augen ihrer Tante. »Hoffen wir, dass es so bleibt.« Sie richtete sich auf und sah sie nachdenklich an, als müsste sie überlegen, ob sie weitersprechen sollte. Schließlich deutete sie hoch zur Burg. »Lia, ich muss dir nicht erzählen, wie uns die werten Herren und Damen dort oben behandeln. Dein Vater beschützt uns alle, aber sollte er eines Tages nicht zurückkehren …«

Lia wollte nichts mehr hören und konnte sich gerade noch davon abhalten, ihre Hände gegen die Ohren zu pressen. »Er wird immer zurückkehren!« Sie wollte sich abwenden, aber ihre Tante hielt sie fest.

»Das weiß nur Gott allein, Lia, du bist alt genug, um das zu wissen. Wenn deinem Vater je etwas geschehen sollte, wird man uns davonjagen. Deine Mutter, deine Schwester, dich … ihr steht dann mit nichts da. Auch kannst du nicht leugnen, dass dein Vater einen Erben braucht. Er kann nicht ewig unverheiratet bleiben, und ich bezweifle, dass seine Ehefrau die Geliebte und die unehelichen Kinder in ihrer Nähe haben will.«

Lia starrte ihre Tante an, sie hatte das Gefühl zu ersticken. Jeden Tag träumte sie von jenem Moment, in dem ihr Vater sie wie versprochen zu sich holte und ihr einen Platz gab, an den sie gehörte. Was, wenn dies nie geschah? Oder wenn er tatsächlich heiratete und sie vergaß? Wieso hatte sie nie zuvor an diese Möglichkeiten gedacht?

»Lia, ich weiß, es ist hart, aber deine Mutter muss weiterdenken, sie will nur das Beste für euch und …«

Lia hatte genug gehört, um ihre Befürchtungen zu bestätigen. Sie schob sich an ihrer Tante vorbei und lief zurück nach Hause, um ihrer Schwester zu helfen. Ihr Großvater sah bei ihrem Ansturm verwundert auf, sagte aber nichts und reichte ihr nur einen Besen. Sie wollte ohnehin nicht mit ihm reden, er war Teil dieser Verschwörung. Ihr einziger Trost war, dass ihre Tante mit einem recht hatte. Ihre Eltern liebten sich. Ihre Mutter käme nie auf den irrsinnigen Einfall, ihren Vater zu verlassen. Nie.

»Gib sie wieder her!« Lia entriss ihrer Mutter die einzige Puppe, die sie besaß, und warf sie aufs Schlaflager. Dann schleuderte sie die sorgfältig auf einem Tuch zusammengelegten Hemden und Überkleider in die Binsen, ehe sie zu einem Bündel geschlossen verschwinden konnten.

»Gut, dann bleibt die Puppe eben hier, du bist ohnehin viel zu alt für dieses alte Strohding.«

Das stimmte, aber darum ging es auch gar nicht. »Nicht nur die Puppe bleibt hier«, presste sie aus ihrer engen Kehle hervor. »Ich bleibe hier. Wir alle bleiben hier.« Sie warf Alina einen Blick zu, die ein Haarband faltete, als wäre es aus wertvollster Seide, und es schließlich auf ein anderes Tuch legte. »Hör auf damit!«, rief sie und entriss auch ihrer Schwester das Band.

»Jetzt ist es genug!« Ihr Großvater packte sie an den Schultern und drückte sie aufs Schlaflager nieder. »Bleib hier sitzen, und lass deine Mutter und Schwester wenigstens in Ruhe packen, wenn du schon nicht bereit bist zu helfen!«

Lia zitterte vor Zorn und auch Angst, die Wände der kleinen Hütte schienen sich auf sie zuzubewegen. »Das könnt ihr nicht machen! Es ist nicht richtig! Was wird Vater denken, wenn wir alle einfach so verschwunden sind?« Sie sah ihre Mutter an, die ihrem Blick auswich. »Lass mich hierbleiben! Er kehrt bestimmt bald zurück, so wie immer an Pfingsten.«

»Und dann? Er kann sich nicht um dich kümmern, Liebes«, ließ sich ihre Tante vernehmen und setzte sich zu ihr. Lia rutschte von ihr weg, wusste sie doch genau, dass Marared an ihrer Situation alles andere als unschuldig war. Sie hatte ihrer Mutter diesen Unsinn eingeredet! Lia hatte es schon lange gespürt, das drohende Unheil war über ihr gehangen wie eine schwarze Wolke. Aber ihre Familie hatte bis heute gewartet, bis zum Tag des Aufbruchs, um sie vor vollendete Tatsachen zu stellen. Vermutlich ahnend, wie sie reagieren würde.

»Lasst uns wenigstens warten, bis Vater kommt, damit wir uns verabschieden können«, versuchte sie es erneut, insgeheim darauf setzend, dass ihr Vater dieses Vorhaben verbieten würde und sie aufhielt.

Aber ihre Mutter beeilte sich bei der Erwähnung ihres Vaters nur noch mehr, warf die wenige Habe, die sie besaß, zurück aufs Tuch und ging auf Großvater zu. »Marared und du, ihr kommt wirklich ohne uns zurecht?«

»Geh schon, Kind, eine Gelegenheit wie diese bietet sich dir kein zweites Mal. In Elfael wartet ein neues Leben auf euch, eine Freiheit, die ihr hier nie hattet. Gildas ist ein guter Mann, er hat dich wirklich gern, genauso wie die Mädchen. Bei ihm werdet ihr es gut haben.«

Lia erhob sich diesmal bedachter, atmete tief durch und legte ihrer Mutter so sanft wie möglich die Hand auf den Arm. »*Mam,* ich wünsche dir dieses Leben, aber bitte, lass mich hierbleiben. Ich bin fast elf Jahre alt, schon erwachsen, ich kann auf mich selbst achtgeben. Außerdem sind Großvater und Tante Marared ja hier.« Auch wenn sie in ihren Augen Verräter waren, aber das spielte keine Rolle. In Elfael würde ihr Vater sie nie finden, er würde sie vergessen! Sie würde ihr Dasein für immer unentdeckt inmitten von Schafherden im Nirgendwo fristen.

»Beeilt euch, nun geht schon.« Ihr Großvater drückte Alina an sich und dann ihre Mutter. Schließlich sah er sie an, die Arme ausgebreitet. »Willst du dich nicht von mir verabschieden, Lia?«

»Nein.« Sie kämpfte gegen Tränen. »Bitte …« Von ihrem Zorn war kaum noch etwas übrig, da war nur noch lähmendes Entsetzen über das Unaufhaltsame. »Er ist unser Vater.«

»Wann war er das?«, forderte Marared sie mit sanfter Stimme heraus. »Zehn Tage im Jahr? Gildas kann euch ein richtiger Vater sein, ihr werdet ein besseres Leben haben und …«

»Nein!« Lia stürmte an ihrer Tante vorbei, stieß die Tür auf, entschlossen, zur Burg zu laufen, irgendwohin, wo niemand sie fand, bis ihr Vater kam. Aber kaum trat sie unter den verhangenen Himmel, blieb sie wie versteinert stehen. Sie glaubte, ein Trugbild zu sehen. Die Gestalten in der von Reitern aufgewirbelten Staubwolke konnten nicht echt sein. War es wirklich Strongbows Wappen, das im Wind flatterte?

Die Reiter, gefolgt von einigen Lanzenträgern zu Fuß, zogen zur Burg, aber zwei von ihnen zweigten ab, kamen direkt auf sie zu, ihre Gestalten so prägnant, dass es keinen Zweifel an ihrer Identität gab. Der eine Reiter war ein Hüne mit goldenen Locken, der andere hatte einen auffällig roten Schopf.

»Vater!« Lia konnte es nicht glauben, Gott musste ihn genau zur rechten Zeit hierhergeführt haben. Ihre Gebete waren erhört worden!

Sie rannte ihm entgegen, und er trieb sein Pferd an, war in nur wenigen Augenblicken an ihrer Seite. Noch ehe der Schimmel zum Stehen kam, schwang er sich aus dem Sattel und schloss sie fest in seine Arme.

»Basilia, das kann doch nicht möglich sein, wie groß du geworden bist!«

»Du warst lange nicht hier«, murmelte sie gegen seine Brust und hielt ihn ganz fest, um sicher zu sein, dass er wirklich echt war. »Aber du bist genau zur rechten Zeit zurückgekehrt.«

»Ach, bin ich das?« Das leise Lachen vibrierte in seiner Brust. »Das Gefühl habe ich auch. Ich hätte es keinen Tag länger ohne euch ausgehalten.«

»Richard …«

Das entsetzte Keuchen ihrer Mutter ließ sie erstarren. Sie wagte es gar nicht, sich umzudrehen, schon gar nicht, als auch der Körper ihres Vaters sich in Stein verwandelte.

»Elen, was hast du vor?« Er sprach belustigt, aber sie hörte die Sorge in seiner Stimme. Er richtete sich auf, und als Lia nun doch zurückblickte, sah sie ihre Mutter mit zwei geschnürten Beuteln in den Händen in der Tür stehen, weiß wie die gekalkten Wände in der Burg. Alina an ihrer Seite stand mit weit aufgerissenen Augen und offen stehendem Mund da. »Vater …« Das war alles, was ihre Schwester mit piepsiger Stimme herausbrachte, und auch ihre Augen füllten sich mit Tränen. Ihr Vater streckte die Hand nach ihr aus, und Alina ging zögerlich näher, ließ sich ebenfalls umarmen. Aber nur kurz, ehe er sie wieder von sich schob und aufmerksam von einem zum anderen blickte. Auch Großvater und Tante Marared kamen heraus.

»Mylord …« Großvater hätte nicht verdrießlicher aussehen können. »Wir haben Euch nicht erwartet.«

»Wo willst du hin?« Ihr Vater ignorierte ihn, deutete auf die Beutel und sah ihrer Mutter ins Gesicht. Aber sie antwortete nicht, niemand sprach, alle starrten betreten schweigend zu Boden.

Lia warf Raymond le Gros einen Blick zu, sie hatte ihn ebenso lange nicht gesehen wie ihren Vater, aber er hatte sich nicht verändert. Er war immer noch genauso groß und stark, wie sie in Erinnerung gehabt hatte, und es würde ihm ein Leichtes sein, ihre Mutter aufzuhalten. Als spürte er ihren Blick, sah er sie an, zwinkerte ihr zu, aber Lia konnte sich jetzt nicht auf ihn konzentrieren, während sie spürte, wie ihr Vater um Fassung rang.

»Nun?« Er machte einen Schritt auf ihre Mutter zu, aber Tante Marared schoss nach vorne, stellte sich vor sie.

»Ihr wart lange nicht hier, Mylord. So manches hat sich geändert.«

»Mit dir spreche ich nicht.«

Lia unterdrückte einen Schauer bei der eiseskalten Stimme, und sie hielt es nicht länger aus. Wenn ihre Mutter nicht den Mut fand, die Wahrheit auszusprechen, musste sie es eben tun.

»Wir sollen fortgehen. Nach Elfael. *Mam* heiratet den Schafhirten, Gildas.« Sie sah zu ihm auf, wartete auf eine Reaktion, aber er rührte sich nicht, starrte ihre Mutter an, als hätte er eine Fremde vor sich.

»Ist das wahr?«

Ihre Mutter atmete sichtbar ein, nickte schließlich und machte einen Schritt auf ihn zu, kam aber nicht gänzlich an Marared vorbei. »Es ist für uns alle das Beste, Richard.«

»Für uns alle?!«

Marared streckte ihre Hand aus, als wollte sie ihn stoppen, dabei rührte er sich gar nicht.

»Ihr müsst auch an die Kinder denken«, ließ sich ihr Großvater vernehmen.

Ihr Vater beachtete ihn gar nicht. »Du wolltest dich davonschleichen … einfach so gehen, ohne mir etwas zu sagen, nach allem, was wir … Ich komme aus einer nicht enden wollenden Zeit des Krieges und des höfischen Speichelleckens zu meiner Familie, und auf diese Art willst du mir erklären, dass sie das nicht mehr ist?«

»Wie lange sind sie noch Eure Familie?«, mischte Marared sich ein. »Ihr werdet heiraten und dann …«

»Sie werden *immer* meine Familie sein!« Er schüttelte schnaubend den Kopf, machte einen Schritt nach vorne, wieder zurück, seine Hand schloss sich um das Heft seines Schwertes. »Nein. Ihr geht nirgends hin. Ich erlaube es nicht!«

Lia wich vor ihm zurück, seine zornverzerrte Stimme hörte sich fremd an, gefährlich. Instinktiv hielt sie sich näher bei ihrer Mutter, dabei hatte sie doch genau das gewollt. Ihren Vater, der all das verhinderte. Aber nicht so.

Ihre Mutter stand da, den mit einem Tuch umhüllten Kopf gesenkt, an ihren Seiten Großvater und Marared, Tränen flossen ihre Wangen hinab, und Lias Herz zog sich zusammen. Das hatte sie nicht gewollt. Wie sollte sie es wieder richten? Sie sah zu Alina, auch sie weinte. Sie musste etwas unternehmen!

Da nahm sie plötzlich eine Bewegung aus den Augenwinkeln wahr, gleich darauf glaubte sie, Hufschlag zu hören. Sie sah auf, blickte Richtung Straße und verengte die Augen.

Auch die anderen wandten sich um, blickten den fremden Reitern entgegen, die Lia zuerst nicht erkannte. Aber dann sah sie die Narben im Gesicht des Anführers mit den sandfarbenen zurückgekämmten Haaren. Es waren blasse und bräunliche Flecken, die sich von der Schläfe zum Jochbein zogen. Sein entstelltes Gesicht machte ihn unverwechselbar, auch wenn sie ihn schon Jahre nicht gesehen hatte, genauso wie das Wappen, das er mit sich führte und nicht jenes ihres Vaters war. Ein seltener Anblick in Striguil. Es war das Wappen von Prendergast, dem von Flamen besiedelten Ort im Westen von Wales. Das Zuhause ihres Bruders.

Sie sah sich unter den Neuankömmlingen um, spürte ein nervöses Flattern, banges Hoffen, und dann entdeckte sie ihn. Einen Jungen von fast dreizehn Jahren auf einem Zelter, blasse Haut, die im starken Kontrast zum schwarzen, kurz gehaltenen Haar stand. Auf dem Pferd wirkte er groß, wenn auch sehr dünn, als bekäme er in Prendergast nichts zu essen.

Er war wirklich zurückgekommen. Ihre gesamte Familie versammelte sich, genau zur rechten Zeit, auch wenn sie nicht wusste, was Maurice de Prendergast mit ihrem Bruder nach all der Zeit hierherführte.

Es war ganz still, alle sahen sich an, und ihr Vater seufzte beim Anblick seines alten Freundes mit hörbarer Erleichterung. »Dem Herrn sei gedankt, Maurice, du bist gekommen!«

Der flämische Lord Maurice de Prendergast schwang sich

aus dem Sattel, sah fragend durch die Runde, die Stirn in Falten gezogen. Er hatte wohl keine solche Versammlung erwartet, aber ehe er etwas sagen konnte, stürmte ihre Mutter nach vorne.

»Richard, du bist hier!« Sie schob sich zwischen den anderen hindurch, eilte an de Prendergast vorbei und breitete die Arme aus.

Ihr Bruder ließ sich von seinem Zelter gleiten, legte sich die Hand auf die Brust und verneigte sich formvollendet. »Es ist eine Freude, Euch wiederzusehen, Madame«, begrüßte er sie. Lia zog überrascht über das höfische Gebaren ihres Bruders die Augenbrauen zusammen.

Sie kam aber zu keinen weiteren Überlegungen, denn die flache Hand ihrer Mutter klatschte schallend auf seine Wange, was alle Versammelten laut nach Luft schnappen ließ.

»Was fällt dir ein, so mit mir zu reden?« Sie hob die Hand erneut, als wolle sie noch einmal zuschlagen, aber stattdessen wandte sie sich dem Herrn ihres Bruders, Maurice de Prendergast, zu, mit so wütend funkelnden Augen, wie Lia es nur selten an ihr gesehen hatte. »Das habt Ihr also aus ihm gemacht! Kommt nach Hause und nennt seine eigene Mutter *Madame*!« Sie wandte sich wieder Richard zu, der ihre Mutter zu Lias Erstaunen überragte. Trotzdem spannte er sich an, als könnte er sich gerade noch davon abhalten, zurückzuweichen. Lia konnte es ihm nicht verdenken.

»Ich bin keine Madame, Richard! Ich bin deine Mutter, deine *mam*! Hör dich doch einmal an! Du redest wie *er*!« Sie deutete zu ihrem Vater, als wäre er an allem schuld. »Hast du unsere Sprache etwa schon vergessen? Haben sie einen Normannen aus dir gemacht?«

Richard schüttelte den Kopf und murmelte auf Walisisch: »Natürlich nicht, bitte verzeih mir.« Seine Wangen glühten, und seine Füße strichen unruhig über den feuchten Boden.

»Gütiger Gott.« So unvermittelt wie die Ohrfeige, zog ihre

Mutter nun Richards Gesicht zu sich herab und presste ihre Lippen auf seine Stirn. »Wo ist mein kleiner Junge nur hin? Du bist wahrhaftig ein Bild von einem Mann geworden.«

»*Mam* …«

Lia schmunzelte, als sie erkannte, wie ihr Bruder sich wand. Er war ihr fast ein Fremder, trotzdem war sie froh, ihn wiederzusehen. Besonders jetzt, da alles so schwierig war.

»Elen …« Die Stimme ihres Vaters ließ sie zusammenzucken, und auch ihre Mutter spannte sich deutlich an. Das Funkeln in den Augen erlosch, da war nur noch Furcht, und Lia wollte sie am liebsten in den Arm nehmen. Aber ihre Beine konnten sich nicht bewegen.

»Willst du nicht erst deinen Sohn begrüßen, bevor du mir weiter Befehle erteilst?«

Ihr Vater atmete hörbar ein, nickte Richard zu und deutete zur Hütte. »Junge, sei so gut, nimm deine Schwestern, und geh mit ihnen zu deinem Großvater und deiner Tante hinein. Deine Mutter und ich haben etwas Dringliches zu besprechen.« Er wandte sich Raymond le Gros zu, der die Pferde festhielt. »Bring Sir Maurice' Begleitung hoch zur Burg.« Er deutete auf einen der Ritter, die mit de Prendergast gekommen waren. »Milo, folge ihnen.«

Niemand rührte sich, auch Lia konnte sich nicht bewegen, geschweige denn noch denken. Sie hörte ihre Tante sprechen, konnte aber die Worte kaum noch über das Rauschen in ihren Ohren ausmachen. Um sie herum herrschte Streit und so viel Schmerz, und sie hatte das Gefühl, das alles ausgelöst zu haben. Sie spürte einen festen Griff um ihren Arm, ihr Großvater zog sie in die Hütte, genauso wie Alina, während Richard ihnen freiwillig folgte.

Tante Marared blieb mit verschränkten Armen draußen stehen, und Lia war nun doch froh über ihre Anwesenheit. Ihre Tante konnte ihre Mutter beschützen. Zwar glaubte Lia nicht, dass ihr Vater ihr je etwas antun würde, aber sein Zorn verunsicherte sie.

»Setzt euch, Kinder, macht euch keine Sorgen, das alles klärt sich auf, ihr werdet sehen.«

»Mutter will tatsächlich heiraten?« Richard stand verloren mitten im Raum, als passte er nicht mehr in sein einstiges Zuhause. Alina eilte ihm bereits mit einem Becher verdünntem Bier entgegen, während ihr Großvater zu erklären begann.

Mit einem Blick auf ihre abgelenkte Familie ging Lia zu den Schlaflagern, ließ sich darauf nieder und rutschte zurück zur Wand, bis sie sich mit dem Kopf gegen die Holzbretter lehnen konnte, um hören zu können, was draußen vor sich ging.

»Wäre jemand so gütig, mir zu erklären, was hier vor sich geht?« Das war die Stimme de Prendergasts, sie klang sanft und weich, trotzdem auch bestimmt.

»Sie will heiraten, Maurice!« Reiner Schmerz klang aus der Stimme ihres Vaters, des großen Strongbow und Herrscher über diese Burg. Sie wusste nicht, ob sie seine Gefühle derart intensiv heraushörte, da sie ihn nicht sehen konnte, oder ob er tatsächlich so verzweifelt war, dass er sein kühles Gehabe nicht länger aufrechterhalten konnte.

Er war jetzt siebenunddreißig Jahre alt. Als er sich in ihre Mutter verliebt hatte, war er nicht mal zwanzig gewesen. Nie hatte sie Gerede in der Burg gehört, dass er heiraten wollte, er hatte sie alle immer geliebt, sie als seine Familie, sein Zuhause bezeichnet. Sie wusste, wie er sich im Moment fühlte, denn auch Lia verlor ihr Zuhause, wenn ihre Mutter ihren Willen durchsetzte. Sie hoffte inständig, dass ihre Eltern sich wieder vertrugen.

»Du willst also heiraten«, erklang erneut de Prendergasts Stimme, gefolgt von der ihres Vaters.

»Hoch nach Elfael will sie, das noch von Walisern kontrolliert wird, und dort einen Schafhirten heiraten! Einen *Schafhirten*!«

»Er ist ein alter Bekannter meines Vaters.« Die zarte Stimme ihrer Mutter. »Er war neulich hier und erzählte vom Tod seiner Frau. Er ... ist ein guter Mann, er hat schon Kinder, und er wird die meinen als seine eigenen ansehen und ...«

»Als seine *eigenen*?! Sie haben bereits einen Vater! Habe ich mich nicht immer um sie gekümmert? Richard ist auf dem besten Wege, ein Ritter zu werden, und Basilia und Alina werden es einmal gut haben. Ich kann ihnen Wohlstand und einen Stand bieten, während sie bei deinem Schafhirten nur einen krummen Rücken und aufgerissene Hände bekommen, um mit fünfundzwanzig alte Frauen zu sein.«

»Du meinst, so wie ich?«

»Du weißt ganz genau, dass ich das nicht so meine.« Jeglicher Zorn war gewichen, und auch ihre Mutter klang nur noch traurig.

»Ich weiß, dass du nur das Beste für uns willst, aber hast du schon einmal daran gedacht, dass es für die Mädchen nicht leicht ist, im Schatten dieser Burg zu leben, unter der Missgunst aller, hochzublicken und an ihren Vater zu denken, aber nie zu ihm zu können, während deine Mutter und dein Onkel sie so offensichtlich verachten?«

»Du weißt, ich habe mit ihnen gesprochen ...«

»Unzählige Male. Umsonst. Solange du nur redest, aber nichts unternimmst, wird sich nie etwas ändern. Du bist nie hier, Richard! Dein Onkel herrscht über diese Burg, wenn du nicht da bist. Und ich sehe nicht länger zu, wie meine Kinder als Bastarde beschimpft werden, ich sehe nicht länger zu, wie du dich immer tiefer und tiefer verschuldest, bis du dich einfach nicht mehr um uns kümmern *kannst*. Oder bis der König dir eine Braut aufschwatzt oder du selbst entscheidest, eine reiche Erbin zu heiraten! Was soll ich dann machen? Ich bin fünfunddreißig Jahre alt und habe einem Freinc drei uneheliche Kinder geboren. Glaubst du, eine Gelegenheit wie diese bietet sich mir noch einmal? Glaubst du, willige Ehemänner warten auf mich?«

»Du brauchst keinen Ehemann. Ich werde dich nie im Stich lassen!«

»Elen muss an die Zukunft denken«, warf Tante Marared ein, und plötzlich spürte Lia bei diesen Worten keinen Widerwillen mehr. Die offene Verzweiflung ihrer Mutter nagte an ihr, und sie hatte mit allem, was sie sagte, recht. So weh es auch tat. »Ihr seid viel und oft unterwegs, Mylord. Was, wenn, Gott behüte, Euch etwas geschieht? Wie wollt Ihr Euch dann um die Familie kümmern? Euer Onkel würde nicht zögern, sie davonzujagen. Vater ist alt, er wird nicht mehr lange Pfeile herstellen, und wovon sollen wir leben, wenn er nicht mehr da ist? Er hat keinen Nachfolger, niemanden, der das Geschäft übernimmt. Elen und die Kinder können neu anfangen, sie wären versorgt, wenn sie nach Elfael gehen, in ein Land, in dem unseresgleichen noch geachtet wird.«

»Und was wird dann aus dir?«, wollte de Prendergast wissen, was Lia wunderte. Ihre Tante hatte immer mit Wärme über den Lord im Westen des Landes gesprochen, aber dass auch so viel Sorge um ihr Wohlergehen von ihm ausging, erstaunte sie.

»Ich komme zurecht. Ich bleibe bei Vater, solange er … ich bleibe bei ihm bis zuletzt, und danach … mach dir keine Sorgen. Hauptsache, Elen und die Kinder sind versorgt. Meine Siwan ist schon lange mit einem guten Mann verheiratet, einem Fischer, sie haben Kinder und sind glücklich. Um sie muss ich mir keine Gedanken machen, und ich … ich finde immer einen Weg zum Überleben.«

Lias Kehle wurde bei diesen Worten eng. Marareds Worte klangen nach Abschied, als wäre da nicht mehr viel, für das es sich zu leben lohnte.

Erneut erklang die Stimme ihres Vaters, fast schon flehend.

»Wenn du zurücklassen willst, was zwischen uns war, Elen, dann denke wenigstens an die Mädchen.«

»Weil ein ehrliches Leben in der Familie eines Schafhirten unwürdig ist? Weil sie es nicht gut haben werden, wenn sie einen der unsrigen heiraten? Natürlich ist es sehr viel besser, von ihrem Vater an einen Fremden verscherbelt zu werden, an einen deiner Gefolgsmänner, als Lohn für erbrachte Dienste.«

»Ich werde ihnen gute Männer suchen, das weißt du.«

»Normannen.« So viel Verachtung schwang in ihrer Stimme mit. »Sie sollen Männer eines Volkes heiraten, das sie Bastarde nennt und von Geburt an verachtet hat? Kannst du auch nur erahnen, wie es ihnen in all den Jahren ergangen ist? Und kannst du es dir überhaupt leisten, eine Mitgift für all deine illegitimen Kinder zu zahlen, damit überhaupt jemand sie heiratet? Hoffentlich sind nicht allzu viele Mädchen unter ihnen.«

»Du weißt sehr genau, dass es da keine anderen gibt! Es gab nie eine andere für mich. Und ich kümmere mich um meine Kinder. Sie sind mir teuer, und es soll ihnen an nichts fehlen. Genauso wenig wie dir. Nicht ich bin es, der sich anderweitig umgesehen hat.«

Die Stimme ihrer Mutter wurde sanft: »Aber mir fehlt es an so vielem, Richard, siehst du das denn nicht? Mir fehlt es an Achtung und Respekt an diesem Ort, und mir fehlt es an Liebe. Ich bin es leid, ein Leben des Wartens zu führen, auf die wenigen Momente mit dir zu hoffen. Lass mich gehen. Ich bitte dich.«

Es folgte Stille, ehe Tante Marared erneut das Wort ergriff. »Wie könnt Ihr Elen derart im Weg stehen und im selben Atemzug sagen, dass Ihr nur das Beste für sie wollt?«

»Lass es gut sein, Marared.« Ihre Mutter machte eine Pause, dann fuhr sie entschlossen fort. »Ich *werde* diesen Mann heiraten, Richard. Du kannst mich nicht daran hindern.«

»Oh, und ob ich das kann. Du bist mein Eigentum.«

Lia sog erschrocken die Luft ein.

»Lauschst du etwa?« Ihr Großvater stand schwerfällig von seinem Platz neben der Feuerstelle auf und kam auf sie zu.

Lia befand, dass es keinen Sinn hatte zu lügen und nickte, als er sich neben ihr niederließ. Erschöpft lehnte sie ihren Kopf gegen seine Schulter. Die Worte ihres Vaters hingen schwer in der Luft. Sie hatte immer gewusst, dass sie nicht frei waren, dass jeder Mensch hier und alles rundherum dem Earl gehörte. Aber dass er so etwas zu ihrer Mutter sagte, machte sie unendlich traurig.

»Na, meine Lia – lass uns Lebewohl sagen. Wenn der Zorn dich nicht überkommt, bist du die Klügste von uns allen. Du wirst mir fehlen, mein Kind.«

Solch zärtliche Worte hatte Lia noch nie von ihrem Großvater gehört, und ihre Augen füllten sich mit Tränen. Ohne die Wut von vorhin war da nur noch Schmerz über einen Abschied, der wahrscheinlich für immer war. Während sie noch überlegte, was sie ihrerseits sagen konnte, war plötzlich von draußen ein Wiehern zu hören, gefolgt von Hufschlag, der sich fortbewegte. Im nächsten Moment kam ihre Mutter, dicht gefolgt von Tante Marared herein.

»Habt ihr alles, Kinder? Wir brechen auf. Sofort.«

Gildas wartete an einem Bachlauf im Wald auf sie, kaum eine Stunde von zu Hause entfernt. Dort saß er an einem Feuer, über dem zwei Lachse brieten. Er bemerkte ihr Näherkommen nicht, und Lia hatte einen Augenblick Zeit, ihren zukünftigen Stiefvater zu mustern. Wie schon bei ihrem letzten Aufeinandertreffen trug er ordentliche, feine Kleider. Den Schnurrbart hatte er etwas gestutzt, doch er war immer noch beachtlich, das Kopfhaar war etwas nachgewachsen und verdeutlichte das tiefe Schwarz, in dem die vereinzelt grauen Strähnen herausleuchteten. Er summte eine Melodie und drehte die Fische, als gäbe es nichts Schöneres auf der Welt.

Auch Alina und Elen standen schweigend da, vielleicht brauchten sie ebenfalls einen Moment, um sich dem Neuen, dem Unbekannten zu stellen. Aber dann trat Alina zur Seite, ein Ast brach, und dieser letzte Augenblick ihres alten Lebens, wo sie noch Teil von Striguil waren, zog vorüber. Gildas fuhr herum, und sie gehörten ihm, waren nicht mehr die Bastarde des Feindes, sondern die Töchter eines Schafhirten.

Er hielt ein großes Messer drohend von sich gestreckt, die andere Hand fuhr zu seinem Wanderstab, der neben ihm lehnte. Aber als er sie erkannte, erhellte sich sein Gesicht, und ein breites Lächeln breitete sich darauf aus. »Ihr seid hier!« Er sprang flink auf die Beine und sah aus wie ein Junge zum Osterfest vor einer voll beladenen Tafel.

»Gott zum Gruße, Gildas.« Ihre Mutter nickte ihm zu, sie kam Lia sonderbar unsicher, fast schon schüchtern vor, während Gildas vor Freude zu platzen schien.

»Elen.« Er zog sie ungestüm in seine Arme, ließ sie aber gleich wieder los und beugte sich zu Alina hinunter. »Du bist seit dem letzten Mal noch hübscher geworden.« Und dann wandte er sich Lia zu. Sie versuchte sich an einem Lächeln, aber es wollte ihr nicht so recht gelingen. Sie sah immer noch den Schmerz ihres Vaters vor sich, einen Schmerz, den auch sie wie ein Loch in ihrer Brust verspürte. Sie wusste nicht einmal, ob er erlaubt hatte, dass sie hierherkamen. Er war einfach davongeritten, ohne sich zu verabschieden, und ihre Mutter hatte kein Wort mehr darüber verloren.

Gildas ging vor ihr auf ein Knie nieder, auch wenn das bedeutete, dass er zu ihr aufsehen musste. »Ich weiß, es ist für dich besonders schwer, dein Zuhause zurückzulassen, aber glaube mir, wenn ich dir sage, dass ich jeden wachen Augenblick eurem Glück widmen werde, solange ich lebe.«

Lia schluckte, solch herzliche Worte hatte sie nicht erwartet, und es fiel ihr schwer, den freundlichen Schafhirten nicht zu mögen. Aber der Gedanke an ihren Vater, der seine Familie verloren hatte, lastete schwer auf ihr. Dass Gildas so erfreut schien, sich ihrer anzunehmen, stieß sie in einen Zwiespalt, einerseits schien er ein ungewöhnlich warmes Herz zu besitzen, anderseits fußte seine Freude auf dem Leid eines anderen. Also nickte sie nur und wich seinem Blick aus.

Gildas sah sie noch einen Moment lang an, dann erhob er sich und wies zum Feuer. »Ich hoffe, ihr habt Hunger. Ich habe die Zeit des Wartens genutzt, wie ihr seht.«

»Das ist sehr freundlich von dir.« Ihre Mutter nahm sie und Alina bei der Hand und führte sie zum Feuer, wo sie sich auf ihren Umhängen niederließen.

Gildas zog die Fische von den Stäben, legte sie auf ein Bett aus Blättern und zog die Gräten heraus. Schließlich reichte er jedem ein Stück, und Lia nahm es zögerlich entgegen. Sie spürte die Wärme der Mahlzeit durch die Blätter, sog den Duft in ihre Nase ein und hörte ihren Magen grummeln. Sie hatte seit der Verkündung der bevorstehenden Ehe ihrer Mutter nichts mehr essen wollen, aber hier inmitten des friedlichen Waldes bekam sie plötzlich Hunger. Es war erstaunlich, wie frei sie sich hier draußen fühlen konnte, im Wissen, dass keine grausamen Kinder sich hinter den Bäumen versteckten, um eine neue Gemeinheit gegen sie und Alina auszuhecken.

Sie spürte Gildas' Blick, er ruhte nicht nur auf ihr, sondern wanderte immer wieder von einem zum anderen, sie sah es aus den Augenwinkeln. Ganz so, als könnte er nicht glauben, dass sie wirklich bei ihm waren.

Lia konzentrierte sich wieder auf den Fisch, während ihre Mutter und ihre Schwester Gildas mit Fragen überhäuften, sie sprachen über die Schafe, das Wetter, ihren Großvater und Marared und über seine Söhne, die beide in der Kriegstruppe des

Herrn von Elfael dienten. Eine große Ehre und Auszeichnung. Insgeheim hörte Lia interessiert zu, während sie von dem köstlichen Fisch abbiss. Als sie ihre Gedanken zurück nach Hause zwang, zur Grafschaft ihres Vaters, die sie noch nicht einmal verlassen hatten, kam ihr jetzt schon alles ganz anders vor. Die Bäume, der ganze Wald, sah gleich aus, aber er fühlte sich neu und fremd an.

Schließlich packten sie alles zusammen und machten sich auf den Weg. »Werden wir noch vor Einbruch der Nacht ankommen?«, wollte Alina wissen, eine Frage, die Lia selbst unter den Nägeln brannte, daher war sie froh, sie gestellt zu hören.

Gildas lächelte auf ihre Schwester hinab und nahm sie an der Hand. »Ich fürchte, nein, Liebes, aber auf dem Weg liegen die Katen von ein paar Hirten, dort können wir übernachten.«

»Einfach so?«, platzte es aus Lia heraus. Erschrocken schlug sie sich die Hand vor den Mund. Aber anstatt ihren geheimen Entschluss, für immer zu schweigen, zu offenbaren, ließ sie sie schnell wieder sinken und fragte etwas ruhiger: »Wird man uns denn willkommen heißen? Fremde Reisende?«

Gildas sah sie einen Moment lang belustigt an, dann wanderte sein Blick überrascht zu ihrer Mutter. »Ihr seid wirklich schon halbe Normannen, nicht wahr? In Striguil habt ihr ganz vergessen, wie euer Volk lebt.« Er blieb stehen und lehnte sich auf seinen Wanderstab. Anders als bei Alina legte er ihr nicht die Hand auf die Schulter, und sie war froh darüber.

»Gastfreundschaft ist unser höchstes Gut, Basilia. Unsere Türen stehen jedermann offen.«

»Ist das nicht gefährlich? Manchmal sollten Türen wohl lieber geschlossen bleiben.« Besonders, wenn ein Reisender den Pfad verließ und zur Hütte ihres Großvaters geführt werden wollte, nur um eine ganze Familie seinen Wurzeln zu entreißen.

Er nickte kurz, als könnte er ihre Gedanken lesen, ehe er fortfuhr.

»Aber wie sonst wollen wir Neues erleben?«, fragte er. »Geschichten hören, wichtige Neuigkeiten erfahren, vielleicht sogar in ein Abenteuer geraten? Sieh dir uns an.« Er breitete die Arme aus, als wollte er sie alle an seine Brust ziehen. »Vor Kurzem waren wir noch Fremde, heute sind wir eine Familie.«

»Noch seid ihr nicht verheiratet.«

»Basilia!« Ihre Mutter schüttelte tadelnd den Kopf, aber Gildas hob die Hand.

»In meinem Haus wird es nie ein Vergehen sein, die Wahrheit auszusprechen, Elen. Sie ist mir lieber als Heimlichtuerei und Falschheit. Basilia empfindet, wie sie empfindet. Indem wir ihr den Mund verbieten, ändert sich nichts daran.« Er zwinkerte ihr zu. »Aber ich werde mir alle Mühe geben, deine Meinung umzukehren, junge Lady.«

Lia sah ihn einen Moment lang nachdenklich an, dann ließ sie ihren Blick zu ihrer Mutter schweifen und erkannte etwas Sonderbares in ihren Augen. Etwas Warmes, Zärtliches, vielleicht sogar Hoffnung. Lia konnte sich nicht erinnern, sie je so gesehen zu haben, sie wirkte jünger als noch vor wenigen Stunden. Wenn da nur nicht ihr Vater wäre …

Die fremde Hirtenfamilie auf ihrem Weg in den Norden nahm sie tatsächlich auf, als wären sie Könige. Gerüchte über walisische Gastfreundschaft hatte Lia zwar schon zuvor gehört, aber noch nie am eigenen Leib erfahren. Solche Freiheit von Argwohn, Geiz und Zurückhaltung war ihr gänzlich fremd. Im Schatten einer feindlichen Burg waren die Waliser misstrauisch, und die Normannen sahen im Volk des Landes, das sie besetzten, Barbaren.

Hier war alles anders. Sie bekamen zu essen, und das Ehepaar mit den vier Kindern bestand darauf, keinen Bissen anzurühren, ehe ihre Gäste nicht satt waren. Lia wagte es gar nicht richtig zuzugreifen, obwohl der Laucheintopf köstlich war. Schließlich spielte der Hirte ein paar Lieder auf der Harfe, und dann legten sie sich alle an der Längsseite der Hütte schlafen, die Füße dem Feuer zugestreckt, so wie zu Hause. Es hatte etwas Tröstliches, und fast tat es ihr leid, die freundliche Familie am nächsten Tag verlassen zu müssen.

Doch als sie sich am Morgen wieder auf dem Weg befanden, wuchs ihre Aufregung, je näher sie ihrem Ziel kamen. Sie konnte sich gar nicht vorstellen, wie ihr Leben als Tochter eines Schafhirten aussehen mochte.

Es war gerade erst Mittag, als sie an Gildas eine Veränderung wahrnahm. Er wurde stiller, der Übermut schwand, plötzlich wirkte er angespannt. Vielleicht kam nun sein wahres Ich zum Vorschein? Vielleicht war seine Freundlichkeit nur gespielt gewesen, um sie von zu Hause wegzulocken?

Sie beobachtete ihren baldigen Stiefvater aus den Augenwinkeln, er stützte sich schwerer auf seinen Wanderstab, vielleicht war die Reise in seinem Alter doch nicht so mühelos, wie er sie glauben machen wollte. Sein Blick wanderte den schmalen Pfad hinauf, kaum merklich ins Dickicht an ihren Seiten und wieder zurück nach vorne. Dann blieb er unvermittelt stehen, streckte den Arm mit dem Stock aus, um sie am Weitergehen zu hindern, und als Lia ebenfalls zum Ende des Pfads sah, wich sie instinktiv zurück.

Dort standen drei Männer. Zwei von ihnen hielten gespannte Bögen in den Händen, ihre Pfeile auf sie gerichtet, der dritte trug ein Schwert, auf dem sogar aus der Entfernung der Rost zu sehen war. Ein zahnlückiges Grinsen blitzte ihnen entgegen.

»Wir bekommen die Hälfte dessen, was ihr bei euch habt. Wenn ihr etwas versteckt und lügt, nehmen wir alles.« Der Mann verneigte sich spöttisch und sah von einem zum anderen.

»Kein Wort und keine Bewegung«, zischte Gildas ihnen zu, dann breitete er übertrieben ehrerbietig die Arme aus und lachte. »Mit Freuden, meine Herren. Nehmt, was ihr haben wollt, weiß ich doch, dass ihr damit britische Familien unterstützt, die unter dem Joch der Freinc zugrunde gehen.«

Freinc – so nannten die Waliser die Normannen. Lia hatte schon Geschichten gehört über Diebesgruppen, die Reisende überfielen, nicht um sich selbst zu bereichern, sondern um auszugleichen, was die Normannen dem Volk nahmen. Ihre Namen wurden geflüstert, sie galten als Helden, Rebellen, die sich gegen die Unterdrückung der neuen Machthaber wehrten. Nur wie eine dieser noblen Truppen kamen ihr die Männer nicht vor, vor allem, da sie britische Reisende überfielen, keine normannischen Truppen.

Etwas Unberechenbares lag in den Augen der Fremden, das Gildas nicht zu bemerken schien. Er plauderte unbekümmert, so wie er es in der Hütte ihres Großvaters getan hatte. »Ein paar Münzen kann ich euch geben, und als Zeichen meines guten Willens schenke ich euch auch einen Rat: Wenn ihr es auf einen Überraschungsangriff anlegt, trennt euch von eurem Schuhwerk, ich habe euch schon die letzte Meile gehört. Ihr habt lange gebraucht, um euch zu entschließen, uns mit eurer Gesellschaft zu beehren.«

Bewundernd sah Lia zu Gildas. Er hatte also bemerkt, dass sie verfolgt wurden – deshalb war er so angespannt gewesen. Verfolgt von einer gewöhnlichen, deshalb aber nicht minder gefährlichen Diebesbande, wie es schien.

Gildas warf ihrer Mutter einen flüchtigen, aber eindringlichen Blick zu, der ihnen bedeutete zurückzubleiben. Dann ging er auf die drei zu, sich mit einer Hand auf den Wanderstab stützend, die andere in den Beutel an seinem Gürtel fassend, um Münzen herauszuzählen. »Wusstet ihr, dass die Krieger des Fürsten Einion Clud barfuß durch die Wälder streifen? Damit sind sie absolut lautlos. Meine beiden Söhne sind Teil seiner Kriegsbande.«

Die Männer tauschten Blicke, dabei wusste Lia nicht, was sie mehr verunsicherte. Gildas' Mangel an Angst oder die Beschäftigung seiner Söhne und deren Nähe zum britischen Herrscher dieses Landes. »Seid ihr vielleicht sogar selbst Männer des Fürsten? Könnt ihr meinen Söhnen eine Nachricht überbringen?«

»Also wir …« Der eine mit dem Bogen trat etwas zurück, ließ seine Waffe sinken. »Wir sind …«

»Du hast hier keine Fragen zu stellen, Mann.« Der Mittlere richtete sein Schwert auf Gildas, und auch sein Nebenmann brachte den Bogen wieder in Position. »Sag du uns lieber deinen Namen und was du hier mit den Weibern ganz allein im Wald zu suchen hast.«

»Gildas wurde ich getauft, und das sind – ihr werdet es kaum glauben, es ist ja für mich selbst noch wie ein Traum – die Frau, die eingewilligt hat, mich zu heiraten, und ihre wunderbaren Töchter. Ich bringe sie nach Hause zu meinen Rindern in Maelienydd.«

Lia sah so unauffällig wie möglich zu ihrer Mutter und Schwester herüber, um zu schauen, ob sie sich bei dieser Lügengeschichte verrieten, aber die beiden beobachteten angespannt, was weiter vor sich ging.

»Also schön.« Der Mittlere nickte und streckte die Hand aus. »Dann gib uns unseren Anteil, und zieh mit deiner Familie deiner Wege.«

»Liebend gerne.« Gildas nahm seine Börse vom Gürtel und reichte sie dem zahnlückigen Mann mit dem Schwert. »Nehmt es, und jetzt entschuldigt uns. Wir haben noch einen weiten Weg vor uns.«

Die Männer tauschten Blicke, flüsterten etwas, während Gildas sich abwandte. Dann kehrte das Grinsen in ihre Gesichter zurück. »Was ist mit den Weibern? Was tragen die bei sich?«

Gildas blieb stehen, Lia sah, wie sein Blick den ihrer Mutter traf, dann drehte er sich langsam zu den Dieben um. »Sie haben nichts.«

»Eine Witwe, die ihr Heim verlässt und neu heiratet, geht mit leeren Händen? Was ist in den Beuteln?« Der Zahnlückige schüttelte langsam den Kopf. »Ich habe dich gewarnt, mein Freund. Lügst du, nehmen wir alles. Vielleicht gar die Unschuld der beiden reizenden Mädchen.« Er leckte sich über die Lippen, und ein Schauer rann Lia den Rücken hinunter.

»Ich habe nicht gelogen.« Gildas deutete mit dem Kinn auf die Börse. »Ihr habt mehr als genug, der Fürst ist großzügig seinen Freunden gegenüber. Ich gebe es euch gerne.«

»Wieso sollte der Fürst von Elfael dir gegenüber großzügig sein, wenn du doch in Maelienydd lebst?«

»Wie ich schon sagte, meine Söhne dienen in seiner …«

»Wieso kämpfen sie nicht für den Herrn bei dir im Norden?«

»Der wusste ihre Fähigkeiten nicht zu schätzen.«

»Nein, mein Freund.« Der Mittlere trat näher, die beiden anderen flankierten ihn, schlossen ihre Reihe. »Du hast ein Talent für Worte, aber wir sind nicht so einfältig, wie du glaubst. Gib uns den Rest, oder die Gören bezahlen zuerst.«

Von einem Moment zum anderen richtete sich je eine Pfeilspitze auf Alina und eine auf Lia. Ihre Mutter packte sie sofort an den Armen und zog sie hinter sich, Gildas spannte sich an, aber seiner Stimme war immer noch nichts anzuhören.

»Ich bitte euch, von einem Briten zum anderen, lasst uns gehen.«

»Gebt uns, was ihr habt.«

»Wir haben nichts.«

»Bist du dir da auch ganz sicher?« Die Spitze des Schwertes berührte Gildas' Brust, und plötzlich sah Lia Merfyn, den Händler, vor sich, der erbarmungslos erstochen worden war. Das lag nun schon drei Jahre zurück, trotzdem suchte der Anblick sie immer wieder in ihren Träumen heim. Es konnte in nur einem Augenzwinkern geschehen, ohne Vorwarnung, und dann war es zu spät. Sie stieß einen Protestlaut aus und versuchte, sich an ihrer Mutter vorbeizudrängen.

»Lia, nein!« Entschlossen machte diese einen Schritt nach vorn, um sie aufzuhalten, und Lia stolperte über ihr ausgestrecktes Bein und landete unsanft auf allen vieren. Sie spürte einen scharfen Schmerz in ihren Knien und Handflächen und richtete sich auf. Blutige Schürfwunden waren auf ihren Handinnenflächen zu sehen, in denen kleine Kieselsteine steckten.

»Na, was haben wir denn da? Nichts weiter tragt ihr bei euch, ja?«

Schnell sah Lia an sich hinab, doch es war zu spät – die Schnur mit dem Goldreif ihres Vaters baumelte vor ihrer Brust. Sie war ihr aus dem Ausschnitt gefallen. Entsetzt blickte sie zurück zu dem Mann, der dem Schwert an Gildas' Brust einen leichten Ruck gab.

Hastig zog sie den Ring mit den eingesetzten Rubinen von der Schnur. »Hört auf! Nehmt ihn, und lasst uns in Ruhe.«

Mit leuchtenden Augen betrachtete der Zahnlückigen das Schmuckstück in ihrer Hand. »Wo habt ihr den gestohlen?«

Die beiden anderen ließen ihre Bögen sinken, kamen ebenfalls zu ihr. »Wo einer ist, ist noch mehr. Sie tragen vermutlich einen ganzen Schatz unter ihren Kleidern.« Ein erwartungsvolles Grinsen breitete sich auf dem Gesicht des Zahnlückigen aus. »Ich denke, uns bleibt nichts anderes übrig, als sie euch vom Leib zu reißen.«

Wie aus dem Nichts wirbelte Gildas' Wanderstab herum, fuhr auf die lüstern ausgestreckte Hand nieder, mit derartiger Wucht, dass der Mann vorneüberkippte, nur um sogleich auch noch auf den Rücken getroffen zu werden und gänzlich zusammenzubrechen. Die anderen hatten kaum Zeit zu reagieren. Der Stab schwenkte einmal mit unwirklicher Kraft zur einen, dann zur anderen Seite und traf mit seinen Enden beide mitten ins Gesicht. Schmerzerfülltes Stöhnen und Fluchen klang durch den Wald, ein Pfeil löste sich noch, flog aber nicht weit, stürzte nach ein paar Fuß ab. Alle drei lagen auf dem Boden, krümmten sich, aber Gildas war noch nicht fertig.

»Zur Seite, Basilia!« Er ließ seinen Stab sinken, löste den Strick um seine Taille, dann zog er die halbbenommenen Männer zu sich und band sie Rücken an Rücken aneinander. »Es wird eine Weile dauern, bis sie sich hieraus befreit haben. Bis dahin sind wir fort.« Er nahm noch seine Börse zurück, schnürte sie an einen Zipfel seines Hemdes, dann richtete er sich auf und rieb seine Hände aneinander. Schließlich hob er noch seinen Stab auf und wandte sich ihnen zu. Seine schwarzen Brauen zogen sich ob der drei verblüfften Augenpaare zusammen. »Was ist?«

»Du hast …« Ihre Mutter ging auf ihn zu. »Wenn du zu so etwas fähig bist, wieso hast du ihnen deine Börse gegeben?«

»Ich versuche Gewalt zu vermeiden, solange sie nicht unausweichlich ist.« Er wies auf die drei benommenen Diebe. »Es war unausweichlich.«

»Ich danke dir«, flüsterte Alina, und in ihren Augen glomm reine Bewunderung. »Du hast uns alle gerettet.«

Ja, das hatte er, doch ehe Lia sich ihrerseits bedanken konnte, nickte Gildas ihr zu, mit einem Lächeln, das etwas Anerkennendes in sich trug.

»Kommt. Lasst uns weiterziehen, ehe die Herrschaften aufwachen und beschließen, dieses Schmuckstück hier«, er wies auf Lias Ring, »doch noch an sich zu reißen.«

Lia versteckte den Ring schnell wieder unter ihrem Kleid, spürte aber sofort, wie ihre Mutter zu Fragen und Vorwürfen ansetzte. Schnell kam sie ihr zuvor.

»Er ist von Vater«, sagte sie mit fester Stimme. »Ich weiß, du wolltest nicht, dass wir etwas von ihm annehmen, aber es war ein Geschenk, und ich konnte einfach nicht … es tut mir leid, dass ich gelogen habe. Er wollte, dass ich ihn habe, und ich konnte ihn nicht aus falschem Stolz zurückgeben. Und jetzt ist es ja ohnehin zu spät.«

»Ich habe stets alles zurückgegeben«, ließ sich Alina etwas bitter vernehmen. »So wie Mutter es gewollt hat.«

Lia presste die Lippen aufeinander, im Moment tat ihr ihre Schwester sogar leid, da sie kein Andenken hatte. Sie überlegte, ihr den Ring zu schenken, aber sie fürchtete, sie würde ihn in ihrem Gehorsam nur fortgeben. Bereit für eine Predigt sah sie zu ihrer Mutter auf. Die dunklen Augen waren ruhig auf sie gerichtet, einzelne Strähnen ihres schwarzen Haars fielen ihr ins Gesicht und tanzten im Wind. Einer ihrer Mundwinkel zuckte, als wollte sie lächeln. Wieso wurde sie nicht zornig, so wie sonst immer?

Mit einem Kopfschütteln wandte Elen sich ab, irgendetwas Sonderbares in ihrem Ausdruck. Fast schon, als wäre sie glücklich. Als spürte auch sie die Freiheit fern der Missgunst, die es ihnen unmöglich gemacht hatte, Geschenke ihres Vaters zu behalten. Hier draußen schien all das nicht mehr wichtig.

Lia konnte sich nicht erinnern, sie je so gesehen zu haben. Vielleicht in den seltenen Momenten, in denen ihr Vater da gewesen war. Aber im Alltag, wenn sie müde von der Arbeit und den Erniedrigungen von der Burg zurückgekehrt war, hatten ihre Augen nie so gefunkelt wie jetzt. Sie könnte sich daran gewöhnen.

Lia wollte ihr neues Leben annehmen. Das fiel ihr nicht schwer, als sie die auf einem Hügel gelegene kreisrunde Hütte aus Weidegeflecht erreichten. Sie versprach Wärme, Geborgenheit und Frieden. Ein kleiner schwarz-weißer Hund mit einem spitz nach oben gestellten und einem umgeknickten Ohr lief ihnen bellend entgegen und sprang aufgeregt um Gildas herum. Dann kam er schließlich zu ihnen, um sie eine nach der anderen zu beschnuppern. Vor Lia blieb er stehen, sah sie mit wedelndem Schwanz an, als wartete er auf etwas. Sie lachte, ging in die Hocke und kraulte ihn hinter den Ohren.

»Das ist Wolf, der beste Hütehund, den es gibt.«

»Er ist wunderschön.« Sie konnte gar nicht genug davon kriegen, ihre Finger in seinem Fell zu vergraben. Sie zog ihm ein paar Kletten heraus und kicherte, als er sich auf den Rücken drehte und die Pfoten nach oben streckte. »Du bist ein ganz wunderbarer Hund, nicht wahr? Ich bin sicher, dir geht keines der Schafe verloren.«

Als hätte er sie verstanden, sprang er unvermittelt auf und sauste zurück zu den weißen Punkten in der Ferne.

Gildas lachte leise. »Nun, Wolf ist mir zuvorgekommen, aber ich sage es trotzdem: Willkommen zu Hause.« Er drehte sich mitten in einem Feld aus Wildblumen mit ausgebreiteten Armen im Kreis, Stolz glomm in seinen Augen. »Weit und breit keine Normannen und keine Briten mit gerümpfter Nase. Hier könnt ihr von vorne anfangen, könnt euch neu finden und einfach nur ihr selbst sein.« Er sah Lia an, als wären seine letzten Worte nur an sie gerichtet, und ihr Herz machte einen freudigen Satz. Noch nie hatte jemand gewollt, dass sie sie selbst war, am wenigsten sie selbst. Sie wollte, sie *musste* ruhiger, gehorsamer, sanfter werden, sie musste wie Alina sein, nicht nur was das Äußere betraf.

»Dort drüben liegt der Fluss«, erklärte Gildas und zeigte einen Hügel hoch. »Gleich auf der anderen Seite der Erhebung. Er fließt hier sanft, und jetzt im Frühling wimmelt er nur so von fetten Lachsen und Umberfischen. Im Verschlag dort drüben habe ich Hafer gelagert, der junge Maredudd kommt manchmal vorbei und tauscht ihn gegen unsere Wolle und den Käse. Er lebt zwei Meilen westlich von hier mit seiner Familie.« Er warf ihrer Mutter einen Blick zu. »Weißt du, wie man Käse macht, Elen?«

Gespielt empört, aber mit einem übermütigen Funkeln in den Augen stemmte sie die Hände in die Seiten. »Aber natürlich!«

»Gut. Und ihr, Kinder? Habt ihr Freude am Spinnen? Wir werden hier viel Wolle zu verarbeiten haben.«

»Ich erledige alles gerne, was mir aufgetragen wird«, flüsterte Alina artig, und Lia konnte sich nicht davon abhalten, die Augen zu verdrehen.

Sofort bereute sie diese Geste, als sie bemerkte, dass Gildas sie gesehen hatte. »Was ist mit dir, Basilia? Womit verbringst du gerne deine Zeit? Stickst und nähst du gerne?«

»Basilia stickt nicht sauber, sie macht immerzu Fehler.« Noch ein Kommentar ihrer Schwester. Sie biss die Zähne zusammen. Gildas sah Alina an, die Augen etwas verengt.

»Nun, nicht jeder kann alles können, ich bin sicher, Basilia hat auch ihre Talente.« Er sah in die Runde. »Ich fürchte, wir werden alle mal etwas tun müssen, das uns weniger gefällt und das wir nicht so gut können, aber ich werde versuchen, euch eure Zeit hier so angenehm wie möglich zu gestalten.« Sein Blick fiel zu den weidenden Schafen und zurück zu ihr. »Für dich, Basilia, werden wir auch noch etwas finden. Vielleicht kümmerst du dich anfangs darum, Kräuter, Beeren und Früchte zu sammeln. Auch Wolf würde sich über etwas Aufmerksamkeit freuen.«

»Und wann wird geheiratet?«, fragte Elen plötzlich grinsend.

Gildas lächelte, als freute ihn die Frage. »Ich hoffe, noch heute. Wir werden hier etwas rasten und uns dann aufmachen zur Kapelle, sie liegt nur zwei Stunden von hier.« Er zwinkerte ihr zu.

»Kommt, lasst uns unsere Habe nach drinnen tragen, und dann werde ich sehen, ob ich uns etwas zu essen machen kann. Wir sind alle bestimmt schon halb verhungert.« Elen schob Alina weiter und bedeutete auch Lia, mitzugehen. Aber ehe sie sich in Bewegung setzen konnte, verstellte Gildas ihr den Weg. »Geht schon mal vor, wir kommen gleich nach.«

Ihre Mutter und auch Alina sahen misstrauisch zu ihnen zurück, aber Gildas winkte sie nur weiter. Auch Lia fragte sich, was er vorhatte, und trat einen unsicheren Schritt von ihrem neuen Stiefvater weg.

»Du magst mich nicht besonders, nicht wahr?«

Sie sah ihn prüfend an. War das eine Falle? »Ich kenne dich nicht.«

»Und trotzdem bist du mir sofort zu Hilfe geeilt, als du dachtest, ich wäre in Gefahr …« Er strich sich nachdenklich über den Schnurrbart. »Mir scheint auch, du kommst mit deiner Schwester nicht besonders gut aus.«

»Wir sind sehr verschieden, das ist alles.«

»Ja, das habe ich schon gemerkt.« Er zeigte zu den Schafen hinüber. »Komm, lass uns ein Stück gehen.«

Sie folgte ihm mit gemischten Gefühlen. Einerseits war sie müde und tatsächlich hungrig, andererseits war sie auch neugierig, was er bezweckte.

»Denkst du, es könnte dir hier gefallen?« Er strich mit der Hand durchs hohe Gras, das den freigesäbelten Pfad säumte. Einzelne Haferähren blitzten golden dazwischen hervor, in Bodennähe wucherte Klee.

Lia sah sich um und musste ob all der Schönheit beglückt lächeln. Sie hatte sich lange nicht mehr so frei gefühlt. »Ich denke schon.«

»Es ist ein wunderbares Land, und ich schätze mich glücklich, es halten zu dürfen. Hier draußen fällt es leicht, sich auf das Wesentliche zu konzentrieren und die Schönheit in allem, was Gott erschaffen hat, zu erkennen. Dabei dürfen wir nur eines nicht vergessen: *Benthyg dros amser byr yw popeth a geir yn y byd hwn* – alles, das du auf dieser Welt besitzt, ist nur für kurze Zeit geborgt. Wir sind Gäste hier, egal ob Hirte oder König.«

Er pfiff durch die Zähne, und Wolf kam über die Weide zu ihnen gelaufen, setzte sich artig vor seinen Herrn hin. »Ich weiß, du vermisst deinen Vater.«

Das tat sie schon ihr ganzes Leben. Sie hatte ihn ja auch in Striguil kaum je gesehen. Trotzdem nickte sie. Denn jetzt war es anders. Jetzt hatte die Entfernung zu ihm etwas Endgültiges.

»Ich kann dich gut verstehen. Ich bin ein erwachsener Mann – ich habe sogar schon erwachsene Söhne. Trotzdem vermisse ich meinen Vater.«

»Mein Vater ist nicht tot«, entfuhr es Lia, ehe sie entschuldigend mit den Schultern zuckte und den Blick senkte.

Er sah auf sie hinab. »Ich weiß. Und ich würde nie wollen, dass du ihn vergisst. Nur, dass du glücklich bist.«

Lia lächelte. »Darf ich?« Sie deutete auf den Hund, Gildas nickte, und so ließ sie sich in die Hocke sinken und streichelte ihn. Ihre Finger glitten durch das struppige, aber weiter unten trotzdem weiche Fell, und sie hatte immer mehr das Gefühl, hier ihren Platz gefunden zu haben. In der Einsamkeit, ohne die missfälligen Blicke, den Schatten der Burg, getuschelten Worte oder lautstarken Beschimpfungen. Nur mit ihrer Mutter, Alina und … Gildas.

»Ich will niemandem Probleme machen«, sagte sie leise, im Versuch, versöhnlich zu sein. Wolf leckte ihre Hand ab, und sie musste leise kichern.

»Wie kommst du denn darauf, dass du irgendjemandem Probleme bereitest?«

»Ich meine nur, ich werde mich bemühen.«

»Bemühen? Hier glücklich zu werden?«

»Mehr wie Alina zu sein. Folgsam und fleißig.«

Gildas schwieg, aber sie spürte seinen Blick auf sich. Schließlich kniete er neben ihr nieder, beugte sich nach vorne, um ihren Blick einzufangen. »Wie, in Gottes Namen, kommst du darauf, dich verändern zu wollen?«

Sie sah ihn verwirrt an. »Es ist das, was alle wollen. Schon immer.« Und sie war entschlossen, ihrer Mutter und ihrer Schwester dieses neue Leben nicht zu verderben.

Kopfschüttelnd senkte Gildas den Blick, kraulte Wolf hinter den Ohren und überlegte sichtlich, was er entgegnen sollte. Schließlich atmete er tief ein. »Es tut mir leid, ich weiß, ich bin nicht dein Vater, aber ich muss dich tadeln.« Er richtete sich etwas auf, sah sie ernst und streng an. »Ich kenne dich noch nicht besonders lange oder gut, aber ich hatte von Anfang an das Gefühl, einer jungen Dame gegenüberzustehen, die willensstark ist, ehrlich und loyal. Mir würde beim besten Willen nicht einfallen, irgendetwas an dir zu ändern.«

Ihr Herz zog sich zusammen. Seine Worte dürften sie nicht so berühren. »Ich bin wild«, sagte sie schnell und konzentrierte sich wieder auf Wolf, sie konnte Gildas nicht in die Augen sehen, »impulsiv und laut.«

Gildas lachte und hob seine Hand, als wollte er sie ihr auf die Schulter legen, besann sich aber. »Du musst dich mir nicht verkaufen, Kind, mir nicht deine Vorzüge aufzählen. Ich habe euch alle bereits in meine Familie aufgenommen.«

Sie sah ihn ungeduldig an, sie mochte es nicht, veräppelt zu werden. »Das ist nicht lustig.«

»Nein, du hast recht. In Wirklichkeit ist es sehr traurig.« Er sah einen Moment lang nachdenklich zu Boden, dann schob er unvermittelt Wolf fort, nahm sie bei den Schultern und drehte sie zu sich, sodass sie ihn ansehen musste. »Du bist eine Britin, Lia.«

Sie verengte die Augen. Woher kannte er ihren Spitznamen? Aber sie kam nicht dazu nachzufragen, denn er fuhr bereits fort: »Lass dir nie, von irgendjemandem, irgendetwas anderes einreden, lass von niemandem dein Feuer löschen, versprich mir das. Nur schwache Menschen fühlen sich von Stärke bedroht, besonders, wenn sie von Frauen kommt. Ich war mein ganzes Leben lang von starken Frauen umgeben – wenn man hier draußen lebt und sein Land Stück für Stück von Feinden überrannt sieht, muss man das sein. Und du hast eine Stärke in dir, die schon in deinen Augen lodert, die viele gewiss einschüchtern mag und deiner Mutter auch ganz bestimmt Sorgen bereitet. Denn für Frauen ist das Leben sehr viel leichter, sehr viel sicherer, wenn sie einfach den Mund halten und tun, was man ihnen sagt. Aber das bedeutet nicht, dass ich mir je wünschen würde, dass du anders wärst, dass du dein größtes Gut verlierst. Ganz im Gegenteil.«

Ihr Mund öffnete sich, aber sie konnte nichts erwidern, so erstaunt war sie. Er meinte es ernst. Es war keine List, sie sah es ihm an, aber es fiel ihr so schwer zu glauben, dass irgendjemand Dinge, für die sie ihr ganzes Leben getadelt worden war, als etwas Gutes sah. Schon gar nicht ihr aufgezwungener neuer Stiefvater, den sie ihrem Vater zuliebe doch hassen sollte.

»Bevor deine Mutter einwilligte, meine Frau zu werden, hatten wir Gelegenheit, uns lange zu unterhalten. Sie erzählte mir von dir, und ich wusste, dir würde die Trennung von deinem Vater schwerfallen, aber auch, dass du hier draußen aufblühen kannst.«

»Alina …«

»… ist anders. Nicht schlechter oder besser, sondern einfach nur anders.« Er sah auf seinen Wanderstab hinab, den er neben sich ins Gras gelegt hatte, und sein charakteristisch breites Lächeln erhellte sein Gesicht. »Möchtest du lernen, damit umzugehen?«

Sie fuhr zurück, die Luft entwich ihr mit einem hohen Laut. Sie hatte alles erwartet, nur das nicht. In ihrer Brust flatterte es, als hätte er soeben eine steinerne Faust geöffnet und einen Schmetterling befreit. »Ja.«

3 Jahre später
Elfael, Ostwales,
Mai 1170

Lia breitete die Wolle auf dem Karren aus und strich sich den Schweiß von der Stirn. Die Maisonne brannte ungewöhnlich heiß auf sie herunter und brachte ihre Haut zum Glühen. Am liebsten hätte sie sich die Kleider vom Leib gerissen, um in den Wye zu springen, aber das musste warten. Ihr Nachbar Maredudd, der mit seinen Eltern und Geschwistern ein paar Meilen flussaufwärts lebte und Haferfelder betrieb, würde ihren unbekleideten Anblick wohl kaum verkraften. Er war so schüchtern, dass er es kaum je wagte, ihr in die Augen zu sehen.

Sie lächelte ihn an und sah, wie ihm das die Röte in die Wangen trieb. »Schön, das ist alles. Es war mir wie immer eine Freude.«

Maredudd senkte den Blick und nickte stumm. Mit fahrigen Händen spannte er den Karren ins Zuggeschirr des Maultiers, klopfte ihm den Hals und deutete schließlich auf den Hafer in den Leinenbeuteln zu ihren Füßen. »Soll ich … der Hafer … brauchst du Hilfe?«

»Danke, das ist nicht nötig, Gildas wird mir helfen.« Sie blickte zur Hütte, um zu sehen, wo er blieb, aber anstatt ihres Stiefvaters sah sie Alina zu ihnen kommen – einen irdenen Becher und ein Holzbrett mit Käse und den letzten der eingelagerten Winteräpfel in der Hand.

Maredudd folgte ihrem Blick und gab ein kaum hörbares hohes Geräusch von sich. Der Arme! Mit Lia umzugehen, war schon schwierig für ihn, aber Alina brachte ihn meist völlig aus der Fassung.

Sie klopfte ihm auf die Schulter. »Tief durchatmen, mein Freund.«

Er keuchte auf, konnte auf ihre Worte aber nicht mehr reagieren, da Alina sie schon erreichte.

»Gott zum Gruße, Maredudd, vielen Dank für den Hafer. Wie geht es deiner Familie?«

Maredudd starrte auf das Speisebrett, nahm dann den Becher in die Hand und trank vom Met. Schließlich räusperte er sich. »Gut, danke.«

Alina strahlte ihn an, ihre Augen leuchteten, und ihre Haare glänzten in der Sonne, sie war wunderschön. Lia konnte ihm seine Befangenheit nicht verübeln. Jeder Junge wäre bei ihrem Anblick wohl ins Stottern geraten. Dabei wusste Lia nicht, ob ihre Schwester tatsächlich nur freundlich war oder ihn bewusst reizte. Lia zog Maredudd ebenfalls gerne auf, aber in letzter Zeit verstand sie kaum noch etwas, das ihr Zwilling tat. Manchmal hatte sie das Gefühl, dass sie sich nahe waren, aber dann waren da erneut missfällige Blicke. Vielleicht sollte sie sich damit abfinden, dass Alina und sie zwei Seiten einer Münze waren und den anderen nie wirklich verstehen konnten.

»Komm, Maredudd, ich begleite dich noch bis zum Fluss, ich muss ohnehin Wasser holen.« Sie nahm die beiden Ledereimer, die sie neben der Ulme am Trampelpfad zum Fluss abgestellt hatte, und wies den Hügel hoch, auf dessen anderen Seite sich der Wye am Fuße der Klippen durchs Tal schlängelte.

Maredudd sah sie an, zuerst huschte deutliche Erleichterung über seine Züge, da er zu keinem Gespräch mit Alina gezwungen war, die jedoch gleich in Enttäuschung umschwang. »Ja, ich … sollte mich wohl wirklich auf den Weg machen.«

»Vergiss deine Stärkung nicht.« Alina streckte ihm das Holzbrett entgegen, und Maredudd packte den Apfel und den Käse in seinen Beutel am Gürtel.

»Gehab dich wohl, Alina.« Er nickte ihr zu, nahm das Maultier am Halfter und setzte sich mit hängendem Kopf in Bewegung.

Lia hielt sich an seiner Seite. Sie wartete, bis sie sich außer Hörweite befanden, dann stieß sie ihn leicht an. »Alina beißt nicht, weißt du? Ich ebenso wenig. Du kannst ruhig mit ihr sprechen.«

Wieder ein unverständlicher Laut, dann atmete er hörbar ein, straffte die Schultern, räusperte sich. »Ist es wirklich wahr? Seid ihr beide die Töchter dieses freincischen Adligen, den sie Strongbow nennen?«

Lia sah ihn verwundert an. Seit sie ihn kannte, hatte er nicht so viele Worte auf einmal benutzt. »Das stimmt. Richard de Clare ist unser Vater.«

Noch ein hohes Geräusch, fast schon ein erschrockenes Japsen, dann schüttelte er den Kopf. »Das heißt wohl … Alina wird … euer Vater, hat er kein Interesse an euch?«

»Er hat uns anerkannt, aber als einer der wichtigsten Gefolgsmänner des Königs verschlägt es ihn nie hierher.«

Maredudd wich schnell einen Schritt zurück, als könnte sie ihn tatsächlich beißen. »Ja … ja … ich meine … steht es euch frei … wird Alina einmal … ich nehme nicht an, dass sie einen Bauern …«

Plötzlich dämmerte ihr, auf was sein Gestotter hinausführte, und sie wusste nicht, ob sie lachen oder ihn in den Arm nehmen sollte. »Ich fürchte, Alinas Zukunft liegt in Strongbows Händen.«

Maredudd nickte und schwieg das letzte Stück den Hügel hinauf. Lia war froh über die Ruhe und hing ihren Gedanken nach. Auch wenn sie Maredudd nie als möglichen Heiratskandidaten gesehen hatte, begleitete sie ein sonderbar drückendes Gefühl. Sie war es ja gewohnt, dass alle Alina bevorzugten, aber ging es wohl allen Männern so? Würde sie selbst in eine Ehe gedrängt werden mit jemandem, der sich ihre Schwester wünschte?

Auf dem Kamm verabschiedeten sie sich mit einem knappen Nicken, und Lia folgte dem steinigen Weg die Klippen hinunter. Es war ein schmaler, nicht ungefährlicher Pfad, aber sie kannte hier jeden Kiesel. Am Flussufer angekommen, streckte sie sich genüsslich, entschlossen, sich den wunderbaren Tag nicht von trüber Stimmung verderben zu lassen. Lieber genoss sie den Anblick, der sich ihr bot. Anders als weiter südlich in Striguil war der Fluss hier nicht mehr an die Gezeiten gebunden, sondern es floss tagein, tagaus genügend Wasser, das in der Sonne glitzerte. Auf der anderen Seite erstreckte sich grünes Hügelland, und hinter der Biegung der Klippen begann ein dichter Mischwald, in dem sie Beeren, Wurzeln, Pilze und Kräuter sammelte.

Sie beugte sich hinab, füllte die beiden Eimer auf und hielt schlagartig inne, als sie ein Geräusch vernahm. Nur ein polterndes Steinchen, kaum wert, vernommen zu werden, aber das stille Leben hier draußen hatte sie wachsam gemacht.

Da war ein Knarzen, gefolgt von einem schleifenden Geräusch. Sie blickte zum Ufergestrüpp weiter flussabwärts und traute ihren Augen nicht.

Da war eine Biberfamilie, die sich von ihrer Anwesenheit überhaupt nicht stören ließ und sich mühsam zum Fluss hinbewegte.

Es war ein absonderliches Bild. Einer der Biber lag auf dem Rücken. Auf dem Bauch hatte er Äste, die er mit den Beinen festhielt und an sich presste, vermutlich für die Biberburg. Im Maul hielt er einen langen Zweig fest, der zu beiden Seiten hinausragte. Diesen Zweig hatten wiederum zwei andere Biber rechts und links von ihm gepackt, und so zogen sie den auf dem Rücken liegenden immer weiter über den steinigen Boden, wie einen tierischen Karren, der das Baumaterial transportierte.

Basilia konnte sich nicht erinnern, je so eigenartige Tiere gesehen zu haben, aber sie hielten ihr nur noch deutlicher vor

Augen, dass dieser Ort etwas Besonderes war. Heute konnte sie sich gar nicht mehr vorstellen, woanders zu leben, und sie schämte sich dafür, wie sie sich vor drei Jahren bei ihrem Aufbruch verhalten hatte.

Noch einmal sah sie auf die Biber, einer von ihnen hatte ein ganz abgeschundenes Rückenfell, vielleicht war er schon als Fuhrwerk an der Reihe gewesen, dann nahm sie die beiden Eimer und machte sich auf den Rückweg.

Vor der Hütte stand Gildas vor dem Karren, auf dem die frisch geschorene dunkle Wolle lag. Er zupfte Verunreinigungen wie Kot oder Kletten heraus und summte dabei vor sich hin. Ihre Mutter hielt sich inzwischen bei dem großen kreisrunden Bottich, in dem sie die Wolle in warmes Wasser legte und sie wusch. Dabei durfte sie die Wolle nicht viel bewegen, um sie vor Verfilzungen zu bewahren. Den Fehler hatte Lia in ihrem ersten Frühling in Elfael gemacht, im Glauben, sie müsse die Wolle wie ihre Wäsche gründlich schrubben und hin- und herschleudern. Ein Lachen entfuhr ihr bei diesem Gedanken.

»Ah, Lia, das Wasser kommt genau richtig.« Ihre Mutter deutete auf den Bottich, und Lia kippte den Inhalt der beiden Eimer hinein. Dann nahm sie die dick gefütterten Tücher neben der Feuerstelle und holte damit ein paar große, schwere, vor Hitze glühende Steine heraus, die sie ins Wasser legte, um es weiter warm zu halten. Am heutigen Tag war aber auch die Sonne nützlich.

»Ist Maredudd gut weggekommen?«, wollte Gildas wissen und hob die schwere nasse Wolle aus dem Bottich zum Trocknen heraus. Ihre Mutter nahm inzwischen neue vom Karren und legte sie wieder ins Nass.

Lia war so verzückt von diesem idyllischen Bild der eingespielten Arbeit, dass sie vergaß zu antworten. Sie lebten nun schon so lange hier, aber immer noch war ihr der glückliche, ausgelassene Anblick ihrer Mutter fremd. Sie bekam nie genug davon.

»Lia?« Gildas lachte. »Wovon träumst du schon wieder?«

Sie zuckte zusammen, und nun musste auch sie lachen. »Von gar nichts. Braucht ihr Hilfe? Soll ich noch mehr Wasser holen?«

»Eigentlich wäre nun Alina an der Reihe«, erwiderte Gildas, aber Lia winkte ab. Ihre Schwester tat sich schwer mit den Eimern auf dem weiten Weg, ihr fehlte die nötige Kraft, und Lia machte die Arbeit gern. Sie liebte es, ihren Körper zu spüren, die angespannten Muskeln, den leisen Schmerz der Anstrengung, während sie die Wärme der Sonne auf der Haut spürte und der Wind ihre Lunge mit frischer Luft füllte. Sie wollte gerade die Eimer aufheben und sich auf den Weg machen, als Gildas sie aufhielt.

»Nein, lass nur, wir haben vorerst genug. Wenn du mir helfen möchtest, sieh bitte nach der Herde.«

Lia strahlte auf. Gildas wusste zweifelsohne, wie sehr sie sich über solch eine Aufgabe freute, und sie nickte ihm dankbar zu. Glücklich nahm sie den langen Wanderstab, der an die Wand der Hütte lehnte und den Gildas für sie geschnitzt hatte, und ging los. Sie kam aber nicht weit, als sie schlurfende Schritte hinter sich vernahm.

Sie drehte sich um und erblickte erstaunt Alina, die ihr folgte. »Gildas hat gesagt, ich muss mit dir gehen.« Sie gab sich keine Mühe, ihren Verdruss darüber zu verbergen.

Lia lächelte und bot ihr ihre Hand an. »Komm, es ist ja nicht weit, die Schafe sind gleich da drüben.« Nach der Schur und während der Lämmerzeit hielt Gildas sie gerne nahe an der Hütte. Erst später würde er sie mit Wolf auf entferntere Weiden treiben, wo er auch kleine Verschläge hatte, in denen er übernachten konnte. In den letzten Sommern hatte Lia viel Zeit mit ihm und Wolf dort draußen verbracht. Gildas hatte ihr pfeifen beigebracht, um auf große Entfernungen mit verschiedenen Tönen mit Wolf zu kommunizieren, und er hatte ihr gezeigt, wie sie sich mit dem simplen Wanderstock vor wilden Tieren, aber auch Menschen verteidigen konnte. Meist aber hatten sie schweigend nebeneinander gelebt, zufrieden über die Weite um sie herum, die einem das Gefühl gab, Teil von etwas Großem, Allmächtigem zu sein, unter den Sternen, die nachts über sie wachten.

»Du warst den ganzen Tag drinnen und hast Wolle ausgekämmt, du musst doch froh sein, dich ein wenig zu bewegen und frische Luft zu atmen.« Lia zog die brummende Alina das letzte Stück zu den Schafen weiter und ließ ihren Blick über die Herde schweifen. »Sieh nur, es gibt so viel mehr als die vier Wände, in die du dich immerzu einsperrst. Schau dir die Schafe an, wie friedlich sie hier grasen und …«

»Es sind Schafe, Basilia, was sonst sollen sie tun?«

»Nun, sie sind nicht alle gleich. Du könntest mir helfen. Siehst du irgendwo ein Schaf, das dir aufgeregt oder nervös vorkommt, das sich hingelegt hat und Schmerzen zu haben scheint?« Sie ging zwischen die Tiere, Wolf kam an ihre Seite, und sie kraulte ihn.

Alina aber seufzte nur, und so hielt Lia Ausschau, um zu überprüfen, ob es den Lämmern und den Mutterschafen, die noch nicht ihre Zeit erreicht hatten, gutging.

Aus den Augenwinkeln bemerkte sie, dass Alina sich im hohen Gras niederließ, und als Lia überprüft hatte, dass es den Schafen gutging, setzte sie sich neben sie.

»Ich spüre richtiggehend, wie die Sommersprossen auf meiner Haut sprießen.« Alina schlug sich die Hände vors Gesicht und zog sich ihr Schultertuch über den Kopf. »Wie kannst du nur freiwillig hier draußen sein?«

Lia legte sich in ein Bett aus Wildblumen zurück und lächelte. Sie beobachtete die vereinzelten weißen Wolkenfetzen, die über einen strahlend blauen Himmel schwebten, und lauschte dem Sausen des Windes und Mähen der Schafe. »Es gibt nichts Schöneres.«

»Spinnen, nähen, sticken, alles, was wir zu Hause in unserer kühlen Hütte machen können.«

Lia warf ihrer Schwester einen Blick zu. Unter dem strahlenden Sonnenlicht war ihre Blässe noch deutlicher zu sehen und ihr dünner, fast abgemagerter Körper. »Deswegen bist du auch immer krank. Du hast Gildas gehört. Du musst an die Luft, in die Sonne, damit du kräftiger wirst.«

»Ja, du und Gildas, ihr habt euch wieder einmal verschworen, und jetzt sitze ich hier und sehe bald aus wie eine gewöhnliche Feldarbeiterin. So wie du.«

Lia schloss die Augen und ignorierte den Kommentar. Lieber war sie bei Sturm und Regen bei den Schafen, unter einem Himmel, der ihr das Gefühl gab, frei zu sein, als mit Nadel und Garn in der Hütte.

»Ich denke, ich war jetzt lange genug an der Luft.« Alina stand auf und klopfte ihr Überkleid ab, als Wolf unvermittelt zu bellen begann.

Lia fuhr hoch, sie kannte diese Art des Bellens, es bedeutete, dass sich jemand näherte, der nicht zur Familie gehörte, ein Fremder. War Maredudd zurückgekommen? War ihm etwas passiert? Außer ihm kamen so gut wie nie Reisende oder Besucher vorbei.

Sie richtete sich auf, hob ihre Hand an die Stirn, um ihre Augen vor der Sonne zu schützen, und sah den Weidehügel hoch zu Wolf.

Da war ein Reiter, irgendetwas an ihm funkelte in der Sonne, blitzte immer wieder auf, ein Helm vielleicht? Nur Krieger trugen Helme.

»Alina, komm zu mir.« Sie streckte die Hand nach ihrer Schwester aus, um sie hinter sich zu ziehen. Dann pfiff sie durch die Zähne und rief Wolf zurück. Er war kein besonders großer Hund, aber er konnte kräftig zubeißen.

»Lass uns heimgehen.« Alina wimmerte.

»Dafür ist es zu spät.« Sie hob den Wanderstock auf, der ihr Sicherheit gab, besonders, da sie Gildas bei ihrer letzten frühmorgendlichen Übung vor ein paar Tagen damit beinahe entwaffnet hätte. Alina und ihre Mutter wussten nicht, dass Gildas ihr den Umgang damit beibrachte. Zumindest nicht, in welchem Ausmaß. Sie dachten wohl, sie wäre dazu in der Lage, damit herumzufuchteln, um eine Wildkatze zu verscheuchen. Aber stattdessen zeigte Gildas ihr fast jeden Morgen vor Sonnenaufgang, in den grauen Momenten, in denen es nicht mehr Nacht, aber noch nicht Tag war, wie sie damit einen Menschen bewegungsunfähig machen konnte. Gildas sagte, was sie nicht an Kraft besaß, machte sie mit Geschick und Wendigkeit wett, und diese Worte betete sie sich jetzt vor, als sie die Weiden nach weiteren Reitern absuchte. Wo ein Krieger war, waren andere nicht weit. Der Fremde kam zwar im Schritt auf sie zu, doch zu Fuß konnten Alina und sie ihm nie und nimmer entkommen. Besser war es, so unbekümmert wie möglich zu wirken und sich keine Angst anmerken zu lassen.

»Ist es ein Waliser oder ein Normanne?«

Lia zuckte mit den Schultern. So oder so konnte der Fremde Gefahr bedeuten. Sie spürte, wie sich ihr Magen zusammenkrampfte. Die Waliser waren meist auf kleinen, aber kräftigen Bergponys unterwegs, die sich trittsicher dem unwegsamen Gelände stellten. Das hier aber war ein elegantes Reitpferd, wie sie die Normannen gerne für lange Reisen benutzten. Der Reiter trug keine Rüstung, soweit sie das erkennen konnte, nur einen Helm, der aber keinen Nasenkolben hatte, wie die der normannischen Ritter, sondern eher einem umgedrehten Topf gleichkam. An seiner Seite pendelte etwas, das zu klein für ein Schwert war, aber zweifelsohne als Waffe diente.

»Ich wusste, ich hätte nicht hier rauskommen dürfen.«

»Sei still.« Sie verengte die Augen, blinzelte gegen die Sonne und versuchte ein Wappen auszumachen. Da war etwas Buntes an der braunen Oberbekleidung, aber sie konnte die Farben nicht genau ausmachen.

Der Reiter näherte sich, hob die Hand, als wollte er ihnen zu warten bedeuten. Eine Wolke schob sich vor die Sonne, im Schatten konnte sie klarer sehen. Es war eine schmächtige Gestalt, die im Sattel sonderbar hin und her rutschte, und auch die Farben des Wappens waren nun deutlich zu erkennen.

Sie drückte Alinas Hand. »Vater.«

Alina keuchte. »Das kann nicht möglich sein. Wie hat er uns gefunden?«

»Er nicht, aber jemand aus seinem Gefolge.« Sie ließ Alina los und ging auf den Reiter zu, versuchte die wilden Gedanken in ihrem Kopf zu ordnen. Seit ihrem Aufbruch vor drei Jahren hatten sie nichts mehr von Strongbow gehört. Ein vorbeiziehender Reisender letztes Jahr hatte ihr nur von dem Gerücht erzählt, dass einige normannische Lords in Strongbows Namen nach Irland gereist waren. Auch Maurice de Prendergast und ihr Bruder, der in seinem Dienst stand. Sie konnte sich aber nicht vorstellen, was ihr Vater mit Irland zu tun haben mochte.

»Was wollt Ihr hier?«, fragte sie unumwunden auf Normannisch, jetzt, da sie wusste, dass er in Verbindung zu Strongbow stand.

Der Reiter, er war noch erstaunlich jung, wie sie jetzt feststellte, straffte die Schultern. Er blickte zwischen ihr und der hinzugekommenen Alina hin und her und sprach bemüht volltönend, aber mit immer wieder kippender Stimme: »Seid Ihr die Damen Alina und Basilia de Clare?«

Lia sah den Jungen erstaunt an. Er konnte nicht viel älter sein als sie, höchstens fünfzehn Jahre alt. Ihre Hand um den Wanderstab lockerte sich. »Wer will das denn wissen?«

Der Junge deutete eine Verbeugung an und erklärte voller Hochmut, als müsse alle Welt seinen Namen kennen: »Hugh de Neville, Knappe im Dienste des Earl of Striguil.«

Ein Knappe! Lia konnte nur den Kopf schütteln. Dann sah sie sich noch einmal nach möglichen Begleitern um. Es war doch unmöglich, dass ein Junge wie er allein durchs wilde Wales reiste, um im Namen ihres Vaters mit ihnen zu sprechen. »Ist es nicht viel zu gefährlich für dich hier draußen?«

Der Knappe riss die Augen auf, und sein Gesicht färbte sich plötzlich ganz rot. »Ich bin ein Mann und durchaus in der Lage, auf mich und jene, die meinem Schutz anvertraut wurden, aufzupassen!«

Lia verzog den Mund und sah an ihm vorbei zu den Schafen. »Wo sind sie dann?«

Der Knappe funkelte sie an. »Wer?«

»Jene, die dir anvertraut wurden. Hast du sie verloren?«

Ein Keuchen entfuhr ihm, dann schwang er sein Bein über den Hals des Pferdes und sprang aus dem Sattel. Er baute sich vor ihr auf, was vielleicht einschüchternd sein sollte, da er sie um mehr als eine Haupteslänge überragte, aber dabei war er so dürr, als würde er beim leisesten Windstoß in der Mitte umknicken.

»Sie stehen vor mir«, knurrte er und durchbohrte sie mit dunklem Blick. »Mein Auftrag lautet, Euch zu finden und mitzunehmen zu …«

Lia konnte ein abfälliges Schnauben nicht zurückhalten. »Meine Schwester und ich gehen nirgendwohin. Komm, Alina.« Sie wollte sich abwenden, aber unvermittelt packte der Knappe ihren Arm.

»Mylady, ich bestehe darauf.«

Lia drehte sich zu ihm um und sah ihm in die Augen. »Mich hat noch nie jemand Mylady genannt, und wenn du mich nicht ganz schnell loslässt, wirst du herausfinden, wieso.«

Hugh de Neville hielt ihrem Blick nur noch wenige Herzschläge lang stand, dann ließ er seine Hand sinken. Nur aber, um das Kurzschwert an seiner Seite zu ziehen und ihr die Spitze entgegenzustrecken.

Alina japste nach Luft, Lia aber verdrehte die Augen. Sie hatte keine Angst. Dieser Junge kam ihr hilflos vor, und er war es offensichtlich nicht gewohnt, seinen Willen nicht zu bekommen. Aber er würde ihr oder Alina nie etwas antun, er stand im Dienst ihres Vaters und wusste bestimmt, was ihm blühte, wenn er die Beherrschung verlor. Unsicherheit lag in seinem Blick, was fast schon Mitleid in ihr hervorrief.

»Kommt jetzt mit, Ihr werdet bereits erwartet. *Ich* habe Euch gefunden, und *ich* werde Euch zurückbringen und …«

»Basilia, vielleicht sollten wir wirklich …«, begann Alina, aber Lia schnitt ihr mit einer harschen Handbewegung das Wort ab. Sie hatte jetzt keine Zeit, ihrer Schwester zu erklären, warum sie nicht einfach so mir nichts, dir nichts mit einem fremden Knappen davongehen konnten, ungeachtet der Tatsache, dass er das Wappen ihres Vaters trug. So viel Verstand hätte sie von ihrer Schwester eigentlich erwartet.

»Was will unser Vater von uns?«

»Mein Auftrag lautet, Euch zu finden und mitzunehmen, nichts sonst.«

»Also weißt du es nicht. Gut. Dann geh zurück zu meinem Vater. Wenn er uns sprechen will, soll er selbst herkommen.«

»Mylady, ich warne Euch, ich bin in der Kampfeskunst ausgebildet, und es wird mir ein Leichtes sein, Euch auf dieses Pferd zu binden und meinen Auftrag auszuführen. Ich will Euch nicht wehtun, aber wenn Ihr nicht gehorcht …«

»Nein.« Lia schloss ihre Hand fester um den Wanderstab und streckte die Finger der anderen, bereit, zuzupacken. »Ich will dir nicht wehtun.« Sie ließ das lange, schmale Holz herumwirbeln, so schnell, dass sie selbst nur einen Schleier davon sah, dann sauste es präzise auf die Hand des Knappen nieder. Die Waffe fiel ihm mit einem schmerzerfüllten Laut aus der Hand, er steckte sie zwischen die Oberschenkel und keuchte, und Lia nutzte seine gebeugte Haltung, um den Wanderstab noch einmal zu drehen und auf seinen Rücken niedersausen zu lassen. Der Knappe klappte zusammen, fiel mit dem Gesicht voran zu Boden und jaulte auf. Wolf stimmte darin ein, bellte und knurrte, aber Lia konnte ihn jetzt nicht beruhigen.

»Leider hast du mir keine andere Wahl gelassen, Hugh de Neville.« Sie stellte den Wanderstab wieder neben sich ab, hielt ihn locker in einer Hand und sah auf den Knappen hinunter. »Du kommst nicht hierher, in mein Zuhause, und gibst Befehle, bedrohst meine Schwester und mich mit einer Klinge, um Ritter zu spielen. Geh zurück zu deinem Herrn und …«

»Der ist schon da.«

Lias Kopf fuhr hoch bei der vertrauten Stimme, und sie glaubte ein Trugbild vor sich zu sehen. Raymond le Gros kam auf einem prächtigen Rappen näher, sein dunkler Umhang flatterte hinter ihm, die Schnallen, mit der er ihn am Hals befestigt hatte, funkelten in der Sonne. Er sah von ihr zu Alina und verharrte mit seinem Blick dann wieder bei ihr, ein Lächeln spielte um seine Lippen.

»Lia und Alina de Clare.« Er brachte den Rappen zum Stehen und schwang sich behände aus dem Sattel, als spürte er seinen Ringpanzer überhaupt nicht. Seine goldenen Locken standen ihm vom langen Ritt und dem steten Wind in diesem Flusstal wild vom Kopf ab. Er türmte sich vor ihnen auf, immer noch riesenhaft. Lia selbst war in den letzten Jahren in die Höhe geschossen, doch sie musste den Kopf in den Nacken legen, um zu ihm aufzuschauen. Er schien ihr der größte Mann, der je gelebt hatte. Und der beeindruckendste, fuhr es ihr durch den Kopf, und der Gedanke überraschte sie.

Alina neben ihr sah erschrocken von einem zum anderen und stieß sie schließlich leicht an. »Um Himmels willen, gib deinen Stock weg«, zischte sie leise, aber Lia beachtete sie gar nicht. Es fiel ihr immer noch schwer zu glauben, dass Raymond hier war. Und obwohl sie sich freute, ihn nach all der Zeit wiederzusehen, fürchtete sie den Grund seines Besuchs. »Sir Raymond. Was wollt Ihr hier?«

Alina keuchte neben ihr auf, mehr ungläubig über ihre Unverbesserlichkeit als ängstlich, Raymond aber lächelte sie an. »Lia … immer noch neugierig und direkt.« Er ließ seinen Blick über sie gleiten. »Wenn auch fast kein Kind mehr.«

Sie spürte Hitze in ihren Wangen aufsteigen, gleichzeitig war da aber auch ein glückliches Flattern. Er wusste, wer sie war, er konnte sie von ihrer Schwester unterscheiden, selbst nach all der Zeit. Aber sofort wich ihre Fröhlichkeit einer bedrückenden Erkenntnis. Natürlich konnte er das. Er hatte ja gesehen, wie sie gerade einen Knappen verprügelt hatte, wer sonst sollte so etwas tun? Bestimmt nicht Alina.

Lia war damals ein Wildfang gewesen, war es immer noch, und laut Alina war ihr das auch anzusehen. Sie sah aus wie eine Feldarbeiterin, sie hatte nicht diese reinweiße Haut wie ihre Schwester oder das schmale, feine Gesicht, in dem die grauen Augen viel zu groß wirkten. Ihre eigene Haut war bronzen und ihr Gesicht herzförmig.

Sie schob ihr Kinn vor. »Seid Ihr ebenfalls gekommen, um mich auf ein Pferd zu schnüren und mitzunehmen?«

Raymond hob eine Augenbraue, sah auf den Knappen hinab und zurück zu ihr. »Ich werde mich hüten«, brachte er lachend hervor. Dann stieß er den Jungen am Boden sanft mit dem Stiefel an. »Komm schon, Hugh, steh auf, sie hat dich noch glimpflich davonkommen gelassen.«

»Sir … sie … sie wollte nicht mitkommen und …«

»Und du hieltst es für klug, eine Klinge gegen Strongbows Töchter zu ziehen? Dachtest du, das würde die beiden überreden?« Er zwinkerte Lia zu und fuhr auf Walisisch fort, sonderbar beeindruckt anstatt tadelnd: »Ich hätte ihn wohl warnen sollen, dass du gefährlich bist, Lia.«

»Oder dumm«, murmelte Alina, gerade so, dass Lia es hörte.

Der Knappe rappelte sich auf, und Raymond legte ihm die Hand auf die Schulter. »Komm, klopf dir den Staub ab, und dann reite zurück ins Lager. Wenn die anderen von ihrer Runde zurückkommen, sagst du Bescheid, dass du die Mädchen gefunden hast und dass ich mich darum kümmere. Verstanden?«

Der Knappe nickte nur und wagte es nicht mehr aufzusehen, als er die Zügel seines Pferdes nahm und aufstieg. Lia wartete, bis er weggeritten war, dann sah sie wieder zu Raymond hoch.

»Was führt Euch nun hierher?« Sie versuchte, unbekümmert zu klingen, konnte ihr Misstrauen aber kaum aus ihrer Stimme heraushalten. Alina sah sie mit ihrem perfektioniert tadelnden Blick an und schüttelte den Kopf. Dann wandte sie sich an Raymond.

»Verzeiht, Sir Raymond. Was meine Schwester fragen wollte: Bringt Ihr tatsächlich eine Nachricht von Vater? Holt er uns von hier weg?« Hoffnung klang aus ihrer sanften, singenden Stimme, und Lia war überrascht, wie viel Angst ihr der Gedanke heute machte, ihre Familie zu verlassen, um in die Fremde zu gehen.

»Das möchte ich gerne mit eurer Mutter besprechen. Wo finde ich sie denn?«

Lia zeigte über die Wiesenfläche zurück zur Hütte, und Raymond nickte, wandte sich ab, um die Zügel seines grasenden Pferdes aufzunehmen.

Alina umklammerte ihre Hand, strahlte über das ganze Gesicht, was ihr etwas von der kränklichen Blässe nahm und sie in eine Schönheit verwandelte. »Es ist so weit, Lia«, flüsterte sie drängend. »Wir sind bald vierzehn Jahre alt, heiratsfähig. Vater schickt nach uns, weil er Ehemänner gefunden hat, weil er uns endlich zu Normanninnen, zu Ladys macht. Und wenn dein Verhalten nicht alles verdorben hat, können wir fort von den Schafen und der Einsamkeit.« Sie sah aus, als könnte sie sich gerade noch davon abhalten, auf und ab zu springen, und Lia sah sie verblüfft an. Sie hatte nicht geahnt, dass Alina so empfand, dass sie in ihrem wunderbaren Zuhause unglücklich war. Sie beschwerte sich nie vor ihrer Mutter oder Gildas, und mit ihr sprach sie auch nur selten. Lia selbst wurde bang, wenn sie an die einengenden Mauern einer normannischen Burg dachte, selbst beim Gedanken an ein walisisches Dorf. Hier lebten sie so, wie die Waliser einst gelebt hatten, ehe die Normannen in das Land gekommen waren – für sich als Familie, mit ihren Herden ziehend, ohne sich zusammenzuschließen, einzuengen, sie waren nur für sich selbst da, nahmen sonntags den Weg zur Kirche auf sich und brachten ihre Abgaben zu dem über den Landstrich herrschenden Fürsten oder einem seiner Landhalter. Sie waren frei. Und sie wollte diese Freiheit nicht aufgeben.

Mit einem unguten Gefühl im Bauch streichelte sie über Wolfs Fell und bedeutete Raymond schließlich, ihr zu folgen. Er kam mit seinem Pferd an ihre Seite, sah zwischen Wolf und ihr hin und her und begutachtete auch ihren Wanderstab. »Ich erinnere mich an euren Aufbruch von Striguil. Du sahst aus, als hätte man vor, dich zu deiner Hinrichtung zu bringen. Aber mir scheint, dir ist es hier ganz gut ergangen.« Er sprach auf Walisisch. Vielleicht glaubte er, dass ihr diese Sprache nach der langen Zeit hier draußen leichter fiel.

Lia strich sich einzelne Strähnen aus dem Gesicht, wissend, dass sie ihre wenig noble, von der Sonne geküsste Haut kaum verbergen konnte. »Ich mag die Weite, die Stille …« Sie sah zu ihm auf. »Und das Ungebändigte hier draußen, das Wilde, hier ist alles noch so, wie Gott es erschaffen hat.«

Raymond sah auf sie hinab und nickte langsam, als wüsste er genau, wovon sie sprach. »Also ist eine richtige walisische Flusselfe aus dir geworden.« Er sagte es mit Zuneigung, nicht mit überstrapazierter Geduld oder Resignation wie ihre Mutter oder Alina, was sie erröten ließ. Schon damals war er ihr freundlich und anders als die anderen erschienen, aber sie hatte ihn nie wirklich gut gekannt, und ein kindlicher Eindruck konnte auch trügen.

»Dein Vater wird sich freuen zu hören, wie sehr du hier aufgeblüht bist und …«

Ein schriller Schrei ließ sie beide zusammenzucken. Lia fuhr herum und sah gerade noch, wie Alina zu Boden ging. Sie war in ein Maulwurfsloch getreten und hielt sich mit schmerzverzerrter Miene den Fuß.

»Alina!« Lia eilte zu ihrer Schwester und schob den Rock etwas hoch, um den Knöchel zu betrachten, der Gott sei Dank keine offensichtliche Verletzung zeigte, keine Schwellung oder Verfärbung. »Ist es sehr schlimm?«

»Es tut so weh.«

»Keine Sorge, das wird wieder. Der Knöchel ist nicht geschwollen. Kannst du aufstehen?«

Alina schüttelte den Kopf, und plötzlich fiel ein Schatten auf sie. Raymond ging neben ihnen auf ein Knie nieder und beugte sich zu Alina vor. »Erlaubst du mir, deinen Knöchel anzufassen, junge Dame?«

Alinas rechter Mundwinkel zuckte, als wollte sie lächeln. Sie senkte verlegen die Lider und nickte stumm. Mit einem flüchtigen Blick zu Lia schob sie ihre Röcke bis zur Wade hoch und deutete auf die schmerzende Stille. »Ich fürchte, ich bin umgeknickt.«

Raymond betastete den Knöchel mit seinen großen Händen. Er hatte kräftige Finger, an denen die Haut über den Gelenken rau und aufgerissen war, doch schien er Alina bei seiner Untersuchung nicht allzu große Schmerzen zu bereiten. Es wirkte, als wisse er genau, was er tat. Aber Lia wunderte sich nicht mehr, dass dieser große Mann nicht grob war, wie sein Anblick annehmen ließ, sondern geschickt und einfühlsam.

»Nichts gebrochen, aber vielleicht verstaucht.« Er wandte sich Lia zu. »Sie sollte ihr Bein schonen, dann ist es bald wieder so gut wie neu.«

Lia nickte und sah Raymond ins Gesicht, das sie noch nie am helllichten Tag so nah vor sich gesehen hatte. Sie nutzte den Moment, um ihn genauestens zu mustern.

Seine Haut war gebräunt, wie bei den meisten Männern, die sich viel im Freien aufhielten. Sein Haar wirkte von der Sonne ausgebleicht, und seine Augen waren nicht einfach nur grau. Sie hatten die Farbe von Rauchschwaden. Ein paar Lachfältchen gruben sich als Kränze um die Augenwinkel, seine Nase war markant, und auch sein Mund über dem kantigen, von feinen goldenen Stoppeln bedeckten Kinn war etwas zu breit.

»Lia?« Raymond legte den Kopf ein wenig schief, und sie zuckte zusammen, als ihr bewusst wurde, dass sie ihn angestarrt hatte.

»Ich … ich danke Euch für Eure Hilfe«, brachte sie räuspernd heraus und wischte ihre schweißnassen Hände an ihrem Rock trocken. Dann blickte sie schnell zu Alina und zur nicht weit entfernten Hütte. »Du kannst dich auf mich stützen. Es ist nicht mehr weit.«

»Das schaffe ich nicht.« Sie sah zu Raymond auf, ihre Unterlippe bebte. »Könnt Ihr … könnt Ihr mir vielleicht helfen?«

Raymond lächelte, rieb seine Hände aneinander und streckte die Finger. »Es wäre mir eine Ehre, dich nach Hause zu tragen, Alina de Clare.«

Sie strahlte über das ganze Gesicht, was ein seltener Anblick war. »Ich erlaube es Euch.« Sie streckte ihm ihre Hände entgegen, und Raymond schob einen Arm unter ihre angewinkelten Knie und einen in ihren Rücken. Er hob sie hoch an seine Brust, und Alina schlang ihre Arme um ihn.

Lias Kehle wurde eng. Sie wusste nicht wieso, aber das Bild erfüllte sie mit rasender Eifersucht. Sie selbst wäre nach Hause gehumpelt, egal, wie weh es tat und wie wenig damenhaft es war.

»Weshalb sprecht Ihr so hervorragend walisisch?«, wollte Alina wissen, als Raymond sich in Bewegung setzte.

Lia schloss ihre Hand fest um den Wanderstab und folgte ihnen. »Weil er zum Teil Waliser ist, ein Geraldine«, murmelte sie, auch wenn sie nicht davon ausging, gehört zu werden.

Aber Raymond blieb stehen und sah sie verblüfft an. »Das weißt du noch?«

Ehe sie antworten konnte, fragte bereits Alina: »Was ist ein Geraldine?«

Raymond sah Lia noch einen Moment lang eindringlich, fast schon prüfend an, dann ging er weiter. »Als die Normannen nach Wales kamen«, begann er zu erzählen, »herrschte im Westen des Landes ein großer Fürst. Er fiel in einer Schlacht gegen die Normannen und hinterließ zwei legitime Kinder. Einen Sohn und eine Tochter. Der Sohn floh nach Irland und kam später zurück, um sein Land von den Normannen zurückzuerobern. Die Tochter des Fürsten hingegen wurde nach England gebracht, an den normannischen Hof, wo sie die Mätresse König Henrys I. wurde.«

»So wie meine Großmutter?«, fragt Lia erstaunt.

»Was?« Alina versuchte sich in Raymonds Armen aufzurichten, sie hätte nicht geschockter aussehen können. Kein Wunder, sie wusste nichts von der zweifelhaften Vergangenheit Isabel de Beaumonts.

»Richtig, wie eure Großmutter. Als der König und die Fürstentochter sich allerdings entfremdeten, verheiratete er sie an einen seiner Männer, der im Westen von Wales das Land für ihn hielt. Also an einen Normannen. Er hieß Gerald. Die beiden bekamen viele Söhne, und somit nennt sich diese große Familie Geraldine. Gerald war mein Großvater.«

Lia blieb stehen und blinzelte gegen die Sonne, vor der Raymonds Umriss sich wie ein schwarzer Schatten abhob. »Dann war Eure Großmutter eine britische Fürstentochter? Von königlichem Blut?«

Er trat einen Schritt auf sie zu, sodass sie sein Gesicht

wieder besser erkennen konnte. »Königlicher geht es gar nicht mehr.«

Alina seufzte in seinen Armen: »Also seid Ihr ein richtiger Prinz.«

Raymond lachte auf und schüttelte den Kopf. »Ich bin der Jüngste von sieben Söhnen und zwei Töchtern, ohne Aussicht auf eigenes Land oder Reichtum. Ich bin kein Prinz.«

Alina zuckte mit den Schultern und lächelte Lia vieldeutig an, die verwirrt die Augenbrauen zusammenzog.

»Seid Ihr denn auch mit dem walisischen Rebellenführer Rhys verwandt? Der so gefährlich sein soll?« Alina konnte ihre Aufregung nur schlecht verbergen. »Reisende sprechen oft von ihm, er macht es den Normannen sehr schwer.«

»Das tut er, und ja, er ist mein Vetter. Während ich der Enkel der Fürstentochter bin, ist er der Sohn des Fürstensohns. Unsere Familie – die Geraldines – stehen auf normannischer Seite, während seine auf walisischer Seite steht.«

Alina seufzte erneut. »Das ist schrecklich kompliziert.«

»Es ist traurig«, fand Lia. »Zwei Geschwister, die zusammen aufwuchsen, die grausam getrennt wurden und dann ihre Kinder als Führer der unterschiedlichen Seiten eines Krieges sehen. Es ist dumm.«

»Ja, das ist es, vor allem, wenn man sich auf einem Schlachtfeld gegenübersteht.«

»Alina? Lia, was geht hier vor?« Unvermittelt tauchte Gildas vor ihnen auf, seinen eigenen Wanderstab in der Hand. Er funkelte Raymond feindselig an und riss ihm Alina aus den Armen, um sie sanft auf die Füße zu stellen. Dabei ließ er sich nicht im Geringsten von der Größe oder dem offensichtlichen Rang seines Gegenübers beeindrucken. Das musste er auch nicht, wie Lia wusste, er war gefährlicher, als er aussah. Ihre Mutter schien hingegen in der Hütte zu sein, vielleicht führte sie Alinas Arbeit fort und kämmte Wolle aus.

»Bitte verzeih, Hirte, Alina hat sich auf dem Weg den Knöchel verstaucht und konnte nicht mehr gehen.«

»Wer seid Ihr, und was wollt Ihr hier?«

Lia sah ihren Stiefvater verwundert an. Sie kannte Gildas Fremden gegenüber nicht so abweisend, selbst bei jenen, die er für eine Bedrohung hielt, war er stets freundlich.

»Mein Name ist Raymond FitzGerald de Carew, ich stehe im Dienst des Earl of Striguil.«

»Das sehe ich.«

»Ich möchte mit Elen sprechen.«

»Worüber?«

Raymond schien sich zur Geduld zu zwingen. »Verzeih, aber das ist eine Angelegenheit, die nur Elen etwas angeht. Der Earl of Striguil hat mich geschickt, um mit ihr zu sprechen.«

»Der Earl hat sich drei Jahre lang nicht um sie und die Mädchen geschert, was will er jetzt von ihnen?«

Lia und Alina tauschten einen Blick, dabei konnte ihre Schwester nicht entsetzter aussehen. Lia hingegen war stolz. Zwar mochte sie Raymond, und an ihren Vater dachte sie immer noch voller Bewunderung und Ehrerbietung, aber Gildas' Kraft gab ihr selbst Stärke. Er bewies, wie viel sie ihm bedeuteten und dass er sich nicht unterkriegen lassen musste, nur weil er ein Hirte war und vor ihm ein Ritter stand. Genauso wenig musste sie sich unterdrücken lassen, nur weil sie ein Mädchen war, darin hatte er sie stets bestärkt.

Ehe Raymond aber antworten konnte, kam ihre Mutter aus der Hütte. Sie erkannte den Ritter sofort und eilte an ihre Seite. Sie nahm Alinas und Lias Hände. »Ist es so weit?« Ihre Stimme war scharf wie der Wind, der im Herbst über das Weidegras schnitt. »Holt er sie zu sich?«

Raymonds Kiefer spannte sich deutlich an, er sah von einem zum anderen und nickte schließlich mit einem Seufzen. »Erstmal nur Basilia.«

Der Atem entwich Lia mit einem hohen Laut, und auch Alina schwankte. Es war so still, Lia hörte nur das Pochen ihres Herzschlags in den Ohren. Warum nur sie? Hatte ihr Vater einen Ehemann für sie gefunden, aber noch keinen für Alina? Wie war das möglich? Alina war doch heiratstauglicher, war zu einer Normannin geboren. Er konnte doch nicht vergessen haben, wie tugendhaft Alina war. Sollte sie nun wirklich fort von hier?

Sie drückte die Hand ihrer Mutter fester, die dies zum Anlass nahm, einen Schritt auf Raymond zuzugehen und ihm den Finger gegen die gepanzerte Brust zu drücken. »Niemals. Hört Ihr mich? Er bekommt sie nicht.«

»Ich bin hier, um Basilia mitzunehmen und …«

»Ich sagte, niemals. Wenn er sie haben will, dann soll er selbst herkommen und es versuchen.«

Lia sah ihre Mutter tief berührt an und drückte ihre Hand. Nie hätte sie zu hoffen gewagt, dass sie so für sie kämpfen würde.

»Elen …«, begann Gildas, aber ihre Mutter schüttelte den Kopf.

»Nein.« Sie wandte sich auf dem Absatz um, und Alina eilte ihr hinterher – der verletzte Knöchel schien vergessen. Lia verengte die Augen ob der wundersamen Heilung ihrer Schwester. Sie sah zu Raymond auf, der jedoch nicht besonders überrascht aussah, sondern eher, als hätte er nichts anderes erwartet.

»Ihr habt Elen gehört.« Gildas legte seine zweite Hand auf den Stab, und Raymond warf Lia einen fast schon belustigten Blick zu – zweifelsohne wusste er nun, von wem sie ihre Kampfeskünste hatte und dass er sich besser nicht mit Gildas anlegte. Er hob ergeben die Hände. »Ihr beschützt Eure Familie, das ist sehr löblich von Euch.«

»Ich denke, Ihr solltet Euch jetzt verabschieden, bevor ich die britische Höflichkeit Fremden gegenüber vergesse.«

Raymond sah auf Lia hinab. »Dein Vater hat große Pläne mit dir, er möchte …«

»Ihr strapaziert meine Geduld.« Gildas trat schützend vor Lia. Zwar war sie neugierig, was Raymond ihr sagen wollte, aber sie würde Gildas nicht in den Rücken fallen. Dafür hatte er zu viel für sie getan.

»Geht«, sagte sie leise. »Mein Platz ist hier.« Sie wandte sich ab, um ihre Worte zu verdeutlichen, starrte auf den Wollkarren und hörte Raymond seufzen. Dann vernahm sie seine Schritte, die sich entfernten, und schließlich, wie er davonritt.

Sie schloss die Augen, bemühte sich um Fassung. Sie war traurig, dass er ging, und erleichtert, da sie hierbleiben konnte. Vor allem aber hatte sie Angst, denn Raymond oder ein anderer würde zurückkehren. Und dann musste sie sich verabschieden. Eine Berührung an der Schulter riss sie aus ihren Gedanken. Sie wusste, dass es Gildas war, noch ehe er sprach. »Willst du mit ihm gehen?«

Die Frage war so direkt, so einfühlsam, dass sie einen Kloß im Hals verspürte. Immer noch überwältigte sie die Zuneigung und Güte ihres Stiefvaters. Sie senkte den Blick und schüttelte den Kopf.

»Dein Vater wird dich verheiraten – an einen Mann von Stand. Hier im Nirgendwo wird es dir schwerfallen, jemanden zu finden, der dir ebenbürtig ist.«

»Ich bin noch nicht bereit.« Ihr Hals wurde eng, sie musste schlucken. »Ich weiß nicht, warum er nicht Alina holen will oder uns beide. Warum ausgerechnet mich?«

»Das weiß ich auch nicht. Ich denke, der blonde Riese hätte uns Antworten auf diese Fragen geben können. Vielleicht habe ich ihn zu früh verscheucht.«

Sie lächelte zu ihm hoch. Wie immer beruhigte sie der vertraute Anblick der dunklen, stets übermütig funkelnden Augen und des riesigen Schnurrbarts.

»Aber ich weiß eines, Lia.« Gildas ließ sich auf der provisorisch zusammengezimmerten Bank am Rande des Trampelpfads nieder, wo er meist saß, um Wolle zu sortieren, und bedeutete ihr, neben ihm Platz zu nehmen. Er nahm ihre Hand in seine und sah ihr ernst in die Augen. »Du bist das Licht meiner späten Tage, Lia. Dieser Ort wird ohne dich nicht mehr wiederzuerkennen sein. Aber Elfael ist auch zu klein für dich. Ich denke, das Leben hat noch Großes mit dir vor, an der Seite eines Mannes, der deine Stärke zu schätzen weiß.«

Sie presste die Lippen aufeinander, dachte an die ferne Zukunft, an ein ihr fremdes Leben. Vor drei Jahren hatte sie sich geweigert, ihr vertrautes Zuhause aufzugeben, und trotzdem war etwas Gutes dabei herausgekommen. Vielleicht sollte sie dem Unbekannten offener entgegenblicken. »Ich kann mir meinen Ehemann nicht aussuchen.«

»Nun, nach allem, was ich über deinen Vater gehört habe, liebt er dich und deine Schwester sehr. Er wird dir einen passenden Gefährten suchen, da bin ich sicher. Er wird wissen, wer zu dir passt, und dich nie an jemanden geben, der dich nicht glücklich macht.«

Lia hoffte, dass er recht behielt. Aber wo gab es solch einen Mann? Ein Bild erschien vor ihrem geistigen Auge: Raymond le Gros. Sie hielt den Atem an. Konnte sie sich wirklich vorstellen, die Frau des hünenhaften Ritters zu werden? Doch wieso sollte er sie haben wollen, wenn er jemanden wie Alina heiraten konnte? Erneut sah sie vor sich, wie er Alina in seinen Armen gehalten, wie sie gelächelt hatte. Es war wie ein Bild aus einer der Sagen gewesen, die abends am Feuer erzählt wurden. Ein Bild, das ihr Übelkeit bereitete.

Wie vom Teufel gerufen, kam ihre Schwester in diesem Moment aus der Hütte, sah zwischen ihr und Gildas hin und her und verengte die Augen. Unausgesprochener Vorwurf blitzte in ihrem Blick, dabei wusste Lia nicht, ob es ihre Nähe zu Gildas war, die Alina häufig zum Anlass für zornige Blicke nahm, oder die Entscheidung ihres Vaters.

Lia biss die Zähne zusammen. »Deinem Knöchel scheint es besser zu gehen.«

»Er tut noch weh, aber ich kann gehen.«

»Das habe ich gesehen.«

Gildas erhob sich seufzend, legte Alina beruhigend die Hand auf die Schulter und sah zwischen ihnen beiden hin und her. »Ich sehe mal nach eurer Mutter.«

Lia nickte nur, ließ Alina aber nicht aus den Augen. Dabei musste sie zugeben, dass sie den offensichtlichen inneren Kampf ihrer Schwester genoss. Alina wollte immer sanftmütig und gut erscheinen, im Moment aber war sie rasend und konnte es kaum verbergen.

Lia wartete, bis die Tür der Hütte zufiel und Gildas weg war, ehe sie sich erhob und sich vor Alina aufbaute. »Ich glaube, du hast dich überhaupt nicht verletzt.«

Alina schob ihr Kinn vor. »Du glaubst, du bist besser als wir«, fauchte sie, Lias Verdacht ignorierend. Sie presste die flache Hand gegen ihre Brust, als könnte sie dadurch ihren Herzschlag kontrollieren. »Du glaubst, du kannst dich über alles hinwegsetzen, musst dich nicht an Regeln halten, und nur weil Gildas dich in deinen schrecklichen Untaten bestärkt, glaubst du, recht damit zu tun. Aber so ist es nicht.«

»Alina, was ist nur in dich gefahren?« Der Hass in den Augen ihrer Schwester nahm ihr den Atem.

Alina machte einen Schritt auf sie zu, plötzlich war sie nicht mehr blass, sondern feuerrot. »Bestimmt holt Vater dich, um dir Manieren beizubringen. Die wirst du brauchen, ehe er dich einem seiner Ritter zumuten kann.«

»Du klingst verdächtig eifersüchtig.« Sie ballte ihre Hände zu Fäusten, wollte sich nicht anmerken lassen, wie sehr Alinas Worte sie trafen. Denn sie klangen plausibel.

»Eifersüchtig? Glaubst du wirklich, Vater weiß nicht, wie du bist? Dass seine Männer es nicht wissen? Glaubst du, irgendjemand wird dich freiwillig zur Frau nehmen?« Sie ließ ihren Blick über sie wandern, von oben bis unten. »Jemand wie Raymond FitzGerald?« Ein verächtliches Lachen brandete ihr entgegen. »Er ist ein Geraldine.«

»Bis vor Kurzem wusstest du nicht einmal, was das bedeutet.« Lia atmete tief durch, sie durfte sich nicht darauf einlassen, am besten, sie ging zurück auf die Weiden, um sich zu beruhigen.

Aber Alina war noch nicht fertig. »Denkst du etwa, ich habe nicht gemerkt, wie du ihn ansiehst, wie du mit ihm gesprochen hast, als wärt ihr alte Freunde? Du und einer der Ritter unseres Vaters! Er tat mir schon leid, er sah dich so voller Mitleid an und …«

»… und du dachtest dir, du beendest diese peinliche Situation für mich, indem du vorgibst, verletzt zu sein?«

»Ich musste ihn vor dir retten, außerdem gefällt es Männern, Frauen zu helfen und sie zu beschützen.«

Lia sah sie nur sprachlos an. Sie wollte zurückgehen in die Zeit, in der sie kaum miteinander redeten, damit sie ihre Schwester weiterhin als die stille, sanfte Alina sah. Nie hätte sie gedacht, dass so viel Zorn in ihr stecken konnte.

»Wenn Mutter oder Gildas fragen, ich bin bei den Schafen.«

Alina stellte sich ihr in den Weg. »Du willst da raus?« Sie deutete zu den Weiden hoch. »Was, wenn der Ritter noch in der Nähe ist und dich einfach mitnimmt?«

»Dann kannst du dich freuen, denn dann bekomme ich vielleicht die Erziehung, die ich so dringend brauche.«

Sie wandte sich ab, aber sie hatte kaum zwei Schritte zurückgelegt, als Alinas Ruf ihr in den Ohren gellte. »Gildas! Basilia darf doch nicht einfach weggehen! Es ist viel zu gefährlich!«

Wie erwartet dauerte es nicht lange, und Gildas stürmte heraus. »Lia, um Himmels Willen, wo willst du hin?«

»Zu den Schafen.«

»Das kommt nicht in Frage.« Er kam auf sie zu. »Die nächsten Tage bleibst du drinnen, man weiß nicht, was dem Ritter einfällt, er könnte dir auflauern.« Er führte sie zur Hütte, und Lia entging nicht das selbstzufriedene Lächeln ihrer Schwester. Wenn die anderen nur sehen könnten, wie du wirklich bist, fuhr es ihr durch den Kopf.

Lia schlich durch die Dunkelheit. Das Schwierigste war gewesen, an Gildas vorbeizukommen. Er schlief direkt vor der Tür, um die Familie zu beschützen, und sie hatte sich durch das winzige Fenster zwängen müssen, um hinauszukommen. Gildas hatte einen leichten Schlaf, er schien stets bereit hochzuspringen, um seine Familie zu verteidigen, aber sie war mucksmäuschenstill gewesen und genoss nun das taufeuchte Gras unter ihren nackten Füßen. Sie atmete die frische Nachtluft und blickte hoch zum Halbmond, der seinen silbernen Schein über das hügelige Land warf. Sie musste frei atmen, Ordnung in ihre durcheinandergeratenen Gedanken bekommen. Raymonds Besuch war den ganzen Abend Gesprächsthema gewesen, und alle waren sich einig: Es würde nicht der letzte bleiben. Fürs Erste hatten sie gewonnen, aber wenn ihr Vater entschlossen war, sie zu holen, konnte nichts und niemand ihn aufhalten. Sie hatten etwas Zeit gewonnen, Lia hatte die Gelegenheit, Abschied zu nehmen und sich dem Neuen zu stellen. Noch aber konnte sie die Frühlingsnacht in Elfael genießen, das ihr stets mehr Zuhause gewesen war als Striguil.

Aber wer wusste schon, wohin ihr Vater sie überhaupt bringen wollte? Vielleicht gar nicht nach Striguil, sondern in ein Kloster, um ihr Manieren beizubringen, so wie Alina vermutete. Darauf könnte er lange warten! Sie hatte nicht vor, all ihre Kräfte darauf zu verwenden, jemand anderes zu werden. Schon lange nicht mehr. Das hatte sie von Gildas gelernt. *Gorau adnabod, d'adnabod dy hun*, betonte er stets: Weise ist der, der weiß, wer er ist.

Wolf kam lautlos an ihre Seite, beschnüffelte sie und ließ sich streicheln. Lias Blick wanderte über die dunklen Schemen der Schafe, sie verspürte schon jetzt Heimweh, dabei war sie noch gar nicht weg.

Sie ging die leichte Anhöhe hinauf, das Gras kitzelte an ihren Zehen. Am liebsten hätte sie sich hingelegt, die Nässe und Kälte vergessend, einfach nur in die Sterne geblickt, so wie in den Nächten draußen auf den Sommerweiden. Waren ihr nächtliche Ausflüge als verheiratete Frau wohl auch noch möglich? Würde ihr Vater ihr wirklich einen Mann suchen, der sie annehmen konnte, wie sie war?

Blühende Apfelbäume erstreckten sich auf dem Kamm, die Blüten sahen nachts vom Mond beleuchtet wie Schneeflocken aus. Vor ihr fiel das Land scharf über schroffe Felsen ab zum Fluss, sie konnte das Rauschen hören, wagte sich aber nicht zu nahe an die Kante. Es gab einen Trampelpfad, der sich hinunterschlängelte, über den sie meist Wasser holten, aber im Finstern war ihr der Weg zu gefährlich.

Das Schnauben eines Pferdes ließ sie hochschrecken. Sie fuhr herum, sah sich hektisch nach allen Seiten hin um, konnte aber nichts erkennen.

»Lia?« Ein leiser Ruf. Sie musste ihn nicht noch einmal hören, um zu wissen, dass es Raymond war. Die anderen hatten also doch recht gehabt. Es war gefährlich, hier rauszukommen. Raymond war nicht direkt zurückgeritten, er hatte auf eine Gelegenheit gewartet, sie allein zu erwischen und mitzunehmen.

»Ich habe dich hier hochgehen sehen, ich weiß, dass du hier bist.«

Nein, das war sie nicht! Nicht mehr lange zumindest. Sie sah sich nach einem Fluchtweg um und erwog nun doch, ihr Glück mit den Klippen zu versuchen. Aber dann verharrte ihr Blick am vor ihr aufragenden Apfelbaum mit seinen tiefhängenden Ästen, der nicht mehr blühte, sich aber hervorragend als Versteck anbot. Sie überlegte nicht länger, schwang sich hinauf und kletterte immer höher, so leise sie konnte. Dabei fühlte sie sich in der Zeit zurückversetzt, als sie und Raymond in einer ähnlichen Situation gewesen waren. Er auf der Suche nach ihr, und sie versteckte sich. Damals war sie nicht einmal acht Jahre alt gewesen, und er hatte sie gefunden. Nun stand ihr vierzehnter Geburtstag bevor, und so leicht würde sie es ihm nicht mehr machen.

Auf einem der stärkeren Äste hoch oben in den Kronen des alten Baumes, auf den Gildas laut Erzählungen schon als Kind geklettert war, hockte sie sich hin und spähte zwischen den Blättern hinab zu Boden. Raymond ritt den Hügel herauf, die Beschläge des Zaumzeugs glommen im Licht des Mondes, genauso wie die Augen seines Rappen. Sie sah an Raymonds goldenen Locken, wie sich sein Kopf drehte und er den Kamm nach ihr absuchte. Zum Glück hatte sie sich einen dunklen Umhang über ihr Unterhemd gebunden, sodass es nicht herausleuchtete.

Er sah nicht nach oben, ihr Versteck schien ihr sicher, wie sollte er auch annehmen, dass eine angeblich zukünftige Lady auf einem Baum saß?

Der Rappe ging weiter, Raymond murmelte irgendetwas, klopfte den Pferdehals. »Lia, das hatten wir doch alles schon, erinnerst du dich? Du weißt doch, dass ich dir nichts tue.«

Das wusste sie, aber fortbringen ließ sie sich trotzdem nicht. Schon gar nicht in ein Kloster. Sie hielt ganz still, atmete flach und beobachtete ihn aus zusammengekniffenen Augen.

»Wo steckst du?«, rief er in einem leisen Singsang und trieb den Rappen weiter an. Er ritt über die Hochebene, und plötzlich machte ihr Herz einen erschrockenen Satz. Pferd und Reiter bewegten sich auf den Abhang zum Fluss hinunter zu. Raymond konnte nicht ahnen, dass der Weg jeden Moment endete, es war zu dunkel, um die Abbruchkante auszumachen.

Ihr Atem beschleunigte sich, was sollte sie tun? Sie konnte doch nicht einfach dabei zusehen, wie Raymond in den Tod stürzte.

Er entfernte sich weiter, sie konnte ihn kaum noch erkennen, jeden Moment würde er fallen, der Höhenzug war nicht so breit, er …

»Halt!« Sie streckte die Hand aus, als könnte sie ihn fassen und festhalten.

»Lia?«

Sie schloss die Augen, zum Teil erleichtert, zum Teil resigniert. Er war nicht abgestürzt. Aber jetzt musste sie sich ihm wohl stellen.

»Nicht weiterreiten. Kommt zurück.« Sie ließ sich vom Ast hinabgleiten, bis sie auf dem darunterliegenden Halt hatte, und hangelte sich näher zum Stamm. Von dort aus war es leicht, das letzte Stück hinunterzuklettern und vom untersten Ast zu Boden zu springen. Sie landete direkt neben Raymond, der tatsächlich zurückgeritten war. Sein Pferd riss ob ihres plötzlichen Erscheinens den Kopf hoch, und auch Raymond stieß einen Fluch aus.

»Wo zur Hölle kommst du her?«

Lia deutete nach oben, und sie spürte, wie Raymond sie anstarrte. Er schwang sich aus dem Sattel, kam auf sie zu und blickte in die Baumkronen hoch. »Ihr beliebt zu Scherzen, Mylady«, lachte er, aber es war eher ein geschocktes als wirklich amüsiertes Lachen.

Lia verschränkte die Arme vor der Brust. »Ich kann es Euch gerne beweisen, wenn Ihr …«

»Nein!« Er streckte die Hand nach ihr aus, ehe er sie aber festhielt, verharrte er und sah sie nur an. »Ich will mir gar nicht vorstellen, wie du auf einen so hohen Baum geklettert bist, in dieser Finsternis in einem verfluchten knöchellangen Hemd. Noch weniger will ich es sehen.«

Lia biss sich auf die Lippe, um ein Grinsen zu verbergen, auch wenn er es vermutlich in der Dunkelheit ohnehin nicht erkannt hätte. »Ihr müsst Euch nicht um mich sorgen, Sir Raymond, eher seid Ihr es, der gefährlich lebt.«

Sie wies zum Abgrund hinüber, der jetzt nicht zu erkennen war. »Der Weg endet dort drüben, da gibt es nur noch die Klippen, die zum Fluss hinabfallen.«

Raymond sah sie an und wandte sich dann dem Abgrund zu, als überprüfte er ihre Worte. Der Unglaube war seiner Stimme anzuhören. »Du hast dich dort oben im Baum vor mir versteckt, damit ich dich nicht mitnehme. Und dann hast du gerufen?« Er drehte sich wieder zu ihr um. »Der Teufel soll mich holen, du hast mir doch tatsächlich das Leben gerettet.«

Lia lachte leise auf. »Ihr klingt so überrascht, dass es fast schon beleidigend ist. Dachtet Ihr wirklich, ich würde Euch da einfach hinunterreiten lassen?«

»Nein.« Er strich sich das in der Dunkelheit leuchtende Haar zurück. »Und ich werde es auch ganz bestimmt nicht vergessen.«

»Also dann.« Er zog sein Pferd an den Zügeln etwas näher und kraulte ihm durch die Mähne. »Ich habe noch einen weiten Rückweg vor mir und sollte keine weitere Zeit vergeuden. Ich hoffe, dies ist nicht das letzte Mal, dass unsere Wege sich kreuzen, aber bis dahin …« Er verneigte sich formvollendet. »Möge Gott dich segnen und behüten.«

Lia rührte sich nicht und sah ihn unverwandt an. »Ihr wollt mich nicht mitnehmen?«

Ein Lächeln spielte um seine Lippen, sie sah es deutlich im Mondlicht. »Wie könnte ich dich deinem Zuhause entreißen, nachdem du mir das Leben gerettet hast?«

Wärme breitete sich in ihr aus, sie wollte seine Hand nehmen, aber das wäre wohl unschicklich – wenn auch bestimmt nicht unschicklicher, als auf einen Baum zu klettern. »Was wird Vater sagen, wenn Ihr ohne mich zurückkehrt?«

Raymond zuckte mit den breiten Schultern. »Er wird nicht gerade glücklich sein, aber was soll er schon machen? Vermutlich erwartet er sogar, dass ich versage und seinen Auftrag nicht erfülle.« Er senkte seine Stimme, als verriete er ihr ein Geheimnis. »Dein Vater und ich, wir stehen uns nicht besonders nah.«

Das hatte sie schon vor Jahren bemerkt, nur verstand sie es nicht. »Wieso hat mein Vater Euch dann in seinen Dienst gestellt?«

»Das ist eine lange Geschichte.«

Lia breitete die Arme aus, ein Grinsen befreite sich auf ihrem Gesicht. »Bis zum Morgengrauen dauert es noch lange, und Ihr solltet wirklich nicht im Finstern reiten, wenn ich nicht dabei bin, um Euch zu retten.«

Erneut sah er sie auf diese durchdringende Weise an, dann schüttelte er den Kopf. »Nein ... ich kann es dir nicht sagen.«

»Warum?«

»Weil du mich dann das nächste Mal eine Klippe hinunterreiten lässt. Ich habe es noch nie jemandem erzählt, meine Sünden sind schwerwiegender, als du dir vorstellen kannst.«

»Ihr habt jemanden getötet.« Das konnte sie sich ohne Mühe vorstellen, er war ein Ritter, ein Krieger und hatte schon viele Schlachten ausgetragen.

Er winkte ab. »Viele, ja, aber nur, wenn ich Befehlen folgte oder mich selbst schützen musste. Davon spreche ich nicht. Sondern von etwas viel Schlimmerem. Einmal habe ich etwas aus völlig eigennützigen, niederen Motiven getan. Aus Eifersucht und Zorn. Und aus Angst.«

Ein banges Gefühl machte sich in Lia breit, und sie war sich nicht mehr sicher, ob sie die Geschichte überhaupt hören wollte. In Raymonds Gegenwart fühlte sie sich wohl und beschützt, wieso sollte sie das aufs Spiel setzen, um ihre Neugierde zu befriedigen? Andererseits nützte es auch nichts, die Augen vor der Wahrheit zu verschließen, und sie war sich sicher, dass ihr Instinkt sie nicht täuschte. Raymond war ein guter Mann.

Raymond schwieg lange, und sie dachte bereits, er würde nicht mit der Sprache herausrücken, als er plötzlich seufzend einatmete.

»Ich war noch ein Kind, ungefähr zwölf Jahre alt.«

Nur zwei Jahre jünger, als sie jetzt war. Kaum vorzustellen, dass der Riese vor ihr jemals ein Junge gewesen sein sollte.

»Die Geraldines halten weiträumige Ländereien im Westen von Wales. Damals für den Earl of Pembroke – deinen Großvater – und später für deinen Vater. Aber als Henry König wurde, nahm er deinem Vater Pembroke weg.«

Lia erinnerte sich, bereits davon gehört zu haben – damals, von Merfyn und den Händlern. Sie hatten gesagt, ihr Vater wäre nichts weiter als ein feiner Name, seit der König ihm lange vor ihrer Geburt Pembroke weggenommen hatte. »Wieso hat der König das getan?«

Raymond nahm einen Zweig zur Hand und stocherte damit in der Rinde des Apfelbaums herum. »Weil dein Großvater und Vater im Thronfolgekrieg die falsche Seite unterstützt haben. Als König Henry I. starb, hinterließ er nur eine Tochter, der die Barone die Treue geschworen hatten. Aber sie war verheiratet mit dem Grafen von Anjou, den niemand auf dem Thron sehen wollte. Also krönte sich ihr Vetter Stephen, und viele folgten ihm – so auch deine Familie. Aber Matilda war durch und durch Henrys Tochter und bekriegte ihn fast zwei Jahrzehnte um ihr Erbrecht. Es war eine Zeit, in der Gesetzlosigkeit und Krieg herrschten. Am Ende gelangte Matildas Sohn – unser jetziger König Henry II. – auf den Thron. Und er nimmt es deinem Vater übel, für den Gegner seiner Mutter gekämpft zu haben. Außerdem bekam dein Großvater Pembroke von

Stephen verliehen, und König Henry sagt, dass diese Landvergabe ungültig war. Es war ein herber Verlust! Pembroke Castle war ein wichtiger Sitz für die Familie deines Vaters. Und *mein* Vater, das Oberhaupt der Geraldines, hielt die Burg für sie als Constable. Unsere Familien waren eng miteinander verbunden. Mein Vater bildete all die jungen Adligen aus der Umgebung zu Rittern aus. Das waren wir Geraldine-Kinder, dein Vater und auch Maurice de Prendergast.«

»Der flämische Lord, bei dem mein Bruder lebt.«

Raymond nickte, sah sie aber nicht an. »Wir waren alle ungefähr im selben Alter, ich war der Jüngste und noch ein Page, dein Vater, mein älterer Bruder Griffin und Maurice schon Knappen. Dir sind bestimmt schon einmal Maurice' Narben aufgefallen …«

Lia schauderte beim Gedanken an das verbrannte Gesicht de Prendergasts. Sie hatte den Lord nicht oft getroffen, doch zuletzt war er zusammen mit ihrer Tante nach Elfael gekommen. Marared war sehr krank gewesen und gekommen, um sich für immer von ihrer Familie zu verabschieden. Lia spürte immer noch ihr Herz bluten beim Gedanken an diesen Besuch. Sie konnte nur raten, welche Verbindung de Prendergast und ihre Tante zueinander gehabt hatten, aber sie war dem Ritter unendlich dankbar, dass er es Marared ermöglicht hatte, ihre Familie noch einmal zu sehen, bevor sie starb. Später hatte auch einer von de Prendergasts Männern die Nachricht vom Tod Marareds und ihres Großvaters überbracht, der bald nach ihr gestorben war.

Lia hatte sich oft gefragt, wie die blassen und bräunlichen Flecken, die sich von de Prendergasts Schläfe bis zum Jochbein zogen, entstanden waren. Ihr Vater nannte Maurice seinen besten Freund, den treuesten Ritter, den es gab. So war es auch nicht verwunderlich, dass er seinem treuen Freund die Obhut über Richard anvertraut hatte und ihn in Prendergast zum Ritter ausbilden ließ.

»Ich kann mir nicht vorstellen, dass mein Vater oder Ihr einmal ein Kind wart«, dachte sie laut, im Versuch, den mächtigen Strongbow, den gütigen Maurice und den riesenhaften Raymond als unbeschwerte Jungen vor ihrem inneren Auge entstehen zu lassen.

»Das verstehe ich. Dein Vater war auch immer schon sehr ernst. Aber mit Maurice verband ihn von Anfang an eine tiefe Freundschaft, was meinen Bruder und mich sehr eifersüchtig machte.«

Eifersucht. Lia kannte das hässliche Gefühl von sich selbst.

»Maurice war der einzige Sohn Lord Prendergasts, somit ein wohlhabender Erbe. Wir alle wussten, dass er einmal sein eigenes Land halten würde. Und dein Vater sollte einer der mächtigsten Männer von ganz Wales, England und der Normandie werden. Sie hatten beide großartige Aussichten, während mein Bruder Griffin und ich jüngere Söhne in einem Zuhause waren, das wir hassten. In deinem Vater sahen wir die Möglichkeit, von dort wegzukommen. Wir hofften, seine Freundschaft zu gewinnen, damit er uns später, als Earl of Pembroke, in seinen Haushalt aufnehmen würde.«

»Nun, das scheint Euch gelungen zu sein.«

Raymond stieß ein leises bitteres Lachen aus. »Ganz im Gegenteil. Ich tat etwas, das bedeutete, dass mir die Freundschaft deines Vaters auf ewig verwehrt bleiben wird. Damals glaubten wir, Maurice käme uns in die Quere, wir waren eifersüchtig, von Hass zerfressen. Mein Bruder gab mir den Auftrag, den beiden, also deinem Vater und Maurice, nachzuspionieren, dabei fiel ich in den Fluss. Ich konnte kaum schwimmen, aber dein Vater rettete mir das Leben. Ich verdanke ihm also nicht nur meinen Platz in seinem Haushalt, wie du siehst.«

Lia hörte gebannt zu und empfand Stolz. Ihr Vater – schon in jungen Jahren ein Held. Das war ein schönes Bild.

»Und versöhnte euch das miteinander?«

Raymond schüttelte den Kopf. »Die Strafe meines Vaters für meine Dummheit, in den Fluss zu fallen und beinahe den zukünftigen Earl of Pembroke dabei getötet zu haben, ließ keine versöhnlichen Gedanken zu. Heute sehe ich das natürlich anders, aber damals … da war einzig Hass, der durch Schläge geschürt wurde.« Er seufzte schwer und lehnte sich gegen den Baum, die langen Beine ausgestreckt, den Blick zum Abgrund hinüber gerichtet. »Eines Tages sperrte mein Vater Maurice in den Palisadenturm, für irgendein Vergehen, an das ich mich nicht mehr erinnere. Mein Bruder weckte mich aus dem Schlaf, er hatte unserem betrunkenen Vater die Schlüssel zum Turm gestohlen. Wir sollten Maurice eine Abreibung verpassen, meinte er, damit er sich uns nicht mehr in den Weg stellt.«

Lia schlang die Arme um ihren Körper, eine böse Ahnung beschlich sie.

»Wir gingen in den Turm und schlugen auf ihn ein, dann fiel die Fackel ins Stroh, und Maurice lag bewusstlos da. Mein Bruder zog mich hinaus. Wenn man uns dort fände, blühte uns eine Tracht Prügel, die wir nicht überleben würden, behauptete er. Also lief ich mit ihm davon, wissend, dass das Stroh Feuer gefangen hatte.«

Eiseskälte durchzog sie beim Gedanken, lebendig zu verbrennen und dass jemand zu so einer Tat fähig war. »Deshalb hat Lord Prendergast die Narben – vom Feuer?«

»Die Wachen entdeckten den Rauch. Sie holten Maurice raus, aber er war lange Zeit sehr verletzt. Meinetwegen.«

Lia wusste nicht, wo sie hinsehen sollte, sie hatte befürchtet, ihn nach seiner Offenbarung anders zu sehen, und sie konnte nicht leugnen, dass sie tatsächlich so empfand. Es wunderte sie nicht, dass er seine Tat geheim gehalten hatte, sie war abscheulich.

»Weißt du, was Maurice dann getan hat?« Raymond sprach gelassen, als vertraute er ihr voll und ganz. »Er hat Griffin und mich nicht verraten. Kein Wort hat er darüber verloren, und so entkamen wir unserer Strafe. Und später hat ausgerechnet Maurice deinen Vater überredet, mich in seinen Dienst zu stellen. Seinetwegen gelangte ich aus der Hölle meines Zuhauses. Maurice ist der ehrenvollste Mann, den ich kenne. Ich glaube, dein Vater hat schon immer geahnt, dass Griffin und ich hinter dem Angriff auf Maurice steckten, und er nahm mich nur widerwillig auf. Er hat mir noch nie vertraut.«

Sie wusste, dass ihr Vater Raymond nicht wohlgesinnt war, und trotzdem schickte er ausgerechnet ihn los, um seine Tochter zu holen?

Als könnte Raymond ihre Gedanken lesen, sagte er: »Ich bin zum Teil Waliser, wie du weißt, ich bin einer der wenigen, die dich sicher durch walisisches Gebiet bringen können – dass ich ziemlich einschüchternd wirke, hilft wohl auch. Außerdem waren wir den größten Teil des Weges eine Gruppe, wir teilten uns auf, um dich schneller zu finden, es war Zufall, dass Hugh und ich dich als Erstes entdeckt haben.«

»Habt Ihr Mylord de Prendergast um Verzeihung gebeten?«

Raymond sah sie an, die Augen verengt, die goldenen Brauen zusammengezogen. Er sprach lange nicht, dann schüttelte er den Kopf und sagte, fast schon verwundert: »Nein. Nie.« Und härter fügte er hinzu: »Eine solche Tat kann man nicht verzeihen.«

Lia wickelte sich fester in ihren Umhang, sie wusste nicht, was sie sagen, geschweige denn denken sollte.

Raymond neben ihr seufzte. »Ich wusste es. Jetzt habe ich deine Gunst verloren.«

Sie sah zu ihm auf, in sein durch Mondlicht und Schatten geteiltes Gesicht, und der übermächtige Drang, ihn zu trösten, kam in ihr auf. Sie wusste gar nicht richtig wieso. Aber die Fehler des Jungen schienen nicht zum ehrenvollen Mann zu gehören, der ihr auf Striguil die Flucht ermöglicht und die Wahrheit über Merfyn gesprochen hatte. Er war nicht mehr derselbe, und Lia wusste, wie es war, eine Tat zu bereuen. »Wie Ihr wisst, habe ich auch schon Schreckliches getan. Colwyn …«

Raymond schnaubte. »Das lässt sich wohl kaum vergleichen.«

»Ich hätte ihn töten können!«

Er hob eine Augenbraue. »Ist dies ein Wettbewerb, wer von uns beiden schlechter ist?«

Sie lächelte, ihr kam der Gedanke, dass sie sich in vielerlei Hinsicht ähnelten – dass er viel besser zu ihr als zu Alina passte. Ein warmes Kribbeln zog durch ihren Bauch, und sie legte schnell ihre Hand darauf. »Ich glaube nicht, dass einer von uns beiden schlecht ist.« Einst hatte sie das von sich selbst angenommen, aber hier oben in Elfael in der Gesellschaft ihres Stiefvaters war sie frei und mit sich im Reinen.

»Ich weiß, dass nichts an dir schlecht ist, Lia, aber ich fürchte, dass du dich in mir täuschst.«

»Sir Raymond, ich kann nicht anders, als danach zu urteilen, wie Ihr Euch mir gegenüber verhalten habt, von Beginn an. Ihr wart nie anders als ehrenvoll, gerecht und gütig zu mir. Ich glaube daran, dass es möglich ist, eine Sünde durch gute Taten zu vergelten, dass Fehler wiedergutgemacht werden können. Ich muss daran glauben, denn wie sonst ist das Leben erträglich?«

Raymond sah sie schweigend an, und sie spürte, dass er über ihre Worte nachdachte, dass sie ihn erreichten. Wenn er wirklich schlecht wäre, würde er sie jetzt zu ihrem Vater bringen.

»Wisst Ihr …« Sie presste die Lippen aufeinander, sammelte den Mut für die Frage, dessen Antwort sie gar nicht wirklich hören wollte. »Hat mein Vater Euch gesagt, weshalb Ihr mich abholen sollt? Hat er … einen Ehemann für mich ausgesucht?«

»Er hat mir seine Absichten nicht anvertraut.«

Sie verkniff sich ein Seufzen, als Raymond auch schon fortfuhr: »Ich weiß nur, dass er politische Pläne verfolgt. Deshalb werde ich auch für längere Zeit nach Irland gehen.«

»Ihr geht fort?«

»Noch in diesem Monat, ja. Dein Vater schickt mich nach Irland, ich will dich nicht mit politischen Belangen langweilen, aber er hat großes Interesse an diesem Land.«

Dann waren die Gerüchte tatsächlich wahr. »Auch mein Bruder ist dort. Mit Maurice de Prendergast.«

»Nein, die beiden kamen bereits Ende letzten Jahres zurück. Viele Geraldines gingen nach Irland, weil es im Westen von Wales für uns immer gefährlicher wird. Der Fürst Rhys hat an Macht und Stärke gewonnen, er hielt meinen Onkel gefangen und ließ ihn nur gehen unter der Bedingung, dass er nach Irland verschwindet. Auch dein Vater brennt darauf, sein Glück auf dieser Insel zu versuchen, deshalb schickt er mich voraus.«

»Er vertraut Euch also doch.«

»Als Feldherrn, ja, ich nehme es an.«

Lia ließ sich zurück gegen den Stamm sinken. Wenn Raymond aufbrach, wer würde als Nächstes kommen, um sie von ihrem Zuhause wegzuholen? Bestimmt niemand, der sich so leicht abwimmeln ließ.

Elfael, Ostwales, Januar 1171

Lia schloss ihre Hände fester um den Wanderstab. Schweiß troff ihr trotz der winterlichen Kälte in die Augen, sie blinzelte, ließ die beiden ausgehungerten Wölfe jedoch nicht aus den Augen. »Verschwindet von hier!« Sie schwang den Stab in einer schnellen kreisenden Bewegung von einer zur anderen Seite. Die beiden Wölfinnen mit dem zerrupften grauen Fell, unter dem die Rippen hervorstanden, fletschten die gelben Zähne, knurrten. Die Schafe stoben wild mähend auseinander. Wolf an ihrer Seite bellte. Sie überlegte, nach Gildas zu rufen, aber der war zu weit fort, er hörte sie bestimmt nicht. Ihr Blick fiel zu der werdenden Schafmutter. Sie gebar ein Winterlamm. Gott hatte sich wohl einen Streich erlaubt, niemand konnte sich erklären, wieso es zu dieser unüblichen Zeit kam. Gildas hatte sie raufgeschickt, um nach dem Rechten zu sehen. Sie hatte schon bei vielen Geburten geholfen, obwohl sie der Natur für gewöhnlich ihren Lauf lassen konnte. Sie war gerade rechtzeitig gekommen, um den Wölfen eine Mahlzeit zu verwehren. Vielleicht sollte sie Mitleid haben, sie waren halb verhungert, hatten vielleicht auch Junge, aber wenn sie hier Erfolg hätten, würden sie die Herde von nun an regelmäßig heimsuchen.

»Weg mit euch!« Sie machte einen drohenden Schritt auf die beiden zu, schwenkte erneut den Stab, der sich für sie längst wie eine Verlängerung ihres Arms anfühlte. Sie gab sich mutiger, als sie sich fühlte, sie wusste, wie schnell diese Tiere waren, dass sie verzweifelt waren und zu zweit auf sie losgehen konnten. Aber welche andere Wahl hatte sie? Sie musste stark wirken, machte sich groß und sah ihnen direkt in die Augen, herausfordernd. Das Knurren wurde lauter, Lia machte eine ruckartige Bewegung mit dem Stab in ihre Richtung, sie zuckten zurück, nur um sich dann wieder drohend nach vorne zu stehlen.

Das Mutterschaf mähte qualvoll, und Lia wusste, es dauerte nicht mehr lange, bis das Lamm zur Welt kam. Sie machte zwei schnelle Schritte, ihren Stab vor sich kreisend, wie eine undurchdringbare Barriere. Die Wölfinnen gaben wilde Geräusche von sich, die ihr eine Gänsehaut bescherten. »Kommt nur her, wenn ihr eine Tracht Prügel haben wollt!«

Sie bewegten sich zur Seite, schleichend, vorantastend, eine von ihnen fixierte eins der Schafe, aber ihr treuer Hirtenhund Wolf erkannte es sofort. Er machte drei Sätze in ihre Richtung, und sie wichen erneut zurück.

Lia blickte durch die weißen Wolken ihres Atems, nahm all ihren Mut zusammen, gab Wolf an ihrer Seite mit einem leisen Pfeifen ein Signal, und dann stürmte sie den Stab schwingend mit einem lauten Kriegsschrei los, direkt auf die Wölfe zu. Sie sah bereits vor sich, wie die beiden sich auf sie stürzten und zerfleischten, aber ihr unvermittelter Vorsturm erschreckte sie so sehr, dass sie mit einem winselnden Geräusch zurücksprangen. Sie sahen sie noch einmal an, dann rannten sie den Hügel hinunter und in den angrenzenden Wald.

»Und wagt euch nie wieder hierher!« Sie beobachtete die Baumgrenze noch ein paar Augenblicke, um sicherzugehen, dass sie aufgegeben hatten, dann gab sie ihren schwachen Beinen nach und ging auf die Knie. Wolf kam zu ihr, legte seinen Kopf in ihren Schoß und ließ sich kraulen. »Denen haben wir es gezeigt.« Sie warf einen Blick hinüber zum Mutterschaf und lächelte.

»Ein Bock.« Sie blieb noch, bis die Sonne höher stand und einen Gutteil des Frosts vertrieben hatte, ehe sie sich zurück nach Hause aufmachte. Sie wusste, Wolf würde die Herde beschützen, und sie konnte nur beten, dass die Wölfinnen sich ihr Futter woanders suchten.

Vor der Hütte saß Gildas neben drei wertvollen Pferden, die dort angebunden waren, und Lia blieb wie erstarrt stehen. Es waren zwei Schimmel und ein Rappe, den sie sehr gut kannte. Raymond war zurückgekehrt und mit ihm zwei weitere Ritter, zweifelsohne um sie zu holen.

Ein erstickter Laut kam ihr über die Lippen, und Gildas sah auf. So viel Schmerz lag in seinem Blick. »Dein Vater ist hier.« Er sah ihr in die Augen, wartete auf eine Reaktion, aber Lia konnte sich nicht rühren, konnte nicht glauben, dass sie tatsächlich diese Worte hörte.

Er war wirklich gekommen. Nach all der Zeit! Und dann mitten im Winter, in dem kaum jemand freiwillig reiste. Es lag kein Schnee, aber nachts wurde es bitterkalt, und auch die Sonne brachte kaum erträglichere Temperaturen. Die höhergelegenen Hügel starrten immer noch unter einem frostweißen Kleid. Was war so wichtig, um ihren Vater jetzt persönlich hierherzuführen? Raymonds Besuch war fast schon ein Jahr her, und sie hatte sich in trügerischer Sicherheit gewiegt.

Sie hörte tiefe Stimmen aus der Hütte dringen und Alinas Lachen. Es klang gekünstelt, viel zu hoch. So hörte sie sich für gewöhnlich an, wenn Maredudd zu Besuch war, um seiner Langeweile während der dunklen Winterstunden zu entgehen. Ihre Schwester genoss die Schwärmerei des Bauernjungen und kokettierte sogar damit, obwohl sie wusste, dass sie ihm falsche Hoffnungen machte. Aber für Alina war es ein Spiel, sie sonnte sich in der Bewunderung anderer, auch wenn ihr hier im Nirgendwo nicht viele blieben, die ihr in dieser Ansicht dienen konnten. Bis heute.

Lia riss ihren Blick von der Hütte los, sah wieder zu Gildas. Er taktierte ein Stück Holz mit einem Schnitzmesser. Sie sah gleich, dass es ein neuer Stab werden sollte, und fragte sich unwillkürlich, ob er bereit war, ihrem Vater damit entgegenzutreten. Sie wollte ihren Stiefvater in den Arm nehmen, wissend, was Strongbows Rückkehr in ihm auslösen musste. Aber sie stand nur da und versuchte sich mit den Tatsachen abzufinden. Strongbow würde sie mitnehmen. Dies war ein Abschied. Doch sie war noch lange nicht bereit dazu, und so setzte sie sich neben Gildas auf die Bank und legte den Wanderstab auf den Boden. »Reden sie schon lange?«

»Nein. Er kam erst vor Kurzem an.«

»Wieso bist du nicht drinnen?«

»Mir wurde nahegelegt, mich nicht in Familienangelegenheiten einzumischen.«

Sie schüttelte den Kopf. »Du bist unsere Familie.«

Ein Lächeln ließ den Schnurrbart zucken, etwas Sanftes trat in die sonst so übermütigen Augen, die heute unsagbar traurig aussahen. »Ich wollte keinen Streit anfangen – deiner Mutter und euch zuliebe.«

Lia ballte die Hände zu Fäusten. »Das ist Unsinn. Du gehörst zu uns, dein Platz ist an unserer Seite, also bitte komm, geh mit mir hinein.« Sie stand auf und reichte Gildas ihre Hand, als hinter ihr die Tür aufging.

Lia fuhr herum, in Erwartung, ihren Vater oder Raymond zu sehen, aber es war ein fremder Ritter, der herauskam.

»Hirte, wo kann ich die Pferde tränken?« Da war ein Schnarren in seiner Stimme, und ihre Knie wurden weich. Der Nachhall von Schmerz und Entsetzen klang durch sie hindurch, der Nebel, den die Zeit über ihre kindliche Erinnerung gelegt hatte, lichtete sich. Anders als damals, vor so vielen Jahren, trug er über der Kotte keinen Ringpanzer, sondern einen schlichten Bliaut, der bis zu den Schienbeinen reichte, aber ansonsten hatte er sich nicht verändert. An seiner Seite hing eine lederne Schwertscheide, die rau und abgewetzt war, genauso der Gürtel um seine Taille und die Stiefel. Das schwarze Haar trug er so kurzgeschnitten, dass die helle Kopfhaut durchschimmerte, und als er sich hinabbückte, um die Zügel vom Stamm der Ulme zu lösen, zeigte sich eine kahle Stelle am Hinterkopf, fast schon wie die Tonsur eines Mönchs.

»Robert de Quincy.« Sein Name kam ihr nur als entsetztes Flüstern über die Lippen. Sie spürte, dass Gildas sie überrascht ansah, und auch de Quincy schien sie erst jetzt richtig zu bemerken.

Ehe er aber etwas sagen konnte, kam Gildas ihm zuvor: »Der Fluss liegt dort drüben.« Er deutete in die entsprechende Richtung und erhob sich ebenfalls, stellte sich schützend vor Lia, als spürte er ihr Grauen, die Hand um den halbfertigen Stab geschlossen.

De Quincy verengte die Augen. »Du musst lauter reden, Hirte, ich … höre nicht so gut.«

Lia musterte den Ritter, seine durchschnittlich hohe, aber wohlbeleibte Gestalt, die hellen Augen, die im Kontrast zu den schwarzen Bartstoppeln an seinem Kinn standen, den verkniffenen Mund. Sie fragte sich, was mit seinem Gehör geschehen war. Eine Strafe Gottes für seine schrecklichen Sünden?

Sie trat an ihrem Stiefvater vorbei und sagte laut: »Über die Weiden bis zum Abgrund, *Sir Robert*.« Sie sah ihm direkt in die Augen, herausfordernd, aber entgegen ihrer Erwartung machte sich keine Verwirrung auf seinem Gesicht breit. Ein Lächeln verzog seine Lippen, das wie eine Grimasse wirkte. »Ihr wisst, wer ich bin, Mylady?«

Wie könnte sie ihn vergessen? Der Mord an Merfyn hatte ihn gänzlich unberührt gelassen, und dann hatte er sie wie ein Stück Abfall über seine Schulter geworfen, davongetragen und damit gedroht, sie die Klippen hinabzuwerfen. Damals war er von einem »Mylady« weit entfernt gewesen.

»Ich wünschte, ich wüsste es nicht«, murmelte sie, wissend,

dass er sie nicht hörte, dann ging sie an ihm vorbei zur Hütte. »Gildas, kommst du?« Sie sah über die Schulter zu ihm zurück, und Gildas nickte zu ihrer Erleichterung. Sie wusste, er kam nur ihr zuliebe mit, um ihr beizustehen, nicht um seiner selbst willen, und sie liebte ihn umso mehr dafür. Sie wollte seine Hand nehmen, um Kraft zu schöpfen, aber sie wusste, sie musste sich allein stellen.

Sie hörte de Quincy davongehen und war froh, ihn aus dem Weg zu wissen, als sie die Tür aufschob und ins Zwielicht blinzelte.

Als Erstes sah sie ihre Mutter neben der Feuerstelle. An ihrer Seite hielt sich die gerüstete Gestalt ihres Vaters, der mit dem Rücken zu ihr stand, ein Umhang aus feinem dunkelgrünem Tuch fiel ihm bis zu den Knöcheln. Daneben wirkte ihre Mutter zart wie eine Feder, die der Wind jeden Moment davonwehen könnte. Die Locken, die ihr unter dem Kopftuch hervor ins Gesicht fielen, hatten etwas von ihrem schwarzen Glanz verloren und waren mit silbernen Strähnen durchwebt. Aber ihre Augen blitzten wie immer, wenn irgendetwas sie aufregte.

Alina nahm gerade die irdenen Becher aus der Truhe am Fuße der Bettstätte und griff nach dem Krug Met auf dem Tisch. Aber als sie Lia und Gildas entdeckte, hielt sie inne. Ihr Vater drehte sich zu ihnen um, und Raymond erhob sich von der Bank neben der Feuerstelle. Er sah sie direkt an, und ihr Herz klopfte wild in ihrer Brust. Irgendetwas an seinem intensiven Blick, während sie im Lichtstreifen der Wintersonne in der Tür stand, brachte sie in Aufruhr. Beinahe hätte sie sich umgedreht, um zu überprüfen, ob ihr eine Flusselfe gefolgt war. Er konnte unmöglich *sie* so ansehen. Und sie erwiderte seinen Blick, musterte ihn. Er sah aus, als hätte er eine lange und anstrengende Reise hinter sich. Seine Wangen und das kantige Kinn waren von einem dichten Bart bedeckt, was sie nie zuvor an ihm gesehen hatte. Sein Gesicht war gebräunt, als wäre es

Sommer, und dunkle Schatten lagen unter seinen Augen. Die goldenen Locken waren so lang, dass er sie im Nacken zusammengebunden hatte. Er schien ihr zu groß für diese Hütte, und tatsächlich musste er etwas gebeugt stehen, um mit dem Kopf nicht gegen die Dachbalken zu stoßen.

»Basilia, wo warst du nur, sieh dich an, dreckig von oben bis unten.« Das war natürlich Alina, aber Lia beachtete sie nicht, sie sah zu ihrem Vater, der sie ebenfalls anstarrte, als wäre sie eine heilige Erscheinung.

Lia straffte die Schultern, setzte eine ungerührte Miene auf, aber zu ihrem Widerwillen spürte sie Tränen in den Augen. Das letzte Mal hatte sie ihn verzweifelt und gebrochen vor sich gesehen, heute war er ganz der mächtige Lord und Befehlshaber.

»Basilia.« Er ließ seinen Blick über sie gleiten und lächelte. »Sieh dich nur an. Aus dir ist eine Schönheit geworden.«

Lia verzog keine Miene, um nur ja keiner Träne freien Lauf zu lassen.

»Aber nicht mehr so gesprächig wie früher, scheint mir. Willst du deinen Vater nicht begrüßen?«

Sie setzte einen Schritt vor den anderen, jede Bewegung überlegt. Am liebsten wäre sie ihm in die Arme gefallen, aber sie wollte sich nicht derart zerbrechlich vor ihm zeigen und auch nicht vor Alina. Zudem war sie sich bewusst, dass ihr Vater Pläne hegte, die ihr ganzes Leben verändern sollten. »Es ist schön, dich wiederzusehen, Vater.« Aus den Augenwinkeln sah sie Alinas Augenrollen und kaum verhohlenes Grinsen. Vermutlich hatte sie ihn mit »Mylord« begrüßt, aber Lia war sich dabei stets dumm vorgekommen.

Strongbow hob seine Hand an ihre Wange, streichelte sie und beugte sich schließlich hinab und küsste sie auf die Stirn. »Es tut so gut, wieder bei euch zu sein.« Er blickte zu ihrer Mutter. »Bei euch allen.«

Lia hörte ein leises Schnauben aus Alinas Richtung. »Kannst

du dich nicht wenigstens waschen, wenn wir schon so hohen Besuch haben? Du stinkst nach der gesamten Schafherde.«

Die Worte trafen sie wie ein Peitschenhieb, und sie sah an sich hinunter. Alina hatte recht. Auf ihrem Überkleid, das ohnehin die Farbe von Schlamm hatte, waren Erdflecken und Feuchtigkeitsspuren. Sie sah Gildas an, dessen Anwesenheit ihr Vater zu ihrer Erleichterung ignorierte. Erst jetzt fiel ihr wieder ein, warum sie so schmutzig war. »Es ist ein kleiner Bock, Gildas. Zwei Wölfinnen haben versucht, ihn sich zu holen, aber ich konnte sie vertreiben.«

Gildas lächelte stolz, als hätte er gar nichts anderes von ihr erwartet, aber dann sah er an ihr vorbei, und auch Lia bemerkte, dass es plötzlich ganz still in der Hütte geworden war.

»Du kämpfst gegen Wölfe?«, fragte ihr Vater mit kaum mehr als einem tiefen Knurren, dabei sah er nicht sie, sondern Gildas an. Er verstand heute mehr Walisisch als früher und sprach es auch besser. »Ist das der richtige Zeitvertreib für eine junge Dame? Wird so dein Schutz gewährleistet?«

Lia öffnete den Mund, aber Gildas kam ihr zuvor, er legte ihr die Hand auf die Schulter, und väterlicher Stolz sprach aus seiner Stimme: »Ich schütze sie, indem ich ihr beigebracht habe, sich selbst zu schützen.«

Die beiden starrten einander an, als würden sie sich jeden Moment an die Kehle gehen. Lia blickte zu Raymond, in der Hoffnung, er könnte dazwischengehen, falls sie sich tatsächlich bekämpfen wollten, aber er sah sie nur voller Bewunderung an. »Du hast wirklich Wölfe abgewehrt?«, raunte er leise, ein Grinsen nur schlecht verborgen, aber ehe sie antworten konnte, erklang die Stimme ihrer Mutter.

»Du hast noch nicht gesagt, was du hier willst«, sagte sie ungewohnt harsch an Strongbow gerichtet. Es fiel Lia schwer zu glauben, dass die beiden einst jung, unbeschwert und verliebt gewesen waren, so wie Tante Marared es erzählt hatte. Heute war alles anders, Marared war tot, ihr Großvater ebenfalls, und ihre Eltern sahen sich voller unausgesprochener Vorwürfe in die Augen.

Ihr Vater riss seinen Blick von Gildas los und nahm einen Becher von Alina entgegen. Damit ließ er sich auf der geschlossenen Truhe am Fuße der Bettstätten nieder, während ihre Mutter sich ihm gegenüber gegen den Tisch lehnte.

»Ich dachte, ihr möchtet gerne wissen, dass es Richard gutgeht. Er ist in Irland, und mein Freund Maurice ist nach wie vor sehr zufrieden mit ihm.«

Ihre Mutter bekreuzigte sich, und auch Lia spürte eine Welle der Erleichterung, obwohl sie ihren Bruder kaum kannte.

»Ich danke dir für diese gute Nachricht. Aber allein um mir das zu sagen, bist du nicht hier, nicht wahr?« Elen deutete zu Raymond, der sich gegen einen der Stützbalken lehnte und die Arme vor der breiten Brust verschränkte. »Er sagte, du willst Basilia.«

Strongbow warf Lia einen Blick zu, und sie spürte ihr Herz schneller schlagen. Dann wandte er sich wieder an ihre Mutter. »Vieles hat sich seit unserer letzten Begegnung geändert. Ich bin nicht mehr der mittellose Earl, der drauf und dran ist, alles zu verlieren. Ich habe mein Schicksal selbst in die Hand genommen.«

»Und dieses Schicksal liegt in Irland.«

»Was weißt du davon?«

»Ich weiß, dass die Geraldines und Maurice de Prendergast mit meinem Jungen nach Irland gingen, um irgendeinen Fürsten dort zu unterstützen. Als Söldner. Und ich weiß, dass dein Name häufiger fiel, dass es hieß, du wolltest ebenfalls dorthin.«

»Wo ist Irland, Mylord?«, fragte Alina schüchtern von der Schlafstätte aus, wo sie sich niedergelassen hatte.

»Irland liegt westlich von Wales, mein Liebes, es ist eine Insel – von Pembroke aus eine gute Tagesreise mit dem Schiff entfernt. An schönen Tagen kann man die Küste sogar von Wales aus sehen.«

»Das klingt trotzdem schrecklich weit. Pembroke liegt doch schon auf der anderen Seite des Landes. Und diese Iren …«

Ihre Mutter schnaubte verächtlich. »Diese Iren sind ein Volk von Wilden, barbarisch und noch dem Heidentum verfallen.«

Die Worte entlockten ihrem Vater ein Schmunzeln. »Nun, dasselbe sagt man in England auch über die Waliser, aber wie du weißt, muss das nicht immer der Wahrheit entsprechen.« Er wischte sich mit seiner Hand über die Oberschenkel, alles an ihm schien unruhig, während er über dieses fremde Land sprach. »Irland ist Wales gar nicht so unähnlich, und das irische Volk gleicht dem britischen viel mehr als dem meinen, dem normannischen.« Er sah zu Lia. »Eure Sprache ist ähnlich, sie hat denselben keltischen Ursprung, genauso die Gesetze und Art zu leben. Wir in England haben einen König, der über das ganze Land herrscht, aber in Irland gibt es mehrere Könige – Fürsten – so wie bei euch in Wales. Jeder herrscht über sein eigenes Fürstentum.«

»Du meinst, so wie bei uns, bevor die Normannen in unser Land eingefallen sind, unsere Fürsten getötet und ihren eigenen König über uns gestellt haben?« Ihre Mutter schüttelte den Kopf, und Lia wunderte sich, wie abfällig sie vom Volk jenes Mannes sprach, dem sie drei Kinder geboren und den sie geliebt hatte. Aber die Zeit veränderte wohl alles. Hier draußen, wo die Normannen noch nicht so stark waren, fiel es leicht, sich an die Zeit zu erinnern, in der das britische Volk noch frei gewesen war.

Sie warf Raymond einen Blick zu, der genauso wie sie das Ergebnis der Verschmelzung zweier Völker war. Er beobachtete Strongbow genau, aber als spürte er ihren Blick, wandte er sich ihr zu, hob einen Mundwinkel zu einem bemühten Lächeln, als wollte er sie aufheitern, nur war da eine sonderbare Traurigkeit in seinen Augen. Er sah so verändert aus, härter, nicht nur wegen seines langen Haars und Bartes.

Die Stimme ihrer Mutter lenkte ihre Aufmerksamkeit zurück. »Und nun wollt ihr Normannen nach Irland und dort dasselbe machen.«

»So ist es nicht.«

Ihre Mutter breitete die Hände aus. »Dann erleuchte uns, wie stellt sich die Lage dar, und was haben meine Töchter damit zu tun? Und wage es nicht zu sagen, dass du sie auf diese ferne Insel verschleppst!«

Strongbow senkte den Blick, nahm einen tiefen Schluck, Lia sah erneut zu Raymond, als könnte er ihr Antworten geben, ob sie tatsächlich in dieses fremde Land musste, aber ihr Vater erklärte bereits: »In Irland lebt ein Fürst – Dermot heißt er –, und er geriet in einen Streit mit einem benachbarten Fürsten.« Ein leises Lachen entfuhr ihm. »Wegen einer Frau natürlich.« Er sah auf, sein Blick traf den ihrer Mutter, und einen Moment lang sah Lia die Zeit hinwegschmelzen und die beiden Liebenden aus den Geschichten. Aber ihre Mutter senkte schnell die Lider, machte eine auffordernde Geste, damit er fortfuhr, ihre Wangen aber waren gerötet.

Lia hörte Gildas eine Entschuldigung murmeln, er wolle nach den Schafen sehen. Sie wollte ihn am Gehen hindern, aber vielleicht war es tatsächlich besser so. Die Anwesenheit Strongbows musste ihm schrecklich wehtun.

»Die übrigen Fürsten Irlands verschworen sich gegen Dermot«, erzählte ihr Vater, ohne auf Gildas zu achten, der die Tür hinter sich schloss, »und es gelang ihnen, ihn aus dem Land zu vertreiben. Also ging Dermot zu König Henry und bat ihn um Unterstützung zur Rückerlangung seines Reichs. Henry erlaubte ihm, in England und Wales nach Truppen für seine Sache zu werben, und das tat Dermot auch. Er fand mich.« Er sah ihre Mutter direkt an, auch wenn sie den Blick nicht erwiderte. »Für meine Unterstützung versprach er mir die Hand seiner Tochter und das Erbe seiner Krone.«

Abrupt sah Elen auf, und auch Lia und Alina stand der Mund offen. Ihr Vater wollte heiraten. Er gründete eine neue Familie, er wollte eine Krone auf sein Haupt setzen!

»Du willst König werden, Richard? Von … Irland?«, sprach ihre Mutter die Gedanken aller laut aus.

»Von einem Teil Irlands, ja. Leinster, um genau zu sein, so heißt Dermots Fürstentum. Und all das … habe ich bereits erreicht – letzten August setzte ich über und eroberte Dermots Land zurück.«

Lia war sprachlos. Deshalb also war es nach Raymonds Besuch so ruhig hier geworden, und niemand war gekommen, um sie zu holen. Ihr Vater war damit beschäftigt gewesen, ein Königreich für sich zu gewinnen.

Elen stieß sich vom Tisch ab und warf die Arme in die Höhe. »Das ist doch Irrsinn! Das kann König Henry nicht erlaubt haben, nie! Denkst du etwa, ich hätte vergessen, wie ihr zueinander steht? Hat sich das etwa in den letzten Jahren auf wundersame Weise geändert?«

»Nein.«

»Dann, was sagt er dazu? Wenn du dir als sein Kronvasall ein eigenes Königreich geschaffen hast …Bist du denn wahnsinnig? Du wirst noch viel mehr als Pembroke verlieren. Deinen Kopf zum Beispiel!«

Ihr Vater seufzte schwer, sah flüchtig zu Raymond und schließlich wieder zu Elen. »König Henry selbst gab die Erlaubnis, Fürst Dermot in Irland zu unterstützen«, sagte er ruhig, auch wenn er das Funkeln in Elens Augen damit nicht erlöschen konnte. »Ich habe ihn nach meinen Aussichten gefragt, Pembroke zurückzubekommen, und da er nicht willens ist, mir mein Erbe zu geben, versuchte ich mein Glück in Irland.«

Ihre Mutter könnte nicht abfälliger schnauben. »Ein paar

Jahre mögen vergangen sein, Richard, aber noch kenne ich dich, auch wenn du zu vergessen scheinst, dass ich dich einst beraten habe. Du kannst mir nichts erzählen. Der König mag seinen Untertanen erlaubt haben, als Söldner in Irland für diesen Dermot zu kämpfen, aber bestimmt nicht einem seiner mächtigsten Barone, einem Earl von ältestem Adel. Und schon gar nicht, damit er sich ein eigenes Königreich aufbaut, getrennt von einem Streifen Meer und fast gänzlich außerhalb der Reichweite seiner Macht.«

Lia sah ihre Mutter überrascht an. Nie hätte sie gedacht, dass sie in politischen Angelegenheiten derart bewandert war.

Raymond schien es nicht anders zu gehen, er lachte leise und strich sich über Mund und Kinn, um sein Grinsen zu verbergen.

»Wirklich, le Gros?«, knurrte ihr Vater seinen Ritter an.

Raymond hob die Hände. »Verzeiht, Mylord, aber Elens Scharfsinn ist wahrlich bemerkenswert.«

Noch ein abfälliger Laut ihrer Mutter. »Daran ist nichts bemerkenswert, Sir Raymond. Jedes Kind weiß, wie lange König Henry um seine Krone kämpfen musste, dass England fast zwanzig Jahre Krieg um die Thronfolge führte. Wir vom einfachen Volk spürten am eigenen Leib, wie sich die normannischen Lords in Wales und zuweilen auch in England zu eigenen kleinen Königen machten und die gesetzlosen Zustände ausnutzten.« Sie sah wieder zu Strongbow, ihre Stimme wurde sanfter. »Und dabei spreche ich nicht von dir, sondern von deinem Vater, Richard. Aber das ändert nichts an der Tatsache, dass Henry noch heute damit zu kämpfen hat, manche Barone unter Kontrolle zu halten. Es braucht keinen Scharfsinn, um zu wissen, dass, wenn ein de Clare daherkommt und sich in Irland zu einem Fürsten, einem König macht, Probleme aufbranden. König Henry ist nicht gerade für sein ausgeglichenes Gemüt bekannt, oder willst du mir darin widersprechen?«

Strongbow senkte den Blick, was für Lia verstörend anzusehen war, und auch Raymond schien zwischen Belustigung und Verwirrung hin- und hergerissen, da sein Herr derart mit sich reden ließ.

»Du hast mit allem recht, Elen«, sagte er, seine Stimme beschwichtigend. »König Henry und Mylord of Striguil stehen in keinem guten Verhältnis zueinander. Der König verbot ihm sogar, nach Irland zu gehen.«

Ein kollektives erschrockenes Luftschnappen drang durch die Hütte, und ihr Vater sprang auf. »Le Gros!«

Aber Raymond richtete sich auf und sah Elen in die Augen. »Das ist der Grund, weshalb Mylord of Striguil mich im letzten Mai mit einem kleinen Heer vorausschickte. Ich sollte Irland sichern, ehe ein anderer Dermots Angebot annimmt, während er die Erlaubnis des Königs erlangen wollte – die leider nie eintraf, weshalb er im August auf eigene Faust nachkam.«

Ihr Vater strich sich mit einem Stöhnen über die Stirn, schüttelte den Kopf. Lia konnte nicht glauben, dass er, Strongbow, der kühle Befehlshaber, für den ihn alle hielten, etwas so Gewagtes getan hatte. Er hatte offenen Auges gegen den Befehl des Königs verstoßen.

»Der König war außer sich, ja«, fuhr Raymond erklärend fort, »aber ich komme gerade von einem Treffen mit ihm in Argentan, und auch wenn sein aufbrausendes Temperament nicht nur ein Gerücht ist, wie ich selbst erfahren durfte, sehe ich durch ihn im Moment keine unmittelbare Gefahr. Mylord Striguil hat ihm angeboten, all die Ländereien in Irland der Krone zu überlassen und lediglich als Vasall zu halten, was den König ein wenig beschwichtigte. Ja, er hat ein Handelsembargo gegen Irland erlassen – niemandem ist es erlaubt, Waren auf die Insel zu bringen, und damit ist auch unser Versorgungsweg abgeschnitten, Ausrüstung oder Verstärkung von Wales können wir auch keine mehr erlangen. Auch hat der König all seinen Untertanten befohlen, bis Ostern aus Irland zurückzukehren – wer sich dem widersetzt, wird zu einem Gesetzlosen erklärt. Im Grunde könnten uns also die Männer davonlaufen. Aber all das ist irgendwie ein gutes Zeichen – Henry könnte auch einfach mit einem Heer übersetzen und uns alle als Verräter aufknüpfen.«

Noch ein Stöhnen ihres Vaters, es klang bereits zorniger und ging eher in Richtung Knurren. »Du bist mir wirklich keine Hilfe, le Gros. Wenn du beim König dasselbe diplomatische Geschick an den Tag gelegt hast, können wir froh sein, nicht bald eine Flotte gegen uns zu haben! Vielleicht hätte ich doch gleich meinen Onkel schicken sollen.«

Lia zuckte bei der Erwähnung dieses Scheusals zusammen, und auch Raymond blieb nicht mehr ruhig. Er fuhr zu Strongbow herum, jeglicher Humor war aus seiner Stimme gewichen. »Vielleicht hättet Ihr das tun sollen, Mylord, Hervey de Montmorency hat gewiss ein Talent für falsche Worte. Ich hingegen werde nicht hier stehen und eine glorreiche Zukunft verkünden. Elen und Eure Töchter haben die Wahrheit verdient, und die Wahrheit sieht so aus, dass Ihr bis auf Dermot alle Fürsten Irlands gegen Euch habt und auch noch den König von England. Ich stehe an Eurer Seite, ich kämpfe, wo und gegen wen Ihr befehlt, aber Irland ist rau und gefährlich, und das wird es für lange Zeit, vielleicht sogar für immer bleiben. Ihr wollt Lia …«, er räusperte sich, »… Mylady Basilia mitnehmen auf diese Insel, gut, ich werde sie mit meinem Leben schützen. Aber lügen … das werde ich nicht. Nicht für Euch, nicht für einen König, für niemanden.« Er starrte Strongbow nieder mit seinen sturmumwölkten grauen Augen, rauschte nicht hinaus, sondern hielt stand, was bestimmt nicht einfach war, so vernichtend wie sein Herr ihn jetzt ansah.

Elen unterbrach das angespannte Schweigen. »Tu, was du willst, Richard. Aber ohne meine Kinder. Ich kann zwar nicht verhindern, dass Maurice de Prendergast meinen Jungen nach Irland geschleppt hat, aber meine Mädchen bleiben hier.«

Strongbow wandte sich ihr zu, seine Stimme und noch ein weiterer tödlicher Blick in Raymonds Richtung machten klar, dass er keine Widerrede duldete. »Vorerst ja. Aber sobald sich die Angelegenheit mit dem König geklärt hat, hole ich Basilia, damit sie dort, in meinem neuen Reich, ihr neues Leben beginnt.«

Lia griff nach dem Stützbalken neben sich. Alles um sie herum begann sich zu drehen. Er wollte sie wirklich mitnehmen in dieses fremde, gefährliche Land, fort von ihrer Familie, in eine Welt, die sie nicht kannte.

»Was ist mit mir?«, wollte Alina kleinlaut wissen. »Wirst du mich denn nicht auch nach Irland holen?«

»Später, mein Liebling. Eins nach dem anderen. Basilia ist die ältere, außerdem ist sie stark, sie wird sich dort gut zurechtfinden. Ich möchte nichts beschönigen.« Noch ein warnender Blick in Raymonds Richtung, dann sah er zu Lia, ein verhaltenes Lächeln spielte um seine Lippen, und Stolz glomm in seinen Augen, was ihr unsagbar viel Kraft spendete. »Basilia, es wird nicht leicht werden, die Iren sind kein einfaches Volk …« Er lachte etwas bemüht auf. »Das waren die Waliser auch nie. Aber du wirst dich leichter anpassen und mit den Veränderungen umgehen können. Alina, du bist vielleicht noch zu sanft und zart für eine solche Reise, ein solches Land. Wenn sich alles beruhigt hat …«

Elen schlug ihren Becher auf den Tisch. »Und Basilia kannst du in die Höhle des Löwen werfen? Sie ist gerade mal vierzehn Jahre alt, sie ist zu jung!«

Ihr Vater schnaubte. »Ich habe König Henrys Tochter, die *elfjährige* Prinzessin Matilda, zu ihrem Verlobten nach Sachsen gebracht. Und meine eigene Braut war auch nicht so viel älter als …« Er verstummte abrupt, und auch alle anderen waren plötzlich ganz still.

Ihre Mutter setzte ein höhnisches Lächeln auf. »Du hast sie

also schon geheiratet. Deinen Preis. Diese … irische Prinzessin.«

»Ja«, knurrte Strongbow. »Und mehr musst du darüber nicht wissen. Von meinem Erfolg in Irland werden wir alle profitieren, du genauso, obwohl du geheiratet hast.« Die letzten Worte sprach er leise aus, aber der Vorwurf war nicht zu überhören. »Ich werde mich immer um euch kümmern.«

»Um uns muss sich niemand kümmern. Mir wäre es lieber, du würdest uns einfach hier vergessen.«

»Damit meine Töchter Bauern oder Schafhirten heiraten?«

Lia erinnerte sich daran, dass die beiden schon einmal dasselbe Streitgespräch geführt hatten, und ihre Mutter ging heute auch nicht darauf ein. Stattdessen stellte sie die Frage, die auch Lia brennend interessierte. »Und wer soll es werden? Welchen heldenhaften Recken hast du für deine Tochter ausgesucht?«

Lia sah zu Raymond hinüber und er wie auf ein unsichtbares Zeichen hin zu ihr. Es war wie ein kleiner Blitz, der durch ihren Körper fuhr, aber die Stimme ihres Vaters riss sie zurück in die Wirklichkeit.

»Das entscheide ich noch. Ich kam her, aus Respekt dir gegenüber, Elen, und damit Basilia sich vorbereiten kann. Bald werde ich sie zu mir holen – nutze die Zeit, um dich damit abzufinden, denn wenn es so weit ist, wirst du mich nicht aufhalten können.« Er wandte sich Lia zu und legte ihr die Hand auf die Schulter. Sie wusste nicht, was sie sagen, wie sie reagieren sollte. Sie war zornig auf ihren Vater, wegen der Art, wie er mit ihrer Mutter sprach, wie er über ihr Leben bestimmte, obwohl sie wusste, dass ihm das zustand. Gleichzeitig war sie auch dankbar und froh, dass er sie nicht vergaß, so wie er immer versprochen hatte. Dass seine Hochzeit seine jetzige Familie nicht in Vergessenheit geraten ließ.

»Le Gros.« Er winkte den Ritter mit immer noch kaum verhohlenem Zorn zu sich. »Ich glaube, du hast noch etwas zu übergeben. Ich sehe inzwischen nach, wo de Quincy steckt. Beeile dich, wir haben noch einen langen Weg vor uns.« Er drückte Lias Schulter, legte Alina die Hand auf den Scheitel, warf Elen einen Blick zu, dann ging er hinaus. Lia sah ihm hinterher, in Gedanken sah sie bereits vor sich, wie sie ihm das nächste Mal hinausfolgen, ein Pferd besteigen und davonreiten musste.

Raymond räusperte sich. »Ich bringe Grüße von Aoife McMurrough. Sie kann es kaum erwarten, ihre Stieftöchter persönlich zu treffen, und sie hat mich gebeten, diese kleinen Aufmerksamkeiten zu überbringen.« Er zog ein Tuch aus Goldbrokat aus dem Beutel an seinem Gürtel und reichte es Alina. Sie nahm es mit großen, leuchtenden Augen entgegen und strich mit der Hand darüber.

Lia sah zu ihrer Mutter, die wie erwartet nicht begeistert aussah. Dabei wusste Lia nicht, ob es an den entscheidenden Worten ihres Vaters lag, an der Tatsache, dass er eine Prinzessin geheiratet hatte, die nun Geschenke überbrachte, oder an ihrer generellen Abneigung, Wertvolles von Fremden anzunehmen. Ihren vierzehnjährigen und somit erwachsenen Töchtern konnte sie aber nicht mehr so leicht etwas verbieten.

»Das Tuch ist wunderschön«, hauchte Alina und strahlte zu Raymond auf. »Bitte richtet Prinzessin Aoife meinen Dank aus.«

Raymond nickte und wandte sich schließlich ihr zu. Lia erwartete ebenfalls ein Tuch, aber Raymond zog etwas Kleines heraus, das in seiner Hand verschwand. Er nahm es zwischen Daumen und Zeigefinger und hielt es vor sie hin, sein durchdringender Blick, mit dem er auf sie herabsah, machte es schwer, sich auf das Geschenk zu konzentrieren.

Es war ein Ring. Ein zarter Reif in der großen Hand, für eine Frau gemacht, ohne Edelsteine, jedoch funkelnd und zweifellos aus echtem Gold.

Lia konnte das Schmuckstück nur sprachlos anstarren. Ihr

Vater hatte tatsächlich geheiratet. Eine irische Prinzessin. Sie hatte einen Namen, sie war real. Alles, wovon er gesprochen, wovon er geträumt hatte, war wahr geworden. Und bald war der Moment gekommen, in dem er sie zu sich holte, um ebenfalls den Bund der Ehe zu schließen.

»Darf ich?« Raymond wies auf ihre Hand, und Lia nickte. Sie wusste nicht wieso, aber ihre Brust war plötzlich ganz eng, sie konnte kaum noch atmen. Raymond berührte ihre kalte Haut mit seiner warmen und schob den Ring auf den vierten Finger ihrer rechten Hand. Sie wusste, ein Ehering wurde auf dem dritten Finger getragen, auch wenn sie sich etwas töricht dabei vorkam, ausgerechnet jetzt daran zu denken. Nun, lange würde es wohl nicht mehr dauern, bis auch ein Ehering ihre Hand zierte.

Sie sah zu Raymond auf, ihre Wangen glühten, und er erwiderte ihren Blick. Da war etwas Warmes, Zärtliches in seinen Augen, aber auch tiefe Schatten, die nicht zu dem Mann passten, den sie früher gekannt hatte. Das übermutige Funkeln schien ihr komplett erloschen, selbst das Lächeln schien von Traurigkeit begleitet.

»Wunderschön.« Er ließ ihre Hand los, und sie bedauerte es. Einen albernen Moment lang wusste sie nicht, ob er den Ring meinte oder sie.

Ein Holzscheit knackste im Feuer, und erst da wurde sie sich der Stille um sich herum bewusst. Ihre Mutter räusperte sich. »Ein wahrhaft wunderschönes Geschenk.« Sie wandte sich ab und nahm das gefütterte Tuch, mit dem sie den Deckel vom Topf über der Feuerstelle nahm. »Die Prinzessin scheint sehr großzügig zu sein.«

Lia versuchte sich diese fremde Frau vorzustellen, wie es sein würde, ihr gegenüberzustehen. »Spricht sie unsere Sprache?«, fragte sie Raymond mit einem flauen Gefühl im Magen.

Raymond nickte und trat wieder etwas zurück. »Sie hat einen Lehrer, der ihr Normannisch beibringt, und sie lernt sehr schnell. Aber das Walisische kennt sie nicht.« Er sah in die Runde. »Nun entschuldigt mich bitte. Wie Mylord of Striguil bereits sagte, wir haben einen weiten Weg vor uns.« Sein Blick fiel auf Lia. »Aber ich bin mir sicher, wir sehen uns bald wieder.« Er verneigte sich knapp vor Elen, dann duckte er sich unter dem Türsturz hinweg und ging hinaus.

Lia folgte ihm in die kalte Winterluft, blieb aber vor der Tür stehen, sie wollte sich nicht noch einmal verabschieden, nur noch einen letzten Blick von ihrem Vater erhaschen.

Er hielt sich neben Gildas, der den fast fertigen Stab in beiden Händen hielt, auch Robert de Quincy war mit den Pferden zurück und sah wie immer grimmig drein.

»Gott segne Euch auf Eurem Weg.« Gildas schwang den Stab von einer in die andere Hand und sah ihrem Vater in die Augen.

Strongbow nickte und nahm die Zügel seines Pferdes von Raymond entgegen. Er wollte sich hinaufschwingen, als Gildas noch einen Schritt auf ihn zumachte. »Es sind auch meine Mädchen, wisst Ihr. Und wenn Eure Entscheidungen ihnen Leid zufügen, werde ich Euch finden.«

Strongbow wandte sich abrupt um, de Quincys Hand glitt zu seinem Schwert, und Lia sah bereits vor sich, wie er es benutzte, so wie er es gegen Merfyn hatte benutzen lassen.

Aber ihr Vater sah Gildas nur stumm an, unendlich lange, dann nickte er, nicht erbost, sondern fast schon anerkennend.

Lia ging an Gildas Seite und sah zu, wie ihr Vater und seine beiden Ritter davonpreschten. Sie lehnte ihren Kopf an seine Brust und versuchte sich Irland und ihr Leben dort vorzustellen.

»Er liebt dich, Lia. Er wird alles dafür tun, um dich glücklich zu sehen.« Die Worte klangen nicht mehr so überzeugt wie früher einmal, und Lia war nicht sicher, ob er sie aussprach, um sie zu beruhigen oder sich selbst.

Pembroke, Südwestwales, Oktober 1171

Lia glaubte zu träumen, nur hätte sie sich wohl nicht einmal in ihrer wildesten Fantasie solch einen Anblick ausmalen können. Sie blickte hinab in den Hafen von Pembroke, wo im dunklen, tiefen Wasser so viele Schiffe lagen, dass sie Schwierigkeiten hatte, sie zu zählen. Drei Flüsse mündeten in dieses Ästuar, das auf einer langen Wasserstraße hinaus aufs Meer führte. Und von dort war es nicht mehr weit zu der Insel, die ihrer aller Ziel sein sollte.

»Bleib hier, ich schicke jemanden, der sich um dich kümmert.«

Lia sah zu ihrem Vater zurück, der seinen Schimmel zügelte und den beiden Rittern Walter und Ralph Bloet winkte, die ihn auf der Reise begleitet hatten. Die beiden Männer waren Brüder, die schon mehrere Jahre in Strongbows Dienst standen. Auch Maurice de Prendergast und ihr Bruder Richard waren nach Elfael gekommen, um sie abzuholen. So hatte ihre Mutter Gelegenheit gehabt, Richard wiederzusehen, und Lia hatte sich darauf gefreut, von ihrem Bruder mehr über das fremde Land zu erfahren, das nun auch ihr Zuhause werden sollte. Aber Richard war still und verschlossen und mit seinen Gedanken stets woanders. Maurice de Prendergast hatte ihr zugeraunt, dass sie Richards Art nicht persönlich nehmen sollte, er hatte viel gesehen und erlebt in den Schlachten in Irland.

Lia konnte verstehen, dass es ihm schwerfiel, seine Familie zu sehen, die sich nicht verändert hatte, während er selbst in einem fremden Land ein völlig anderer geworden war, ein kampferfahrener angehender Ritter. Aber es machte Lia trotzdem traurig. Sie hätte nichts dagegen gehabt, zumindest einem Teil ihrer Familie auf der Reise näherzukommen. So war ihr der Abschied noch schwerergefallen. Der Anblick ihrer Mutter, wie sie versuchte, Tränen zurückzuhalten, Gildas' tieftraurige Augen, in denen das Wissen stand, dass es ein Abschied für immer war, und Alinas knapper, widerwillig ausgesprochener Segen für die Zukunft. Wenn ihre Schwester nur wüsste, wie sehr sie wünschte, dass ihre Plätze vertauscht waren. Lia fand Alinas Hass zutiefst ungerecht, sie konnte nichts gegen die Entscheidungen ihres Vaters tun, sonst stünde sie jetzt nicht hier.

Einzig die Bloet-Brüder hatten sie auf der Reise mit Geschichten aus Irland aufmuntern können. Dank ihrer fröhlichen Art war der Abschiedsschmerz, der sich wie der Fall in ein tiefes Loch angefühlt hatte, zum Teil der Vorfreude auf ein Abenteuer gewichen. Dies änderte sich nun, da nur noch ein Streifen Meer zwischen ihr und ihrer neuen Heimat stand.

»Warte hier, Basilia. Ich finde schnell heraus, ob der König sich am Hafen befindet, und trommle meine Männer zusammen. Dann machen wir uns auf zu unserem Lager. Rühr dich so lange nicht vom Fleck!«

Sie nickte nur stumm und ließ ihren Blick weiter über die Bucht schweifen, den Wind im Gesicht und den klaren Duft des nahen Wassers in der Nase. Strongbows Besuch in Elfael, nur wenige Tage nach ihrem fünfzehnten Geburtstag, war überraschend gewesen, nachdem er noch vor zehn Monaten gesagt hatte, wie schwierig die Situation in Irland war. Wie sie erfahren hatte, war sie dann sogar noch gefährlicher geworden.

Fürst Dermot, dessen Tochter ihr Vater geheiratet hatte, war im Mai verstorben. Das hatte Strongbow zum Erben des Fürstentums Leinster gemacht, aber die meisten Iren wollten keinen Normannen über sich und hatten rebelliert. Ihrem Vater war es gelungen, die Rebellionen vorerst niederzuschlagen, was für König Henry lediglich ein Grund mehr gewesen war, gegen seinen mächtigen Baron vorzugehen. Er hatte ein Heer zusammengestellt, um nach Irland überzusetzen, aber ihr Vater war zu ihm gegangen und hatte sich mit dem König ausgesöhnt. Nun reiste er zusammen mit Henry zurück nach Irland – inmitten dieses gewaltigen Heers, um Irland für die Krone Englands zu beanspruchen. Und Lia sollte ihn begleiten in eine ungewisse Zukunft.

Sie stieg von ihrem Zelter, klopfte dem Wallach den Hals und blickte auf die Bucht hinunter, wo es für eine solch gewaltige Ansammlung an Schiffen und Kriegern unerwartet ruhig zuging. Sie hatte erwartet, Zeuge hektischer Vorbereitungen zu werden, aber die meisten Männer saßen am Strand und auf dem Hügel und würfelten. Manche hatten mit Stöcken Leintücher über sich gespannt, um ein provisorisches Zelt zu spannen, kleine Lichtflecken zeugten von Feuern, und hier und da blitzte das Eisen von Kochtöpfen und Schwertern in den wenigen Sonnenstrahlen, die aus der Wolkendecke griffen. Ein paar wenige Frauen in leichter Bekleidung bewegten sich unter ihnen, genauso die ansässigen Fischer, aber niemand schien es besonders eilig zu haben. Hatte ihr Vater nicht gesagt, der König wollte schnell aufbrechen, und sie müssten sich beeilen, um ihn noch rechtzeitig vor seiner Abreise zu erwischen?

Sie dachte an ihre Familie, an Wolf, an das wunderschöne Elfael, und eine schwelende Übelkeit vermischte sich mit dem nervösen, aufgeregten Flattern. Drei Tage waren sie durch oft strömenden Regen über unzählige Hügel geritten, um vom Osten Wales, wo die Grenze zu England lag, ganz in den Westen an die Küste vorzudringen. Ihr Vater hatte nicht gewusst, ob Henry sich am Hafen befand oder noch in Pembroke Castle weilte, wo er mit seinem Gefolge untergekommen war. Eine Burg, die der König ihrem Vater weggenommen hatte und die die Geraldines, so wie alles hier im Umland, für den König hielten. Nur waren die meisten Geraldines bereits lange in Irland, da es immer schwieriger für sie geworden war, das Land gegen die aufständischen Waliser zu halten. Lia wusste, es waren unzählige Onkel und Vettern von Raymond auf der anderen Seite des Meeres, und nun sollte sie folgen, gemeinsam mit ihrem Vater und dem König von England. Lia konnte sich gar nicht vorstellen, einen derart mächtigen Mann zu treffen. Sie war zwar Strongbows Tochter, aber nie als solche aufgewachsen, und die letzten Jahre hatte sie das einfache Leben als Tochter eines Schafhirten geführt. Henry herrschte nicht nur über England, Teile von Wales und Schottland, sondern auch über weitreichende Gebiete im Frankenreich, über die Normandie, Anjou und Aquitanien. Auf dem Weg hierher hatte ihr Vater ihr erzählt, dass Henry schon als Vierzehnjähriger mit einem Heer nach England gekommen war, um für seine Krone zu kämpfen. Er war ein außergewöhnlicher Heerführer, strenger König, und beim Gedanken, so einem Mann gegenüberzustehen, wurde ihr ganz bang zumute. Was, wenn sein ewiger Groll gegen Strongbow sich auf sie übertrug?

Unruhig wanderte ihr Blick zurück zu dem Herr, das Irland für die Krone Englands gewinnen sollte. Die Worte ihrer Mutter über den Eroberungsdurst der Normannen kamen ihr in den Sinn. Die Waliser sollten nach den Engländern also nicht die Letzten gewesen sein, die diese Macht mit voller Stärke kennenlernten, und sie selbst sollte bestimmt nicht das letzte Ergebnis einer Verbindung zweier Völker sein. Ihr Vater hatte ja schon jetzt für eine neue gesorgt – seine Kinder mit Prinzessin Aoife würden zur Hälfte Normannen, zur Hälfte Iren sein – zur Hälfte dem Volk der Invasoren und zur anderen Hälfte den Eroberten angehören.

Ein Seufzen entfuhr ihr, und sie versuchte die bangen Gedanken zu verscheuchen, beschloss sich stattdessen abzulenken, indem sie die Schiffe zählte. Sie stand bei zwei Dutzend, als jemand an sie herantrat.

»Es sind vierhundert.«

Lia drehte sich überrascht um und sah in das schüchtern lächelnde Gesicht eines jungen Mannes. Sie schätzte ihn auf siebzehn oder achtzehn Jahre, er war etwas größer als sie und sehr schlank. Das feine, kinnlange Haar in der Farbe von Kastanien wehte im Wind. Um die Taille hatte er einen Ledergürtel gebunden, der den schlichten, knielangen Bliaut zusammenhielt. Um den Hals trug er eine Kette mit einem Kreuz.

Er deutete mit seiner feingliedrigen Hand zum Hafen hinunter und sprach, als würden sie sich schon lange kennen oder als hätte sie ihm eine Frage gestellt. »Vierhundert Schiffe – nun, kein Wunder, wenn man bedenkt, dass sie viertausend Männer mit ihren Pferden, ihrer Ausrüstung und dem Proviant nach Irland bringen müssen. Fünfhundert Ritter mit ihren Knappen und einen gewaltigen Haufen Bogenschützen. Diese Schiffe sind voll beladen mit Hafer, Weizen, Rüben, Käse und Schweinen. Sie haben das Getreide mit Tüchern abgedeckt und Handmühlen zum Mahlen geladen. Außerdem …«

Lia musste sich ein Lachen verkneifen. Sie war fasziniert. »Woher wisst Ihr das alles?«

Er zuckte mit den Schultern und grinste, was seinen leicht schiefen Mund betonte. »Es interessiert mich. Alles, was zu solch einem Feldzug dazugehört, die Organisation, die Details … oh!« Er legte sich mit einer theatralischen Geste die Hand auf die Brust. »Bitte entschuldigt, Mylady Basilia, ich habe mich noch gar nicht vorgestellt. Ich trat in den Dienst Eures Vaters, als Ihr nicht mehr in Striguil wart.« Er verneigte sich mit ausgebreiteten Armen, was ein langes Messer in einer Scheide an seiner Seite zum Vorschein brachte. Er war also kein Ritter, denn nur diese durften ein richtiges Schwert tragen. Vermutlich war er auch noch zu jung, um den Ritterstand erreicht zu haben. »Mein Name ist Geoffrey FitzRobert aus Wiltshire, Knappe des Earl of Striguil, Eures Vaters, und Euer ergebener

Diener. Der Earl hat mich gebeten, Euch zu ihm zu geleiten, wir brechen auf nach Pembroke Castle.«

Sie lächelte, sie konnte einfach nicht anders, von ihm und seiner aufgesetzt eleganten Ausdrucksweise ging eine ansteckende Fröhlichkeit aus. »Es ist mir eine große Freude, Eure Bekanntschaft zu machen, Geoffrey FitzRobert aus Wiltshire.«

»Die Freude ist ganz auf meiner Seite.« Die Ironie in ihrer Stimme schien ihm völlig zu entgehen. Er machte eine auffordernde Bewegung, und Lia folgte ihm, ihren Wallach am Zügel führend, auf eine grasbewachsene Ebene, wo sich ein Zelt an das nächste reihte und etwas mehr Trubel herrschte. Sie hörte das Singen eines Hammers auf Metall, irgendwo zischte heißes Eisen, das in Wasser getaucht wurde, sie sah Pferde, die gerade beschlagen wurden, und noch ein paar Kisten mit Werkzeugen, die auf Karren geladen wurden.

»Äxte, Spaten, Spitzhacken, Planken, Nägel, und dort drüben seht Ihr die *Castella lignea*.«

Lia schirmte ihre Augen mit der Hand vor der Sonne ab und sah zur anderen Seite des Lagers, wo sie gewaltige Holzbausätze erblickte. »*Castella lignea* …« Sie hatte nie Latein gelernt und konnte sich nicht vorstellen, wozu sie da waren.

Geoffrey schien ihr die Frage im Gesicht abzulesen. »Das sind Türme, die sich in Irland einfach aufbauen lassen, um eroberte Gebiete zu sichern und zu befestigen. Auf den Schiffen befinden sich auch bereits das königliche Zelt, seine Kleidung, Felle, Seide, und aus Bristol kommen noch eintausend Pfund Wachs für seine Dokumente, Gewürze und die Latwergen des königlichen Leibarztes. Ich glaube, er heißt Joseph.«

»Was sind Latwergen?«

Geoffrey blieb stehen und sah sie mit hochgezogenen Augenbrauen an. »Ihr wisst nicht …? Nun, das sind Leckmittel mit heilender Wirkung, habt Ihr sie denn nie probiert? Ich weiß nur, dass sehr viel Honig darin ist und sie nicht schlecht schmecken.«

Lia konnte über das Wissen des Knappen nur staunen und kam sich plötzlich dumm vor. Sie kannte sich mit Schafen aus und wusste, wie man einen Wanderstab in eine Waffe verwandelte, mehr aber nicht. Wieso war ihr nie dergleichen beigebracht worden? Vermutlich weil sie ein Mädchen war und ihre einzige Pflicht darin bestand, für ein Bündnis zu sorgen und Kinder zu bekommen.

Sie sah sich in dem Lager um, blickte von einem Mann zum nächsten und versuchte sich auszumalen, sie wäre eine Ehefrau. Benommen schüttelte sie den Kopf – eine unvorstellbare Aufgabe.

»Dort drüben ist Bertram de Verdun, der Sheriff von Warwickshire und Leicestershire.« Geoffrey zeigte zu einem gut gekleideten Mann mittleren Alters, der einen freundschaftlichen Schwertkampf gegen einen Jüngling ausfocht. »Und da beim Trog ist Robert FitzBernard, der Sheriff von Devon. Auf der Burg werdet Ihr auch noch William FitzAudelin, den Truchsess des Königs, treffen und seinen Constable Humphrey de Bohun. Ach, und sein Falkner William de Gerpunville ist auch dabei. Die Nobelsten von den Noblen nehmen an dieser Kampagne teil. Da sind noch William de Braose, Reginald de Curtenay, Hugh de Gunderville, Randulph de Glanville, Hugh de Cressy, Reginald de Pavilly, Hugh de Lacy, William de Albiny, William de Stoteville, Ralph de Verdun, Robert de Ruilly …«

Lia hob ihre Hand, sie hatte das Gefühl, ihr Kopf würde jeden Moment platzen. »Geoffrey, hab Erbarmen! Muss ich mir all die Namen merken? Dann sei so gut, und fang noch mal von vorne an.«

Geoffrey sah sie an, als hätte sie ihn aus einem Traum gerissen, dann lachte er plötzlich und schüttelte den Kopf. »Oh, nein, bitte verzeiht. Es ist nur so aufregend, so viele noble Persönlichkeiten auf einem Haufen zu treffen, von den meisten habe ich bisher nur gehört oder gelesen, und dann wirklich dabei zu sein … Ihr müsst wissen, es ist auch meine erste Reise nach Irland, ich war bislang immer nur auf Striguil. Erst vor Kurzem entschied der Earl, mich mitzunehmen. Sein anderer Knappe, Hugh de Neville, hat plötzlich beschlossen, lieber einer Kirchenlaufbahn zu folgen, auch wenn niemand weiß warum und sich alle darüber wundern.«

Lia horchte auf und hatte Mühe, sich nichts anmerken zu lassen. Hugh de Neville? Der Knappe, auf den sie in Elfael getroffen war und der sie zu Raymond hatte bringen wollen? Er wollte sein Leben nun Gott widmen? Etwa ihretwegen? Sie konnte nicht sagen, dass sie traurig war, ihm nicht mehr begegnen zu müssen.

»Ich kann Eure Aufregung gut nachvollziehen.«

Sie ließ erneut ihren Blick über das Lager schweifen, von Aufbruchsstimmung fehlte nach wie vor jede Spur. »Wann soll es denn losgehen?«

»Oh, am liebsten schon vor ein paar Tagen, aber der Wind meint es nicht gut mit uns und wird sich in absehbarer Zeit auch nicht ändern, sehr zum Missfallen seiner Hoheit des Königs. Dabei ist Vorfreude doch die schönste Freude, nicht wahr?«

Lia nickte, obwohl sich ihre Vorfreude in Grenzen hielt. »Würdet Ihr mir helfen?«

Geoffreys Augen leuchteten auf, sie waren von einem intensiven Grün, das ihr erst jetzt auffiel. »Helfen, Mylady? Womit darf ich Euch dienen?«

»Ich …« Es fiel ihr schwer, eine Schwäche zuzugeben. »Ihr wisst so vieles, und ich kenne mich in der Welt meines Vaters kaum aus. Es wäre mir schrecklich unangenehm, dem königlichen Falkner oder Constable gegenüberzustehen und nicht zu wissen, mit wem ich spreche.« Sie deutete auf ein paar Frauen, die Kleider falteten und in Truhen verpackten. »Wofür sind diese Kleider zum Beispiel? Sie sehen alle gleich aus.«

Geoffrey sah in die entsprechende Richtung, verengte die Augen und nickte schließlich. »Wenn ich mich nicht täusche, sind das die Kleider für die Söldnertruppen des Königs. Er betont gerne, dass er keine Kosten und Mühen scheut für jene, die bereit sind, für ihn zu kämpfen.«

Das fiel ihr schwer zu glauben, nach allem, was sie von den Normannen wusste. Solche Sitten waren ihr eher von den Walisern vertraut, aber es war zumindest etwas Positives, das sie nun mit dem allmächtigen König Henry verbinden konnte. »Und was ist …« Sie konnte ihre Frage nicht zu Ende formulieren, die Erde begann plötzlich zu beben, ein donnerndes Toben brach neben ihr aus, und ein gewaltiger Windhauch streifte sie. Ihr Zelterwallach bäumte sich auf, sie spürte, wie ihr Arm hochgerissen wurde, die Zügel entglitten ihrer Hand, sie sah nur noch beschlagene Hufe vor ihrem Gesicht. Im nächsten Moment wurde sie gerammt und in den Schlamm geworfen. Sie rang um Atem, ein gewaltiges Gewicht lag auf ihrer Brust, und sie brauchte ein paar Augenblicke, um zu begreifen, dass es Geoffrey war, der sie aus erschrocken aufgerissenen Augen ansah. Am Rande bemerkte sie die schweren Reiter, die weiterpreschten, nachdem sie sie fast umgeritten hätten, gefolgt von ihrem losgerissenen Wallach.

Lia keuchte auf, sah hoch in Geoffreys Gesicht und suchte nach Worten. »Danke«, war alles, was sie herausbrachte.

Geoffrey rappelte sich auf, er streckte ihr die Hand entgegen, um ihr zu helfen, als wie aus dem Nichts eine Faust gegen sein Gesicht prallte.

Geoffrey fiel zu Boden, und Lia schnappte nach Luft. Sie starrte auf den Knappen, der einen Fluch von sich gab, und sah schließlich auf zu dem Ritter, der ihn niedergeschlagen hatte.

»Robert de Quincy.« Der Name kam ihr wie ein Schimpfwort über die Lippen, aber der Ritter beachtete sie gar nicht, stattdessen trat er Geoffrey in die Rippen.

»Wie kannst du es wagen, Hand an die Tochter des Earls zu legen, du dreckiger Lump?« Noch ein Tritt. Lia sprang auf die Beine, schlammbesudelt, wie sie war.

»Hört sofort auf!« Sie schob sich zwischen Geoffrey und de Quincy und wünschte sich ihren Wanderstab herbei, um ihn einmal kräftig über den roten Kopf des Ritters zu schlagen. Aber sie hatte ihn in Elfael gelassen. Weder hätte sie ihrem Vater erklären können, wozu sie eine Stütze zu Pferd benötigte, noch hätte er ihr jemals erlaubt, eine Waffe bei sich zu tragen, wo sie doch eine normannische Dame werden sollte.

Sie erhob ihre Stimme, nicht nur aus Zorn, sondern weil sie sich daran erinnerte, dass er nicht gut hörte. »Er hat nichts getan, mich nur davor bewahrt, niedergetrampelt oder von meinem eigenen Pferd erschlagen zu werden. Es war meine Schuld, ich war nicht wachsam!«

»Geht mir aus dem Weg, Mylady, dieser Hurensohn hat Euch angefasst! Auf unsittlichste Weise!« Er wollte noch einmal zutreten, aber Lia versperrte ihm den Weg.

»Er hat mich gerettet!«

»Wenn Ihr das so seht, solltet Ihr über Eure eigene Tugend nachdenken. Ich kann mir kaum vorstellen, dass es Eurem zukünftigen Ehemann gefällt, wenn seine Gemahlin sich von jedem dahergelaufenen Burschen berühren lässt.«

»Hoffen wir, dass *Ihr* Euch darüber nie Gedanken machen müsst.«

Der Ritter funkelte sie aus taubenblauen Augen an, und innerlich zuckte sie vor Schreck, während sie sich bemühte, eine gleichgültige Miene aufrechtzuerhalten. Sie wusste nicht wieso, aber plötzlich überkam sie die hoffentlich unbegründete Angst, ihrem zukünftigen Ehemann gegenüberzustehen. Nein, nicht de Quincy. Ihr Vater würde ihr das nie antun. Sie betrachtete den Ritter mit dem Gedanken, ihn zu heiraten, seine stämmige Figur, seinen verkniffenen Mund, die Falten um die Mundwinkel, das kurze schwarze Haar mit der kahlen Stelle am Hinterkopf … Sie dachte an seine Gleichgültigkeit Merfyn gegenüber und an sein grimassenhaftes Lächeln in Elfael. Sie erinnerte sich an die

Worte ihres Vaters. Er hatte Raymond unterstellt, freundlich zu sein, um ihr Herz zu gewinnen und somit die Gelegenheit zu erhaschen, Teil der mächtigen De-Clare-Familie zu werden. Von Raymond hatte sie das nie geglaubt, aber de Quincys offensichtliche Abneigung ihr gegenüber würde keinen anderen Schluss zulassen. Allein die Möglichkeit, dass es jemand wie de Quincy sein könnte, zeigte ihr die eigene Machtlosigkeit, was ihre Zukunft und ihr Glück betraf. Was, wenn es ein vergleichbares Scheusal werden würde? Eher würde sie noch den jungen Geoffrey heiraten als diesen gemeinen, alten Ritter. Gut, alt war er nicht wirklich. Sie hatte sich in letzter Zeit nicht nur einmal heimlich ausgemalt, Raymond zu heiraten, der nicht viel jünger war als de Quincy und ihr Vater. Doch de Quincys Gesicht war verhärmt, sein mürrischer Ausdruck ließ ihn Jahrzehnte älter aussehen. Er hatte nichts Fröhliches oder Jugendliches an sich, und bei seinem Anblick wehrte sich alles in ihr, seine Frau zu werden. Sie konnte sich nur noch einen vorstellen, der schlimmer wäre: Hervey de Montmorency. Aber zum Glück war sie weitgehend mit ihm verwandt, bestimmt genug, um eine Ehe zu verbieten. Oder? Eine neuerliche Welle der Panik überfiel sie. Nein, sie durfte gar nicht daran denken, sonst wurde sie noch verrückt.

»Wo ist mein Vater?«, verlangte sie zu wissen und reichte Geoffrey ihre Hand, um ihm aufzuhelfen. Aber er erhob sich schwerfällig, ohne sie eines Blickes zu würdigen.

»Auf der Suche nach Euch, Mylady. Er wird von Eurem Anblick nicht erfreut sein.«

»Ich denke, er hat schon Schlimmeres gesehen, als eine Frau mit einem bisschen Dreck auf dem Bliaut.«

De Quincy ließ seinen Blick über sie gleiten, beinahe schon mit Ekel. Zum Glück wollte er sie genauso wenig wie sie ihn, dachte Lia erleichtert. Mit einer knappen Geste bedeutete er ihr, ihm zu folgen. »Kommt, ich bringe Euch zum Earl.«

Sie trat einen Schritt zurück, sah ihm einen Moment herausfordernd in die Augen, ehe sie liebenswürdig lächelte. »Ich danke Euch, aber ich habe bereits einen Begleiter.«

De Quincy schoss Geoffrey einen abfälligen Blick zu. »Wie Ihr wünscht.« Dann wandte er sich wortlos ab und ging davon.

Lia sah ihm nachdenklich hinterher, ehe sie sich zu Geoffrey umdrehte, sein Jochbein färbte sich bereits blau. »Es tut mir so schrecklich leid, dieser Grobian, er …«

Geoffrey hob die Hand. »Ein paar Schläge machen mir nichts aus.« Er baute sich vor ihr auf, und sie hätte nicht gedacht, die übermütigen Augen so zornig zu sehen. »Aber ich brauche keine *Lady*, die mich beschützt. Ich will ein angesehener Ritter werden. Dass Basilia de Clare für mich in die Bresche springen musste, wird mir jetzt ewig nachhängen.«

»Aber ich wollte doch nur helfen …«

»Ich will Eure Hilfe nicht. Ich bin hier, um *Euch* zu beschützen.« Er legte seine Hand auf das Heft des Messers an seiner Seite. »Welcher Mann braucht schon die Hilfe einer Frau?«

Lia entfuhr ein Schnauben. »Mein Stiefvater pflegt zu sagen, ein echter Mann hat keine Angst vor einer starken Frau.« Sie sah ihm noch einen Moment lang in die Augen, dann machte sie sich auf den Weg in die Richtung, in die de Quincy verschwunden war und in der sie ihren Vater vermutete.

Sie hörte, dass Geoffrey ihr folgte, und verspürte Traurigkeit, da sie gehofft hatte, einen Freund in ihm gefunden zu haben. Doch sie hatte nicht vor, sich dafür zu entschuldigen, ihn vor einer Tracht Prügel bewahrt zu haben, noch war sie gewillt, sich mit solcher Herablassung behandeln zu lassen. Schließlich sollte sie von nun an eine Lady und keine Schafhirtin mehr sein.

Die Halle in Pembroke Castle war zum Bersten voll. An der Stirnseite hielten sich der König, ihr Vater und weitere bestimmt schrecklich wichtige Männer. Lia konnte sie aus der

Entfernung und durch den wabernden Rauch kaum erkennen. Sie selbst saß am anderen Ende auf einer Bank an einer der Längstafeln, die den Raum füllten. Neben ihr hielten sich Geoffrey FitzRobert, dem ihr Vater aufgetragen hatte, weiterhin ein Auge auf sie zu haben, und ihr Bruder. Walter und Ralph Bloet hatten ihr gegenüber Platz genommen, aber die beiden waren in Gespräche verwickelt, und niemand schien so recht zu wissen, was sie mit einer *Lady* anfangen sollten, auch wenn sie keine wirkliche war. Weiter oben sah sie ein paar Frauen – vielleicht Ehefrauen, die erfolgreiche Ritter nach Irland nachholten, aber sie waren zu weit weg, um sich mit ihnen zu unterhalten. Und Geoffrey würdigte sie nach wie vor keines Blickes, dabei hätte sie ihn zu gerne mit Fragen überhäuft. Sie spürte an seiner unruhigen Art, mit der er mit seinem Holzlöffel auf den Tisch klopfte, dass er vor Mitteilungsbedürfnis fast schon platzte, genauso wie sie unter ihrem Wissensdurst. Doch sie hatte nicht vor, als Erste nachzugeben.

»Bei allem, was heilig ist, Geoffrey, wir gehen hier alle noch die Wände hoch, wenn du nicht endlich stillsitzt!« Walter Bloet warf ein Stück Brot nach ihm. »Versuchst du dich schon wieder in ein Lehrbuch zu verwandeln? Uns allen hängen deine Vorträge schon zum Hals raus, und du willst doch bestimmt nicht die arme Lady Basilia hier zu Tode langweilen!«

Geoffrey ließ den Löffel fallen und starrte auf die Kratzer im Holz der Tafel, während Lia am liebsten gerufen hätte: Doch, langweilt mich!

Wer waren die Männer auf dem Podest? Sie sah den roten Schopf ihres Vaters, in dem sich immer mehr Grau ausbreitete, und auch den König erkannte sie an seinem Stirnreif. Henry war ein untersetzter Mann mit breiter Brust, einem Stiernacken und sehr hellem Haar, das ihr ebenfalls rötlich erschien. Aber es war so kurz gehalten, dass es im Schein der Öllichter schwer zu sagen war. Sie hatte ihn vorhin nur für einen flüchtigen Moment aus der Nähe gesehen, als er von einem Ritt in den Hof gekommen war – noch gänzlich unköniglich, ohne Schmuck oder auffälligen Zierrat, die Stiefel schlammbespritzt.

Sie wusste, dass Raymonds Vater William FitzGerald Constable dieser Burg war, und auch seine Mutter musste hier irgendwo sein. Aber wer waren die beiden? Es gab einfach zu viele Menschen in diesem Raum. Ob Raymonds Vater wohl ein ebensolcher Hüne war? Schließlich war er der Sohn einer walisischen Fürstentochter von ältestem königlichem Blut und eines normannischen Eroberers. Sie stellte ihn sich voller Kraft und Stolz vor, und bestimmt musste auch er in der Nähe des Königs zu finden sein. Raymonds Mutter hingegen stammte aus Irland, wie Lia auf dem Weg hierher aufgeschnappt hatte. Die Tochter eines irischen Fürsten und eines Normannen. Auch von Raymonds Schwester Isabel hatte sie gehört, die einst mit dem Sheriff von Pembroke verheiratet gewesen war, sich aber mit den walisischen Rebellen verbündet hatte. Heute war Isabel mit einem walisischen Prinzen aus dem Norden verheiratet und eine mindestens genauso berüchtigte Geraldine wie ihre Großmutter Nesta, die Gründerin der Familie. Wie gerne hätte sie mehr über diese Frau erfahren.

Das lautstarke Öffnen einer der Haupttüren riss sie aus ihren Gedanken. Sie wandte den Kopf und konnte sich gerade noch davon abhalten, einen Laut des Widerwillens auszustoßen. Hervey de Montmorency trat mit schwungvollem Schritt ein, er war in feinstes Tuch gehüllt. Er hielt den Kopf hoch, die Schultern gerade und ließ seinen Blick durch den Raum schweifen, als wäre dies seine Halle. Die Ringe an seinen Fingern und die breite Kette auf seiner Brust funkelten. Ihm folgten drei wild aussehende Männer, bei deren Erscheinen ein Raunen durch die Reihen ging. Auch Geoffrey schnappte hörbar nach Luft, und beinahe hätte Lia ihren Stolz über den Haufen geworfen und ihn nach der Ursache für die plötzliche Aufregung gefragt.

Die fremden Männer trugen ihr Haar lang, es fiel ihnen bis auf die Brust, einer von ihnen hatte bunte Holzkügelchen in ein paar Strähnen und den mächtigen Bart geflochten. Der Anblick war ihr gänzlich fremd. Waliser wie Normannen trugen ihr Haar meist kurz und schabten sich ihr Gesicht glatt. Die Waliser ließen sich den Bart über der Oberlippe gerne stehen, und sie war auch schon Männern begegnet, die längere Zeit nicht dazugekommen waren, alles wegzuschaben. Aber solch eine beeindruckende Gesichtsbehaarung, die sich schon mit dem Kopfhaar auf der Brust vermischte, hatte sie in ihrem Leben noch nicht gesehen.

»Ostmänner«, konnte sie in dem Gemurmel um sich ausmachen. »Was wollen sie hier?«

Die vielen Fragen vermischten sich zu einem Summen, und Walter Bloet wandte sich an seinen Bruder. »Siehst du, was der eine in der Hand hält? Das ist Robert FitzStephens Wappen.«

Lia blickte in die entsprechende Richtung und erkannte tatsächlich ein Stück Stoff, das aussah, als wäre es aus einem Umhang oder einem anderen Kleidungsstück gerissen. Darauf prangte ein längsseits geteiltes Wappen, das der Ostmann stolz vor sich hertrug.

Ralph Bloet knurrte. »Diese Bastarde …«

»Sch.« Sein Bruder stieß ihn an und deutete vielsagend in Lias Richtung, als wäre sie zu sanft, um solche Wörter ertragen zu können.

Lia aber zuckte nur mit den Schultern und winkte ab.

»Die Ostmänner kommen aus Irland«, raunte plötzlich Geoffrey neben ihr, ohne sie anzusehen, und ließ damit ihr Herz höherschlagen. Er spießte mit seinem Messer ein Stück Käse auf und steckte es sich in den Mund. Seine Stimme war leise und zweifelsohne nur für sie bestimmt, und sie lauschte konzentriert, damit sie alles verstehen konnte. »Sie waren einst Wikinger, die in Irland einfielen, sich dann aber an der Küste niederließen und Siedlungen errichteten. Sie sind heute Händler und auch Söldner. Sie leben unabhängig von den irischen Herrschern auf der Insel und haben die einzigen Städte erschaffen, die es in Irland gibt – fünf, um genau zu sein. Diese Ostmänner hier kommen also entweder aus Wexford, Waterford oder Dublin. Das sind die Städte, die dein Vater und die Geraldines bislang erobert haben. Sie liegen im Süden und Osten der Insel, rund um das Fürstentum Leinster.«

Lia lächelte Geoffrey dankbar an und wollte gerade etwas erwidern, als der König sich von seinem Platz erhob und in der Halle Grabesstille einkehrte. Da war nur noch das Knacksen des Holzes in der Feuerstelle, die in eine der steinernen Seitenwände eingelassen war, und das gelegentliche Hin- und Herhuschen der Bediensteten durch die schmalen Türöffnungen.

»Eure Hoheit, verzeiht die Unterbrechung Eures Mahls.« Hervey de Montmorency verneigte sich formvollendet, und Lia wurde schon allein bei seiner Stimme schlecht. »Ich bringe Gäste mit einer dringenden Botschaft.«

Der König breitete die Arme aus, was seine kräftige Brust und den etwas ausladenden Bauch zeigte. »Sir Hervey, mein Freund, tretet näher, stellt mir diese Männer vor.«

Mein Freund! Lia biss die Zähne zusammen. Hervey de Montmorency war also des Königs Freund, und dem Wohlwollen in Henrys Stimme nach war es auch nicht gespielt. Wie hatte es dieses Scheusal nur geschafft, für den König solch ein freudiger Anblick zu sein? Sie wusste nur, dass er im Namen ihres Vaters zum König gegangen war, um die Wogen zwischen ihnen zu glätten.

Einer der Ostmänner, er trug einen schweren Umhang mit einem Fellkragen, verneigte sich. »Eure Hoheit, mein Name lautet Sitric Weitblick, ich komme im Namen der Männer aus Wexford zu Euch.« Seine Stimme trug laut und klar durch die Halle, und zu ihrer Überraschung sprach er sehr gut normannisch. Aber wenn Geoffrey recht hatte, waren die Ostmänner Händler und gewiss geschickt, was die Sprachen ihrer Nachbarn betrafen, auch wenn ihr wildes Aussehen nicht darauf hätte schließen lassen.

Der Mann hob das Wappen, sodass der König es sehen konnte. »Es freut mich, Euch kundzutun, dass wir Euren Landsmann, den Geraldine Robert FitzStephen, gefangen genommen haben. Einen Mann, der gegen Euren Befehl Krieg in Irland führte, der kam, um unser Land zu zerstören.«

Flüstern brandete auf wie das Surren unzähliger Fliegen, aber sobald der Ostmann weitersprach, wurde es wieder ganz still.

»Wir möchten ihn in Eure Obhut übergeben, damit Ihr mit ihm verfahrt, wie es Euch gefällt.«

Ein Holzscheit knackste, und sie glaubte, das Lodern in den Augen des Königs trotz der Entfernung zu sehen. Alle Anwesenden schienen den Atem anzuhalten.

Diese Männer hatten einen der Eroberer gefangen genommen, einen Verwandten Raymonds, und wollten ihn nun Henry geben? Der selbst drauf und dran war, in Irland einzufallen?

»Sie haben Angst«, murmelte sie den Gedanken, der ihr kam, vor sich hin. »Sie wissen von diesem gewaltigen Heer und wollen sich mit dem König gutstellen, bevor er sie zu Staub zertrampelt.«

Geoffrey wandte sich ihr zu, er hätte nicht erstaunter aussehen können.

»Was ist?«, flüsterte sie. Dann verdrehte sie die Augen. »Dass ich eine Frau bin, bedeutet nicht, dass ich dumm bin und keine Zusammenhänge begreifen kann.«

Geoffrey sah sie an wie vor den Kopf geschlagen, was ihr eine Genugtuung war, aber er kam zu keiner Antwort, da der König in die angespannte Stille antwortete.

»Ich hörte von den Untaten meiner Landsleute in Eurem Land. Das ist der Grund, weshalb ich mich dazu entschlossen habe, den Frieden in Irland wiederherzustellen. Als Beschützer und Freund der irischen Bevölkerung, seien es Kelten oder Ostmänner, komme ich zu Euch. Seid Euch meiner Gunst sicher und der harten Strafe, die Robert FitzStephen und seinesgleichen treffen wird.« Sein Blick huschte einen flüchtigen Moment lang zurück zu ihrem Vater. Es war offensichtlich, dass Henry den Zorn auf seinen Baron nicht überwunden hatte. Die beiden mochten übereingekommen sein – unter anderem, da ihr Vater all sein erobertes Land an die Krone übergeben hatte und nur noch wenig davon unter dem König hielt. Aber er schien Lia ein Mann zu sein, dessen Gunst man nur schwer wiedererlangen konnte, wenn man sie einmal verlor.

»Seid Euch unserer Treue und Loyalität sicher, Eure Hoheit.« Der Ostmann verneigte sich noch einmal, genauso seine beiden Begleiter, dann ließen sie sich von de Montmorency hinausführen.

Der König indessen winkte ein paar Männer zu sich und ging jenseits der Tafel auf und ab, während er mit ihnen sprach. Es schien sich den heiteren Mienen seiner Gesprächspartner nach zu urteilen um nichts Ernstes zu handeln, eher wirkte es so, als wollte Henry nach der Erfüllung seiner königlichen Pflicht nicht länger an der Tafel sitzen und lieber seine Beine bewegen. Er lachte sogar. Aber sein Umherwandern versetzte alle anderen sichtlich in Unruhe. Die Zurückgebliebenen an der hohen Tafel schienen nicht zu wissen, ob sie weiterspeisen oder ebenfalls aufstehen sollten. Niemand schien den König zu offensichtlich beobachten zu wollen, doch gleichzeitig ließ ihn niemand aus den Augen.

Ralph Bloet lachte leise, und nun war er es, der ein Stück Brot nach Geoffrey warf. »Sieh dir den König genau an, da hast du dein Spiegelbild vor dir. Ich habe schon oft gehört, dass er unruhig ist und nie lange sitzen bleiben kann, aber jetzt merkst du mal, wie mühsam solch ein Nervenbündel ist.«

Lia schmunzelte. Was der König wohl dazu sagen würde, ein Bündel genannt zu werden? Wichtiger erschienen ihr jetzt aber Henrys Worte, die ihr durch den Kopf gingen. Er behauptete, als Freund und Beschützer des irischen Volkes hier zu sein. War es ihm damit ernst? Er hatte nie sonderliches Interesse daran gehabt, ein Freund und Beschützer des walisischen Volkes zu sein. Es waren seine Niederlagen gegen die Fürsten Wales' gewesen, die ihn zum Frieden zwangen. Ein Feldzug nach dem anderen war gescheitert, zuletzt hatten die Waliser ihn vor sechs Jahren zurückgeschlagen. Kein Wunder, dass er dem Fürsten von Südwales und mächtigsten Rebellenanführer das höchste Amt als Justiziar verliehen und ihn somit sogar über die normannischen Lords in dieser Gegend gestellt hatte. Henry konnte Rhys nicht besiegen, also musste er ihn auf seine Seite holen, ihn zu einem mächtigen Vasallen machen, der zwar ihm verantwortlich war, aber im Gegenzug über den Normannen in Südwales stand. So blieb der Frieden bewahrt. Allein schon für diesen Feldzug jetzt, um unbehelligt mit seinem Heer durch Wales zu reisen und von Pembroke aus nach Irland überzusetzen, brauchte er Rhys' Wohlwollen. Und Rhys gab ihm seine Unterstützung nur allzu gerne, bedeutete Henrys Interesse an Irland doch Ruhe und Frieden für Wales. Genauso hatte Rhys von der Teilnahme der vielen Geraldines und Flamen aus seinem Gebiet am Irlandfeldzug profitiert. Das Land seiner Väter war fast gänzlich wieder in walisischer Hand, ein unvergleichlicher Erfolg für die Briten.

»Es ist doch immer dasselbe«, sagte Lia an Geoffrey gewandt. »Männer, die um Land, Macht und Reichtum kämpfen und vorgeben, es für Ehre und Gerechtigkeit zu tun.«

Geoffrey, der einen Fladen Brot in seiner Hand zerpflückte, wandte sich ihr zu und hielt mit dem Kauen inne. Als sie ihn herausfordernd anfunkelte, hob er schnell die Hände. »Ich sage ja gar nichts«, nuschelte er mit vollem Mund.

Lia seufzte. »Natürlich nicht. Ihr seid mir ja böse.«

Grübchen gruben sich in seine Wangen, sosehr er auch versuchte, nicht zu grinsen. Schließlich zuckte er mit den Schultern. »Ich bin Euch nicht böse – zumindest nur so lange, bis meine Schuld getilgt ist. Bis ich Euch gerettet habe und meine Schande somit aufgehoben wurde.«

Sie konnte sich gerade noch davon abhalten, laut zu stöhnen. »Das kommt mir äußerst dumm vor.«

Er fuhr zu ihr herum und sah sie aus großen Augen an. Vielleicht sprachen normannische Damen für gewöhnlich nicht so offen? Alina hätte bestimmt nicht gezögert, sie wieder zu maßregeln.

»Ihr habt mich doch schon gerettet«, beeilte sie sich zu sagen. »Vor den Pferden – unter anderem meinem eigenen.«

»Das ist nicht genug.« Er griff nach dem Krug mit dem Wein, schenkte sich ein und nahm einen kräftigen Schluck. »In Irland werde ich wohl genügend Gelegenheiten haben, um mich zu revanchieren. So wie Ihr redet, werdet Ihr Euch öfter in Schwierigkeiten bringen … Mylady.«

Irische See, Oktober 1171

Am sechzehnten Oktober, im Jahre des Herrn 1171, nachdem der König siebzehn Tage auf günstigen Wind hatte warten müssen, setzte sein Heer endlich nach Irland über.

Lia hatte nie zuvor das Meer gesehen, und nun spürte sie den salzig frischen Wind auf ihrer Haut, beobachtete das Funkeln auf den Wellenkämmen und genoss die Bewegungen des Schiffes, das sich wie in einem Tanz der See ergab.

Nicht alle an Bord hatten dieselbe Freude an der Überfahrt wie sie. Ein Gutteil der Männer war seekrank, darunter auch Geoffrey. Sie hätte nicht gedacht, den fröhlichen Knappen je so elend zu sehen. Er lehnte zusammengekauert gegen die Bordwand und rappelte sich immer wieder mühsam hoch, um seine letzte Mahlzeit den Fischen zu übergeben. Sie wollte zu ihm gehen, ihm irgendwie helfen, doch da er ihre Fürsorge bestimmt als weitere Schande auffassen würde, blieb sie lieber, wo sie war. Stattdessen beobachtete sie mit leuchtenden Augen die riesigen silbergrauen Meerestiere, die die Flotte aus vierhundert Schiffen begleiteten. Mal schnitten sie wie Schwerter durchs Wasser, mal bewegten sie sich springend vorwärts. Sie bliesen Atemfontänen hoch und schienen sich einen Spaß daraus zu machen, mit den Schiffen um die Wette zu schwimmen.

»Delfine.« Ihr Vater trat von hinten an sie heran und legte ihr beide Hände auf die Schultern. »Lehn dich nicht zu weit vor. Nicht dass du mir über Bord gehst.« Lia hielt sich nahe am Bug, auch wenn hier die meisten Kranken waren. Aber mittschiffs konnte sie so schlecht sehen, da sich dort die Bänke der Ruderer befanden, und im hinteren Bereich waren die Pferde in ein Seilgeviert gesperrt.

»Meine starke Basilia … du bist eine der Wenigen inmitten einer Truppe gestandener Männer, die die See nicht in ein Häufchen Elend verwandelt.« Er lachte leise. »Ich nehme an, du siehst der Ankunft in Irland mit gemischten Gefühlen entgegen.«

Lia nickte und hielt sich davon ab, ihre Hand gegen den Bauch zu pressen, um das Kribbeln darin zu stoppen. Sie stellte sich eine Insel voll wild aussehender Männer vor, wie die drei, die in Pembroke erschienen waren. Es schien ihr schwer vorstellbar, dass ihr sanftmütiger Vater die Städte dieses Volkes erobert hatte, es musste eine Seite an ihm geben, die ihr gänzlich unbekannt war.

All die Männer auf seinem Schiff kannten die Insel bereits, hatten auf ihr gekämpft und wussten, was auf sie zukam. Es war Strongbows Schiff, während auf denen des Königs bestimmt Unsicherheit herrschte über das, was sie erwartete. Genauso wie in ihr.

Lia war froh, ihren Vater kurz für sich zu haben. Seit sie aus Elfael abgereist waren, hatte sie ihn kaum zu Gesicht bekommen, er hatte stets irgendetwas Wichtiges zu tun gehabt. Am liebsten hätte sie ihren Kopf gegen seine Brust gelehnt, so wie als Kind, aber heute musste sie sich aufrecht halten, ihrem Schicksal mit Mut und Zuversicht entgegenblicken. Schließlich war sie Strongbows Tochter und durfte nicht weniger beherzt sein als er. Und vielleicht lag es ja auch in ihrer Hand, das Kommende zu lenken.

»Du hast viele deiner Männer mit nach England genommen«, sagte sie schließlich. »Es muss schwer für dich gewesen sein, alles, was du dir aufgebaut hast, zu verlassen – wenn auch nur für kurze Zeit.«

»In der Tat.« Er drückte ihre Schulter. »Aber ich habe fähige Männer, denen ich vertrauen kann, in Irland die Stellung für mich zu halten.«

So wie Raymond le Gros, fuhr es ihr durch den Kopf. Raymond betonte stets, dass Strongbow ihm nicht traute, aber ihr Vater bewies ein ums andere Mal, dass er die Dienste seines Ritters zu schätzen wusste. Zuerst hatte er ihn mit einer kleinen Truppe nach Irland vorausgeschickt, dann hatte er ihn auserwählt, um Nachrichten an Lia und Alina zu übergeben, und sogar, um Lia mitzunehmen. Und zu guter Letzt hatte er Raymond zum König geschickt, um für ihn zu sprechen. Vielleicht sah Raymond die wahre Wertschätzung seines Herrn nicht, obwohl sie da war.

»Und wird einer dieser fähigen Männer mein Gemahl werden?«, fragte sie vorsichtig.

Ihr Vater zögerte kurz, dann kam er um sie herum und sah sie an, die grauen Augen sahen gütig und mit Stolz auf sie hinab. Er hob seine Hand an ihre Wange. »Ich bin wahrlich beeindruckt, wie kühn du deinem neuen Leben entgegenblickst. Aber im Moment musst du dir um eine Hochzeit noch keine Gedanken machen. Wir können uns etwas Zeit damit lassen. Ich will, dass du meine Frau kennenlernst, Aoife freut sich schon sehr auf dich. Ich wünsche mir, dass du dich einlebst, dass Irland dein Zuhause wird und du das Land genauso lieben lernst, wie ich es tue.«

Lia verengte die Augen. »Tust du das wirklich, Vater? Bedeutet dir Irland so viel?«

Er blickte über das Meer zu der Insel, die noch in weiter Ferne lag. »Ich habe stets meinem Vater nachgeeifert, Basilia, dem großen Gilbert de Clare. Strongbow! Er war ein mächtiger Mann und einer der treuesten Gefolgsmänner König Stephens. Als er starb, war ich gerade mal achtzehn Jahre alt, plötzlich Earl of Pembroke und Striguil und Lord von Ländereien in

England und in der Normandie, die ich noch nie selbst bereist hatte. Ich stand inmitten eines Thronfolgekrieges zwischen Stephen und Henry, ohne zu wissen, auf welche Seite ich gehörte. Ich entschied mich zu lange für die falsche. Henry lässt mich das spüren, und vielleicht ist das auch sein Recht. Aber nun habe ich etwas für mich erschaffen, etwas, das nichts mit meinem Vater zu tun hat, ich bin frei von seinem Schatten. Es ist meins, und niemand kann es mir wegnehmen, nicht mal Henry.«

»Aber hat er das nicht längst getan? Musstest du ihm nicht all die eroberten Ländereien übergeben, damit er nicht gegen dich vorgeht?«

Ein schmallippiges Lächeln verzog seinen Mund, die Sonnenstrahlen ließen die grauen und nur noch vereinzelt rotgoldenen Bartstoppeln auf seinen Wangen funkeln. »Nur zum Teil. Ich musste die Ländereien natürlich unter seine Vorherrschaft stellen, und er hat die Städte der Ostmänner für sich beansprucht – die Häfen sind für ihn zu wichtig, um sie in den Händen eines nicht vertrauenswürdigen Barons zu belassen. Aber ich halte einen Gutteil Leinsters durch meine Frau. Es ist mein Erbe nach normannischem Recht, wenn auch nicht nach irischem – aber die Iren haben wohl mittlerweile verstanden, dass sie als Steine werfende Barbaren nichts gegen unsere militärische Überlegenheit ausrichten können. Sie haben mehrmals mit vielen Tausenden angegriffen, während wir nur wenige Hundert waren, und jedes Mal wurden sie besiegt. Ich bin nach Irland gekommen, um zu bleiben. Ich habe Dermot unterstützt und meinen Lohn dafür bekommen. Dagegen kann Henry wenig tun, will er nicht durch Unrecht und Willkür seine anderen Barone beunruhigen.«

Er sprach schnell und voller Leidenschaft, die den in sich gekehrten Strongbow in Vergessenheit geraten ließen. Lia fragte sich kurz, ob ihm bewusst war, mit wem er sprach. Schließlich hatte er sie noch nie in seine politischen Pläne und Gedanken eingeweiht. Doch sie würde einen Teufel tun, sich ihre Überraschung anmerken zu lassen. Lieber hielt sie angespannt die Luft an.

»Manche mögen Henry daran erinnern, dass er dem Großteil der Männer, die heute in Irland weilen, die Erlaubnis für die Feldzüge gab, auch wenn er jetzt gerne den erhobenen Finger zeigt, um sich bei den Iren gutzustellen. Manche mögen ihm unterstellen, nun aus reiner Machtgier nach Irland zu gehen, um sein gewaltiges Reich noch zu vergrößern. Außerdem war es der Wunsch des letzten Papstes, Irland näher an die römische Kirche zu bringen, und er gab Henry diesen göttlichen Auftrag. Aber er war zu sehr mit anderen Belangen beschäftigt, um diesem Wunsch Folge zu leisten. Die Iren sind zwar Christen, viele leben aber immer noch nach ihren uralten keltischen Traditionen und wissen nicht mal, an welchem Tag Ostern gefeiert wird.«

»Wird das nicht auch uns Walisern unterstellt?«

Ihr Vater sah sie einen Moment lang sonderbar an, dann lachte er, was ein seltener Anblick war. »Du bist wahrlich das Ergebnis Elens und mir.« Er strich sich über das kurzgeschorene Haar und wies schließlich zum Schiff des Königs hinüber. »Nachdem der König durch den Mord am Erzbischof von Canterbury in Rom in Ungnade gefallen ist, glaubt er, die Kirchengunst zurückzuerlangen, wenn er Irland in ihren Schoß führt. Du siehst, jeder verfolgt seine eigenen Ziele, und meist sind es keine besonders noblen.«

Lia dachte über die Worte nach, blieb aber bei etwas hängen: »Der König ließ den Erzbischof von Canterbury ermorden?« Ein Schaudern fuhr ihr den Rücken hinunter, der nicht vom Fahrtwind kam. Wenn der König in der Lage war, den höchsten Kirchenfürsten des Landes zu beseitigen, fürchtete sie sofort wieder um ihren Vater.

Aber Strongbow schüttelte mit einem Seufzen den Kopf. »Nicht absichtlich.«

»Was soll das denn bedeuteten?«

»Thomas Becket und der König waren in ihren Jugendjahren enge Freunde, aber als Becket zum Erzbischof berufen wurde, gerieten sie in kirchenpolitischen Angelegenheiten immer wieder aneinander. Eines Tages bekam der König einen seiner Wutanfälle und äußerte den Wunsch, man möge ihn doch vom Erzbischof befreien, woraufhin ein paar übereifrige Ritter ihn töteten – noch dazu in seiner eigenen Kathedrale.«

Lia schlug sich die Hand vor den Mund, und ihr Vater nickte ernst. »Der König war mindestens genauso schockiert wie die übrige Christenheit und sucht nun nach einem Weg, Buße zu tun. Diesen sieht er jetzt in Irland.«

»Ich dachte mir schon, dass er irgendwelche Pläne verfolgt. Aber du musst aufpassen, Vater. Er hat es immer noch auf dich abgesehen.«

»Ach, Lia.« Er küsste sie auf den Scheitel, und Lia spürte ein sonderbares Flattern in ihrer Brust. Er hatte sie noch nie bei ihrem Spitznamen genannt, sie hatte gar nicht gewusst, dass er ihn kannte. »Du wirst sehen: Erreichen wir erst mal das Land, siehst du die Klippen und grünen Hügel, werden all deine Sorgen schwinden. Das hat Irland so an sich.«

Waterford, Südost-Irland, Oktober 1171

Die Iren waren ihr stets als Barbaren beschrieben worden, nun aber sah sie, dass zumindest die Ostmänner ihnen weit voraus waren. Lia kannte mit Striguil eine der prächtigsten normannischen Burgen, ein Bollwerk aus Stein, an das sich allerdings Wirtschaftsgebäude aus Holz mit Strohdächern schmiegten und das auch von einer hölzernen Palisade umgeben war. In England mochte es gewaltigere Bauten geben und beeindruckende Städte, aber Lia hatte nie zuvor etwas gesehen, das mit Waterford vergleichbar war.

Sie betrachtete die Prozession des Königs, die in Zweierreihen den Hügel hinuntermarschierte. Bunte Fahnen wehten im Wind, da waren gerüstete Ritter zu Pferde, deren Waffenröcke ebenfalls farbenprächtig leuchteten, Fußkämpfer mit Lanzen und Speeren, Bogenschützen, Hundeführer, Falkner. Sie hielten auf die trutzigen Steinmauern zu, die die gesamte Stadt entlang des Flussufers umschlossen, für deren enormen Ausmaße Lia noch nicht einmal Worte fand. Vom Hügel aus konnte sie sehen, dass die Mauern ein Dreieck bildeten und sich in jedem Winkel ein Turm befand. Selbst die Masten der Schiffe auf dem Fluss und die Segel, die wie helle Tupfen in der Ferne zu schweben schienen, waren von hier aus zu erkennen. Das rotgelbe Wappen ihres Vaters wehte über der Brustwehr, was sich bestimmt bald ändern würde. Jetzt war es nicht mehr Strongbows Stadt, sondern die des Königs.

Auch das Meer war ganz in der Nähe. Sie waren gestern, am

Festtag St. Lukas, an einem langen Strand am Fuße von steilen grünen Hügeln mit schroffem Felsgestein gelandet, nur fünf Meilen südlich von hier. Es war eine kalte, feuchte Nacht gewesen, aber nun blickte die Sonne zwischen den Wolken hindurch und tauchte die Stadt in goldenes Licht.

Der Klang eines Horns erscholl, und Lia sah, wie sich die schweren Tore in der Ferne öffneten. Sie hatte Geschichten gehört von der Einnahme Waterfords. Es war ihrem Vater nicht möglich gewesen, diese gewaltigen Mauern zu überwinden. Doch schließlich war es Raymond gelungen, die Stadt durch eine List zu erobern. Sie hatte leider keine Details gehört, schließlich verstummten Gespräche, die sich um Schlachten und Politik drehten, wenn sie hinzukam. Ob Raymond wohl hier war und sie ihn wiedersehen würde?

Tatsächlich kam ein einzelner Reiter aus einem der Tore getrabt, aber sie erkannte schnell, dass es sich hierbei nicht um den hünenhaften Ritter handelte. Der Reiter trug eine dunkle Kutte, ähnlich der eines Mönchs, wenngleich Lia von hier aus keine Tonsur erkennen konnte, sondern einen Hut, der sich nach oben hin verjüngte. Der zackelige Gang seines Ponys schüttelte ihn kräftig durch, und er rutschte bedenklich hin und her. Ihm folgte ein weiterer Reiter, der sein Pferd in einen gemächlichen Galopp trieb und aufholte.

Die beiden passierten die ersten Reihen und hielten vor den wichtigsten Männern der Truppe, die ihre Bannerträger an ihrer Seite hatten. Darunter befanden sich der König und ihr Vater.

Lia warf ihrem Begleiter Geoffrey einen kurzen Blick zu, der aber schien ganz gefangen vom Anblick der Neuankömmlinge, und so trieb sie ihr Pferd an und drängte es zwischen Rittern hindurch weiter nach vorne. Niemand wagte es, eine Lady aufzuhalten, die auf dem Weg zu ihrem Vater war, und dem Flüstern nach zu urteilen schienen auch die anderen vom Besuch Waterfords eingenommen.

Als Lia nur noch wenige Reihen gepanzerter Reiter zwischen sich und den seidenen Bannern hatte, verschlug es auch ihr die Sprache. Sie blickte zwischen den bunten Gestalten und Tüchern hindurch und betrachtete die Reiter Waterfords. Der Neuankömmling mit dem Hut schien ihr dem Aussehen nach zu urteilen ein wohlhabender Mann. Er trug feinsten Schmuck, seine dunkle Kutte war mit bunten Ornamenten verziert. An seiner Seite jedoch hielt sich eine Frau.

Lia musste sich zur Seite lehnen, um sie genauer sehen zu können. Sie hatte ein ovales, blasses Gesicht, um ihren Kopf wand sich ein helles, fast weißes Netz, wie ein Schleier in mehreren Lagen. Das goldene, eher ins Rötliche gehende Haar blitzte darunter hindurch.

Sie trug ein tannengrünes ärmelloses Kleid über einem langärmligen Unterhemd in einem etwas helleren Farbton. Darüber schloss sich mit einer Brosche an der Kehle ein leuchtend gelber Umhang, von dem eine Kapuze über ihren Rücken hinabfiel. Um ihre Taille wand sich ein ebenfalls gelber Gürtel, der mit filigranen Stickereien verziert war. Ihren schlanken Hals zierte ein schmaler Goldreif, der eng an der Haut lag und in der Sonne funkelte.

Lia hörte den Mann aus der Stadt in reinstem Normannisch den König vor den Toren Waterfords willkommen heißen. Sie konnte den Blick aber nicht von der Frau wenden, die kaum älter als sie selbst war und die den Kopf stolz hochgehalten zwischen dem König und ihrem Vater hin- und hersah. Es musste sich um Prinzessin Aoife handeln, es konnte gar nicht anders sein. Wer sonst sollte hier herausgeritten kommen?

»Eine etwas ungewöhnliche Art des Willkommenheißens«, ließ sich der König – jedoch mit Humor in der Stimme – vernehmen. Er wies mit einer behandschuhten Hand zur Stadtmauer. »Als wäre meine Ankunft bereits sehnsüchtig erwartet worden. Aber ich glaube, es ist eher de Clares Rückkehr, die so sehnlichst herbeigesehnt wurde, als mein Erscheinen, habe ich recht, Madame?«

Farbe stieg in die Wangen der Frau, was sie nur noch schöner machte. Ein paar der Männer lachten leise, und ihr Vater strich sich in einer sonderbar zittrigen Geste mit der Hand übers Kinn. Einen Moment lang wirkte er wie einer der Knappen. Der fremde Reiter hingegen warf seiner Begleiterin einen ungeduldigen, ja fast schon tadelnden Blick zu. Er schien nicht besonders glücklich über seine Rolle hier draußen. Es war wohl nicht sein Einfall gewesen, dem königlichen Zug entgegenzureiten.

Henry hob eine Hand und erstickte damit das Lachen. Um seine Königswürde zu verdeutlichen, trug er seit ihrem Aufbruch bei den Schiffen eine prächtige, schrecklich schwer aussehende Krone. »Madame, es ist eine Freude, Euch wiederzusehen«, wandte er sich hoheitsvoll an Aoife. »Einst begrüßte ich Euch mit Eurem Vater in meinem Heim in Argentan, als Euer Reich noch verloren schien. Heute bin ich Euer Gast, und Ihr habt Euer rechtmäßiges Land wieder. Welche Wendungen uns doch das Schicksal beschert. Ich bedaure nur, dass Euer Vater nicht mehr unter uns weilt. Ich hoffe, ich werde Gelegenheit finden, sein Grab zu besuchen.«

»Ihr ehrt uns sehr, Eure Hoheit.« Aoife sprach langsam und mit einer fremdartigen Melodie in der Stimme. »Wenn Ihr uns begleiten möchtet, Ihr müsst müde sein von der langen Reise. Ein Bad steht bereit, und danach erwartet Euch ein Festmahl, das unsere Köche zu Euren Ehren zubereitet haben.«

Henry legte sich die Hand auf die Brust und verneigte sich knapp, dann bedeutete er den vordersten Reihen weiterzumarschieren. Befehle hallten über das Grasland, und Lia sah zu, wie Aoife an die Seite ihres Vaters ritt, ein zaghaftes Lächeln im Gesicht, eine geflüsterte Begrüßung auf den Lippen. Die beiden waren Fremde gewesen zum Zeitpunkt ihrer Hochzeit, ein gewaltiger Altersunterschied trennte sie voneinander, und trotzdem schien da eine zärtliche Verbindung. Es gab Lia Hoffnung, in diesem Land auch ihr Glück finden zu können.

Die Torwachen ließen das königliche Gefolge ungehindert passieren, und Lia erhaschte einen Blick auf durchweichte schlammige Straßen und eine Aneinanderreihung von Häusern aus Flussgestein und Weidegeflecht. Sie war noch nie in einer Stadt gewesen und war erstaunt über die Enge, in der die Menschen Waterfords zu leben schienen. Sie kannte nur die Endlosigkeit von Elfael, und selbst das Dorf von Striguil erstreckte sich über weite Flächen. Jedes Haus war vom nächsten durch Gärten und Felder getrennt, es gab keine Mauern und niederdrückenden Stein.

Ein Großteil des Heers blieb außerhalb der Stadtmauern zurück, um dort sein Lager aufzuschlagen. Nur die nobelsten Herren kämpften sich mit ihrem Geleit durch die engen Straßen.

Schließlich gelangte auch Lia durchs Torhaus und atmete im Inneren des Mauerdreiecks einen bestialischen Gestank ein. Sie hatte oft nahe bei Vieh gelebt, eine Zeitlang hatte auch eine Ziege in der Hütte ihres Großvaters gewohnt, aber der Geruch war mit diesem hier nicht zu vergleichen. Bei näherer Betrachtung wusste sie auch, woher er kam. An den Straßenseiten liefen tiefe Rinnen entlang, in ihnen floss eine Brühe aus Speiseresten und Küchenabfällen, sie sah Federn und Knochen, Eingeweide, Eierschalen, und dann war da auch noch menschlicher und tierischer Unrat. Ein Schweinepferch roch besser als diese penetrante Mischung, die ihr die Übelkeit beinahe übermächtig in den Hals hochtrieb. Auch der Lärm war fast unerträglich. Ochsen, die mit ihrem Karren im Schlamm stecken geblieben waren, gaben verzweifelte Laute von sich, die Händler riefen einander laut zu, Schweine, die in der Brühe wühlten, grunzten freudig. Von irgendwoher hörte sie das Singen eines Hammers auf Metall, und all das vermischte sich zu einem wütenden, ohrenbetäubenden Getöse. Ein marschierendes Heer war nichts im Vergleich, besonders, da hier jedes Geräusch zwischen den Häusern widerhallte. Vor Schmutz starrende, zerlumpte Kinder sahen mit großen Augen zur königlichen Prozession hoch, Erwachsene zerrten sie zur Seite, damit sie nicht unter die Hufe gerieten. Überall wurden Karren mit verschiedensten Waren gezogen, Ballen, Fässer, Truhen, Tiere. Aus einer Seitengasse kam eine frische Brise mit leichtem Fischgeruch, dort mussten der Fluss und der Hafen liegen. Sie folgten aber der breiteren Hauptstraße zu nun größeren, eindrucksvolleren Häusern.

Beinahe stieß Lia ein Dankesgebet aus, als die Abstände zwischen den Bauten größer wurden und sie eine Holzbrücke über einen Graben überquerten, die in einen großen, von Wirtschaftsgebäuden und Ställen gesäumten Platz führte. In dessen Mitte thronte eine gewaltige, strohgedeckte Halle.

Aoifes Begleiter schwang sich als Erstes aus dem Sattel und half seiner Herrin vom Pferd. Dabei fiel Lia eine kleine Wölbung ihres Bauches auf. Erwartete die Prinzessin etwa ein Kind? Würde Lia einen Bruder oder eine Schwester bekommen? Der Gedanke überforderte sie, besonders, da sie seit ihrer Ankunft in Irland von Eindrücken und Ängsten geradezu erschlagen wurde. Sie brauchte ein bisschen Ruhe, um all dies zu verarbeiten. Sie wollte versuchen sich vorzustellen, hier zu leben. Nun, nicht genau hier, schließlich gehörte diese Stadt nicht länger ihrem Vater. Sie würden irgendwo anders hingehen und dort ihr Leben aufbauen. Bis Lia heiratete und ihrem Mann folgen musste. Wer auch immer es sein mochte.

Eine Tür des mächtigen, doppelflügeligen Hallentors schwang auf, und ihr Herz machte einen frohlockenden Satz. »Raymond.« Sein Name kam ihr als Flüstern über die Lippen, wie gut war es, das Gesicht ihres Freundes zu sehen, an den sie in letzter Zeit so oft gedacht hatte. Als hätte er sie gehört, fand sein Blick sofort den ihrigen. Im ersten Moment schien er überrascht, aber dann zuckten seine Lippen zu einem kaum merklichen Lächeln in dem von dem beeindruckenden goldenen Bart bedeckten Gesicht. Die goldenen Locken, die anscheinend noch immer keine Schere gesehen hatten, waren so wie bei seinem Besuch in Elfael im Nacken zusammengebunden. Seine Kleider hingegen waren ihr fremd. Er trug enganliegende, dunkle Beinlinge und darüber ein Leinenhemd, das bis zu den Oberschenkeln fiel. Eine Art Umhang, der von Broschen an der Schulter gehalten wurde, fiel über seinen breiten Rücken. Bislang kannte sie ihn nur gerüstet und bewaffnet, und sonst hätte sie ihn sich in einem normannischen Bliaut vorgestellt. Aber es schien ein Ire aus ihm geworden zu sein. Die Veränderungen verliehen ihm etwas Rohes, Verwegenes, besonders da sich auch sein Blick verändert hatte. Die Schatten in seinen Augen schienen ihr tiefer, das vertraute Funkeln war aus ihnen verschwunden.

»Mylady.« Unvermittelt stand Geoffrey vor ihr, und ihr wurde bewusst, dass sie Raymond die ganze Zeit über angestarrt hatte. Sie zwang sich, ihren Blick abzuwenden. Der Knappe stand stocksteif da und reichte ihr seine Hand, seine Miene eine Maske der distanzierten Höflichkeit, sein Blick fiel an ihr vorbei. Seufzend ließ Lia sich vom Rücken ihres Pferdes gleiten.

»Vielleicht hätte ich mich fallen lassen sollen«, murmelte sie unschuldig, ohne Geoffrey anzusehen. »Oder mich schon vorhin vom Schiff in die kalte See werfen müssen. Dann könntet Ihr mich retten und mir etwas über diesen Ort erzählen.«

Geoffreys Blick huschte zu ihr, sie spürte es deutlich, dann hörte sie ihn einatmen. »Mylady, wenn Ihr Fragen habt, bin ich natürlich gerne bereit, Euch Auskunft zu erteilen.«

Sie sah ihn ungeduldig an. Allmählich wurde ihr dieses Spiel zu dumm, wieso konnte er sich nicht einfach wieder normal benehmen?

Geoffrey hingegen sah sie abwartend an, sein Gesicht war

wie immer leicht zu lesen. Er konnte es kaum erwarten, all sein Wissen über diese Stadt und seine Bewohner mit jemandem zu teilen. Leider war er aber genauso stur wie sie. Doch ehe sie sich darüber ärgern konnte, sah sie, wie Raymond sich vom König, ihrem Vater, Maurice de Prendergast und anderen Lords löste und direkt auf sie zukam.

»Mylady Basilia, willkommen in Waterford.« Er verneigte sich mit der Hand auf der Brust, seine Stimme klang kalt und förmlich, und Lia spürte, wie sich ihr Bauch zusammenzog.

»Sir Raymond.« Sie suchte nach weiteren Worten, schloss dann aber untätig den Mund. Alles war so überwältigend und neu für sie, sie hätte sich gefreut, einen Freund an ihrer Seite zu wissen, aber es schien so, als hätte Raymond eine Mauer um sich errichtet und die alte Vertrautheit zwischen ihnen vergessen.

Sie ließ ihren Blick über den Hof schweifen, auf dem sich ein paar herbstbunte Bäume an die Halle schmiegten. Sie suchte nach einem Gesprächsthema – irgendetwas Unverfängliches, das verschwieg, wie sehr dieses unterkühlte Wiedersehen sie aufwühlte, als sie Aoife entdeckte.

Die Prinzessin Leinsters hielt sich an Strongbows Seite, der angeregt mit seinem Freund Maurice sprach, und sah zu ihr herüber. Anders als bei Geoffrey vorhin war es Lia unmöglich zu sagen, was sie dachte. Ihr Ausdruck war neutral, in ihren Augen lag etwas Ruhiges, Würdevolles. Nichts an ihrem Blick war unangenehm oder stechend, trotzdem fühlte Lia sich fast schon ertappt. Als könnte Aoife ihr selbst auf die Entfernung in die Seele sehen.

Im nächsten Augenblick kam ihr Vater an die Seite seiner neuen Frau, nahm ihre Hand und führte sie zu ihr.

»Basilia. Ich möchte dir meine Frau vorstellen, Aoife Ní Diarmait – Eva, Tochter von Dermot.«

Lia spürte ihre Knie leicht zittern, sank aber in einen Knicks und versuchte sich an alles zu erinnern, was ihre Mutter ihr über normannische Sitten beigebracht hatte – hätte sie doch nur besser zugehört! Alina wüsste in diesem Moment bestimmt ganz genau, wie sie sich zu verhalten hatte.

»Madame.« Sie sah der fremden Prinzessin ins Gesicht und versuchte erneut darin zu lesen. Ob sie hier willkommen war? Und was hielt Aoife von einer Stieftochter, die nur wenig jünger war als sie selbst?

Doch die Prinzessin sah unbewegt auf sie hinab. »Lady Basilia, mein Herz geht über vor Freude, Euch endlich in die Arme schließen zu dürfen.« Sie umfasste Lias Schultern, zog sie hoch und drückte sie sanft an ihre Brust. Sie war etwas kleiner als Lia und duftete wie ein frischer Blumengarten. Fast wurde ihr schwindlig.

»Die Freude ist ganz auf meiner Seite«, sagte sie, so vornehm und würdevoll wie möglich, um nicht wie das verlorene Kind zu wirken, wie das sie sich fühlte.

Aoife lächelte, aber es war lediglich eine Bewegung ihrer Mundwinkel, nichts sonst an ihrem Ausdruck änderte sich. »Ihr habt mir verschwiegen, wie entzückend Eure Tochter ist, Mylord«, wandte sie sich an Strongbow.

Ihr Vater strahlte, aber Lia konnte die Worte nicht so recht glauben. »Ihr kennt meine Schwester noch nicht«, murmelte sie. Sie hoffte, dass ihre Bemerkung ungehört blieb, und an ihrem Vater schien sie auch vorüberzugehen, aber Aoife sah sie aufmerksam an. Dann umarmte sie sie noch einmal, so leicht, dass Lia die Berührung kaum spürte.

An ihrem Ohr hörte sie Aoifes leises Raunen in der fremden Sprachmelodie: »Man sollte nicht immer aussprechen, was man denkt. Unsere Gedanken sind unser höchstes Gut, unsere schärfste Waffe, die wollen wir nicht leichtfertig preisgeben.« Sie schob sich wieder von ihr, ihr Lächeln nicht verrutscht, auch wenn ihre Worte wie eine Warnung geklungen hatten. Als wären sie alte Freunde, fuhr sie fort: »Ich sehe, Ihr tragt meinen Ring.«

Lia blickte hinab auf ihre Hand und drehte den Goldreif zwischen ihren Fingern hin und her. Sie hatte ihn nie abgelegt. Für sie war er weniger eine Verbindung zu ihrer Stiefmutter als zu Raymond. Immer wieder hatte sie in Tagträumen vor sich gesehen, wie er ihr den Ring ansteckte. Sie schielte zu ihm herüber, aber er stand regungslos da, wie einer der Holzritter, die ihr Großvater früher für Richard geschnitzt hatte.

»Ich habe für Eure sichere Ankunft gebetet«, lenkte Aoife ihre Aufmerksamkeit zurück auf sich. »Euer Vater hat mir schon viel von Euch erzählt. Und obwohl ich nun eine Art Mutter für Euch bin, hege ich die Hoffnung, wir könnten wie Schwestern werden.« Sie sprach langsam, vermutlich, um die richtigen Worte in der ihr fremden Sprache zu finden, aber ihre Art zu reden wirkte keineswegs tollpatschig, sondern unterstrich ihre hoheitsvolle Haltung.

»Madame.« Lia knickste erneut und sah hoch in das zufriedene Gesicht ihres Vaters, der über das ganze Gesicht strahlte. Fast wollte sie ihn warnen – wenn seine Männer ihn so sähen, würden sie ihn nie mehr ernst nehmen. Nicht einmal ein Kind hätte Angst vor ihm und würde ihm den Namen Strongbow abkaufen. Aber sie freute sich für ihn.

»Wollt Ihr mich begleiten? Ich habe Euch ein Bad bereiten lassen.« Aoife deutete zur Seite zu einem der vielen runden Häuser, die den Platz säumten, und Lia nickte, auch wenn die Aussicht, mit Aoife allein zu sein, ihr Unbehagen bereitete. Sie sah ihren Vater davongehen, er folgte dem König und seinem Gefolge in die Halle, und auch Raymond, de Prendergast, die Bloet Brüder, de Quincy und Hervey de Montmorency schlossen sich ihnen an.

Am Eingang zur Halle übergaben die Männer ihre Waffen bereitstehenden Jungen, die diese in einer Nische verstauten, und verschwanden schließlich in der Düsternis des Gebäudes. Lia sah ihnen hinterher und wollte sich gerade abwenden, um Aoife zu folgen, als ihr de Montmorency auffiel, der seinen Schwertgurt abnahm und dabei etwas zu Raymond sagte. Die beiden waren die Letzten draußen, und Raymonds Körper spannte sich bei den Worten deutlich an. Lia wusste, dass Raymond den Onkel ihres Vaters nicht mochte, aber seine Reaktion überraschte selbst sie. Raymond wollte gerade sein Messer abgeben, als er innehielt und das Heft in seiner Hand drehte. Er erwiderte etwas, ohne de Montmorency richtig anzusehen, aber selbst von hier sah sie, dass es eine Drohung war. Aber der Constable von Striguil blieb nicht still. Seine Lippen bewegten sich schnell, dann wandte er sich ab und ging an Raymond vorbei, nur kam er nicht weit. Der Ritter packte ihn im Nacken und schleuderte ihn mit voller Kraft gegen die Hallenwand, Gesicht voraus.

Alles im Hof verstummte und kam zum Stillstand. Es hätte Lia nicht gewundert, wäre das gesamte Gebäude unter der Wucht des Aufpralls erzittert. De Montmorency rappelte sich langsam auf, aber ehe er sich sammeln konnte, drehte Raymond ihn schon herum, drückte ihn an der Schulter gegen die Wand und hob das Messer an seine Kehle. Blut strömte aus de Montmorencys Nase.

Lia hörte die Umstehenden vor Schreck aufkeuchen, ein paar weibliche Stimmen, vielleicht Mägde oder Damen aus Aoifes Gefolge, schrien auf. Lias Beine bewegten sich wie von selbst über den Hof zur Halle.

»Ihr habt mich schon einmal zum Mörder gemacht!«, hörte sie Raymond knurren. Seine Hand umschloss das Heft derart fest, dass seine Knöchel weiß hervortraten. »Glaubt nicht, ich würde davor zurückschrecken, noch einen mehr auf die Liste zu setzen.«

De Montmorency lächelte grimassenhaft, das Blut verwandelte sein Gesicht in eine Fratze. »Ihr verliert schnell die Beherrschung, Sir. Habe ich etwa einen wunden Punkt getroffen?«

Das fragte Lia sich auch. Nie zuvor hatte sie Raymond derart unbeherrscht gesehen. Er war bei ihrem letzten Aufeinandertreffen nicht mehr ganz der Alte gewesen, er hatte nachdenklicher, bedrückt gewirkt, aber nie zornig, nie … brutal. Dieser Mann war ein anderer. Sie sah ihn an und glaubte, er würde es tun. Er würde de Montmorency die Kehle durchschneiden, ungeachtet der Konsequenzen.

»Darf ich fragen, was hier vor sich geht?« Unvermittelt stand der König neben ihnen, seine grauen Augen glichen Sturmwolken. Er war genauso breit wie Raymond, wenn auch deutlich kleiner mit seiner untersetzten Gestalt. Aber seine Statur zeigte deutlich, dass er sich nicht auf seinem Thron ausruhte und von einem Festmahl zum nächsten pilgerte. Sein Anblick beruhigte Lia, ein Befehl des Königs genügte, um die beiden zu trennen, ehe ein Unglück geschah.

Raymonds Kiefer spannte sich an, er ließ nicht von de Montmorency ab, sein mordlustiger Blick fixierte ihn weiterhin.

»Ich bin kein Freund von sinnloser Gewalt, also lasst von Sir Hervey ab, le Gros. Sofort.«

Raymond rührte sich nicht, und Lia hielt den Atem an. Bitte, flehte sie stumm, bitte macht keine Dummheit.

Da nickte Raymond endlich und hob seine Hand mit dem Messer, nicht aber, ohne de Montmorency vorher einen feinen blutenden Kratzer zugefügt zu haben. »Verzeiht, Eure Hoheit.« Er ging vor dem König auf ein Knie nieder, den Kopf gesenkt. »Es war nicht meine Absicht, den königlichen Frieden zu stören.«

Henry sah zwischen Hervey und Raymond hin und her, zweifelsohne neugierig, was zwischen den beiden vor sich ging. Genauso wie Lia. Doch der König sagte kein Wort. Lia sah, wie sich seine Hände zu Fäusten ballten, und sie fragte sich unweigerlich, ob sie Zeugin eines der berüchtigten königlichen Wutanfälle werden sollte, aber da löste er seine Finger und bedeutete Raymond mit einer Geste aufzustehen. »Ich habe euch beide in meinem Heim empfangen, wo ihr für euren Herrn gesprochen habt. Ihr, Sir Hervey, habt ein Talent für Worte, wie ich es noch nicht oft erlebt habe, und Ihr, le Gros … nun, Eure Stärke ist ganz offensichtlich.« Er ließ seinen Blick über Raymonds hünenhafte Gestalt wandern. »Es wäre mir lieb, wenn ihr eure Fähigkeiten nicht länger gegeneinander einsetzen würdet, meine Herren, sondern das Wesentliche im Auge behaltet: ein geeinigtes, friedvolles Irland unter Gott.«

»Eure Hoheit.« Raymond verneigte sich knapp mit der Hand auf der Brust und ging davon, gerade so, dass er Lia nicht anrempelte, doch er schien sie gar nicht zu bemerken. Sie sah ihm mit schwerem Herzen hinterher, bis er bei den Pferden verschwunden war, dann wandte sie sich de Montmorency zu. Auch der König betrachtete den Mann, der für ihren Vater vermittelt hatte und den er vor Kurzem noch »Freund« genannt hatte.

»Bei Gott, wischt Euch das Blut ab, bevor den Damen hier noch schlecht wird.« Mit diesen Worten verschwand der König in der Halle. De Montmorency tat wie geheißen und strich mit seinem Ärmel über sein Gesicht. Als er seinen Arm wieder sinken ließ, traf ihn Lias prüfender Blick. Was hatte er gesagt, um Raymond derart die Kontrolle verlieren zu lassen?

»Sir.«

De Montmorency biss sichtlich die Zähne zusammen. »Was gibt es hier zu sehen, Bastard?«

Sie lächelte. »Eine Honigzunge, fürwahr. Ihr versteht Euch auf Worte, die Originalität Eurer Auswahl sucht ihresgleichen.«

De Montmorency riss die Augen auf, als hätte sie ihn geohrfeigt, was ihr eine Genugtuung war. Sie wollte weggehen, Raymond suchen, aber da stand plötzlich Aoife neben ihr.

»Lady Basilia.« Ihre Stimme klang unbeschwert, als hätte sie nichts von diesem Tumult mitbekommen. »Euer Bad wartet. Sir Hervey.« Sie nickte dem älteren Ritter zu, legte sanft ihre Hand auf Basilias Arm und führte sie mit sich.

Lia folgte ihr widerstandslos, während ihre Gedanken durcheinanderwirbelten. Was war zwischen de Montmorency und Raymond vorgefallen? Wo war Geoffrey, wenn sie ihn brauchte?

Aoife führte sie zu einer kreisrunden Hütte aus entrindeten, polierten Holzpfosten, die mit Flechtwerk verbunden und gekalkt waren. Das Haus hatte ein konisches Dach aus Weidengeflecht, das anders als die anderen Gebäude hier nicht mit Stroh, sondern mit bunten Vogelfedern ausgelegt war.

»Das Sommerhaus«, erklärte Aoife auf ihren staunenden Blick hin. »Es ist das Haus für die Frauen, auf dem sonnigsten Platz. Hier lebe ich mit den Gemahlinnen der angesehensten Krieger und Ritter.«

Die Türpfosten zeigten in kunstvoller Schnitzarbeit Frauengestalten, Lia glaubte die Heilige Jungfrau Maria zu erkennen, die anderen waren vielleicht irische Heilige oder Schutzpatroninnen. Edelsteine waren in ihre Gewänder eingesetzt, eines der Kleider bestand aus Bronze, und ein Kreuz aus purem Gold prangte über der Jungfrau. Die Fenster des Hauses konnten mit kupfernen Läden geschlossen werden, und als Aoife an die schwere Tür trat, öffnete sie sich wie durch Zauberhand von selbst.

Sie traten ein, und Lia sah einen weißhaarigen Krieger, der Aoife auf Irisch ansprach und sich verneigte, während er ihnen die Tür aufhielt. Sie hatte sich also doch nicht von selbst geöffnet, auch wenn ihr alles hier wie aus einer anderen, zauberhaften Welt erschien. Der Mann legte sich die Hand auf die Brust und nickte auch ihr zu. »Mylady.« Er trat hinaus und schloss die Tür hinter ihnen. Vermutlich war er ein Wachmann.

Lia fand sich in einem aus Licht und Schatten geteilten, mit frischen Binsen ausgelegten Raum wieder, in dem sich ein gutes Dutzend Frauen in feinsten Gewändern und aufwendigem Kopfschmuck zu ihr umdrehte und sie misstrauisch musterte.

Aoife sprach erneut auf Irisch, Lia hörte ihren Namen, und die Damen sanken elegant vor ihr in einen tiefen Knicks, bei dem Lia sich fast schon albern vorkam. Der Gedanke, mit diesen Fremden zusammenzuleben, behagte ihr ganz und gar nicht, und plötzlich verspürte sie überwältigendes Heimweh. Ihr Magen krampfte sich zusammen, und mehr als alles andere wünschte sie sich Wolf an ihre Seite, um ihre Hand in seinem Fell zu vergraben und seinen Trost zu spüren.

Sie lenkte sich ab, indem sie sich umsah. Das Dach hatte ganz oben an der Spitze eine Öffnung für den Rauchabzug, durch das das Tageslicht hereinströmte, genauso wie durch die vielen Fenster. In der Mitte befand sich eine lodernde Feuerstelle, umringt von niedrigen, mit Fellen ausgestatteten Sitzen und kleinen Tischen. Zu ihrer Linken befanden sich die Bettstätten, alle voneinander getrennt mit Vorhängen, die an Ringen auf Kupferstangen liefen. Am Fußende gab es gepolsterte Truhen, wo persönliche Habe verstaut werden konnten, die aber auch als Sitzgelegenheit dienten. Bei ihr zu Hause hatte es nur eine große Bettstatt gegeben, die eine ganze Wand eingenommen hatte und wo sie mit ihrer Familie zusammen geschlafen hatte. Hier sollte sie ihren eigenen Bereich haben, worüber sie froh war. Sie sah schon jetzt vor sich, wie sie sich in dieser ersten Nacht in den Schlaf weinte. Dabei brauchte sie keine Zeugen.

Über den Betten gab es ein Gestänge mit Haken, wo sie Kleider aufhängen konnte. Durch eines der Fenster sah sie frisch gewaschene, fast weiße Laken, reich bestickt, in der Sonne hängen.

»Ich hoffe, es gefällt Euch, und Ihr fühlt Euch hier wohl.«

Lia versuchte zu lächeln, auch wenn es zittrig ausfiel. »Ich habe noch nie in einem so prachtvollen Haus gelebt.«

Ein langer, prüfender Blick, vielleicht hatte die Gemahlin ihres Vaters vergessen, dass sie lediglich die Tochter einer Magd war und keine echte Lady.

»Ihr müsst müde sein, lasst mich Euch mit Euren Kleidern helfen.« Aoife deutete zu einem Holzzuber neben der Feuerstelle. »Wir legen noch heiße Steine hinein, damit das Wasser schön warm bleibt. Ein Bad wird Euren Knochen nach dem langen Ritt guttun.« Aoife nahm ihr den Umhang ab und faltete ihn sorgfältig. Es kam Lia eigenartig vor, sich von einer Prinzessin helfen zu lassen. Sie hatte erwartet, als eine Art Hofdame in Aoifes Dienst aufgenommen zu werden, sie zu bedienen und ihr aufzuwarten, nicht aber, ihr gleichgestellt zu werden und solche Freundlichkeit von ihrer Stiefmutter zu erfahren. Auch wenn sie sich nicht zu früh freuen wollte. Die Worte waren wohlgesinnt, aber Aoifes Miene blieb nach wie vor undurchschaubar.

Plötzlich schwang die Tür auf, und zwei barfüßige Mädchen in ihrem Alter in dunklen naturbelassenen Wollhemden traten ein, je zwei schwere Eimer Wasser schleppend.

Lia machte instinktiv einen Schritt auf sie zu und streckte die Hand aus. »Wartet, ich helfe …« Aber sie kam nicht weiter.

Aoife legte eine zarte, beringte Hand auf ihren Arm, drückte ihn sacht nieder und schüttelte mit eindringlichem, warnendem Blick den Kopf. Dann gab sie eine ruhige Anweisung an die Mädchen, die das Wasser in den Kessel über dem Feuer leerten.

»Falls wir mehr brauchen, um Euch die Seife abzuwaschen«, erklärte Aoife.

Seife! Lia fühlte sich wie eine Königin, aber keine echte, nur eine Hochstaplerin. Sie sah den beiden Mädchen zu und dachte an ihre Mutter, die so lange als Magd geschuftet hatte, die Lady Isabel den Zuber gefüllt und den Nachteimer geleert hatte. Jetzt ließ sie sich selbst bedienen.

Aoife trat vor Lia hin, fing ihren Blick ein. »Das sind Leibeigene«, sagte sie leise. »Wir nennen sie *Fuidhirs* – Fremde. Sie gehören keinem Clan an, sie sind entweder Kriegsbeute von hier oder aus England und Wales – Gefangene aus den Scharmützeln zwischen den Walisern und Normannen werden gerne für gutes Geld nach Irland verkauft. Ihr hingegen, Basilia, seid eine freie Frau von höchstem Adel. Ihr könnt nicht helfen, Ihr könnt Euch Euer Bad nicht selbst bereiten oder sonst irgendeiner niederen Tätigkeit nachgehen. Das ist nicht der richtige Weg.«

Lia verengte die Augen. Aber das ist mein Weg, wollte sie erwidern, gänzlich angewidert von den Worten.

Sie hatte von Leibeigenen gehört, Menschen außerhalb des Gesetzes, ohne Rechte, die jederzeit straflos getötet werden durften. In ihrer Heimat gab es das nicht, es war sogar strengstens verboten. Es war nicht christlich, andere Christen wie Vieh oder Gegenstände zu behandeln. Diese Mädchen hier mit den schweren Eimern voll Wasser waren nicht einmal Mägde, die mit ehrlicher Arbeit Geld verdienten, sie mussten schuften, ohne Bezahlung, nur für ein halbwegs trockenes Lager, zweifelhaften Schutz und gerade genug Nahrung, um sie am Leben zu halten.

Die Vorstellung, in das herrlich duftende Bad zu steigen, bereitete ihr auf einmal Übelkeit.

»Ist Euch unwohl?« Aoife ging zu einem der Betten und legte den Umhang dort ab. Die anderen Damen setzten sich mit ihren Stickarbeiten auf die weichen Bänke und Schemeln. Sie schienen die Ohren gespitzt zu haben, nur verstanden sie wohl kein Wort dessen, das Aoife und sie sprachen.

»Nein.« Lia öffnete das seidene Band um ihre Taille, das den Bliaut mit den langen, weiten Ärmeln zusammenhielt, und zog sich ihre Kleider über den Kopf. Sie war beklommen vor den anderen Frauen, wollte sich aber nichts anmerken lassen, auch wenn sie spürte, wie ihr Blicke zugeworfen wurden, wie sie gemustert und bewertet wurde. Sie, eine Frau höchsten Adels, die doch eigentlich nur ein Bastard war.

»Ist es der Streit zwischen Sir Hervey und Sir Raymond, der Euch aufwühlt?« Aoife kam zurück, reichte ihr die Hand und half ihr in den Zuber. Das warme Wasser ließ sie wohlig erschaudern, es war kein Vergleich zu den Bädern im kalten Fluss, aber sie bezweifelte, sich je daran gewöhnen zu können, von Leibeigenen bedient zu werden.

Sie setzte sich hin und zog die Knie an, das flaue Gefühl in ihr ließ sich jedoch nicht vertreiben. Schon gar nicht, wenn Aoife so gelassen die Kleider aufsammelte, dabei aber offensichtlich auf eine Antwort wartete. Und vielleicht sollte Lia darauf eingehen. Vielleicht wusste ihre Stiefmutter, was zwischen de Montmorency und Raymond vorgefallen war. Ehe sie aber etwas sagen konnte, stand Aoife unvermittelt neben ihr, reichte ihr ein Stück Leinen, mit dem sie sich waschen konnte, und sah ihr fragend ins Gesicht. »Ich habe bemerkt, wie Sir Raymond Euch angesehen hat, als er aus der Halle kam.«

Lia tauchte das Leinen ins Wasser, sie hatte alle Mühe, eine ausdruckslose Miene aufrechtzuerhalten. Aber das musste sie bei ihrem Gegenüber, das die bewundernswerte Gabe besaß, das Gesicht unter Kontrolle zu halten, als wäre es aus Stein gemeißelt. Sie durfte sich ihre Gefühle nicht im Gesicht ablesen lassen, sonst hätte sie schon verloren.

Aoife fuhr fort, in einem gelassenen Singsang, als wollte sie für die anderen den Anschein einer belanglosen Unterhaltung wahren.

»Liebste Basilia, ich war vierzehn Jahre alt, als mein Heim zum wiederholten Male niederbrannte und mein Vater mich in ein fremdes Land nach dem anderen schleifte, um mich an den Höchstbietenden zu verkaufen. Ich kenne nichts anderes als die Blicke von Männern, die in einer Frau ihre Zukunft sehen – sei es mit der Aussicht auf Macht und Reichtum, aus Lust oder …« Ein Lächeln hob die schmalen Lippen, aber erneut erreichte es nicht die Augen, es mutete eher spöttisch an. »Liebe.« Sie beugte sich nach vorn über den Rand des Zubers, ein Sonnenstrahl aus der Dachöffnung traf ihre Gestalt und ließ ihr Haarnetz leuchten. »Ich habe ein Auge für solcherlei Dinge. Und Raymond FitzGerald hat Euch angesehen, als wäret Ihr das einzige Licht in endloser Dunkelheit.«

Lia spürte ihr Herz rasen, und plötzlich hielt sie es in dem warmen Wasser nicht mehr aus. Sie fühlte sich schutzlos und dem wissenden Blick Aoifes erbarmungslos ausgesetzt. Sie stützte sich an den Seiten des Zubers ab, um sich aufzurichten, aber Aoife schüttelte den Kopf und legte ihre Hand auf Lias. »Sorgt Euch nicht, Euer Geheimnis ist bei mir sicher.«

»Es gibt kein Geheimnis.«

»Wenn ich eines kann, dann ist es beobachten. Dinge sehen, die anderen verborgen bleiben. Es gibt ein Geheimnis.«

Lia schluckte und ließ sich wieder zurücksinken. Raymond war so kalt zu ihr gewesen, wie hatte Aoife etwas anderes sehen können? »Mit einem habt Ihr jedenfalls recht. In Raymond herrscht Dunkelheit. Nur verstehe ich nicht, wieso. Er war früher anders.« Oder lag das an ihrer damaligen kindlichen Sicht, die sie allmählich verlor? Seit sie an der Seite ihres Vaters ihr sicheres Zuhause verlassen hatte und jeden Tag Neues – Schönes wie Erschreckendes – kennenlernte, fühlte sie sich um Jahre gealtert.

Aoife zuckte mit den Schultern, wandte sich ab und winkte eines der Mädchen zu sich, das mühsam, ihre Hände in dicke Tücher gewickelt, runde Steine aus dem Feuer holte und dann sanft neben Lia ins Wasser gleiten ließ. Sofort spürte sie eine Welle der Hitze, die sich um sie herum verbreitete.

Aoife sah in den aufsteigenden Dampf. »Ich kann nur erahnen, was diesem Ritter die Seele schwärzt, aber dass er und der Onkel Eures Vaters aneinandergeraten, war nur eine Frage der Zeit.« Sie spürte Lias fragenden Blick und fuhr fort. »Zum einen war da Baginbun.«

»Was ist Baginbun?«

Aoife sah sie erstaunt an, es war das erste Mal, dass ihre Züge ein Eigenleben zu entwickeln schienen und sie ehrlich überrascht war. »Jeder Ire weiß von Baginbun.« Sie warf einen Blick zu den anderen und senkte ihre Stimme, als spräche sie etwas Verbotenes aus oder als könnte sie mit ihren Worten Böses heraufbeschwören.

»Ihr sollt die Geschichte hören, es weiß ohnehin jeder von ihr, aber sprecht lieber nicht darüber, niemand erinnert sich gerne daran.« Sie lehnte sich etwas zu ihr nach vorne und fuhr leise fort: »Es war im Mai letzten Jahres. Raymond le Gros landete mit Hervey de Montmorency und hundert weiteren Männern in Irland.«

»Davon weiß ich. Er ging meinem Vater voraus.«

Aoife nickte, faltete ein großes Leinentuch in ihren Händen auseinander und starrte darauf, als sähe sie in den Fasern die Bilder ihrer Erzählung.

»Sie landeten auf einer felsigen Landzunge, die sie Baginbun nannten, nach ihren Schiffen *La Bague* und *La Bonne*. An der Spitze fallen steile Klippen ins Meer hinunter, es gibt aber auch einen Strand, wo Schiffe gut landen und von wo aus weitere Feldzüge aus unternommen werden können. Die Stelle, wo die Landzunge ins Hauptland übergeht, ist sehr schmal, Raymond befestigte sie mit Gräben und Erdwällen auf beiden Seiten, so waren sie sicher und hatten den perfekten Ausgangspunkt für Euren Vater vorbereitet. Hier konnten sie warten, bis er mit seiner Hauptstreitmacht übersetzte. Um allein weiterzuziehen, waren sie zu wenige, und sie befanden sich mitten im Feindesland. Also stahlen sie lediglich ein paar Herden Rinder aus der Umgebung. Aber das blieb nicht lange unbemerkt. Die Iren schlossen sich zusammen, in der Hoffnung, sie auszumerzen, bevor weitere Männer zu ihnen stoßen konnten. Es waren Feinde meines Vaters und des Euren – darunter Ostmänner aus Wexford, der Stadt, die sich im Jahr davor meinem Vater und den Geraldines ergeben musste, und die irischen Clanführer aus Ossory, Decies und Odrone, deren Ländereien in der Nähe liegen.«

Lia spürte einen eiskalten Schauder ihren Rücken hinunterkriechen, trotz des warmen Wassers. Sie ahnte Böses und verspürte schreckliche Angst um Raymond, obwohl sie wusste, dass es ihm gutging, dass er das, was auf Baginbun geschehen war, unbeschadet überstanden hatte. Oder eben auch nicht.

»Raymond le Gros machte etwas, das manche tollkühn, andere heldenhaft und wieder andere selbstmörderisch nennen. Er verließ mit seiner kleinen Gruppe den Schutz der Wälle und stellte sich den Iren und Ostmännern, hundert Mann gegen dreitausend. Er hatte Streitrösser und wollte sie auf freiem Feld einsetzen.«

»Ihr kennt die Details sehr gut.«

»Die hört seit diesem Tag jedes Kind, wenn auch nur geflüstert.« Aoife sah nicht auf, zupfte an einem losen Faden des Tuchs und band ihn zu einem Knoten, damit die Naht nicht weiter aufging. »Raymonds Plan ging nicht auf, die Anzahl des Feindes war einfach zu hoch. Er und seine Männer mussten zurück hinter die Wälle fliehen. Aber die Angreifer drangen ein, und in all dem Durcheinander gerieten die Rinder in Aufruhr. Also öffnete Raymond das Tor und trieb die wild gewordenen Tiere hinaus, geradewegs in die Menge der Iren. Dann formierte er erneut seine Männer um sich und griff an. Das Blatt wendete sich. Hunderte Iren starben.«

Was für eine grausame, blutige Geschichte! Lia beobachtete Aoife bei jedem Wort genau. Es war erstaunlich, wie sie ihre wahren Gefühle weiter hinter dieser steinernen Maske verbarg, obwohl ihre Augen sie diesmal verrieten. Der Tod unzähliger Landsleute, auch wenn es Feinde waren, ließ sie nicht unberührt. Lia hatte nie zu einem Volk dazugehört, verstanden, wie es war, für etwas einzustehen und es um jeden Preis erhalten zu wollen. Das würde sie wohl auch nie. Waliserin, Normannin und jetzt auch noch Teil von Irland. Es gab so viel Krieg, und sie konnte darüber nur den Kopf schütteln.

Aoife hingegen verstand, was es bedeutete, eine Identität zu besitzen, sie war eine irische Prinzessin, die Tochter des Fürsten von Leinster, und ihr war ihre Heimat, ihr Erbe und ihr Stand gestohlen worden. Es war nicht verwunderlich, dass in ihren grünen, sonst so emotionslosen Augen nun Leidenschaft glomm. »Sir Raymond und seine Männer nahmen Dutzende Gefangene, und so kam es schließlich zu einer Meinungsverschiedenheit zwischen ihm und Hervey de Montmorency.«

Lia horchte auf, als Aoife auch schon fortfuhr: »Sir Raymond wollte Gnade zeigen, denn diese Männer hatten nur ihr Land verteidigt und waren fast allesamt hochgestellte Anführer. Sie könnten für gutes Geld ausgelöst werden. De Montmorency war natürlich dagegen, denn ein Land könne nicht mit Gnade erobert werden. Sie hatten mehr Gefangene als Männer, die sie bewachen konnten. Sir Raymond wurde überstimmt, und so setzte er sich dafür ein, den Männern wenigstens eine ehrenvolle Hinrichtung zu ermöglichen. Aber ehe er etwas unternehmen konnte …« Sie hielt inne, schien einen Moment lang gar nicht zu atmen, ehe sie die Fassung wiedererlangte. »Hervey de Montmorency ließ den Gefangenen die Glieder brechen und sie über die Klippen ins Meer werfen.« Sie schloss die Augen, ganz ruhig, aber es war eine Geste, die zu Lias Erleichterung echtes Gefühl offenbarte.

Raymonds Worte hallten in ihrem Kopf wider: Ihr habt mich schon einmal zum Mörder gemacht. Nun verstand sie seine Worte.

Vor eineinhalb Jahren unter dem Apfelbaum hatten sie über gute und schlechte Menschen gesprochen. Raymond hatte ihr gesagt, dass er schon oft getötet hatte – um sich zu verteidigen oder einem Befehl zu gehorchen. Aber diese Grausamkeit war etwas anderes. Es wunderte sie nicht, dass sie Spuren hinterließ.

»Danke.« Sie sah zu Aoife auf. »Dass Ihr mir die Geschichte erzählt habt.«

Aoife zuckte mit den schmalen Schultern. »Es ist kein Geheimnis.« Ihre moosgrünen Augen verengten sich etwas. »Aber Eure Freundschaft mit Raymond le Gros sollte eines bleiben. Euer Vater wäre alles andere als froh, wenn er davon erführe.«

»Ich weiß. Auch wenn ich es nicht verstehe. Raymond ist einer seiner besten Männer, wenn sich sein Sieg in Baginbun wirklich so zugetragen hat, wenn er mit hundert Männern Tausende niederringen konnte …«

»Das hat er, und nicht nur in Baginbun war er der Held aller. Raymond hat diese Stadt hier, Waterford, erobert, nachdem es schon aussichtslos erschien. Und als Euer Vater und der meine Dublin belagerten und die Verhandlungen nirgendwohinführten, war es Raymond, der angriff und die Stadt einnahm. Nun, ich möchte nicht sagen, dass einer unserer Väter begeistert davon war, einen Ritter zu haben, der sich Befehlen widersetzt und allein handelt, aber Raymond ist zweifellos der Held der Männer. Er ist ihr Champion.«

Lia schüttelte verwirrt den Kopf, jede Antwort Aoifes warf weitere Fragen auf. »Ihr Champion?«

»In Irland ist es üblich, dass jeder Kriegsherr, jeder Fürst, einen Champion an seiner Seite hat – wir nennen ihn trénfher. Er ist der beste Krieger, der Anführer der Leibwache. Er kann Schlachten abwenden, indem er gegen den Champion der Gegenseite im Zweikampf antritt. Er ist der Mann, dem das Heer sein Vertrauen schenkt, und obwohl die Normannen diesen Brauch nicht kennen, sehen die Männer Sir Raymond als genau das. Als den Mann, der für sie kämpft und siegt.«

Raymond, der Champion. Sie hatte keine Schwierigkeiten, das zu glauben, und sie war stolz auf ihn. Gleichzeitig war da aber auch Trauer in ihr, denn es fühlte sich an, als täte sich eine Kluft zwischen ihnen auf. Sein Leben hatte mit dem ihrigen nichts gemein. Sie hatte seine Heldentaten nicht miterlebt, es verbanden sie ein paar unschuldige Erinnerungen, die bei ihm schon in Vergessenheit geraten sein mochten, egal was Aoife über seinen Blick gerade eben gesagt hatte. Es fühlte sich nun auch für sie an wie ein ferner Traum. Er hatte sie hin und wieder für kurze Momente besucht, dann aber war er zurückgekehrt zu seinem wahren Dasein. Kannte sie ihn denn überhaupt? Kannte er sie? Bevor Aoife ihr aber diese Gefühle im Gesicht ablesen konnte, änderte sie schnell das Thema.

»Und Irland hat einen Hochkönig? Einen König über allen Königen?«

Aoife breitete das Tuch in ihren Händen aus und bedeutete ihr aufzustehen. »Hat oder hatte … das wird sich mit der Ankunft des englischen Königs wohl noch zeigen. Aber es stimmt, die Fürsten haben schon vor Jahren Rory O'Connor zu ihrem Hochkönig gewählt. Er und die anderen Fürsten verjagten einst meinen Vater aus Irland. Rory ist auch der Fürst von Connaught, das liegt im Nordwesten der Insel.«

»Ich werde noch viel lernen müssen.« Sie erhob sich aus dem Zuber und stieg heraus, direkt in das Tuch, das Aoife um ihren Körper schlang.

»Ja, das werdet Ihr.«

Überrascht hielt Lia inne. Sie hatte Belehrungen erwartet, dass Politik nichts war, das eine Frau kümmern müsste, dass sie sich darauf vorbereiten sollte, eine gute Ehefrau und Mutter zu sein, aber Aoife legte ihr die Hände auf die Schultern und sah ihr in die Augen.

»Wir leben in einer schwierigen, gefährlichen Zeit, Lady Basilia. Ihr seid die Tochter eines Eroberers, der die Eifersucht eines mächtigen Königs und den Hass eines niedergerungenen Volkes auf sich gezogen hat. Ich bin die Tochter eines grausamen, machthungrigen Mannes, der sich nicht nur in den benachbarten Fürstentümern, sondern auch in seinem eigenen erbitterte Feinde machte und dafür bezahlte. Wir sind Figuren auf einem Spielbrett, die hin und her geschoben werden, um Verbündete zu kaufen. Dagegen können wir nichts unternehmen, aber es obliegt uns, ob wir still und verdrossen unser Dasein fristen oder Einfluss üben – auf die Menschen, die uns etwas bedeuten, auf unser Land und Zuhause und auf uns selbst.«

Es fiel Lia schwer, ihren Vater knien zu sehen. Für sie war er immer noch der mächtige Strongbow, der unerreichbare Herr von Striguil, der sich vor niemandem verneigte. Aber heute musste er sich vor der gesamten Halle, vor seinen Männern, Henrys Hofstaat, irischen Verbündeten und Ostmännern Waterfords unterwerfen.

Henry stand über ihm, einen purpurnen Umhang aus dickem Samt mit Goldfäden und Hermelinkragen um die Schultern, seine Krone auf dem Haupt und den Blick streng hinab auf seinen Baron gerichtet. In der Halle war es so still, dass das Knistern der Feuerstellen unnatürlich laut wirkte. Lia glaubte sogar, eine der Irinnen an ihrer Seite kauen zu hören. Zu ihrer anderen Seite saß Aoife, hochaufgerichtet, den Rücken gerade, ihr Blick ausdruckslos auf ihren Gemahl gerichtet, eine Hand auf der kleinen Wölbung ihres Bauches. Lia hatte es noch nicht gewagt, sie darauf anzusprechen. Sie bekam einen Bruder oder eine Schwester. Allein schon die Vorstellung erschien ihr unwirklich, so wie alles hier.

Sie sah wieder nach vorne zum König. Ihr Vater hielt den Kopf gesenkt, den Unterarm auf den Oberschenkel des aufgestellten Beins gestützt, in der anderen Hand einen gewaltigen Schlüssel. »Und so übergebe ich die Stadt Waterford in Eure

Hände, Eure Hoheit, so wie all die Ländereien, die ich in Eurem Namen eroberte.«

»Erhebt euch.«

Strongbow stand langsam auf, und Lia war überrascht, um wie viel er den König überragte, wie deutlich es war, wenn sie sich direkt gegenüberstanden.

»Richard FitzGilbert de Clare, ich ernenne Euch hiermit zum Lord von Leinster mit all seinen Ländereien, wie sie Euer Schwiegervater Dermot McMurrough hielt, um das Land zu verwalten, zu verteidigen und zu halten als mein Vasall.«

Die Stille herrschte an, und Lia sah sich in der Halle um. Da waren ein paar Männer aus Strongbows Gefolge, die zornige Blicke austauschten. Lia kannte viele von ihnen mittlerweile beim Namen. Die Brüder Adam und John de Hereford, die Bloet-Brüder. Da waren auch noch Robert de Birmingham und John de Clahull – der Marshal ihres Vaters, der seine Feldzüge organisierte und dafür sorgte, dass genügend Pferde, Ausrüstung und Proviant vorhanden waren. Sie sah auch noch Walter de Riddlesford und Gilbert de Boreart. Die Ritter waren Lia gegenüber distanziert, aber höflich. Sie sahen sie als Lady, der Respekt gebührte, was zwar immer noch ungewohnt war, aber auch beruhigend. Sie fühlte sich beschützt. Vor allem aber waren die Männer Ritter, die ihrem Vater treu zur Seite standen und ihrem Ausdruck nach zu urteilen mit dem Ausgang nicht zufrieden waren. Umso mehr Land ihr Herr hielt, umso mehr würden sie als Lehen bekommen. Aber nun hatte ihr Vater einen Großteil davon verloren, darunter die Städte der Ostmänner, die Zentren der Macht, Wexford, Waterford und Dublin. Strongbow und die Geraldines hatten weitaus mehr erobert als nur Leinster. Aber sie sollten wohl froh sein, überhaupt etwas zu bekommen, nachdem der König nicht nur eine Bedrohung für ihren Reichtum, sondern auch für ihr Leben dargestellt hatte.

Ihr Vater zog sich zurück zu den anderen hohen Herren,

die nacheinander dem König huldigten, darunter auch ein paar Iren, die sich lieber auf die Seite eines normannischen Heers stellten, als es zum Feind zu haben.

»Ich fürchte, Ihr müsst Eure erste Nacht allein im Frauenhaus verbringen«, raunte Aoife ihr zu, ohne ihren Blick vom Geschehen um den König zu nehmen. »Nun, nicht gänzlich allein, es sind ja noch andere dort, aber Euer Vater möchte, dass ich ihn in seinen Gemächern besuche.«

Lia nickte, sie war nicht überrascht. Ihr Vater war lange fort gewesen, und dem Anschein nach war er von seiner jungen Braut sehr angetan. »Macht Euch keine Sorgen. Ich komme zurecht.«

Aoife warf ihr einen Blick zu. »Ja, das denke ich auch.« Sie sah an ihr vorbei zum Tor, durch das in diesem Moment vertraute Gestalten eintraten. Lia erkannte sie als die Ostmänner von Wexford wieder, die vor ihrer Abreise in Pembroke vor den König getreten waren. Ein abgemagerter, stark hinkender Mann mit langem verfilztem Haar und Bart befand sich in ihrer Mitte. Die Gruppe schritt zwischen den Tafeln hindurch, an denen sich anders als in Pembroke nur an der Wandseite Sitzplätze befanden. Somit hatte Lia auch kein Gegenüber und alles genau im Blick. Zwar hielt sie sich mit den Frauen etwas abseits an einer eigenen Tafel, aber sie sah genug, um den Ausdruck des Entsetzens in den Augen der Geraldines zu lesen. Auch Raymond hätte nicht finsterer dreinsehen können. Der abgerissene Mann bei den Ostmännern Wexfords musste ihr Gefangener sein, Raymonds Onkel, der Geraldine Robert FitzStephen, der in Wales schon einmal in Gefangenschaft geraten war.

»Von einem Verlies ins nächste«, flüsterte Lia, tief getroffen vom schattenhaften Antlitz des Geraldine.

»Es war eine Hinterlist«, sagte Aoife leise an ihrer Seite und tunkte ihre Finger in die Schale Wasser zum Waschen. »Euer Vater wurde oben in Dublin vom vereinten Heer des Hochkönigs und der anderen Fürsten Irlands belagert. Die Vorräte wurden knapp, und seine Lage schien aussichtslos. In der Zwischenzeit sah sich Robert FitzStephen im Süden belagert. FitzStephen hatte eine Burg auf dem Land erbaut, das mein Vater ihm für seine Unterstützung verlieh. Dort wehrte er Angriff um Angriff der Wexforder Männer ab – mit nur einer Handvoll Bogenschützen und Krieger. Eurem Vater und Raymond gelang es schließlich, mit einem gewagten Ausfall das Heer des Hochkönigs zu schlagen, und sie machten sich sofort auf den Weg in den Süden, um FitzStephen zu helfen. Aber es war zu spät. Die Bischöfe von Wexford und Kildare waren vor FitzStephen getreten und schworen auf heilige Reliquien, dass Dublin gefallen sei. Dass Euer Vater und all seine Männer tot wären und das vereinte Heer der Iren nun in den Süden nach Wexford ziehe. Sie versprachen FitzStephen, dafür zu sorgen, dass er und seine Männer noch rechtzeitig abziehen und nach Wales gelangen konnten. Also ergab FitzStephen sich, nur um seine Männer getötet zu sehen und sich selbst auf einer kleinen Insel vor der Küste als Gefangener gehalten.«

»Der König sieht nicht gerade erfreut aus, seinen Vasallen in einem Stück zu sehen«, murmelte Lia, die sich auch noch an den ihr unverständlichen Zorn des Königs in Pembroke erinnerte. Er hatte sich als Freund der Iren und Zügler der Eroberer gepriesen, und so, wie er nun vor FitzStephen und die Wexforder Männer trat, gefiel er sich in dieser Rolle anscheinend immer besser.

»Schande über Euch!« Er holte aus und schlug FitzStephen zur Überraschung aller mit dem Handrücken ins Gesicht, derart heftig, dass der Gefangene zurücktaumelte und von den Wexfordern gehalten werden musste. Die Ostmänner kamen nicht mal dazu, das Wort an den König zu richten und ihren Gefangenen zu präsentieren, Henry war außer sich.

»Schande bringt Ihr über Euren Namen und Euer Volk, über das ich als Souverän herrsche, somit bringt Ihr auch Schande über mich. Ohne meine Erlaubnis seid Ihr in dieses Land eingefallen, habt die schrecklichsten Gräueltaten an der Bevölkerung verübt und somit alle Normannen in Verruf gebracht.«

»Vergebt mir, Eure Hoheit.« FitzStephen sprach tonlos, es war ihm keine Schuld anzuhören, kein Flehen, aber auch kein Trotz. Er schien gar nicht richtig anwesend.

»Das kann ich nicht, dafür wiegt Euer Verbrechen zu schwer.« Er winkte zweien seiner Ritter. »Bringt diesen elenden Schuft fort, kettet ihn in Raghnalls Turm an, bis ich entschieden habe, wie ich weiter mit ihm vorgehe.«

Die Männer taten wie geheißen, und Lia konnte sich gerade noch davon abhalten, abfällig zu schnauben. Henry zog als Schausteller durchs Land. Dabei war *er* es gewesen, der Aoifes Vater Dermot erlaubt hatte, Krieger in England und Wales zu rekrutieren. Aber da hatte Henry noch nicht wissen können, wie erfolgreich diese Söldner werden würden, wie viel sie sich hier in Irland aufbauten, unabhängig von der englischen Krone.

Lias Blick fiel zu Raymond, der sich in den Schatten hielt und langsam hinausschlich. Doch eine derart auffällige Gestalt konnte nicht unbemerkt verschwinden, und so richtete sich der königliche Finger auf ihn.

»Le Gros!«

Raymond blieb stehen, drehte sich um, alle Blicke richteten sich auf ihn.

»Das Schicksal Eures Onkel sollte auch Euch eine Warnung sein. Ich dulde kopfloses Vorgehen nicht.«

Raymond verneigte sich mit ausgebreiteten Armen, Spott und Trotz blieben bei ihm nicht verborgen. Dann wandte er sich wortlos ab und ging hinaus, das aufgebrachte Raunen in der Halle ignorierend.

Lia legte ihr Speisemesser ab und wollte sich erheben, als Aoife ihre Hand ergriff und sie festhielt.

»Was habt Ihr vor, liebste Tochter?« Sie lächelte liebenswürdig, sodass es auf andere wirken musste, als lernten sie sich in trauter Zweisamkeit kennen.

Lia setzte ein ebensolches Lächeln auf. Sie sah schon, in Aoife McMurrough hatte sie eine Meisterin des höfischen Spiels vor sich und konnte viel lernen. »Ich möchte etwas frische Luft schnappen.«

»Ich sagte, ich hüte Euer Geheimnis vor Eurem Vater, da ich der Meinung bin, es schadet nicht, einen Verehrer zu haben, auf den man in brenzligen Situationen zurückgreifen kann – noch weniger schadet es, wenn dieser Verehrer die Statur eines Bären hat und Raymond le Gros heißt. Aber schmachtende Blicke aus der Ferne und gefährliche Handlungen sind ein Unterschied. Ich werde nicht tatenlos dabei zusehen, wie Ihr Euch ins Verderben stürzt.«

»Sorgt Euch nicht, ich habe nicht vor, mich gefährlichen Handlungen hinzugeben.«

»Wenn jemand euch beide zusammen sieht, allein, ist es bereits gefährlich! Für Euch, für Raymond und für Euren Vater, der sich dem Gerede über eine untugendhafte Tochter ausgesetzt sehen würde – und gerade jetzt braucht er Verbündete mehr denn je.«

Lia zog ihren Arm an sich, nicht grob, aber nachdrücklich. »Ich danke Euch für Euren Rat.« Sie nickte Aoife ehrlich lächelnd zu und stand auf. Sie wusste, dass ihre Stiefmutter recht hatte, sie musste auf einen unbefleckten Ruf achten, wollte sie ihrem Vater keine Schwierigkeiten bereiten, aber genauso musste sie mit Raymond sprechen. Sie konnte den Ritter, der sie so oft vor Schmerz bewahrt hatte, jetzt nicht allein lassen, da sie von Baginbun wusste.

Der König war abgelenkt mit den Ostmännern Wexfords, die ihn für seinen Sinn für Gerechtigkeit priesen. Und die meisten seiner Lords beobachteten einen irischen Fürsten oder Clanführer, der gekommen war, um Henry zu huldigen.

Lia umrundete die Stützpfeiler, die das Dach der Halle trugen, und schlich aus einem der Dienstbotenausgänge.

Die Dunkelheit und Kälte dieser Oktobernacht traf sie unvorbereitet, aber nach einigen Augenblicken des Blinzelns gelang es ihr, Umrisse in der anfänglichen Schwärze auszumachen. Da war der ferne Schein von Fackeln in Haltern, die den Hof beleuchteten, und über ihr strahlte ein fast voller Mond zwischen einzelnen Wolkenfetzen hindurch. Ein paar Frauen und Jungen in den naturbelassenen Wollhemden der Leibeigenen huschten an ihr vorbei, ohne sie anzusehen.

Lia umrundete das gewaltige Gebäude, zog ihren Umhang enger um sich und blickte in den Hof, auf der Suche nach Raymonds auffälliger Gestalt, aber sie konnte ihn nirgends ausmachen. Da waren ein paar irische Krieger in der Kleidung ihres Clans. Wenn Lia es richtig in Erinnerung hatte, kamen sie vom benachbarten Fürstentum Ossory und gehörten zum Clan des verbündeten Fürsten Donnell Mac Gillapatrick, der ein Freund de Prendergasts war. Sie trugen ein blau-gelbes weites Leinenhemd mit langen Ärmeln, das ihnen bis über die Hüfte reichte und mit prächtigen Gürteln zusammengefasst war, darüber wollene Mäntel, um Schutz vor dem Regen zu bieten. An der Seite trugen sie langstielige Äxte. Die dunklen Beinlinge schmiegten sich wie eine zweite Haut an die kräftigen Kriegerbeine, und so mancher von ihnen schmückte sich auch noch mit wertvollen Broschen, die im schwachen Feuerschein funkelten. Das dunkle, meist schwarze Haar und die Bärte trugen sie lang, aber gepflegt, manche geflochten, andere akribisch gekämmt und mit Spangen verziert. So langsam gewöhnte sie sich an den Anblick, sie fand ihn sogar beeindruckend.

»Sucht Ihr Euch bereits einen Gemahl aus, Mylady?«

Lia erstarrte bei der spöttischen Stimme an ihrem Ohr, ihr Herz machte einen Satz, ihre Lippen verzogen sich zu einem Lächeln. Sie drehte sich zu Raymond um, so froh, seine alte

Fröhlichkeit zu hören. Aber als sie in sein Gesicht hochsah, erkannte sie, dass sein Tonfall nur gut verstellt war, seine Miene war immer noch ernst im fahlen Licht. Sie beschloss, ihn aufzuheitern. »Nein, ich habe nach Euch gesucht. Bietet Ihr Euch für diese Rolle an?« Sie erschrak, konnte sich gerade noch davon abhalten, ihre Hand vor den Mund zu schlagen. So offene Worte hatte sie nicht beabsichtigt, und auch Raymond sah sie fassungslos an.

Er räusperte sich: »Nein, Lia, du musst keine Angst haben, dein Vater würde nie auf den Gedanken kommen, *mir* eine seiner Töchter zu geben.« Er lächelte. »Du bist vor mir sicher, ich bin nur ein Bote – und ein Freund, wenn du deine Meinung dahingehend nicht geändert hast.«

Sie trat einen Schritt zurück, seine Worte ärgerten sie. »Wieso Angst?«

Überrascht sah er sie an. »Na, da ich ...« Er verstummte, irgendetwas an ihrem Blick schien ihn zu überfordern. Schließlich räusperte er sich. »Ich bin niemand, den eine Frau sich wünscht – zumindest keine mit Verstand. Meine Erscheinung lässt Feinde erzittern, eine holde Maid wird da erst recht Angst bekommen.«

»Gott sei Dank bin ich keine holde Maid.«

»Lia ...« Ihr Name strömte mit einer weißen Wolke in die Kälte. Und was sie darin hörte, bescherte ihr eine Gänsehaut. Sie dachte an Aoifes Worte, aber Raymond riss sie zurück in die Wirklichkeit.

»Ich weiß, ich werde nie heiraten – ich muss es als jüngerer Sohn auch nicht, ich habe kein Erbe weiterzugeben. Ich bin ein Krieger, und Gott weiß, keine Frau hätte es leicht an meiner Seite. Keine Frau sollte gezwungen sein, mit meinen Sünden zu leben.«

»Was für Sünden? Ihr wart ein Kind, und was in ...«

Er hob die Hand, ließ sie nicht aussprechen. »Du kennst

mich nicht, Lia, daher redest du so unklug daher. Aber ich kenne dich. Und ich weiß, hätte ich je vorgehabt zu heiraten …« Er presste die Lippen aufeinander, wich ihrem Blick aus, sah auf den schlammigen Boden hinunter und wieder zurück zu ihr, diesmal durchdringend. »Sie hätte wie du sein müssen.«

Die Kälte wich um sie herum, für sie herrschte Sommer, die Worte strömten mit Wärme, ja fast schon Hitze durch sie hindurch. Sie wusste nicht, ob sie je so glücklich gewesen war, während sie sich gleichzeitig den Tränen nahe fühlte. Sie schluckte, um das Brennen in ihrer Kehle loszuwerden.

»Nein.« Er ballte die Hände an seinen Seiten zu Fäusten. »Sie müsste du sein.«

Sie war sprachlos, es fiel ihr schwer zu glauben, dass sie nicht träumte.

Raymond sah über sie hinweg und ließ seinen Blick über den Hof schweifen, als fürchtete er genauso wie Aoife, sie könnten gesehen werden, jemand könnte diese Worte hören. Aber sie hielten sich unter dem vorstehenden Dach in der Ecke der Halle, und weder Bedienstete noch Gäste kamen hier vorbei. Die meisten, die aus der Halle torkelten, waren Ritter auf dem Weg zu einem Baum, an dem sie sich erleichtern konnten, keiner von ihnen sah nach links oder rechts.

Lia musste die Gelegenheit ergreifen. Jetzt, da sie sich so nahe waren, musste sie ihm zeigen, dass sie seine Abgründe kannte, dass sie für ihn da war. »Ich habe von Baginbun erfahren. Es tut mir leid, das muss schrecklich gewesen sein.«

Seine Augen verengten sich, er trat einen Schritt zurück.

»Darum ging es mit de Montmorency, nicht wahr? Deshalb habt Ihr ihn angegriffen …«

»Du weißt nicht, wovon du redest.« Er drehte sich abrupt um, aber Lia ließ ihn nicht davonkommen.

»Dann redet mit mir, sagt mir, was Euch so bedrückt, statt Reißaus zu nehmen.« Er fuhr zu ihr herum, und beinahe wäre sie zurückgewichen. Aber sie war zu aufgebracht, um Angst zu haben. »Gerade noch habt Ihr gesagt, dass Ihr mich heiraten wollt, und dann …«

»Ich habe dir gesagt, dass ich nie heiraten werde und dass auch dein Vater nie zustimmen würde.«

»Also geht Ihr einfach fort? Ihr wollt noch nicht einmal für mich kämpfen?«

»Für dich kämpfen? Du willst, dass ich für dich kämpfe?« Er machte einen bedrohlichen Schritt auf sie zu. »Wenn ich damit anfinge, Lia, könnte ich nicht mehr aufhören, verstehst du das denn nicht? Wenn ich auch nur einen winzigen Moment den Gedanken zulassen würde, dich zur Frau zu nehmen, wenn ich mir nur einen Funken Hoffnung erlauben würde, gäbe es kein Zurück mehr, dann gehe ich den ganzen Weg, ungeachtet der Konsequenzen oder des Preises.«

Lia konnte sich nicht bewegen, alles in ihr vibrierte. Sie war sprachlos, aber sie musste auch nichts sagen, denn Raymond fuhr fort, seine Stimme kaum mehr als ein Knurren.

»Dann bist du gefangen, Lia. Wenn ich einfach tue, was ich will.« Er kam noch ein Stück näher, so nah, dass sie seinen Atem auf ihrem Gesicht spüren konnte, und in ihr stiegen heiße Wellen hoch. »Dann sitzt du fest, dein restliches Leben lang. An der Seite eines Mörders.«

Er sah auf sie hinab, seine Miene derart kalt, dass aus der Hitze in ihr Eis wurde. »Ihr seid kein Mörder.« Sie hob ihre Hand, legte sie auf seine Brust. Sie spürte sein Herz rasen unter dem Hemd. »Baginbun macht Euch nicht zum Mörder.«

»Ich spreche nicht von Baginbun.« Mit diesen Worten wandte er sich ab und schritt ohne ein weiteres Wort davon. Lia stand da wie gelähmt. Gerade noch hatte sie geglaubt zu wissen, was mit ihm los war, hatte sich ihm so nahe gefühlt, und nun stand sie allein in der Dunkelheit, die sich wie eine fesselnde Decke um sie schloss.

»Mylady!«

Sie zuckte zusammen, fuhr herum und sah sich Geoffrey FitzRobert gegenüber. Ein Seufzen entkam ihr.

»Was macht Ihr hier draußen?« Er sah sich um, als versuche er einen Grund für ihren nächtlichen Ausflug zu finden, neugierig, wie es seine Natur war, und auch ein wenig misstrauisch. »Ist das Raymond le Gros, den ich da über die Brücke in die Stadt gehen sehe?«

Lia blickte so gleichmütig wie möglich in die Richtung, in die sein Finger wies. »Gut möglich.«

»Bestimmt ist er auf dem Weg zu seinen Männern, um mit ihnen zu feiern – ich habe gehört, höfische Zusammenkünfte sind nicht sein Fall. Also nicht erst, seit der König hier ist. Robert de Quincy, de Montmorency und die Bloet-Brüder haben vorhin gescherzt, dass er sich lieber beim einfachen Fußvolk und den Bogenschützen aufhält, wie ein rangloser Krieger und nicht ihr Kommandant. Nun, sie mögen über ihn lachen, aber ich weiß, die Männer verehren ihn.«

»Das kann ich mir vorstellen.« *Er war ihr Champion.*

»Hat er etwas zu Euch gesagt, als er hier vorbeigekommen ist?« Geoffrey musterte sie neugierig und mit deutlicher Heldenverehrung im Blick. Vermutlich würde sie in seiner Achtung steigen, wenn sie ihm offenbarte, dass der große Raymond le Gros sich als ihr Freund bezeichnete. Und vielleicht insgeheim sogar mehr. Sie dankte still der Dunkelheit, die die aufsteigende Röte in ihren Wangen verbarg.

»Er sagte ›Guten Abend, Mylady‹«, antwortete sie unschuldig. »Ich glaube, er ist kein sehr gesprächiger Mann.«

»Kein Wunder.« Etwas lag in seinem Ton, das sie aufhorchen ließ. Er wusste doch alles! Aber diesmal war es nicht seine dumme Vorstellung von heldenhaften Rittern und Damen in Not, die sie davon abhielt, ihn auszufragen. Eher käme es ihr wie ein Betrug an Raymond vor. Hinter seinem Rücken über seine

Geheimnisse zu sprechen, war auch nicht der richtige Weg. Ihr Interesse an Raymond war ohnehin etwas, das sie vor Geoffreys Neugierde besser verbarg. Einem wissenshungrigen Knappen wie ihm entging vermutlich nicht mal die kleinste Veränderung in ihrem Tonfall.

»Wir sollten wieder reingehen. Euer Vater hat mich geschickt, um nach Euch zu sehen, er macht sich bestimmt Sorgen.« Er deutete zurück zur Halle, plötzlich schien er es ganz eilig zu haben, als erinnerte er sich gerade erst wieder an seinen Auftrag.

Lia verkniff sich ein Seufzen. »Es tut mir leid, dass er Euch zu meinem Aufpasser ernannt hat.«

Überraschung und dann Unbehagen standen in seinem Blick. »Ich wollte mich nicht beschweren. Falls meine Worte unklug gewählt waren …«

»Waren sie nicht. Ich weiß nur, wie sehr es Euch widerstrebt, von Eurem Aufstieg zum glorreichen Ritter abgehalten zu werden.« Sie lächelte, es war ein Aoife-McMurrough-Lächeln, das sich nur auf die Lippen beschränkte. Sie wollte sich abwenden, aber Geoffrey verstellte ihr den Weg.

»Ihr haltet mich für albern, nicht wahr? Ihr meint, ich sollte keinen Wert darauf legen, was andere sagen, wenn eine junge Frau sich einem Ritter entgegenstellt, um mich vor Prügel zu bewahren.« Seine feinen dunklen Haare spielten im Wind um sein Gesicht. »Vielleicht habt Ihr recht. Vielleicht sollte es mir egal sein, und ich sollte Euch danken, dass Ihr mich vor weiteren Schlägen bewahrt habt. Ich bin Euch auch dankbar. Aber das ändert nichts daran, dass ich lieber körperlichen Schmerz gespürt hätte als die Schmach.«

Lia konnte ihn nur traurig ansehen. Er sah so zerknirscht aus, und sie bedauerte den Verlust einer Freundschaft, die es zwischen ihnen wohl nie geben würde. »Ihr werdet ein großer Ritter werden, Geoffrey FitzRobert. Dessen bin ich mir ganz sicher.« Sie konnte die Bitterkeit nicht ganz aus ihrer Stimme heraushalten, und Geoffrey presste die Lippen aufeinander, nickte schwach. Schweigend führte er sie zurück zur Halle, wo er sie pflichtschuldigst bewachte. Lia konnte nur seufzen. Sie hatte genügend Ritter, die sie schützten, aber keine wirklichen Freunde in diesem fremden Land.

Ferns, Südostirland, November 1171

»Ihr solltet bei diesem Wetter wirklich nicht draußen sein, Mylady.« Geoffrey eilte neben ihr her durch die Pfützen, die lederne Kapuze tief in die Stirn gezogen, die Hand auf dem Knauf seines Kurzschwerts. Sein Blick wanderte über das Grasland, das sogar jetzt im November alle Schattierungen von Grün aufwies, und zu den Hügeln in der Ferne, als erwartete er, eine fremde Kriegsbande am Horizont auszumachen.

Lia antwortete nicht, sie konzentrierte sich auf den steinernen Rundturm. An ihm schloss direkt das Kirchenschiff der nahen St. Marys Abbey an, und jenseits davon erstreckte sich der Friedhof, auf dem unter einem keltischen Hochkreuz Aoifes Vater Dermot McMurrough ruhte. Dermot hatte dieses Kloster den Augustinern gestiftet, vielleicht, weil er sich im Alter von seinen Sünden hatte reinwaschen wollte und Gott gefallen wollte. Andererseits war seine Gabe nicht ganz uneigennützig gewesen. Er hatte urkundlich festhalten lassen, dass Ferns einen Anteil des in der Abtei gebrauten Biers erhielt.

Seit Lia vor ein paar Wochen hierher, nach Ferns, den Fürstensitz von Leinster, gekommen war, auf dem Aoife aufgewachsen war, hatte sie unzählige Schauergeschichten über Dermot gehört. Nicht nur einmal hatte er während seiner Feldzüge Kirchen geschändet, sogar Nonnen waren seiner Grausamkeit anheimgefallen. Und seine Kinder hatten so etwas wie väterliche Liebe nie gekannt. Trotzdem kniete Aoife fast jeden Morgen nach der Messe am Grab ihres Vaters, als trauerte sie ein halbes Jahr nach seinem Tod noch immer wie am ersten Tag. Lia konnte sich ihr Verhalten nicht erklären.

Doch heute war Aoife nicht zurückgekehrt, und obwohl die Gegend um Ferns streng bewacht wurde, machte Lia sich Sorgen. Ihre Stiefmutter und sie hatten in den letzten Wochen nicht viel Zeit miteinander verbracht. Meist war Aoife mit Strongbow zusammen gewesen, und seit seiner Abreise mit dem König widmete sie sich erneut ganz dem Erlernen der normannischen Sprache. Ihr Lehrmeister, der einstige Schreiber Dermots, der auf den Namen Morice Regan hörte, war streng. Er nahm auch andere Irinnen in die Pflicht, die Sprache der neuen Herren zu erlernen. Deshalb fand Lia es so ungewöhnlich, dass Aoife eine Lehreinheit versäumte. Und obwohl sie sich in der kurzen Zeit zusammen noch nicht wirklich nahegekommen waren und Lia sie immer noch schwer zu durchschauen fand, konnte sie nicht untätig bleiben. Sie fand, sie schuldete es ihrem Vater, ein Auge auf die Person zu haben, die ihn so offensichtlich glücklich machte und sein Kind trug. Wo war sie nur?

Lia legte ihre Hand an die Stirn, versuchte ihre Augen vor dem Regen abzuschirmen. Die Tropfen peitschten mit dem Wind wie Nadelstiche in ihr Gesicht.

Es waren die Winterstürme, die von der See hereinbrachen, sagten die Männer in der Burg, und obwohl Ferns bestimmt fünfzehn Meilen von der Küste entfernt lag, glaubte sie manchmal, das Salz des Meeres auf ihren Lippen zu schmecken.

»Lady Aoife hätte nicht ohne eine Wache hier rauskommen dürfen.« Geoffrey hob seinen Arm über die Augen und blickte zum Friedhof hinüber, der nur von einer niedrigen Mauer eingegrenzt wurde. »Wenn der Earl hört, dass seine Frau bei Sturm und Regen durchs Land streift. Dass seine Tochter genauso unbesonnen ist und ich sie auch noch begleite …«

»Ihr könnt gerne umkehren, wenn Ihr wollt.«

Geoffrey gab ein Schnauben von sich und schritt durch das

offen stehende Tor in den Hof der Abtei. »Dann würde er mich erst recht vierteilen. Er hat *mich* für Euer Wohlergehen verantwortlich gemacht, und ich werde mich seines Vertrauens würdig erweisen.« Er deutete zum Gewölbe des Kreuzgangs hoch. »Wartet hier, unter dem Bogen werdet Ihr nicht nass – nicht schlimmer als ohnehin schon zumindest. Ich sehe beim Friedhof nach Lady Aoife.«

Lia nickte und sah Geoffrey hinterher, der mit eingezogenem Kopf durch den verlassenen Hof rannte. Von den Mönchen war nichts zu sehen, vielleicht waren sie beim Gebet – obwohl die Glocken noch nicht zur Sext geläutet hatten. Oder sie verschanzten sich nur vor dem schlechten Wetter und gaben sich ihren Schreibarbeiten hin.

Lia betrachtete die einzelnen Tropfen, die in die vielen Pfützen fielen und wieder hochsprangen, und genoss den Moment allein. In der Burg war sie ständig von irgendwelchen anderen Damen umgeben – aus Wales oder England nachgeholte Gemahlinnen von Rittern aus dem Gefolge ihres Vaters und Frauen und Töchter von hochgestellten Kriegern aus der irischen Truppe. Ihrem Vater stand die Haustruppe Dermots zur Seite, die aus seinen besten Kriegern bestand. Es schien sie nicht zu stören, nun einem Normannen folgen zu müssen, was, so glaubte Lia, daran lag, dass sie Aoife treu ergeben waren.

Eine Bewegung aus den Augenwinkeln riss sie aus ihren Gedanken. Es war Geoffrey in seinem triefenden Umhang, der vom Friedhof zurückgelaufen kam – allein.

Ein ungutes Gefühl beschlich sie, noch stärker als vorhin im Frauengemach, als Morice Regan gekommen war, um Aoife abzuholen, sie aber nicht vorgefunden hatte.

»Bei Dermots Grab ist sie nicht!« Geoffrey kam unter dem Gewölbe des Kreuzgangs zum Stehen und sah sich im Hof um.

Lia deutete zur Abteikirche hinüber. »Vielleicht wollte sie bei diesem Regen nicht zurückgehen und hat Unterschlupf gesucht.« Sie wartete auf keine Antwort und rannte los, auf das steinerne Gotteshaus zu. Geoffrey überholte sie und öffnete das Tor.

Düsternis empfing sie, tiefe Schatten, die nur durch wenige Kerzen vorne beim Altar an Vollkommenheit verlor.

Lia kniff die Augen zusammen und konnte eine Gestalt ausmachen, die vor dem Altar kniete. Im nächsten Moment hallte ein klatschendes Geräusch von den Kirchenmauern wider. Sie riss die Augen auf, konnte nicht glauben, was sie sah, aber da holte der Mann erneut aus und ließ im rötlichen Licht eine Peitsche mit mehreren Riemen auf seinen nackten Rücken niederfahren. Dann murmelte er ein Gebet, das Lia aus der Entfernung nicht verstehen konnte.

Geoffrey an ihrer Seite bekreuzigte sich, und Lia spürte, wie sich eine Gänsehaut über ihren ganzen Körper legte.

»Wir sollten gehen«, flüsterte der Knappe und reichte ihr seine Hand, aber Lia konnte sich nicht rühren. Sie betrachtete den Unbekannten genauer. Sie erkannte graues kurzgeschnittenes Haar, das schon eine kahle Stelle aufwies, und einen schlanken, fast schon ausgezehrten Körper.

Ein erneuter Hieb, und sie presste die Lippen aufeinander, konnte den entsetzten Laut aber nicht gänzlich unterdrücken. Der Mann hielt inne. Geoffrey griff nach ihrem Arm, nicht zimperlich, er flüsterte auch nicht mehr, da sie ohnehin schon bemerkt wurden. »Lady Aoife ist nicht hier, lasst uns von hier …«

»Die werte Lady Aoife befindet sich mit dem Abt im Refektorium. Sie glaubt, die klösterlichen Abgaben besprechen zu können.« Der Mann erhob sich, und Lia, der vorher schon kalt gewesen war, fröstelte nun. Seine Stimme jagte ihr einen eisigen Schauer den Rücken hinunter. »Genauso wie sie glaubt, es schickt sich, in ihrem Zustand das Gemach mit ihrem Gemahl zu teilen, obwohl die christlichen Lehren es strengstens verbieten.«

»Sir Hervey, Ihr tut Buße?«, rief Lia und spürte Geoffreys überraschten Blick. Vielleicht, weil sie sich keine Mühe gab, die Abscheu aus ihren Worten herauszuhalten.

»Das würde dir auch nicht schaden, Bastard.« Er ließ die Geißel in seine offene Hand knallen, was sie zweifelsohne als Drohung auffassen durfte. Dann hob er ein härenes Hemd vom Boden auf und streifte es sich über den mageren, blutenden Körper und kam auf sie zu. Sie hatte gehört, dass er fastete und viel Zeit im Gebet verbrachte, aber dass er derart fanatisch fromm war, hatte sie nicht gewusst. Was sagte es über de Montmorency aus, dass er fähig war, seinen Körper derart zu quälen? Wie dunkel musste seine Seele sein? Er war Witwer, ihre Großmutter, Isabel de Beaumont, war vor der Irland-Kampagne gestorben, und Lia wusste nicht, wie nah sie einander gestanden waren. Hatte er die Witwe seines Bruders, die er entgegen jeder Moral geheiratet hatte, tatsächlich geliebt? Oder sie nur zur Frau genommen, um seinen Stand zu verbessern? Die Antwort war unwichtig, denn jetzt war sie nicht mehr hier, die strenge Lady Isabel, und einen flüchtigen Moment lang verspürte Lia Mitleid mit Hervey, wenn er derart zerschunden vor ihr stand. Aber dann dachte sie an den Händler Merfyn, an all die Männer von Baginbun, die einen schrecklichen Tod erlitten hatten, und an Raymonds Bürde und Schuld, und sie erinnerte sich daran, dass er jeden Hieb verdiente.

»Keine meiner Sünden könnte mich je in solch eine Finsternis stürzen«, erwiderte sie langsam und auf jedes Wort bedacht. Sie zeigte auf die Geißel in seiner Hand.

De Montmorency lachte auf, es hatte etwas Teuflisches an sich. »Du irrst dich, Bastard.« Er kam auf sie zu, und Lia spürte, wie Geoffrey sich an ihrer Seite anspannte. Vielleicht sah er den Moment gekommen, sie zu retten, sich vor sie zu stellen, so wie sie es bei Robert de Quincy getan hatte. Im Moment war sie froh darüber. De Montmorencys helle Augen trugen das Kerzenlicht in sich und wirkten auf sie wie ein flammendes Tor in die Abgründe der Hölle.

Er blieb vor ihr stehen, seine von blauen Äderchen durchzogene Haut spannte sich straff über sein knochiges Gesicht, was es im Zusammenspiel aus Licht und Schatten wie einen Totenschädel aussehen ließ. »Es ist nicht Finsternis, die ich mit der Geißel erlange, sondern Licht. Meine Seele ist rein. Ich lächle durch den Schmerz, ich genieße jeden Hieb, bringt er mich doch Gott näher.«

»Oder dem Teufel«, erwiderte sie, diesmal völlig unbedacht und ohne sich davon abhalten zu können.

De Montmorencys Lächeln gefror, entstellte sein Gesicht noch mehr zu einer Grimasse. Im nächsten Augenblick sah sie eine Bewegung, sie war zu schnell, um sie richtig auszumachen oder zu reagieren. Ehe sie sich versah, zerbarst Schmerz in ihrem Kopf.

Der Schlag mit dem Handrücken traf sie so heftig, sie konnte sich nicht halten, die Wucht riss sie von den Beinen, und sie fiel hart auf den Steinboden. Alles um sie wurde schwarz, sie spürte ihren Herzschlag in der Schläfe pochen, ihre Ohren sausten, sie schmeckte Blut auf ihren Lippen und musste blinzeln, um wieder richtig zu sich zu kommen.

»Wage es nicht, so mit mir zu sprechen, dreckiger Bastard.«

Lia hob den Kopf, schob ihr Kinn vor und durchbohrte de Montmorency mit tödlichem Blick. Sie spürte, dass ihre Lippe aufgeplatzt war, und vernahm Nässe, die ihr übers Kinn floss. Sie konnte ihn nur durch einen verschwommenen Nebel ansehen, Tränen verschleierten ihre Sicht, aber es waren Tränen des Zorns.

»Es wird Zeit, dass dir jemand Respekt beibringt.« Seine Hand schnellte erneut vor, aber sie zuckte nicht zurück. Seine Finger vergruben sich in ihrem nassen Haar, er zog sie auf die Beine.

Lia starrte ihn an, innerlich bebte sie vor Angst, aber der Trotz war stärker. »Fühlt Ihr Euch nun ebenfalls Gott näher? Fühlt Ihr Euch stark?« Ihre Worte waren kaum mehr als ein Flüstern.

De Montmorencys Griff in ihrem Haar verstärkte sich, er zog ihren Kopf zurück. »Es ist Gottes Wille, eine schmutzige, sündhafte Frau an ihre Rolle zu erinnern. Es ist die Pflicht eines jeden Mannes, eines guten Christen, Ungehorsam und Respektlosigkeit des niederen Geschlechts zu bestrafen. Ja, ich fühle mich stark und Gott näher, wenn ich Gottes Werk verrichte. Dein Vater wird es begrüßen, dass ich ihm abnehme, was er versäumt hat – eine halbwegs anständige Frau aus dir zu machen.«

Lia kämpfte gegen den Drang, ihn anzuspucken, als sich das Blut in ihrem Mund sammelte. Aber ehe sie den Kampf gegen die Vernunft verlor, sah sie eine Bewegung aus ihren Augenwinkeln, eine Gestalt trat an sie heran, zu klein gewachsen, um Geoffrey zu sein.

Eine schmale, beringte Hand legte sich auf de Montmorencys Arm, gedrehte Goldreifen schmiegten sich um die Handgelenke, die Fingernägel bohrten sich sichtlich in seine Haut.

»Sir Hervey.« Aoife trat an seine Seite, ihr Gesicht die üblich kühle Maske der Undurchschaubarkeit, aber in ihren grünen Augen loderte etwas Gefährliches. »Ich würde Euch danken, wenn Ihr Eure Hand von meiner Tochter nehmen könntet.« Sie sprach wie immer langsam, jedes normannische Wort sorgfältig formend, was dem Gesagten noch mehr Gewicht verlieh.

De Montmorency sah Aoife nicht einmal an. »Eure *Tochter* ist ein Bastard, Madame, und jeder, der diesem Geschöpf in die Augen sieht, wird von Sünde beschmutzt. Sie gibt sich ja noch nicht einmal Mühe, ihr Wesen zu verbergen, ist ihr Mundwerk doch genauso dreckig. Seid unbesorgt, ich reinige sie für Euch.«

Aoife lächelte. »Ich bin die Tochter eines Königs und die Gemahlin Eures Herrn. Ich würde es vorziehen, mich nicht wiederholen zu müssen.«

Unvermittelt änderte sich etwas in de Montmorencys Ausdruck. Ein noch tieferer Zorn zeichnete sich in seinem Gesicht ab. Kein Wunder, war es doch ein Mitglied des niederen Geschlechts, das ihm Befehle erteilte.

»Sie muss bestraft werden. Frauen, die nicht gehorchen, müssen eine Lektion erteilt bekommen.« Er ließ seine Hand sinken, das Reißen an ihrer Kopfhaut hörte endlich auf, aber er war noch nicht fertig. Er wandte sich Aoife zu, mit deutlichem Unwillen, das Wort an sie richten zu müssen. »Madame, als gottesfürchtiger Mann ist es meine Pflicht …«

»Eure Pflicht ist es, dieses Land zu verwalten und meinen Gemahl zu vertreten. Eure Pflicht ist es, dafür zu sorgen, dass Abgaben pünktlich eingebracht werden, dass unsere Palisaden mit ausreichend Wachen versehen sind, dass Recht gesprochen wird und jeder Bewohner dieser Burg wohlaufgehoben ist. Die Tochter des Earls zu misshandeln gehört gewiss nicht dazu.«

»Misshandeln?!« Röte stieg in die sonst so blassen Wangen, seine Hand ballte sich zur Faust. *»Ihr Frauen, ordnet euch euren Männern unter wie dem Herrn. Denn der Mann ist das Haupt der Frau.* So sagt es die Bibel, so predigen es unsere Kirchenfürsten und der Heilige Vater in Rom.«

Aoife zuckte mit den schmalen Schultern. »Frauen sind dem Manne ebenbürtig«, erklärte sie, als spräche sie zu einem kleinen Kind, »so sagt es das irische Gesetz. Und ich glaube, Ihr befindet Euch im Moment auf irischem Boden.«

»Deshalb sind wir hier«, knurrte de Montmorency. »Um solch heidnisches Gedankengut auszumerzen, deshalb ist seine Hoheit König Henry hier! Um Irland in den Schoß der römischen Kirche zu führen.«

Ein Lächeln spielte um die bemalten Lippen der Prinzessin. »Wir werden sehen.« Sie hob kaum merklich ihre Hand, und ein Krieger trat aus den Schatten, den Lia bis dahin gar nicht vernommen hatte.

Erst beim zweiten Hinsehen erkannte sie ihn. Sie hatte ihn bereits öfter in der Halle an der Seite ihres Vaters gesehen – sein Name war Donnell Kavanagh, er war Aoifes Halbbruder. Das leuchtend rote Haar fiel ihm in Wellen bis über die Schultern und umrahmte ein kantiges Gesicht mit Augen, die genauso grün waren wie die seiner Schwester. Der ebenso rote Bart umgab einen verkniffenen Mund und fiel bauschig vom Kinn herab. Eine langstielige Axt hing an seiner Seite, auch wenn seine Statur den Anschein machte, dass er mit seinen bloßen Händen genügend Schaden anrichten konnte. Er trug keinen Ringpanzer wie normannische Ritter, nur ein Lederwams, und damit war er im Vergleich zu anderen irischen Kriegern schon stark gerüstet. Die Iren zogen in einfacher Bekleidung in die Schlacht, oft sogar ohne diese, sondern lieber mit Bemalungen auf der nackten Brust. Viele von ihnen kämpften mit Steinschleudern, und so erschien es Lia nicht verwunderlich, dass die Normannen mit ihrem fortschrittlichen Kriegswesen Siege über enorme Überzahlen erzielt hatten. Wenn sie sich Donnell aber so ansah, traute sie ihm durchaus zu, mit seiner Axt auch ein Kettenhemd zu zertrümmern.

De Montmorency schien ihren Gedanken zu teilen, denn er trat zögernd zurück, ein widerwärtiges Lächeln im Gesicht. »Mylord Kavanagh, ich habe Euch gar nicht kommen hören.«

Der Ire durchbohrte de Montmorency mit kaltem Blick, er sprach kein Wort, vermutlich, weil er das Normannische anders als seine Schwester nicht beherrschte. Das musste er auch nicht, seine Anwesenheit allein genügte schon, um den Onkel ihres Vaters in seine Schranken zu weisen.

Donnell war Dermots ältester Sohn, laut normannischem Recht hatte er aber aufgrund seiner illegitimen Geburt keinen Erbanspruch auf das Land. Genauso wenig hatte Strongbow laut irischem Recht einen Anspruch darauf, aber es waren jetzt nun mal Normannen, die herrschten. Zwar unterschieden sich die irischen Gesetze in fast allen Belangen von den normannischen – so auch in der Erbfrage, aber Donnell wusste wohl, dass er sich lieber auf die Seite des Stärksten stellte. In Irland mochte ein Fürst und König von seinen Clanführern gewählt werden, meist war es aber so, dass die Königswürde ausgefochten wurde. Eine blutige Angelegenheit, die für Donnell keine Aussicht auf Erfolg versprach. Vielleicht war er ihrem Vater gegenüber aber nicht nur aus pragmatischen Gründen loyal. Vielleicht glaubte er tatsächlich an die Veränderungen, die die Normannen in das Land brachten. Lia hatte es in Wales gesehen. Viele schätzten die geregelten Gesetze, den Frieden und die Sicherheit abseits von ständigen Raubzügen und Scharmützeln.

Sie konnte sich gut vorstellen, dass Donnell ein Leben als hochgestellter Lord an der Seite eines mächtigen, scheinbar unbesiegbaren Volkes dem ständigen Kriegstreiben vorzog.

»Madame.« De Montmorency machte eine auffordernde Geste in Aoifes Richtung. »Ich überlasse Basilia gerne Eurer Obhut, auf dass Ihr ihre Erziehung übernehmt.«

»Ich schätze Euer Entgegenkommen.« Sie wandte sich an Donnell und sprach ein paar ruhige Worte auf Irisch. Ihr Bruder erwiderte nichts, sondern kam ohne Umschweife auf Lia zu, umfasste ihren Oberarm, nicht fest, aber bestimmt und führte sie zum Tor. Lia war viel zu verblüfft, um sich zu wehren, und folgte ihm. Dabei fiel ihr Blick auf Geoffrey, den sie in all der Aufregung ganz vergessen hatte. Kränklich blass stand er da und sah von einem zum anderen, so verloren wie ein Kind allein im Wald – und sie wusste, wie sich das anfühlte.

»Es wäre mir lieb, solche Vorkommnisse zukünftig nicht mehr bezeugen zu müssen«, hörte sie Aoife, als Donnell sie hinaus in den Regen führte. »Ihr seid der Onkel meines Gemahls, er schätzt Euch sehr, und ich möchte keinen Unfrieden in der Familie.« An ihrem würdevollen Tonfall änderte sich nichts, trotzdem glaubte Lia, eine Drohung herauszuhören. Ehe sie aber de Montmorencys Antwort hören konnte, fiel das Tor zu, nicht aber, bevor Geoffrey noch hindurchgehuscht war – sich vermutlich gerade erst an seine Aufgabe erinnernd, sie zu beschützen. Dass Lia allein mit einem irischen Krieger hier draußen stand, wenn er auch der Schwager seines Herrn war, schien ihm nicht zu behagen. Er trat von einem Bein aufs andere, aber Lia beachtete ihn nicht länger.

Sie wandte sich Aoifes Bruder zu. Donnell nahm seinen Umhang ab und legte ihn ihr über die Schultern, nicht sanft und nicht grob, so wie er vermutlich einen Sattel auf den Rücken eines Pferdes schwang. Dann zog er auch noch sein Wams aus und das Hemd über den Kopf und hielt es unter ein Rinnsal von Regenwasser, das vom Dach strömte.

Lia wusste gar nicht richtig, was vor sich ging, sie war viel zu schockiert, so unvermittelt einem halbnackten Mann gegenüberzustehen, dessen muskulöser Oberkörper von Narben überzogen war. Donnell, dessen Brust nicht nur durch alte Verletzungen, sondern auch von schwarzen, mit Tinte in die Haut gestochenen Bildern gezeichnet war, reagierte nicht auf den Regen, als wäre es für ihn ganz alltäglich, ihm ohne jeglichen Schutz ausgesetzt zu sein. Lia starrte auf ein Bildnis, das einen Wolf und ein Kreuz darstellte.

Geoffrey stand der Mund offen, sie konnte es ihm nicht verdenken.

Donnell ließ das Hemd gänzlich durchnässen, dann hob er es an ihr Gesicht und tupfte mit einer Selbstverständlichkeit ihr Kinn ab, die der Situation nichts von der Absurdität nahm.

Sie betrachtete ihn genauer, die grünen Augen, die sich konzentriert auf das Blut richteten, das er so gewissenhaft beseitigte, die schmalen Lippen, die hinter seinem Bart fast verschwanden.

Unvermittelt traf sie sein Blick, als spürte er, dass sie ihn musterte, und ein Lächeln grub Fältchen in seine Haut. Er sagte etwas auf Irisch, ein heiseres Grummeln, das einen tröstenden Klang hatte, und Lia erwiderte das Lächeln.

»Ich danke Euch, Mylord Kavanagh.« Sie nickte ihm zu und fand es plötzlich bedauerlich, seine Sprache nicht zu beherrschen. Sie war mit dem Normannischen auf der von ihrem Vater errichteten Burg in Ferns gut zurechtgekommen. Die meisten, die diese Sprache nicht kannten, waren bemüht, sie zu erlernen. Aber nun erfüllte diese Arroganz sie mit Scham. Sie war hier im Land der Iren. Es lag an ihr, ihre Sprache zu erlernen, nicht andersherum, genauso war sie erpicht darauf, die irische Lebensart und die Gesetze kennenzulernen. Denn wenn die Iren tatsächlich so viel anders, so viel freier dachten, dem walisischen Volk ähnlicher waren als dem normannischen, konnte sie sich vorstellen, hier eine Heimat zu finden, verwandte Seelen. Sie wollte lernen, mit demselben Eifer, den Aoife in ihre Lehrstunden legte, um die Kultur ihres Gemahls kennenzulernen.

Eine Last schien ihr von den Schultern zu gleiten. Sie war haltlos getrieben, stets darauf wartend, die Kunde ihrer bevorstehenden Hochzeit zu erhalten, nicht wissend, was auf sie zukam, nicht wagend, richtig anzukommen. Aber nun hatte sie ein Ziel, sie konnte auf etwas hinarbeiten, und allein schon dieses Vorhaben gab ihr Kraft, ließ de Montmorencys schändliche Tat und giftige Worte plötzlich unwichtig erscheinen.

Das Tor schwang erneut auf, und Aoife kam heraus. Es wunderte Lia ein wenig, dass Donnell die schwangere Prinzessin Leinsters, ohne zu zögern, mit de Montmorency allein gelassen hatte, vor allem, nachdem er gesehen hatte, wie es Lia mit ihm ergangen war. Aber vielleicht traute er seiner Schwester zu, sich selbst zu helfen. Er kannte sie schließlich gut genug.

Aoife ließ ihren Blick von Lia zu Donnell schweifen und richtete dann ihre unter der Kapuze ihres Umhangs glühend grünen Augen auf Geoffrey. »Ich dachte, der Earl hätte sich klar ausgedrückt, was Eure Aufgabe hier anbelangt.«

»Madame?« Es war kaum mehr als ein hohes Keuchen.

»Lady Basilia sollte unter Eurem Schutz stehen!«

»Aber … Sir Hervey … er ist der Onkel des Earls, wie könnte ich … er steht über mir, ich bin nur ein Knappe. Ich soll sie doch nicht vor ihrer eigenen Familie beschützen! Er weiß, wie man … Gottes Lehren besagen, dass …«

Aoife legte den Kopf ein wenig schief. »Ja?« Sie lächelte liebenswürdig. »Sprich nur. Gottes Lehren besagen was?«

»Es ist die Pflicht eines Mannes …« Aoifes Blick ließ ihn abrupt innehalten, und er starrte zu Boden.

Lia konnte ihn nur sprachlos ansehen. Ständig predigte er, dass es seine Aufgabe war, sie zu retten. Aber wenn sie wirklich jemanden gebraucht hätte, der für sie einstand, rührte er keinen Finger. Schlimmer noch: Er gab de Montmorency recht. Sie hatte ihn anders eingeschätzt und ärgerte sich über ihre mangelnde Menschenkenntnis. Sein Geschwafel über die Rollen von Frau und Mann hätten ihr eine Warnung sein müssen.

»Geht mir aus den Augen.« Aoife winkte ihn davon, und Geoffrey zögerte nur kurz, ehe er eiligen Schrittes über den Hof zum Tor ging.

Donnell schnaubte verächtlich, er sagte etwas auf Irisch, und Aoife antwortete nicht weniger abfällig. Zum ersten Mal, so kam es Lia vor, trug sie keine Maske, sie war ganz sie selbst. Sie und ihr Bruder sahen sich an, und während die Worte in der so vertraut nach Walisisch klingenden Melodie hin und her pendelten, schien es eine besondere Verbindung zwischen ihnen zu geben.

Donnell warf ihr einen Blick zu, als bemerkte er ihre Faszination für diese geschwisterliche Verbundenheit, die sie selbst nie erfahren hatte. Er faltete sein Hemd auseinander und zog es sich, klitschnass und beschmutzt von ihrem Blut, über. Aoife legte ihm die Hand auf den Oberarm, flüchtig und nur leicht wie eine Feder, aber es war eine Geste großen Vertrauens, wie sie fand, ihre geraunten Worte trugen Dank und Zuneigung in sich.

»Donnell wird uns sicher zurückbringen.« Aoife warf einen Blick zurück über die Schulter. »Aber ich fürchte, wir müssen uns überlegen, wie wir zukünftig mit diesem … Mann verfahren.« Sie nahm Lias Hand und machte sich auf den Weg, auch ihr schien der stürmische Regen nicht viel auszumachen.

»Was können wir schon gegen de Montmorency unternehmen?« Lia blickte ebenfalls zur Kirche, sich de Montmorency erneut vor dem Altar kniend sich selbst geißelnd vorstellend. Ein Schauder fuhr ihr bei dem Gedanken den Rücken hinunter. »Er ist der Constable, solange Vater fort ist. Und bis zu seiner Rückkehr kann es noch lange dauern.«

Der König war nach seinem Aufenthalt in Waterford abgereist, um die Huldigung der Fürsten und Clanführer einzuholen. Auch wollte er Kirchenherren besuchen, die die Legitimität seiner Inanspruchnahme des Landes unterstützen sollten. Und um ihnen genau das Versprechen abzunehmen, das de Montmorency angesprochen hatte: heidnische Sitten auf dieser Insel zu unterbinden, so wie es der verstorbene Papst dem König aufgetragen hatte. Irland war christlich, es hatte sogar noch vor England und Wales zum wahren Glauben gefunden, aber die alten keltischen Bräuche waren hier noch tief verankert, die Gesetze Roms reichten nicht bis auf die Insel.

Henry war zwischenzeitlich wieder nach Waterford zurückgekehrt und hatte endlich Raymonds Onkel Robert FitzStephen freigelassen – er hatte ihm aber auch seine Ländereien genommen. Nun weilte der König in Dublin, einer weiteren Stadt der Ostmänner. Dort ließ er eine Burg erbauen und regelte die Verwaltung seines neuen Reiches. Ihr Vater war ihm nachgereist, nachdem er sie nach Ferns gebracht hatte. Gott allein wusste, wann er zurückkehrte, und bis dahin mussten sie mit de Montmorency als seinem Stellvertreter zurechtkommen.

»Was meint Ihr, Basilia?« Aoife hängte sich bei ihr ein, und Lia fand es immer noch erstaunlich, dass ihre Stiefmutter nur wenig älter war als sie – wenngleich sehr viel weiser, wie ihr schien, und so voller Lebenserfahrung. »Wie können wir de Montmorency in seine Schranken verweisen? Donnell sagt, dass unsere irischen Krieger ihn mit Misstrauen betrachten, sie können nichts mit seiner übertriebenen Frömmigkeit anfangen. Und die Männer Eures Vaters mögen ihn auch nicht, er schaut auf sie herab, verlangt die Einhaltung derselben strengen Regeln, nach denen er lebt … Das kann sich zu einem Problem entwickeln.«

Lia dachte über die Worte nach, erstaunt über dieses Gesprächsthema unter Frauen. Sie kannte sich in Politik, in Kriegen und Heerführung nicht aus und hätte auch nicht angenommen, dass Aoife sich darüber den Kopf zerbrach. Aber Lia war in diesem Land schon so oft überrascht worden, und sie konnte sich vorstellen, was Aoife meinte. Es gefiel ihr, sich selbst Gedanken darüber machen zu dürfen. »Die Männer brauchen jemanden, zu dem sie aufsehen. Einen Anführer.«

Aoife sah zur Burg, die ihr Vater neu hatte errichten lassen. Es musste schrecklich für sie gewesen sein, ihr Heim niederbrennen zu sehen. Kein Wunder, dass sie sich in Politik einmischte, sie wollte verhindern, noch einmal entwurzelt zu werden oder ihr Kind dasselbe Schicksal erleiden zu sehen. »Sollte der Moment kommen, wenn all diese Männer, Iren, Ostmänner, Normannen, Flamen und Waliser als Einheit zusammenstehen müssen, sollten wir hier angegriffen werden und die Männer sich weigern, de Montmorencys Befehl zu gehorchen, weil sie keinen Respekt vor ihm haben, steht es schlecht um uns. Wir können nicht alles, was mein Vater opferte, um seine Heimat zurückzuerlangen, verlieren, nur weil ein unfähiger, geistesverwirrter Mann sich bei seinem Neffen gutstellt. Ich habe zu oft gesehen, wie schnell ein Dach über einem zusammenbrechen kann, wie wenig nötig ist, um das Werk von Generationen zu vernichten. Ein Fürst oder auch ein Earl kann jeden noch so großen Feind abwehren, solange seine Männer hinter ihm stehen und an ihn glauben. Sir Raymond hat es oft genug bewiesen. Aber wenn sie unzufrieden werden, wenn aus einem kleinen Funken ein Feuer entsteht, sind wir alle verloren.« Sie drückte Lias Arm, blickte weiterhin geradeaus zur Burg. »Wir müssen zusammenhalten, wollen wir all das erhalten. Iren wie Normannen und Waliser. Meine Familie wie deine. Wir beide.«

Lia zog ihr Speisemesser aus dem Beutel an ihrem Gürtel und kniete sich ins nasskalte Ufergras des River Bann. Sie hob den schweren Ast auf ihre Schenkel und zog das Messer in langsamen gleichmäßigen Bewegungen über die Rinde von ihr weg. Der Duft des nassen Holzes stieg ihr in die Nase, und sie erinnerte sich an ihren Großvater, der ganz versunken in seine Arbeit an Pfeilen arbeitete. Sie dachte an ihre Tante Marared, an ihre Mutter und auch an Alina. Besonders vermisste sie aber Gildas, der ihr stets das Gefühl gegeben hatte, den richtigen Weg finden zu können. Manchmal erschien ihr das hier in der Fremde ein Ding der Unmöglichkeit.

»Geoffrey FitzRobert ist ganz außer sich vor Sorge.«

Lia erkannte Aoife sofort an ihrer Stimme und ihrer Art zu reden. Sie sah aber nicht von ihrer Arbeit auf. Zu gefangen war sie vom Anblick des weiß glänzenden Holzes, das unter der Rinde zum Vorschein kam, zu gut fühlte es sich unter ihren Fingern an, um sich ablenken zu lassen.

»Ich habe ihm gesagt, du bist zur Abtei gegangen, damit er dich nicht allzu schnell findet. Es ist erstaunlich, dass du ihm ungesehen entwischen konntest. Er ist wie ein Falke mit Blick auf eine Maus.«

Diese Worte entlockten ihr ein Lächeln. »Wo ein Wille, da

ein Weg. Aber ich danke dir für die falsche Fährte. Auf seine Gegenwart kann ich im Moment verzichten.«

»Er ist kein schlechter Mann.«

»Ich weiß.« Sie dachte an den Knappen, der ihr am Hafen von Pembroke voller Begeisterung das Lagergut aufgezählt hatte, der ihr so außerordentlich freundlich und höflich begegnet war. »Geoffrey ist im Grunde seines Herzens kein schlechter Mensch. Aber seine Ansichten unterscheiden sich zu sehr von den meinen. Ich bin wohl zu sehr Waliserin, um mit seiner Weltanschauung zurechtzukommen.«

»Oder Irin«, erwiderte Aoife in der irischen Sprache, Humor klang aus ihrer Stimme, was eine Seltenheit war. Vielleicht fiel es Lia nach den gemeinsamen Wochen aber auch einfach nur leichter, hinter ihre Fassade zu blicken.

»Ja, oder Irin.« Sie antwortete ebenfalls auf Irisch, sie sprach noch nicht gut, aber sie verstand schon einiges, und ihre Stiefmutter war eine gute, geduldige Lehrmeisterin. Wann immer sich die Gelegenheit bot, wechselten sie in diese Sprache, damit sie ihren Wortschatz erweitern konnte.

Aoife kniete neben ihr nieder und betrachtete ihr Tun. Aus den Augenwinkeln bemerkte Lia, dass einer der Krieger aus Donnells Truppe sie begleitet hatte und sich im Hintergrund hielt – Cailech, der ehemalige Champion Dermots, der mit seinem langen rabenschwarzen Haar einen wahrlich düsteren Anblick bot.

»Du gibst dir große Mühe, eine Irin zu werden, Lia. Mein Lehrmeister Morice Regan sagt, du hättest ihm viele Fragen zu unseren Gesetzen gestellt.«

Lia blickte von ihrer Arbeit auf. Sie freute sich jedes Mal, wenn Aoife sie bei ihrem bevorzugten Spitznamen ansprach, obwohl Lia sie nie darum gebeten hatte. Sie wusste auch gar nicht, woher Aoife ihn kannte, vielleicht hatte Strongbow ihn erwähnt, auch wenn er sie stets Basilia nannte. Es zeigte ihr nur umso deutlicher, was für eine gute Freundin sie in ihrer Stiefmutter gefunden hatte. Auch aus Respekt ihr gegenüber gab Lia sich besonders große Mühe, Irland besser kennenzulernen. Auch wenn Morice Regan darunter leiden musste. Sie hatte den Schreiber schon fast in den Wahnsinn getrieben. Aber er war ein enthusiastischer alter Mann, der für sein Land brannte und sein Wissen gerne teilte. Sie glaubte also nicht, dass er ihr die vielen Fragen übelnahm. »Ich will lernen. In Striguil versuchte meine Mutter, eine Normannin aus mir zu machen, sogar ich selbst wollte das, um meinen Vater nicht zu enttäuschen. Aber ich fühlte mich diesem Volk nie wirklich nahe, vielleicht, weil sie immer auf mich herabblickten. In Elfael, bei meinem Stiefvater, erkannte ich dann, dass ich viel mehr Waliserin bin. Ich habe viel von ihm gelernt.«

»Wie dieses Handwerk hier?« Aoife deutete mit ihrer reich geschmückten Hand auf ihre Schnitzarbeit, und Lia vernahm die Missbilligung in ihrer Stimme. So nahe sie sich mittlerweile auch standen, Aoife war immer noch durch und durch Prinzessin, und Lias ungezähmte Art schien sie oft zu befremden.

»Das wird ein Wanderstab.«

»Wohin möchtest du denn wandern?«

Ein Grinsen befreite sich auf ihrem Gesicht. »Nirgendwohin. Er dient meinem Schutz.«

Es herrschte Stille – soweit es hier draußen in der Natur still sein konnte. Das Flusswasser und die Zweige der Kiefern am Ufer rauschten im Wind, aber trotzdem trug das Schweigen schwer.

»Lia, kannst du etwa damit umgehen? Damit … kämpfen?«

Lia zuckte nur mit den Schultern. Sie war stolz auf das, was sie bei Gildas gelernt hatte, doch sie beschlich das Gefühl, dass sie das Aoife gegenüber lieber verschweigen sollte. Wie zur Bestätigung ihrer Gedanken schnellte die Hand der Prinzessin unvermittelt vor und nahm ihr das Messer aus der Hand. Sie legte es in die Wiese, packte Lia an beiden Schultern und sah sie ernst an.

»Es ist nicht unser Platz, den Umgang mit Waffen zu erlernen, sei die Art der Waffe auch noch so … ungewöhnlich.«

Lia überraschte die plötzliche Dringlichkeit in Aoifes Stimme. »Nun, es gibt bestimmt Schlimmeres, als sich verteidigen zu können.«

Aoife deutete zurück zur Burg. »Willst du de Montmorency noch einen Grund geben, dich als sündige Frau darzustellen? Was, wenn jemand herausfindet, womit du deine Zeit vertreibst? Dein Vater, die anderen Männern, die eingeschworen sind, dich zu beschützen, dein zukünftiger Ehemann?« Ihr Griff verstärkte sich noch, ihre Finger bohrten sich in ihre Arme. »Lia, Schwerter, Äxte, Messer und auch … Wanderstäbe sind für jene, die die Kraft haben, sie zu schwingen. Wir Frauen hingegen haben gänzlich andere Waffen.« Sie legte sich die Hand auf die Stirn. »Schule diese Waffe, nutze sie, und du wirst sehen, sie ist tausendmal stärker, als jeder Stock oder jedes Schwert es je sein könnte. Handle aus dem Verborgenen, spiele die brave Tochter und Frau, sammle Verbündete um dich. Das ist mein Rat an dich. Befolge ihn, und du wirst viel erreichen. Glaube mir, ich spreche aus Erfahrung.«

Lia schob den Ast von ihrem Schoß und lehnte sich ein wenig zurück, damit Aoife sie nicht länger festhielt. Sie verstand, was ihre Stiefmutter ihr sagen wollte. Sie konnte immer noch viel darüber lernen, bedacht vorzugehen, als mit dem Kopf durch die Wand zu stürmen. Aoife hatte diese Kunst mit ihren achtzehn Jahren vervollkommnet.

Sie versuchte sich Aoifes Leben vorzustellen, in diesem Land, das von Kriegstreiben zerrüttet war, wo Clanführer, Fürsten und Könige sich gegenseitig zerfleischt hatten. Wales war einmal genauso gewesen. Brüder, Vettern, Onkel, Neffen hatten sich gegenseitig getötet oder geblendet, um ihren Machtanspruch zu stärken, jeder war dem anderen in den Rücken gefallen. In dieser Hinsicht hatten die Normannen tatsächlich Stabilität gebracht, vielleicht gelang dies in Irland auch. Sie mussten verschmelzen, das Gute aus jeder Kultur herausnehmen und zu einer eigenen werden, zu etwas Besserem. Aber meist sahen Krieger nur den Kampf, nicht, was daraus erwuchs, und so verstand Lia Aoifes Worte über die Rolle der Frau, über kluges Handeln und verborgenes Lenken.

»Mein Vater war nicht so wie deiner«, erklärte Aoife und legte ihre flache Hand aufs winterkarge Gras. »Er hatte nichts Sanftes an sich, manche würden sagen, nichts Gutes. Er war ein Krieger durch und durch, der ebenso von Kind an hatte kämpfen, überleben müssen. Er war hart. Er stellte mich nackt vor Fremde hin, verschwendete keinen Gedanken an die Schande, der er mich aussetzte. Er sah nur sein Ziel vor sich, mich zu verkaufen, um sein Land zurückzubekommen. Ihm wäre jedes Mittel recht gewesen. Und ich hasste ihn dafür. Und ich verehrte ihn dafür. Es ist schwer zu erklären.«

Lia konnte sich nicht vorstellen, wie es war, solch einen Vater zu haben, der alle anderen, selbst die eigenen Kinder, überging. Die Schwäche ihres eigenen Vaters war immer seine Familie gewesen, er hätte wohl alles für sie geopfert. Sie wusste noch zu genau, wie verzweifelt er dagestanden war, als ihre Mutter ihm erklärt hatte, dass sie heiraten wollte.

Im Anbetracht dieses rauen Landes, das sie in Irland gefunden hatte, wo Schwäche zum Tod führen konnte, glaubte sie aber, einen Hauch von Verständnis zu finden. »Es ist schwer, den eigenen Vater zu hassen, egal, was er macht.«

Aoife nickte. »In der Tat. Mein Vater hat für das gekämpft, was ihm wichtig war. Und das müssen wir auch. Du musst wissen, wofür du kämpfen willst, Lia, du brauchst etwas, das dich antreibt, sonst ist das ganze Leben nichts wert. Für mich ist dies mein Land, mein Erbe. Mir ist nicht wichtig, ob Normannen oder Iren darüber herrschen: Solange es nicht in regelmäßigen Abständen niederbrennt, weil sich alle darum streiten, ist mir egal, wer an der Macht sitzt. Ich will endlich Frieden, und dein Vater ist stark genug, ihn zu erreichen. Wenn nicht mehr für mich, dann doch für unsere Kinder.« Ihre Hand schwebte über ihrem Unterleib, und Lia legte ihre Hand auf Aoifes.

»Ich freue mich auf meinen Bruder oder meine Schwester.« Das tat sie wirklich, auch wenn der Wunsch, dieses kleine Wesen zu beschützen, sie verwirrte. Es war das erste legitime Kind ihres Vaters, kein Bastard mehr. Sie glaubte aber nicht, dass ihr Vater ihre Geschwister und sie deshalb vergessen würde. So war er nicht. Es würde nur sehr schwer werden für ihn, alle zu beschützen. Aoife hatte recht, sie lebten gefährlich, und ihr kluges, bedachtes Handeln mochte in vielen Situationen der richtige Weg sein. Aber Lia hatte auch von ihrem Stiefvater gelernt, und Aoife konnte sich vermutlich gar nicht vorstellen, wie gefährlich sie mit ihrer Waffe war. Ihr Können war eine Sicherheit, die sie nicht aufgeben wollte, und so beschloss sie, den Stab heimlich fertigzustellen und zu üben, sodass sie nichts verlernte. Schließlich wusste sie, dass so mancher Feind nicht mit sich reden ließ.

Aoife sah sie prüfend an, als versuchte sie in ihrem Gesicht zu lesen. »Du hast bereits eine Schwester, nicht wahr? Und einen Bruder.«

Lia wandte traurig den Blick ab. »Ich stehe ihnen nicht besonders nah. Richard ging fort, als ich sehr klein war, wir sehen uns nur selten. Und Alina … wir sind Zwillinge, viele sprechen von einem besonderen Band zwischen Geschwistern, die sich den Mutterleib zur selben Zeit teilten. Aber das ist bei uns nicht so. Wir sind zu verschieden.« Sie drückte Aoifes Hand kurz und nahm dann wieder den Wanderstab zur Hand. »Ich hoffe, das wird jetzt anders. Dass mich mit diesem Kind ein engeres Band verbinden wird.«

Aoife schüttelte den Kopf, ihre Lippen wurden schmal, hart.

»Die Hoffnung kann nicht einmal ich dir erfüllen – zumindest nicht lange. Ein Mädchen soll in einem Kloster ausgebildet werden, ein Sohn in eine andere Familie kommen, um das Bündnis mit dieser Familie zu stärken. So war es schon immer, und so wird es auch jetzt sein.«

Lias Hände verkrampften sich ineinander. Ein Kind zur Welt bringen und dann anderen geben … Es erschien ihr so grausam.

Aoife schien ihr die Gedanken vom Gesicht abzulesen. »Mein Kind wird das Bündnis zwischen dem mächtigen Normannen und der irischen Prinzessin. Es vereint beide Völker in sich, ihm werden Normannen wie Iren folgen. Es ist nicht zu meinem Vergnügen da, zu meinem Trost, sondern ein politisches Werkzeug. Es ist unsere Zukunft.«

Lia schüttelte den Kopf. »Eine schwere Last auf den Schultern eines ungeborenen Kindes.« Sie konnte sich trotzdem nicht vorstellen, ihr eigen Fleisch und Blut wegzugeben. Genauso wenig wie einen Fremden zu heiraten. Wie musste es Aoife dabei ergangen sein? Sie schien erstaunlich zufrieden mit ihrem Los. »Dein Vater hat entschieden, wen du heiratest. Aber Morice Regan sagte mir, dass in Irland eine Frau ihre Zustimmung zu einer Eheschließung geben muss. Wolltest du ihn denn wirklich?«

Aoifes Lächeln wurde zärtlich. »Ich lernte von klein auf, dass eine Heirat aus Liebe für mich nicht in Frage kommt, dass mein Daseinszweck der ist, ein mächtiges Bündnis zu schaffen. Und dein Vater bot uns die Erhaltung unserer Heimat. Natürlich stimmte ich zu, auch wenn ich keine großen Hoffnungen auf persönliches Glück hatte. Aber …« Röte stieg in ihre Wangen, Lia konnte es kaum fassen, die stets so beherrschte Aoife wurde rot. »Ich hätte nie gedacht … dass es so sein kann.« Sie wandte sich ihr zu. »Dein Vater ist ein guter, sanfter Mann.«

Ja, das wusste Lia, und sie war froh, dass Aoife zumindest in dieser Beziehung Glück erfuhr.

»Ich hoffe, ich kann dasselbe eines Tages von meinem Mann sagen.« Ihr wurde ganz flau im Magen, wenn sie nur daran dachte. »Um ehrlich zu sein, bewundere ich dich, mit welcher Selbstlosigkeit du dich für dein Land geopfert hast. Du konntest nicht wissen, ob mein Vater gütig oder grausam ist, wie er dich behandeln würde, ob du seine Nähe überhaupt ertragen könntest. Ich wüsste nicht, ob ich dazu imstande wäre – jemanden zu heiraten für das größere Wohl, obwohl ich ihn nicht will.«

Aoife griff nach ihrer Hand und drückte sie. »Ich glaube, du bist zu mehr imstande, als du dir zutraust. Ich hoffe aber, dass es für dich kein allzu großes Opfer werden wird.«

Raymonds Bild flackerte vor ihrem geistigen Auge auf, wie so oft in letzter Zeit, wenn ihre Gedanken oder Gespräche sich um dieses Thema drehten. Und als hätte Aoife die Fähigkeit, in ihr Innerstes zu blicken, wurde sie schlagartig ernst.

»Wir müssen die Dinge nehmen, wie sie kommen, Lia, auch wenn manche Prüfungen schwer sein mögen. Aber sie machen uns nur stärker.«

»Ich weiß nicht, ob ich das kann. Ich sehe mich immer öfter an *seiner* Seite.« Sie wagte es gar nicht, zu Aoife aufzusehen, und starrte auf das Holz in ihren Händen. »Ich will keinen anderen Mann als ihn, und er …« Sie dachte an sein Geständnis, dass er nur sie heiraten wollte, aber auch an die Härte, die ihr gleich darauf begegnet war. Er schien sie zu wollen, gleichzeitig entfernte er sich von ihr, weigerte sich, mit ihr über all die wichtigen Dinge, die sein Herz quälten, zu sprechen. Wie sollte sie nicht verwirrt sein?

Ein leises Seufzen entrang sich Aoife. »Ich habe so meine Befürchtungen, wen du vor dir siehst. Gib dich dieser Hoffnung lieber nicht hin. Du kennst ihn kaum. Und glaube mir, wenn ich ihn mir so ansehe …« Ein Kichern entrang sich der Prinzessin, ein höchst ungewöhnlicher Laut. »Du willst bestimmt keinen solchen Mann in deiner Hochzeitsnacht. Wenn alles an ihm proportional zu seiner Körpergröße ist …« Sie brach in Lachen aus, und Lia konnte sie einen Moment lang nur schockiert ansehen.

Sie spürte Hitze in ihren Wangen. Sie hatte mit Tieren gelebt, sie wusste, wovon Aoife sprach. Mehr als die Worte verblüffte sie aber ihre plötzliche Heiterkeit, die ihr etwas Jugendliches verlieh. Lia hatte angenommen, die unnahbare Fürstentochter wäre dazu gar nicht fähig. Aber jetzt lachte sie mit rotem Gesicht, und Lia konnte gar nicht anders, als einzufallen. Sie hielten sich an den Händen und lachten, bis ihnen die Bäuche wehtaten. Sie waren so abgelenkt, dass sie nicht bemerkten, wie Cailech an sie herantrat. Erst als er direkt über ihnen stand, fanden sie zurück in die wirkliche Welt.

»Meine Herrin.« Der Krieger deutete zur Burg hinüber, und Aoife und Lia verstummten schlagartig, nur noch ihr schneller Atem war zu hören. Reiter zeichneten sich als winzige Gestalten auf dem festgetretenen Pfad zum Burghügel ab, über ihnen wehte das rot-gelbe Banner, das Lia seit ihrer Kindheit kannte. »Vater. Er ist zurück.«

Dublin, Ostirland, Weihnachten 1171

»Ich fordere Euch heraus, werte Fürsten!« König Henry erhob sich von der festlich geschmückten Tafel und reckte eine vergoldete, reich belegte Platte in die Höhe. »Es gibt kaum etwas Besseres als Kranich, ihr werdet sehen.« Er übergab die Speisen an einen der Pagen und rieb sich zufrieden die Hände. Abwartend beobachtete er, wie der Junge die gebratenen Vögel zweien der Fürsten an Henrys Seite mit einer Verbeugung darbot, doch die Iren zögerten. Sie warfen sich Blicke zu und lehnten sich auf den Bänken zurück, als fürchteten sie, vergiftet zu werden.

Maurice de Prendergast rempelte einen der irischen Fürsten an seiner Seite freundschaftlich an, der aber drohte dem Flamen lachend mit dem Speisemesser und schüttelte den Kopf.

Lia konnte es den Iren nicht verdenken. Ihr selbst wurde in Anbetracht der Fülle dieses königlichen Festmahls schon übel. Die Gerüche, die einzeln bestimmt köstlich waren, vermischten sich zu einem penetranten schweren Dunst, vor allem, da auch der Schweiß von bestimmt mehreren Hundert Männern und Frauen hier eingeschlossen war. Unter den Tafeln tummelten sich auch noch Hunde, viele von ihnen irische Wolfshunde, die größer als ein Kalb waren und die sich um die Speisereste und Knochen stritten. Der Rauch aus den Feuerstellen und Kerzen in der Halle tat sein Übriges, um sie schwindeln zu lassen. Vor ihr erstreckten sich Tafeln voll mit gebratenen Hasen, Rindsbraten mit Honig, gekochte Eier, Lachs, Wildgänse mit einer Mandelsauce und verschiedene Meerestiere. Dazu floss in unversiegbaren Strömen Wein, den der König aus Waterford hatte kommen lassen, und nicht nur sie, sondern auch die Iren schienen von all dem Überfluss wie benommen.

»Ihr enttäuscht mich«, erklärte Henry, allerdings über das gesamte Gesicht grinsend, »die tapfersten Krieger Irlands scheuen eine Speise, nur weil sie ihnen unbekannt ist? Lasst die Mühen meiner Köche nicht umsonst gewesen sein.«

Gelächter brandete unter Henrys Gefolge auf, es herrschte heitere Stimmung, die gute Laune des Königs schien ansteckend. Ihr Vater hatte ihr erzählt, dass sich Henrys Aufenthalt in Irland zu einem großen Erfolg für die Krone erwiesen hatte. Die wichtigsten Fürsten Irlands hatten ihm gehuldigt, selbst der Hochkönig hatte seine Ehrerbietung übermittelt, wenngleich er nicht persönlich erschienen war. Die eroberten Ländereien waren vorerst gesichert, und auch die Kirche stand hinter Henry. Ein guter Grund, Heiligabend ausgiebig zu feiern.

Dem Gelächter der Normannen und dem erwartenden Blick des Königs konnten die Iren nichts mehr entgegensetzen. Donnell Mac Gillapatrick, der Fürst neben de Prendergast, ein Nachbar Leinsters, stach als Erstes mit dem Speisemesser zu und nahm sich vom Kranich. Der Anblick der aufgesetzten tapferen Miene ließ die Heiterkeit noch höher schlagen, und einer der irischen Krieger fiel vor Lachen – oder vom übermäßigen Genuss des Weins – rückwärts von der Bank. Die Halle drohte unter dem Gegröle zu bersten, und Lia schwirrte der Kopf.

»Ich ziehe mich zurück.« Sie legte Aoife an ihrer Seite die Hand auf den Arm und war nicht überrascht, dass ihre Stiefmutter, die sich tatsächlich immer mehr zu einer Art Schwester entwickelte, bei ihren Worten eine Augenbraue hob.

»Draußen ist es längst dunkel.«

»Ich habe doch Geoffrey.« Sie grinste. »Was kann mir da schon geschehen?«

Das schien Aoife alles andere als zu beruhigen. Sie erhob sich ebenfalls und sah sich nach ihrem Bruder um. Donnell saß ein paar Plätze weiter vorne beim hohen Podest, und als spürte er Aoifes Blick, drehte er sich zu ihr um. Eine stumme Verständigung schien zwischen den Geschwistern hin- und herzugehen, dann winkte er Cailech, der sich aus den Schatten löste.

Fast wäre Lia ein Seufzen entkommen. Sie konnte Geoffrey entwischen, aber nicht Cailech.

Aoife umschloss Lias Handgelenk. »Ich weiß, ich falle dir lästig, Lia, aber in dieser Stadt halten sich beinahe alle Fürsten Irlands mit ihren Männern auf, die nur auf eine schöne Jungfer mit deinen rotgoldenen Haaren und Gewitteraugen gewartet haben. Es widerstrebt mir sehr, dich da draußen allein herumlaufen zu lassen. Komm, wir gehen gemeinsam, mir täte ein bisschen frische Luft auch gut.« Sie wartete auf gar keine Antwort, sondern setzte sich bereits in Bewegung. Sie drängten sich zwischen den vollbesetzten Bänken und den Hallenwänden hindurch, wo ihnen Bedienstete höflichst auswichen, und schritten schließlich zwischen zwei dünnen Trennwänden aus Holz hindurch in einen schwach beleuchteten Vorraum. Auch hier hielten sich ein paar Gäste auf, die in Grüppchen zusammenstanden und die hereinströmende Winterluft aus dem offen stehenden Tor genossen. Darunter Raymond le Gros.

Lia blieb schlagartig stehen, sodass Geoffrey, der ihr ebenfalls gewissenhaft gefolgt war, in sie hineinlief.

Raymond hielt sich mit dem Rücken zu ihr, aber seine Erscheinung war unverwechselbar. Er sprach mit ein paar Noblen, die Lia nicht erkennen konnte, aber seitlich von ihm hielt sich eine hübsche, junge Frau, die ihrer Kleidung nach zu schließen eine Normannin war. Sie trug ihr Haar offen, es fiel ihr in flachsfarbenen Flechten bis zur Hüfte, sie war also unverheiratet. Ihr leises, damenhaftes Lachen erklang im Raum, und Lia spürte wider jeder Vernunft einen Stich in ihrer Brust.

»Sir Raymond, welch Freude, Euch wiederzusehen.« Aoifes

Stimme fuhr durch sie hindurch, und sie konnte sich gerade noch von einem Fluch abhalten. Lieber hätte Lia sich vorbeigeschlichen, sie war nicht bereit, mit Raymond konfrontiert zu werden, nachdem er sie bei ihrem letzten Aufeinandertreffen einfach hatte stehen lassen. Vor allem nicht, da sie fürchtete, ihre Eifersucht nicht verbergen zu können.

Raymond drehte sich zu ihnen um, sein Blick streifte sie lediglich, als wäre sie nur eine der vielen unbekannten Personen in diesem Vorraum. Trotzdem sah sie etwas darin, das ihr Herz flattern ließ. Oder sie wollte es nur sehen – was wahrscheinlicher war.

»Lady Aoife.« Er verneigte sich mit der Hand auf der Brust. »Lady Basilia.« Er vollführte dieselbe Geste in ihre Richtung, wandte sich aber sofort wieder ihrer Stiefmutter zu. »Die Lage in Wexford ist ruhig, Madame. So hielt ich es für nicht gänzlich verantwortungslos, die Einladung an den königlichen Hof anzunehmen. Ich hoffe, Ihr erfreut Euch guter Gesundheit.«

Aoife nickte hoheitsvoll und berührte ihren wachsenden Bauch. »Mein Gemahl wird äußerst beglückt sein, Euch wiederzusehen, Ihr dient ihm gut.«

»Madame.« Noch eine Verbeugung, ohne sie anzusehen.

Lia platzte beinahe vor Anspannung, suchte verzweifelt nach Worten – nach irgendeiner unverfänglichen Möglichkeit, etwas zu dem Gespräch beizutragen.

Aber erneut kam Aoife ihr zuvor. Sie sah an Raymond vorbei, die Augenbrauen abwartend hochgezogen, und Raymond trat schnell zur Seite. Er winkte die junge Frau näher, bei der sich ein junger Ritter hielt. Lia schätzte ihn auf Anfang zwanzig. Er war nicht zu hochgewachsen und eher dünn, neben Raymond kam er einem Schilfhalm gleich. Sein dunkles Haar fiel ihm sanft ins Gesicht, das von Pockennarben gezeichnet war. Seine offenen, freundlich blickenden Augen ließen das Zeugnis der vergangenen Krankheit aber fast verschwinden.

»Madame, darf ich Euch meinen Vetter William FitzMaurice vorstellen und seine Schwester Nesta FitzMaurice?«

Basilia kam sich dumm vor. Die junge Frau von solch atemberaubender Schönheit war eine nahe Verwandte. Eine Geraldine. Vermutlich war ihr der Wein zu Kopf gestiegen, und sie hatte deshalb diesen lächerlichen Anflug von Eifersucht verspürt. Sie spähte zu Raymond hoch und zuckte beinahe zusammen, als sein Blick sie traf. Ein Kribbeln durchfuhr ihren ganzen Körper. Starr sah er sie an, seine Gesichtsmuskeln zuckten. Nichts Humorvolles ging von ihm aus, sondern eine kritische Prüfung.

Lia wandte sich schnell den Geraldines zu, ehe die Röte noch offensichtlicher in ihre Wangen schoss.

Der Ritter William FitzMaurice verneigte sich gerade formvollendet. »Es ist eine Ehre, Eure Bekanntschaft zu machen, Prinzessin Aoife. Und Lady Basilia, die Heldentaten Eures Vaters begleiteten mich meine ganze Kindheit hindurch. Ich bin geehrt, die Tochter des berühmten Strongbows kennenzulernen.«

Lia versuchte genauso würdevoll zu nicken, während Nesta FitzMaurice elegant knickste.

Aoife sah zwischen den beiden Geschwistern hin und her. »Euer Vater ist Maurice FitzGerald, nicht wahr? Ein großer Anführer, einst ein wertvoller Unterstützer meines Vaters und heute meines Gemahls. Es würde mich freuen, euch beide in meinem Heim in Ferns begrüßen zu dürfen.«

Lady Nesta lächelte schüchtern. »Es wäre uns eine Ehre, Madame.«

»Meine Schwester ist noch nicht lange in Irland«, erklärte William FitzMaurice. »Wexford ist ja nun eine königliche Stadt – obwohl Euer Vater, Lady Aoife, sie meinem Vater als Dank für seine Dienste verlieh.« Die Bitterkeit über den Verlust war ihm anzuhören, und er war bestimmt nicht der Einzige, dem nicht gefiel, dass der König hart eroberte Ländereien an sich nahm. »Nun, mein Vater hält noch etwas Land südlich von hier und holte unsere Mutter und unsere anderen Geschwister nach, damit wir hier unser neues Leben beginnen können. Seine Burg in Wales fiel leider schon vor langer Zeit an die Briten.«

»Als Tochter des Fürsten Leinsters, als Irin, heiße ich euch in diesem Land willkommen, auf dass ihr in Irland mehr Glück erfahrt.«

Wieder Verbeugungen und Knickse, während Lia nach wie vor Raymonds Blick auf sich spürte. Was war los mit ihm? Vorhin hatte er sie doch auch ignoriert. Wieso musste er sie nun so stechend ansehen, dass sie sich fühlte, als wolle er ihr jedes tiefste Geheimnis entreißen.

»Dürfen wir Euch hineinbegleiten, Myladys?« William FitzMaurice deutete zu den Wandpanelen, zwischen denen gerade ein paar irische Noble hindurchschritten.

Aoife schüttelte den Kopf. »Wir wollten den Weihnachtsfeierlichkeiten gerade entfliehen, haben sie sich doch als schrecklich ermüdend erwiesen. Aber Ihr solltet hineingehen, Sir William, ich habe gehört, der König ließ einen Pfau braten, und der Vogel wird mit all seinen Federn präsentiert, als wäre er noch lebendig. Das solltet Ihr Euch nicht entgehen lassen.«

»Wie bedauerlich. Ich hoffe, wir sehen uns noch während der Weihnachtstage.« William FitzMaurice nickte ihnen zu und führte seine Schwester in die Halle, seinem Vetter deutend, damit er sich ihnen anschloss.

Raymond winkte die beiden jedoch weiter. »Ich komme gleich nach.« Er wandte sich an Lia, seine Miene eine Maske der Höflichkeit, seine Stimme aber hatte etwas Schneidendes. »Ich hoffe, Ihr habt Euch in Irland gut eingelebt.«

Ihre Stimme klang wie ein Krächzen in ihren eigenen Ohren. »Es ist ein wunderbares Land.«

»So scheint es, ja.« Sein Ton war rau, Lia verstand nicht, was in ihm vorging, aber ehe sie sich weitere Gedanken machen konnte, verneigte er sich knapp und setzte sich in Bewegung. Er ging an ihr vorbei Richtung Halle, dabei streiften seine Fingerknöchel ganz sacht ihren unteren Rücken.

Sie erstarrte, wusste nicht, ob die Berührung beabsichtigt gewesen war oder nicht. Mit klopfendem Herzen riskierte sie einen Blick über die Schulter, sah ihm hinterher, aber er verschwand bereits in der Halle.

»Nützt es etwas, an deinen Verstand zu appelieren?« Aoifes Flüstern riss sie zurück in die Realität. Ihre Stiefmutter hängte sich bei ihr ein und zog sie mit sich. Gemeinsam schritten sie hinaus in die eisig kalte Dezembernacht. Aber anstatt die Außentreppe des aus poliertem Weidenholz errichteten Burgturms hinunterzugehen, schritten sie den Wehrgang entlang. Henry hatte die Burg außerhalb der Stadtmauern bauen lassen, und so war es ihnen nun möglich, das gesamte Umland zu überblicken, die vielen Lichter von Dublin zu betrachten, die wie Glühwürmchen in der Luft schwebten.

Unweit Henrys Burg lag Saint Mary's Gate, das Osttor Dublins, durch das der König in einem feierlichen Weihnachtsumzug durch die Stadt geritten war. Lia sah nun die Fackeln der Wachen aus einem Spalt des Torhauses strömen und die beleuchtete Brücke über den kleinen Flusslauf, der sich an der Außenseite der Stadtmauern entlangschlängelte. Eine Mühle, deren Umrisse als schwarze Schatten zu erkennen waren, nutzte das Wasser des Flusses, und jenseits der Straße erhob sich auch ein prächtiges Gotteshaus. Henrys Burg lag zwischen der Stadt und einem Hügel, der jetzt in der Dunkelheit nur durch die wie in der Luft schwebenden Lichtpunkte auszumachen war. Dort lag die Abtei St. Mary de Hogges. Es hatte etwas Beruhigendes, hinauszublicken in die Weite, zu all den Menschen, die ihr Leben führten, ungeachtet der Dinge, die hier auf dieser Burg vor sich gingen. Auch Aoife sah eine Weile schweigend hinaus, dann hörte Lia sie tief einatmen.

»Du kannst dein Herz steuern, so wie den Rest deines Körpers.«

Das bezweifelte Lia, aber Aoife ließ sie ohnehin nicht zu Wort kommen: »Wenn du heiratest, wird es dir gelingen, deinen Ehemann zu lieben, du musst es nur wollen. Du musst dich auf seine guten Seiten konzentrieren, musst versuchen, ihn im Licht derer zu sehen, die ihn bewundern, die an ihn glauben und ihm Großes zutrauen. Dann wirst du dich nicht nur mit deiner Situation abfinden, sondern glücklich werden.«

Lia blieb stehen, die nahen Fackeln zwischen den Zinnen beleuchteten den Wehrgang, und Aoifes Haar unter dem gehäkelten Netz schien in Flammen zu stehen.

»Du sprichst, als wüsstest du, wer es ist. Hat mein Vater sich dir anvertraut?«

Aoife sah in den Hof hinunter zu einer Ansammlung von irischen Kriegern, die alle in den Farben ihres Clans gekleidet waren und im fahlen Licht mehr wie Geistergestalten aussahen. »Ich weiß nichts, Lia, ich glaube, noch nicht einmal dein Vater hat eine Entscheidung gefällt.« Sie wandte sich ihr wieder zu. »Er wollte dich hierhaben, wollte seine neue Heimat mit dir teilen. Er will, dass du Zeit hast, dich an das Leben in Irland zu gewöhnen, dass wir beide uns kennenlernen. Er wollte auch mir eine Gefährtin in meinem Alter geben, und ich glaube, er tat gut daran, uns zusammenzuführen.«

»Wozu, wenn ich ohnehin fortgehen muss, sobald er mich verheiratet.«

»Das halte ich für unwahrscheinlich. Dein Vater wird dich zweifellos an einen seiner Gefolgsmänner geben, das heißt, du wirst so wie viele andere Gemahlinnen der Ritter und Lords bei mir in Ferns bleiben.«

Ein Lichtschimmer glomm vor ihren Augen. Daran hatte sie gar nicht gedacht, und plötzlich schien ihr die Zukunft nicht mehr ganz so schwarz. Sie hatte sich alleingelassen gesehen mit einem fremden Mann, fort von allen, die ihr vertraut waren. Schließlich geschah es oft auf diese Weise: Die Braut ging ins Heim ihres Mannes und kehrte nicht zurück. Aber ihr Mann würde ihrem Vater dienen, würde mit ihm das Land sichern und sie vielleicht in Aoifes Obhut belassen. Es sei denn, er hatte bereits eigenes Land, oder Aoife täuschte sich, und es sollte ein Ire werden, um ein Bündnis zu schließen. Doch wie aus dem Nichts erschien das Gesicht von Raymond vor ihrem inneren Auge, die Erinnerung an seine zarte Berührung, und ihr Herz wurde schwer.

»Darf ich Euch etwas zu trinken bringen, Mylady? Heißen Wein vielleicht?« Geoffrey kam an ihre Seite, sein Atem stand ihm in weißen Wolken vor dem Gesicht. Aoife hatte ihr erzählt, dass es in Irland nicht besonders kalt wurde, aber dieser Winter, in dem König Henry sich auf der Insel aufhielt, zeigte seine volle Kraft.

»Ich danke Euch, aber ich brauche nichts.« Lia konzentrierte sich weiterhin auf die in dicke Fellmäntel gehüllten Männer auf der anderen Seite der Wiesenfläche, die Bögen in ihren behandschuhten Händen hielten und einer nach dem anderen auf Ziele schossen – runde, durch Erde aufgeschüttete und mit Torf verkleidete Wälle. Es mochte wie ein unsinniger Zeitvertreib erscheinen, für den sie sich auf dem Hügel von St. Hogges unweit der Mauern Dublins versammelt hatten, aber König Henry hatte erneut ein Spektakel daraus gemacht.

Nicht nur hatte er das Bogenschießen zu einem Wettkampf ernannt, in dem Iren, Normannen, Ostmänner, Flamen und Waliser sich gegeneinander maßen. Es gab auch jetzt wieder, auf Tafeln aufgebockt, erlesenste Speisen und Getränke, bei denen sich allerdings hauptsächlich die Damen gütlich taten, um sich die Zeit zu vertreiben. Die meisten von ihnen hielten sich neben gusseisernen Feuerkörben auf, um sich zu wärmen, während von den Schützen Lachen, Spott und Jubel herüberbrandeten.

Lia konnte nicht abstreiten, dass sich die ausgelassene, von freudiger Erregung erfüllte Atmosphäre auch auf sie übertrug. Sie beobachtete ihren Vater, sein von der Kälte gerötetes Gesicht, seine jugendlich aufgeregt leuchtenden Augen. Er hatte sich so lange mit Sorgen quälen müssen, seine größte war wohl Henry gewesen, aber nun sah sie ihn zum ersten Mal seit Langem wieder gelassen.

An seiner Seite hielten sich die immerzu mürrischen Herren de Quincy und de Montmorency, Letzterer mit einer leidvollen Miene, die wohl auf sein härenes Hemd zurückzuführen war, das er unter dem Bliaut trug. In einigem Abstand hielten sich der beste Freund ihres Vaters Maurice de Prendergast und der irische Fürst aus Ossory, mit dem er oft zusammen zu sehen war, zusammen mit ihrem Bruder Richard. Auch die Bloet-Brüder waren in der Gruppe um den Earl zu finden.

Ihr Vater hielt einen walisischen Starkbogen in der Hand, und Lia wusste, er würde allen zeigen, dass er den Beinamen Strongbow nicht nur trug, weil er die besten Bogenschützen befehligte, sondern weil er selbst zu ihnen gehörte.

»Geh und sieh dir ein paar Schützen an.« Unvermittelt stand Raymond neben ihr und winkte Geoffrey mit einer unwirschen Geste davon.

Der Knappe sah genauso verblüfft aus wie Lia. »Sir …«, begann er, und ihm schien es schwerzufallen, den Mund zu schließen.

Raymond wandte sich ihm mit freundlicherer Miene zu. »Du stehst hier schon den ganzen Vormittag herum. Hol dir etwas zu trinken, wärme dich auf, schau dir deinen Herrn beim Schießen an, er ist bestimmt bald an der Reihe. Ich habe schon ein Auge auf Lady Basilia.«

Das musste Raymond nicht zweimal sagen, Geoffrey strahlte übers ganze Gesicht und eilte über die froststarrende Wiese zu den anderen hinüber. Bestimmt verehrte er den Ritter nun noch mehr.

Lia blickte dem Knappen hinterher und wünschte ihn sich zum ersten Mal seit Langem wieder zurück. Raymonds unmittelbare Nähe wühlte sie auf. Sosehr sie ihrem Herz auch befahl, ruhiger zu schlagen, wie Aoife es ihr geraten hatte, es hämmerte rasend schnell in ihrer Brust. »Habt Ihr das Festmahl gestern genossen?«, fragte sie, ohne ihren neuen Beschützer anzusehen.

Raymond trat näher an sie heran. »Wie ist das geschehen?« Er hob seine Hand an ihre Wange, und Lia wich zurück. Vorsichtig sah sie sich um, doch niemand schien den Versuch, sie zu berühren, gesehen zu haben. Alle Augen waren auf die Männer mit den Bögen gerichtet. Die Einzige, die ihren wachsamen Blick meist auf sie gerichtet hatte, war Aoife, aber die Prinzessin wollte erst später nachkommen, wenn Strongbow an der Reihe war. Sie könnte jeden Augenblick zwischen den Häusern hindurchkommen. Und was Aoife zu ihrem Gespräch mit Raymond sagen würde, wusste Lia bereits.

»Mein Pferd«, log sie auf Raymonds Frage hin. Es war dieselbe Geschichte, die sie ihrem Vater aufgetischt hatte, nachdem er nur einen Tag nach de Montmorencys Gewaltausbruch nach Ferns gekommen war, um seine Frau und Tochter an den Weihnachtshof nach Dublin zu bringen. Damals hatte sie noch viel schlimmer ausgesehen, ihre Lippe war dick gewesen, und der Riss darin hatte immer wieder zu bluten begonnen. Ihre Wange hatte in allen möglichen Farben geleuchtet. Jetzt war nur noch ein blassgrüner Schatten zu sehen.

Er sah auf sie hinab, sein Blick so düster wie eh und je. Sie konnte sich kaum noch daran erinnern, als Kind Fröhlichkeit in seinen Augen gesehen zu haben. »Wenn dich hier irgendjemand schlecht behandelt, wenn …«

Sie trat einen Schritt von ihm zurück. »Macht Euch keine Sorgen, Sir.« Sie hob ihr Kinn etwas an, versuchte denselben erhabenen Gesichtsausdruck wie Aoife zutage zu fördern und ihn mit einer Mischung aus Gleichgültigkeit und Langeweile anzusehen. »Ich kann meine eigenen Schlachten ausfechten.«

»Also hast du gelogen! Irgendjemand hat …«

Ein frustrierter Laut entfuhr ihr. »Sir, ich darf Euch daran erinnern, dass es Eure Entscheidung war, mich in der kalten Nacht stehenzulassen, um meinen Fragen zu entgehen. Ihr habt sehr deutlich gemacht, dass das Schicksal des anderen Euch und mich nichts angeht. So wäre es wohl angebracht, dass auch Ihr den Wettkampf genießt und Euch weiter in Gleichgültigkeit übt.«

»Nichts davon ist mir gleichgültig, Lia, das weißt du. Als ich dich gestern sah … als ich erkannte, dass dir irgendjemand etwas angetan hat. Glaube nicht, dass auch nur ein Tag vergeht, an dem du nicht meine Gedanken begleitetest von dem Moment, in dem ich die Augen öffne, bis ich sie wieder schließe.«

Die Worte durften sie nicht berühren, und noch weniger konnte sie erlauben, dass er es sah. »Das ändert nichts. Nur dass Ihr die Entscheidung meines Vaters am Ende wohl genauso bedauern werdet wie ich. So sollte mein Trost sein, dass wir beide enttäuscht werden.«

»Hör auf, so förmlich mit mir zu reden.«

Lia wich ob des Knurrens beinahe zurück, aber sie war fest entschlossen standzuhalten und sich nicht länger wie ein verliebtes dummes Ding zu benehmen. Sie war fünfzehn Jahre alt, sie konnte ihr Herz kontrollieren, so wie Aoife es gesagt hatte.

»Es gibt keine andere Art, mit einem Ritter meines Vaters zu sprechen. Ihr seid nur einer von vielen.«

Die Luft entfuhr ihm hörbar, im nächsten Moment schloss sich seine Hand um ihren Arm, er trat näher an sie heran, beugte sich zu ihr hinab, seine Stimme senkte sich zu einem drängenden Flüstern, sein heißer Atem streifte ihr Ohr und ließ sie erschaudern. »Also gut, du willst es nicht anders. Ich erzähle dir die Wahrheit, die ungeschönten Tatsachen, und wenn du dann nicht einsiehst, dass ich dich nur schütze, indem ich wenigstens versuche, von dir fernzubleiben, gebe ich auf. Dann gebe ich dem nach, was jedes Mal, wenn ich dich ansehe, in mir schreit, derart laut, dass ich mich immer wieder wundere, dass andere es nicht hören und sich zu mir umdrehen. Bist du wirklich zu blind, um das zu erkennen?«

Lia riss ihren Arm an sich, legte den Kopf in den Nacken, um zu ihm aufzusehen. Sie wollte nicht, dass er sich weiter quälte, sich selbst als so schlecht sah. Sie wusste, dass Mitleid jetzt genau das Falsche war. Sie rang mit sich, und ihr Herz klopfte ihr bis zum Hals. »Worte, denen wie immer keine Taten folgen.«

Die Sehnen an seinem Hals traten hervor, so sehr spannte sich sein Kiefer an. »Du willst Taten sehen? Du willst …«

»Oh, Sir Raymond!« Aoifes Stimme war ungewohnt schrill, sie rauschte herbei, als wären die weiten Ärmel ihres normannischen Bliauts tatsächlich Flügel. Lia wusste nicht, ob sie erleichtert oder enttäuscht sein sollte über die Unterbrechung. »Ich hatte nicht zu hoffen gewagt, Euch so bald wiederzusehen. Seid Ihr gekommen, um am Wettbewerb des Königs teilzunehmen?«

Raymond trat einen Schritt von ihr zurück, es war offensichtlich, wie er um jedes Wort rang. Sein Blick, mit dem er die Gemahlin seines Herrn ansah, hätte nicht mordlustiger sein können. Er sah sie an, als wäre sie ein irischer Krieger mit erhobener Axt statt eine zierliche Prinzessin. »Madame.« Er verneigte sich elegant. »Trotz meiner walisischen Abstammung ist mir das Geschick mit dem Bogen leider stets verwehrt geblieben.« Seine Hand glitt zum Knauf seines Schwertes. »Ich bevorzuge andere Waffen.«

Aoife nickte langsam. »So hört man.« Ihr Blick wanderte zwischen ihm und Lia hin und her, dann sah sie sich ausgiebig auf der Wiese um. »Wo kann nur Geoffrey FitzRobert sein, es sieht ihm nicht ähnlich, seine Pflichten zu vernachlässigen.«

»Ich habe ihn ein wenig abgelöst. Er achtet gewissenhaft auf die Tochter des Earls, ihm sollte erlaubt sein, sich beim Wettbewerb auch ein wenig zu vergnügen.«

»Das ist überaus freundlich von Euch, Sir Raymond, und großzügig, da Ihr nun Eure eigene Zeit opfert. Ich darf es nicht versäumen, meinem Gemahl zu berichten, wie gewissenhaft Ihr auf seine Knappen und seine Familie achtet.«

Raymonds Körper spannte sich deutlich an. Aoifes Ausdruck hingegen veränderte sich nicht, sie lächelte weiterhin. Sie provozierte den Ritter und warnte ihn gleichzeitig.

Raymond räusperte sich, trotzdem klang seine Stimme rau. »Es ist bestimmt nicht notwendig, den Earl mit solchen Unwichtigkeiten zu langweilen, Madame, aber ich danke Euch für Eure Anerkennung.«

»Ich weiß nicht.« Aoife hob die Hand an ihr Kinn. »Vielleicht wäre er froh zu hören, dass Lia etwas Abwechslung gegönnt wird. Ich weiß ohnehin nicht, was sich mein werter Gemahl dabei gedacht hat, einen so hübschen, jungen Mann wie Geoffrey an ihre Seite zu stellen – er will seine Tochter verheiraten und riskiert trotzdem, dass sein Knappe und unsere liebe Lia ihre Herzen aneinander verlieren. Sie wären ein wunderschönes Paar, meint Ihr nicht auch, Sir Raymond?«

Raymonds Blick flog zu Lia, die Aoife verblüfft anstarrte, und sie spürte sich sofort erröten. Sie verfluchte sich selbst. Ihre Reaktion musste ihn annehmen lassen, dass an dem dummen Gerede etwas Wahres dran war, während sie in Wirklichkeit der bloße Gedanke, Gefallen an Geoffrey zu finden, beschämte. Was führte ihre Freundin im Schilde?

»Es ist wohl nicht die Verbindung, auf die der Earl hofft«, knurrte Raymond, und Lia fand, dass es Zeit war, selbst das Wort zu ergreifen, anstatt wie erstarrt nur danebenzustehen.

»Es ist auch keine Verbindung, die seine Tochter wünscht«, murmelte sie, ihre Stiefmutter fixierend in der Hoffnung, dass sie endlich aufhörte. Aoife wollte Raymond und sie bestimmt auseinanderbringen, um ihnen Leid zu ersparen.

»Wir werden sehen.« Aoife hängte sich bei Lia ein und drehte sie herum, sodass sie den Schützen zugewandt waren, und beendete somit das Gespräch. Die unhöfliche Geste wäre gar nicht nötig gewesen, denn in diesem Moment eilte ein Page zu ihnen, das königliche Wappen prangte auf seiner Brust.

»Sir Raymond, der König wünscht Euch zu sprechen.« Er deutete hinter sich und wandte sich dann Aoife und Lia zu. »Auch Euch, meine Damen, möchte er sehen.«

Lia hätte nicht überraschter sein können. Der König wollte sie sehen? Er hatte während seines gesamten Aufenthalts keinen einzigen Augenblick lang Interesse an Strongbows Tochter gezeigt. Was wollte er jetzt plötzlich von ihr? Wie sollte sie sich ihm gegenüber verhalten?

Hilfesuchend sah sie zwischen Raymond und Aoife hin und her, aber ihre Stiefmutter zog sie bereits weiter. Der Page lief voraus, und die zusammenstehenden Trauben an Männern wichen zur Seite, nicht aber, ohne ihnen neugierige Blicke zuzuwerfen.

Der König hielt sich unter einem auf vier Holzpflöcken gespannten Tuch auf, das ihn vor dem immer wieder einsetzenden Graupelregen schützte. Er sprach mit Rittern aus seinem Gefolge, drehte sich aber mit einem Kelch in der Hand zu ihnen um, ehe der Page sie ankündigen konnte.

»Ah, Sir Raymond, Myladys.« Er sah von einem zum anderen. »Ich hörte, Ihr weigert Euch, an meinem Wettbewerb teilzunehmen, le Gros. Ich hoffe, mir wurden falsche Informationen zugetragen.«

»Eure Hoheit, ich fürchte, mein Mangel an Talent würde Euch beschämen.«

»Darüber bilde ich mir selbst ein Urteil. Ich trete mit meinen Männern gegen Strongbow und einige seiner walisischen Schützen an. Ich brauche einen Mann, der die Kraft hat, einen Starkbogen zu spannen.«

Raymonds Kiefer spannte sich an, aber er nickte, welche andere Wahl hatte er. »Eure Hoheit.«

»Gut. Und Ihr, meine Damen … ich nehme an, Lady Aoife, Ihr werdet Euren Gemahl unterstützen und ihm Glück bringen. Dann werden wir uns …« Er wandte sich Lia zu, die Augenbrauen zusammengezogen, »verzeiht, Mylady, Euer Name ist mir entfallen.«

»Basilia, Eure Hoheit.« Sie knickste knapp. »Basilia FitzRichard de Clare.«

Henry hätte nicht erstaunter aussehen können, er fing sich aber schnell wieder, und etwas Beunruhigendes funkelte in den grauen Augen. So sah ein Junge aus, der einen Streich ausheckte. Doch die Streiche des Königs mochten gefährlich sein. Von Kind an hatte Lia gelernt, ihn zu fürchten, er war eine ständige Bedrohung für ihren Vater gewesen, sie traute ihm nicht.

»Oh, wie wunderbar! Ihr seid Strongbows Tochter.« Ein Lachen entfuhr ihm. »Eure Mutter muss eine Schönheit gewesen sein. Welch Glück für Euch, dass Ihr nicht nach Eurem Vater kommt.«

Die Männer um ihn herum lachten, und Lia schoss zum wiederholten Mal an diesem Tag die Röte ins Gesicht. Sie schwieg und blickte zu Boden. Was hätte sie auch darauf erwidern sollen. Schließlich kam sie ganz und gar nach ihrem Vater, sie hatte seine grauen Augen und sein helles Haar, wenn ihres auch weniger ins Rötliche ging. Doch es wäre sicher unklug, einem König zu widersprechen.

»Ich hoffe, Ihr werdet dem guten Raymond und mir Glück bringen, Basilia FitzRichard de Clare, auch wenn Ihr strenggenommen ins feindliche Lager gehört.«

»Ich werde mein Bestes geben, Eure Hoheit.« Sie versuchte stark zu wirken, was im Anbetracht ihres Gegenübers nicht so leicht war. Raymonds Nähe, während er angespannt neben ihr stand, tat ihr Übriges, um ihr Herz stolpern zu lassen. Was hatte er sagen wollen, ehe Aoife sie unterbrochen hatte?

Der König sah zufrieden durch die Runde. »Also schön, lasst uns beginnen. De Clare, seid Ihr bereit?«

Ihr Vater kam zu ihnen herüber, und die Sorglosigkeit schwand aus seinem Blick, als er Lia beim König entdeckte.

Henry lachte, ob der Offensichtlichkeit des Misstrauens in Strongbows Gesicht. »Ihr nehmt es mir hoffentlich nicht übel, dass ich mir sowohl Euren Ritter als auch Eure Tochter ausgeliehen habe.«

Ihr Vater räusperte sich. »Solange Ihr sie zurückgebt, Eure Hoheit.«

Neuerliche Heiterkeit brandete über die Männer hinweg, während ihrem Vater anzusehen war, dass er die Worte nicht humorvoll gemeint hatte. Henry schien das zu bemerken, denn sein Blick bekam etwas Herausforderndes.

Aoife drängte sich nach vorne, die Hände wie in freudiger Erwartung aneinanderreibend, ihre Stimme hoch verstellt und so laut, dass niemand anders konnte, als sich ihr zuzuwenden. »Wer soll denn beginnen?«

Henry wies zu ihrem Vater. »Ein Mann, der den Namen Strongbow trägt, verdient den Vortritt, meint ihr nicht auch, meine Damen?«

Aoife knickste. »Ihr seid zu gütig, Eure Hoheit.« Sie legte Strongbow die Hand auf den Arm, lehnte sich nach vorne und flüsterte ihm etwas ins Ohr, dann hauchte sie ihm einen Kuss auf die Wange.

Henry stemmte in übertriebener Empörung eine Hand in die Seite und zeigte mit dem Finger auf die beiden. »Das nenne ich einen ungerechten Vorteil. Der Kuss einer solch bezaubernden

Dame würde jeden Mann beflügeln, über sich hinauszuwachsen und Höchstleistungen zu vollbringen.« Er warf Lia einen Blick zu und zwinkerte. »Wir erwarten ausgleichende Gerechtigkeit, Mylady.«

Lia verschluckte sich und versuchte es, hinter einem Hüsteln zu verbergen. Sie sah zu ihrem Vater, in der Hoffnung, dass er ihr einen Hinweis gab, wie sie sich verhalten sollte. Aber er traktierte den König nur mit zornigen Blicken. Dann hauchte er Aoife ebenfalls einen Kuss auf die Wange, marschierte mit dem hüfthohen Bogen in der Hand an den anderen vorbei und nahm bestimmt tausend Fuß vom Ziel entfernt Aufstellung ein.

Stille legte sich über den Hügel, selbst die übrigen Damen bei den Speisetafeln stellten ihr Geschnatter ein. Alle Augen waren auf Strongbow gerichtet, beobachteten jede Bewegung, jede Spannung seiner Muskeln.

Ihr Vater stellte den Bogen auf den Boden, klemmte ihn zwischen die Beine, hängte die Sehne aus Flachs in den unteren Wurfarm, führte sie in einer scheinbar mühelos fließenden Bewegung nach oben und befestigte sie in der oberen Nocke. Ein bewunderndes Flüstern erklang.

Selbst Henry wurde bei der Natürlichkeit, mit der sein Earl mit dem Bogen umging, ein wenig blass. Als Waliserin wusste Lia, dass kaum ein Mann es schaffte, einem solchen Bogen die Sehne aufzuziehen, geschweige denn, einen Pfeil davon abzuschießen. Dies erforderte Jahre der Übung. Normannen führten filigranere Bögen mit weniger Zugkraft und somit auch weniger Wirkung, aber sie bevorzugten ohnehin die Armbrust. Die Stärke der walisischen Bögen war berüchtigt, ihre Pfeile konnten sogar einen Ringpanzer durchbohren. Ihr Vater hatte von Kind an gelernt, damit umzugehen.

Mit Leichtigkeit zog er die Sehne mit dem eingehängten Pfeil bis zu seinem linken Ohr zurück, fixierte das Ziel und ließ los.

Ein kollektives Luftschnappen ging durch die Menge, der Pfeil blieb beinahe in der Mitte des Ziels stecken. Strongbow drehte sich um und verneigte sich mit ausgebreiteten Armen vor Henry, den Applaus aller in den Ohren.

Lia lachte und fiel ins Klatschen mit ein, was ihr einen kritischen Blick des Königs einbrachte. Dann bemerkte sie aus den Augenwinkeln einen der walisischen Bogenschützen ihres Vaters. Er schlich sich aus der Reihe der Männer des Earls fort, machte einen Bogen um sie und gelangte schließlich zu Raymond. Schnell und leise sprach er auf Walisisch auf ihn ein: »Macht es anders als der Earl, Sir, zieht nicht die Sehne zurück, sondern andersherum. Legt den Pfeil an und drückt stattdessen den Bogen nach vorne, Eure Kraft wird dazu ausreichen, Ihr seid stark wie ein Bär. Blickt den Schaft des Pfeils entlang zum Ziel, atmet aus und lasst dann los.«

Raymond klopfte dem kleinen Waliser auf die Schulter. »Ich danke dir!«

Der Schütze machte eine abwehrende Geste. »Wir alle wissen, worin Eure wahren Begabungen liegen, Sir Raymond. Wir hätten aber nichts dagegen, die Könige und Earls einmal Staub fressen zu sehen.«

Raymond zog amüsiert eine Augenbraue hoch. »Mein Vater ist ein Lord, Gwilym. Ihr solltet auch mir Tollpatschigkeit wünschen und lieber selbst beweisen, wie fähig ihr seid. Ihr könntet uns alle mit eurem Talent beschämen.«

»Nein, Sir, Ihr seid anders, Ihr seid einer von uns.« Sogleich schüttelte er den Kopf und trat einen Schritt zurück. »Das meinte ich nicht so, Sir, ich wollte auf keinen Fall respektlos erscheinen. Ihr seid natürlich keiner von uns, wir sind nur … ich …«

Raymond schlug dem Waliser mit der Rückseite der Hand gegen die Brust. »Hör auf, Unsinn zu reden! Ich fühle mich geehrt, als einer von euch zu gelten.«

»Oh, ein Überläufer!« Henry drehte sich zu ihnen um und sah zwischen Gwilym und Raymond hin und her. »Ich habe Geschichten gehört von Eurer Beliebtheit, Sir Raymond, aber hätte ich gewusst, dass sie auch den Gewinn der berühmtesten Bogenschützen in mein Lager bewirkt, hätte ich Euch schon eher zu mir geholt.«

Irgendetwas funkelte in Henrys Augen, Berechnung, und ihr Vater sah gar nicht glücklich aus. Aus einem harmlosen, spaßigen Wettbewerb schien sich gerade ein Machtkampf zu entwickeln, und gegen seinen König konnte ihr Vater nur verlieren. Trotzdem sah er aus, als würde er jeden Moment etwas Unbedachtes sagen, vielleicht war sie ihm noch ähnlicher, als sie bislang angenommen hatte.

Bevor er sich aber in Schwierigkeiten bringen konnte, indem er Gwilyms Hilfestellung dem Feind gegenüber verurteilte, ergriff Lia das Wort. »Ein Faden löste sich im Saum meines Bliauts, Eure Hoheit, ich trat darauf und trennte immer mehr davon auf, ohne es zu bemerken. Dieser Schütze hier war so freundlich, mich darauf aufmerksam zu machen.«

Henry ließ indessen seinen Blick an ihr heruntergleiten, zum Glück verdeckte ihr Umhang einen Gutteil des Überkleids. Er hob die Hände. »Meister im Bogenschießen und Retter der Damen. Eure Schützen verfügen über vielerlei Talente, de Clare.« Er wandte sich Gwilym zu. »Zeig uns, was du kannst, ich lasse dir den Vortritt.«

Raymond übersetzte leise die normannischen Worte an den Waliser. Dieser nickte, nahm den Bogen von Strongbow entgegen und ging ebenfalls in Position. Er versenkte den Pfeil ohne sichtbare Mühe in der Mitte des Ziels, und die walisischen Schützen jubelten. Durch den Aufruhr angelockt, kamen immer mehr Damen und andere Schaulustige zum Austragungsplatz, sogar Knechte und Mägde spähten von ihren Aufgaben zu ihnen herüber.

»Nun haben wir zwei Schützen von Strongbows Seite gesehen, wer möchte als Erstes für mich antreten?« Henry sah erwartungsvoll in die Runde. Raymond wollte gerade vortreten, wenn auch mit wenig begeisterter Miene, als ein anderer Ritter nach dem Bogen griff. »Wenn Ihr erlaubt, Eure Hoheit, es wäre mir eine Ehre. Meine Gemahlin stammt aus Monmouth, wie Ihr vielleicht wisst, ich habe längere Zeit dort verbracht – sozusagen als Strongbows Nachbar, ist er doch auch der Vetter meiner werten Rohese. Dort genoss ich das Privileg, in die Kunst des Starkbogens eingewiesen zu werden.«

»De Lacy, meine Erwartungen sind hoch, enttäuscht sie nicht.« Henry winkte den Ritter herbei. Lia hatte den Mann schon häufiger in Henrys Nähe gesehen, er musste ein wichtiger Adliger sein – besonders wenn er mit einer de Clare verheiratet war. Sie schätzte ihn auf ungefähr dasselbe Alter wie Raymond, sein Haar war zwar beinahe vollständig ergraut, aber sein Gesicht wies kaum Altersspuren auf.

De Lacy drehte den Bogen in seinen Händen, als müsste er nachschauen, wo oben und unten war. Er hatte Glück, dass ihr Vater die Sehne bereits aufgezogen hatte und er diese schwierige Aufgabe nicht selbst übernehmen musste.

Mit einem hörbaren Stöhnen versuchte er die Sehne zurückzuziehen, er kämpfte sich Stück für Stück weiter, seine Hand zitterte, ein schmerzerfüllter Laut entfuhr ihm, und der Pfeil flog los. Nur nicht besonders weit, de Lacy hatte den Bogen nicht ausreichend gespannt, und so stürzte das Geschoss noch vor dem Ziel ab.

Lia blickte schnell zu Boden, um ihr Grinsen zu verbergen, sie hörte aber das verhaltene Lachen der walisischen Schützen. Aus den Augenwinkeln sah sie, wie Raymond sich mit der Hand übers Kinn wischte, um sich seine eigene Erheiterung nicht anmerken zu lassen. Endlich wieder zeigte er einen Funken von Fröhlichkeit.

»Eure Hoheit …« De Lacy kam bleich und stammelnd zurück, »dieser Bogen, er ist … die Bögen in Monmouth waren …« Sein Blick fiel an Henry vorbei zu Raymond, und seine Augen verengten sich. »Ich bitte Euch, Sir Raymond, erweist uns die Ehre, Zeuge *Eurer* Künste zu werden.« Er drückte Raymond schnell den Bogen gegen die Brust und zog sich zurück.

»Wie Ihr wünscht.« Er machte sich auf den Weg zum Abschussplatz, als Henry die Hand nach ihm ausstreckte.

»Halt!« Er schien plötzlich ganz aufgeregt und außer Atem. Mit einer eiligen Geste winkte er in Lias Richtung. »Wir haben den Kuss vergessen! Deshalb ist de Lacys Schuss missglückt. Lady Basilia, erspart uns, diese Schmach ein weiteres Mal erleben zu müssen. Erfüllt Raymond mit Eurem Zauber.«

Lia hielt den Atem an, auch Raymonds Körper spannte sich sichtbar an, und als sie einen vorsichtigen Blick zu ihrem Vater warf, erkannte sie, dass er die Hände zu Fäusten ballte.

»Eure Hoheit, ob das schicklich ist?«, wunderte Aoife sich in ihrem unschuldigen Singsang, um die Situation zu retten.

Aber Henry winkte lachend ab. »Ich bitte Euch, Lady Aoife, ein kleiner Kuss, der Glück bringt. Wir verlangen nichts Unkeusches von der bezaubernden Lady Basilia.« Er wandte sich ihr zu, nicht mehr mit freudiger Erwartung, sondern mit einem Blick, der deutlich machte, dass seinen Befehlen Folge geleistet wurde.

Raymond ging weiter, ohne zurückzusehen, und Lia folgte ihm zögernd. Ein kleiner Kuss, Henry hatte recht, es war nichts dabei. Doch ihr Herz schien ihr beinahe aus der Brust springen zu wollen. Sie sah, wie Aoife ihre Hand beruhigend auf Strongbows Arm legte.

Einer von den walisischen Schützen rief Raymond noch Ratschläge für den Umgang mit dem Bogen zu, andere feuerten ihn an. Der Kreis der Schaulustigen schien sich noch enger zusammenzuziehen, und dann blieb Raymond an seiner Position stehen und atmete sichtlich ein.

Lia trat an seine Seite, versuchte sich an einem Lächeln und sagte leise: »Ich habe mir ausgemalt, Euch zu küssen, aber eine solche Situation ist mir nicht in den Kopf gekommen.«

Raymond lachte leise und sah auf sie hinab. »Noch kannst du wegrennen.«

Lia sah ihn ernst an und bedeutete ihm, sich zu ihr hinabzubeugen, stellte sich auf die Zehenspitzen und legte ihre Lippen sanft auf seine stoppelbärtige Wange.

»Ein Bündnis, wie im Himmel geschlossen«, hörte sie einen Waliser rufen, und sie musste lachen.

»Viel Glück, Sir Raymond.«

Raymond ließ seinen Blick noch einen Moment lang auf ihr ruhen, etwas loderte in seinem Blick, dann richtete er sich auf und hob den Bogen an.

Lia trat einen Schritt zurück, beobachtete sein konzentriertes Gesicht. Sie spürte Kälte und Nässe auf ihren Wangen, es regnete schon wieder, doch Raymond führte den angelegten Pfeil, ohne zu blinzeln, zurück an sein Ohr, wie Gwilym ihm geraten hatte. Dann drückte er das starre Stück Holz in seiner großen Hand nach vorne. Seine Augen hielten das Ziel fixiert, sie sah, wie sein Atem in die kalte Luft strömte, und dann schnellten Pfeil und Sehne nach vorne.

Lias Kopf fuhr herum, um der Flugbahn des Pfeils zu folgen, sie hörte die Waliser jubeln, noch ehe sie das gefiederte Geschoss im Ziel erkannte – es steckte zwischen jenem ihres Vaters und des walisischen Schützen!

»Anfängerglück«, murmelte sie und grinste.

Raymond sah auf sie hinab, sonderbar außer Atem. »Oder ich bin ein Naturtalent.«

»Großartig!«, hörte sie Henry rufen.

Raymond zwinkerte ihr zu und verneigte sich mit ausgebreiteten Armen vor ihr. »Der Zauber Lady Basilias!«, rief er und bot ihr seinen Arm, um sie zurückzuführen. Lia hängte sich bei ihm ein und stellte sich für einen schwachen Moment lang vor, all das hier wäre echt, sie wäre seine Frau, sie führten kein Schauspiel auf, und sie könnte an seiner Seite sein, weil sie genau dorthin gehörte.

»Wen schickt Ihr als Nächstes ins Rennen, de Clare?« Henry zog sich zurück unter den Schutz der Zeltbahn und ließ sich einen Kelch heiß dampfenden Weins geben. »Ich hoffe, Ihr wählt keinen Eurer Waliser mehr, dieser Vorteil würde die Spannung aus dem Turnier nehmen. Wie wäre es mit de Prendergast? Oder Eurem Onkel? Sir Hervey, was sagt Ihr? Wie stark seid Ihr?«

De Montmorency sah noch leidender drein als vorhin schon. »Leider steht es um meine Gesundheit nicht zum Besten, Eure Hoheit, ich würde keinen erfreulichen Anblick bieten.«

Henry lachte. »Umso besser für mich. Ein schwacher Schütze auf de Clares Seite kann mir nur recht sein.« Aber er winkte ab und wandte sich an de Prendergast. »Plagt auch Euch die Gesundheit, Mylord de Prendergast, oder wagt Ihr einen Versuch für Euren Zwilling de Clare?«

Lia sah Henry verwundert an. Sogar der König wusste von der engen Freundschaft zwischen den beiden? Wie es damals wohl gewesen war, als ihr Vater, Raymond, de Prendergast und all die anderen noch junge, aufstrebende Ritter gewesen waren, mitten in einem Thronfolgekrieg, aber noch voller jugendlichem Eifer?

Sie sah Geoffrey bei den Damen, die sich in seiner Gegenwart allesamt wohlzufühlen schienen, und es war ihr unmöglich, sich vorzustellen, dass all die erfahrenen Herren hier einst ebensolche Jungspunde gewesen waren.

»Eure Hoheit, darf ich Euch einen Gegenvorschlag machen?« De Prendergast legte die Hand in Richards Rücken und schob ihren Bruder nach vorne, der nicht erschrockener hätte aussehen könnten. »Strongbows Sohn.«

»Ah, richtig.« Henry musterte ihren Bruder kritisch, nickte aber schließlich zustimmend. Lia konnte sich nicht vorstellen, dass es ihrem Bruder gelang, den Bogen zu spannen. Er war spindeldürr und hatte bestimmt nicht die nötige Kraft. Aber er zog die Sehne weiter und müheloser zurück, als es de Lacy geschafft hatte, und der Pfeil bohrte sich am Rande des Ziels in den Torf. Er hatte tatsächlich getroffen!

Verzagt drehte er sich zu ihnen um, und sein Herr de Prendergast ging ihm mit großen Lobworten entgegen, und auch ihr Vater klopfte ihm auf die Schulter. »Das war eine ganz hervorragende Leistung, mein Junge.«

»Darf ich dich kurz alleine lassen?« Raymonds Stimme lenkte ihre Aufmerksamkeit zurück zu ihm. Behutsam nahm er ihre Hand von seinem Arm und deutete zu den Walisern hinüber. »Ich muss mich noch bedanken.«

Sie sah Raymond noch einen Augenblick hinterher und rieb ihre plötzliche kalte Hand an ihrem Arm. Robert de Quincy kam gerade an die Reihe. Er stellte sich nicht so tollpatschig an wie de Lacy, was ihr eine Genugtuung gewesen wäre, aber es war auch keine Glanzleistung.

»Ein zauberhafter Kuss, fürwahr.« Aoife kam an ihre Seite, ihre Stimme klang mitfühlend und nicht so spöttisch, wie ihre Worte wohl gemeint waren. »Und ein schönes Paar, das kann man nicht abstreiten.«

»Ich hoffe, Vater sieht das genauso.«

»Das tut er nicht. Das wird er nicht.« Sie deutete zu Raymond hinüber, der sich im Kreise der Schützen und anderer einfacher Krieger befand. Aus der Ferne sah es tatsächlich so aus, als wäre er einer von ihnen.

»Der König und dein Vater … zwischen den beiden wird es immer Misstrauen geben – sie haben falsch angefangen, und das lässt sich nicht mehr geradebiegen. Da ist Eifersucht, Argwohn … dein Vater hat zu große Macht, großes Ansehen. Genauso verhält es sich zwischen deinem Vater und Raymond. Auch da fing alles falsch an, und genauso gibt es Eifersucht, genauso besitzt Raymond Dinge, die dein Vater von ihm braucht, aber nicht brauchen will – wie die Verehrung der Männer.«

So hatte Lia das noch nie gesehen. »Vater hat unter dem Misstrauen des Königs so oft gelitten, er tut es jetzt noch, wie kann er Raymond dasselbe antun, wie kann er …«

»Er hat keine andere Wahl, Lia, er muss in seiner Position vorsichtig sein. Wenn er Raymond seine Tochter zur Frau gibt, macht dies Raymond noch gefährlicher, noch mächtiger, als er es ohnehin durch die Liebe der Männer schon ist.«

»Das ist doch Unsinn, Raymond würde meinem Vater nie gefährlich werden. Ich denke, er hat oft genug bewiesen, dass man ihm trauen kann.«

»Lia.« Aoife legte ihr die Hand auf den Arm. »Ich will nicht, dass du verletzt wirst. Ich kann mich nur wiederholen: Du solltest dir diesen Wunsch aus dem Kopf schlagen.«

Lia schlenderte dem Nonnenkloster entgegen, der Schützenwettbewerb war immer noch in vollem Gange, und sie genoss die Ruhe. Henry hatte angekündigt, einen versilberten Pfeil für den Sieger herstellen zu lassen, und alle durften ihr Glück versuchen. Die Abendstunden waren längst angebrochen und ein Ende des Spektakels nicht in Sicht. Henry schien unerschöpfliche Energie zu besitzen, er eilte von einem Ziel zum nächsten, von einem Schützen zum anderen, sprach seine Ermunterungen aus, feuerte an und schien ganz in seinem Element. Und er stellte sicher, bei den Iren gesehen zu werden. Als ein zugänglicher König, als jemand, der als Freund gekommen war.

Aber Lia hatte nur eines im Sinn – herauszufinden, was Raymond ihr sagen wollte. Und obwohl sie gesehen hatte, wie er mit den Schützen heißen Wein trank und mit ihnen lachte, hoffte sie, dass er ihr Verschwinden bemerkte. Zum Glück war Geoffrey ihr nicht gefolgt, er hatte längst zu viel getrunken. Und ihr Vater war ins Gespräch mit seinen Männern vertieft. Ihre strengste Beobachterin Aoife sprach indessen mit Donnell und anderen irischen Clanführern, einige ihrer Verwandten waren hier. Lia wusste, sie tauschte keine Höflichkeitsfloskeln auf, sondern schätzte die Lage ab. Wie viele von ihnen nahmen die Huldigung ernst, wie viele wollten die Normannen schnell wieder verschwinden sehen? Selbst wenn Aoife ihr Fortgehen bemerkt hatte, sie konnte sich nicht einfach so von ihren Gesprächspartnern losreißen. Eine bessere Gelegenheit zu entkommen würde sich Lia nicht noch einmal bieten.

Überall spazierten kleine Grüppchen durch die Kälte, um sich zu bewegen und privaten Gesprächen nachzugehen, abseits des Trubels. Dass sie davongegangen war, hatte keine Aufmerksamkeit erregt.

Die Mauern des Klosters türmten sich vor ihr auf. Hogges – Ort der Jungfrauen, nannten die Iren diesen Hügel. Sie legte ihre Hand auf den kalten Stein, und ihr kam der Gedanke, selbst eine Nonne zu werden, sich den Plänen ihres Vaters zu entziehen, um ein Leben abseits weltlicher Belange zu führen. Wie solch ein Dasein wohl wäre? Sicher? Behütet? Gottverbunden? Einsam?

»Bitte sag mir nicht, dass du in Erwägung ziehst, einem Konvent beizutreten.«

Ein Lächeln stahl sich auf ihre Lippen, sie musste sich nicht umdrehen, um ihn zu erkennen. Sie strich mit den Fingern über die Rillen im Stein. »Es scheint mir ein gutes Leben.«

»Und das, wo ich bereit bin, meine Gefühle zu offenbaren?«

»Vielleicht habt Ihr Euch zu lange Zeit gelassen.«

Er kam an ihre Seite, seine Hand umschloss sanft ihr Kinn, drehte ihren Kopf zu ihm. »Habe ich das?«

Sie versuchte, ihre kokettierende Miene aufrechtzuerhalten,

aber sie war nicht gut genug im Verstellen, nicht, wenn er sie so ansah. »Ihr wolltet etwas mit mir besprechen.«

Seine Hand sank hinab, er trat einen Schritt zurück und lehnte sich mit der Schulter gegen die Klostermauer. »Könntest du aufhören, mich ständig so förmlich anzusprechen. Ich kannte dich, da warst du noch ein kleines Mädchen, und ich behielt die Formlosigkeit unserer Freundschaft willen bei – auch wenn es dein Stand als Lady eigentlich verbietet.«

»Mein Stand als Lady.« Sie musste lachen, nickte aber. »Also schön … Raymond … ich höre.«

Er sah zu Boden, seine Gesichtsmuskeln spannten sich an, eine Kerbe grub sich in sein Kinn unter dem kurzgehaltenen Bart. »Du weißt von Maurice de Prendergast, vom Ursprung seiner Narben, du weißt von Baginbun. Dann machen wir die drei voll. Meine größten Sünden.« Er hob seinen Blick und sah ihr in die Augen. »Ich erzählte dir von meinem Bruder Griffin.«

Sie legte ihm die Hand auf den Arm. »Ja. Er ist dein älterer Bruder, der dich dazu angestiftet hatte, Maurice de Prendergast anzugreifen.«

Raymond verzog seinen Mund zu einer kläglichen Grimasse. »Angestiftet … ich sagte dir, ich selbst war ein ebensolches Scheusal, ich ließ mich allzu willig mitziehen. Und ich verehrte Griffin. Er beschützte mich oft vor unserem Vater. Ja, Griffin war ein gemeines Wiesel, aber bei mir war er anders.«

»Manchmal sind Beziehungen unter Geschwistern schwierig.« Sie dachte an Alina, wie oft sie sich gewünscht hatte, in ihr eine Vertraute zu finden, während zumeist nur Eifersucht und Missverständnisse zwischen ihnen herrschten.

»Griffins und meine Wege trennten sich, als dein Vater mich in seinen Haushalt aufnahm. Bei Strongbow diente ich unter dem König, kämpfte in Schlachten gegen Waliser, ich stieg auf in den Ritterstand, erlangte große Ehre, während Griffin zurückblieb. Aber dann ergab sich für ihn eine Möglichkeit – er wurde der Knappe de Montmorencys. Das ist jetzt schon fast zwanzig Jahre her.«

Lia ahnte Schreckliches. Wenn dieser Unmensch in die Angelegenheit verstrickt war, konnte es nur ein böses Ende geben. Und ihr fiel der Zusammenstoß zwischen Raymond und de Montmorency ein. Da war so viel Hass zwischen ihnen gewesen. »Was hat de Montmorency vor der Halle in Waterford zu dir gesagt?«

Raymonds Kiefer spannte sich deutlich an, er konnte sie nicht ansehen. »De Montmorency war gerade dabei, seinen Schwertgurt zu lösen und abzugeben, und er sagte: ›Ich habe ja keinen Knappen mehr, der mir dabei behilflich sein kann.‹«

Lia verengte die Augen, sie verstand die Schwere in den Worten. »Er hat keinen Knappen mehr ... was ist mit deinem Bruder geschehen?«

Raymond hob seinen Blick und sah sie wieder an, wie um sich selbst zu bestrafen und um ihre sofortige Reaktion zu sehen. »Ich habe ihn umgebracht, Lia, meinen eigenen Bruder.«

Sie zuckte zurück, ehe sie sich selbst zur Kontrolle rufen konnte. Er nickte langsam, als hätte er nichts anderes erwartet, und auch er trat zwei Schritte von ihr weg.

Aber Lia sammelte sich schnell wieder. Sie konnte sich nicht vorstellen, dass das die ganze Wahrheit war. »Ich glaube dir nicht. Du verschweigst wieder einmal etwas. Das kann nicht die ganze Geschichte sein. Du hättest nie ...«

»Dein Vertrauen ist unerschütterlich, nicht wahr? Aber es stimmt.«

»Dann muss es Notwehr gewesen sein, es hat einen Grund gegeben, es muss ...«

»Nichts davon würde die Tatsache ändern, dass mein Bruder tot ist. Wegen mir.«

Ein Zittern überfiel sie bei der Kälte in seiner Stimme. Nicht, weil seine Worte sie so schockierten, sie war überzeugt, dass mehr hinter der Sache steckte. Sondern weil seine Seele derart verwundet war. Sie wusste, er würde ihr nicht sofort erzählen, wie es geschehen war, doch sie wollte ihm trotzdem zeigen, dass er nicht das Monster war, für das er sich selbst hielt – nicht in ihren Augen.

Sie legte ihre Hand auf seine Brust. »Es tut mir sehr leid, dass dein Bruder tot ist. Wirklich. Aber vielleicht solltest du die Toten ruhen lassen und dich in diesem Augenblick auf die Lebenden konzentrieren.«

Verwirrung stand in seinem Blick, dann Schock. »Du kannst unmöglich …«

»Raymond, du magst dich selbst als dieses Ungeheuer sehen, aber für mich bist du der ehrenvollste Mann, den ich kenne.«

»Ich habe meinen Bruder getötet, Lia.«

»Ich habe dich gehört. Und ich hoffe, du hörst mich, wenn ich sage, dass ich deine Frau werden möchte.«

Er starrte sie an, dann beugte er sich unvermittelt zu ihr hinab, seine Hand umfasste ihre Wange, sein Gesicht kam näher. Ihr Herz fing an wie wild zu hämmern, sie konnte nicht glauben, was gerade geschah, als Raymond plötzlich innehielt und sich wieder aufrichtete.

»Nein.« Er strich sich mit beiden Händen das Haar zurück. »Wir machen es richtig. Zuerst spreche ich mit deinem Vater.«

Ein Lächeln befreite sich auf ihrem Gesicht, eine riesige Last glitt von ihren Schultern. »Also droht mir doch kein Dasein als Nonne?«

Sie legte ihre Hand zurück auf die Klostermauer, aber Raymond umschloss sie sofort mit seiner, zog sie zu sich und schlang einen Arm um sie. »Fang noch einmal von den Nonnen an, und du wirst mich nicht mehr ehrenhaft nennen.«

Sein Blick glitt zu ihren Lippen, und sie konnte sehen, wie er mit sich kämpfte. Auch sie musste dem Drang widerstehen, seinen Kopf zu ihrem hinunterzuziehen, jetzt, da sie einander so nahe waren und sie seinen Körper an ihrem spürte. Sie wollte sich auf die Zehenspitzen stellen, sich an ihn schmiegen und ihn küssen. Seine Hand umfasste ihre Wange, einen Moment lang, dann trat er zurück.

»Ich werde mit deinem Vater sprechen. Aber, Lia … wenn du möchtest, dass ich für dich kämpfe, dann gehe ich den ganzen Weg, mit allen Konsequenzen. Ich muss sicher sein, dass du bereit dafür bist.«

»Natürlich!« Noch ehe sie das Wort ganz ausgesprochen hatte, fühlte sie ein leises Unbehagen. Was meinte er damit? Konsequenzen? Er würde mit ihrem Vater sprechen, und vielleicht würde es ein schwieriges Unterfangen werden, ihn zu überreden, aber wenn Lia ihm ebenso versicherte, dass sie genau das wollte, würden sie am Ende bestimmt heiraten können. Wieso klangen Raymonds Worte mehr wie eine Drohung als ein Versprechen?

Raymond sah sie noch einen Moment zögernd an, als wartete er darauf, dass sie es sich anders überlegte, aber dann nickte er und bot ihr seinen Arm an. »Ich bringe dich zurück, ehe den anderen noch auffällt, dass wir fehlen. Und dann werde ich die richtige Gelegenheit finden, mir von deinem Vater den Kopf abreißen zu lassen.«

Wexford, Südostirland, April 1172

Basilia presste sich gegen die dünne Holzwand mit den vielen Ritzen zwischen den einzelnen Brettern. So war es ihr möglich, jedes Wort auf der anderen Seite mit anzuhören – aber vermutlich hätte sie das Gebrüll auch vernommen, wäre eine Steinwand zwischen ihrem Vater und ihr gewesen. Sie konnte sich nicht erinnern, ihn je so wütend erlebt zu haben, und wäre ihr der Grund dieses Zusammenpralls zwischen ihm und Raymond nicht so wichtig, hätte sie bereut, all das überhaupt verursacht zu haben.

Raymond war seinem Herrn in die Waffenkammer im Palisadenturm Wexfords gefolgt, eine Verzweiflungstat, schließlich war es ihrem Vater gelungen, einem Gespräch mit seinem Ritter bislang auszuweichen. Vielleicht hatte er geahnt, was Raymond von ihm wollte.

Nach den Weihnachtsfeierlichkeiten hatte ihr Vater Lia und Aoife erst mal zurück nach Ferns gebracht, und Raymond hatte seinen Posten als Kommandant der Garnison Wexfords wieder aufnehmen müssen. Ihr Vater hatte derweil mit dem König in Dublin die weitere Führung des Landes besprochen. Schließlich war Henry hierher nach Wexford zurückgekehrt, um seine Heimreise zu organisieren. Die ersten Schiffe im Frühling hatten unerfreuliche Neuigkeiten für den König gebracht, nachdem die Winterstürme Überfahrten monatelang unmöglich gemacht hatten und keine Nachrichten bis nach Irland durchgedrungen waren.

Lia hatte die Gerüchte gehört. Henry hatte es so eilig, in die Normandie zurückzukehren, da sein eigener Sohn gegen ihn rebellierte. In der Halle sprachen die Männer, wie absurd solch ein Krieg war, aber Lia kannte ähnliche Geschichten zur Genüge von den Walisern, und von Aoife wusste sie, dass familiäre Kämpfe auch unter den Iren üblich waren. Nur die Normannen hatten sich über solcherlei Barbarei gesehen. Doch erst hatten sie gesagt, Henry I. habe England für fast zwei Jahrzehnte in Krieg und Gesetzlosigkeit geführt, weil er keinen legitimen Sohn gehabt hatte. Und nun hatte Henry II. vier Söhne, und es folgte trotzdem Krieg daraus. Wie wollten die Normannen jetzt noch behaupten, dass sie Ordnung und Stabilität in keltische Länder wie Wales und Irland mit ihren barbarischen Sitten brachten?

Es war ein Schlag ins Gesicht für den König, dass seine mühsam aufgebaute Macht hier in Irland litt. Zu Beginn des Jahres hatte ein Treffen wichtiger Kirchenmänner stattgefunden, zu dem nicht nur irische Bischöfe, sondern auch Henrys Kaplan und andere wichtige Kirchenherren aus Wales und England angereist waren. Sie hatten essentielle Punkte besprochen, um Irland an die englische Kirche anzugliedern – und damit näher zu Rom. So waren innerverwandtschaftliche Ehen verboten worden, die Art, wie Taufe und Beerdigung stattzufinden hatten, geregelt worden, Abgaben an Kirchen, Feiertage und, für Henry am wichtigsten – die Legitimität seines Anspruchs auf Irland war bestätigt worden. Die Kirchenfürsten hatten ihn als Herrscher des Königreichs Irland anerkannt, und all das drohte jetzt zu zerfallen.

Deshalb waren nun auch Lia und Aoife hier, um den König an Strongbows Seite zu verabschieden.

»Und du glaubst wirklich, ich bin so dumm anzunehmen, du würdest nicht aus selbstsüchtigen Gründen handeln?! Dass es dir auch nur im Entferntesten um meine Tochter ginge?!«

Raymonds Antwort war kaum mehr als ein tiefes Knurren, Lia konnte die Worte bei dem prasselnden Regen hier draußen nicht verstehen, ihren Vater hörte sie dafür wieder umso deutlicher.

»Wenn es dir um Basilia gegangen wäre, hättest du es überhaupt nie so weit kommen lassen! Du hättest ihr diesen Unsinn nicht eingeredet, hättest dich ferngehalten, so wie ich es dir aufgetragen habe!«

Nun wurde auch Raymonds Stimme lauter, und Lia hielt den Atem an. Sie schob ihre Kapuze etwas zurück und presste ihr Ohr gegen die Wand. »Ich bin ein Geraldine, Mylord, eine Verbindung mit meiner Familie kann Euch nur nützen, festigt Eure Macht. Schließlich ist es meine Familie, die einen Gutteil der eroberten Ländereien in Irland hält. Ich habe mich auf dieser Insel nicht nur einmal bewiesen, als Kommandant, als Krieger …«

»Aber nicht als Mensch!«

Stille, und Lia glaubte einen Moment lang sogar, die Geräusche hier draußen wären ebenfalls verstummt. Viel Trubel herrschte tatsächlich nicht, der Wolkenbruch hatte alle, die nicht zwingend im Hof sein mussten, nach drinnen getrieben. Da waren nur ein paar Wachen auf den Wehrgängen der Palisaden und eine Magd, die sich duckend mit einem Eimer zum Brunnen lief. Lia stand zum Glück halbwegs geschützt unter dem Dachvorsprung, im Moment war nass zu werden aber ohnehin ihre geringste Sorge.

Die schwere Stille in der Waffenkammer hielt an. Sie konnte nicht verhindern, Furcht bei den harschen Worten ihres Vaters zu verspüren. Was, wenn Raymond nun aufgab? Handelte sie nicht egoistisch? Sie hatte ihn dazu überredet, sich in die Höhle des Löwen zu begeben – und wofür? Sie war kein besonders großartiger Preis, das wusste sie. Raymond überwarf sich für sie mit seinem Herrn, und was dann?

»Ich weiß«, knurrte Raymond und ließ sie damit wieder den Atem anhalten, »dass Ihr mich als Person nicht schätzt, damit offenbart Ihr mir nichts Neues. Ich weiß auch, dass ich meine Position Maurice verdanke, dass Ihr selbst mich nie aufgenommen hättet, aber das alles ist Jahrzehnte her. Ich habe mich verändert, so wie wir alle … wie Ihr selbst.«

»Du hältst dich für so wortgewandt und listig, aber ich bin kein fünfzehnjähriges Mädchen, dem du den Kopf verdrehen kannst.«

»Nein, du bist verbittert und frustriert, de Clare, und nur noch ein Schatten des aufstrebenden Earls, der mich aus dem Fluss rettete, der sich Hals über Kopf in eine Magd verliebte, sich gegen seinen Onkel behauptete und das Herz über alles stellte.«

Lia presste die Lippen aufeinander. Sie hatte Raymond noch nie so formlos mit ihrem Vater sprechen hören, aber ihre gemeinsame Vergangenheit, in der sie als Jungen zusammen aufgewachsen waren, machte wohl eher das »Mylord« lächerlich.

»Ich war nie so leichtgläubig anzunehmen, du würdest je in Erwägung ziehen, mir deine Tochter zur Frau zu geben.« Raymonds Stimme kam näher, er hielt sich gleich auf der anderen Seite der Wand. »Aber genauso wenig hätte ich je geglaubt, so stark für jemanden zu empfinden. Du glaubst mir nicht, wenn ich dir sage, was Lia mir bedeutet, aber …«

»Doch.« Auch ihr Vater kam näher, er schien auf Raymond zuzugehen. »Ich glaube dir. Denn ich sehe es. Jetzt sehe ich es.«

Ihr Herz machte einen Satz. Denn die Stimme ihres Vater zeugte nicht von Milde, klang bedrohlich.

»Ja, ich habe dir Streben nach Macht und politische Gründe unterstellt, und ich glaube immer noch nicht, dass sie keine Rolle für dich spielen. Aber ich habe nicht verstanden, was ein Mann, ein Ritter, wie du es bist, Raymond, ständig mit den Kameraden unterwegs, immerzu den Kampf suchend, von einem jungen, unerfahrenen Ding wie Basilia will. Aber jetzt sehe ich es. Genau das ist es, nicht wahr? Ihre Jugend, ihre Unschuld, ihre Reinheit. Das ist es, was dich anzieht. Du glaubst, deine Seele an ihr reinwaschen zu können.«

Lia verengte die Augen und hätte beinahe geschnaubt. Rein und unschuldig, keine Worte, die oft jemand mit ihrer Person in Zusammenhang brachte. Doch auch Aoifes Stimme drang an ihr Ohr, ihre Stiefmutter hatte einst etwas Ähnliches gesagt: *Dieser Ritter hat Euch angesehen, als wäret Ihr das einzige Licht in endloser Dunkelheit.*

Raymonds Stimme riss sie aus ihren Gedanken. »Mylord … ich weiß, du kannst dich jetzt nicht dazu durchringen, mir diese Bitte zu erfüllen, selbst wenn du weißt, dass Lia es genauso möchte. Ich bitte dich lediglich um Zeit. Gib mir die Gelegenheit, mich dir zu beweisen, dir zu zeigen, dass ich der Richtige für sie bin. Gib sie keinem anderen, während ich mit dem König fort bin. Das ist alles. Gib sie einfach keinem anderen, und ich schwöre dir, ich werde zurückkommen als jemand, der ihrer würdig ist.«

»Siehst du es denn nicht?« Ihr Vater atmete hörbar ein. »Dass du mit Henry gehst, ist ein Grund mehr, weshalb ich dir Basilia nie geben könnte. Du bist nun nicht mehr *mein* Ritter, Raymond, du bist *seiner*.«

Lia entwich ein erschrockener Laut, sie schlug sich die Hand vor den Mund und lauschte angestrengt, um zu überprüfen, ob jemand sie bemerkt hatte. Aber ihr Vater fuhr bereits fort, während in ihrem Kopf die Gedanken rasten: Was sollte das bedeuten, dass Raymond nun einer der Ritter des Königs war, dass er fortging?!

»Niemand weiß, wie lange du auf dem Festland bleiben wirst. Hast du vor, Basilia in Irland zu heiraten und sie dann mit dir mitzunehmen? Willst du sie schon wieder entwurzeln, jetzt, da sie sich eingelebt hat? Während du auf dem Schlachtfeld stehst und sie sich selbst überlassen bleibt, irgendwo in der Normandie oder in Aquitanien?«

»Ich würde sie hierlassen, bei dir, bei Aoife, bei ihrer Familie.«

»Wo sie auf dich warten muss, wo sie auf unbestimmte Zeit von ihrem Mann getrennt sein wird, nie wissend, ob er noch lebt. Merkst du nicht selbst, wie grausam das wäre?«

»Ich habe es mir nicht ausgesucht, mit dem König zu gehen, auch wenn du mir das nicht glaubst. Freiwillig würde ich Irland und alles, wofür ich hier gekämpft habe, nie verlassen. Henry sagt, er braucht Männer für den Kampf, aber in Wirklichkeit geht es ihm doch nur darum, deine Macht zu beschneiden. Er sieht in dir immer noch eine Gefahr, er nimmt dir deine besten Männer, um dich unter Kontrolle zu halten. Aber er sieht eines nicht: Ich gehe nicht, um ihm zu dienen, sondern *dir*. Ich kann Einfluss erlangen, ich kann den König davon überzeugen, dich zum Justiciar von Irland zu machen anstatt diesen Tropf Hugh de Lacy.«

»Überschätze deine Fähigkeiten nicht, Raymond, du bist gut, du hast dir einen Ruf erarbeitet, aber Henry hat de Lacy nicht ohne Grund hier eingesetzt. Ich bin Lord von Leinster, eines der mächtigsten Fürstentümer, die es in Irland gibt, das kann er mir nicht nehmen, es ist mein Erbe, Aoifes Familie steht hinter mir. Aber als Gegenpart hat der König seinen eigenen Mann, diesen Tropf, wie du ihn so treffend bezeichnest, zum Lord von Meath gemacht – ein ebensolches Fürstentum. Außerdem hat er ihn zum Constable des Reiches ernannt und Dublin zu seinem Hauptsitz gemacht. Ich weiß, dass er immer noch eine Bedrohung in mir sieht. Ich weiß, dass du nicht freiwillig gehst, aber du gehst nichtsdestotrotz, und ich muss mich an diejenigen halten, die hier sind, die ich an meiner Seite habe und brauche.«

Erneutes Schweigen, und Lia ballte die Hände zu Fäusten.

»Und dann ist da natürlich noch die nicht zu unterschätzende Möglichkeit, dass du nicht zurückkehrst, Raymond. Du gehst mit Henry, um für ihn zu kämpfen, um in eine Schlacht zu ziehen. Ich werde Basilia nicht so jung zur Witwe machen.«

Allein der Gedanke schnürte ihr den Hals zu. Auf Raymond warteten auf dem Festland keine Kelten, die mit Steinschleudern kämpften, sondern hochgerüstete Normannen. Auf Raymond wartete Henrys Sohn mit seinem Heer, Henry der Jüngere, der Thronfolger, der seinem Vater den Krieg erklärt hatte.

»Zeit.« Raymonds Stimme von der anderen Seite der dünnen Wand fuhr ihr mit einer Gänsehaut über den Körper. »Für mich und für Basilia. Um mehr bitte ich dich nicht.«

»Zeit.« Ihr Vater klang nicht gerade erfreut. »Zeit ist etwas, wovon wir alle zu wenig haben. Aber ich will sie dir geben – meiner Tochter willen.«

Lia glaubte, sich verhört zu haben. Beinahe wäre ihr ein Freudenschrei entkommen. Es war ein Zugeständnis! Es war ein Funken Hoffnung.

»Basilia?!« Geoffreys Stimme erscholl von der anderen Seite des Hofes, und sie zog schnell ihre Kapuze tiefer ins Gesicht. Sie huschte zwischen die Wirtschaftsgebäude davon. Sie wollte Geoffrey von der anderen Seite aus einholen, damit er nicht länger durch dieses Wetter irren musste. So konnte sie sagen, die Kirche der Heiligen Jungfrau Maria besucht zu haben, und sein Zorn hielt sich dann hoffentlich in Grenzen. Und wenn nicht, konnte ihr das auch egal sein, denn sie war so gut wie Raymonds Frau, eine Geraldine.

Ferns, Südostirland, April 1172

»Ihr seid ein Naturtalent, Lady Basilia, Gott hat Euch gesegnet!« Morice Regan sprang von der Bank auf – so flink, wie es sein fassgleicher Bauch, über den sich eine dunkle Kutte spannte, erlaubte. »Nie zuvor habe ich gesehen, dass eine Sprache so schnell erlernt wird, nie zuvor …« Er verstummte in seinem Begeisterungsausbruch und drehte sich langsam um, zur hochschwangeren Aoife, die an einem Webrahmen saß und konzentriert arbeitete. Ein Harfenspieler an ihrer Seite erfüllte den Raum mit sanften Klängen, und die Prinzessin ließ sich nicht anmerken, ob sie Regans Worte gehört hatte.

Regan räusperte sich und fuhr leiser fort. »Sehr beeindruckend, wie gesagt, in der Tat, beeindruckend. Genauso wie Prinzessin Aoife natürlich.«

Lia kicherte leise in sich hinein, und sie glaubte auch, ein Lächeln um Aoifes Lippen spielen zu sehen. Ein Glück, schließlich war ihre Stiefmutter in letzter Zeit oft schlechter Laune, da ihr Kind auf sich warten ließ. Alle beobachteten sie, warteten auf ein Zeichen der bevorstehenden Geburt, selbst die Mägde. Sie sehnten den Erben herbei, die endgültige Verbindung des Eroberers mit der Nachfahrin des irischen Königs dieses Gebiets. Dabei zeigten sie wenig Geduld und trieben Aoife zur Unruhe.

Lia sah ihre Stiefmutter mitfühlend an. Dass Strongbow einen neuerlichen Feldzug plante, um die Gebiete seines vom König bestätigten Landes zu sichern, in dem es noch Widerstand gab, machte die Situation auch nicht besser. Sie konnte Aoifes Angst nachfühlen, die Sorge, dass ihr Gemahl nicht zurückkehrte und sie ungeschützt mit ihrem Kind zurückblieb. Schließlich wusste Lia, dass Raymond gerade aufs Festland übersetzte – eine gefährliche Schiffsreise, einem noch gefährlicheren Kampf entgegen. Es war ihr noch nicht einmal möglich gewesen, sich von ihm zu verabschieden. Ihr Vater hatte sie nach seinem Gespräch mit Raymond jeden Augenblick streng bewachen lassen, als fürchtete er, Raymond könnte sie entführen.

»Vielleicht sollten wir morgen weitermachen, um an einem guten Punkt aufzuhören.«

Lia sah zu Regan hoch und schmunzelte. Sie wusste, warum der Schreiber es so eilig hatte. Er entfernte sich nur ungern von seiner Arbeit. Zwar war ihm stets anzusehen, wie freudig er sein Wissen teilte und anderen etwas beibrachte, aber seine wahre Leidenschaft war das Schreiben. »Wie kommt Ihr mit den Aufzeichnungen voran?«

Regans Augen leuchteten auf, wie immer, wenn sie sein Tun ansprach. »Oh, ganz ausgezeichnet, Mylady Basilia, vielen Dank, dass Ihr fragt. Tatsächlich bin ich schon beinahe auf dem aktuellen Stand.«

»Komme ich denn auch darin vor?«

Er lächelte geheimnisvoll, was ein paar Zahnlücken offenbarte. »Gewiss.«

Sie stemmte eine Hand in die Seite. »Ich hoffe doch, Ihr schreibt nur Gutes über mich.«

»Nur Gutes, Mylady, nur Gutes, das sei Euch versichert.«

Lia nickte zufrieden. Sie wusste ohnehin nicht, wer je Regans Werke lesen würde. Er dokumentierte alles, was er erlebte oder von dem er hörte – jedes wichtige Gespräch, das sich meist um Politik drehte, Kämpfe, Bündnisse, schon bevor die Normannen nach Irland gekommen waren. Er tat dies für die Nachwelt, sagte er, damit sie alle nicht vergessen wurden und zukünftige Generationen wussten, wer Dermot McMurrough gewesen war oder Strongbow. Ein Gedanke, der ihr gefiel, so unwahrscheinlich es ihr auch erschien, dass sich irgendjemand in der Zukunft für ihr heutiges Tun interessierte.

»Nun verabschiede ich mich. In diesem Trubel war es schon eine Herausforderung, zu Eurem Gemach hochzusteigen, Mylady, ich werde eine Ewigkeit brauchen, um wieder hinabzukommen.«

»Was denn für ein Trubel?« Sie war den ganzen Tag im ruhigen Frauengemach gewesen, zusammen mit Aoife und ein paar anderen Damen. Ein paar von ihnen stickten auf den gepolsterten Bänken in den Fensternischen. Ein wenig sonderbar kam es Lia immer noch vor, nicht in der Schäferhütte zu sitzen, sondern in einer neuen, komfortablen Burg als Lady, inmitten von noblen Frauen, behütet und wertgeschätzt.

Regan zuckte mit den Schultern. »Ich hörte das Gesinde nur von einem Fest sprechen – wisst Ihr denn nichts davon?«

Lia schüttelte den Kopf, sie konnte sich nicht vorstellen, aus welchem Grund ihr Vater in der Fastenzeit ein Fest feiern wollte. Und dann noch so kurz vor Aoifes Niederkunft. Oder ging es darum? Wollte er für den großen Tag alles vorbereitet wissen?

Aber auch Aoife schien ahnungslos, sie sah zu Lia und schüttelte mit einem leichten Schulterzucken den Kopf.

Regan hob die Hände. »Nun, dann tappt Ihr genauso im Dunkeln wie ich, Mylady. Der Earl hat wohl Anweisungen gegeben, alles für ein Festmahl morgen vorzubereiten – vielleicht, um ihn und seine Männer zu verabschieden, bevor sie nach Clanmalier reiten.«

»Das wäre möglich.« Wobei ihr Vater nie davon gesprochen hatte, dass der Feldzug so bald stattfinden sollte. Der Sommer war die bessere Zeit dafür.

Sie erhob sich, um Regan zur Tür zu begleiten, als die Vorhänge, die das Frauengemach vom Vorraum abtrennten, zur

Seite fielen und ein junger irischer Bursche eintrat, der hier als Page ausgebildet wurde. »Sir Robert de Quincy wünscht Euch zu sprechen, Madame«, brachte er auf Normannisch hervor und verneigte sich linkisch.

Lia schenkte ihm ein aufmunterndes Lächeln, aber es gefror ihr sofort, als der angekündigte Robert de Quincy auch schon eintrat und sich mit üblich mürrischer Miene umsah.

De Quincy und de Montmorency waren meist unzertrennlich und wichen nie von der Seite ihres Vaters. Wenn de Quincy also etwas von den Damen wollte, war es wohl wieder irgendeine Beschwerde – hatten sie zu laut gelacht? Oder es gewagt, den Blick zu heben, wenn ein Mann mit ihnen sprach? Hatten sie geatmet?

»Sir Robert.« Aoife erhob sich mühevoll von ihrem Webrahmen. »Bringt Ihr Nachricht von meinem Gemahl? Wir hörten, ein Fest wird geplant? Wieso weiß ich als Hausherrin nichts davon?«

Röte stieg in de Quincys glattrasierte Wangen, was ungewöhnlich anzusehen war. »Madame, der Earl wünscht, seine Tochter zu sprechen.«

Lia horchte auf. In letzter Zeit war ihr Vater so in Vorbereitungen für den Feldzug verstrickt gewesen, sie hatte ihn seit Wexford kaum zu Gesicht bekommen. »Hoffentlich will er mir nicht verbieten, beim Fest zu erscheinen«, murmelte sie düster. Sie und die anderen Frauen kamen ohnehin kaum raus, auch ihre Mahlzeiten nahmen sie meist im Frauengemach ein. Nur bei großen Veranstaltungen waren sie gerne in der Halle gesehen – und de Montmorency stellte stets sicher, dass diese Regeln eingehalten wurden.

Aoife und die anderen Frauen lachten leise bei ihren Worten, und de Quincy verengte die Augen. Er sah von einem zum anderen und durchbohrte dann sie mit seinem taubenblauen Blick. Zweifelsohne hatte sie zu leise gesprochen, sodass er die

Worte bei seinem schlechten Gehör nicht verstanden hatte, und nun glaubte er, sie machte sich über ihn lustig.

»Also schön«, sagte sie lauter und ging zu de Quincy. »Ich ergebe mich.«

Ein weiteres Kichern, und de Quincy wandte sich ab, überließ es ihr, ihm zu folgen. Vielleicht hatte sie Glück, und er war schon weg, wenn sie rauskam. Den Weg zum Gemach ihres Vaters auf der gegenüberliegenden Seite des Frauengemachs fand sie auch allein.

Aber sie war kaum in den zwielichten Vorraum getreten, der zum Treppenhaus führte, da schoss ein scharfer Schmerz durch ihren Arm. Sie brauchte einen Moment, um zu begreifen, dass de Quincy sie gepackt hatte und ihren Arm wie ein Schraubstock umschlossen hielt.

»Das war das letzte Mal, dass Ihr mit Euren Respektlosigkeiten unbestraft davonkommt, Mylady. Schon morgen werde ich in den Genuss kommen, Euch Eure Frechheiten auszutreiben.«

Lia spürte Eiseskälte ihren Rücken hinunterkriechen. Sie riss sich los. »Was meint Ihr damit?«

»Euer Vater wartet. Er hat gute Neuigkeiten für Euch. Und falls Ihr noch nicht wisst, wie Ihr mich ab jetzt anzusprechen habt: Von heute an bin ich Constable Leinsters und Lord von Duffry – das Land liegt nicht weit westlich von hier, sein Clanführer wurde in einem Scharmützel getötet. Der Earl hat es mir verliehen, um es für ihn zu halten. So könnt Ihr mich von nun an *Constable* oder *Mylord* nennen, um meinem Stand gerecht zu werden. Das überlasse ich ganz Euch.«

Lia konnte ihn nur anstarren. Wieso hatte ihr Vater de Quincy derart hoch hinaufgehoben? Als Constable von Leinster verwaltete dieses Scheusal das gesamte Land ihres Vaters in Irland, ein einstiges Königreich! Er war somit der zweithöchste Mann hier. Und Lord von Duffry? Wieso sollte er de Quincy mit

Land belehnen? Er war der Standartenträger, einer seiner Ritter, nur einer von vielen …

»Ich sehe, die Auswahl scheint Euch zu verwirren. Nun, wenn wir bereits etwas vertrauter miteinander sind, könnt Ihr mich natürlich immer noch Gemahl nennen.«

Lia riss die Augen auf, alle Luft schien aus ihrer Lunge zu weichen. Sie schob sich an de Quincy vorbei, stieß die Tür zum herrschaftlichen Gemach auf, sah einen von Strongbows Knappen, ignorierte sein erschrockenes Hochspringen, um sie anzukündigen, und eilte weiter. Sie stürmte durch die schweren Vorhänge, die nach Staub und Rauch rochen, und fand sich in Strongbows Gemach wieder, in dem auch Aoife bis vor Kurzem ihre Nächte verbracht hatte. Ein großes, von Vorhängen verhülltes Bett nahm beinahe den gesamten Raum ein. Auf der gegenüberliegenden Seite hatten noch ein Tisch, ein Stuhl, eine Bank und zwei Truhen Platz gefunden. An diesem Tisch saß ihr Vater, Dokumente vor sich, die er selbst lesen konnte – er war einer der wenigen Herren, die diese Kunst beherrschten.

»Sag mir, dass er lügt!«

Ihr Vater sah auf, und beim Anblick seines verwirrten Ausdrucks glaubte sie, aus der Haut zu fahren. Sie hörte, dass de Quincy hinter ihr den Raum betrat, und nun veränderte sich seine Miene. Er wirkte zornig und besorgt.

»Du hast es ihr gesagt, Robert?«

»Verzeiht, Mylord, ich konnte meine Aufregung nicht zügeln und musste die guten Neuigkeiten mitteilen.«

Lia wurde schwarz vor Augen. Er hatte es versprochen, er hatte es Raymond vor nur wenigen Tagen versprochen! Er hatte es *ihr* versprochen! Er war ihr Beschützer, ihr Held, wie konnte er sie mit jemandem wie Robert de Quincy vermählen wollen? Das musste ein Albtraum sein!

»Lass uns allein.« Ihr Vater winkte de Quincy mit einer entnervten Geste davon. Dann sah er sie eisern an, und Lias Hoffnung schwand, dass die herausgeplatzte Wahrheit de Quincy derart in Ungnade hatte fallen lassen, dass die Heiratspläne vernichtet wurden.

»Das könnt Ihr nicht tun.« Sie brachte kaum mehr als ein Flüstern zustande. »Er ist …«

»Ich weiß, er ist nicht der Jüngste und in den Augen eines jungen Mädchens vermutlich auch nicht der Hübscheste.«

»Darum geht es nicht!«, rief sie. Sein Alter war ihr egal, er war Mitte vierzig, damit nur wenig älter als ihr Vater, und sechs Jahre trennten ihn nur von Raymond. Sie hatte von Kind an gewusst, dass sie niemand Gleichaltrigen heiraten würde. Frauen mussten möglichst jung sein, um noch genügend Kinder zur Welt bringen zu können, während Männer erst heiraten konnten, wenn sie in der Lage waren, ihre Familie zu ernähren, wenn sie etwas aus sich gemacht hatten. Auch interessierte sie nicht die Schönheit eines Mannes, zumindest nicht die äußere. Raymond war auch kein Schönling im klassischen Sinne, eher ging von ihm eine rohe Attraktivität aus, die in ihr ein Prickeln verursachte. Während ihr allein beim Gedanken, de Quincy nahe zu sein, schon schlecht wurde.

»Ich werde ihn nicht heiraten, Vater.« Sie zwang sich nun, ruhig und sachlich zu sprechen. Sie musste sich zusammenreißen. »Ich bin bereits versprochen.«

»Bitte fang nicht mit diesem Unsinn an.« Ihr Vater schob die Dokumente zur Seite und erhob sich vom Tisch. »Er ist weg, Lia, und du wirst ihn schnell vergessen.«

»Das werde ich nicht! Vater, wie kannst du nur? Du hast dein Wort gegeben.«

»Ich habe Zeit versprochen, die nun abgelaufen ist.«

»Das war keine Zeit!« Sie biss sich auf die Unterlippe, zwang sich, tief durchzuatmen. »Wenn er zurückkommt …«

»Wir wissen nicht, wann das sein wird, er dient jetzt dem König.« Er sah sie an. Kein Geschrei, kein Tadel, da war nur dieser starre Blick aus kalten grauen Augen, der sie zittern ließen. »Basilia, ich hätte nie erlaubt, dass du ihn heiratest.« Er sprach ruhig, aber bestimmt, und um sie herum begann sich alles zu drehen.

Alle Farbe wich ihr aus dem Gesicht, sie spürte es deutlich. »Nein …« Sie brachte nur ein verzweifeltes Flüstern zustande.

Er kam auf sie zu, nun ging Mitgefühl von ihm aus. Er hob die Hand, um sie ihr auf die Schulter zu legen, aber Lia wich zurück. Er seufzte. »Raymond will dich benutzen, Basilia. Du bist noch zu jung, um das zu sehen, du hast dich in eine romantische Vorstellung verrannt, und das ist völlig normal für Mädchen in deinem Alter. Aber glaube mir, dass ich in deinem Wohl handle, dass ich dich beschütze.«

»Nein.«

»Raymond geht es um Macht, um seinen Aufstieg. Er ist ein Geraldine, in ihm fließt das stolze Blut der Könige der Briten und das eroberungsdurstige der Normannen. Alina hat mir berichtet, wie er dich schon vor Jahren auf seine Seite holte, wie er dich glauben machte, eine Verbindung zu ihm zu haben, wie er dich langsam einwickelte und …«

Sie bekam keine Luft mehr. »Alina …«

»Deine Schwester sorgt sich sehr um dich, daher ließ sie mir über Robert de Quincy diese Nachricht zukommen.«

Lia wollte glauben, dass de Quincy diese Botschaft nur erfunden hatte, dass *er* es war, der schon über längere Zeit sein Ziel verfolgte und Gift ins Ohr ihres Vaters träufelte. Aber sie kannte Alina. Das war das Schlimme daran. Sie traute ihrer Schwester zu, aus dem Verborgenen dafür gesorgt zu haben, dass sie Raymond nie heiraten konnte.

Noch schlimmer aber war, dass sie die eiserne Entschlossenheit ihres Vaters kannte. Er würde nicht nachgeben. Solange er lebte, würde er verhindern, dass Raymond und sie sich nahekamen. Ihr blieb nur noch die Hoffnung auf Zeit.

Sie musste daraufhin arbeiten, die Hochzeit hinauszuzögern. Wenn Raymond zurückkehrte, könnte er sie einfach mit sich nehmen, zurück nach Wales oder aufs Festland. Er könnte verhindern, dass sie mit diesem Scheusal vor die Kirchenpforten treten musste.

»Du sagst selbst, ich bin noch jung«, brachte sie aus rauer Kehle heraus. »Wieso ist meine Hochzeit plötzlich so eilig? Wir können warten …«

Ihr Vater strich sich mit einem Seufzen über die Augen. »Basilia, du bist heiratsfähig, und ich kann nicht länger warten. Ich muss den Männern ein Zeichen geben. Viele von ihnen sind unzufrieden, nachdem der König an sich gerissen hat, was sie mit ihrem Blut und Schweiß erobert haben. Nun hat Henry ihnen mit Raymond auch noch den Anführer genommen. Unruhe entsteht, zum denkbar schlechtesten Zeitpunkt – kurz vor einem Feldzug, während ich versuche zusammenzuhalten, was mir geblieben ist. Die Männer müssen sehen, dass ich Treue und Einsatz belohne, dass sie weiterhin zu mir stehen müssen, um aufzusteigen.«

»Und mit Robert de Quincy schaffst du solch ein Beispiel. Vom Standartenträger zum Constable und Lord und Schwiegersohn.«

»Er steht schon viele Jahre lang treu an meiner Seite, er verdient mein Vertrauen.«

Lia senkte den Blick, sie spürte Tränen in ihren Augen aufsteigen, wollte sie aber nicht zeigen. »Nicht er. Ich bitte dich, nicht ausgerechnet er«, war alles, was sie noch an Worten zusammenbrachte, und sie hörte ihren Vater mitleidig seufzen.

Er kam näher. »Basilia, weißt du eigentlich, wie sehr ich deine Mutter geliebt habe?«

Lia blickte auf, diesen Themenwechsel hatte sie nicht erwartet. »Nicht nur am Anfang, als wir so jung und unschuldig ineinanderliefen – im wahrsten Sinne des Wortes.« Er lächelte, etwas Trauriges, Nostalgisches lag darin. »Ich liebte sie auch danach jeden wachen Augenblick lang bis zum Schluss. Und trotzdem war ich gezwungen, diese Liebe aufzugeben, so wie du von einer Schwärmerei Abschied nehmen musst. Ich hatte die Macht, Elen bei mir zu halten, ich hätte verhindern können, dass ihr mich verlasst. Glaubst du, das war leichter, als wenn ich keine Wahl gehabt hätte? Glaubst du, es fühlte sich gut an, Aoife zu heiraten, ein Mädchen, kaum älter als meine Töchter, das nicht einmal meine Sprache spricht, mit dem nichts mich verbindet, das sich lediglich für ihren Vater opfert?«

Lia blickte ihn ungläubig an. Er wirkte so glücklich in Irland, an Aoifes Seite. Nie hätte sie geahnt, dass er so empfand. Ihr schien die Betroffenheit ins Gesicht geschrieben, denn er hob beschwichtigend die Hand.

»Meine Gefühle änderten sich, Basilia. Nun bin ich glücklich, den Schritt gegangen zu sein, ein Opfer gebracht und Elen gehengelassen zu haben. Ich bin glücklich, Aoife meine Frau nennen zu dürfen, so unwahrscheinlich mir das vor nur einem Jahr auch noch erschien. So wird es auch dir gehen. Im Moment kannst du dir nicht vorstellen, de Quincy zu heiraten, ihn je als den zuverlässigen, loyalen Ritter zu sehen, der mir schon lange mit Rat und Tat zur Seite steht. Zu lange hat Raymond dir den Kopf verdreht, aber er ist fort, seine Erinnerung wird verblassen, und du wirst lernen, de Quincy zu akzeptieren, später zu respektieren, und irgendwann wirst du Zuneigung und vielleicht sogar Liebe für ihn empfinden.«

Niemals, das wusste sie. Nicht nur, weil es de Quincy war, sie hätte jeden anderen ebenfalls abgelehnt. In den schillerndsten Farben hatte sie sich bereits ihr Leben mit Raymond vorgestellt, und nun stand sie da und wusste nicht einmal mehr, wer ihr Vater war. Wie hatte er Raymond so betrügen können? Er hatte sein Wort gegeben, er hatte ihr Hoffnung gemacht, nur um sie zu zerschlagen. Da war es wohl auch schon egal, dass sie ihren schlimmsten Albtraum heiraten musste. Sie fühlte nur noch Leere, eine Resignation vor dem Unvermeidlichen.

Was würde Raymond sagen, wenn er zurückkehrte? War es wirklich nur eine Schwärmerei? Ging es ihm nur um seinen persönlichen Aufstieg? Nein, das konnte sie nicht glauben. Trotzdem war sie ihrem Vater zur Treue verpflichtet. Wenn nur ihre Mutter hier wäre oder Gildas. Ihr Stiefvater hatte ihr stets das Gefühl gegeben, die richtige Entscheidung treffen zu können, auf dem richtigen Weg zu sein. Sie brauchte seinen Rat.

»Du wirst de Quincy heiraten.« Ruhige, freundlich klingende Worte, die doch endgültig klangen. »Es würde mir viel bedeuten, dich im Frieden an deinen Bräutigam zu übergeben, dir ein Fest zu bieten und dich glücklich zu sehen. Aber solltest du dich weigern, wirst du trotzdem vor der Kirche stehen. Ich kann nur hoffen, dass du mich dafür nicht hasst, dass du irgendwann erkennst, dass ich auch für dich handle.«

Lia wog ihre Möglichkeiten ab. Weglaufen – das wäre im Anbetracht des fremden, kriegerischen Landes Selbstmord. Ihre Zustimmung vor dem Priester verweigern – das würde nichts nützen und nur ihren Vater vor all seinen Männern bloßstellen und beschämen. Er würde den Respekt verlieren, was sie alle in Gefahr brächte. Sie musste auch an Aoife denken, an ihr ungeborenes Kind, das Lias Bruder oder Schwester war. Sie musste ihrem Vater gehorchen.

»Nein, ich hasse dich nicht, Vater.« Sie sah ihm direkt in die Augen und sah in den seinen Hoffnung glimmen. »Dafür bedeutest du mir nicht mehr genug. Aber sei unbesorgt. Ich werde meine Pflicht erfüllen, schließlich bin ich ja auch nur ein Bastard, und ich möchte niemanden hier leiden sehen. Aber«, sie musste schlucken, um ihrer Stimme nichts von ihrem Kampf gegen die Tränen anmerken zu lassen, »du hast Raymonds Vertrauen und auch meines missbraucht, vermutlich hast du es sogar für immer verloren. Denn ob du es siehst oder nicht, de

Quincy ist ein Ungeheuer, und nun lieferst du ihm deine Tochter aus.« Sie sah ihn noch einen Augenblick lang an, dann drehte sie um und ging gemessenen Schrittes hinaus. Sie hörte ihren Vater noch aufkeuchen, als wollte er noch etwas sagen, aber er folgte ihr nicht.

De Quincy wartete vor Strongbows Gemach, und als sie ihn sah, presste sie die Lippen aufeinander, um ihre unfreundlichen Gedanken nicht auszusprechen.

»So hat Euer Vater Euch mitgeteilt, dass wir beide morgen heiraten.«

Lia nickte nur und blickte wie auf ein Rettungsseil zur gegenüberliegenden Tür des Frauengemachs. »Ich ziehe mich zurück zu meiner Stiefmutter.«

De Quincy vertrat ihr den Weg, und sie spürte all ihre guten Vorsätze, ihren Vater nicht zu verraten und sich ihrem Schicksal zu ergeben, schwinden. Sie konnte es einfach nicht! Wenn er mit seinen kleinen Augen auf sie hinabsah, sie seine schnarrende Stimme hörte, brandeten Zorn, Trotz und Ekel in ihr hoch.

»Ihr müsst mich nicht ansehen, als wäre ich Euer Henker, Basilia. Ihr seid nicht die Einzige, die aus pragmatischen Gründen in diese Ehe geht und ein Opfer zum größeren Wohl bringt. Glaubt mir …« Er trat zur Seite und breitete die Arme aus, wie um ihr zu bedeuten, nun frei zu sein, zu ihrer Stiefmutter zu flüchten. »Mir wäre Eure Schwester auch sehr viel lieber gewesen.«

Lia hielt in der Bewegung inne. Sie sah zu de Quincy auf, der ihren Blick mit vollem Ernst erwiderte, und ihre Rechte ballte sich zur Faust, am liebsten hätte sie zugeschlagen. Ihr beide hättet euch verdient, wollte sie sagen, aber noch nicht einmal ihrer Schwester wünschte sie einen Ehemann wie diesen.

Mit einer letzten Kraftanstrengung nickte sie lediglich und

ging ohne ein weiteres Wort an ihm vorbei. Im Vorraum des Frauengemachs wollte sie endlich aufatmen, aber der Page und auch der Krieger Cailech saßen dort auf einer Bank. Letzterer hatte die kräftigen Kriegerbeine in den engen Gewändern ausgestreckt, mit dem Rücken lehnte er gegen die nackte Steinwand, den Kopf im Nacken, die Augen geschlossen. Beim Zufallen der Tür sah er auf, und Lia versuchte sich nicht anmerken zu lassen, dass sie sich fühlte, als würde die Burg jeden Augenblick über ihr zusammenstürzen. Ein Versuch, der kläglich scheiterte.

»Mylady.« Er stand schnell auf, die Augen prüfend verengt. Sein Blick glitt über sie, als suchte er nach offensichtlichen Wunden, die sich scheinbar in ihren Augen spiegelten. »Ist etwas geschehen?«

Sie schüttelte den Kopf. »Was machst du hier?« Die irische Sprache fühlte sich bereits vertraut in ihrem Mund an. Und sie genoss es, sie zu sprechen, da kaum einer der Normannen sie hier beherrschte. Es war für sie wie eine Geheimsprache.

Cailech strich über seinen langen schwarzen Bart. »Prinzessin Aoife möchte zur Abtei gehen und bat mich, sie zu begleiten. Vorher wollte sie aber auf Eure Rückkehr warten.«

Lia warf einen Blick zurück zur Tür, sie glaubte immer noch, de Quincys Anwesenheit spüren zu können, wie ein Spinnennetz, in dem sie sich verfangen hatte. »Ich komme gerne mit. Etwas frische Luft tut mir bestimmt gut.« Sie nickte Cailech noch einmal zu, er schob die Vorhänge für sie zur Seite, und sie trat ein. Morice Regan war wie erwartet nicht mehr hier, Aoife blickte von ihrem Webrahmen auf, und auch die anderen Frauen sahen neugierig in ihre Richtung.

»Wird es morgen tatsächlich ein Fest geben, Lady Basilia?«, wollte die alte Mór von ihr wissen. Sie bot einen schaurigen, zerfallenen Eindruck, dabei war sie noch nicht mal die älteste der Damen. Aber sie war stets herzensgut und genoss es, sich um die Hennen in diesem Stall zu kümmern, wie sie sagte.

Ihr Magen krampfte sich beim Gedanken an den Grund für das Fest zusammen. »Wir werden sehen.« Sie sah zu Aoife, sich selbst ermahnend, sich nichts anmerken zu lassen und stattdessen die mühsam geübte Selbstkontrolle an den Tag zu legen, aber sie hatte wenig Hoffnung, Erfolg darin zu haben. »Du willst spazieren gehen, liebste Stiefmutter?«

Aoife zog die hellen Augenbrauen zusammen, lächelte aber und erhob sich. »Die heilkundige Frau aus dem Kloster in Dublin hat gesagt, ich soll viel gehen, bis es so weit ist. Es wäre schön, wenn du mich begleitest.« Sie nahm ihren Mantel und brachte auch den Lias mit, dann schritten sie wortlos hinaus. Zu ihrer Erleichterung war de Quincy nicht mehr da, und in der Halle unten schenkte ihnen ob des tatsächlichen Trubels, von dem Regan gesprochen hatte, niemand Aufmerksamkeit. Erste Frühlingsblumen fanden ihren Platz auf den Tafeln, genauso wurde weißes Leinen ausgebreitet und frische Binsen ausgelegt. Lia sah Geoffrey am unteren Ende der Tafeln mit zwei Kameraden würfeln. Bei ihrem Eintreten sah er kurz auf, aber als er bemerkte, dass Cailech ihnen folgte, widmete er sich wieder dem Spiel.

Aoife sagte kein Wort, bis sie die Außentreppe in den Hof hinuntergegangen waren. Sie hielt sich am Geländer fest und achtete auf jeden Schritt, um auf dem vom Regen nassen Holz nicht auszurutschen. Cailech ging neben ihr her, bereit, sie jederzeit aufzufangen.

Unten angelangt zog er sich wieder zurück, und Aoife hängte sich bei ihr ein. Sie sprach leise, nah an ihrem Ohr. »Was ist geschehen?«

Lia schluckte, sie musste sich zwingen, die Worte auszusprechen. »Das Fest findet zum Anlass meiner Hochzeit statt. Mit Robert de Quincy.«

Aoife blieb schlagartig stehen und starrte sie an, ihre Fingernägel krallten sich in ihre Haut. Es kam selten vor, dass ihre

Maske fiel, aber in diesem Moment war sie ein Inbild des Entsetzens. »Das kann nicht sein.«

Lia kämpfte erneut gegen Tränen. »Ich wünschte, es wäre nur ein Albtraum.«

»Er hat mir nichts davon gesagt. Warum so plötzlich? Wieso ausgerechnet ihn? Es gäbe so viele …« Sie blickte den Turm hoch zum Fenster des Gemachs, das Strongbow bewohnte. »Es muss schlimm um ihn stehen, wenn er es plötzlich so eilig hat. Die Männer – ihnen gefällt nicht, dass Raymond fort ist.« Sie straffte die Schultern, ihr erhabener Ausdruck kehrte zurück. »Nun, wenn er seinen Männern zeigen muss, dass Treue sich lohnt, soll er ein paar Ländereien plündern und ihnen die Beute überlassen, so sind sie auch zufrieden. Du heiratest ganz bestimmt nicht.«

Lia schüttelte traurig den Kopf. Die Logik einer Irin. Sie konnte nicht anders und nahm Aoife in den Arm. »Ich dachte, ich müsste mich damit abfinden und mein Schicksal annehmen? Es würde mir gelingen, meinen Ehemann zu lieben, wenn ich mich nur auf seine guten Seiten konzentrierte und ihn im Licht der anderen sehe, die an ihn glauben.«

»Aber einen Robert de Quincy musst du deshalb noch lange nicht ertragen!« Sie sah sich im Hof um, plötzlich schien ihr aufzugehen, dass sie nicht allein waren. Sie sah zu Cailech, und ihre Augen verengten sich nachdenklich. »Du könntest *ihn* heiraten. Er ist ein herausragender Krieger, ein Champion, und du schaffst eine Verbindung zur irischen Seite.«

Cailech, der die Worte wohl gehört hatte, lachte leise und schüttelte den Kopf. »Keine Sorge, ich bin bereits verheiratet – wie Prinzessin Aoife sehr genau weiß.«

Aoife zuckte mit den Schultern. »In Irland ist es nicht unüblich, zwei Frauen zu haben. Als Zweitfrau Cailechs würde es dir immer noch besser gehen als bei de Montmorencys schrecklichem Zwilling. Oder mein Bruder! Ich glaube, du gefällst ihm, und seit seine Frau gestorben ist, war sein ganzes Dasein von Krieg geprägt. Jemand wie du könnte ihm guttun.«

Lia dachte an Donnell, und die Vorstellung fand sie tatsächlich nicht ganz so schlimm wie de Quincy, aber er war nicht Raymond, und sie wusste, die Entscheidung ihres Vaters stand. »Solltest du mir nicht Mut machen? Mir sagen, dass es halb so schlimm sein wird?«

Aoife schlug sich die Hand vor den Mund. »Gütiger Gott, Lia, es tut mir leid. Ich habe mich in Rage geredet und so viel Unsinn von mir gegeben! Natürlich wird alles gut, wir müssen uns einfach nur überlegen …« Sie nahm Lias Arm. »Komm, wir gehen zur Abtei und beten zur Heiligen Jungfrau Maria und zu Sankt Brigid von Kildare, der Schutzheiligen der Nonnen.«

»Der Nonnen?« Sie dachte zurück an das Nonnenkloster in Dublin und wie sie erwogen hatte, einem Konvent beizutreten – wenn auch nur für einen flüchtigen Moment. Dann war Raymond gekommen. Und er hatte ihr versprochen zu kämpfen. »Ich fürchte, das ist auch kein Weg – ich als Nonne … Ich würde die Mutter Oberin in den Wahnsinn treiben.«

»Dann beten wir auch noch zu Sankt Ida von Waterford. Sie hat sich gegen ihren Vater gestellt, der sie gegen ihren Willen verheiraten wollte.«

»Was wurde aus ihr?«

»Sie führte ein jungfräuliches Leben, und viele Wunder geschahen durch ihre Hand.«

Lia blickte das Torhaus hoch, das ihr die Sicht auf den Himmel versperrte. »Ich fürchte, nur ein Wunder kann mich noch retten.«

Aoife sah sie an, deutliches Unbehagen ging von ihr aus. »Falls wir kein Wunder herbeibeten können, dann wirst du morgen de Quincys Frau. Ich … ich weiß, wie es sich anfühlt, dem Unbekannten entgegenzugehen. Ich traf deinen Vater vor unserer Hochzeit nur einmal, und da stellte mich mein eigener Vater nackt vor ihn hin, damit er seinen Preis begutachten konnte.«

Lia konnte sich solch eine Tat durch einen Vater immer noch nicht vorstellen und sah ihre Stiefmutter nur entgeistert an. Sie wusste, dass sie bei de Quincy, anders als Aoife bei Strongbow, keine überraschend gütigen Züge erwarten konnte, aber sie sah, dass alle um sie herum Opfer gebracht hatten, und das musste sie nun ebenfalls tun. Aoife sah sie durchdringend an. »Als dein Vater nach Irland übersetzte, eroberte er Waterford und schickte eine Nachricht zu uns. Mein Vater und ich ritten zu ihm, in eine gerade erst eingenommene Stadt, überall hing noch der Gestank von Tod und Verwesung. Und dort heirateten wir, zwei Unbekannte. Ich hatte keine Mutter an meiner Seite. Und auch wenn wir, genau wie ich gehofft hatte, inzwischen eher Schwestern sind, möchte ich, dass du weißt – ich bin bei dir, ich stehe dir jederzeit mit weiblichem Rat zur Seite. So wie deine Mutter es tun würde.«

Lia blickte auf den Schlamm zu ihren Füßen hinunter, als sie das Tor der Burganlage Ferns verließen und dem Pfad den Hügel hinunter folgten. Überall war die Natur zu neuem Leben erwacht, Vögel zwitscherten, Blumen und Gräser sprossen dem Himmel entgegen, das Land war sogar noch grüner als bei ihrer Ankunft im letzten Oktober. Trotzdem fühlte sie sich immer mehr wie lebendig begraben. Ihre Lage war aussichtslos. Der Frühling war ihre Lieblingsjahreszeit, doch ab sofort würde er wohl immer für den Verlust ihrer Freiheit stehen.

»Du meinst, falls ich wissen will, was mich morgen Nacht erwartet.« Sie kämpfte gegen eine neuerliche Welle der Übelkeit. »Keine Sorge, ich habe lange unter Tieren gelebt, und meine Mutter hat mir vor meiner Abreise auch noch einige Worte mit auf den Weg gegeben. Ich weiß Bescheid. Nur hat sie mir nicht gesagt, wie … wie ich es ertragen soll.«

Aoife drückte ihren Arm. »Es muss nicht so schlimm sein.

Vielleicht ist er in Wahrheit gar nicht so hart, schließlich steht er genauso wie de Montmorency den Lehren Roms sehr nahe. Er wird ehelichen Frieden suchen, er wird nicht unnötig … grausam sein.«

»Nicht unnötig grausam. Wenn das mein einziger Trost sein soll …«

»Verzeih mir, ich scheine heute nur die falschen Worte zu finden. Und ich bin sicher, dir zu erzählen, wie meine eigene Hochzeitsnacht war, wird dich nicht beruhigen. Ich kann mir kaum vorstellen, dass du solche Geschichten über deinen Vater hören willst.«

Sie musste lachen, wenn auch nur für einen kurzen Augenblick. »Da hast du recht.«

»Aber ich kann dich noch mit etwas anderem trösten.« Sie blieb stehen, versicherte sich, dass Cailech außer Hörweite war, und flüsterte: »Wenn alles proportional ist, ist de Quincy bestimmt nicht allzu furchterregend – in gewissen Belangen –, und daher kann es gar nicht so schlimm sein, wenn du verstehst, was ich meine.« Sie sah an sich hinunter, machte eine vage Geste vor ihrem Unterleib, und Lia prustete los.

Sie wusste nicht wieso, aber sie musste einfach lachen, vielleicht wurde sie gerade verrückt vor aufsteigender Panik. Auch Aoife lachte, wenn auch in ihren Augen Angst und Sorge standen. Sie lachten, bis ihnen die Tränen kamen, und Lia wusste gar nicht, wer von ihnen zuerst anfing zu weinen. Aber ehe sie sich versah, hielten sie sich in den Armen. Sie nahm kaum wahr, wie Cailech zu ihnen kam und sie unter die Bäume des nahen Apfelhains führte, wo er sie alleine ließ. Sie spürte nur Aoifes Tränen, die ihr Überkleid durchnässten, und ihre eigenen.

»Du siehst wunderschön aus.«

Lia konnte ihn nicht ansehen. »Danke.« Sie legte zögerlich

ihre Hand auf seinen Arm und berührte mit der anderen den Ring an ihrer Brust, den sie immer noch an einer Kette trug. Für sie war dieser Ring stets ein Symbol ihrer Verbindung zu Strongbow gewesen, nun wusste sie nicht mehr, wofür er stand. Verrat? Einsamkeit? Sie konnte seine Beweggründe für diese Hochzeit nachvollziehen, und trotzdem fühlte sie sich in ihrem unerschütterlichen Vertrauen betrogen. Sie dachte an die fallenden Sterne, die sie nach ihrem Davonlaufen mit acht Jahren beobachtet hatte. Damals hatte sie einen ersten Bruch gespürt, aber in ihrer endlosen Verehrung waren sie schnell vergessen gewesen. Heute sah sie ihren Fehler.

Ihr Vater schob ihr eine Strähne ihres aufwendig geflochtenen Haars zurück, es breitete sich über ein hellgrünes Überkleid nach irischer Art aus, das er eigens für diesen Anlass hatte herstellen lassen – er hatte also schon lange vorgehabt, sie wegzugeben. Von Aoife hatte sie Armreifen und eine eng am Hals liegende Kette bekommen, die ihr zwar das Gefühl gab, keine Luft zu bekommen, aber das unangenehme Gefühl lenkte sie zumindest vor ihrer Angst ab.

»Du glaubst mir jetzt noch nicht, aber Robert ist eine gute Wahl. Er wird dir ein guter Ehemann sein, ich würde dich nie jemandem anvertrauen, der dich nicht verdient.«

Sie ignorierte ihn und blickte weiter starr geradeaus, denn sie wusste es besser. Robert de Quincy hatte sich ja auch nie besondere Mühe gegeben, sein wahres Ich zu verbergen. Wie konnte ihr Vater es nicht sehen? Wie konnte de Quincy sich vor ihm so gut verstellen und den ehrenhaften Ritter spielen? Sprach er genauso wie de Montmorency von den christlichen Tugenden und ließ dabei seine Ablehnung gegenüber Sünden wie Bastarden einfach aus?

Aus den Augenwinkeln sah sie die Traube an Menschen, die sich im Halbkreis vor den Kirchentoren abseits von Ferns versammelt hatten. Sogar ein paar Geraldines erkannte sie unter ihnen, so auch den jungen Ritter William FitzMaurice und seine Schwester Nesta. Die beiden lächelten ihr zu, und Lia versuchte das Lächeln zu erwidern, aber es gelang ihr nicht. Sie sah wieder zu Boden, um nicht Robert de Quincy entgegenzublicken, aber sie hatte ihn ohnehin schon gesehen. In frisch polierten Stiefeln und einem feinen, ausgebürsteten Bliaut, sein Schwert gegürtet, das schwarze, teilweise ergraute Haar wie immer so kurz, dass die helle Kopfhaut hindurchschimmerte, stand er vor dem Tor. Der Priester war ein alter Ire, und Lia wusste, dass er noch nicht einmal richtig Latein beherrschte. Aber ihr war das gleichgültig, so wie diese ganze Hochzeit.

Es war still, sie setzte einen Schritt vor den anderen, der Wind fuhr ihr durchs Haar, sie spürte, wie er über ihre Haut strich, und konzentrierte sich darauf. Wie durch einen Nebel bemerkte sie, dass ihr Vater ihre Hand nahm und sie in de Quincys legte. Sie konnte sich gerade noch davon abhalten, zurückzuzucken, als er sie berührte.

Sie schloss die Augen, sah Raymond vor sich. Sie stellte sich vor, wie er instinktiv fühlte, dass ihr Vater ihn betrogen hatte. Er ging nicht aufs Schiff, sondern kehrte um, nahm seinen Rappen und ritt von der Küste hoch nach Ferns, ohne innezuhalten. Er preschte durch die Menge, sah sie an de Quincys Seite vor den Kirchentoren, er reichte ihr seine Hand, beugte sich zu ihr hinab, zog sie zu sich hoch auf sein Pferd …

»Nun wiederhole meine Worte.«

Lia fuhr zusammen. Alles um sie herum verschwamm zu einem Schleier, die Geräusche vermischten sich zu einem Getöse, als wäre ihr Kopf unter Wasser.

Nein, nein, nein! Sie spürte de Quincys Hand überdeutlich, sie war warm und feucht, während sie selbst immer wieder unter kalten Schauern erzitterte und Gänsehaut auf dem ganzen Körper spürte. Die Sonne schien sanft auf sie herab, Vögel zwitscherten, Blätter raschelten, es könnte solch ein schöner Tag sein. Nein, nein, nein.

Ihr Mund bewegte sich, formte Wörter, waren es die richtigen? Sie wiederholte jene des Priesters, so wie es sein musste, aber sie traf keine bewusste Entscheidung dazu. Ihr Körper handelte ganz von selbst, sie hingegen war weit weg. Wieso hatte Raymond sie nicht mitnehmen können? Dann wäre sie jetzt auf einem Schiff, frei. Stattdessen spürte sie de Montmorency an de Quincys Seite, der sie mit Argusaugen beobachtete. Würde es von jetzt an immer so sein? Hervey de Montmorency, der sie Schritt für Schritt beobachtete, um sicherzugehen, dass sie eine anständige Ehefrau war?

Ihr Vater hatte ihr heute schon verkündet, dass sie sich bald von ihrem Gemahl verabschieden musste – ein Lichtblick in dieser vollkommenen Dunkelheit. Aber de Montmorency würde als Stellvertreter zurückbleiben, und er würde sie bestimmt nicht einen Herzschlag lang aus den Augen lassen. Nun war sie nicht mehr nur der Bastard seines Neffen, sondern die Gemahlin seines Anhängsels.

De Quincy an ihrer Seite bewegte sich, und sie beeilte sich, ebenfalls ein Kreuzzeichen zu machen und »Amen« zu sagen. Dann führte ihr frisch angetrauter Ehemann sie ins Innere der kleinen Kirche, die etwas modrig roch und in der es eiskalt war. Sie zitterte noch mehr, die heilige Messe hatte keine beruhigende Wirkung auf sie.

Zu knien fiel ihr schwer, ihr wurde immer schwindliger, vielleicht, weil sie seit der Hiobsbotschaft gestern nichts mehr gegessen hatte. Aoife hatte sie heute Morgen zu ein paar Löffeln warmen Haferbrei gezwungen, aber sie hatte ihn nicht bei sich behalten können.

Sie hörte die Worte des Priesters kaum. Sie war verheiratet. Sie war Robert de Quincys Frau. Sie dachte an ihre erste Begegnung mit dem Ritter, an den Händler Merfyn, und sie wollte aufspringen und davonlaufen. Aber tief im Inneren wusste sie, dass sie nirgendwohin konnte, dass es nun keinen Ausweg, keinen Hoffnungsschimmer mehr gab, und sie wusste nicht, wie es ihr gelang, nicht auseinanderzufallen.

Draußen vor der Kirche empfingen sie Jubel und Glückwünsche. Das Tosen der vielen Stimmen unangenehm laut in Lias Ohren.

»Ihr solltet etwas essen.« Das Schnarren. Sie sah zu de Quincy auf, und er erwiderte ihren Blick streng. »Ihr seid blass und zittert.« Kein Mitgefühl, keine Sorge, lediglich Missmut.

»Gottes Segen, Lady Basilia.« Das war Nesta FitzMaurice, die junge Schönheit lächelte sie schüchtern an, das Sonnenlicht verwandelte ihr Haar in flüssiges Gold. »Möge der Herr stets mit Wohlwollen auf Eure Ehe hinabblicken und Euch mit vielen Kindern segnen.«

Bitte nicht!, wollte Lia erwidern, aber ehe sie eine Dummheit begehen konnte, erklang de Montmorencys Stimme. »Gut gesprochen.« Er nickte Nesta anerkennend zu. Sie senkte schüchtern die Lider, so wie er es gerne hatte, und dann trat auch ihr Bruder hinzu und wünschte ihnen für die Zukunft Gottes Wohlgefallen. Es erschien ihr so unwirklich, und ein Kichern stieg ihre Kehle hoch. De Quincy und de Montmorency sahen schockiert auf sie hinab, und auch die beiden FitzMaurice-Geschwister tauschten Blicke.

»Basilia, ich könnte deine Hilfe gebrauchen.« Unvermittelt stand Aoife an ihrer Seite und zog sie von de Quincy fort. »Verzeiht, Constable, dass ich Eure Braut entführe, Ihr bekommt sie gleich zurück. Es haben sich ein paar Änderungen beim Fest ergeben, und als Hausherrin muss ich mich dem sofort widmen. Basilia wäre mir dabei von unermesslicher Hilfe, besonders in meinem Zustand, und sie kann ja nicht früh genug lernen, wie man einen Haushalt führt.«

De Quincy brummte seine Zustimmung, aber Lia hörte sie

kaum, denn Aoife führte sie bereits mit sich hinter die Kirche, weg von den vielen Menschen, die einen Kreis um ihren Ehemann schlossen. Nur Cailech folgte ihnen, ein dunkler, diskreter Schatten wie immer.

Aoife drückte sie an der Kirchenmauer nieder, dazu brauchte sie nicht viel Kraft, denn Basilia spürte, wie ihre Beine nachgaben. Sie lehnte sich gegen den kühlen Stein in ihrem Rücken und kämpfte wie so oft seit gestern gegen die Tränen.

»Den ersten Teil hast du überstanden, und den nächsten werden wir auch noch überwinden.« Sie winkte Cailech, der ihr einen Trinkschlauch reichte und irgendetwas, das in Blätter eingewickelt war. Aoife hob den Schlauch an Lias Lippen, es war starker Wein, und beinahe hätte sie ihn wieder ausgespuckt. Sie kam aber nicht dazu, da sie im nächsten Moment ein Stück gebackenen Haferfladen im Mund hatte.

»Kauen und schlucken, Lia, über mehr musst du dir jetzt keine Gedanken machen.« Aoife kniete vor ihr, ihre Miene ein Bild der Entschlossenheit. »Wir haben einen Plan – Donnell und ein paar seiner Männer, darunter auch Cailech, sorgen heute Abend dafür, dass de Quincy hoch gefeiert wird – ein Trinkspruch nach dem anderen. Er wird gar nicht mehr wissen, wie ihm geschieht, da ist schon wieder ein Kelch an seinen Lippen – und ich habe die Mägde beauftragt, ihm den stärksten Wein einzuschenken, den wir haben. Du wirst sehen, er wird es nicht einmal mehr ins Brautgemach schaffen, geschweige denn seiner ehelichen Pflicht nachkommen. Und in den nächsten Tagen wird uns auch noch etwas einfallen, bis er mit deinem Vater in den Krieg zieht. Vielleicht kommt ja endlich mein Kind, und dann brauche ich dich an meiner Seite, Tag und Nacht. Ich werde sagen, dass wir so eng zusammengewachsen sind, dass ich niemand anderen bei mir haben will.«

»Das sind wir doch auch, oder?« Lia spürte, wie das Zittern zurückkehrte, und Aoife ergriff ihre Hände mit festem Griff.

»Ja, natürlich sind wir das.«

»Aber das ist nur ein kurzer Aufschub. Letzten Endes werde ich ihm nicht entkommen.«

Aoife senkte den Blick. »Uns wird etwas einfallen. Und nach dem Feldzug … wir werden sehen, womöglich ist Raymond bis dahin längst zurück, vielleicht ist die Ehe dann noch nicht vollzogen, und wir können dafür eintreten, sie annullieren zu lassen. Raymond wird bestimmt etwas einfallen, er …«

Lia sah ihre Stiefmutter erstaunt an. »Du wolltest ihn mir stets ausreden, wieso …«

»Das war ein Fehler«, unterbrach Aoife sie. »Zwar finde ich immer noch nicht, dass Raymond le Gros der ideale Ehemann ist, dafür ist er in meinen Augen zu sehr Krieger, zu hart. Er hat zu viel gesehen und zu viel getan, und ich möchte dich im Licht sehen, nicht von den Schatten anderer bedeckt. Aber er ist besser als dein jetziger. Ich hätte dich lieber an der Seite eines jungen aufstrebenden Ritters oder Knappen gesehen. Dieser Geraldine, William FitzMaurice, zum Beispiel. Er mag nicht der Hübscheste sein, aber ist Teil einer wichtigen Familie, und man sieht auf dem ersten Blick, dass er nicht einmal einer Fliege etwas zuleide tun könnte. Es wäre ein Los gewesen, mit dem sich leben lässt. Aber de Quincy? Nein. Ich weiß, ich sollte dir Mut machen, aber nein. Wir werden das nicht dulden.«

Lia spürte ihre Lippen zittern, schnell sah sie aufs Gras hinunter. »Ich fürchte, wir werden nicht gefragt.«

Das Brautgemach, ein kleines Zimmer, war über der Halle für den Constable errichtet worden. Bedachte man, dass de Quincy nun nicht nur Constable von Ferns, sondern von ganz Leinster war, erwies sich dies als durchaus passend. Vom Treppenhaus gelangten sie in einen weitläufigen Vorraum, in dem Sitzgelegenheiten zum Verweilen einluden. In einem Halbkreis gingen vier Türen ab, die ins Frauengemach, ins Zimmer des Earls, des Constables und noch eines für Gäste. Lias Körper steuerte wie von selbst zur Tür des Frauengemachs, aber de Quincys Hand holte sie mit einem Ruck zurück an seine Seite.

»Da müssen wir beide durch, Madame. Glaubt mir, ich bin genauso wenig erpicht darauf wie Ihr.«

Lia grub ihre Fingernägel in die Handflächen, sie musste Schmerz spüren, irgendetwas anderes als dieses Gefühl der Ohnmacht. Aoife und Donnell hatten ihr Bestes getan, um ihren Ehemann abzufüllen, und er hatte auch getrunken wie ein Fass ohne Boden. Aber trotzdem war jetzt nur ein leichtes Torkeln in seinem Schritt, seine Worte kaum merklich verzerrt. Vielleicht trog der Schein, vielleicht warf er sich aufs Bett und schlief ein.

Das Knarzen der Tür beim Öffnen lief ihr mit einem kalten Schauer den Rücken hinunter. Im Gemach brannten wertvolle Bienenwachskerzen, keine Binsenkerzen wie zu Hause in Elfael oder Striguil. Zwei heiße Kohlebecken vertrieben die Kühle der Aprilnacht, auf einem Schemel stand ein Krug mit Wein. Die Läden waren geschlossen, es drang keine frische Luft herein, es war stickig, als hätte jemand die dicken Stoffe rund ums Bett ausgeschüttelt.

»Das Überkleid zieht aus, das Unterhemd lasst an.«

Lia fuhr bei seinen plötzlichen Worten zusammen. Im Licht des Feuerscheins war sein von Licht und Schatten geteiltes Gesicht hart und unnachgiebig, noch mürrischer als gewöhnlich.

»Hat Euch niemand von den Pflichten einer Ehefrau erzählt? Muss ich das auch noch tun?«

Lia blickte zu Boden. »Ich weiß, was von mir verlangt wird.« Sie trat einen Schritt zurück und eilte zum Krug.

Zeit, sie brauchte Zeit. Mit zitternden Händen schenkte sie die dunkle Flüssigkeit in einen der Kelche. Er musste noch mehr trinken. »Lasst uns anstoßen, auf diese Verbindung und …« Sie drehte sich um, und beinahe fiel ihr der Kelch aus der Hand. De Quincy hatte seinen Bliaut abgestreift, nun stand er nur noch im knielangen Unterhemd und den Beinlingen vor ihr – letztere versuchte er gerade aufzunesteln.

»Stellt den Wein weg, und kommt her.«

Lia wich zurück, und de Quincy sah auf, sein Blick traf sie wie ein Peitschenhieb. »Habt Ihr mich nicht verstanden? Ist Euer Gehör genauso schlecht wie meines? Ich hoffe, es liegt an Euren Ohren, denn vorhin in der Kirche habt Ihr Gehorsam geschworen.«

Sie konnte sich nicht rühren. Die Wände des Raums schienen sich auf sie zuzubewegen. Das Bild ihres Vaters schwirrte durch ihren Kopf, wie er ihr beim Festmahl immer wieder ermutigend zunickte. Sie sah sein Lächeln, den Stolz, als er seinen Pokal zu einem Trinkspruch erhob.

Ihr wurde schlecht, noch mehr als ohnehin schon den ganzen Tag über. Aoife hatte immer wieder dafür gesorgt, dass sie ein paar Bissen hinunterwürgte, das Wenige wollte nun seinen Weg zurück antreten.

»Ich wiederhole mich nicht gerne.«

Lia öffnete den Mund, suchte Worte, aber da durchmaß er die Entfernung zwischen ihnen schon mit drei langen Schritten. Sie wich wimmernd zurück, verachtete sich selbst für ihre Schwäche, aber da packte er ihr Handgelenk und presste ihre Hand in seinen Schritt.

Lia starrte ihn entsetzt an, sie wollte ihre Hand zurückziehen, aber er hielt sie gnadenlos fest, schloss sie um diesen ekligen weichen Wurm und bewegte sie auf und ab.

»Macht Eure Arbeit.«

Ein schluchzender Laut entrang sich ihrer Kehle, erneut versuchte sie zu flüchten, egal, wie sehr sie es hasste, ihre Angst vor ihm zu zeigen. Sie sollte ihn anspucken, ihm die Augen auskratzen oder zumindest dem Unvermeidlichen mit Stolz und Würde entgegenblicken, wie es Aoife bestimmt vermocht hätte. De

Quincys freie Hand fuhr hoch, packte sie im Nacken, hielt sie an Ort und Stelle. Er starrte sie an, dunkel und durchdringend. »Wenigstens schön seid Ihr, das macht es um einiges leichter.«

Sie spürte, wie er in ihrer Hand anschwoll, härter wurde, und ehe sie sich's versah, ließ er sie los. Einen Herzschlag lang fühlte sie Erleichterung, nur um erneut mit Entsetzen erfüllt zu werden. Er zog an der Verschnürung ihres Überkleids, und als sie sich nicht löste, zerrte er es ihr herunter. Seine Hand umfasste ihre Brust, knetete sie so schmerzhaft, dass sie bestimmt blaue Flecken davontrug, während die andere Hand sie immer noch erbarmungslos festhielt.

Sie wollte flehen, betteln, sie hätte es sogar getan, wäre ihr nicht bewusst gewesen, dass er taub dafür war.

Sein Druck verstärkte sich noch, im nächsten Moment fiel sie zurück, durch die geschlossenen Vorhänge der Bettstatt auf weiches Schaffell. Hektisch rutschte sie zurück, weg von ihm. De Quincy trat vor sie hin, raffte sein Hemd hoch, und Lia wusste, sie konnte nirgends mehr hin. So fest sie konnte, presste sie die Augen zu, sie konnte nicht hinsehen.

Sie spürte ihre Tränen heiß über ihre Schläfen hinabfließen. Sein Gewicht drückte sie in die Felle, sie fühlte sich unter ihm begraben, Panik kam in ihr auf, sie konnte sich nicht bewegen, war gefangen.

Sein Schweiß troff auf sie hinab, der Gestank des vielen Weins und Ales stieg ihm aus allen Poren. Sie hörte die Stimme ihres Vaters: »Er wird dir ein guter Ehemann sein.«

»Er wird nicht unnötig grausam sein«, hatte Aoife gesagt. Aber sie hatte sich getäuscht.

Lia lag auf der Bettkante, so weit von de Quincy entfernt, wie es ihr nur möglich war. Sie blickte auf die Ritzen der Fensterläden, wartete auf die ersten Sonnenstrahlen, darauf, dass diese

Nacht endlich vorüber war. Dabei lauschte sie den Geräuschen von draußen, Hunde, die bellten, Feiernde, die lachten, Wachen, die sich etwas zuriefen, von irgendwoher das einsame Lied einer Harfe. Sie spürte den Schmerz zwischen ihren Beinen, als ständige Erinnerung an ihre Erniedrigung, das leise Schnarchen an ihrer Seite schürte Hass in ihr.

Und dann regte er sich. Lia krallte sich am Bettrahmen fest, atmete nicht mehr, damit er ihre Anwesenheit vergaß, aber er wusste, dass sie da war.

Nicht noch einmal, flehte sie stumm und faltete die Hände zum Gebet. Bitte nicht noch einmal.

Seine vom Schlaf raue Stimme ließ sie zusammenzucken, sie hatte etwas vom üblichen Schnarren verloren. »Ihr werdet Euch ans Eheleben gewöhnen.« Seine Hand berührte ihren Rücken. Sie presste die Augen fest zusammen und die Lippen aufeinander. Seine Worte klangen fast schon tröstend, was es noch schlimmer machte. Sie wollte keinen Trost, nicht von ihm.

»Wenn Ihr tut, was ich Euch sage, wenn Ihr Euch zurückhaltend, tugendhaft und sanft benehmt, werden wir beide in dieser Ehe zufrieden sein.« Er verstummte, lauschte offensichtlich auf eine Antwort, aber Lia brachte kein Wort über die Lippen, alles, was sie sagen wollte, wäre weder zurückhaltend noch tugendhaft oder sanft.

Sie hörte ihn seufzen, dann bewegte sich das Bett unter ihr, und im nächsten Moment hörte sie ihn durch die Binsen gehen. Die nächsten Geräusche sagten ihr, dass er in den Nachttopf pinkelte, dann zog er sich an, und die Tür ging auf.

Sie drehte sich um, wagte kaum zu hoffen, aber er verließ tatsächlich den Raum. Und in dem Moment, in dem de Quincy hinausging, rauschte bereits Aoife herein. So schnell, als hätte sie die ganze Nacht vor der Tür gewartet, ungeachtet ihres Zustands.

Sie warf die Tür hinter sich zu, streifte sie mit einem Blick, eilte an der Bettstatt vorbei und riss die Fensterläden auf. Kühle Luft strömte herein, draußen herrschte graues Tageslicht, sie sah dunkle Wolken am Himmel. Es war tatsächlich vorbei. Die Nacht, sie hatte sie überlebt.

»Ich habe kein Wort mehr mit deinem Vater gesprochen«, erklärte Aoife und wandte sich ihr zu. Ihr Blick fiel auf das Leinen hinab, und Lia entdeckte einen verschmierten Streifen Blut darauf. Röte schoss ihr in die Wangen und Tränen in die Augen. Das Wissen, dass sie lediglich einen Tag lang Aufschub hatte und die nächste Nacht unweigerlich kommen würde, verkrampfte ihren Magen. Wie sollte sie es noch einmal aushalten, ihren geschundenen Körper erneut dieser Tortur aussetzen?

Aoife sah sie voller Mitgefühl und auch Zorn an. »Ich habe deinem Vater erklärt, dass er auf mich verzichten muss, wenn er nicht verhindert, dass …« Sie sah noch einmal an ihr hinab, dann wandte sie sich abrupt ab. »Es wird besser werden, Lia, das kann ich dir versprechen. Zumindest der Schmerz – in meinem Fall auch alles andere, weil ich … mich zu deinem Vater hingezogen fühle. Aber der Schmerz wird weniger werden, auch für dich.«

Lia nickte, obwohl Aoife ihr den Rücken zugewandt hatte. Sie konnte sich nicht vorstellen, dass es je besser werden würde.

»Es tut mir leid.« Aoifes Worte waren kaum mehr als ein Flüstern. »Wir hätten mehr tun müssen, irgendetwas, Donnell hätte … Cailech …«

Lia erhob sich vom Bett und zuckte zusammen, da der Schmerz sie bei jeder Bewegung durchzuckte wie ein glühendes Messer. »Ihr steht euch sehr nahe«, sagte sie langsam, obwohl sie das längst wusste. Sie musste sich ablenken. Alles war besser, als hier in diesem Raum zu stehen, neben ihrem blutigen Laken, und über die Nacht zu sprechen.

Aoife schien sie zu verstehen, sie senkte den Blick, ihre langen Wimpern legten sich auf ihre Wangen. Es war erstaunlich, dass sie so früh schon derart hübsch zurechtgemacht war, mit ihren goldenen, nur leicht rötlichen Flechten, die ordentlich um ihren Kopf angeordnet unter dem Häkelnetz lagen. Sie sah so jung aus, was sie mit ihren achtzehn Jahren ja auch noch war. Aber Lia verstand sie heute besser. Nach dieser Nacht fühlte sie sich auch mit fünfzehn sehr viel älter. Jetzt war sie endgültig erwachsen, das letzte bisschen Kind in ihr hatte de Quincy ausgelöscht.

»Wir sind alles, was uns geblieben ist. Der Hochkönig ermordete unseren Bruder und auch Donnells Sohn – deshalb wird dein Vater nie fürchten müssen, dass Donnell sich dem Hochkönig oder anderen seiner irischen Verbündeten anschließt. Er wird immer gegen ihn kämpfen, hat er doch seinen Sohn durch ihre Hand verloren. Unser anderer Bruder wurde vom Fürsten Ossorys geblendet.«

»Maurice de Prendergasts Freund?«

»Nein, dessen Vater, er lebt heute nicht mehr. Unsere Schwester ist verheiratet und lebt weit fort, unsere Eltern sind tot, nur noch Donnell und ich sind übrig.« Sie kam auf Basilia zu und nahm ihre Hand. »Und jetzt gehörst du zu uns. Cailech wird auch auf dich achtgeben. Ich bin eine Art Tochter für ihn, er ist ein Verwandter meiner Mutter, und seine loyale Seele lässt ihn treu zu mir und Donnell halten.«

Lia schluckte gegen die Enge in ihrer Kehle. Wie war es Aoife möglich, nach allem, was sie bereits hatte durchmachen müssen, so stark zu sein? Wie konnte es möglich sein, dass sie nicht gebrochen war, so wie Lia sich im Moment fühlte? Im Vergleich zu Aoifes Leiden war diese Nacht nichts gewesen.

Aber Aoife hatte einen Vorteil. »Ich kann mir nicht vorstellen, wie das ist – jemanden zu haben, der unerschütterlich an meiner Seite steht, über all die Jahre, ein Fels in der Brandung. So wie Donnell und Cailech für dich.«

Aoife presste die Lippen zu einer schmalen Linie und nickte verstehend. »Ich weiß. Noch nicht. Aber mit der Zeit wirst du merken, dass solch ein Mensch an deiner Seite steht. Du musst nur genau hinsehen.« Sie legte ihr die Hand auf die Schulter, und Lia konnte sich nicht länger zurückhalten. Der Damm brach, und erneut lag sie weinend in Aoifes Armen. Sie kam sich dumm dabei vor, wie ein kleines Kind und keine fünfzehnjährige Frau – eine Ehefrau, die schon bald selbst Kinder erwarten mochte. Aber es tat unbeschreiblich gut, nicht länger gegen den Druck in ihrem Inneren ankämpfen zu müssen. Aoife sagte kein Wort mehr, das musste sie auch nicht, Lia wusste, sie verstand. Sie hielt sich an ihrer Stiefmutter fest, und es fühlte sich an, als ströme etwas von Aoifes Stärke auf Lia über. Sie konnte sich dem Tag stellen. Und allem, was noch folgen mochte.

Aoife half ihr beim Waschen, beim Anziehen und beim Anlegen der Haube, die von nun an, da sie verheiratet war, ihren Kopf bedecken sollte. Dann gingen sie hinunter in die Halle, wo ein paar der Feiernden im Stroh schliefen, einige andere saßen bereits bei einer Schale Haferbrei zusammen. Von ihrem Gemahl oder Vater war weit und breit nichts zu sehen, und Lia folgte Aoife hinaus in den von Wirtschaftsgebäuden gesäumten Hof.

»Noch ein Wort von dir, und ich schlitze dich auf, vom Bauchnabel bis zur Kehle.« Die in einem freundlichen Singsang auf Irisch gesprochenen Worte ließen Lia innehalten. Auch Aoife erstarrte.

Neben den Ställen hielten sich Aoifes Bruder Donnell und Hervey de Montmorency, beide lächelten sich an, derart verzogen, dass sie mehr Grimassen glichen.

»Was, wenn wichtige Besucher auf die Burg kommen«, erklärte de Montmorency auf Normannisch, in einem Tonfall und derart langsam, als hätte er ein kleines Kind vor sich. Dabei wusste er bestimmt, dass Donnell das Normannische genauso wenig verstand wie er selbst das Irische. »Welches Bild gibt das ab? Die Männer müssen die Würde ihres Herrn verkörpern, sie können nicht einfach schlafen, wo sie umfallen, sie haben das Fort, wo sie unterkommen können. Und wenn sie Wachdienst haben, will ich nie wieder sehen, dass jemand gegen die Palisade lehnt. Sie haben aufrecht zu stehen. *Unsere* Männer verstehen das sehr wohl, es wird Zeit, dass Ihr dies *Euren* irischen Barbaren auch nahelegt.«

»Und wenn ich dich ausgeweidet habe, pflanze ich deinen hässlichen Kopf auf einen Speer und schrecke damit die Vögel auf den Feldern ab.« Donnell verneigte sich formvollendet und wandte sich ab, Richtung Halle, wo er seine Schwester und Lia erblickte. Sofort wurden seine Züge sanfter, in seine Augen trat etwas Schelmisches. Erstaunlich, bedachte man, dass Donnell in Raymonds und Strongbows Alter war und mit seiner kriegerischen Erscheinung ansonsten nie etwas Jugendliches an sich gehabt hatte. Aber nun blitzten seine grünen Augen, wie nach einem kindlichen Streich.

»Seine Arroganz, unsere Sprache nicht zu lernen, gefällt mir immer besser.« Er kam auf sie zu und wurde schnell wieder ernst. »Wie lange will dein Gemahl uns noch mit diesem Ochsen quälen, Aoife? Ich habe ihn dabei erwischt, wie er drei meiner Krieger zusammenstauchte, nur weil sie im Heu ihren Rausch ausschliefen. Frag mich nicht, was er gesagt hat, aber er behandelte sie nicht mit dem Respekt, der ihnen gebührt.«

Aoife strich sich mit der Hand über die Augen und seufzte. Es war ein Seufzen, dem all die Müdigkeit ihrer fortgeschrittenen Schwangerschaft anzuhören war. »Ich werde mit ihm reden, aber im Moment müssen wir in die Abtei, um den Beistand der Mutter Maria zu erflehen.« Sie ergriff Lias Hand, und Lia überkam ein schlechtes Gewissen, da sie Aoife mit ihren eigenen Sorgen belastete.

»Nein.« Sie zog ihren Arm an sich. Nicht nur um Aoife zu schonen. In einer Kirche knien und darüber nachsinnen, wie schrecklich die letzte Nacht gewesen war und die kommende wieder werden würde, war das Letzte, das sie jetzt brauchte. Sie musste etwas tun, ihre Gedanken auf andere Dinge lenken. Ihr fiel der Tag ein, den Aoife und sie am Fluss verbracht hatten. Es war nur ein paar Monate her, doch Lia schienen Jahre vergangen zu sein. Ihre Stiefmutter hatte ihr damals geraten: Du musst wissen, wofür du kämpfen willst, Lia, du brauchst etwas, das dich antreibt, sonst ist das ganze Leben nichts wert.

»Vielleicht hört Vater auf dich, Aoife. Wenn *ich* ihm sage, dass de Montmorency die Männer gegen ihn aufbringt, wird er mir unterstellen, aus Trotz zu sprechen, weil er weiß, dass ich seinen Onkel nicht ausstehen kann. Aber bei dir hat er keinen Grund dazu. Er wird dich ernst nehmen, besonders, da du kurz davor bist, ihm ein Kind zu schenken.«

»Ein paar der Männer redeten schon davon, de Montmorency einen Unfall erleiden zu lassen«, ließ sich Cailech vernehmen, der näher getreten war.

»Das darf auf keinen Fall passieren.« Donnell sah sich im noch fast verlassenen Hof um, de Montmorency war in den Ställen verschwunden – vielleicht suchte er nach weiteren Betrunkenen, um sie unsanft zu wecken. »Cailech, du hast das Ohr der Männer. Wenn de Montmorency etwas passiert, wird Strongbow einen Schuldigen suchen, und er wird uns Iren dafür verantwortlich machen – und das zu Recht. Er wird sein Vertrauen in uns verlieren, und das, wo er willig war, mir Land in Leinster zu geben. Was glaubst du, wie schnell er es mir wieder nehmen wird, wenn wir seinen Onkel umbringen? Wir haben seinem Heer nichts entgegenzusetzen. Du musst die Männer zur Vernunft bringen.«

Cailech nickte, sah aber nicht sehr zuversichtlich aus. »Ja, ich habe das Ohr der Männer – zumindest meiner Männer. Doch Strongbows Männer, die Waliser und Sachsen und Flamen, sind genauso unzufrieden. Ich verstehe nicht, was sie sagen, aber ihr Widerwille bei Befehlen de Montmorencys ist offensichtlich. Strongbows Männer hatten Raymond le Gros, jetzt ist er weg, und de Quincy«, er warf Lia einen flüchtigen Blick zu, »ist kein Ersatz. Wenn de Quincy den Kriegern mit derselben übertriebenen Strenge begegnet wie de Montmorency, wenn er sie behandelt, als wären sie Dreck unter seinem Stiefel, wird Strongbow bald in ernsthafte Schwierigkeiten geraten. Denn dann hat er kein Heer mehr. Der Hochkönig und alle anderen Fürsten Irlands werden die Gelegenheit ergreifen und uns alle zusammen zu Staub zertreten, Strongbows Männer und deine. Der Mann, der deinen Sohn und deinen Bruder tötete, Donnell, der deinen Vater ins Exil zwang, der dein Heim niederbrannte, wird obsiegen. Nach allem, was ihr opfern musstet, um Leinster zurückzugewinnen, um Gerechtigkeit zu erlangen – es wird umsonst gewesen sein. Wegen eines Mannes.«

Lia und Aoife tauschten einen Blick, und plötzlich wusste Lia, was sie zu tun hatte, wofür sie kämpfen musste. Raymond war fort, sie konnte nichts daran ändern. Die Männer und sie mochten ihm nachtrauern, so viel sie wollten, das brachte ihn nicht zurück. Aber de Quincy war hier, und wenn er die Männer gemeinsam mit de Montmorency zur Rebellion trieb, würde er nicht nur ihren Vater vernichten. Auch Aoife und ihr ungeborenes Geschwisterchen wären dann in Gefahr. Das durfte nicht geschehen. So enttäuscht sie auch von ihrem Vater war, sie musste etwas tun, um zusammenzuhalten, was er sich so mühsam aufgebaut hatte.

»Aoife, sprich du mit meinem Vater, am besten nicht direkt, ich kenne ihn – darauf reagiert er nicht gut. Am klügsten wäre es, du lässt immer wieder beiläufige Bemerkungen fallen, stell dich unwissend, frag ihn, was gewisse Aussagen der Männer zu bedeuten haben, bitte ihn um Rat. Wir müssen geschickt und zurückhaltend vorgehen. Mein Vater muss anfangen, an de Montmorency zu zweifeln, von sich aus. Ich … ich kümmere mich inzwischen um de Quincy.«

Alle starrten sie an, und Lia fragte sich unwillkürlich, ob sie etwas Falsches gesagt hatte. Aber da pfiff Aoife undamenhaft durch die Zähne und hob anerkennend die Augenbraue, und Lia wurde bewusst, dass niemand ihr zugetraut hatte, zu Taten zu schreiten. Sie war das stille, verlorene Bastardkind, das ihren romantischen Vorstellungen nachhing und sich über eine mögliche Ehe sorgte. Nun, das war seit letzter Nacht vorbei. Sie wollte nicht mehr untätig dabei zusehen, wie Männer wie de Montmorency oder ihr Vater über ihr Leben bestimmten. Sie wollte es selbst in die Hand nehmen.

Lia fand ihren Gemahl in der Halle, er saß an einer der Längstafeln über Dokumente gebeugt, eine Feder in der Hand. Sie hatte nicht gewusst, dass er schreiben konnte, und einen Moment lang war sie sogar etwas beeindruckt – oder wohl eher überrascht. Sie selbst würde vieles dafür geben, diese Kunst zu erlernen, aber sie wusste, de Quincy würde sie ihr nie beibringen, sie musste ihn gar nicht fragen. Bestimmt war er der Meinung, dass Frauen nicht klug genug waren, um die Schriftzeichen zu erlernen, oder einfach dass Frauen sich nicht mit solcherlei Dingen beschäftigen sollten – oblag es ihnen doch, sich darauf zu konzentrieren, Kinder zu bekommen. Es war ein Gedankengut, das sie vielleicht nutzen konnte.

»Mylord.« Sie trat an seine Seite und sank in einen Knicks. »Ich habe Euch den ganzen Vormittag über gar nicht mehr gesehen.«

De Quincy tauchte die Feder in die Tinte und schrieb etwas aufs Pergament, das für sie sehr geordnet aussah, es waren Eintragungen in Kolonnen. »Ich war beschäftigt.«

»Das sehe ich. Habt Ihr denn schon etwas gegessen? Kann ich Euch etwas holen oder nach etwas schicken?«

Nun sah er zu ihr auf, die Augenbrauen zusammengezogen musterte er sie. »Etwas essen?«

»Ihr müsst hungrig sein bei all der vielen Arbeit.« Sie wies auf die Pergamente und wollte fragen, worum es sich handelte, aber als brave Ehefrau durfte sie sich dafür nicht interessieren. »Ihr müsst bei Kräften bleiben, mein Vater erzählte mir, dass Ihr ihn bald auf einen Feldzug begleitet.«

»Madame, ich muss Euch enttäuschen, noch ist es nicht so weit.« Er wandte sich wieder seiner Arbeit zu, aber als sie keine Anstalten machte, fortzugehen, legte er die Feder hin. »Was wollt Ihr?«

»Ich möchte Euch um Verzeihung bitten, Mylord.« Lia würgte die Worte hervor, und de Quincy sah auch nicht gerade überzeugt aus, also beeilte sie sich fortzufahren: »Lady Aoife hat mich heute Morgen in die Kirche begleitet, und dort betete ich sehr lange, um Klarheit zu erlangen. Mir wurde bewusst, wie falsch ich mich Euch gegenüber verhalten habe. Ich verstehe nun, dass Ihr recht hattet: Es muss nicht so sein, wie es war. Ich möchte Euch die Ehefrau sein, die Ihr verdient, und dann werden wir womöglich beide lernen, unser Los zu akzeptieren, und finden vielleicht sogar etwas Glück.«

Er lachte auf und ließ seinen Blick über sie wandern, von oben nach unten. »Ein solch plötzlicher Sinneswandel nach ein paar Momenten auf den Knien?«

Lia entging die Doppeldeutigkeit seiner Worte nicht, und erneut musste sie sich zwingen, nicht ebenso scharfzüngig zu antworten. Stattdessen ließ sie sich neben ihm auf der Bank nieder, bei seinem schlechten Gehör musste sie nahe bei ihm sein – auch wenn es sie enorme Kraft kostete. »Ich kann Euch eine gute Ehefrau sein, Mylord, ich kann Euch einen Erben schenken.« Allein der Gedanke erfüllte sie mit Schrecken, aber sie wusste, dieses Versprechen zählte mehr als alles andere. Er war ein frischgebackener Lord, und ein Erbe sicherte ihm diesen Stand. Allein schon eine Schwangerschaft festigte seine Position als Schwiegersohn Strongbows, denn spätestens dann gab es kein Zurück mehr.

»Einen Erben bekomme ich ohnehin, ob Ihr wollt oder nicht.«

Sie lächelte liebenswürdig, obwohl sie ihm am liebsten die Feder ins Auge gestochen hätte. »Nur, wenn ich es will.«

Seine Brauen verbanden sich zu einer Linie, rote Flecken erschienen auf seinen Wangen. »Was wollt Ihr damit sagen?«

Sie zuckte mit den Schultern, richtete ihre Haube und schob lose Strähnen darunter. Ohne ihn anzusehen oder ihr Tun zu unterbrechen, erklärte sie: »Unterschätzt die Fähigkeiten einer Frau nicht. Sofern ich es wünsche, werdet Ihr schon bald einen Sohn in Händen halten, aber nur, wenn ich es wünsche.«

Sein Mund klappte auf und wieder zu, wie ein Fisch auf dem Trockenen, und einen Moment glaubte sie, er würde aufspringen und sie an den Haaren in die Kirche zerren, um ihr den Teufel auszutreiben. Aber stattdessen sah er sich in der Halle nach Zuhörern um. Schließlich wandte er sich ihr zu, auch seine Stimme gesenkt, sein Blick nicht mehr zornig, sondern beinahe vorsichtig. »Ihr seid bereit, die Heiligkeit dieses Bundes anzuerkennen, Euch mir unterzuordnen und mir einen Erben zu geben?« Er lehnte sich zu ihr vor, seine taubenblauen Augen richteten sich so eindringlich auf sie, als wollte er sie durchbohren. »Ich nehme an, Ihr werdet mir nun im Gegenzug Eure Forderung verraten.«

Fast hätte sie erleichtert Luft geholt. Dass er sie nicht fortschickte oder einsperrte, machte deutlich, dass er geneigt war, ihre Bedingungen zu erfüllen. »Ihr seid sehr klug, Mylord.« Sie legte ihre Hand auf seinen Arm, sodass es für andere aussehen mochte, als würden sie sich langsam näher kennenlernen. »Die Männer nehmen Eure Ernennung zum Constable von Leinster nicht so gut auf, wie Ihr glaubt. Ich möchte, dass Ihr mir erlaubt, Euch zu helfen. Ich möchte, dass wir zusammenarbeiten.« Sie spürte seinen verwirrten Blick, doch sie war sich sicher, dass er pragmatisch genug war, um zuzustimmen. Er schien ihr ein einfacher Mensch zu sein, einer, der wusste, wann er Verbündete brauchte. So sehr es ihm auch widerstrebte. Und ihr.

Ein verächtliches Schnauben. »Sie werden sich daran gewöhnen müssen, le Gros ist weg, und bis Euer Vater einen neuen Kommandanten ernennt, werden sie mit mir vorliebnehmen.«

»Und Ihr habt vor, de Montmorencys Weg zu gehen – eiserne Disziplin, Verbannung jeglicher weltlicher Freuden. Nur noch die Nähe zu Gott. Ein Dasein bestehend aus Beten, Fasten, Kämpfen und Sterben.«

»Es ist der richtige Weg, der gottgefällige Weg.«

»Das mag sein, aber es ist auch der Weg zu Aufstand und Rebellion.«

De Quincy wischte ihre Hand von seinem Arm, nur um sie eisern zu umschließen. »Ihr redet von Dingen, von denen Ihr nichts versteht.«

»Ich verstehe, dass es Eurer Natur widerspricht, mir oder irgendeiner anderen Frau etwas zuzutrauen, aber Ihr seid selbst oft genug in einem Heerlager gewesen. Ihr wisst, wie die Männer die Schrecken eines Kampfes vergessen.«

»In der Tat, das weiß ich. Umso wichtiger ist es, diese armen Kreaturen Gott näherzubringen, ihnen aufzuzeigen, dass sie keine Kraft durch Trunkenheit, Frauen und Spielen erlangen, sondern einzig und allein durchs Gebet.«

»Ja, und sie werden immer lauter nach Raymond le Gros rufen.«

»Er ist fort!«, knurrte er, und dem Funkeln in seinen Augen entnahm sie, dass er alles andere als unglücklich über Raymonds Abwesenheit war. Kein Wunder, ihm war in den Schoß gefallen, was Raymond gehört hatte, nur der Respekt der Männer nicht. Lia konnte nicht glauben, dass sie drauf und dran war, ihm genau dabei zu helfen. Es war ein Betrug an Raymond, so wie diese ganze Ehe, aber welche Wahl hatte sie? Raymond war weg, und auch wenn der Gedanke sie mit Grauen erfüllte: Ihr Vater hatte recht. Sie wussten nicht, wann und ob er zurückkehrte. In der Zwischenzeit mussten sie hier überleben.

»Ja, er ist fort, und nun liegt es an Euch, die Liebe der Männer zu gewinnen, Raymonds Platz einzunehmen.«

»Ich will ihre Liebe nicht, nur, dass sie gehorchen. Bei Euch ist es nicht anders.«

Lia ignorierte die Spitze. »Die Männer wissen kaum etwas über Euch, Ihr seid ein unbeschriebenes Stück Pergament.« Sie wies auf seine Dokumente. »Das könnt Ihr nutzen. Eure Position jetzt muss noch nicht der Höhepunkt sein, Ihr könnt alle anderen überflügeln, selbst de Montmorency.«

De Quincy öffnete den Mund, wollte widersprechen, aber Lia ließ ihn nicht zu Wort kommen. »Aus vielerlei Mündern habe ich gehört, wie unzufrieden die Krieger sind, Iren wie Waliser, wie kurz davor sie stehen, sich gegen meinen Vater aufzulehnen. Ihr mögt mich für einen schmutzigen Bastard halten, für ahnungslos, für durchtrieben et cetera. Ihr vertraut mir nicht, aber eines müsst sogar Ihr wissen: Ich würde nie zulassen, dass meinem Vater Leid geschieht. Genauso wenig wie Ihr, denn ohne ihn werdet auch Ihr fallen. Das ist etwas, das wir beide gemeinsam haben, wenn es auch das Einzige ist.«

De Quincy sah sie lange regungslos an, dann strich er sich mit der Hand über den Nacken, blickte an ihr vorbei. »Ich kann nicht abstreiten, dass Eure Worte Wahrheit in sich tragen.«

»Gut. Ihr wisst, wie ich zu unserer Ehe stehe, ich weiß, wie Ihr dazu steht. Aber um der Zukunft dieses Landes willen, für alles, was Ihr, mein Vater und alle anderen hier aufgebaut haben, sollten wir zusammenarbeiten.«

»Was schlagt Ihr vor?«

»Stellt Euch gegen de Montmorency.«

De Quincy fuhr zurück, aber Lia legte ihre Hand auf seine, die ihre andere immer noch zerquetschte, mit sanftem Druck, und sah ihm in die Augen. »Es liegt in Eurer Macht, meinen

Vater zu retten, Mylord. *Ihr* könnt derjenige sein, der die Männer zurück an seine Seite holt, und um das zu tun, müsst Ihr ihnen geben, was sie wollen – einen Anführer, der sie versteht, ihre Bedürfnisse, ihre Leiden. Raymond wandelte stets unter ihnen, hörte sich ihre Sorgen an, feierte mit ihnen, war einer von ihnen, und sie wären für ihn durchs Feuer gegangen. Wenn Euch das gelingt, verdankt mein Vater Euch alles. Und er wird es nie vergessen.«

De Quincy zog seine Hand zurück, ohne den Blick von ihr abzuwenden. Er lehnte sich zu ihr vor und umschloss ihr Kinn, nicht grob, aber auch nicht gerade zärtlich. »Und Ihr werdet eine brave Ehefrau sein. Mir einen Erben geben.«

Sie nickte, wenn sich in ihrem Bauch auch alles zu verkrampfen schien.

Ein Lächeln, das nicht teuflischer hätte aussehen können, spielte um seine dünnen Lippen. »Also schön, Madame. Erwartet mich in meinem Gemach.«

Ferns, Südostirland, Juni 1172

Lia sah aus dem schmalen Fensterschlitz in den Hof hinunter, wo de Quincy in gebrochenem Irisch mit den Kriegern sprach. Er streckte ihnen einen Krug entgegen, in dem sich, wie Lia wusste, feinstes Ale befand. Die Männer nahmen ihn nur zögerlich entgegen, aber als Cailech zu ihnen kam und einen kräftigen Schluck daraus nahm, gab es kein Halten mehr. Sie reichten das Ale von einem zum anderen und prosteten de Quincy zu.

Lia seufzte und beugte sich wieder über ihre Stickarbeit. Vielleicht sollte sie sich über die Fortschritte freuen, die ihr Gemahl bei den Männern machte. Der Feldzug würde bald beginnen, und die Krieger sehnten den Kampf herbei. Aber es war trotzdem de Quincy, der in ihrer Gunst stieg, nicht Raymond. Sie wusste nicht, ob sie je darüber hinwegkommen könnte, dem Falschen zuzusehen.

Die Stille im Frauengemach half auch nicht, um sie von ihren düsteren Gedanken abzulenken. Sie saß in der Fensternische, ganz allein, denn alle anderen Damen genossen die seltene Sonne, die sich an diesem Frühsommertag herauswagte. Und da Lia sich in den letzten Tagen so schwach und flau gefühlt hatte, war sie lieber im Gemach geblieben, um zu sticken. Sie wusste, es entsprach nicht ihrer Natur, sich hinter Mauern zu sperren, anstatt die Freiheit der Natur zu suchen, aber sie spürte, wie ihr dunkles Gemüt auch ihren Körper angriff. Zwei Monate waren seit ihrer Vereinbarung mit de Quincy vergangen, trotzdem fiel es ihr immer noch nicht leicht, ihn mit etwas anderem als Ablehnung anzusehen. Besonders, da ihre nächtlichen Zusammenkünfte für sie immer noch aus einer Mischung aus Schmerz, Ekel und Widerwillen bestanden.

Aoife war auch nicht da, sie lag im Gästezimmer. Es waren die letzten Tage des Wochenbetts mit ihrer kleinen Tochter Isabel. Ein Goldschatz, der nicht nur Aoife mit der größten Freude erfüllte, sondern auch Lia die Tage versüßte. Sie musste sich stets zusammenreißen, um nicht ständig zu Aoife und Isabel zu flüchten und ihnen die nötige Ruhe zu rauben. Aber das Warten auf die Nächte war kaum auszuhalten.

»Glaube nicht, ich weiß nicht, was du tust!«

Lia zuckte zusammen und stach sich mit der Nadel in den Finger. Ein Tropfen Blut fiel auf das Tischtuch, das sie mit Klee-Bildern verzierte.

Sie hob den Kopf und war nicht überrascht, Hervey de Montmorency hereinrauschen zu sehen. Ohne langsamer zu werden, stürmte er durchs Frauengemach, vorbei an den gepolsterten Sitzgelegenheiten in der Mitte des Raums. In der Feuerstelle, die in die Außenwand eingelassen war, loderten kleine Flämmchen, die flackerten, als de Montmorency vorbeistürmte.

Lia sah ihm ungerührt entgegen. »Sir Hervey, wie kann ich Euch behilflich sein?« Etwas Gutes hatten die Nächte mit ihrem Gemahl. Manche Dinge konnten sie einfach nicht mehr schrecken.

»Lass deine dreckigen Griffe von de Quincy!«

Lia legte sich gespielt getroffen die Hand auf die Brust. »Ihr wollt doch wohl nicht vorschlagen, dass ich meine ehelichen Pflichten verweigere?«

De Montmorency wurde so rot, dass seine Haut in Flammen zu stehen schien. »Du weißt genau, wovon ich rede, Bastard! Seit er mit dir verheiratet ist … es ist dein Einfluss, deine Teufelei, die auf ihn wirkt.«

Sie musste sich auf die Unterlippe beißen, um nicht zu lächeln. »Ich habe nicht die geringste Ahnung, wovon Ihr sprecht.«

Seine Hand ballte sich zur Faust. »Du weißt genau, wovon ich rede. Dieser aberwitzige Gedanke, es wäre klug, Irisch zu lernen, die Sprache der Barbaren, wo es doch an uns liegt, den Iren das Normannische beizubringen, sie in die Welt der Zivilisation zu führen.«

»Verzeiht, Sir Hervey.« Sie sprach ihn absichtlich nicht mit Mylord an, auch wenn er Land in Irland erhalten hatte, um es als Lehen für ihren Vater zu halten. Und seinen verengten Augen nach zu schließen schien er das sehr genau zu bemerken. »Ich wüsste nicht, wie ich meinen Gemahl davon abhalten könnte, irgendetwas zu erlernen, ist es doch Gott, der ihn mit dieser Gabe segnet. Ich bin lediglich eine Frau und sehe meine Bestimmung darin, zu gehorchen.«

Natürlich war sie es, die ihm die Grundzüge der irischen Sprache beigebracht hatte. Er lernte schnell, das musste sie zugeben – wenn auch unwillig, schließlich machte er keinen Hehl daraus, wie sehr es ihm missfiel, von einer Frau unterrichtet zu werden. Aber er konnte niemand anderen fragen, schließlich wollte er sowohl ihre Abmachung geheim halten als auch seine Bemühungen, dazuzulernen und die Männer auf seine Seite zu ziehen. Alle anderen sollten seine Fähigkeiten bewundern, als wären sie einfach vom Himmel gefallen anstatt von einer Frau geplant. Sie sollten glauben, die Männer verehrten ihn um seiner selbst willen und nicht, weil er sie gezielt bestach, manipulierte und umschmeichelte.

»Sprich nicht von Gott.« De Montmorency machte einen bedrohlichen Schritt auf sie zu, aber Lia wich nicht zurück.

»Du bringst de Quincy gegen mich auf, hältst du mich etwa für blind? Für beschränkt? Du setzt ihm Flausen in den Kopf, dass niedere Kämpfer einen Anführer lieben und verehren sollten, wenn sie in Wahrheit nur einen lieben und verehren müssen! Gott! Einen Anführer muss man fürchten, respektieren, er ist kein Freund, er ist der steinige Pfad ins Licht!«

Lia zuckte mit den Schultern und widmete sich wieder ihrem Tuch, das Blut darauf ignorierend. »Ich gebe Euch voll und ganz recht, Sir Hervey, vielleicht solltet Ihr mit Robert sprechen.«

»Mit *Robert*?!« Seine Stimme war seltsam schrill, Vertraulichkeit zwischen de Quincy und ihr war wohl das Letzte, was er erwartet oder erhofft hatte.

Sie sah durch ihre Wimpern hindurch zu ihm auf. »Ja, mit meinem Gemahl. Es schmerzt mich zu hören, dass er sich von Euch entfremdet.« Sie senkte ihre Stimme zu einem Flüstern. »Ich habe von dem Zwischenfall in der Halle gehört. Er soll Eure Absichten vor allen Männern in Frage gestellt haben. Das muss ein schwerer Schlag für Euch gewesen sein. Einst standet Ihr Euch so nahe.«

Seine Hand schoss vor, nicht unerwartet, schließlich hatte sie ihn provoziert. Trotzdem traf der Schmerz an ihrem Kiefer sie hart, als er seine Hand darum schloss und zudrückte.

»Du hältst dich für schlau, nicht wahr, Bastard? Aber ich sehe, was du bist. Wie jede Frau steckst du voller Verderbtheit. Nur versuchen die meisten, durch ein gottgefälliges, reines Leben das Himmelreich zu erreichen, während du direkt auf die Hölle zugehst, offenen Auges und ohne es zu verhehlen. Du bist der Inbegriff der Sünde.«

Sie verzog keine Miene, auch wenn der Hass ihr deutlich an den Augen abzulesen sein musste. »Die Sünde des Earls, Sir Hervey, Eures Herrn«, presste sie hervor.

De Montmorencys Griff verstärkte sich noch. »Glaube nicht, ich wüsste nicht, was meinen armen Neffen dazu getrieben hat, von Gottes Pfad abzuweichen. Es war deine Mutter. Diese dreckige Hure hat ihn verführt, hat ihren weiblichen Zauber gewirkt, der direkt vom Teufel kommt, und ihr Netz um ihn gesponnen.«

Lia lehnte ihren Kopf zurück, um seinem Griff zu entgehen, aber es gelang ihr nicht. »Ihr zeichnet kein schmeichelndes Bild von Eurem Geschlecht«, keuchte sie, ohne ihren Blick von ihm abzuwenden. »Männer müssen tatsächlich sehr schwach sein, wenn sie sich von einem niederen Wesen wie einer Frau so leicht von Gottes Pfad abbringen lassen.«

De Montmorencys Augen drohten aus den Höhlen zu quellen. Er ließ sie los, aber nur, um seine Hand zu heben. Sie glaubte bereits den Aufprall auf ihrem Gesicht zu spüren, als eine schnarrende Stimme im Raum erklang.

»Sir Hervey.« Sie war laut, da er aufgrund seines schlechten Gehörs meist mit erhobener Stimme sprach, aber nicht besonders aufgebracht, eher gelangweilt. »Würdet Ihr wohl zurücktreten.«

De Montmorency fuhr zu ihrem Gemahl herum, der vor den geschlossenen Vorhängen stand, die Arme vor der Brust verschränkt.

»Du hast es viel zu lange verabsäumt, dein Weib zu erziehen, Robert, es wird Zeit, dass es jemand für dich übernimmt.«

»Das lass bitte meine Sorge sein.« De Quincy kam näher, seine Augen bei Lias Anblick verengt, als missfiele es ihm, de Montmorencys Handabdrücke auf ihrer Haut zu sehen. »Was hat sie denn getan, um eine Züchtigung zu rechtfertigen? Sie geht regelmäßig in die Kirche, verbringt ihre Zeit mit angemessenen Aufgaben.« Er wies auf ihre Stickerei. »Sie gehorcht und widerspricht mir nicht. Ich sah keine Notwendigkeit, eine gute Ehefrau zu bestrafen.«

»Das schadet nie«, knurrte de Montmorency, trat aber etwas von ihr zurück, sein Blick bekam etwas Gehetztes. »Du weißt nicht, was sie im Verborgenen tut, wie sie auf dich einwirkt!«

»Auf *mich*?« De Quincys Kiefer spannte sich an, sein Zorn brandete wie eine Welle zu ihnen durch den Raum. Lia wusste, dass ihn die Vorstellung, von einer Frau kontrolliert zu werden, tatsächlich fuchsteufelswild machte. Er redete sich inzwischen ein, sie gezähmt zu haben und selbst darauf gekommen zu sein, Strongbow zu helfen und somit sich selbst. »Willst du mich beleidigen, Hervey, willst du sagen, ich würde mich von meinem Weib beeinflussen lassen?«

»Sie ist der Teufel. Du wärst nicht der erste Narr, der sich von einem hübschen Gesicht verführen lässt.«

»Ich halte es für besser, wenn du jetzt gehst. Lady Basilia, Ihr kommt mit mir.« Er wandte sich um, rauschte durch die Vorhänge, und Lia konnte sich ein Grinsen in de Montmorencys Richtung nicht verkneifen, auch wenn es wehtat. Sie legte ihre Stickarbeit nieder und stand auf. »Es tut mir leid, unser Gespräch beenden zu müssen, Sir Hervey. Aber mein Gemahl ruft.« Sie machte sich so groß sie konnte, und schritt an ihm vorbei. Dabei sah sie aus den Augenwinkeln, wie er sich anspannte, wie er dagegen ankämpfte, sie zu packen und ihr den Teufel auszutreiben.

De Quincy wartete bereits vor seinem Gemach auf sie, die Tür stand offen. Er nahm ihre Hand und führte sie hinein. Sofort schwand jegliches Gefühl der Erhabenheit in ihr. Sie kannte diesen Blick an ihm. Zwar hatte er nie die Hand gegen sie erhoben – vielleicht ahnte er, dass sie sich davon nicht bezwingen ließ, aber er konnte ihr sehr viel Schlimmeres antun, als sie zu schlagen.

Ihr Blick fiel an ihm vorbei zum Fenster, vor dem immer noch strahlend hell die Sonne schien. Ihre einzige Hoffnung.

»Ist es das, was Ihr erreichen wolltet? Dass de Montmorency und ich endgültig miteinander brechen?«

»Nein, Mylord.« Sie versuchte sich zu beruhigen, indem sie sich innerlich vorbetete, dass er ihr nichts anhaben konnte, nicht, solange es nicht dunkel war. Die Kirche verbot es.

Er rückte seinen Bliaut zurecht, schob an seinem Gürtel. Sie sah die Erhebung in seinem Schritt, und ihr Hals schnürte sich zu. Seit ihrer Hochzeitsnacht hatte er keine Probleme mehr damit gehabt, bereit für sie zu sein. Manchmal hatte sie das Gefühl, umso mehr Widerstand sie ihm bot, desto stärker entfachte sie das Feuer in ihm. Dabei wollte sie ihn liebend gern abstoßen, ihr Zusammenleben fiele ihr dann sehr viel leichter.

»Euer Vater hat heute Morgen mit mir gesprochen. Er lobte meine Arbeit und erwähnte die gute Moral bei den Männern. Er meinte, sie wäre mein Verdienst und dass er froh sei über die Entscheidung, mich zum Constable und zu Eurem Gemahl zu ernennen.«

»Welch schöne Anerkennung.«

Er nickte, sein Blick drohte sie zu durchbohren. Er machte einen Schritt auf sie zu. »Ihr habt de Montmorency die Stirn geboten. Ich habe es gesehen. Er wandte Gewalt an, und trotzdem …« Seine Hand hob sich, umfasste ihr Kinn, so wie de Montmorency zuvor, nur sehr viel sanfter. Sein Daumen strich über eine besonders schmerzende Stelle, als könnte er die Spuren der Misshandlung darauf fortwischen. »Das Feuer in Euren Augen vermochte er für keinen Augenblick zu erlöschen. Ich fange an …« Er schüttelte den Kopf. Seine Hand glitt in ihren Nacken, er zog sie zu sich. Sein Arm schlang sich um ihren Körper, sie spürte seine Härte gegen ihren Unterleib. Bitte nicht! »Vielleicht hat er recht. Vielleicht ist es der Teufel in Euch, der mich verführt.« Sein Gesicht näherte sich ihrem, sie lehnte sich zurück, sah, wie sein Blick auf ihren Mund fiel. Er hatte sie nie zuvor geküsst, und sie war froh darüber. Die körperliche Nähe, zu der sie gezwungen wurde, war ihr schon so unerträglich.

Er verstärkte seinen Griff in ihrem Nacken. Sie presste fest die Lippen aufeinander, hielt den Atem an. Bitte nicht, bitte nicht!

Aber zu ihrer Erleichterung wich er ihrem Mund aus. Seine Lippen streiften ihre Wange, dann vergrub er sein Gesicht an ihrem Hals. Sie hörte ihn tief einatmen, spürte die Luft, die ihm mit einem Stöhnen entwich. »Ihr habt mich auf den Weg des Erfolgs geführt.« Seine Hand strich ihren Rücken hinab, umfasste ihre Hinterseite, knetete sie. Lia presste die Augen zu, konnte einen Schauder der Furcht aber nicht unterdrücken. Fast jede Nacht lag er heiß, schwitzend und klebrig auf ihr, sein Keuchen in ihren Ohren, sein Schweißgestank in ihrer Nase. Wie lange sollte sie das noch aushalten? Wann würde es besser werden, wann würde sie anfangen, es zu ertragen? Aoife hatte gesagt, der Schmerz würde schwinden, aber er ließ nicht nach.

»Ihr habt mich zum wichtigsten Mann für Euren Vater gemacht. Wäre ich weiterhin de Montmorency gefolgt, wir hätten alles verloren. Euer Vater, ich, Ihr. Aber Ihr habt es gesehen. Ihr habt erkannt, was nötig ist, und Ihr habt Euch an die Abmachung gehalten.« Seine Hand strich nach vorne zwischen ihre Beine. Sie biss sich auf die Lippe, bis sie Blut schmeckte. Bitte nicht, bitte nicht!

»Mylord, es schickt sich nicht bei Tageslicht …«

»Sch …« Seine Hand glitt langsam hoch, über ihren Unterleib, und verharrte dort. »Ich werde nicht vergessen, dass Ihr Euren Teil der Abmachung eingehalten habt, Basilia. Dass Ihr mir meinen Sohn schenkt.«

Sie fuhr zurück, so plötzlich, dass er nicht schnell genug reagierte, um sie festzuhalten. Aus großen Augen starrte sie ihn an, wiederholte seine Worte noch einmal in ihrem Kopf.

Er lächelte. Zu ihrer Überraschung war es kein gemeines, triumphierendes Lächeln, er sah tatsächlich glücklich aus. »Ich habe die Mägde beauftragt, mir Bericht zu erstatten, was den Zustand Eures Leinens betrifft, Madame. Ihr habt schon lange nicht mehr geblutet.«

Sie wich noch weiter zurück. Nun war es ihre Hand, die zu ihrem Unterleib fuhr. Sollte es tatsächlich wahr sein? Trug sie sein Kind? Er hatte recht, sie hatte seit ihrer Vermählung nur einmal geblutet, sie hatte die Tage genossen, in denen er sie nicht anrühren konnte. Aber seither … Wie hatte sie es nicht bemerken können? Wo ihr doch schon seit Tagen unwohl war. Sie war so damit beschäftigt gewesen, sich in der Politik zurechtzufinden, Zusammenhänge zu verstehen, die Liebe der Männer ihrem Vater und auch ihrem Gemahl zu erhalten und die brave Ehefrau zu spielen, dass sie nicht mehr darauf geachtet hatte. Und dann waren da auch Aoife und Isabel gewesen, die ihre Aufmerksamkeit auf sich gezogen hatten.

»Sagt, dass es wahr ist, Basilia. Sagt mir, dass Ihr meinen Sohn tragt.«

Lia starrte ihn mit offenem Mund an. Sie konnte nur nicken. Sie war schwanger. Sie erwartete ein Kind.

Er ließ seinen Blick über sie schweifen, das Lächeln wurde noch breiter. Lia konnte sich nicht erinnern, ihn je so gesehen zu haben, den mürrischen de Quincy.

»Es betrübt mich, das zu sagen, so sehr es mich auch überrascht, aber Ihr solltet von nun an wieder im Frauengemach schlafen, Madame.«

Sie horchte auf, und in die aufbrandende Welle der Panik über diese unverhoffte Schwangerschaft mischte sich Erleichterung. Das Frauengemach! Sie wäre monatelang vor ihm sicher.

Er kam auf sie zu, seine Hand legte sich erneut auf ihren Bauch, so sanft, wie er sie in all den Wochen nicht berührt hatte. Sie wusste, diese Sanftheit galt nicht ihr, sondern dem Kind, aber trotzdem war ihr jede seiner Berührungen zuwider, löste krampfartige Angstwellen in ihr aus. »Ich werde es gleich Eurem Vater sagen und auch de Montmorency.«

Ihre Augen verengten sich. »De Montmorency?«

Er hob den Blick und sah ihr in die Augen. »Ich werde ihm sagen, dass wenn er Euch noch einmal anfasst, er mein Schwert zu spüren bekommt. Ihr tragt mein Kind, nichts und niemand darf Euch schaden. Von jetzt an müsst Ihr strengstens auf Eure Gesundheit achten.«

Sie nickte und wusste nicht, was sie sagen sollte. Sie konnte sich gar nicht vorstellen, dass sie Anfang des nächsten Jahres ein Kind in Händen halten sollte.

»Ich hatte keine großen Hoffnungen, was diese Ehe betrifft. Ich sah einzig den Vorteil, der Schwiegersohn Strongbows zu werden. Aber Ihr habt Euch als großes Glück erwiesen.«

»Ich danke Euch.« Ihre Worte waren tonlos, zumindest blieb so der Zynismus aus ihrer Stimme. Sie konnte immer noch nicht glauben, dass ihr friedliche Monate bevorstanden, in denen er nicht einforderte, was sie jede Nacht zu zerreißen drohte. Sie konnte aufatmen, auch wenn der Grund für diese Gnade ihr Herz zum Rasen brachte. Zumindest war sie in Sicherheit. De Quincy würde nichts tun, um ihr wehzutun, das wusste sie. Diese Schwangerschaft stärkte seine Position, der Anschein einer glücklichen Ehe hob ihn in Strongbows Achtung, und sie nahm diese Auszeit nur allzu gerne an.

»Mylord, Madame.« Ein Page trat ein und sah unsicher zwischen ihnen beiden hin und her. »Lady Basilia, Lady Aoife bittet Euch zu sich.«

Lia wandte sich mit fragendem Blick an ihren Mann, sie hatte schmerzhaft gelernt, dass er es guthieß, wenn sie um Erlaubnis bat, ihn zu verlassen, und er nickte zu ihrer Erleichterung seine Zustimmung. »Geht nur, Ihr könnt Eurer Stiefmutter gleich von den guten Neuigkeiten erzählen, während ich zum Earl gehe.«

Lia folgte dem Pagen hinaus, froh, de Quincy zu entkommen. Seine plötzliche Fröhlichkeit, seine Zärtlichkeit jagten ihr Angst ein. Sie musste das alles erst einmal verdauen. Gott sei dank wollte Aoife sie sprechen, so konnte sie sich mit ihr beraten.

Sie hoffte nur, dass die Neuigkeiten Aoife nicht wehtaten, dass sie nicht wie de Quincy sofort mit einem männlichen Erben rechnete. So groß Aoifes und Strongbows Glück über Isabel auch war, so zahlreich erklangen auch die Stimmen, die sagten, dass Aoife versagt hatte, dass sie ihre Pflicht, ihrem Gemahl einen Erben zu geben, nicht erfüllen konnte.

Lia hatte sogar ein paar Mägde tuscheln gehört, dass Isabels Geburt ein Zeichen Gottes wäre, das gegen die Verbindung der Iren und Normannen sprach.

Sie wollte Aoife nicht wehtun, auch wenn sie nicht sicher sein konnte, dass sie einen Jungen bekam und die Schwangerschaft überhaupt unbeschadet überstand. Aber das gesamte Thema erinnerte Aoife stets daran, dass sie keinen Erben bekommen hatte, und obwohl die anderen Damen sich verständnisvoll zeigten, sagten ihre Blicke alles. Die Zeit lief ihnen davon. Bis Aoife einem Jungen das Leben schenkte, würden Monate, wenn nicht Jahre vergehen. Wer wusste schon, ob es bis dahin noch etwas zu erben gab? Ob sich die Iren nicht längst von Strongbow abwandten und sein Reich zerfiel. Ein Zeichen der Stärke hätte Strongbow jetzt dringend gebraucht, und Aoife wurde stets daran erinnert, dass sie versagt hatte. Lia scheute sich, ebenfalls zu diesem Kummer beizutragen.

Aber de Quincy würde die frohe Botschaft bestimmt nicht für sich behalten. Und es war besser, Aoife erfuhr es von ihr.

Aoife war nicht in ihrem Gemach. Niemand konnte sich erklären, wohin sie verschwunden war, sie hatte den Raum seit der Geburt noch nie verlassen. Aber nun waren sowohl sie als auch Isabel fort. Ein paar Mägde hatten sie durch die Halle gehen sehen und andere im Hof, Richtung Stallungen.

Was wollte sie dort? Sorge breitete sich in ihr aus. Wieso war Aoife davongegangen, wenn sie mit Lia hatte sprechen wollen?

Sie hielt den ersten Stallburschen auf, der ihr über den Weg lief. »Hast du Lady Aoife gesehen?«

Der junge Mann deutete aus dem Stall hinaus. »Sie ist mit

Lord Kavanagh davongegangen, die beiden sahen aus, als besprächen sie irgendetwas Wichtiges. Lady Aoife hatte auch Lady Isabel dabei.«

Eine Welle der Erleichterung glitt über sie. Aoife war bei ihrem Bruder. Vielleicht war Donnell Lia zuvorgekommen und hatte Aoife in ihrem Gemach besucht. Und wenn es tatsächlich etwas so Dringliches zu bereden gab, hatte er es vermutlich nicht neben den Mägden tun wollen.

»Ich danke dir.« Sie winkte den Stallburschen weiter und ließ sich gegen eine Boxenwand sinken. Vielleicht war dieser Aufschub nicht schlecht, so hatte sie Zeit, sich die richtigen Worte zu überlegen.

Lia atmete tief durch, legte die Hand auf ihren Bauch und ging schließlich an den Reihen der Unterstände der Pferde hindurch. Gedankenverloren streichelte sie das eine oder andere. De Quincy hatte keine Zweifel, dass es ein Junge war, aber wie konnte er sich so sicher sein? Wie hätte sie Einfluss darauf nehmen können? Es lag allein in Gottes Hand, so wie ihre Schwangerschaft auch. Und wenn auch sie ein Mädchen bekam? Sähe auch sie sich dem Spott und dem Unverständnis der anderen ausgesetzt? Für de Quincy war ein Sohn nicht so wichtig wie für Strongbow, aber nichtsdestotrotz würde er auf eine Tochter bestimmt nicht gut zu sprechen sein. Was müsste ein Mädchen erleiden? Könnte de Quincy das Spiel des Schicksals so akzeptieren wie Strongbow, der sich über Isabel überglücklich zeigte?

Wie war es möglich, dass ein kleines Wesen, ein Mensch, in ihr wuchs, geschaffen aus einer Zweckgemeinschaft ohne Liebe, ja nicht einmal Freundschaft.

Würde sich der Mangel an Zuneigung in ihrer Ehe auf das Kind auswirken? Nein, sie vertrieb den Gedanken, schließlich gab es kaum Ehen, die aus Liebe geschlossen wurden.

»Basilia?«

Sie blickte auf und sah sich zu ihrer Überraschung ihrem

Bruder Richard gegenüber, einem Fremden, mit dem sie im letzten Jahrzehnt kaum drei Worte gesprochen hatte. Fast kam er ihr vor wie eine Erscheinung, so plötzlich, wie er aus dem Nichts, auftauchte. »Richard, was machst du hier?«

Er hob eine schwarze Augenbraue in seinem blassen, schmalen Gesicht mit den hohen Wangenknochen. Ein schüchternes Lächeln spielte um seine Lippen. »Es ist auch schön, dich zu sehen, Schwester. Lady Basilia.« Er verneigte sich, und Lia erinnerte sich, wie er sich für seine Förmlichkeit von ihrer Mutter eine Ohrfeige eingefangen hatte. »Ich versorge de Prendergasts Pferd.«

»Ich meine, was machen de Prendergast und du in Ferns? Ich wusste nicht, dass ihr in Irland seid, und habe de Prendergast auch nicht in der Halle gesehen.«

»Das liegt daran, dass er noch hier im Stall ist.« Die raue Stimme schnitt durch sie hindurch, und sie spürte ihr Herz einen Schlag lang aussetzen. Sie hatte seit Kindertagen an Respekt, wenn nicht sogar ein wenig Furcht vor dem Ritter mit den Brandnarben. Vielleicht ungerechtfertigt, schließlich hörte sie nur Gutes über ihn. Es mochte an dem stets nachdenklichen Blick liegen, der ihn so weise erscheinen ließ. Als wüsste er alles.

Sie drehte sich zu ihm um und war überrascht, dass er nicht streng auf sie hinabsah, sondern freundlich lächelte. »Fürwahr, Ihr werdet jedes Mal, wenn ich Euch sehe, schöner.« Er verneigte sich mindestens genauso formvollendet wie Richard vorhin. »Die Ehe bekommt Euch.«

Lia spürte alle Farbe aus ihrem Gesicht weichen, Bilder von de Quincy nachts in ihrem Gemach flackerten vor ihrem geistigen Auge auf, wie so oft, wenn sie nicht wachsam war. Die Furcht vor der Nacht begleitete sie jeden Tag, aber das musste sie nicht länger. Ab heute war sie frei, daran musste sie sich noch gewöhnen. Mit Mühe gelang es ihr, in einen Knicks zu sinken. »Mylord.«

De Prendergast nickte wohlwollend, aber ehe er etwas sagen konnte, trat eine Frau hinter ihm hervor. »Du musst lernen, genauer hinzusehen, Maurice.« Sie kam um ihn herum, ihre Hand auf seinem Arm, dunkle Augen, die im Zwielicht des Stalls schwarz wirkten, richteten sich durchdringend auf sie. Langes glattes Haar, von einzelnen Silbersträhnen durchwoben, fiel unbedeckt auf ihre schmalen Schultern. Ihre blasse Haut war glatt, aber ihr Blick machte den Eindruck, als hätte sie schon Jahrhunderte vorbeiziehen sehen. »Die Ehe tut ihr nicht gut.« Ihre zarte Hand hob sich warm an Lias Kinn und schien den Schmerz zu lindern.

Eine steile Falte erschien zwischen de Prendergasts Augenbrauen, die Brandnarben an Schläfe und Jochbein traten stärker hervor, während er sie nun mindestens genauso prüfend musterte wie seine unheimliche Begleiterin. »Mylady, wie ist das geschehen?« Er wies auf ihr Kinn, und Lia hörte das Blut in ihren Ohren rauschen.

»Mein Gemahl tut mir nichts«, brach es aus ihr heraus. De Prendergast durfte nicht glauben, dass de Quincy sie misshandelte. Er war der beste Freund ihres Vaters, er würde ihm davon erzählen, und all das mühsame Vertrauen, das sie zwischen Strongbow und seinem Constable aufgebaut hatten, wäre dahin. Sie käme aus dieser Ehe ja ohnehin nicht mehr heraus, schon gar nicht in ihrem Zustand. Und selbst wenn. Ein erneuter Wechsel in der höchsten Position würde die Unruhen wieder aufbranden lassen, gerade, wenn ihr Vater ohnehin geschwächt war vom Ausbleiben eines Erben. Allein der Gedanke, dass de Montmorency ihrem Gemahl in das Amt folgen könnte, das er anstrebte, schürte Furcht in ihr.

»Wer ist es dann?« Die Stimme de Prendergasts war kaum mehr als ein heiseres Knurren. Auch Richard trat näher und sah sie entsetzt an.

Ehe sie aber zu einer Antwort finden konnte, hörte sie eine

andere vertraute Stimme hinter sich. »Manchmal geht es nicht anders«, erklärte de Montmorency, der festen Schrittes näher kam. »Eine verdorbene Frau zu züchtigen ist die Pflicht eines jeden guten Christenmenschen.«

De Prendergast sog hörbar den Atem ein, seine Hand fuhr zum Knauf seines Schwertes. »*Ihr* wart das?«

»Tut nicht so entsetzt, *Mylord.*« De Montmorency trat an ihre kleine Gruppe heran, er wollte neben Lia stehen bleiben, aber Richard und die fremde Frau flankierten sie wie auf ein unsichtbares Zeichen hin. Ein grausiges Lachen entfuhr ihm. »Ehrenvoller Maurice, der seinen Herrn verraten hat, zu den Iren übergelaufen ist, mit seiner Hure reist und meinen Knappen auf dem Gewissen hat. Vielleicht solltet Ihr Euch abgewöhnen, von Eurem hohen Ross auf andere herabzublicken.«

»Die Welt ist eine bessere ohne Euren Knappen«, erwiderte de Prendergast kalt, während Lia wie erstarrt zu ihm aufsah. De Montmorencys Knappe? Griffin FitzGerald – Raymonds Bruder? De Prendergast hatte ihn umgebracht und nicht Raymond? Alles um sie herum begann sich zu drehen. Nach einem Tag wie diesem war ihr das alles zu viel. An Raymond zu denken und Antworten auf dieses Rätsel zu erhalten.

»De Clare wird davon erfahren«, hörte sie de Prendergast wie aus weiter Ferne. Er zeigte auf Lia. »Ich habe Euch so manche Scheußlichkeit zugetraut, Sir Hervey, aber dass Ihr noch nicht einmal Halt davor macht, die Tochter des Earls …«

»Den Bastard des Earls«, verbesserte de Montmorency ihn, was ein verächtliches Schnauben der fremden Frau zur Folge hatte.

»Ihr seid ein kleiner, kleiner Mann«, säuselte sie, fast schon mitleidig. »Eure Angst vor uns Frauen ist bemitleidenswert.«

Lia sah die Fremde erstaunt und voller Bewunderung an, aber da erklang erneut de Montmorencys Stimme und erfüllte sie mit Grauen.

»De Prendergast, legt Eure zauberische Hure an die Leine, ehe ich vollende, wozu mein Knappe nicht mehr gekommen ist.«

»Ihr begebt Euch auf dünnes Eis, Sir Hervey.« De Prendergast nahm die Frau an der Hand und führte sie an de Montmorency vorbei. »Richard, ich muss zum Earl – nun aus einem weiteren dringlichen Grund, wie es scheint. Bleib bei deiner Schwester und lass sie keinen Augenblick mit dieser Ratte allein. Wie man ein Schwert nutzt, muss ich dir ja nicht erklären.« Sein Blick fiel voller Verachtung auf de Montmorency hinab. »Für einen wie ihn brauchst du wohl nur deinen kleinen Finger.«

»Mylord.« Ihr Bruder verneigte sich knapp, zog sein Kurzschwert und stellte sich damit vor Lia hin. Er funkelte de Montmorency an, mit dem er längst auf Augenhöhe war.

Dieser sah einen Moment lang wie ein beleidigtes Kind in die Runde, machte dann zu ihrer Erleichterung aber kehrt und verließ ohne ein weiteres Wort den Stall.

Richard verharrte noch ein paar Herzschläge lang in angespannter Haltung, dann steckte er sein Schwert weg und drehte sich zu ihr um. »Vater wird ihn dafür vierteilen.« Er hob seine Hand an ihr Gesicht, aber Lia wich zurück. Nicht nur aus Scham, da ihre Verletzung Schwäche bedeutete und sie sich nicht gern als Opfer fühlte, sondern weil sie sich seit ihrer Hochzeit grundsätzlich nicht gerne von einem Mann berühren ließ. Nicht einmal von ihrem eigenen Bruder, wie es schien. Zu lebhaft verfolgten sie die schrecklichen Momente der Nächte mit de Quincy. Vielleicht würde das jetzt endlich aufhören, da sie ihre Hochzeitsnacht nicht immer und immer wieder wiederholen musste.

Sie wandte sich Richard zu. »Vater wird de Montmorency auf die Finger klopfen und ihn weiterhin verteidigen.« Sie konnte den Frust nicht aus ihrer Stimme heraushalten. »Er hat Mitleid mit ihm. De Montmorency ist der Bruder seines Vaters, der nie etwas hatte, der immer im Schatten stand, seine Frau verlor, die geschundene Seele … such dir etwas aus. De Montmorency wird alles verziehen.« Und so langsam fing Lia an, daran zu zweifeln, ihr Ziel, de Montmorency in Ungnade fallen zu lassen, je zu erreichen. »*Ich* werde mit Vater reden.«

»Hört er auf dich?« Die Beziehung zwischen ihrem Bruder und ihrem Vater war ihr gänzlich unbekannt. Die beiden sahen sich auch kaum, und Lia konnte sich nicht vorstellen, dass sie einander besonders nahe standen. Aber wenn Richard das Vertrauen ihres Vaters genoss, konnte er vielleicht tatsächlich etwas gegen de Montmorency bewirken. Wenn dieses Ekel endlich in Strongbows Achtung fiel, würde es ihnen allen besser gehen.

Doch wie zur Bestätigung ihrer Gedanken verzog Richard kläglich die Miene. »Nicht dass ich wüsste. Ich hoffe nur, dass er reagiert, wenn seine Tochter verletzt wird und er dies von mehreren Seiten hört.«

Lia senkte den Blick. Wenn es um seinen Onkel ging, war ihr Vater blind. »Was hat de Montmorency damit gemeint, als er sagte, dass Sir Maurice seinen Knappen auf dem Gewissen hat?«

Richard sah sie einen Moment lang irritiert über diesen Themenwechsel an, dann wich er ihrem Blick aus, strich sich mit der Hand übers Kinn und wollte sich abwenden. Aber Lia packte seinen Arm. »Es geht um Griffin FitzGerald, nicht wahr? Raymond le Gros' Bruder.«

»Was hast du darüber gehört? Niemand weiß genau, was …«

»Aber *du* weißt es, nicht wahr?« Sie sah es in seinen Augen, die etwas Gehetztes in sich trugen. »Sag mir, was passiert ist. Bitte.«

»Wieso willst du das wissen?«

Weil ich immer noch viel zu oft an den Mann denke, der eine

Unendlichkeit weit weg ist und sich die Schuld am Tod seines Bruders gibt, dachte sie.

Richard schien ihr ihre Verzweiflung anzusehen, sah sich im Stall um, dann bedeutete er ihr zu folgen und führte sie zu einem Haufen Heu in einer Nische. Über ihnen befand sich ein Loch in der Holzdecke, durch die das Futter vom Heuboden hinabgeworfen werden konnte.

»Griffin FitzGerald war ein schrecklicher Mensch«, begann er leise, sein Blick wanderte dabei immer wieder zur anderen Seite des Stalls. »Er hatte es auf meinen Herrn abgesehen, schon von Kindestagen an.«

Das wusste sie, Raymond hatte ihr von der Eifersucht auf de Prendergast erzählt.

»Irgendwann kam Griffin mit de Montmorency nach Irland, und er fand eine Möglichkeit, de Prendergast zu verletzen. Der war gerade mit unserem Vater in Dublin. Sie waren dabei, die Stadt einzunehmen, während Aoife und ihre Damen in Waterford zurückblieben, wo es sicher war. Aber auch Griffin blieb als Teil der Garnison in Waterford. Er entführte eine dieser *Damen.*« Richard wand sich deutlich, und Lia fing an zu verstehen.

»De Prendergasts Frau?« Das Bild der unheimlichen, aber beeindruckenden Dame an de Prendergasts Seite erschien vor ihr. »Die Frau, die gerade hier war.«

Richard nickte. »Ihr Name ist Niah. Sir Maurice und sie kennen sich ebenfalls, seit sie Kinder sind, wenn sie auch über viele Jahre getrennt waren. Jedenfalls entführte Griffin sie mit der Absicht, sie an den Fürsten Ossorys zu verkaufen – der einen Anspruch auf sie stellte. Zuvor ließ er aber seinem Bruder Raymond eine Nachricht zukommen – Raymond war ebenfalls bei uns in Dublin.«

Lia hatte davon gehört. Es war Raymond gelungen, in die Stadt einzudringen, er war an diesem Tag als Held gefeiert worden.

»Griffin schrieb an Raymond, dass er de Prendergast in Dublin festhalten sollte, während er Niah nach Ossory brachte. Raymond aber stand längst nicht mehr auf der Seite seines Bruders und wollte de Prendergast helfen, seine … Geliebte zu retten. Doch kurz nachdem er den Brief erhielt, schlug ein Blitz in die Stadt ein, und er musste schnell handeln, musste die Gunst der Stunde nutzen, um Dublin zu erobern. Er und noch ein Geraldine, der Knappe unseres Vaters, Milo de Cogan, schlugen eine Bresche in die Stadtmauer und erlangten so den Sieg. Griffins Nachricht übergab er indessen seinem Vetter, der sie zu de Prendergast tragen sollte, damit er Niah noch rechtzeitig befreien konnte.«

»Dann hat Raymond seinen Bruder gar nicht getötet!«

Richard sah sie verwundert an. »Wie kommst du darauf? Natürlich hat le Gros seinen Bruder nicht umgebracht. Er war ja in Dublin. De Prendergast, der Geraldine Meilyr FitzHenry und ich ritten hinunter nach Waterford und durchsuchten die Stadt nach Griffin und Niah. *Ich* war es, der die beiden in einer verlassenen Hütte fand, aber Griffin hatte sein Schwert auf Niah gerichtet, er drohte, sie umzubringen, und hielt mich so in Schach. De Prendergast und FitzHenry kamen gerade noch rechtzeitig, und … sie hatten keine andere Wahl. Am Ende war es FitzHenry, der seinen Vetter tötete.«

Also hatte Raymond seinen Bruder an de Prendergast verraten, was zu dessen Tod geführt hatte. Lia verstand seine Schuldgefühle, wenn seine Tat auch weit davon entfernt war, seinen eigenen Bruder selbst zu töten. Sie hatte ja gewusst, dass Raymond nicht das Monster war, für das er sich selbst hielt. Lias Herz schwoll an, als sie an ihn dachte, doch sofort verbot sie sich diese Gefühle. Sie brachten ja doch nichts.

»Niemand weiß genau, was geschehen ist, nur wir, die vor Ort waren. Wir verbreiteten das Gerücht, dass Griffin betrunken in den Fluss gefallen sei. Doch de Montmorency muss von Griffins Plan, Niah zu verkaufen, gewusst haben, und da Griffin nie zurückkehrte und Niah glücklich an Sir Maurice' Seite weilt, reimt er sich den Rest wahrscheinlich zusammen.«

»Und jetzt quält er sie alle damit. Dieses Scheusal.«

Richard kam auf sie zu. »Wieso interessiert dich das so sehr? Niemand spricht darüber, es ist fast zwei Jahre her.«

Lia zuckte mit den Schultern und winkte ab. »Ich war einfach neugierig, schätze ich. Seid ihr wegen des geplanten Feldzugs hier?«

»Der Sommer beginnt, es ist ein guter Zeitpunkt, um den Clanführer Dermot O'Dempsy von Offaly an seinen ausständigen Treueschwur zu erinnern.«

Lia seufzte. So viel Krieg. Sie verstand, dass ihr Vater sich keine Feinde als Nachbarn erlauben konnte, es gab bestimmt genügend Iren, die jede Gelegenheit ergreifen würden, um ihn aus Irland zu vertreiben. Trotzdem wünschte sie, Iren und Normannen könnten ohne Gewalt so friedlich zusammenleben, wie sie es hier in Ferns taten.

»Darf ich dich zu deinem Gemach begleiten?« Richard bot ihr seinen Arm, seine andere Hand lag immer noch am Knauf seines Kurzschwerts. Lia war gerührt, dass ihr Bruder sie beschützen wollte, und nickte lächelnd.

»Ja.« Sie legte ihre Hand auf seinen Arm und ging mit ihm gemeinsam aus dem Stall. Sie genoss ihr Zusammensein, auch weil sie so nicht allein mit ihren Gedanken war, sich den Veränderungen, die auf sie zukamen, noch nicht stellen musste. Sie hatten aber gerade erst den Hof erreicht, da kam Aoife vom Burgturm auf sie zu, ihre Augen groß, ein Abbild des Schocks, Isabel in ein Deckenbündel gewickelt auf ihrem Arm.

Sie sah zu Richard auf, zurück in ihr Gesicht, und Lia hatte keine Zweifel, dass sie die Neuigkeiten über die Schwangerschaft schon gehört hatte. De Quincy war bestimmt nicht zögerlich gewesen, die Ankunft seines Erben kundzutun.

»Richard.« Aoife lächelte zu ihrem Stiefsohn hoch, der über ihr aufragte und genauso alt war wie sie. »Ich habe de Prendergast in der Halle bei deinem Vater gesehen, falls du ihn suchst. Lia und ich wollten noch in die Kapelle gehen.«

Richard zögerte einen Moment, da hier innerhalb der Mauern aber keine Gefahr drohte und auch von de Montmorency weit und breit nichts zu sehen war, ließ er Lia schließlich los und trat zur Seite. »Ich hoffe, wir sehen uns noch, bevor wir aufbrechen«, sagte er an beide gewandt, und Lia wünschte sich, dass es so wäre. Gerne würde sie noch weitere Gespräche mit ihrem Bruder unter vier Augen führen.

Aoife blickte Richard nach, und Lia merkte, wie sie die Luft anhielt. Endlich drehte sich Aoife zu ihr um, ihre Augen voller Schrecken. »Ist es wahr?«

Lia senkte den Blick. »Es tut mir leid.«

»Was tut dir leid?«

»Ich weiß, was die anderen sagen, und wenn ich vor dir einen Sohn bekomme …«

»Lia, rede doch keinen Unsinn.« Aoife zog sie zur Seite, tatsächlich zur Kapelle, wenn sie auch nicht hineingingen. »Natürlich wünsche ich mir einen Sohn, aber das ist jetzt zweitrangig.« Sie lächelte auf Isabel hinab, strich mit einem Finger über ihre Wange. Dann sah sie Lia wieder ernst an. »Jetzt geht es darum, dass *du* ein Kind bekommst. Von de Quincy. Einen Mann, den du verabscheust.«

»Er … tagsüber ist er nicht allzu schlimm.«

Aoife sah sie mitfühlend an, sie wusste, wie es Lia im Ehebett erging. »Das ist jetzt vorbei, und zwar für lange Zeit.« Sie nahm ihre Hand und drückte sie, ein leises Lächeln spielte um ihre Lippen. »Du wirst Mutter, Lia. So wie ich. Wir beide sind bald Mütter, Seite an Seite.«

Die Worte fuhren wie heiße Blitze durch ihren Körper, und ihr wurde übel. »Ich kann es mir einfach nicht vorstellen.«

»Du hast Zeit.«

»Ich fürchte, nicht genug.«

Lia wusste nicht, was es war, aber in ihrem Bauch machten sich ziehende Schmerzen breit, und ein banges Gefühl kam in ihr auf. Sie sah sich im Frauengemach um. Ein paar Damen saßen zusammen und nähten Hemden, Aoife übte mit Morice Regan das Normannische, und Lia hatte eigentlich versucht, sich selbst das Lesen beizubringen – mit einem von Morice Regans Büchern über längst verstorbene Fürsten. Doch dann war dieser Schmerz unvermittelt über sie hergefallen. Was, wenn mit dem Kind etwas nicht stimmte? Sie sah an sich hinab und war beinahe froh über die plötzliche Angst in ihr. Sie fürchtete, dass ihrem Kind etwas fehlen könnte, sie könnte es lieben!

Bislang war ihr das wachsende Leben in ihr stets fremd und weit weg vorgekommen. Sie hatte vermieden, daran zu denken. Aber nun, da das Ziehen sie daran erinnerte, spürte sie, wie ihr der Schweiß ausbrach. Ihre Hand berührte ihren Unterleib, es war unerträglich, nicht zu wissen, was darin vor sich ging. Ein paar Wochen waren seit dem Aufbruch des Heers vergangen, und von einem kugelrunden Bauch war sie weit entfernt. In Wahrheit hatte sie sich so gut wie gar nicht verändert. Vielleicht war sie ja auch gar nicht schwanger! Womöglich hatte sie ihr Kind längst verloren, oder es lebte nicht mehr, war tot in ihr. Ciara, eine der Damen hier, hatte neulich davon gesprochen, dass dies ihrer Schwägerin passiert sei.

»Lia, was ist los?«

Sie zuckte zusammen, und nun, da Aoife gesprochen hatte, sahen sie auch alle anderen besorgt an.

Morice Regan erhob sich von seinem Schemel. »Die Schriften können überwältigend sein, Madame, ich weiß, aber ich bin gerne bereit, Euch zu helfen, wenn Ihr dies wünscht.«

Lia sah gedankenverloren auf das Buch in ihrer Hand hinab. »Ich … ich danke Euch.«

Sie sah Aoife an, und Aoife sah zurück. Lia wusste nicht, wie es ihnen gelang, aber wenn sie sich so in die Augen blickten, kam es ihr vor, als wüsste Aoife genau, was in ihr vorging, und andersherum. Kaum zu glauben, dass sie die Prinzessin einst für undurchschaubar gehalten hatte.

»Ein Spaziergang würde mir guttun.« Aoife erhob sich, warf einen Blick in die Krippe zu Isabel, aber ehe Lia zustimmen konnte, ließen Rufe von draußen sie innehalten. Sie konnte die Worte nicht verstehen, aber es waren mehrere Stimmen, die durcheinandergerieten und aufgeregt klangen. Aoife eilte zum Fenster und schnappte hörbar nach Luft.

»Was ist los?« Lia sprang auf und war überrascht, dass der Schmerz verschwunden war. Hatte sie ihn sich nur eingebildet? Oder war er ganz normal in einer Schwangerschaft? Schließlich lebte und wuchs ein Lebewesen in ihr.

Aoife fuhr zu ihr herum, kreidebleich. »Sie sind zurück.«

Sofort fuhr der Schmerz wieder durch sie hindurch, nur war es diesmal ein anderer. »Vater.« Sie eilte zum Fenster, wollte an Aoife vorbei, aber ihre Stiefmutter verstellte ihr den Weg. Das Herz drohte ihr aus der Brust zu springen. Das durfte nicht wahr sein! »Was ist mit ihm?«

Aber Aoife legte ihr beruhigend die Hand auf die Schulter. »Es geht ihm gut.« Sie deutete zum Fenster. »Ich habe ihn sofort erkannt, sein roter Schopf ist leicht auszumachen, er ist schon im Hof.«

Lia trat einen Schritt zurück. »Wieso siehst du dann aus, als hätte dir jemand den Untergang der Welt verkündet?«

Aoife senkte den Blick, schob sich noch etwas weiter vors Fenster. »Nicht alle sind zurückgekehrt – Geoffrey FitzRobert …«

Lia keuchte auf. »Geoffrey ist tot?! Woher willst du das wissen?« Sie schlug sich die Hand vor den Mund. In letzter Zeit hatte sie kaum noch etwas mit dem Knappen zu tun gehabt. In Ferns musste er nicht auf sie aufpassen, innerhalb der Mauern waren sie sicher. Und wenn sie rausgingen, war meist Cailech bei ihnen. Auch war sie nicht erpicht darauf gewesen, Zeit mit ihm zu verbringen. Trotzdem hätte sie dem wissbegierigen jungen Mann nie etwas Böses gewünscht. Sie konnte sich gar nicht vorstellen, nie wieder seine aufgeregten Augen zu sehen.

»Lia!« Aoife legte beide Hände auf ihre Schultern, sie klang, als hätte sie ihren Namen nicht nur einmal gerufen. »Geoffrey ist nicht tot, er …« Sie wich zur Seite und ließ Lia vorbei, damit sie selbst aus dem schmalen Fensterschlitz sehen konnte.

Lia trat zwischen die beiden gepolsterten Bänke in der Fensternische, auf der sie meist saßen und stickten. Sie stellte sich auf die Zehenspitzen, blickte in den Hof hinunter und sah als Erstes inmitten des Trubels von unzähligen Reitern, normannischen Rittern und irischen Kriegern einen Karren mit Toten. Sie lagen aufeinandergestapelt, ein Tuch verhüllte sie, konnte aber den ein oder anderen heraushängenden Arm nicht verdecken. Es war ein grausiger Anblick.

Es waren nicht alle lebend zurückgekommen. Damit hatte Aoife recht, aber diese traurige Tatsache war bei einem Feldzug abzusehen gewesen. Was war es also, das Aoife auf den ersten Blick so erschreckt hatte?

Lia entdeckte ihren Vater, er schwang sich gerade vom Pferd. An seiner Seite hielt sich Geoffrey, sie erkannte ihn sofort an seinem kastanienfarbenen kinnlangen Haar und seiner schlanken Gestalt. Er trug Strongbows Standarte, die so dreckig war, dass sie kaum noch auszumachen war, und ihre Augen verengten sich. Ihr Blick wanderte von einem zum anderen, und ihre Kehle schnürte sich zu.

»Wo ist er?«

Aoifes Hand legte sich auf ihren Rücken. »Ich konnte ihn auch nicht sehen.«

»Er ist der Standartenträger, wieso hat Geoffrey …« Sie drehte auf dem Absatz um, eilte zum Nachttopf und übergab sich. Das war ihr schon lange nicht mehr passiert, wenn ihr auch noch häufig flau im Magen war.

Getuschel brandete um sie herum auf, Morice Regan wandte sich besorgt an Aoife, aber sie konnte kaum etwas davon verstehen. Sie hielt es ohnehin nicht aus hier drinnen, das schlechte Gewissen drohte sie niederzuringen.

Sie rannte hinaus, taumelnd, dabei hörte sie noch Aoife rufen, aber sie konnte nicht stehen bleiben, sie musste es wissen. Ohne Vorsicht eilte sie die Treppe hinunter, dabei sah sie immer wieder vor sich, wie er lächelte und sich über die Schwangerschaft freute, wie sehr er den Moment der Ankunft seines Kindes herbeisehnte, wie tief sie ihn verachtet hatte, während sie jetzt nur hoffte, dass er lebte, damit er sein Kind kennenlernen konnte. Sie hatte ihn so oft nachts tot gewünscht. Was, wenn ihre Gedanken, ihre Gebete ihn umgebracht hatten? Wenn sie einen Menschen auf dem Gewissen hatte? Dabei spielte es keine Rolle, dass sie an seiner Seite nie glücklich geworden wäre, sie hätte nie seinen Tod herbeisehnen dürfen. Und wer würde de Quincy folgen? Sie hatte so viel geopfert, um alles zusammenzuhalten. De Montmorency wollte seit jeher de Quincys Position als Constable, jetzt hatte er die Gelegenheit dazu, und sie wären alle verloren.

Sie rang um Atem, Lärm aus der Halle brandete ihr entgegen, sie nahm die letzten Stufen und sah sich in dem großen, von hohen Bogenfenstern belichteten Raum um. Ihr Vater trat gerade ein. An seiner Seite hielten sich die Bloet-Brüder, und auch Donnell kam herein, in Begleitung ein paar seiner Iren. Alle zogen lange Mienen, blickten zu Boden. Nur ihr Vater nicht. Er entdeckte sie sofort, und die Art und Weise, wie sich der Schmerz in seinem Gesicht bei ihrem Anblick vertiefte, sagte ihr alles, was sie wissen musste. Sie war Witwe. Sie hatte schnell geheiratet, war schnell schwanger geworden, und genauso schnell war ihre Ehe auch wieder vorbei.

Ihre Hand flog zu ihrem Bauch. Was, wenn Gott ihr nun auch noch das Kind nahm, das sie genauso wenig gewollt hatte wie diese Ehe? Wollte sie es denn jetzt? Der Gedanke, es zu verlieren, trieb ihr Tränen in die Augen.

»Basilia …« Ihr Vater kam auf sie zu, aber sie hob die Hand, wollte ihn am Näherkommen hindern. Er durfte nicht aussprechen, was sie tief im Herzen als die Wahrheit erkannt hatte. Ihr Gemahl war tot, und sie hatte mit ihren schlechten Gedanken dazu beigetragen. »Basilia, du solltest dich setzen.« Ihr Vater nahm ihre Hand in seine, führte sie zu den längsseitigen Bänken, die fürs Abendmahl bereitgestellt worden waren. »Ich muss mit dir sprechen.« So viel Mitleid klang aus seiner Stimme, sie glaubte schon wieder, sich übergeben zu müssen.

»Er ist tot.« Die Worte klangen gefühllos, ihre Stimme kam ihr wie die einer anderen vor. »Ich bin … eine Witwe.« Beinahe hätte sie »frei« gesagt, und nun wusste sie, weshalb sie so am Boden zerstört war. Da war Erleichterung in ihr. Wer fühlte so etwas beim Tod eines Menschen? Was stimmte nicht mit ihr?

Ein Gedanke, der sie sehr lange nicht mehr befallen hatte, kam ihr: Sie war schlecht. Verdorben. Eine Sünde.

»Ich hätte nicht gedacht, dass sein Tod dich derart trifft.« Ihr Vater drückte sie auf der Bank nieder, und sie ließ sich schwach sinken, sie konnte sich nicht dagegen wehren.

Wie sollte sie ihrem Vater ihre Gefühle erklären, wenn sie selbst sie nicht ganz verstand. »Wie ist es passiert?«

Ihr Vater seufzte, ließ sich neben ihr nieder. »Basilia …«

»Sag es mir, bitte.«

Er zögerte nicht länger. Vielleicht auch, weil es das erste Mal seit ihrer erzwungenen Eheschließung war, dass sie das Wort an ihn richtete. »Wir gingen hoch nach Kildare, wo ich eine Burg errichten ließ – als Hauptsitz im Norden meines Landes, während ich Ferns als unser Zuhause im Süden beibehalten möchte. Von Kildare aus führten wir unsere Angriffe gegen Dermot O'Dempsy. Er verweigerte ein Treffen, um mir zu huldigen, also machten wir weiter, plünderten, was ich gerne verhindert hätte. Aber ich kann ihn nicht in meinem Land leben lassen, wenn er sich offen gegen mich stellt.« Er blickte auf seine Hände hinab. »Der Feldzug war ein Erfolg. Siegreich gingen wir zurück nach Kildare, mit all unserem Beutegut. Ich führte das Heer mit all seinen tausend Männern an, während Robert …« Er schluckte hörbar. »Er übernahm die Nachhut. Wir bewegten uns durch einen dichten Wald, da war nur ein schmaler Pfad, den man kaum Straße nennen kann. O'Dempsy wartete dort auf uns, darauf, dass ich mit dem Großteil des Heeres vorbeiziehe. Dann griff er die Nachhut an. Bis wir vorne auf diesem engen Raum handeln konnten, waren fast alle aus der Nachhut tot und O'Dempsy bereits wieder weg.«

Lia schloss die Augen, bekreuzigte sich. »Ich bin froh, dass dir nichts passiert ist.«

Einen Moment lang sah ihr Vater sie schweigend und unsagbar traurig an, dann nahm er sie in den Arm. Er zog sie an seine Brust, und sie atmete seinen Geruch nach Pferd und Leder und fühlte sich wieder wie ein kleines Mädchen. Aber das war sie nicht. Sie war fünfzehn Jahre alt und drauf und dran, selbst Mutter zu werden.

Sie blickte auf und sah sich in der Halle um. Aoife hielt sich an Donnells Seite, sah aber zu Strongbow und ihr herüber, wartete bestimmt darauf, ihren Gemahl begrüßen zu können.

Sie sah auch de Montmorency, der allein dastand, keiner der Männer ging zu ihm, um ihm zu erzählen, was passiert war, niemand schien auch nur in seiner Nähe sein zu wollen. Der Einzige, der ihm ein Weggefährte gewesen war, war tot. Und schon zuvor hatten Lias Intrigen die beiden auseinandergebracht. Aus gutem Grund, sagte sie sich, aber an diesem Tag schien ihr alles falsch und düster.

Sie wusste nicht, ob sich das je wieder ändern würde.

Lia konnte nicht schlafen, in ihrem Bauch zog und flatterte es, und allmählich glaubte sie, verrückt zu werden. Je mehr sie sich auf das Kind in ihrem Inneren konzentrierte, desto schlechter ging es ihr, umso mehr Anzeichen fand sie, dass etwas nicht in Ordnung war.

Im Frauengemach war es bis auf Mórs Schnarchen still, da war nur das Rascheln, wenn Lia sich von einer zur anderen Seite warf. Die Luft hier drinnen stand, war schrecklich stickig durch die dicken Stoffe um ihre Bettstatt, das schwelende Feuer und die geschlossenen Läden.

Mit einem Seufzen richtete sie sich auf, sah sich um. Ihre Augen hatten sich während der wachen Stunden ausreichend an die Dunkelheit gewöhnt, um Umrisse auszumachen. Ihr Blick fiel zu Aoifes verlassener Bettstätte. Ihre Stiefmutter verbrachte die Nacht mit Isabel in Strongbows Gemach.

Aber Lia hätte ohnehin nicht mit ihr über ihre verwirrenden Gefühle sprechen können, schließlich verstand sie sich selbst nicht, wie sollte Aoife es dann gelingen? De Quincy war tot, sie war wieder unverheiratet, und sie konnte es nicht glauben.

Auf Zehenspitzen schlich sie durch die Binsen, verzichtete auf einen Umhang und schob sich durch die Vorhänge in den kleinen Raum, wo ein junger Page schlief. Er war für sie da, wenn sie irgendetwas brauchten oder wenn ein Besucher eintraf, um ihn anzukündigen. Gleichzeitig sollte er hier auch höfisches Benehmen lernen, wenngleich kaum eine der Damen wusste, was von einem angehenden normannischen Ritter erwartet wurde. Auch Lia waren all die Regeln fremd, und so kümmerte sich Morice Regan darum, zuerst die Damen einzuweisen, damit diese dann ihr Wissen an die Pagen weitergeben konnten. Singen und Tanzen gehörte dazu, genauso wie Dichten und die Tugenden der Ritterlichkeit.

Versonnen sah Lia auf das Kindergesicht auf dem Strohsack hinab. Würde auch sie einen Sohn bekommen, der all das lernen musste? Oder eine Tochter, der beigebracht werden sollte, wie sie sich unterordnete, nähte und stickte? Nur über ihre Leiche.

Entschlossen ging sie weiter, schob die Tür auf. Sie bemerkte, dass der Page sich regte, aber er würde sie nicht aufhalten, dafür war er nicht zuständig.

Der Stein der Treppe unter ihren Füßen war kalt, fühlte sich aber gleichzeitig angenehm auf ihrer überhitzten Haut an. Die Halle tat sich im rötlichen Schein der Glut der vielen Feuerstellen vor ihr auf, und auch hier brandete ihr das Schnarchen von Wachen, Knappen, weiteren Pagen und des Gesindes entgegen. Niemand schien mehr wach, was ihr vor Augen führte, wie spät es schon sein musste. Abends hatte es keine Siegesfeier gegeben im Anbetracht des Verlusts. Im Gegenteil. Die Stimmung war gedrückt gewesen, das Mahl, zu dem auch die Frauen geladen worden waren, hatte beinahe in völligem Schweigen stattgefunden. Da waren nur die vielen mitleidigen Blicke – und einer voller Hass. De Montmorency hatte nichts zu de Quincys Tod gesagt, seine Miene war steinern geblieben. Für den Morgen hatte er aber angeordnet, eine Messe für de Quincy und alle anderen Toten lesen zu lassen, der die gesamte Burg beizuwohnen hatte.

Lia schlich hinaus, das Tor quietschte ohrenbetäubend in der Stille, doch niemand schien von dem Geräusch alarmiert. Es kam bestimmt öfter vor, dass jemand hinausging, um den Abtritt aufzusuchen.

Frische, angenehme Sommerluft empfing sie, leicht duftend nach Regen und feuchtem Gras. Leises Schnauben drang durch den Hof, ein Geräusch, so friedvoll und entspannt, es schien ihr wie aus einer anderen Welt. Sie hielt auf die Stallungen zu, darauf bedacht, die Stallburschen oben im Heu nicht zu stören.

Wohlige Wärme strömte von den Pferden und erfüllte den Raum, gemächliches Kauen und Rascheln und … da war noch ein Geräusch. Ein Schluchzen.

Lia hielt in ihren Schritten inne und lauschte. Es kam aus der Nische, in der ihr Bruder ihr vor dem Feldzug von Griffins Tod erzählt hatte. Sie konnte nicht sagen, ob es ein Mann oder eine Frau war, ein Kind oder ein Erwachsener, da war nur ein leises Schniefen.

Vorsichtig ging sie näher heran, versuchte in der Dunkelheit etwas auszumachen, spähte um die Ecke und sah eine zusammengekauerte Gestalt im Heu hocken, die Knie angezogen, den Kopf darauf gestützt.

Lia musste ein Geräusch gemacht haben, denn unvermittelt sah die Gestalt auf, und Lia fuhr zurück, nur um sofort wieder einen Schritt nach vorne zu machen. »Geoffrey …«

Er sah sie entgeistert an, die Augen weit aufgerissen, dunkle Höhlen in der Schwärze. »Wer … Lady Basilia?«

Sie ging näher und kniete vor ihm nieder. »Was ist passiert?«

Geoffrey rutschte zurück, wischte sich übers Gesicht. »Ihr solltet nicht hier sein.« Er sah sie ungeduldig an, sie spürte es mehr, als dass sie es sah, und Lia wusste, wie erniedrigt er sich nun fühlte, da er von einer Frau beim Weinen erwischt worden war. Es war wahrlich nicht besonders ritterlich, aber das war ihr egal – Ritter waren doch auch nur Menschen.

»Ist es der Feldzug?«

Geoffrey wandte den Blick ab, und Lia verkniff sich ein Seufzen. Sie sollte ihn vermutlich alleine lassen, aber es kam ihr vor, als wisse Geoffrey manchmal am wenigsten, was gut für ihn war.

»Habt Ihr einen Freund verloren?«

Er fuhr zu ihr herum. »Einen Freund?«

»Ich habe gehört, dass viele aus der Nachhut starben.«

»Darunter Euer Gemahl.«

Sie senkte den Blick. »Ja.«

»Der Vater Eures Kindes.«

»Ja.«

»Wie kommt es dann, dass *ich* hier im Heu sitze und nicht Ihr?« Er sah sie schweigend an. »Ihr solltet nicht hier sein«, wiederholte er, zaghafter diesmal, als wäre er nun nicht mehr ganz so unglücklich über ihre Anwesenheit.

»Ich bin es aber, und da ich ohnehin nicht schlafen kann …« Sie ließ sich ins Heu sinken und wartete. Vielleicht wollte er reden. Vielleicht half ihm aber auch schweigsames Beisammensein. Auch ihr tat dieser Ort gerade gut – hier war es sehr viel angenehmer als im einengenden, überhitzten Frauengemach.

»Ihr solltet nicht hier sein, weil ich mich Euch gegenüber unmöglich benommen habe. Ihr solltet mich auslachen für meine Tränen, mir einen Tritt verpassen und gehen.«

Sie zuckte mit den Schultern. »Ich will dich nicht auslachen. Auf den Tritt komme ich vielleicht irgendwann zurück.« Sie grinste ihn an und sah auch seine Zähne im Zwielicht aufleuchten. »Gehen möchte ich auch nicht, dafür ist es hier gerade zu bequem.« Sie atmete tief durch, versuchte nicht an de Quincy zu denken, was ihr die ganze Nacht über schon sehr schwerfiel. »Jeder macht Fehler, ich benehme mich auch oft nicht so, wie ich es von mir selbst erwarte.« Sie sah zu ihm auf. »Wenn du dich bei mir entschuldigen willst, bin ich aber ganz Ohr.« Wenn Geoffrey nach wie vor davon überzeugt war, sie hätte die Gewalt verdient, könnte sie ihn nur schwerlich als Freund sehen.

Geoffrey schwieg lange, dann nickte er. »Ich will Euch nicht anlügen. Ich bin nach wie vor der Meinung, dass de Montmorency über uns beiden steht, und auch, dass Gott diese Welt so geschaffen hat, dass der Mann zu Gott aufsieht und die Frau zum Mann. Es ist das, was die Kirche lehrt, das, was ich kenne.

Ich weiß, unter den Walisern und Iren ist das anders, aber ich bin weder vom einen noch vom anderen Volk.«

»Ich weiß.«

»Aber was de Montmorency getan hat, war falsch. Er hätte Euch nicht angreifen dürfen. Ich hätte es verhindern müssen. Es tut mir sehr leid.«

Worte, die sie mit einer Nacht wie dieser versöhnte. »Danke.« Sie griff nach seiner Hand und drückte sie. Sie wusste nicht wieso, aber sie war zutiefst berührt.

Geoffrey sah sie verblüfft an, dann legte er aber seine andere Hand auf ihre und nickte. Eine Weile saßen sie einfach nur so da, dann hörte sie ihn tief Luft holen. »Ich habe gesehen, wie er starb.«

Ihr Körper spannte sich an. Doch dann nickte sie, bedeutete ihm fortzufahren. »Wir hörten den Aufruhr ganz hinten, den Kampf. Ich habe beim Feldzug viel gesehen, viel gehört, ich … ich habe zum ersten Mal einen Menschen getötet, aber was in diesem Wald geschah …« Ein Schaudern fuhr durch seinen Körper. »Wir versuchten zurückzukommen, ihnen zu helfen.« Seine Stimme wurde erneut brüchig. »Strongbow – ich habe ihn nie zuvor so gesehen. Er trieb sein Pferd durch die Männer, er stieß seine eigenen Leute zur Seite, aber zwischen ihm und der Nachhut standen Hunderte Männer auf diesem schmalen Pfad. Sie konnten ihre Pferde nicht einsetzen, konnten ihre Zahl nicht nutzen, die Iren kamen aus dem Wald, fuhren wie eine Sense durch die Nachhut und waren wieder weg. Sie wussten, dass sie unser gewaltiges Heer nie besiegen könnten, aber sie konnten Strongbow einen Stich versetzen, seinen Sieg überschatten und ihn erniedrigen, allen zeigen, dass er nicht unverwundbar war. Dieser Lärm … bei uns waren Männer, die Verwandte in der Nachhut hatten, die nach ihnen riefen. Als wir es endlich nach hinten schafften, war da nur noch ein Schlachtfeld. Ich erspare Euch die Einzelheiten, aber als wir de Quincy fanden, lebte er noch – wenn auch nur wenige Herzschläge lang. Er starb mit Eurem Namen auf den Lippen, Mylady.«

Lia ließ seine Hand los, als hätte sie sich daran verbrannt. Reglos starrte sie ihn an, während de Quincys Bild vor ihr erschien – wie er blutend im Schlamm lag und ihren Namen sagte. Wieso? Er hatte sie genauso wenig leiden können wie sie ihn. Hatte er ihr vielleicht noch eine Botschaft überbringen lassen wollen? Wieso hatte ihr Vater ihr nichts davon gesagt?

»Es tut mir leid.«

Sie schüttelte den Kopf, um den Schrecken abzuschütteln. »Nein. Mir tut es leid.« Sie war in der Sicherheit der Burg gewesen, während Geoffrey das alles hatte miterleben müssen. »Es muss furchtbar gewesen sein. Ich hoffe nur, dass Ihr es eines Tages vergessen könnt.«

»Nein.« Geoffrey klang ganz nüchtern. »Das werde ich nie. Weder den Mann, den ich getötet habe, noch das Sterben unserer Männer. Aber das gehört dazu, nicht wahr? So geht es doch allen Männern im Krieg.«

Lia senkte den Blick, und sie dachte an Raymond, der im Frankenreich für den König kämpfte. Er war nicht mehr derselbe gewesen nach Baginbun und dem Tod seines Bruders. Wo hörte der Weg in die Dunkelheit auf?

Ferns, Südostirland, März 1173

Der Tag war auf den ersten Blick grau und betrüblich. Dichte Wolken hingen tief am Himmel, aber Lia hatte nicht das Gefühl, von ihnen erdrückt zu werden, eher als wären sie eine tröstende Decke über der Welt. Sie war lieber hier draußen an diesem milden Frühlingstag als drinnen, wo de Montmorency der Garnison einen Vortrag über Effizienz und Disziplin hielt. Seit de Quincys Tod ging die Moral wieder bergab, und ihr Vater tat wie immer nichts, um seinen Onkel zu zügeln. Er schien ihr nicht mehr derselbe seit dem Verlust so vieler seiner Männer und seines Schwiegersohns. Mal war er still und in sich gekehrt, dann wieder voller Rachsucht. Aoife hatte ihr von seinen Plänen erzählt, in ein paar Wochen, wenn der Winter endgültig vorüber war, erneut bei O'Dempsy einzufallen. Ein Kampf, dem sie mit Bangen entgegenblickte, wenn sie daran dachte, wie der letzte geendet war. Was, wenn dieses Mal Aoife zur Witwe wurde? Wenn Lia auch noch ihren Vater verlor?

Mit einem Seufzen schob sie die düsteren Gedanken von sich und genoss lieber den Frieden hier draußen. Sie folgte dem Pfad zwischen dem mannshohen Schilf zum Fluss hinunter, strich mit der Hand hindurch und lauschte dem Rascheln. Niemand wusste, dass sie hier war. Ein Moment zum Aufatmen, fort von der Burg. Das war gar nicht schwer gewesen. Sie hatte behauptet, St. Marys Abbey aufzusuchen, die auf dem Weg lag. Und da die Abtei von den Burgmauern aus einsehbar war, hielten sie alle für sicher.

Nur war sie bei der Abtei nicht abgebogen, sondern dem Pfad weiter gefolgt. Der Fluss lag nicht weit entfernt, und so nahe an eine normannische Burg wagten sich ohnehin keine Feinde. Lia genoss die Ruhe hier draußen und hatte sie schon oft heimlich aufgesucht.

Lauer Wind säuselte durchs Schilf, er war angenehm, strich ihr unter das Haar, das sie wie Aoife geflochten unter einem blickdurchlässigen Häkeltuch trug. Die Winterstürme hatten sie dieses Jahr verschont, und Lia hoffte, dass das Wetter ab jetzt so mild blieb.

Der Weg wurde steiniger, sie trat aufs Kiesbett, blickte aufs graue, friedvoll fließende Band, das nichts aufhalten konnte. Kriege wurden geführt, Menschen starben, Fürsten und Könige kamen und gingen, aber der Fluss bahnte sich weiter seinen Weg, selbst wenn sie alle längst zu Staub zerfallen waren.

Die andere Uferseite war ebenfalls wild bewachsen, dahinter erstreckten sich sanft ansteigende Hügel. Sie starrte aufs wogende Gras, dem der sich zurückziehende Winter nur etwas von der leuchtenden Farbe genommen hatte. Ihre Arme breiteten sich wie von selbst aus, sie stellte sich vor, davongetragen zu werden, als hinter ihr ein Pferd schnaubte.

Sie fuhr herum, ihre Finger streckten sich, bereit, das Messer aus ihrem Beutel zu ziehen, aber sie hielt mitten in der Bewegung inne. Ihr ganzer Körper erstarrte zu Stein. Ihr Mund öffnete sich, aber sie brachte kein Wort heraus.

Raymond sah sie genauso überrascht an. Lia wusste nicht, wie viel Zeit verging, in der sie sich inmitten des Schilfs gegenüberstanden. Der Rappe an seiner Seite senkte gelangweilt den Kopf. Die Wolken zogen über sie hinweg. Ein Rabe krähte.

Er musste direkt von einem Schiff kommen sein, vermutlich war er in Wexford gelandet, das lag nur zwanzig Meilen südlich von hier. Seine Wangen und das kantige Kinn waren glatt rasiert, die goldenen Locken relativ kurz geschnitten. Kein Wunder, er kam aus der Normandie, wo das wilde Aussehen der Iren bestimmt mit gerümpfter Nase quittiert wurde.

»Ich wollte mein Pferd hier tränken, um dem Stallburschen zu ersparen, Eimer zu schleppen.« Seine Stimme strich mit dem Wind über sie, und ein Zittern fuhr über ihren Körper.

»Das ist sehr freundlich von dir.«

Erneutes Schweigen. Lia wusste nicht, was sie sagen sollte. So viel war passiert seit dem Frühling, in dem er fortgegangen war. Was wusste er?

Sie blickte an sich hinab. Ihre Schwangerschaft war schon weit fortgeschritten, aber unter dem dicken Mantel fiel ihr verhältnismäßig kleiner Bauch kaum auf. Die anderen Damen wollten sie den ganzen Tag zum Essen zwingen, damit sie dicker wurde, aber sie nahm einfach nicht zu. Raymond schien ihren Zustand auch nicht zu bemerken. Oh Gott, wenn er es nicht wusste – wie sollte sie ihm diese Neuigkeit beibringen?

»Wie geht es dem König?« Hatte wirklich sie gesprochen? Und dann auch noch über etwas, das sie nicht im Mindesten berührte? Aber sie hielt die Stille nicht aus und wollte noch nicht ansprechen, was wirklich wichtig war.

Raymond sah sie stirnrunzelnd an, strich sich übers Kinn und antwortete: »Es könnte besser sein.«

»Gab es einen Kampf gegen seinen Sohn?« Wie gelang es ihr, dass ihre Stimme so beiläufig, so unberührt klang? War es Aoifes Schule, die nun ihre Wirkung zeigte? Oder die panische Angst davor, ihm eröffnen zu müssen, dass sie verheiratet gewesen war und schon bald ein Kind das Licht der Welt erblicken würde.

Raymond musterte sie, lange, unerträglich lange, aber sie erwiderte seinen Blick, abwartend, ja fast schon ungeduldig, während ihr Herz raste. Es kam ihm wohl verrückt vor, dass sie ihm so unwichtige Fragen stellte, anstatt ihm um den Hals zu fallen, aber zu ihrer Erleichterung antwortete er.

»Nein, es gab keinen Kampf«, sagte er langsam und gedehnt, ohne diesen prüfenden Blick von ihr zu nehmen. »Aber es ist wohl nur eine Frage der Zeit. Henrys Söhne haben sich allesamt gegen ihn verschworen. Nun, fast alle – John ist für dieses lächerliche Treiben ja noch zu jung. Aber Henry, der Jüngere, ist jetzt fast achtzehn Jahre alt, er ist der Thronfolger und ruft zur offenen Rebellion auf. Und seine Mutter unterstützt ihn auch noch dabei, genauso die Prinzen Geoffrey und Richard, der König der Franken, der König der Schotten und unzählige Barone. Der junge Henry ist unzufrieden mit dem wenigen Geld, mit dem er auskommen muss, mit der wenigen Macht, die der König ihm lässt, und er kann Beckets Tod nicht verzeihen – Becket war sein Lehrer, musst du wissen. Geoffrey und Richard geht es nicht anders. Sie sind Erben von großen Reichen, aber ihr Vater lässt sie nicht darüber herrschen. Und Eleanor ... nun, sie hat genug von Henrys Mätresse, die er so offen hofiert, damit Eleanor einer Scheidung zustimmt, und festigt lieber den Stand ihrer Söhne als den ihres Gemahls.«

»Was für eine Familie ...«

Raymond nickte, zog den Kopf des Rappen zu sich herauf und strich ihm durch die Mähne. Die Geste hatte etwas Unruhiges, Nervöses. »Ja, der König versucht im Moment noch, die Lage auf diplomatische Weise zu lösen, aber da er stur ist, wird er den Forderungen seiner Söhne bestimmt nicht nachgeben. Ich werde vermutlich bald zurückmüssen. Ich bin nur hier, um ...« Er ließ den Rappen los und trat einen Schritt auf sie zu. »Ich bin nicht hier, um über Politik und den König zu reden.«

»Weshalb bist du hier?«

Seine Augenbrauen zogen sich zusammen. »Lia, was ist los mit dir? Wieso fragst du das? Du weißt doch ...«

Sie wich seinem Blick aus, ihr wurde schwindlig.

»Lia?«

»Vater wird sehr erfreut sein, dich zu sehen.« Sie versuchte an ihm vorbeizukommen, aber er verstellte ihr den Weg.

»Was ist passiert?« Er beugte sich hinunter, um ihr in die Augen zu sehen, aber sie konnte seinen Blick nicht erwidern, starrte auf den Kies. »Ich weiß, ich war lange fort, aber für mich macht das keinen Unterschied. Jeden Tag hast du meine Gedanken begleitet, und nach all der langen Zeit, die wir bereits warten, hätte ich nicht gedacht, dass du plötzlich deine Meinung änderst. Wir waren schon oft getrennt.« Er hob seine Hand an ihre Wange. »Und jedes Mal, wenn ich dich sehe, triffst du mich von Neuem.« Ein leises zärtliches Lachen vibrierte aus seiner Brust. »Du hast das Kind in dir gänzlich abgelegt, und bei Gott, was für eine Frau du geworden bist.«

Lia schloss die Augen, sie durfte keine Träne freilassen. Wenn er nur wüsste, was ihr die Kindheit genommen hatte. »Ich muss zurück.«

Seine Hände schlossen sich um ihre Schultern, ließen sie nicht weg, und Lia spürte die vertraute Panik, wenn ein Mann sie festhielt. Ihr Atem beschleunigte sich, doch sie zwang sich, die Augen zu schließen, um sich zu beruhigen. Sie wusste, es hatte keinen Sinn, vor der Wahrheit davonzulaufen. Spätestens in der Burg würde er alles erfahren.

Sie öffnete die Augen und sah zu ihm auf, ihre Lippen bebten, als sie die Verwirrung in seinen Augen sah. Wie schnell diese Verwirrung in Entsetzen umschlagen würde. Sie öffnete die Brosche ihres Mantels, löste die Schärpe, die ihn zusammenhielt, und schlug ihn auseinander. »Ich erwarte ein Kind, Raymond.« Sie holte zitternd Atem, konnte nicht glauben, dass sie die Worte einfach so ausgesprochen hatte, und wartete auf seine Reaktion. Aber er erwiderte ihren Blick ausdruckslos, als hätte er sie nicht verstanden.

»Ich bekomme Robert de Quincys Kind.«

»Robert de Quincy?« Seine Hände sanken an seine Seiten,

er trat einen Schritt zurück, ließ seinen Blick über sie wandern. Nie zuvor hatte sie ihn so hilflos gesehen.

Lia schluckte, ihre Augen füllten sich mit Tränen. Sie fühlte sich steinalt, ihr schien ein halbes Leben seit ihrer romantischen Träume mit Raymond vergangen zu sein. »Vater gab mich ihm zur Frau, kurz nach deiner Abreise.«

Seine Augen weiteten sich, aber sie ließ ihn nicht zu Wort kommen, sie musste alles loswerden, ehe sie die Kraft verließ. »Er hatte nie vor zu warten, Raymond. Er wollte seinen Männern ein Zeichen setzen, die wegen deiner Abreise zu desertieren drohten. Sie brauchten einen Preis, einen Ritter, zu dem sie aufsehen konnten, so wie zu dir. Der Preis war ich. Ich konnte es nicht verhindern. Dann gingen sie nach Clanmalier in Offaly, um O'Dempsy zur Unterwerfung zu zwingen. Und de Quincy …« Sie musste Atem holen, so schnell hatte sie die Worte aneinandergereiht. »Er fiel. Robert de Quincy ist tot. Und ich bekomme sein Kind.«

Raymond wankte, es war sonderbar, einen so großen Mann taumeln zu sehen. »Er hat gelogen.« Fassungslosigkeit klang aus seiner Stimme. »Du warst verheiratet … du bist Witwe …« Abrupt richtete er sich auf, straffte die Schultern, sein stechender Blick traf sie wie ein Eisdorn. »Das macht keinen Unterschied.« Seine Stimme trug Entschlossenheit in sich, und Lia verengte die Augen. Einen solchen Gemütsumschwung hatte sie nicht erwartet. »Jetzt besteht ein umso größerer Grund für uns zu heiraten.«

»Wie bitte?!«

»Jetzt kann er nicht mehr ablehnen.« Er wies auf ihren Bauch. »Dein Kind braucht einen Vater, braucht jemanden, der es beschützt, das wird auch Strongbow einsehen. Er hat mich verraten, aber jetzt muss er zustimmen.«

»Aber …« Noch einmal heiraten? Der Gedanke war ihr noch gar nicht gekommen. Sie dachte daran, Raymonds Frau zu werden, so wie sie es sich so lange gewünscht hatte, aber anstatt Hochgefühl zu empfinden wie einst, war da nur Angst. Ihre Gefühle ihm gegenüber hatten sich nicht geändert, das glaubte sie zumindest. Sie spürte immer noch dieses Kribbeln in ihrem Inneren bei seinem Anblick, doch dazu mischte sich ein panisches Ziehen. Wenn sie daran dachte, ihn zu heiraten, wollte sie wegrennen. Heute konnte sie sich ein Leben im Kloster besser vorstellen.

Wie sollte sie je richtig mit Raymond zusammen sein, ihm geben, was er von seiner Frau erwartete, jetzt, da sie wusste, wie es war, wenn ein Mann sie auf diese Weise berührte? Aoifes Worte fielen ihr wieder ein, sie waren im Scherz gesprochen worden, und sie hatten gelacht: »Du willst bestimmt keinen solchen Mann in deiner Hochzeitsnacht. Wenn alles an ihm proportional zu seiner Körpergröße ist …« Aber heute fand sie daran nichts mehr lustig. Die Erinnerung an die Nächte, in denen sie sich gefangen, begraben gefühlt hatte, während ihr Körper zerschunden wurde, waren noch zu lebhaft. Sie wollte das nicht mehr. Nie mehr. Sie wollte frei sein.

»Raymond …«

»Keine Sorge.« Er sah sie so voller Zuversicht an, dass sie einen schmerzhaften Krampf im Bauch verspürte. Aber in seinen Augen funkelte Zorn. Sie wusste, wenn er auf der Burg ankam, würden ihr Vater und er noch viel heftiger aneinandergeraten als vor Raymonds Abreise. Alles geriet außer Kontrolle, gerade als sie angefangen hatte, die Schrecken an de Quincys Seite zu verarbeiten und ein Gefühl von Freiheit zu erlangen. Sie fühlte sich wie ein Schilfrohr im Wind.

»Ich kümmere mich darum.« Er nahm die Zügel seines Rappen und winkte sie zu sich. »Komm, steig auf, ich bringe dich zurück.«

»Ich möchte zu Fuß gehen«, sagte sie leise, in der Hoffnung, erstmal hinter Raymonds großer Gestalt und der seines mächtigen Rappen ungesehen zu bleiben. Sie musste sich in Ruhe Gedanken machen und brauchte die Bewegungsfreiheit, um wieder besser Luft zu bekommen. »Das Gehen tut mir gut.«

Endlich nickte er und bot ihr seine Hand. Basilia zögerte. Da sie ihm jetzt aber nicht erklären konnte, wie sehr seine Rückkehr sie verwirrte, legte sie ihre Hand in seine und ignorierte das Stechen in ihrer Brust, das sie bei dieser Berührung spürte. Früher hatte es für sie nichts Schöneres gegeben, aber jetzt war da de Quincys Schatten – alles, was er ihr, und alles, was sie ihm angetan hatte.

Schweigend gingen sie nebeneinanderher, aber sie fand nicht zur Ruhe, ihre Gedanken führten zu nichts, da war nur ihr rasendes Herz und das Gefühl, in die Ecke gedrängt zu werden.

Die Wachen entdeckten sie von den Palisaden aus, und bis sie das Tor erreicht hatten, kam ihnen schon eine Traube an Menschen entgegen, die sie umringte. Dem Trubel zu entgehen war somit nicht mehr möglich, auch wenn sie weiterhin versuchte, sich hinter Raymond und seinem Pferd zu halten.

Da waren Aoife und Donnell, gefolgt von Cailech und anderen irischen Kriegern. Unzählige Männer der Garnisonsbesatzung eilten herbei und riefen Raymonds Namen, priesen seine Rückkehr. De Montmorency steckte missmutig den Kopf aus der Tür des Turms, wo die Waffen aufbewahrt wurden, hinter ihm kam ihr Vater heraus, und auch Geoffrey und andere Knappen kamen herbeigelaufen, Heldenverehrung und Freude im Blick.

Fragen und Willkommenswünsche prasselten auf Raymond ein, aber anstatt zu antworten, ergriff er unvermittelt ihre Hand.

Schlagartig wurde es still, und auch Lia hielt den Atem an. Raymond warf die Zügel einem Pagen zu und wandte sich an ihren Vater, der sich durch die Menge an Menschen geschoben hatte. Sie glaubte, Raymonds Zorn körperlich zu spüren, er ging wie in Wellen von ihm ab.

»Mylord.« Es war kaum mehr als ein Knurren, und es folgte

keine Verbeugung. Blicke wurden getauscht, während ihr Vater Raymond stoisch entgegensah und näher trat.

»Sir Raymond, Ihr seid zurück. Bringt Ihr Nachricht des Königs?« Strongbow schien kein Interesse daran zu haben, der unweigerlichen Konfrontation auszuweichen. Und mit der förmlichen Anrede machte er deutlich, dass zwischen ihnen keine Freundschaft bestand, dass die gemeinsame Ausbildung und die überstandenen Kämpfe nichts bedeuteten. Als wäre Raymond ein fremder Ritter, der Ritter des Königs.

»Vielleicht sollten wir hineingehen«, meldete Lia sich endlich zu Wort, ihr wurde zunehmend schwindlig. Aber Raymond ignorierte sie, genauso wie ihr Vater.

»Ich bin gekommen, um einzufordern, was mir versprochen wurde.« Raymond hob Lias Hand, und sie hörte ein kollektives Luftschnappen – vermutlich gehörte sie auch dazu. Am liebsten hätte sie ihm ihre Hand entzogen, sie wollte weg hier, sie brauchte Luft und Raum. Die Krämpfe in ihrem Bauch wurden immer schlimmer. Der Blick, den ihr Vater ihr zuwarf, befahl ihr auch genau das. Aber sie war nicht dazu in der Lage. Ihr kam es vor, als zwinge sie dieser nach unten ziehende Druck in ihrem Bauch und Rücken in die Knie.

»Wie könnt Ihr es wagen«, zischte de Montmorency, aber ihr Vater hob unwirsch die Hand, bedeutete ihm zu schweigen.

»Dies hier ist wohl kaum der richtige Ort«, begann er nun plötzlich doch, aber Raymond ließ ihn nicht aussprechen.

»Wieso nicht? Ich hätte schon vor meiner Abreise vor Zeugen sprechen sollen, um zu verhindern, dass Ihr mich derart schändlich hintergeht.«

»Basilia, komm zu mir.« Ihr Vater streckte die Hand nach ihr aus, und Lia setzte sich schlafwandlerisch in Bewegung, aber Raymond verstärkte seinen Griff und zog sie näher an seine Seite. Das Tuscheln wurde lauter, und das enge Gefühl in ihrer Brust verstärkte sich.

»Was Ihr getan habt, lässt sich nicht mehr rückgängig machen, und ich bin bereit zu verzeihen.« Raymond sprach ruhig und kalt, seine Stimme bescherte ihr eine Gänsehaut. Noch mehr als schon zuvor widerstrebte ihr nun der Gedanke, noch einmal zu heiraten, sich noch einmal einem Mann auszuliefern. Sie wusste, Raymond war anders, sie glaubte es zumindest. Er war nicht grausam, aber wenn er so sprach, wenn er sie so hielt, bekam sie trotzdem Angst, spürte wieder die Machtlosigkeit, genauso wie in de Quincys Bett. Schweiß brach ihr aus, Übelkeit ballte sich in ihrem Magen zusammen.

»Trefft jetzt die richtige Entscheidung, Mylord. Gebt Lia einem Mann, der verlässlich an ihrer Seite steht und dem Kind ein Vater, ein Beschützer ist.«

»Und den Männern ihren Kommandanten«, erklang eine Stimme aus der Menge der Krieger, die sich nicht zuordnen ließ. Zustimmendes Geraune erfolgte, und die Gesichtsfarbe ihres Vaters färbte sich zu einem dunklen Rot.

»Ihr habt hier keine Forderungen zu stellen, Sir!«

»Nein. Aber Ihr ebenso wenig, Mylord. Ihr könnt nicht länger meine Treue fordern. Verweigert Ihr mir Basilia erneut, verlasse ich Euch.«

Ein verächtliches Schnauben entfuhr ihrem Vater, und ein Raunen ging durch die Männer.

Lia spürte sich wanken, all die Menschen um sie herum begannen sich im Kreis zu drehen. Ihre Beine gaben nach, der Schmerz in ihrem Unterleib zerbarst. Wie aus dem Nichts sah sie Donnell und Aoife auf sie zulaufen, von irgendwoher kam auch Cailech. Starke Arme umfingen sie, sie wurde hochgehoben, fühlte sich schwerelos. Dumpf nahm sie noch die Stimme ihres Vaters wahr. »Ich schwöre bei Gott, Raymond, wenn ihr etwas passiert, so lastet das auf deinen Schultern.«

Dann legte sich gnädige Dunkelheit über sie.

Lia sah auf das kleine Wesen in ihren Armen hinab und konnte nicht glauben, dass es das Ergebnis solch schrecklicher Momente mit de Quincy war. Dass all die lange Zeit, in der sie gerade noch gedacht hatte, sterben zu müssen, ihr etwas derart Heiliges geschenkt hatte.

»Es war keine einfache Geburt«, hörte sie Tuilelaith in einer Mischung aus Normannisch und Irisch flüstern. Ihr Vater stand am Fuße ihrer Bettstatt, hochaufgerichtet und stolz. Sie konnte ihn nur verschwommen erkennen, Tränen und Schwäche verschleierten ihr die Sicht, ihre Ohren klingelten immer noch von ihren eigenen Schreien, und ihr zerschundener Leib zeigte ihr mit dem nach wie vor andauernden Schmerz, was sie erlitten hatte. Aber es war nicht wichtig, dass sie ihren Vater nicht genauer ausmachen konnte. Nach diesem Martyrium kam er ihr wie ein Engel vor, der ihr Kraft spendete.

Sie hörte Strongbows vertraute Stimme. »Was willst du mir damit sagen? Sie wird doch wieder gesund.« Das war keine Frage, sondern ein Befehl.

»Das liegt in Gottes Hand, Mylord. Sie hat sehr viel Blut verloren, und es besteht die Gefahr, dass sich ein Fieber ihres geschwächten Körpers bemächtigt. Ihr solltet eine Amme suchen, Mylord, und keine Zeit verlieren. Selbst wenn Lady Basilia genest, darf sie ihre Kräfte nicht für das Stillen des Kindes vergeuden. Außerdem ist es ja nur ein Mädchen.«

Lia keuchte auf und drückte ihre kleine Tochter fester an ihre Brust. Eine Welle ungeahnten Drangs, sie zu beschützen, brandete über sie hinweg. Die Kleine war bereits eingeschlafen, auch sie war erschöpft von den Stunden – oder waren es Tage gewesen – der Quälerei, aber Tuilelaith hatte ihr versichert, dass sie groß und kräftig aussah.

»Was soll das bedeuteten, sie ist nur ein Mädchen?«, knurrte ihr Vater und erschien ihr gleich noch mal mehr wie ein Engel.

Lia hatte keinen Gemahl mehr. Raymond war fort, und Aoife war auch nicht hier. Tuilelaith hatte sie schon vor Langem hinausgeschickt, da Lias Zustand sie nur aufregte. Isabels Geburt war eine leichte gewesen, hatte sie gesagt, sie sollte nicht sehen, wie es sein konnte – was Lia nicht besonders beruhigt hatte.

Da war gerade nur ihr Vater, der ihr als starker Anker dienen konnte.

»Einen Jungen an der eigenen Brust zu stillen ist vertretbar, aber …«

»Nein.« Lia hörte sich selbst kaum, sie brachte nur ein Krächzen zustande. Ihr Vater wandte sich ihr aber sofort zu. Sie schluckte und versuchte etwas mehr Kraft in ihre Stimme zu legen. »Keine Amme.«

»Aber …« Tuilelaith holte Luft, ohne Zweifel für einen Wortschwall des Protests, aber Strongbow hob die Hand.

»Ich wäre gerne allein mit meiner Tochter und meiner Enkelin, wenn dies möglich ist und du für Lady Basilia im Moment nichts mehr tun kannst.«

Tuilelaith hob ihren Kopf, sah von einem zum anderen, dann nickte sie, bedeutete der stillen Magd bei der Feuerstelle, das beschmutzte Leinen aufzuheben, und verließ den Raum.

Ihr Vater setzte sich auf die Bettkante. »Ich bin stolz auf dich, Basilia.« Er hob seine Hand und legte sie auf das kleine Köpfchen mit den langen dunklen Haaren.

Lia presste die Lippen aufeinander. Wieso bedeuteten ihr diese Worte so viel? Er hatte sie gegen ihren Willen verheiratet, verhinderte immer noch, dass sie mit dem Mann, für den ihr Herz schlug, ihr restliches Leben verbrachte, und trotzdem war ihre Liebe zu ihm in diesem Moment unerschütterlich. Es war dumm von ihr, aber sie konnte nicht anders, vielleicht auch weil er einfach nicht aus seiner Haut herauskonnte und immer noch dachte, er handele zu ihrem Wohl.

»Weißt du schon, wie sie heißen soll?«

Lia sah auf ihre Tochter hinab, und der Name Elen kam ihr in den Sinn, nach ihrer Mutter. Aber sie musste an de Quincy denken, der wahrscheinlich alles andere als beglückt gewesen wäre über die Geburt eines Mädchens. Doch dank ihm hielt sie dieses kleine Wunder in ihren Armen. Er war einen grausamen Tod für ihren Vater gestorben. Sie musste seiner gedenken. »Weißt du, wie Roberts Mutter hieß?«

Ihr Vater hob den Kopf. »Maud«, sagte er schließlich und lächelte.

Lia küsste ihr schlafendes Kind auf den Scheitel. »Maud de Quincy. Willkommen, mein Herz.«

Lia war immer noch schwach auf den Beinen, selbst als das Wochenbett längst vorüber war. Das Fieber hatte sie all ihre Kräfte gekostet, und sie war nur knapp mit dem Leben davongekommen. Der tägliche Besuch des Priesters, der ihr die Beichte abgenommen hatte, war nicht sehr aufbauend gewesen. Aber Tuilelaith, die eine Zeitlang Nonne in St. Marys Abbey in Dublin gewesen war, ehe sie sich für ein einsames Leben in ihrer Hütte am Fluss entschieden hatte, war unerbittlich gewesen. Sie hatte auf dem Priester bestanden und war sich ihres Todes sicher gewesen. Sogar Lia war zwischenzeitlich beinahe der Versuchung erlegen, die Augen zuzumachen, ihrer Müdigkeit nachzugeben und zu gehen. Aber da war immer noch Maud, und jeder ihrer Laute, jede ihrer Berührungen mit ihrer kleinen Hand hatte sie zurückgeholt. Und jetzt konnte sie sogar schon aufstehen und sich ein wenig die Beine vertreten. Jetzt war sie aus dem Nebel gedrungen und wusste auch, weshalb Raymond abgereist war, ohne sich zu verabschieden, ohne Erklärung. Sie hatte die Damen reden gehört, dass Strongbow ihn weggeschickt und jeden Protest mit der Drohung von Konsequenzen für die Geraldines erstickt hatte. Bedachte man, dass Raymonds Familie in Irland weitreichende Ländereien für ihren Vater hielt und nirgends anders mehr hinkonnte, verstand Lia, dass Raymond nicht hatte bleiben können. Sie fragte sich, ob sie ihn je wiedersehen würde, ob er aufgab oder weiterkämpfte, so wie er es gesagt hatte. Und sie fragte sich, auf was sie hoffte.

Es zog sie nach draußen, um den Duft nach Frühling einzuatmen, um Gutes und Schönes zu finden. Sie trug Maud in einem Tuch an ihrem Körper und genoss es, ihre Wärme zu spüren. Das Stillen hatte ihr nicht geschadet, im Gegenteil. Lia glaubte, dass gerade diese Nähe sie am Leben gehalten hatte, und es fiel ihr schwer, Maud auch nur für kurze Momente jemand anderem in die Hände zu geben, worüber sich die anderen Damen schon lustig machten. Es gab momentan kein so kleines Kind im Frauengemach, Isabel war fast ein Jahr alt und krabbelte allen so schnell davon, dass man sie keinen Wimpernschlag lang aus den Augen lassen konnte. Ein Neugeborenes war für alle wieder etwas Aufregendes. Zum Glück waren mit der Ankunft eines weiteren Mädchens die Stimmen verstummt, die sagten, dass Aoife es verabsäumt hatte, einen Erben zu bekommen. Auch Aoifes neuerliche Schwangerschaft half, um böse Zungen zum Verstummen zu bringen, und Lia freute sich darauf, dass Isabel und Maud noch Verstärkung bekamen.

Mit einem Lächeln auf den Lippen schritt sie durch das offenstehende Tor und ließ ihren Blick über das weite Land schweifen, tief einatmend.

»Madame.« Ein Schatten fiel auf sie, aber Lia musste nicht aufsehen, um zu wissen, dass Cailech ihr gefolgt war. »Ich gehe nicht weit weg«, beruhigte sie ihn, wissend, dass er gekommen war, um auf sie aufzupassen.

Geoffrey FitzRobert war in dieser Angelegenheit sehr viel nachlässiger geworden, vor allem, da er drauf und dran war, selbst ein Ritter zu werden, immer öfter mit den Bloet-Brüdern oder anderen Rittern auf Patrouillen ging und kaum noch Zeit für sie hatte. »Ihr seid noch schwach, Madame«, erklärte Cailech, in einem Ton, der keine Widerrede duldete. »Und außerdem zu wertvoll, um hier draußen allein herumzulaufen.

Lia sah ihn ungeduldig an. »Hat mein Vater Euch und den anderen Männern vor seiner Abreise etwa eine Rede gehalten? Seit meinem Fieber sind alle so schrecklich überbesorgt.«

»Nein, Euer Vater hat nichts gesagt.« Cailech warf einen Blick auf Maud hinab, die an ihrer Faust nuckelte und aufmerksam die vorüberziehenden Wolken betrachtete. Er blieb stehen, sein Rabenhaar wehte im Wind um sein Gesicht, seinen mächtigen Bart hatte er zu einem Zopf geflochten. Gütige Augen sahen sie unter buschigen Brauen hervor an. »Die anderen Männer, nicht nur die Iren, wissen, wer de Quincy auf unsere Seite führte, wem wir ein erträgliches Dasein unter de Montmorency verdanken. Sie wissen, dass Ihr gegen de Montmorency kämpft. Und dass sie nicht längst zum Feind übergelaufen sind, liegt an ihrer Treue Euch und Lady Aoife gegenüber. Deshalb haben wir alle ein Auge auf Euch.«

Lia öffnete den Mund, sie wusste gar nicht, was sie sagen sollte, aber sie musste wohl völlig verdattert aussehen, denn Cailech lächelte, was selten war. »Euer Vater ist streng, unnahbar, hat aber schon oft bewiesen, dass seine Seite die siegreiche ist und man ihm besser folgt. Er hat den Respekt der Männer, aber nicht ihre Liebe, so wie Raymond le Gros sie besaß. So wie Lady Aoife und Ihr sie besitzt.«

Cailech sah stolz und stark und voller Ernst auf sie hinab, Lia biss sich auf die Unterlippe, ein sonderbarer Druck baute sich in ihrer Brust auf. Gleichzeitig war es ihr, als lichtete sich ein undurchdringbarer Nebel. Wie blind sie die ganze Zeit über gewesen war! Jede ihrer Handlungen war davon motiviert gewesen, ihrem Vater im Hintergrund zu helfen, ihn und somit auch Aoife und die Kinder vor Schaden zu bewahren. Aber nun sah sie, dass sie nicht nur ihnen gegenüber Verantwortung trug, sondern auch all den Männern, die für ihn kämpften und bluteten. Es ging nicht darum, dass die Krieger ihren Vater nicht im Stich ließen und ihn so in Gefahr brachten. Vielmehr war es Lias Pflicht, dafür zu sorgen, dass es jedem Einzelnen von ihnen so gut wie möglich ging. Sie waren ihrem Vater hierher gefolgt, und sie verdienten es nicht, von de Montmorency dafür wie Dreck behandelt zu werden. Sie sahen sie nicht einfach nur als Frau, sondern als jemand, der etwas ausrichten konnte. Und sie durfte dieses Vertrauen nicht enttäuschen.

Sie dachte an Aoife, die ins Bett gefesselt war, da sie in den letzten Tagen leicht geblutet und Tuilelaith ihr Ruhe angeordnet hatte. Alle Hoffnungen lagen auf dieser erneuten Schwangerschaft, und die Sorge und Angst um das Kind war für alle ein ständiger Begleiter. Lia wusste, wie wichtig es für Aoife, für Strongbow, für ihrer aller Zukunft in Irland war. »Lady Aoife sorgt sich um Euer Wohl, sie will das Beste für alle ihres Volkes, aber im Moment muss sie darauf achten, was das Beste für sie selbst ist. Also kommt zu mir, sollte es irgendwelche Unstimmigkeiten bei den Männern geben.«

Cailech sah sie ernst an und wies auf Maud, etwas Zärtliches trat in seine Augen, wie immer, wenn er ihren kleinen Goldschatz betrachtete. »Auch Ihr solltet Euch schonen und Euch nicht mit den niederen Belangen der einfachen Männer belasten. Aber ich weiß, dass Ihr es trotzdem tun werdet, und dafür habt Ihr nicht nur meinen Respekt, sondern auch meine Ehrerbietung.«

»Ich danke Euch, Cailech, und ich bete dafür, mich Eures Vertrauens und das der Männer würdig zu erweisen. Jetzt, da mein Vater de Montmorency als den Nachfolger meines verstorbenen Gemahls ernannt hat, müssen wir zusammenhalten, um ihn unter Kontrolle zu halten. Als Constable und Kommandant hat Sir Hervey Macht über uns alle, was böse enden kann.«

»Das ist mir leider sehr bewusst, Madame. Aber wir sehen,

dass Euer Vater ihm vertraut und ihn stets höher hinaufhebt. Wir glauben an die Fähigkeiten Strongbows auf dem Schlachtfeld, als Befehlshaber. Aber nicht, was seine Blindheit seinem Onkel gegenüber betrifft.«

»Ich weiß, und ich würde alles dafür tun …« Sie verstummte, als unvermittelt eine Gruppe Reiter am Horizont erschien. Cailech sah ebenfalls in die entsprechende Richtung, und dann hörte sie auch schon einen der irischen Krieger oben auf den Palisaden.

»Cailech, bring Lady Basilia hinein.« Im nächsten Augenblick erklang ein Hornstoß, und Maud fing an, bitterlich zu weinen.

Lia hob sie an ihr Gesicht, hielt sie nah bei sich und blickte weiterhin zu den fremden Reitern. Sie trugen ein Banner, und den Pferden und Rüstungen nach zu schließen waren es keine Iren.

»Männer des Königs.« Sie brachte nur ein Flüstern zustande. Das rote Wappen mit dem goldenen Löwen ließ Schauder des Schreckens über sie hinwegbranden. Der König stellte für sie immer noch eine ständige Bedrohung dar, sie konnte nicht vergessen, dass er ihrem Vater gegenüber nicht wohlgesinnt war, und auch nicht, was er ihm bereits alles genommen hatte. Was führte seine Männer diesmal hierher? Suchten sie nach Raymond? Sollte er zurückgehen, um für den König zu kämpfen? Da konnten sie in Irland lange suchen, Raymond war fort.

»Kommt, Madame.« Cailech ergriff sanft ihren Arm und führte sie zurück durchs Torhaus in den Hof. Hier eilte bereits de Montmorency die Außentreppe des Turms herunter, um zu sehen, wer sie in Ferns besuchte. Ihr Vater war in der benachbarten Provinz Ossory, über die Donnell Mac Gillapatrick herrschte. Den irischen Fürsten verband eine enge Freundschaft mit Maurice de Prendergast, weshalb er ihrem Vater auch gehuldigt hatte. Gänzlich ablegen konnte Strongbow sein misstrauisches Wesen aber nicht, und so gehörte zur Bedingung für ein friedliches nachbarschaftliches Verhältnis auch, dass er eine Burg im Fürstentum Ossory errichten durfte und sie mit seinen eigenen Männern besetzte. Ein Bollwerk der Macht, das die Treue garantierte. Und genau für diese Burg, die er beim Hauptsitz des Fürsten in Kilkenny errichten ließ, war er nun unterwegs. Er wollte die Bauarbeiten beaufsichtigen und zeitgleich die Clanführer mit Geschenken auf seiner Seite halten.

De Montmorency war ein schlechter Ersatz für ihn, und bei seinem Anblick verspürte Lia sofort wieder die Schwäche in ihren Gliedern, die sie nicht gänzlich loszuwerden vermochte. Noch nicht einmal die Fleischbrühe, die Aoife ihr nach der Geburt heimlich über Wochen hatte bringen lassen, konnte sie zu alten Kräften führen. Eigentlich waren derartige Speisen während der Fastenzeit verboten, sogar die Köchin hatte sich geweigert, sie zuzubereiten. Aber Aoife hatte sie bestochen, und als Strongbow davon erfahren hatte, war er es gewesen, der der Köchin die weitere Zubereitung befohlen hatte – nun auch für seine Gemahlin, die ebenfalls ihre Kräfte sammeln musste.

Lia brauchte Zeit, um wieder zu Kräften zu kommen, aber genau die hatte sie nicht, wenn sie sich die düsteren Mienen der Neuankömmlinge ansah, die durchs Tor ritten, als kämen sie auf ihre eigene Burg.

Einer der Männer kam ihr bekannt vor. Er war vornehm gekleidet mit seinem seidenen Bliaut, dem Umhang mit Fellkragen und der mit Edelsteinen besetzten Schwertscheide. Er wirkte neben den Silberbärten an seiner Seite aber noch sehr jung. Sie wusste nicht mehr, wo sie ihn schon einmal gesehen hatte. Vermutlich war sie ihm im Gefolge des Königs begegnet.

»Mylord Dapifer, willkommen in Ferns.« De Montmorency verneigte sich mit ausgebreiteten Armen. »Was verschafft uns diese Ehre?«

Dapifer – das war eins der höchsten Ämter bei Hofe, das des

königlichen Haushaltsvorstehers. Nun fiel ihr auch wieder der dazugehörige Name ein: William FitzAudelin.

»Wo ist der Earl of Striguil?«, wollte der Dapifer ohne Umschweife wissen.

»Mylord Striguil ist nicht hier, bedaure. Er ist eine halbe Tagesreise entfernt in Kilkenny. Wie kann *ich* Euch helfen?«

FitzAudelin schwang sich aus dem Sattel und warf die Zügel einem herbeigeeilten Pagen zu. »Schickt einen Mann zu Strongbow, holt ihn her, versorgt meine Pferde, und bringt meinen Männern und mir Speis und Trank, es liegt eine lange Reise hinter uns.«

De Montmorency stieg die Zornesröte auf ob der selbstverständlichen Befehle, aber ehe er zu Wort kommen konnte, eilte Lia nach vorne. Maud hatte sich zu ihrer Erleichterung wieder beruhigt, und ihr fielen die Augen zu.

»Mylord, willkommen in Ferns«, begrüßte auch sie den Hofbeamten des Königs. Sie knickste so anmutig wie möglich mit ihrer lieblichen Last auf den Armen, das Zittern ihrer Beine ignorierend. »Bitte verzeiht, die Herrin des Hauses, Lady Aoife, ist leider unpässlich, aber ich hoffe, Ihr nehmt mit mir vorlieb. Ich bin Lord Striguils Tochter, Basilia de Clare.«

FitzAudelin ließ seinen dunklen Blick über sie wandern, seine Miene in dem kantigen Gesicht zeigte keine Gefühlsregung. Er war nicht sonderlich hochgewachsen und überragte sie gerade mal um eine Handbreite, sein Körper wirkte dafür umso kräftiger. »Lady Basilia. Ja, ich erinnere mich an Euch. Ihr ward beim Bogenschützenwettbewerb des Königs. Solch ein schönes Antlitz gibt es wohl kein zweites Mal.«

Die nonchalant gesprochenen Worte ließen nun sie erröten. Schnell sagte sie, um ihre Verlegenheit zu überspielen: »Oh, Ihr solltet meine Zwillingsschwester sehen, Mylord, Alina de Clare.«

FitzAudelin lachte auf, und auch die anderen fielen in das

Lachen ein. »Umso besser.« Er sah sich im Hof um, als suchte er nach besagter Zwillingsschwester, aber Lia schüttelte bedauernd den Kopf.

»Alina lebt noch in Wales, Mylord, mein Vater will sie bald nachholen.«

Er nickte und blickte auf Maud hinab. »Ich sehe, Ihr seid bereits verheiratet, Madame.«

Lia verstärkte ihren Griff um ihr dick eingepacktes Kind. »Ja, Mylord, das ist meine Tochter, Maud de Quincy. Leider durfte sie ihren Vater nie kennenlernen, er fiel im Kampf gegen O'Dempsy aus Offaly vor fast einem Jahr.«

»Das tut mir leid zu hören. Robert de Quincy war ein guter Mann, ich verbrachte bei meinem letzten Aufenthalt in Irland Zeit mit ihm.«

Lia wies zur Halle hoch, ihr verstorbener Gemahl war das Letzte, worüber sie jetzt sprechen wollte. »Wenn Ihr mich begleiten möchtet …«

»Mylord.« Unvermittelt war de Montmorency zurück und stellte sich ihnen in den Weg. »Kommt, ich habe veranlasst, dass Ihr in der Halle zu trinken bekommt.« Er winkte FitzAudelin weiter, offensichtlich entschlossen, ihr die Aufgabe als Gastgeberin abzunehmen und sich selbst in den Mittelpunkt zu stellen.

FitzAudelin aber sah den Constable streng an. »Lieber wäre mir gewesen, wenn Ihr veranlasst hättet, dass jemand zu Strongbow reitet, um ihn herzuholen. Wir müssen noch nach Dublin zu Hugh de Lacy. Wir hörten, er hatte einige Schwierigkeiten dabei, sein vom König verliehenes Land zu sichern.«

Lia horchte auf. Die Männer des Königs waren also nicht nur ihres Vaters wegen hier, sondern auch, um den Mann zu besuchen, den der König als Gegenmacht zu Strongbow in Irland eingesetzt hatte.

»Ein paar kleinere Scharmützel«, winkte de Montmorency

ab. »Hugh de Lacy hat alles unter Kontrolle und längst Verbündete unter den Iren.«

Lia runzelte die Stirn, sie hatte von de Lacys Problemen im Norden gehört. FitzAudelin entging ihre Miene nicht, er sah sie neugierig an, dann hob er auffordernd die Hand. »Madame? Mir scheint, Ihr seid anderer Ansicht. Was habt Ihr von Hugh de Lacys Abenteuern vernommen?«

»Ich?« Sie spürte de Montmorencys durchdringenden Blick, er sah aus, als würde er ihr am liebsten den Mund zuhalten, doch seit der Unterhaltung mit Cailech hatte sie nicht länger das Gefühl, sich verstecken oder scheu zu Boden blicken zu müssen. »Nun, ich will mir nicht anmaßen, irgendetwas von Männerangelegenheiten zu verstehen. Ich hörte nur von der unerfreulichen Sache mit Tiernan O'Rourke, Mylord, den sie den Einäugigen nennen – oder eher nannten.«

FitzAudelin warf ihr einen fragenden Blick zu.

»Tiernan O'Rourke war ein enger Verbündeter des Hochkönigs, Mylord. Als König Henry Hugh de Lacy das Land Meath gab – ein Land, das O'Rourke und der Hochkönig sich teilten, waren die beiden wenig erfreut. Es kam zu einem berühmt-berüchtigten Treffen. Einer von O'Rourkes eigenen Clanmännern schlug sich auf die Seite de Lacys, verriet seinen Herrn, und de Lacy richtete den Fürsten kurzerhand hin und hängte seinen Kopf über die Mauern Dublins auf. Ein großer Sieg, könnte man meinen, doch er währte nicht lange. Letzten Endes fiel de Lacys neuer Verbündeter wiederum durch die Hand von Clanmännern, die treu zu O'Rourke standen. Sie schlugen ihm eine Hand ab, schickten sie dem Hochkönig, der sie für alle sichtbar auf die Wand seiner Halle nageln ließ, als Warnung. Ich verstehe natürlich nichts Genaues von Politik, aber vielleicht wäre es klüger gewesen, eine diplomatische Lösung für Meath zu finden, anstatt den Gegner während eines Waffenstillstands bei Verhandlungen zu verraten und hinzurichten. Denn nun betrachtet der Hochkönig uns alle, auch seine Hoheit, König Henry, als Feind. Der Zorn bei den Iren ist groß. Und es heißt, der Hochkönig bereitet bereits einen Feldzug gegen seine Hoheit vor.« Sie zog Maud näher an sich heran und wiegte sie beruhigend.

Ausdruckslose Gesichter starrten sie an. Vielleicht hatte sie zu offen über abgeschlagene Köpfe und angenagelte Hände gesprochen – für eine Frau. Vielleicht kannte sie zu viele Einzelheiten – für eine Frau.

»Wollt Ihr damit sagen, Hugh de Lacy hat mit seiner Tat den Frieden des Königs gefährdet? Seine Ländereien in Irland?«

Lia zuckte mit den Schultern: »Oh, ein solches Urteil würde ich mir nie erlauben, Mylord.«

Wie erwartet sah de Montmorency aus, als wollte er sie vom Hof schleifen lassen. Und das bestimmt nicht nur, weil sie sich erlaubt hatte, so lange das Wort zu führen. De Lacy war von reinstem normannischem Blut, was für ihn eines der höchsten Güter war, anders als bei den Geraldines, in deren Adern walisisches Königsblut floss. Er wollte ihn nicht verunglimpft sehen – einen Normannen durch und durch, einen engen Gefolgsmann des Königs. Dabei übersah er nur, wie sehr de Lacys Anwesenheit in Irland Strongbows Autorität untergrub und dass de Lacy Dublin bekommen hatte, das Raymond und Strongbow mit ihrem Blut und Schweiß erobert hatten.

»Ich denke, Mylord Dapifer hat genug gehört«, knurrte de Montmorency, seine Hände an den Seiten zu Fäusten geballt. »Wir wollen ihn nicht weiter aufhalten.«

»Der Einzige, der mich aufhält, seid Ihr, Mylord de Montmorency, denn ich sehe immer noch nicht, dass ein Bote zu Strongbow unterwegs ist.«

Lia ergriff erneut das Wort. »Es ist ein weiter Weg nach Kilkenny, Mylord. Mein Vater trifft bestimmt erst morgen hier ein. Bis dahin erlaubt mir, Euch und Euren Männern unsere

Gastfreundschaft anzubieten. Erfrischt Euch in der Halle, in der Zwischenzeit lasse ich ein Bad für Euch füllen und ein ausgiebiges Mahl bereiten.«

FitzAudelin sah sie an, ein kaum sichtbares Lächeln ließ seine Züge sanfter wirken. »Ich danke Euch für Eure Freundlichkeit, Madame, und nehme gerne an.«

Lia wandte sich de Montmorency zu. »Vielleicht solltet Ihr Euch nun um diesen Boten kümmern«, flüsterte sie mit einem Zwinkern, dann folgte sie den Herren, winkte aber gleichzeitig eine Magd zu sich, die ob des Besuchs bereits diensteifrig auf Anweisungen wartete.

»Madame.« Die junge Frau flüsterte und ging leichtfüßig an ihrer Seite die Außentreppe hoch. Sie hieß Ethil, wie Lia wusste, und war sächsischen Ursprungs. Ihre Eltern waren als Leibeigene von England nach Irland verkauft worden, Ethil war als *daerfuidhir* geboren, als Fremde, wie die Iren sagten – ohne Freiheit, ohne Rechte, Eigentum. Aber zu Lias Erleichterung hatte sich dieser Brauch in Ferns nicht durchgesetzt. Sie hatte ihren Vater überzeugen können, Mägde zu entlohnen und die irischen Sitten in diesem Fall nicht anzunehmen – was er schon im Hinblick auf Lias Mutter sofort getan hatte. Und nachdem das irische Kirchenkonsil erklärt hatte, dass der Einfall der Normannen in ihr Land eine Strafe Gottes für den Handel mit Menschen war, nahm dieses abscheuliche Geschäft zum Glück noch weiter ab. Verboten worden war es auf englischer Seite schon vor langer Zeit, noch vom Großvater des Königs, dem verstorbenen Henry I., aber im Verborgenen hatte Dublin als der größte Menschenhandelsmarkt dieser Inseln und des benachbarten Festlandes floriert. Nun aber gehörte Dublin nicht mehr den Ostmännern, den einstigen Wikingern, sondern dem König von England, und Lia hoffte daher, dass der Verkauf von Leben endlich aufhörte.

»Ethil, räume bitte das Gemach des Constables«, sprach sie ebenso leise, damit weder die Neuankömmlinge noch de Montmorency, der ihr hinterherging, etwas vom Gesprochenen hörte. »Hol dir Hilfe von Svea und Godiva, sie müssten in der Küche sein und bei der Butter helfen. Richtet die Schlafstätte für den Dapifer des Königs in de Montmorencys Gemach.« Ethil sah sie überrascht, fast schon erschrocken an, aber Basilia fuhr fort: »Im Gästegemach können die restlichen Besucher unterkommen. Das Kohlebecken sollte bereits erhitzt sein, de Montmorency mag es gerne warm. Streut ein paar frische Binsen aus, füllt den Badezuber und bringt einen Krug Bier hoch – auch für seine Männer, bei ihnen sollten Schalen mit Wasser zum Waschen aber genügen. Es sei denn, sie verlangen ausdrücklich nach einem Bad. Gib vorher noch in der Küche Bescheid. Sie sollen den Laucheintopf aufwärmen, viel Brot bringen, ein paar Winteräpfel suchen, die noch ganz ansehnlich aussehen und … was haben wir noch?« Fieberhaft ging sie die Vorräte durch, die mit dem Ende des Winters zur Neige gingen und wegen der Fastenzeit auch wenig Auswahl boten. »Bring ein paar Nüsse, und für den Abend sollen sie den Lachs zubereiten und die Aale, die heute Morgen gekommen sind. Auch ein paar Krabben sollten sich finden lassen. Alles, was uns nahe an ein Festmahl bringt.« Sie reichte Maud an Ethil, auch wenn es ihr nicht leichtfiel. Ohne ihre Tochter in den Armen fröstelte sie sogleich, aber sie wusste, Maud würde von allen behandelt werden, als wäre sie ein wertvoller Schatz. Schließlich war sie Strongbows Enkelkind. »Sei so gut, und bring Maud ins Frauengemach, ich komme nach, sobald ich kann.«

Maud hatte getrunken, kurz bevor Lia mit ihr hinausgegangen war, sie sollte noch eine Weile friedlich schlafen, und die Frauen zankten sich bestimmt darum, wer auf sie achtgeben durfte. »Madame.« Ethil hielt Maud nahe an ihrer Brust und verzichtete auf einen Knicks, ehe sie der Treppe weiter hinauf zu den Gemächern folgte. Lia hingegen fand sich mit den Männern im Vorraum wieder, die ihre Waffen an einen der irischen

Krieger abgaben, nicht ohne den bärtigen Mann misstrauisch zu mustern.

Lia zog die Vorhänge zur Seite und wies einladend in die durch Bogenfenster lichtdurchflutete, zugige Halle, als de Montmorencys Hand sich um ihren Arm schloss, derart heftig, dass ein Ruck durch ihren ganzen Körper ging. »Ein Festmahl?«, knurrte er nah an ihrem Ohr. »In der Karwoche? Bist du von Sinnen, Weib?«

Lia versuchte ihren Arm an sich zu ziehen, aber das hätte sie wohl auch nicht geschafft, wäre ihr Körper vom Fieber nicht derart ausgezehrt. »Es steht Euch frei zu fasten«, flüsterte sie und wollte weiter, aber de Montmorency ließ nicht los. »Und mein Gemach?«

»Eine Nacht werdet Ihr in der Halle überleben, oder wollt Ihr den Dapifer des Königs zum Gesinde legen?« Sie sah ihm unschuldig in die Augen. »Oder gar zu den Frauen?«

»Nicht du hast zu entschieden, wie mit Gästen verfahren wird, ich bin der Constable und du nur …«

»Und wenn es gilt, die Burg zu verteidigen, unsere Mittel zu verwalten und Recht zu sprechen, rufe ich Euch gerne, aber bis dahin lasst mich meine Pflicht tun.« Sie setzte sich in Bewegung, und da sich in diesem Moment FitzAudelin zu ihnen umdrehte, blieb de Montmorency nichts anderes übrig, als sie gehen zu lassen.

Lia wies ihn an die hohe Tafel auf dem Podest, wo bereits einer der Pagen Bier, Äpfel und Nüsse abstellte. FitzAudelin ließ den Platz des Hausherrn frei und nahm den Stuhl daneben, während sich seine Begleiter auf den Bänken der längsseitigen Tafeln niederließen.

»Darf ich fragen, was Euch hierherführt, oder ist es ein Geheimnis?«, fragte Lia offen. FitzAudelin war ihr sympathisch, sie hatte nicht das Gefühl, ihm etwas vorspielen zu müssen. Eine seltene Erfahrung bei einem Mann.

Der Dapifer schob ihr einen Stuhl zurück, wies einladend darauf und schenkte ihr Bier ein, ehe der Page dazu kam. »Oh, fragen dürft Ihr, Madame.« Er zwinkerte ihr zu und nahm Platz, den eifrigen Jungen davonwinkend.

Lia bemerkte de Montmorency, der unschlüssig bei den unteren Plätzen stand und sie mit Blicken traktierte.

»Ein schrecklicher Mensch«, knurrte FitzAudelin, nahm eine Nuss und warf sie ohne Gefühlsregung vom Podest, mitten gegen de Montmorencys Brust. Lia hätte beinahe den Schluck Bier ausgespuckt, den sie gerade genommen hatte.

FitzAudelin lehnte sich zu ihr und raunte. »Schon als er zum König kam, um für Strongbow zu sprechen, war mir jedes Wort aus seinem Mund zuwider. Das hat sich seither nicht gebessert. Sagt mir, Lady Basilia, was muss man tun, um ihn verstummen zu lassen – seine Honigzunge rauszuschneiden halte ich für etwas zu radikal.«

Lia biss sich auf die Unterlippe, um nicht zu lachen. »Mylord, ich werde kein böses Wort über den Onkel meines Vaters verlieren.«

»Ah, aber Ihr wollt es, nicht wahr?« Er grinste spitzbübisch, und Lia trank schnell noch einen Schluck vom Bier. Sie konnte gar nicht glauben, de Montmorency so schwach und klein zu sehen. Fast tat er ihr leid, so hilflos, wie er dastand und mit Nüssen beworfen wurde. Sie wusste, wenn FitzAudelin fort war, würde sie ihr Verhalten büßen, de Montmorency dachte sich vermutlich bereits eine Strafe aus.

»Mylord!« De Montmorency stemmte die Hände in die Seiten, es fehlte nur noch, dass er mit dem Fuß aufstampfte, um ihn wie ein Kind aussehen zu lassen. »Vielleicht wäre es für Euch angenehmer, wenn Lady Basilia wieder zu ihrem Balg …«, er räusperte sich, »zu ihrer Tochter geht, und wir Männer unterhalten uns inzwischen über das Wichtige.«

FitzAudelin lehnte sich in seinem Stuhl zurück, warf Lia einen Blick zu und sah dann zu de Montmorency hinab. »Wie könnte dies angenehmer für mich sein, Constable. Wo Lady Basilia doch so viel hübscher anzusehen ist als Ihr.« Er breitete die Arme aus. »Es gibt ohnehin nichts zu bereden, ehe der Earl nicht eingetroffen ist. Also lasst Euch von mir und meinen Getreuen nicht von Euren Aufgaben abhalten, wir werden hier bereits bestens versorgt.«

De Montmorency fixierte seinen Gast und Lia noch für einen Augenblick, dann drehte er sich abrupt um und verließ die Halle.

FitzAudelin lachte leise in sich hinein.

»Das war beinahe ein wenig grausam. Eure Abneigung gegen den Constable scheint tief zu gehen, Mylord. Was mag er Euch getan haben?«, fragte Lia stirnrunzelnd.

FitzAudelin zuckte mit den Schultern, zog sein Speisemesser, spießte einen Apfel auf und biss ab. »Meine Abneigung gilt ihm gar nicht so sehr persönlich. Eher allgemein Männern wie ihm. Ich bin ihnen schon allzu oft begegnet, in aller Herren Länder.«

»Männern wie ihm?«, fragte sie und ließ ihren Blick zu seinen Begleitern schweifen, die älter als FitzAudelin waren. Vermutlich Ritter, die in seinem Dienst standen oder in dem des Königs, eventuell sogar kleine Lords. Aber dass FitzAudelin es nicht für nötig gehalten hatte, sie vorzustellen, sprach gegen Landhalter.

»Männer, die mit einem guten Namen geboren wurden und sich ihr ganzes Leben auf diesem Namen ausgeruht haben, ohne je selbst etwas zu leisten.« Er deutete zu Strongbows Wappen, das die Wandseite über der Feuerstelle zierte. »Euren Vater nehme ich davon aus, Madame, er hat den guten Namen, aber musste stets um den Erhalt kämpfen, er ruhte sich nie darauf aus. Anders als sein Onkel und viele andere auch.«

»Ich nehme an, auch Ihr musstet für Eure Position kämpfen.«

Er warf ihr ein Lächeln zu. »Mit Händen und Füßen.«

»Wird mein Vater weiter kämpfen müssen?«

FitzAudelin machte eine vage Geste durch die Halle. »In Anbetracht dessen, was für ein kriegerisches Land Irland ist, wage ich diese Frage mit einem klaren Ja zu beantworten.«

»Ich spreche nicht von Irland.«

Er sah sie an, einen langen Moment direkt in die Augen, und schien überrascht über das, was er in ihren sah. »Seine Hoheit der König ruft den Earl zu sich, genauso Hugh de Lacy. Er braucht die beiden und ihre Männer, um für ihn in den Kampf zu ziehen. Die Angelegenheiten um seine Söhne nehmen hässliche Züge an.«

Lia versuchte ihre gleichgültige Miene aufrechterhalten. Sie griff nach einer Nuss und kaute darauf herum, während ihre Gedanken rasten.

Das konnte der König nicht tun. Wenn er die beiden größten normannischen Machthaber in diesem Land zu sich rief, gäbe es niemanden mehr, der die Iren davon abhielt, hier einzufallen und sich zurückzuholen, was sie als ihres betrachteten, ungeachtet dessen, dass ihre Herrin die Tochter des letzten Fürsten dieses Landes war. Gerade diesen Fürsten hatten sie ja mehrmals verbannt, sie standen alles andere als treu zu dieser Familie.

»Madame, Ihr habt Bedenken, was den Befehl des Königs angeht?«

Lia wandte sich dem Dapifer mit einem Lächeln zu, ihr war klar, dass sie, was dies anging, nicht ganz offen sprechen durfte. »Es scheint mir nur, dass Irland recht leer sein wird, wenn Ihr alle fort seid. Und ich frage mich, was der Hochkönig und die anderen Fürsten dazu sagen werden.«

FitzAudelin sah sie lange an, ihre Worte schienen ihre Wirkung nicht verfehlt zu haben. Schließlich nickte er. »In der Tat. Irland wäre recht leer.«

Ferns, Südostirland, September 1173

Lia hielt sich nur schwer davon ab, mit den Fingern auf die hohe Tafel zu trommeln, während Aoife oben ihr Kind zur Welt brachte. Sie konnte sich nicht daran erinnern, bei Isabels Geburt so nervös gewesen zu sein, aber da hatte sie auch noch nicht gewusst, mit welchen Gefahren eine Geburt verbunden war. Seit sie am eigenen Leib erfahren hatte, wie nahe der Tod über einer Mutter schwebte, fürchtete sie noch mehr um ihre Stiefmutter als ohnehin schon.

Still betete sie zu Gott und zur Heiligen Jungfrau Maria, damit sie über Aoife und das ungeborene Kind wachten. Strongbow müsste hier sein. Aber William FitzAudelin hatte ihn und Hugh de Lacy tatsächlich im Frühling zum König gesandt, um dort den Kampf für die Krone zu unterstützen. FitzAudelin war inzwischen als des Königs Stellvertreter in Dublin geblieben, auch wenn er dies ursprünglich nicht vorgehabt hatte. Aber er hatte gesehen, wie gefährdet die normannisch gehaltenen Ländereien ohne die beiden größten Mächte im Land wären, und so versuchte er zumindest nach außen hin den Anschein von Stärkte zu wahren.

Niemandem hatte Strongbows Abreise aus Irland gefallen, noch bevor Leinster ihm völlig unterstand und die Lage gesichert war. Am wenigsten Strongbow selbst. Aber welche Wahl hatte er, wenn der König ihn zu sich befahl? Seit einem halben Jahr war er fort, und sie versuchten inzwischen, alles zusammenzuhalten.

»Wenn Ihr Euch umseht, Mylord, werdet Ihr den einen oder anderen irischen Knaben aus noblem Haus finden, den der Earl zum Ritter ausbildet. Ihr nennt sie Geiseln, wir nennen sie die Zukunft.« De Montmorency wies zu zwei jungen Pagen, die mit vollen Krügen Wein bereitstanden und auf Befehle warteten.

Morice Regan übersetzte de Montmorencys Worte, und Faelán Mac Faeláin, der Clanführer aus Offelan, grummelte etwas in seinen Kelch. Er sah sich ununterbrochen mit hektischem Blick in der Halle um, als erwartete er, mitten an der Tafel niedergestochen zu werden.

De Montmorency lehnte sich im Sitz des Hausherrn zurück und genoss sichtlich die Unruhe seines Gasts, weniger aber Lias Anwesenheit bei den diplomatischen Gesprächen. Lieber sähe er sie oben im Frauengemach bei Maud oder bei Aoife in Strongbows Zimmer, um ihr bei der Geburt beizustehen. Doch es war Aoife gewesen, die Lia mit klaren Anweisungen in die Halle geschickt hatte. Sie konnte bei der Geburt nichts ausrichten, aber dafür sorgen, dass de Montmorency keinen Schaden anrichtete, was den Clanführer Offelans betraf. Mac Faeláin weigerte sich, Strongbow zu huldigen und ihm Geiseln zur Sicherstellung seiner Treue auszuhändigen wie die meisten anderen irischen Noblen in Leinster. Geiseln waren ein irischer Brauch, den Strongbow für sich nutzte. Sehr zum Unwillen der Iren.

Die Jungen lernten hier normannische Sitten, und die meisten zeigten sich lernfreudig und interessiert an den Pferden, den Waffen und Rüstungen, die ihnen so fremd erschienen. Andere aber hielten an ihrem Stolz fest und verweigerten jeglichen Versuch, ihr Schicksal anzunehmen. Lia konnte sie verstehen und fand sich in häufigem Disput mit de Montmorency, der die Jungen zu den Übungsstunden zwingen wollte und schon mit Auspeitschung gedroht hatte. Es kam ihr vor, als versuchte sie ständig einen reißenden Fluss umzuleiten, er bahnte sich immer wieder eigene Wege, ließ sich nicht kontrollieren, und es war ermüdend und frustrierend.

»Ich möchte Euch nicht an das Schicksal Eures Nachbarn Dermot O'Dempsy aus Offaly erinnern«, säuselte de Montmorency und beobachtete die irischen Begleiter Mac Faeláins, die sich an den Tafeln an den reichlichen Speisen gütlich taten. Dabei ließen sie sich nervöse Blicke zu ihrem Herrn aber nicht nehmen. Ihnen war anzusehen, dass sie sich ohne ihre Waffen in einer feindlichen Halle nicht wohlfühlten.

Mac Faeláin trank erneut, wobei die Hälfte des Weins in einem Rinnsal über seinen geölten Bart floss. »O'Dempsys Schicksal, hm? O'Dempsy feiert den Tod des Schwiegersohns Strongbow.« Er sah an de Montmorency vorbei zu Lia. »Wir werden noch viele Frauen zu Witwen machen.«

Morice Regan übersetzte wie immer, aber Lia musste nicht auf ihn warten, um zu antworten, sie beherrschte das Irische längst, sehr zum Missfallen de Montmorencys. »Mylord Mac Faeláin, ich bezweifle nicht, dass Ihr dazu fähig seid, Frauen zu Witwen zu machen, aber Ihr solltet daran denken, wie viele Eurer Frauen vergebens auf ihren Gemahl warten werden, wenn Ihr es zu einem Kampf kommen lasst.«

»Wollt Ihr mir drohen, Weib?«

»Ich möchte Euch warnen. Als Waliserin gehöre ich einem Volk an, das Stolz und Sturheit in sich vereint und sich immer noch gegen die Normannen in ihrem Land auflehnt – endlos und mit zu hohem Preis. Ich sehe auch hier in Irland, wie viel Leid diese Kriege mit sich bringen – auf beiden Seiten. Und ich erlebte in beiden Ländern, dass das Zusammenleben mehrerer Völker Früchte tragen kann, dass die Kulturen miteinander verschmelzen, im Frieden, und zu etwas Neuem, Größeren wachsen. Wenn Iren und Normannen sich vereinen, sind sie unbesiegbar.«

»Es wird dann auch keinen Feind mehr zu besiegen geben, der Wolf tut sich längst an den Schafen gütlich.«

Lia hob eine Augenbraue. »Seht Ihr das irische Volk denn als Schaf, Mylord?« Sie wies zu den irischen Kriegern, die einst Aoifes Vater Dermot und heute Strongbow unterstanden und die ebenfalls an den unteren Tafeln saßen oder Wache hielten.

Mac Faeláin funkelte sie an, genauso wie de Montmorency, während Morice Regan über ihre Einmischung schmunzelte.

»Vielleicht solltet Ihr Schaden und Nutzen abwiegen«, fuhr Lia fort, sich nicht um die erbosten Blicke kümmernd. »Welchen Nutzen habt Ihr, wenn Ihr den Earl of Striguil als Lord von Leinster anerkennt? Frieden, Stabilität, die Sicherheit eines mächtigen Verbündeten. Ihr könntet Euer Land behalten, Eure Traditionen, Euer Leben.« Sie breitete die Hände aus, erhob ihre Stimme, damit auch seine Anhänger ihre Worte verstanden. »Aber welchen Nutzen habt Ihr von einer Verweigerung der Huldigung? Die Genugtuung des Widerstands. Das war's. Der Schaden, der Euch entsteht, ist weit höher. Euer Land wird erobert werden und an einen treuen Verbündeten gehen, unzählige Menschen werden ihr Leben verlieren.«

Mac Faeláin starrte auf die Kerben im Holz der Tafel, er schien nachzudenken, doch dann sah er trotzig auf. »Ich verhandle nicht mit einem Weib und auch nicht mit einem albernen Stellvertreter.« Er zeigte mit dem Daumen auf de Montmorency. »Ich will mit Strongbow persönlich reden.«

»Der Earl ist außer Landes«, erklärte de Montmorency unnötigerweise. Schließlich hatte sich die Kunde von Strongbows und de Lacys Abreise wie ein Lauffeuer im Land verbreitet. Beunruhigende Nachrichten von Clanführern, die ihre Krieger zusammenzogen, hatten sie erreicht, ein Grund mehr, den Herrscher Offelans einzuladen.

De Montmorency lehnte sich selbstgefällig zurück. »Aber ich spreche für den Earl, ich bin seine Hand, sein Mund, seine Ohren.«

Lia verdrehte die Augen und blickte besorgt zur Decke. Was

ging oben vor sich? Sie wollte nachsehen, ihr Verschwinden von der Tafel könnte aber als Schwäche angesehen werden. Stattdessen lehnte sie sich nach vorn, um Mac Faeláin genauer zu betrachten. Er bot keinen sehr erfreulichen Anblick mit seinem in Öl getränkten Haar und Bart – er sollte sich wohl nicht zu nahe an die Kerzen heranlehnen.

Ehe der Ire etwas erwidern konnte, erklang eine vertraute Stimme vom anderen Ende der Halle in gebrochenem Irisch. »Ich danke Euch, Onkel, aber meine Hand, mein Mund und meine Ohren sind nun wieder hier, um Treueschwüre entgegenzunehmen.«

Einen Moment lang war es totenstill, nur die Hunde knurrten sich noch gegenseitig an, um die besten Knochen unter den Tafeln zu erwischen. Dann ging die Halle in einem Tosen auf. Flüstern, vereinzelte Rufe, die ihren Herrn willkommen hießen, gefolgt von Jubel.

Lia konnte sich nicht rühren. Sie starrte die Neuankömmlinge an, die die Halle betreten hatten. Ihr Blick blieb aber nicht an ihrem Vater hängen, sondern am Mann an seiner Seite. Raymond!

Tausende Fragen wirbelten durch ihren Kopf. Wieso war er zurückgekommen? Was tat er an der Seite ihres Vaters? Hatte gar Strongbow ihn zurückgeholt, da er nun willens war, einer Hochzeit zuzustimmen? In ihrem Bauch begann es zu flattern, sie besann sich aber schnell wieder auf die vielen Anwesenden in der Halle und auf ihre Aufgabe.

Sie erhob sich, noch ehe de Montmorency aus seinem Schock erwacht war – es gefiel ihm bestimmt nicht, seine Macht wieder abgeben zu müssen –, und trat die Stufen des Podests hinunter.

»Mylord.« Sie lächelte, und auch das strenge Gesicht ihres Vaters wurde bei ihrem Anblick sanfter. »Willkommen zu Hause.« Sie knickste und überlegte, ihm sogleich von Aoife und der Geburt zu erzählen. Aber noch waren Mac Faeláin und seine

Männer in der Halle. Männer, die im Land ihres Vaters eine Bedrohung darstellten und nur darauf warteten, eine Schwachstelle zu entdecken – und Strongbows Frau und sein ungeborenes Kind waren eine solche. Er würde sofort zu Aoife eilen, also schwieg sie und wies zur hohen Tafel. »Darf ich Euch den Clanführer Mac Faeláin aus Offelan vorstellen. Er kam zu uns, um die Bedingungen seiner Huldigung zu verhandeln.«

Ihr Vater ging zwischen den längsseitigen Tafeln hindurch, seine Ritter, die mit ihm gekommen waren, suchten sich einen Platz, nur Raymond nicht, er verharrte neben ihr.

Lia sah zu ihm hoch. Sein Blick traf ihren, und ihr wurde unerträglich warm. »Willkommen zurück«, flüsterte sie und spürte, wie sie rot wurde, dann beeilte sie sich, ihrem Vater nachzukommen.

»Es gibt nichts zu verhandeln«, erklärte Strongbow volltönend, und alle lauschten neugierig. »Das Fürstentum Leinster ist mein, es ging rechtmäßig an mich, als Dermot McMurroughs Erbe, als Gemahl Aoife McMurroughs, der letzten legitimen Nachfahrin des Fürsten. Es wurde mir von unserem von Gott gesalbten König bestätigt, und jeder, der etwas anderes behauptet, ist ein Verräter, an mir, am König und an Gott.«

Er wandte dem blassen Mac Faeláin den Rücken zu und sah zu allen Versammelten in der Halle, die seinen Worten in vollkommener Stille lauschten. »Ich kämpfte für den König auf dem Festland, und ich siegte für ihn. Dafür gab er mir Wexford zurück.«

Er hatte kaum ausgesprochen, da brandete gewaltiger Jubel auf. Becher wurden auf den Tisch geklopft und Segensworte gerufen für Strongbow und den König. Ihr Vater war als Held zurückgekehrt. Wexford war mit hohen Verlusten von den Geraldines und Dermot erobert worden, nun aber war diese wertvolle Stadt zurückerlangt, und Lia war erleichtert, dass ihr Vater anscheinend in der Gunst des Königs gestiegen war.

»Basilia, wo ist Aoife?«, raunte ihr Vater ihr in der immer noch anhaltenden Freude zu.

Lia deutete lächelnd nach oben. »Sie bekommt dein Kind.«

Er erstarrte, und sie erwartete, dass er wie befürchtet auf dem Absatz kehrtmachte und zu Aoife stürmte, aber er wandte sich wieder an die Männer und Frauen in der Halle. »Meine Freunde, soeben habe ich gehört, dass meine Gemahlin mit meinem Kind niederkommt. Gott möge uns mit einem Erben segnen. Und welch besseren Tag könnte es für ein neues Mitglied unserer Gemeinschaft geben als den, an dem die ganze Familie vereint ist.« Er griff nach Lias Hand und winkte dann nach vorne, wo sich Richard von den rückgekehrten Rittern löste, ein Schwert an seiner Seite. Lia konnte es nicht glauben, ihr Bruder war tatsächlich zum Ritter geschlagen worden, er trug ein Schwert! Und wenn er ihren Vater aufs Festland begleitet hatte, war es vielleicht sogar der König persönlich gewesen, der ihn in seine neue Position hinaufgehoben hatte.

Sie lächelte ihm stolz zu, aber das Lächeln gefror ihr sofort, als sie eine zarte Gestalt in safrangelbem Bliaut neben Raymond treten sah. Lia wusste nicht, wo sie sich zuvor verborgen hatte. Das Haar floss ihr wie gesponnenes Gold in Wellen über die Schultern auf die Brust hinab. Große Augen blickten aus dem schmalen, zarten Gesicht, und alle Anwesenden schienen bei ihrem Anblick den Atem anzuhalten.

»Es ist mir eine besondere Freude, euch meine zweite Tochter, Alina de Clare vorzustellen, die fortan Irland ihre Heimat nennen darf.«

Erneutes Klopfen von Bechern, der Schlag glich Trommeln im Takt ihres immer schneller schlagenden Herzens. Alina war hier, zurück in ihrem Leben, und Lia spürte nur ein flaues Unbehagen, keine Freude.

Ihre Zwillingsschwester strahlte Raymond an ihrer Seite an, und Lia glaubte schon zu hören, wie ihr Vater die Verlobung der beiden ankündigte. So konnte Strongbow nur gewinnen, fuhr es ihr durch den Kopf. Er hatte die Verbindung zu einem der meistgefeierten Geraldines, verlor aber nicht sein Gesicht, indem er Raymond genau das gab, das er öffentlich verlangt hatte. Vielleicht wollte Raymond mittlerweile ohnehin Alina lieber, vielleicht …

Sie schüttelte den Kopf, ärgerte sich über ihre Gedanken. Raymond und Alina waren nicht verlobt, sie standen einfach nur nebeneinander, und sie hatte keinen Grund, eifersüchtig zu sein. Dieses Brennen in ihr drinnen konnte sie aber nicht abstellen.

Sie warf nur einen Blick auf ihre Schwester, und schon verwandelte sie sich in das Mädchen von einst zurück, das stets mit ihr gemessen wurde. Was war nur los mit ihr? Sie war kein Kind mehr, sie war Witwe, Mutter, und sie übte Einfluss auf die Geschehnisse in Ferns aus. Sie bot de Montmorency die Stirn, ihre Schwester durfte keine Wirkung mehr auf sie haben. Und trotzdem empfand sie ihr Erscheinen wie ein Eindringen in etwas, das ihr gehörte, das sie sich zu eigen gemacht hatte. Ferns, Irland, das war ihre Welt geworden, ihre Verbindung zu Aoife war etwas Besonderes – würde Alina versuchen, sie wegzudrängen?

Lia konnte nichts gegen den Schrecken in ihrem Inneren tun. Sie konnte nicht vergessen, dass Alina ihren Teil dazu beigetragen hatte, ihre Ehe mit Raymond zu verhindern, dass Lia die Nächte mit Robert de Quincy hatte ertragen müssen, weil Alina eine falsche Botschaft an ihren Vater geschickt hatte. Aber genau diese Nächte waren auch für Mauds Existenz verantwortlich, und vielleicht sollte sie Alina erst begrüßen und sehen, ob sie sich verändert hatte, ob doch schwesterliche Gefühle zwischen ihnen herrschten, ehe sie ihr Herz gänzlich verschloss.

Alina sah in ihre Richtung, und Lia zwang sich, ihre Gefühle verborgen zu halten. Sie hatte genug von Aoife gelernt, doch als ihre Schwester sie musterte, prüfend, ohne jegliche Freude des Wiedersehens, fiel es Lia zunehmend schwerer, ein nichtssagendes Lächeln aufrechtzuerhalten.

Ihr Vater hielt Lias Hand umschlossen und bedeutete Alina und Richard mit der anderen näher zu kommen.

Zaghaft, mit schüchternem Lächeln trat Alina ans Podest, wo ihr Vater sie empfing. Eine der Damen brachte auch Isabel nach vorne, sodass sie alle zusammenstanden, Strongbow und seine Kinder, zu denen bald ein weiteres dazugehören würde.

Der Applaus nahm noch einmal zu, und Lia warf einen Blick über die Schulter zurück zu Mac Faeláin und de Montmorency. Beide sahen alles andere als begeistert aus. Einigkeit war das Letzte, was Mac Faeláin im Lager des Feindes sehen wollte, und vermutlich auch de Montmorency, zumindest keine mit Bastarden.

Über den Lärm in der Halle hörten sie die Schritte auf der Treppe nicht, und so kam Hildraed, eine der Mägde, für Lia wie aus dem Nichts. Sie trat vor Strongbow und knickste, Schweiß stand ihr auf der Stirn, und ihr Gesicht leuchtete rot. So wie die meisten Mägde in irischen Haushalten war sie sächsischen Ursprungs, aber keine Leibeigene mehr.

Hildraed schien sich aber noch nicht ganz daran gewöhnt zu haben, das Wort an einen Lord zu richten, war sie es doch ihr Leben lang gewohnt gewesen, unter den Iren fast schon eine Ausgestoßene zu sein. Lia las ihr das »Mylord« eher von den Lippen ab, als es zu hören, und Strongbow schien es nicht anders zu gehen, denn er hob die Hand und ließ damit alle verstummen.

»Sprich, was ist?«

Hildraed deutete nach oben, ihre Hand zitterte. »Mylord, Ihr werdet in Eurem Gemach gewünscht. Jetzt.«

Ihr Vater ließ Lias Hand sofort los, aber anstatt umzudrehen und zu den Gemächern zu stürmen, machte er einen Schritt auf die Magd zu. »Was ist passiert, nun sprich schon.«

Hildraed wagte es nun doch, den Blick zu heben, wenn ihr der Schreck auch in den Augen stand.

Lia konnte sie nur anstarren, sie befürchtete das Schlimmste. Sie wusste, wie schwer Mauds Geburt, wie lange sie anschließend krank gewesen war. Gott hatte seine schützende Hand über sie gehalten und sie im Leben gelassen, aber was, wenn Aoife nicht so gesegnet war? Wenn sie zu den vielen Frauen zählte, die das Kindbett nicht lebendig verließen?

Allein beim Gedanken wurde ihr übel, sie fühlte sich schwach auf den Beinen und hätte die Magd am liebsten geschüttelt.

Ihr Vater schien ihre Gefühle zu teilen, denn er umschloss tatsächlich Hildraeds Arm, die Sehnen an seinem Hals traten hervor. »Was ist mit meiner Frau?!«

Es war ganz still, und die Worte der Magd, die nicht mehr als ein Flüstern waren, erklangen klar und deutlich in der Halle. »Es geht ihr gut, Mylord. Ihr habt einen Sohn.«

Die Zeit schien stillzustehen, niemand sagte etwas oder bewegte sich, und Lia spürte, wie sich ihre Lippen zu einem breiten Lächeln verzogen, wie eine Welle der Freude über sie hinwegbrauste. Ein Bruder! Sie hatte einen Bruder, den sie aufwachsen sehen durfte, der kein Fremder sein würde. Ihr Vater hatte seinen Erben und Leinster das lang ersehnte Bindeglied zwischen Normannen und Iren. Es war ein Zeichen, auf das so viele so lange gewartet hatten.

Strongbows Hand sank an seine Seite, er war blass, was seine Sommersprossen zum Leuchten brachte.

Unvermittelt trat Alina an sie und Richard heran, während die ersten Männer in der Halle Trinksprüche auf den Erben Strongbows erklingen ließen – auch Raymond griff nach einem Kelch und prostete Strongbow zu.

»Vater wird uns vergessen, nun, da er einen legitimen Sohn hat.« Alina klatschte genauso wie die anderen Jubelnden in die

Hände und beherrschte das falsche Lächeln erstaunlich gut dafür, dass sie keine so hervorragende und langjährige Lehrerin gehabt hatte.

»Nein, das glaube ich nicht.« Richard wandte sich ihnen beiden zu und sah auf Alina hinab. »Ich bin fast zwanzig Jahre alt, und der König hat mich schon vorzeitig in den Ritterstand erhoben. Wieso sollte ich ein Neugeborenes als Konkurrenten sehen? Ich wusste immer, dass ich nicht der Erbe bin, aber mit dem, was ich bislang erreicht habe, kann ich zufrieden sein. Du genauso.« Er berührte sacht Lias Arm, und sie lächelte zu ihm hoch, während Alina den Blick senkte.

»Ich würde gerne deine Tochter sehen«, sagte sie leise, und Lia blickte sie überrascht an.

»Meine Tochter?«

Alina sah zu ihr auf. »Maud, nicht wahr? Vater hat mir von ihr erzählt. Ich bin jetzt Tante.«

Lia überlegte, ob das eine Falle war, verwarf den bösen Gedanken aber sogleich. Wenn es um Maud ging, wenn jemand Interesse an ihr zeigte, ging ihr Herz auf, und sie konnte einfach keinen alten Groll hegen oder Misstrauen verspüren. »Ja! Du bist Tante, und natürlich bringe ich dich gerne zu ihr.«

»Es tut mir leid, dass dein Gemahl verstorben ist.«

Weitere unerwartete Worte, aber Basilia nickte. »Danke.«

»Und mir tut deine Position jetzt sehr leid, Schwester. Ich weiß noch, wie du einst als kleines Mädchen davon träumtest, die Frau des großen Geraldine-Ritters zu werden. Jetzt warst du bereits verheiratet, hast ein Kind. Du bist verbraucht, niemand wird dich noch wollen, am allerwenigsten ein Mann wie Sir Raymond, der jede Jungfer haben kann.«

Lia blickte verletzt zu Boden, ihr Herz sank. Wo war ihre Fähigkeit hin, über den Dingen zu stehen und eine unnahbare Maske aufrechtzuerhalten? De Montmorency hatte sie schon oft körperlich verletzt, doch stets hatte sie sich ihm weiter überlegen gefühlt. Ihre Schwester sprach nur wenige Worte, und sie verwandelte sich in ein Häufchen Elend.

»Meine Position muss dir nicht leidtun«, erwiderte sie so ruhig wie möglich. »Ich habe Maud, und das ist genug.« Es entsprach sogar der Wahrheit. Ja, ihr wurde ganz schlecht, wenn sie daran dachte, Raymond könnte eine andere heiraten, aber sie war auch zufrieden, mit ihrem friedlichen Leben, unverheiratet, ohne eheliche Pflichten, nur mit Maud und ihren Aufgaben in Ferns, die ihr das Gefühl gaben, nützlich zu sein, wirklich etwas zu bewirken.

»Nun entschuldigt mich!«, hörte sie ihren Vater in die fröhliche Menge rufen. »Ich muss meinen Sohn willkommen heißen.«

Lia trat zur Seite und ließ ihn vor. Sie sah Alina noch einen Moment lang an und folgte ihm dann ohne ein weiteres Wort. Sie wusste, Alina würde es nicht wagen, ebenfalls hochzugehen, schon gar nicht ohne Aufforderung. Sie war neu hier, und es unterstand wohl Lia, sie einzuführen, ihr alles zu zeigen und ihr das Gefühl zu geben, zu Hause zu sein. Doch für den Moment konnte sie es nicht, sie brauchte jetzt schon Abstand von ihrer Schwester, ehe sie etwas sagte, das sie hinterher bereute. Richard war ja auch noch da, und so war Alina zumindest nicht gänzlich allein in der fremden Halle.

Ihr Vater ging ohne Umschweife in sein Gemach, aber Lia blieb stehen, blickte auf die Tür zu Strongbows Gemach und dann zu der, hinter der Maud schlief. Sie musste nicht lange überlegen. Ihren neuen Bruder könnte sie immer noch begrüßen, ihr Vater wollte auch bestimmt etwas Zeit allein mit ihm verbringen. Es zog sie zu Maud, ihrem Herz.

»Mam, mam, mam, mam.« Maud gluckste und plauderte, während Lia sie durchs Frauengemach trug und schaukelte.

Sie konnte nicht anders, sie musste sie küssen und ganz fest an sich drücken, die zarte Haut an ihrer Wange spüren, während sie weiterbrabbelte. Lachen und Musik drangen von der Halle unter ihnen hoch. Schrille Töne von Sackpfeifen und Fiedeln erfüllten den Raum, gefolgt von sanfteren auf der Harfe. Das Fest zur Begrüßung des Erben war in vollem Gange, aber Lia zog es nicht nach unten. Sie hatte einige Zeit bei Aoife, Isabel und dem kleinen Gilbert verbracht und dann Maud gestillt, während Alina sich vor ihr wortlos das Haar gekämmt hatte – immer und immer wieder, bis es wie flüssiges Gold über ihre Schultern gefallen war.

Seit Alinas Ankunft vor zwei Tagen hatten sie kaum miteinander gesprochen, lieber hatte Lia sich voll und ganz auf Maud konzentriert. Jetzt aber lauschte sie den Gemahlinnen zweier irischer Krieger, die sich wohl immer noch nicht daran gewöhnt hatten, dass Lia jedes Wort verstand.

»… und doch so unterschiedlich. Ja, sie scheint mir sehr ruhig und tugendhaft. Damit will ich nicht sagen, dass die andere es nicht wäre.«

»Nun, Lady Lia ähnelt eher unserer Herrin Aoife, sie ist stark, sie steht für uns alle ein. Was wir von dieser Alina erwarten können, bleibt abzuwarten. Bis jetzt hat sie ja noch nicht allzu oft den Mund aufgemacht und schaut immerzu auf den Boden. Im Grunde ist sie wohl nur ein Schatten ihrer Schwester.«

Lia blieb verblüfft stehen. In einem Raum von Normanninnen wäre das Urteil wohl gänzlich anders ausgefallen, und erneut war sie ihrer neuen Heimat unendlich dankbar. Die irischen Frauen schätzten Aufgeschlossenheit statt übertrieben sittsames Gebaren. Die Irinnen waren meist selbst laut, vergnügt und ehrlich. Glauben konnte sie es trotzdem kaum, dass Alina nicht alle sofort im Sturm eroberte. Die Treue der Damen berührte sie.

»Madame?« Aislyn, die Älteste von ihnen, erhob sich und

kam lächelnd zu ihr, das einst dunkle, mittlerweile aber eher graue Haar trug sie unter einem seidenen Schleier. Sie sprach in gebrochenem Normannisch, vermischt mit irischen Wörtern. »Möchtet Ihr nicht aufs Fest? Ihr seid jung, geht hinunter zu den anderen, wir achten gerne auf die Kleine.« Sie lächelte auf Maud hinab, und Lia wusste, Aislyn würde sich tatsächlich freuen, auf Maud aufzupassen. Alle rissen sich darum, auf sie achtgeben zu dürfen, Maud bezauberte sie mit ihrem offenen, fröhlichen Wesen. Sie weinte kaum, und wenn sie aufwachte, blickte sie nur umher und nuckelte an ihrer Hand, anstatt sich wegen Hunger oder Nässe zu beschweren. Bald musste sie die Aufmerksamkeit mit dem kleinen Gilbert teilen, aber Lia freute sich schon darauf, dass noch ein kleines Wesen ihre Gemächer mit Leben füllen würde, sobald Aoife aus dem Wochenbett in Strongbows Gemach zurückkehrte.

»Ich danke Euch, aber ich bleibe lieber hier bei Maud.«

Nun kam auch Ciara zu ihr, sie war die Nichte eines Clanführers und verheiratet mit einem angesehenen Krieger aus Dermots einstiger Haustruppe. Nur die nobelsten Damen fanden in Aoifes Haushalt einen Platz und sahen es als Ehre, mit ihr zusammenzuleben.

»Ihr müsst ja nicht lange bleiben, aber es könnte ein falsches Zeichen setzen, wenn Ihr den Feierlichkeiten zur Geburt des Erben fernbleibt. Euer Vater hätte Euch bestimmt gerne dabei.«

Damit hatte Ciara recht, aber ihr graute davor, Alina im Mittelpunkt der Bewunderung zu sehen, wie sie schüchtern zu Boden blickte, mit roten Wangen und niemand wusste, zu was sie fähig war. Das war kindisch, aber sie konnte nichts gegen ihre Gefühle tun. Sie traute Alina einfach nicht. Seit sie von der Nachricht an ihren Vater wusste, hatte sie das Gefühl, Alina würde alles tun, um sie unglücklich zu sehen. Nur wieso? Hatte es Alina so verletzt, in Wales zurückzubleiben? Wusste sie denn nicht, wie gerne Lia mit ihr getauscht hätte?

»Na gut. Für einen kurzen Moment«, gab sie nach und reichte Maud an Aislyn, die sie sogleich weiterschaukelte, ohne dass Maud einen Laut von sich gab. Sie war bereits eingeschlafen.

»Lasst Euch Zeit.« Ciara winkte sie gespielt ungeduldig davon, als Lia Maud noch auf die Stirn küsste.

»Ich gehe ja schon, ich gehe ja schon.« Sie schob sich durch die Vorhänge und fand zwei der irischen Pagen über einem Würfelspiel sitzen. Sie atmete noch einmal tief durch und öffnete die Tür zum zwielichtigen Vorraum, von dem die Treppe zur Halle hinabführte, und blieb wie versteinert stehen.

»Raymond.« Sie wusste nicht, ob er sie über den hier draußen noch lauter klingenden Lärm hörte, aber auch er hielt bei ihrem Anblick überrascht auf den letzten Stufen inne. Dann lächelte er und kam das restliche Stück zu ihr hoch.

Lia zog schnell die Tür hinter sich zu und sah ihn nervös an. Er war vor zwei Tagen gleich wieder aufgebrochen, um in Strongbows Namen die freudige Botschaft des Erben zu verkünden und dessen Verbündete zum Fest einzuladen. Sie hatten keine Gelegenheit mehr gehabt, miteinander zu sprechen. Aber jetzt stand er da, und sie wusste nicht, was sie sagen sollte. War er wirklich ihretwegen zurückgekehrt? Und wenn ja, war sie bereit dafür? Das Leben mit Maud hatte sie durch und durch erfüllt, aber wenn er so dastand, mit seinem von der Reise zerzausten Haar und dem kurzen Bart an seinem Kinn, den grauen Augen, die sie ansahen, als wäre keine Zeit vergangen, spürte sie ihre Knie weich werden.

»Du bist zurück.« Sie brachte nur ein Flüstern zustande, ihre Finger schlossen sich unruhig zur Faust und streckten sich wieder, kämpften gegen den Drang, ihn zu berühren, zu spüren, dass er wirklich vor ihr stand.

Raymond trat näher, vorsichtig, seine Augen prüfend auf sie gerichtet. »Ja, ich bin zurück. Mit einer ganzen Meute an Geraldines, fürchte ich. Lia …« Er warf einen Blick zurück über die

Schulter zur Treppe und wandte sich ihr schließlich wieder zu, so viel Schmerz lag in seinen Augen. »Kannst du mir verzeihen?«

Sie verengte die Augen. »Verzeihen?«

»Als ich zum letzten Mal hier war – ich hätte dich nicht so überfallen dürfen. Ich hätte dich nicht in solch eine Situation bringen dürfen, deinen Vater vor allen konfrontieren. Als ich hörte, dass du de Quincys Frau warst … irgendetwas in mir ist geborsten, und ich konnte nicht mehr klar denken. Wenn dir deshalb etwas passiert wäre …«

»Mir ist nichts passiert.« Sie überwand das letzte Stück, das sie trennte, ohne darüber nachzudenken, und legte ihm ihre Hand auf die Brust. »Mein Vater hätte dich nicht fortschicken dürfen. Er hat dir gedroht, deiner Familie gedroht, und ich dachte, du kommst nicht mehr zurück.«

Raymond schloss seine Hand um ihre. »Ich werde immer zurückkehren, Lia, das habe ich dir geschworen. Ich werde immer weiter kämpfen.« Er berührte sacht ihre Wange. »Aber vielleicht muss ich das gar nicht mehr. Der König hat mich mit deinem Vater zurückgeschickt. Es war nicht Strongbow, der mich wieder an seine Seite rief. Ich erwartete weiterhin Ablehnung. Stattdessen schickte er mich los, um die Geraldines einzuladen, die Halle ist voll von meinen Verwandten. Es macht den Eindruck, als suchte er eine Verbindung zu meiner Familie.« Ein schiefes Lächeln verzog seine Lippen. »Ich hoffe, du bekommst keine Angst, wenn du das ganze Ausmaß unseres Clans siehst – und es sind noch nicht einmal alle, die heute hier sind. Vielleicht gehörst du bald dazu.«

Lia wusste nicht, was sie darauf sagen sollte, sie spürte nur ein entsetzliches Flattern in ihrem Bauch. Raymond ließ seine Hand zurück in ihren Nacken gleiten, er kam noch näher, sein Körper berührte ihren. Sie taumelte zurück, spürte die Wand hinter sich, sie fühlte sich eingesperrt, ihr Herz raste. Sie wollte irgendetwas tun, aber sie war nicht sicher, ob es weglaufen war.

»Eigentlich wollte ich ja alles richtig machen, weißt du noch? Das hier erst tun, wenn wir verheiratet sind. Aber mir ist nun klar, dass man den Moment nutzen sollte, der sich bietet. Es könnte der letzte sein.« Und dann beugte er sich zu ihr hinab, und seine Lippen berührten sanft die ihrigen.

Lia stand da wie erstarrt, wartete auf die Welle der Panik, den Unwillen, den Ekel, so wie sie es kannte. Aber nichts dergleichen geschah. Stattdessen drangen langsam andere Empfindungen in ihr Bewusstsein. Sie spürte die Bartstoppeln an seinem Kinn, atmete den Geruch nach Leder und Holz. Wärme strömte durch ihre Adern, als würde sie von Sonnenlicht gestreift.

Ein Seufzen entfuhr ihr, und Raymond quittierte es mit einem Laut, der tief aus seiner Kehle zu steigen schien. Sein Arm schlang sich um ihren Körper, er vertiefte seinen Kuss, auf eine Art, von der sie nicht einmal gewusst hatte, dass sie existierte. Alles in ihr begann zu schwingen, zu zittern.

Sie spürte die Hitze seines Körpers an ihrem, die Kühle der Wand in ihrem Rücken, ihr wurde schwindlig. Seine Hände glitten über ihren Körper nach vorne zu ihrer Brust, und Lia zuckte zusammen. Ihr Magen verkrampfte sich, ein Blitz schien durch sie hindurchzufahren, er nahm ihr den Atem, hielt sie an der Kehle gepackt. Sie sah ihn wieder vor sich, de Quincy, sie spürte ihn auf ihr, in ihr, und sie stieß Raymond von sich, mit aller Kraft, die sie aufbringen konnte.

»Nein.« Sie starrte zu ihm hoch, konnte nicht aufhören zu zittern, sich selbst dafür verachtend. Aber de Quincys Schatten ließ sich nicht so leicht vertreiben, selbst wenn sie wünschte, sich in Raymonds Arme schmiegen zu können, ohne zu wissen, was die Nähe eines Mannes mit ihrem Körper und ihrer Seele anzurichten vermochte. Sie ärgerte sich, dass sie keine Angst hatte, de Montmorencys Schikanen zu begegnen, mit irischen Fürsten zu verhandeln oder mit furchteinflößenden Kriegern zu scherzen. Aber wenn sie an das Ehebett dachte, glaubte sie ein glühendes Messer in ihrer Brust zu spüren.

»Lia ...« Er streckte die Hand nach ihr aus, aber sie zuckte zurück. Seine Augen verengten sich, sein Kiefer spannte sich an, die Sehnen an seinem Hals traten deutlich hervor. »Was hat er mit dir gemacht?«

Lia sah weg, sie hielt es nicht länger aus. »Du hast mir versprochen zu kämpfen«, sagte sie leise und schnell, um es hinter sich zu bringen. »Aber ich bitte dich, tu es nicht mehr. Ich werde nie wieder heiraten. Nicht einmal dich.« Sie zwang sich zu ihm aufzusehen, blickte ihm direkt in die Augen und schob ihr Kinn vor. Sie versuchte Kraft und Entschlossenheit in ihre Stimme zu legen, sich nicht anhören zu lassen, wie sehr ihre Worte sie selbst verletzten, auch wenn sie nur ihn fortstoßen wollte. »Ich war ein Kind, Raymond, ein dummes verliebtes Kind, das nichts von der Welt verstand. Aber jetzt bin ich eine Frau, eine Mutter, ich habe meinen Platz gefunden. Ich brauche dich nicht mehr.«

Raymond sah sie lange unbewegt an, sie spürte ihre Unterlippe zittern und wie sich Tränen in ihren Augen sammelten, dann nickte er langsam. Sie erwartete einen Zornesausbruch, Unverständnis, Frustration, aber seine Züge waren sanft. Er kam zu ihr, und ehe sie sich's versah, zog er sie an seine Brust und hielt sie in einer sachten Umarmung, der sie jederzeit entgehen könnte. Seine Hand strich über ihren dezent bedeckten Kopf. Sie erwartete eine neuerliche Welle der Furcht, aber sie blieb aus, seine tiefe Stimme vibrierte in seiner Brust und beruhigte sie.

»Ich verstehe, dass du im Moment nicht an eine neue Ehe denken kannst, Lia. Das tue ich wirklich, und auch, dass du eine Tochter hast, die der Mittelpunkt deiner Welt ist. Es sollte nicht anders sein.« Er schob sie ein wenig von sich und sah auf sie hinab, so ernst und doch so zärtlich. »Nie möchte ich etwas tun, das dich verletzt. Aber du *wirst* wieder heiraten müssen.

Dein Vater kann dich nicht unverheiratet lassen. Du bist jung, hast ein Kind zu versorgen, er wird dich einem anderen geben. Und ehe ich noch einmal danebenstehe und zusehe, wie du an ein Scheusal wie de Quincy gerätst, werde ich weiterkämpfen – auch wenn du mich im Moment dafür verachtest.«

Lia spürte einen kalten Schauer ihren Rücken hinabgleiten. Ihr war der Gedanke noch gar nicht gekommen, dass ihr Vater sie jederzeit neu verheiraten konnte – und würde. Wie Raymond schon sagte, ihr Kind musste beschützt werden, sie brauchte einen Mann an ihrer Seite. Was, wenn ihrem Vater etwas geschah und er nicht mehr aus einer Schlacht zurückkehrte? Eine Frau war nichts ohne einen Mann, so traurig sie das auch fand. Er würde ihr wieder einen Ehemann geben, einen Vater für ihr Kind. Und vielleicht erneut den falschen. Raymond hatte recht. »Ich verachte dich nicht. Ich habe nur Angst.«

»Ich weiß. Aber ich schwöre dir, du musst mich nie fürchten.«

Sie nickte, auch wenn die Ehe nicht ihre einzige Angst war. Sie fürchtete, was geschah, wenn ihr Vater ihm ihre Hand weiterhin verweigerte. Würde Raymond sich offen gegen ihn stellen? Würde alles zerfallen, das sie so mühsam gegen de Montmorency zusammengehalten hatten? Die Männer verehrten Raymond, sie würden zu ihm stehen, würden Strongbow schwächen, was Aoife, die Kinder, alle hier in Gefahr brächte.

Raymond strich ihr lose Strähnen zurück hinters Ohr und küsste ihre Stirn. »Wirst du mir nun endlich Maud vorstellen? Dein Vater hat nicht viel mit mir gesprochen, aber wenn, dann ging es um seine Enkelin.«

Lia fuhr aus ihren düsteren Gedanken, und ein Lächeln erhellte ihr Gesicht, wie immer, wenn sie nur den Namen ihrer Tochter hörte. Sie wollte nichts lieber, als sie Raymond zu zeigen, ihren ganzen Stolz. War er deshalb hier hochgekommen? Um ihre Tochter zu sehen?

»Sie ist bestimmt gerade eingeschlafen, aber wenn du versprichst leise zu sein … Aislyn und Ciara werden bestimmt nicht schlecht staunen, dich im Frauengemach zu sehen.«

Raymond machte ein bemüht zerknirschtes Gesicht, konnte das Lächeln aber nicht verbergen. »Umso besser. Sollen sie sich gleich alle an uns gewöhnen. Und sich darauf einstellen, dass es da drinnen sehr viel lauter wird, wenn unsere Kinder folgen.«

Lia spürte, wie ihr alle Farbe aus dem Gesicht wich, und Raymond fing an zu lachen. »Du wirst dich an den Gedanken gewöhnen«, sagte er, zwar in einem scherzhaften Ton, aber sie spürte, dass er meinte, was er sagte. Dann griff er an ihr vorbei und öffnete die Tür.

Die beiden Pagen sprangen sofort wieder auf. »Sir«, stammelte der eine gleichzeitig mit dem »Mylord« des anderen. Auch ihnen war die Heldenverehrung deutlich ins Gesicht geschrieben, dabei konnten sie nicht viel mehr als Geschichten über Raymond gehört haben. Sie waren noch nicht lange in Ferns.

Raymond sah sie belustigt an, Lia gab den Jungen, die gerade mal zehn Jahre alt waren, ein Zeichen, sich wieder zu setzen. Schließlich schob sie die Vorhänge zur Seite und legte ihren Finger auf die Lippen, um Raymond zu bedeuten, leise zu sein. Aber im nächsten Moment hörte sie ein leises Wimmern über den Lärm der Musik und rauschte ins Gemach.

Aislyn und Ciara fuhren zu ihr herum, Aislyn hatte immer noch Maud auf dem Arm, die hektisch an ihrer Hand nuckelte und kläglich schluchzte.

»Madame.« Aislyn sah an ihr vorbei zu Raymond, und ihre grauen Augenbrauen zogen sich zusammen. »Sir.«

Lia eilte auf sie zu, bereute bereits, dass sie überhaupt gegangen war. »Es sind die Zähne. Ich habe schon gestern gemerkt, dass es ihr nicht gut geht.«

»Ich fürchte, Ihr habt recht, Madame, aber sie wird sich gleich wieder beruhigen, Ihr werdet sehen.« Erneut sah Aislyn zu Raymond auf, sich ganz offensichtlich fragend, was dieser große Mann hier im Frauengemach zu suchen hatte, aber da ging Raymond schon auf sie zu.

Er warf Lia einen Blick zu. »Wenn du erlaubst?« Dann streckte er die Arme kurzerhand nach Maud aus, und Lia war viel zu überrascht, um zu reagieren. Auch Aislyn schien nicht recht zu wissen, was sie tun sollte, als Raymond ihr das Deckenbündel auch schon aus den Händen nahm.

»Die Zähne plagen dich also, hm?« Er nahm Maud in seine Arme, hielt sie nahe an seiner Brust und lächelte auf sie hinab. »Weißt du was? Deinen Großvater hat in Verneuil auch ganz schrecklich ein Zahn gemartert, aber ich erzähle dir besser nicht, was der Barber mit ihm angestellt hat, davon bekommst du nur Albträume.«

Maud sah aus großen Augen zu ihm auf und war ganz still, Lia konnte es kaum fassen. Auch Ciara und Aislyn sahen sich erstaunt an, aber es war wohl Raymonds tiefe Stimme und sein selbstsicheres Auftreten, das Maud so einnahm. Jedes Mal, wenn Strongbow auch nur versuchte, sie zu halten, fing sie an zu quengeln. Lia hatte gedacht, es läge daran, dass er ein Mann war und Maud meistens von Frauen betreut wurde. Außerdem war Strongbow ein Mann, den sie kaum je sah. Doch sie musste sich geirrt haben. Denn Maud schien sich nahezu in die große fremde Hand zu schmiegen, die ihren Kopf hielt. Und auch Raymond wirkte, als täte er nie etwas anderes, als wäre seine Hand genau dafür geschaffen und nicht, um ein Schwert zu führen.

Erneut füllten Tränen ihre Augen, und sie blinzelte schnell, um sie zu verbergen.

Er sah zu ihr auf. »Sie hat viel von Robert«, flüsterte er und strich mit einem Finger über das seidig schwarze Haar. »Und deine Augen.« Er hob Maud zu seinem Gesicht und legte seine Lippen auf ihre Stirn. Dann ließ er sie wieder sinken und schaukelte sie sacht hin und her. »Es ist gut, dass ein Teil von ihm geblieben ist.«

Lia starrte ihn ungläubig an, und er seufzte. »Lia, als ich hörte, dass dein Vater dich ihm zur Frau gab, hätte ich ihn am liebsten umgebracht. Aber er war nicht mehr da. Und so ein Ende hat nicht mal er verdient. Sein Kind nie zu sehen, das ist …« Er senkte den Blick und streichelte sanft weiter Mauds Schläfe.

Lias Herz ging auf. So lange hatte sie befürchtet, dass er sie und ihr Kind als etwas Schmutziges sah, als Teil des Scheusals de Quincy. Eine enorme Last schien von ihren Schultern zu gleiten. Ciara und Aislyn zogen sich diskret zurück und nahmen ihre Näharbeit in der Fensternische auf, dabei warfen sie ihnen aber immer wieder Blicke zu.

Lia trat an Raymond und Maud heran, betrachtete die beiden eine Weile, dann holte sie tief Atem. »Du kannst gut mit ihr umgehen.«

Er zuckte mit den Schultern. »Es ist nur ein Kind, was sollte daran schwer sein?«

Ihr vor Freude wild schlagendes Herz geriet ins Stolpern. »Hast du selbst Kinder?«

Er sah zu ihr auf, blickte ihr direkt in die Augen, die Ruhe selbst. »Zwei Söhne.«

Ihr Mund klappte auf. Die Wahrheit schockierte sie weniger als seine ungerührte Art, sie auszusprechen. »Das wusste ich nicht. Du … du hast nie etwas gesagt.«

»Du hast nie gefragt.«

Zwei Söhne. Raymond hatte zwei Söhne. Irgendwo gab es eine Frau, mit der er zusammen gewesen war, die seine Kinder zur Welt gebracht hatte. Ihr wurde schwindlig, Eifersucht versengte sie, gleichzeitig schalt sie sich eine Närrin. Natürlich gab es eine Frau, und vermutlich nicht nur die eine. Raymond war vierzig Jahre alt, er musste unzählige Frauen gehabt haben. Es war eher ein Wunder, dass er nur zwei Kinder hatte. Am liebsten hätte sie sich selbst geohrfeigt. In einem Moment wollte sie ihn nicht heiraten und stieß ihn zurück, nur um im nächsten einer fremden Frau am liebsten die Augen auszukratzen, da sie ihn berührt hatte.

Sie selbst war nicht ganz siebzehn und hatte schon eine Tochter, Raymond erging sich auch nicht in Eifersucht darüber.

»Wie alt sind sie?«

Ein Schmunzeln spielte um seine Lippen, bestimmt durchschaute er sie erneut, sah ihre Eifersucht, egal wie sehr sie sich um eine interessierte Miene bemühte.

»William ist dreizehn, und Richard ist fünf.«

Lia sah ihn überrascht an, einen derart großen Abstand zwischen den beiden hatte sie nicht erwartet. Vor dreizehn Jahren war sie gerade mal drei gewesen, und vor fünf Jahren hatte sie bei ihrem Stiefvater gelebt. Sie war elf Jahre alt gewesen, und Raymond und sie hatten sich nur von ihrer Flucht in den Wald gekannt. »Haben sie dieselbe Mutter?«, fragte sie so gleichmütig wie möglich, auch wenn sie den Gedanken unerträglich fand, dass er über eine so lange Zeit ein und dieselbe Frau geliebt haben könnte.

Raymond schüttelte den Kopf und las sie erneut wie ein Buch. »Ich hatte keine Elen, falls es das ist, was du wissen möchtest.«

Lia musste lächeln und gab sich dieses Mal gar keine Mühe, ihre Erleichterung zu verbergen. Ihre Eltern hatten sich über Jahrzehnte geliebt und waren sich treu geblieben, ihre Liebe war etwas Besonderes gewesen. Konnte auch sie solche Gefühle erfahren? Raymond war der einzige Mann, bei dem sie es sich je hatte vorstellen können. Zuerst mit kindlichen romantischen Gefühlen, doch jetzt, wo sie ihn mit Maud betrachtete, erfüllte sie der Gedanke, dass sie vielleicht doch an seiner Seite enden würde, nicht mehr mit Furcht, sondern auch mit freudiger Erwartung.

»Wo sind sie jetzt?«

»In Wales. In Pembrokeshire, um genau zu sein. William lebt auf der Burg meines Vaters und erhält dort seine Ausbildung zum Ritter – zum Glück von meinem älteren Bruder Odo, dem

Erben, und nicht von meinem Scheusal von Vater. Williams Mutter hat geheiratet und ihr Mann ist Bastarden gegenüber nicht so aufgeschlossen wie dein Stiefvater Gildas. Und Richard ist …« Er sah wehmütig auf Maud hinab, seine Lippen zu einer Linie gepresst. »Richard ist bei seiner Mutter, und ich sehe ihn nur sehr selten.«

Lia beschloss, nicht weiter nachzufragen, und hoffte lediglich, dass er ihr irgendwann erzählte, was mit Richards Mutter vorgefallen war. »Du hast William nach deinem Vater benannt?«, fragte sie stattdessen. William FitzGerald war der Sohn der berühmten walisischen Fürstentochter Nesta. »Obwohl du keine gute Beziehung zu ihm hast.«

»Es schien mir das Richtige damals.«

»Und Richard? Wie bist du auf diesen Namen gekommen, oder hat ihn seine Mutter ausgesucht?«

»Richard trägt seinen Namen zu Ehren *deines* Vaters, Lia.«

»Also auch ein Mann, zu dem du keine gute Beziehung hast. Ungewöhnliche Wahl für das eigene Kind.«

Raymond schmunzelte. »Ich verdanke ihm mein Leben, oder hast du das schon vergessen? Ohne deinen Vater gäbe es mich nicht und somit auch nicht meine Söhne.«

Daran hatte sie gar nicht mehr gedacht, umso erschütternder fand sie das Zerwürfnis zwischen den beiden.

»Willst du noch etwas wissen?«, fragte Raymond belustigt und legte Maud sanft in ihre Krippe. Sie war tatsächlich wieder eingeschlafen, selig, als fühlte sie sich beschützt. »Oder darf ich dich nun zum Fest begleiten?« Er reichte ihr die Hand.

Lia sah zögernd auf Maud hinab. Alles in ihr sträubte sich, das warme Frauengemach zu verlassen und sich den vielen Menschen unten zu stellen. Auch sie fühlte sich hier mit Raymond wohl, behütet und ganz natürlich. Vor allem im Hinblick auf all den Trubel, der unten herrschte und dem sie sich nicht stellen wollte.

Aber die Tatsache blieb, dass sie sich blicken lassen musste, um kein Gerede zu verursachen.

Sie sah zu Raymond auf, in seine vertrauten Augen, und ihre Lippen kribbelten bei der Erinnerung an den Kuss. Sie wusste aber auch noch zu genau, welche Angst sie kurz nach dem wunderbaren Moment gespürt hatte. Aber sie wollte jetzt nicht daran denken. Sie hatte so lange in Angst gelebt, sie war nicht gewillt, sich weiterhin davon lenken zu lassen.

Ohne ihren Blick von ihm abzuwenden, legte sie ihre Hand in seine, sich darüber bewusst, was ihr gemeinsames Auftreten in der Halle auslösen würde. Sie traf eine Entscheidung, und sie war bereit dafür.

Sie warf Aislyn und Ciara noch einen Blick zu, nur um die beiden verstohlen grinsen zu sehen, und folgte Raymond hinaus.

Ein nervöses Flattern machte sich in ihrem Bauch breit, die schrille Musik wurde lauter und lauter, genauso der Lärm unzähliger Gespräche, die einander zu übertönen versuchten.

Sie traten auf die Holztreppe, die zur Halle hinunterführte, ihre Beine fühlten sich schwach an. Es war so ungewohnt, offen an Raymonds Seite zu gehen, als gehörten sie wirklich zusammen. Es bereitete ihr gleichermaßen Angst wie das Gefühl, beschützt zu werden.

Sie sah erste Feiernde, die zu Gesprächen zusammenstanden, überall prangte das Wappen der Geraldines, Raymond hatte nicht übertrieben. Zuerst war sie erleichtert, dass niemand sie bemerkte. Aber dann sahen ein paar Ritter hoch, stießen andere an, immer mehr Blicke wandten sich ihr zu. Das Raunen verstummte, es blieb nur noch die Musik, und bald geriet auch diese ins Stocken.

Schließlich wandte sich ihnen ihr Vater zu, und seine Gesichtsfarbe nahm ein dunkles Rot an. An seiner Seite hielt sich Walter Bloet, er legte Strongbow die Hand auf den Arm, wie um ihn zu stoppen.

Auch Alina war da. Sie stand ausgerechnet am Fuße der Treppe, eine Erscheinung in ihrem safrangelben Kleid. Sie trug goldene Ringe an den Oberarmen und Handgelenken, das Haar fiel ihr jungfräulich offen über den Rücken, zurückgehalten von einem mit Edelsteinen versetzten Stirnreifen. Lia hatte auf solchen Prunk nie viel Wert gelegt, sie mochte es lieber einfach und praktisch. Es war sonderbar, ihr Ebenbild zu sehen, das einer Königin gleichkam. Zweifelsohne bot Alina einen atemberaubenden Anblick, aber Lia fand diesen Aufzug übertrieben, fast schon lächerlich.

Alina sah zu ihnen auf, ihre Augen verengten sich. Sie wandte sich ab und wollte weggehen, als ein junger Ritter an sie herantrat.

Lia lächelte, als sie erkannte, dass es sich um Raymonds Vetter William FitzMaurice handelte. Er verneigte sich elegant vor Alina, der schlichte Bliaut in einem dunklen Grün stand ihm, und Lia ertappte sich bei dem Gedanken, wie gut der Geraldine aussah in diesem Licht, wo seine Pockennarben kaum auffielen. Sie sah Alina flüchtig knicksen, und im nächsten Moment waren sie und Raymond auch schon am Fuße der Treppe angelangt.

»Sir William, wie schön, Euch wiederzusehen! Ist Eure Schwester auch hier?«

William lächelte Lia freundlich an. »Nesta und viele mehr, fürchte ich.«

»Ich freue mich, sie alle kennenzulernen. Darf ich Euch meine Schwester Alina vorstellen?«

William wandte sich Alina zu und verneigte sich noch einmal. »Ich war bereits so kühn, mich selbst vorzustellen.«

Alina wandte sich gelangweilt ab, und Lia runzelte erstaunt die Stirn. Schließlich sonnte sich ihre Zwillingsschwester für gewöhnlich im Blick der Bewunderer und liebte es, im Mittelpunkt zu stehen. Jetzt aber beachtete sie William nicht weiter und wandte sich Lia zu. »Schläft Maud schon?«, wollte sie wissen, ganz so, als interessiere sie sich tatsächlich für ihre Nichte. Dabei hatte Alina seit dem ersten Kennenlernen, das sie mit »wie lieblich« kommentiert hatte, kaum noch ein Wort über Maud verloren.

Lia nickte misstrauisch. »Sie kämpft etwas mit den Zähnen, aber dank Sir Raymonds einlullender Stimme schläft sie tief und fest.« Sie drückte seine Hand und lächelte ihm zu. Das Lächeln gefror ihr aber sofort, als Alina sich empört die Hand gegen die Kehle legte.

»Einlullend?« Sie blinzelte zu Raymond hoch. »Wie kann man eine so männliche Stimme einlullend nennen?«

»Aus Lady Basilias Mund ist jedes Wort ein Kompliment, Mylady«, erwiderte Raymond unbekümmert und streichelte mit dem Daumen über Lias Hand. »Besonders, wenn es um den Umgang mit ihrer Tochter geht. Schließlich ist sie auch schon bald *meine* Tochter.«

Alina riss die Augen auf, ehe sie ein falsches Lächeln aufsetzen konnte, und auch William zeigte sich überrascht. »Strongbow erwähnte nichts davon, was für eine freudige Nachricht, Raymond – eine weitere de-Clare-Geraldines-Verbindung.«

Lia hätte Raymond dieses Mal am liebsten getreten. Er schien entschlossen, so zu tun, als wäre er bereits mit ihr verlobt, sodass Strongbow endlich nachgeben musste. Doch ihr graute vor der Reaktion ihres Vaters. »Eine weitere de-Clare-Geraldines-Verbindung?«, fragte sie schnell, ehe Sir William weitere Glückwünsche äußern konnte. Sie wusste tatsächlich von keiner bestehenden Ehe zwischen den beiden Familien.

Röte stieg in William FitzMaurice' Wangen, sein Blick flog zu Alina, seine Augen leuchteten bei ihrem Anblick auf, aber er wandte sich schnell wieder Lia zu. »Es tut mir leid, ich dachte, Ihr wüsstet davon. Es steht mir wohl nicht zu, darüber zu sprechen, und wir sollten besser auf den Earl warten, bis er die Neuigkeiten verkündet.«

Lia nickte und warf ihrer Schwester einen Blick zu. Ihr Vater wollte Alina mit William FitzMaurice vermählen? So blass, wie Alina war, schien sie denselben Gedanken zu hegen, und beinahe empfand Lia Mitgefühl mit ihr. Sie erinnerte sich noch genau an das Entsetzen und die Ohnmacht bei der Kunde, Robert de Quincy heiraten zu müssen, wie die Angst sie eingenommen hatte. Doch dann fiel ihr wieder ein, dass Alina an ihrem Schmerz nicht unschuldig war. Außerdem hatte ihre Schwester es mit dem jungen freundlichen Ritter sehr viel besser getroffen. Aber das schien Alina nicht zu sehen, sie starrte William wortlos an, als er sich verabschiedete, um seine Schwester zu suchen.

»Alina?« Sie trat auf ihre Schwester zu, suchte nach aufmunternden Worten, als unvermittelt ihr Vater zu ihnen kam. Er sah über sie hinweg zu Raymond, und eine steile Falte bildete sich zwischen seinen Augenbrauen. Er deutete mit dem Finger auf ihn. »Wir beide, wir müssen reden, aber zuerst zu dir, Kind.« Er legte Alina die Hand auf die Schulter, beugte sich zu ihr hinunter. »Komm mit.«

Alina sah zu Lia zurück, und zum ersten Mal schien nichts Falsches in ihrem Blick zu liegen, da war nur Angst, ein stummes Flehen. Und zum ersten Mal seit Langem verspürte Lia wieder den Drang, ihre kleine Schwester zu beschützen, und sie ergriff Alinas Hand. »Ich komme mit.« Ihr Vater sah auf sie hinab und seufzte, während Alina dankbar ihre Hand drückte.

Doch Strongbow schien der ungewohnte Zusammenhalt nicht zu gefallen, denn seine Lippen pressten sich zu einer schmalen Linie zusammen. Dennoch führte er Alina und Lia hoch aufs Podest und gab den Musikern, die wieder angefangen hatten zu spielen, ein Zeichen aufzuhören.

Das plötzliche Verstummen lenkte alle Blicke zur hohen Tafel, vor der Strongbow die Hand hob und um Ruhe bat. »Meine Freunde, ich unterbreche die Feierlichkeiten nur ungern, aber ich habe eine wichtige Ankündigung zu machen. Eigentlich sind es zwei, und beide machen mein Glück neben der Geburt meines Sohnes Gilbert vollkommen. Maurice FitzGerald, kommt an meine Seite.«

Lia sah Raymonds Onkel, einen beinahe greis wirkenden Geraldine, aus der Menge treten. Er war älter als ihr Vater, bestimmt schon über sechzig, und sein Haar war vollständig ergraut. Sie war ihm noch nicht oft begegnet, aber er sah stets freundlich drein, so auch jetzt, als er die Stufen zum Podest hochkam und Alina zulächelte.

»Mein Freund.« Strongbow winkte den Geraldine an seine Seite und ergriff seine Hand. »Einst waren die Geraldines treue Lehnsmänner meines Vaters und hielten erfolgreich einen Großteil der Ländereien in unserer Grafschaft Pembroke. Auch als ich selbst in jungen Jahren zum Earl aufstieg, standen sie mir treu zur Seite. Und selbst danach, als der König es für angebracht hielt, Pembroke zurück in die Hand der Krone zu führen, wandten die Geraldines mir nie den Rücken zu. Loyalere Freunde kann sich ein Mann nicht wünschen, und so ist es mir eine besondere Freude, euch allen hier kundzutun, dass diese ruhmreiche Familie mit meiner durch zwei Ehebündnisse vereint wird.«

Lias Herz begann höher zu schlagen. *Zwei* Ehebündnisse! Sie warf Raymond einen Blick zu, und ein Lächeln machte sich auf ihrem Gesicht breit. Ihr Vater hatte also endlich eingelenkt. Sie konnte es kaum glauben.

»Onkel.« Strongbow winkte de Montmorency zu sich, und Lia sah mit einem kalten Hauch des Schreckens, wie der grausame Mann mit düsterer Miene näher trat und Maurice FitzGerald inzwischen seine Tochter Nesta hochwinkte. Sie kam mit gesenktem Blick durch die Menge, am Arm ihres Bruders William, und Lia murmelte: »Bitte, Gott, stehe ihr bei.« Entsetzt beobachtete sie, wie Maurice FitzGerald die Hand seiner sanftmütigen, scheuen Tochter in die de Montmorencys legte.

Das konnte nicht wahr sein. Ihr Vater verschaffte seinem schrecklichen Onkel eine wunderschöne Braut, schenkte lieber ihm Glück als seiner eigenen Tochter? Wieso tat er das? Welche Gründe konnte er noch gegen Raymond aufbringen? Die kindlichen Fehden mussten doch lange vergessen sein, und seither hatte Raymond ein ums andere Mal seinen Wert bewiesen. War es nur noch Sturheit? Oder glaubte er wirklich, sie dadurch zu beschützen und ihr etwas Gutes zu tun? Sah er es wie Aoife, dass Raymond ein Krieger war und ihn Dunkelheit umgab? Wieso vermochte niemand das Licht und das Glück zu sehen, das er ihr bescherte?

Die ganze Halle schien den Atem anzuhalten. De Montmorency hatte nicht viele Freunde, und eine Ehe mit dieser jungen Schönheit schien ihm niemand zu gönnen. Trotz ihres eigenen Aufruhrs spürte Lia eine Welle des Mitleids für Nesta. Dann hob ihr Vater unvermittelt Alinas Hand, und William FitzMaurice löste sich von seiner Schwester. Der junge Ritter kam etwas schüchtern näher und bot Alina seine Hand, seine Augen voller Hoffnung und Bewunderung.

»Möge Gott die Verbindungen zwischen meinem Onkel Hervey de Montmorency und der reizenden Nesta FitzMaurice segnen sowie das Bündnis zwischen dem edlen Ritter William FitzMaurice und meiner Tochter Alina de Clare!«

Alina ließ sich von ihrem Vater führen, und als die beiden Paare Hand in Hand auf dem Podest standen, hob Strongbow seinen Kelch. »Auf die glorreiche Zukunft der Geraldines und der de Clares!«

Nun war der Jubel gewaltig, und Lia sah Raymond am Fuße des Podests, den Kelch erhoben und Strongbow über den Rand hinweg mit seinem stechenden Blick nicht aus den Augen lassend. Deutlicher hätte ihr Vater kaum zeigen können, dass er sich die Gunst der Geraldines sichern konnte ohne Raymonds Hilfe. Nein, hier ging es nicht um Lias Glück, sondern nur um

Macht. Raymond hatte ihn vor allen Männern herausgefordert, und was für ihren Vater wohl noch schlimmer war: Raymond genoss die Liebe der Männer, nicht er. Aber so wie es aussah, hatte Strongbow vor, ganz ohne die Stärken seines Ritters auszukommen und sich nicht von ihm abhängig zu machen. Ein Fehler, das musste er doch einsehen. Lia musste es ihm irgendwie begreiflich machen. Auch Raymond musste erkennen, dass er mit Erpressung bei ihrem Vater nicht weit kam. Sie mussten einen anderen Weg finden.

»Es ist ein schrecklicher Brauch«, hörte sie William FitzMaurice an ihrer Seite, er sprach zu Alina, und da die Musik noch nicht wieder eingesetzt hatte, hörte sie sein leises Raunen klar und deutlich.

Alina sah zu Boden. »Was meint Ihr?«

»Zwei Menschen, die sich überhaupt nicht kennen, für ein Leben lang aneinanderzubinden. Aber ich habe auf eine lange Verlobungszeit bestanden, und unsere Hochzeit wird erst nächstes Jahr stattfinden. Bis dahin hoffe ich, Euch so oft wie möglich besuchen zu können, und vielleicht, wenn es Euch gefällt, könnt auch Ihr mich auf dem Land besuchen, das mein Vater mir überlassen hat und das dann auch Eures sein wird. Vielleicht zusammen mit Eurer Schwester? Dann lernt Ihr Euer neues Zuhause schon einmal kennen.«

»Wie Ihr wünscht, Mylord.«

William senkte den Blick, er sah getroffen aus, und Lia hätte ihrer Schwester am liebsten einen Schubs gegeben. Aber sie konnte Alina auch verstehen.

»Ich weiß«, hörte sie William leise sagen, »Ihr verdient einen Besseren. Aber ich werde dafür sorgen, dass Ihr die Entscheidung unserer Väter nie bereut.« Er verneigte sich knapp, sah Alina noch einen Augenblick lang wehmütig an, dann wandte er sich ab und mischte sich unter die Feiernden, die ihm auf die Schulter klopften und gratulierten. Die Musik begann wieder zu spielen, und Alina machte auf dem Absatz kehrt und ging die Treppe hoch zu den Gemächern. Nach außen hin wirkte sie gelassen, aber Lia konnte sich vorstellen, wie es in ihr drinnen aussah. Sie dachte nicht weiter darüber nach und folgte ihr. Schließlich hatte sie Aoife, die ihr stets mit Rat und Tat zur Seite stand. Alina hatte niemanden.

Sie holte ihre Schwester im Vorraum ein, nahm ihren Arm und führte sie zu den Polsterbänken beim Fenster. Dort drückte sie sie nieder, und Alina schien zu schwach, um etwas dagegen zu unternehmen.

»Ich wusste ja, dass er mich holt, um zu heiraten«, flüsterte sie, den kargen Holzboden anstarrend. »Ich wusste es immer, ich freute mich darauf. Aber wieso er? Wieso einen derart abscheulichen Mann?«

Lia schüttelte den Kopf und kniete sich vor sie hin. »William FitzMaurice ist nicht abscheulich, Alina, im Gegenteil. Du hast großes Glück. Du bist siebzehn Jahre alt, er ist dreiundzwanzig. Er ist gütig und gerecht, soweit ich das erkennen kann, sanft und schon jetzt ganz vernarrt in dich. Er würde dir nie etwas antun, du hast nichts zu befürchten.«

Alina hob abrupt den Kopf, funkelte sie an. »Außer jeden Tag neben dieser Fratze aufzuwachen, neben einem verweichlichten, liebestollen Bürschlein, der gar kein richtiger Mann ist!«

Lia sank zurück auf die Fersen. Alina hätte sie ohrfeigen können, sie wäre nicht so überrascht gewesen wie über diese Worte.

»Vater hat unzählige Ritter, Krieger, kampferfahrene Männer, die in der Lage sind, ihre Familie und ihr Land zu beschützen, die erfahren genug sind, um zu heiraten. Wieso gibt er ausgerechnet mir solch einen Jungen? Wie soll ich ihn je ernst nehmen?«

Lia wusste nicht, was sie sagen sollte, sie traute ihren Ohren nicht, dabei hatte sie gedacht, Alina könnte sie mit ihrer sanften Miene nicht mehr täuschen. Doch so viel Boshaftigkeit hatte sie ihr nicht zugetraut. Ehe sie etwas erwidern konnte, fuhr Alina aber schon fort.

»Aoife ist in unserem Alter und bekam unseren Vater – einen Earl, einen erfahrenen Befehlshaber, der mittlerweile einem König gleicht. Du bekamst einen Mann, der die rechte Hand unseres Vaters war, und ich? Ich bekomme nicht einmal einen ernst zu nehmenden Verbündeten! Nein, ich bekomme dessen Sohn mit der Narbenfratze.«

Lia sprang auf, sie musste sich zusammenreißen, um Alina keine Ohrfeige zu verpassen. Alles Mitleid von vorhin schwand, die Gefühle, die sie jetzt hegte, kamen ihr viel vertrauter vor.

»Entschuldige mich, ich muss nach Maud sehen.«

Auch Alina stand auf. »Tu nicht so, als wärest du schockiert, Lia! Du denkst doch genauso wie ich, bist es aber einfach gewohnt, dass ich den Mund halte und die Wahrheit nicht ausspreche.«

»Ich denke gewiss nicht wie du, Schwester.«

»Ach nein?« Sie deutete die Treppe hinunter. »Läufst du nicht Raymond le Gros hinterher, dem Inbegriff eines Mannes. Ein Krieger, der dich und deine Tochter schützen kann, der Ansehen genießt, Respekt, der all das aufgebaut und verdient hat und nicht nur einen imposanten Namen trägt. Schon als kleines Mädchen hattest du ihn im Auge, weil du genauso weißt wie ich, wie wichtig es ist, einen starken Mann an seiner Seite zu haben. Wir sind Bastarde, Lia, wir leben hier in einem fremden Land, das von Krieg zerrüttet ist. Allein kommen wir hier nicht zurecht, wir brauchen einen Beschützer. Wenn Vater einmal nicht mehr da ist …«

»Du musst mir nicht erklären, wie es ist, in einem von Krieg zerrütteten Land zu leben, ich tue es seit Jahren! Ich habe hier gelebt, mit meinem ganz eigenen Krieg, im Bett eines grausamen Ehemanns, den *du* mir verschafft hast.«

Alina wich zurück, als erwartete sie einen Schlag, und Lia

musste sich auch wirklich zurückhalten, nicht auf ihre so perfekt zurechtgemachte Schwester loszugehen. Ihren Worten aber konnte sie freien Lauf lassen. »Du musst nicht glauben, nur weil du berechnend und kaltherzig bist, dass ich dir darin gleiche. Ja, ich möchte Raymond heiraten, weil er ein guter, ehrenhafter Mensch ist, genauso wie William FitzMaurice. Was man von dir nicht behaupten kann. Sir William tut mir leid.« Sie wartete nicht darauf, dass Alina sie erneut aufhielt, und ging so schnell wie möglich zum Frauengemach, wo Aislyn und Ciara immer noch nähten und Maud selig schlief. Lia kniete neben der Krippe nieder, legte ihre Hand auf Mauds Bauch, lehnte zitternd ihre Stirn ans Holz und schloss die Augen.

»Madame, der Herr Donnell Kavanagh wünscht Euch zu sprechen.«

Lia blickte von Maud auf, mit der sie gerade Fingerspiele gemacht hatte, und sah den Pagen überrascht an. Aoifes Bruder war ebenfalls zum gestrigen Fest gekommen, um seinen Neffen zu sehen, aber was wollte er von ihr?

»Mór?« Sie sah sich nach der alten Dame um, die zwar jünger als Aislyn war, aber weit zerfallener aussah mit ihrem nach unten gezogenen Gesicht. Mór kam gebeugt näher, ein zahnlückiges Lächeln erstrahlte in ihrem großmütterlichen Gesicht.

»Gebt sie mir nur.« Sie streckte die Hände aus, und Lia wartete, bis Mór Platz genommen hatte, ehe sie Maud übergab. Sie wollte ihren Schatz nicht den zitternden Händen entgleiten sehen, auch wenn dies ungerecht sein mochte. Schließlich zeigte Mór stets großes Geschick mit Maud, aber Lia ertappte sich oft dabei, übervorsichtig zu sein.

Sie folgte dem Pagen nach draußen, wo tatsächlich Donnell gegen die Wand gelehnt auf sie wartete. Er sah dem Jungen hinterher, bis er hinter der zugefallenen Tür verschwunden war, dann bedeutete er ihr wortlos, ihm zu folgen.

Er ging die Treppe hinunter in die Halle, wo an diesem Morgen noch viele den Rausch des Fests vom Vorabend ausschliefen, und führte sie weiter hinaus in den Hof. Er passierte den Brunnen, verscheuchte ein paar Hühner und öffnete schließlich die Tür im Turm der Palisaden, in dem die Waffen aufbewahrt wurden. Lia folgte ihm schweigend. So geheimnisvoll wie Donnell tat, wagte sie im Moment nicht nachzufragen. Umso überraschter war sie, in der kreisrunden Waffenkammer eine Versammlung von Kriegern vorzufinden.

Ein ungutes Gefühl breitete sich in ihr aus, nicht weil sie die einzige Frau in einem Raum grimmiger Männer war, sondern weil ihre Gesichter Bände sprachen. Das Maß war voll. Die lange schwelende Unzufriedenheit hatte anscheinend ihren Höhepunkt erreicht, und Lia graute vor den Konsequenzen.

Die Männer verneigten sich vor ihr, und Lia sah, dass sowohl einige von Dermots Iren dabei waren als auch Waliser aus Strongbows Truppe. Die Einigkeit der Völker sollte sie freuen, aber sie wusste, es war ein gemeinsamer Feind, der sie zusammenbrachte. Ein Feind, der ihrem Vater wie ein Stein um den Hals hing und ihn immer tiefer hinabzog.

»Madame, verzeiht die Belästigung. Wir wollen Euch auch nicht lange aufhalten.« Donnell breitete die Hände aus, wie um den ganzen Raum zu umfassen. »Aber die Lage ist zu beunruhigend, um sie weiterhin zu ignorieren, und Ihr seid einer der wenigen Menschen auf der Burg, der beide Sprachen beherrscht und dem man vertrauen kann.«

Lia sah in die Runde und wandte sich schließlich an einen der Waliser, der vor den anderen stand und dem Anschein nach für sie sprach. Sie erkannte ihn als Gwilym, den Schützen, der Raymond beim Wettbewerb des Königs geholfen hatte. »Du bist auch hier?«, fragte sie überrascht.

»Madame.« Gwilym trat näher, den Kopf stolz erhoben, die breiten Schützenschultern gespannt. »Wir haben seit Monaten keine Bezahlung mehr erhalten, und wenn man sich hier drinnen umsieht …« Er deutete zu den in Bündeln zusammengeschlossenen Bögen und Pfeilen, zu den abgestellten Schilden und Äxten und Armbrüsten, die den Raum aber nicht mal zur Hälfte füllten, »werden wir auch so bald keine mehr bekommen. Es fehlt an Waffen und Pferden, an Getreide und Viehherden. Der Feldzug nach Offaly liegt ein Jahr zurück, und auf dem Rückweg verloren wir einen Gutteil der Beute. Der Earl wollte zurückschlagen, aber dann rief ihn der König aufs Festland, und wir hier stehen still. Wir brauchen eine Aufgabe, Lohn und einen fähigen Kommandanten.«

Lia wiederholte die Worte des Walisers auf Irisch und wandte sich dann an Cailech. »Sehen das Eure Iren genauso?«

Cailech nickte ernst. »De Montmorency schreckt davor zurück, den Feind anzugreifen, unsere Toten zu rächen und uns zu holen, was uns zusteht. Er versteht nichts von Kriegsführung und übersieht dabei, dass wir uns immer noch im Krieg befinden, dass der Hochkönig, die anderen Fürsten und sogar die Clanführer in unserem Land, die zur Huldigung gezwungen wurden, nicht untätig ruhen werden. Wir sollen hier darauf warten, überrannt zu werden. Dass der Earl ihn jetzt auch noch mit einer Geraldine verheiratet, kräftigt seinen Stand. Der Earl hat also nicht vor, uns so bald unseren wahren Kommandanten zurückzugeben oder zumindest jemanden, der etwas von diesem Posten versteht. Jemand, der uns in den Sieg führen kann. Ich möchte ehrlich zu Euch sein, Madame: Ein Großteil der Männer spricht bereits offen darüber, zum Feind überzulaufen. Die Garnisonen sind geschwächt, weil immer noch zu viele Männer beim König auf dem Festland sind. Und der irische Hochkönig weiß das. Gerüchte verbreiten sich hier schnell, es heißt, er zieht sein Heer zusammen. Und wir sehen nicht mehr ein, warum wir uns ohne Gegenwehr plündern und schwächen lassen sollen, sei es von einem König Hunderte Meilen entfernt, der unsere besten Männer zu sich beordert, oder von einem Mann wie de Montmorency, der uns noch nicht einmal die geschuldete Bezahlung gibt oder dafür sorgt, dass wir etwas Anständiges im Bauch haben. Um zu sterben für einen Earl, der nichts für uns tut und einen Mann wie seinen Onkel emporhebt. Der Hochkönig hat im Moment die stärkere Position, es wird ihm nicht schwerfallen, Verbündete zu finden, und niemand steht gerne auf der Seite der Verlierer.«

Lia nickte langsam. »Ich verstehe Eure Sorge, aber die Position meines Vaters wurde gerade durch Gilberts Geburt gestärkt. Strongbow und sein Erbe sind nicht länger Eroberer, sie haben einen legitimen Anspruch auf das Land. Und ich bin sicher, mein Vater wird euch anhören, jetzt wo er zurück ist.«

»Ein legitimer Anspruch zählt für Iren wenig«, erklärte Cailech ungeduldig. »In Irland sitzt der an der Macht, der sie sich nimmt und diese Position mit Stärke verteidigt.«

»Und nicht nur der Earl ist zurück, Madame, auch Raymond le Gros ist wieder da!«, ließ sich Gwilym lauthals vernehmen. Die Iren nickten bekräftigend, als sie Raymonds Namen hörten. »Raymond le Gros hat uns kein einziges Mal in eine Niederlage geführt, mit ihm erlitten wir kaum Verluste, wie bei jenem Überfall, bei dem Ihr Euren Gemahl verloren habt, Madame. Er hatte stets ein offenes Ohr für uns, und vor allem ließ er uns nie ohne gerechten Lohn darben. Er fand stets einen Weg, er hätte uns sein letztes Hemd gegeben, anders als de Montmorency, der die Kirchen noch reicher macht und uns immer ärmer. Ich weiß nicht, wie unsere irischen Verbündeten dazu stehen, aber wir«, er deutete zu den versammelten Walisern hinter sich, »gehen zurück in die Heimat, wenn der Earl sich länger weigert, de Montmorency abzusetzen und Raymond le Gros stattdessen zum Kommandanten zu ernennen.«

Zustimmende Worte folgten von beiden Seiten, und Lia wusste, es war zu spät, um zu beschwichtigen. Das versuchte sie schon allzu lange, jetzt war es tatsächlich Zeit für Taten. Es war höchste Zeit, Raymond und ihren Vater wieder zusammenzuführen, nicht nur für ihr persönliches Glück, sondern für alle. De Montmorency war Strongbows Onkel, und Lia verstand Familienloyalität, sie verstand das Gefühl, jemandem etwas schuldig und für jemanden verantwortlich zu sein. Aber nicht um jeden Preis.

»Wählt eure Vertreter, und kommt noch vor dem Mittagsläuten in die Halle. Ich sorge dafür, dass der Earl da ist und euch anhört.«

»De Montmorency wird es nicht zulassen, Madame. Wir haben schon oft versucht, mit ihm persönlich zu sprechen, und in den letzten Tagen, vor den Earl zu treten. Aber de Montmorency verhinderte jeden Versuch und drohte lediglich, uns aufzuhängen.«

Lia ballte die Hände zu Fäusten, wieso musste dieser schreckliche Mann alles so schwierig machen? »Mir fällt schon etwas ein. Kommt in die Halle und lasst euch um Gottes willen nicht anmerken, dass ihr bereits mit mir gesprochen habt.«

Lia wusste, es hatte keinen Sinn, mit ihrem Vater zu sprechen, an seine Vernunft zu appellieren. Er war stur und stolz, besonders, wenn es um Raymond ging und darum, ihm irgendwelche Zugeständnisse zu machen. Es war nun an ihr zu handeln. Die Worte der Männer waren keine leere Drohung, aber sie konnte das nicht alleine schaffen. Sie brauchte Aoife, zumindest ihren Rat, denn ihre Stiefmutter erholte sich immer noch von der Geburt und war ans Bett gebunden.

Lia war flau im Magen, als sie die Tür zu Strongbows Gemach aufschob, in dem Aoife das Wochenbett verbrachte. Es fühlte sich an, als hinterginge sie ihren Vater. So wie er sie ein ums andere Mal verraten hatte, sagte sie sich, außerdem half sie ihm ja. Aber sie wusste, er würde es anders sehen. Wenn sie sich offen auf Raymonds Seite stellte, auf die der Männer, die mit Aufstand drohten, könnte sie alles verlieren. Er könnte sie verstoßen, sie aberkennen, sie mit irgendjemandem verheiraten und fortschicken. Aber wenn die Männer ihre Drohung wahrmachten, konnten sie froh sein, wenn es auch nur einer von ihnen lebendig von dieser Insel schaffte. Alles, was ihr Vater sich aufgebaut hatte, wäre verloren. Es musste ihr gelingen, aus dem Verborgenen zu handeln. Und Aoife beherrschte diese Kunst wie keine andere.

Im Vorraum hielten sich keine Pagen oder Knappen auf, was Lia sonderbar fand. Schließlich sollte jemand hier sein, falls Aoife Hilfe brauchte. Aber dann schob sie sich durch die Vorhänge und sah ihren Vater im Raum.

Fast wäre sie zurückgewichen. Er saß auf der Bettkante, Gilbert in den Armen, während Isabel zu ihren Füßen in den Binsen saß und eine Strohpuppe zerfledderte. Es war ein Abbild des Glücks. Ein Wimpernschlag, und alles könnte zerstört werden.

Aoife blickte auf, und ihrem Ausdruck nach zu schließen schien sie sofort zu erkennen, dass etwas nicht in Ordnung war. Fragend und sorgenvoll sah sie sie an, halb aufgerichtet, von Federkissen in ihrem Rücken gestützt, das Gesicht immer noch etwas blass.

Aber Lia schüttelte den Kopf, damit sie ja keine Fragen stellte, und setzte ein Lächeln auf. »Es ist schön, dich so munter zu sehen, Aoife. Und Gilbert scheint sich prächtig zu machen! Ist er schon wieder gewachsen?« Sie trat an ihren kleinen Bruder heran, und ihr Vater sah zu ihr auf, streng und unnahbar. Er hatte ihren Auftritt an Raymonds Seite nicht vergessen.

Lia verkniff sich ein Seufzen, kniete neben Isabel nieder und küsste sie auf den Scheitel, was sie mit Protest quittierte. Als

Friedensangebot versuchte Lia, ihre Puppe wieder zusammenzuflechten.

»Ein paar Geraldines reisen wieder ab«, sagte sie, ohne aufzusehen. »William FitzMaurice möchte zuvor noch etwas Zeit mit Alina verbringen. Darüber möchte er mit dir sprechen, Vater.«

Nur ein unwilliges Brummen. Es war Aoife, die sich etwas aufrichtete und das Wort ergriff. »Wie geht es Alina? Freut sie sich? Ich hatte leider kaum Gelegenheit, mit ihr zu sprechen. Aber ich nehme an, sie wird froh sein, einen so jungen, stattlichen Ritter zum Gemahl zu bekommen?«

Lia sah auf, ihr Blick traf den ihres Vaters, aber er wartete nur ungeduldig auf eine Antwort. Auch Aoife sah sie erwartungsvoll an, also zuckte Lia nur mit den Schultern. »Sie hat es gut getroffen.« Anders als ich damals, dachte sie, konzentrierte sich aber wieder auf die Puppe und widerstand dem Drang, unruhig hin und her zu rutschen. Aus den Augenwinkeln bemerkte sie, dass ihr Vater sich erhob und Gilbert in Aoifes Arme legte. Er murmelte etwas Zärtliches, dann ging er ohne ein Wort an Lia hinaus.

Fast wäre ihr ein erleichterter Laut entkommen. Sie wartete noch kurz, um sicherzugehen, dass er weg war, dann erhob sie sich und setzte sich ihrerseits auf die Bettkante. Aoife war gerade dabei, Gilbert anzulegen, sah aber immer wieder zu den Vorhängen, als wartete auch sie darauf, frei sprechen zu können.

Leises Schmatzen von Gilbert erklang, und Aoife ergriff ihre Hand. »Was ist los?«

»Hat Donnell mit dir gesprochen?«

Die Sorge in ihren Augen vertiefte sich noch. »Nein.«

Er hatte sie bestimmt schonen wollen, so kurz nach der Geburt. Lia wäre das auch lieber, aber wenn sie jetzt nicht alle zusammenarbeiteten, hatte bald niemand mehr Schonung.

»Mein Vater hat de Montmorency mit Nesta FitzMaurice verheiratet, und die Männer sehen darin ein Zeichen, dass er nicht vorhat, ihm den Posten als Kommandant bald abzunehmen. Sie drohen zu desertieren.«

Aoife sah sie lange mit ausdrucksloser Miene an, lediglich ihr Griff um Gilbert verstärkte sich ein wenig. Schließlich atmete sie hörbar ein. »Was können wir tun?«

»Ich glaube, es gibt nur noch einen Weg. Er ist gefährlich und könnte alles nur noch schlimmer machen, aber ich sehe keine andere Möglichkeit. Mein Vater wird nie auf mich hören, aber du, Aoife, du hast ihm seinen Erben geschenkt, du kannst uns retten.«

Die letzten Betrunkenen erwachten in der Halle und begaben sich zum Waschen nach draußen oder aßen Schalen voller Haferbrei. Sie verneigten sich, als Lia vorbeiging. Daran würde sie sich wohl nie gewöhnen.

Draußen fand sie Gwilym mit zwei Freunden an seiner Seite sowie Cailech und Donnell mit einer Handvoll irischer Krieger. Donnell war nur zu Besuch hier, doch als Verbündeter Strongbows und Bruder der Herrin des Hauses wünschte er wohl auch eine friedliche Lösung.

»Der Earl wird euch gleich anhören.«

»Tatsächlich?« Cailech gab sich keine Mühe, seine Zweifel verborgen zu halten.

Lia versuchte, zuversichtlich auszusehen, und wies in Richtung Halle. »Es gibt nur einen Weg, es herauszufinden, meint ihr nicht?«

Gemurmel brandete auf, keiner von den Männern klang begeistert, aber sie folgten Lia die Außentreppe hoch. Die Wachen am Eingang der Halle musterten sie skeptisch, sagten aber kein Wort. Einerseits wollten sie sich Lia nicht in den Weg stellen, andererseits ahnten sie bestimmt, worum es ging, und standen auf der Seite der Krieger.

Lia bedeutete den Männern, die Waffen in die von einem Tuch verborgene Nische im Vorraum zu legen, und ging zurück in die Halle. Sie musste einen Fluch unterdrücken, als sie erkannte, dass mittlerweile de Montmorency dort aufgetaucht war und die Bediensteten antrieb, die Spuren des Fests schneller zu beseitigen. Bei der Stirnseite wurden bereits die Tafeln abgebockt und an die Seiten gelehnt, die Hunde suchten sich noch Reste vom Boden, Platten und Kelche wurden weggeräumt und Leintücher zum Waschen fortgetragen.

Lia zeigte auf die unteren Tafeln, die noch stehen geblieben waren. »Nehmt Platz, der Earl wird bald eintreffen, ich kümmere mich inzwischen um de Montmorency.«

Sie raffte ihre Röcke, umrundete den Onkel ihres Vaters und baute sich vor ihm auf, sodass er mit dem Rücken zu den Männern stand. »Mylord.« Sie lächelte freudestrahlend. »Ich möchte Euch von ganzem Herzen zu Eurer Verlobung mit Nesta FitzMaurice gratulieren, Gott segne Euch, Eure Braut und diese Verbindung.« Und der Herr schütze die arme Nesta, fügte sie in Gedanken hinzu.

De Montmorency ignorierte ihre Worte und schob sie mit einer groben Bewegung zur Seite, als wischte er ein Insekt fort. Lia taumelte leicht, fand ihr Gleichgewicht schnell wieder, sah aber zu ihrem Schrecken, wie die Männer auf der anderen Seite der Halle sie beobachteten und reflexartig an ihre Seiten griffen – zum Glück hatten sie ihre Waffen vor Betreten der Halle abgeben müssen. Sie hob beschwichtigend die Hand, damit sie nicht noch mit bloßen Händen auf den Constable losgingen.

»Habt Ihr denn schon den kleinen Gilbert gesehen?«, fragte sie, versuchte so die Aufmerksamkeit weiterhin auf sich zu lenken.

Nun sah de Montmorency auf sie hinab, und Zorn funkelte in seinen Augen. Vielleicht hätte sie nicht den Erben erwähnen sollen, der seine Macht in Zukunft zweifelsohne beschneiden würde, aber ihr fiel nichts anderes ein, um ihn abzulenken. Schließlich hatten sie sich noch nie viel zu sagen gehabt. Irgendwie musste es ihr gelingen, ihn nach draußen zu locken, fort von dieser Versammlung in der Halle, jeden Moment würde ihr Vater herunterkommen – wenn Aoife Erfolg hatte.

»Geh mir aus dem Weg, Bastard und du …« Er zeigte mit dem Finger auf eine Magd. »Mit Faulheit hat noch niemand das Himmelreich erlangt. Beweg dich! Schneller!« Er drehte sich um, ehe Lia etwas dagegen unternehmen konnte, und sein Blick fiel auf die Männer beim Ausgang. »Was wollen …«, begann er, als unvermittelt Raymond in die Halle trat.

Beinahe hätte Lia laut aufgestöhnt. Raymond hatte ihr gerade noch gefehlt. Er sah ebenfalls zu den versammelten Männern, dann ließ er seinen Blick durch die Halle schweifen. »Was geht denn hier vor?«

Lia zog sich so unauffällig wie möglich zurück in die Schatten hinter einen der Stützpfeiler. Niemand durfte wissen, dass sie ihre Finger im Spiel hatte. Ihr Vater würde aus der Haut fahren und sie endgültig fortschicken. Genauso musste Raymond schnellstmöglich von hier weg.

Aber es war zu spät, Strongbows Stimme dröhnte durch den Raum. »Was für eine Versammlung!«

Lia kniff die Augen zusammen, sie wusste, welches Bild sich ihm bot und wie er es verstehen würde. Raymond stand bei den Kriegern, die ihn als Kommandanten fordern wollten, die mit Verrat und dem Überlaufen zum Feind drohten. Nun würde es so aussehen, als hätte Raymond die Männer dazu getrieben.

Auch de Montmorency kam wieder näher, einen Ausdruck im eingefallenen Gesicht wie ein Hund, der eine Fährte aufgenommen hatte. »Mylord, habt Ihr diese Männer in die Halle gebeten?«

Strongbow sah zwischen de Montmorency, den Männern

und Raymond hin und her. Ehe er aber etwas sagen konnte, traten Cailech und Gwilym vor.

»Mylord Striguil, wir danken Euch, dass Ihr uns anhört.« Gwilym sprach in gebrochenem Normannisch. »Wir sind hier als Vertreter Eurer Krieger.«

Strongbow wandte sich wortlos ab, Lia fürchtete schon, er wolle einfach die Treppe zurück hochstürmen, aber stattdessen durchmaß er die Halle und ging zum Podest, auf dem er bei der hohen Tafel Platz nahm. »Kommt näher und sagt mir, was Euch bedrückt.«

Lia atmete erleichtert auf, Aoife schien Erfolg gehabt zu haben. De Montmorency schien zu überrascht, um sich einzumischen, aber der schwierige Teil würde erst kommen.

Cailech und Gwilym blieben am Fuße des Podests stehen, die anderen hielten sicheren Abstand. Cailech setzte zu sprechen an, als Strongbow unvermittelt die Hand hob. Erneut machte ihr Herz einen erschrockenen Satz, und sie sah bereits alles zusammenfallen, als ihr Vater sich in der Halle umsah. »Gibt es hier jemanden, der alle drei Sprachen zu sprechen vermag und als Übersetzer dienen kann?«

Stille herrschte, Blicke wurden getauscht. Lia sah Raymond an, der sich zum Ausgang zurückgezogen hatte und dort scheinbar gelassen gegen die Wand gelehnt alles beobachtete. Auch er sprach lediglich Walisisch und Normannisch. Niemand hier sprach alle drei Sprachen fließend. Nur sie.

Und als hätten die Männer ihren Gedanken gehört, trat plötzlich einer der Waliser vor. »Eure Tochter, Mylord, Lady Basilia spricht alle drei Sprachen.«

Ihr Vater sprach genug Walisisch, um die Worte zu verstehen, und er nickte. »Schickt nach ihr.«

Einer der Pagen huschte davon, und Lia spürte ihr Herz schneller schlagen. Zu ihrer Erleichterung sah niemand in ihre Richtung, noch nicht einmal Raymond, der gesehen haben musste, wie sie sich hinter dem Stützpfeiler versteckte. In den dunklen Winkeln schob sie sich entlang der Wand zu einem kleinen Ausgang, den die Bediensteten benutzten, um vom Vorratskeller und der Küche in die Halle zu kommen. Sie öffnete die Tür und schloss sie wieder, dann trat sie zwischen zwei Stützpfeilern hindurch ins Licht.

»Mylord?« Sie sah zu Strongbow auf und blickte sich um, als wüsste sie nicht, was vor sich ging.

Ihr Vater sah ihr entgegen, nicht mehr so streng, wie sie erwartet hatte, sondern fast schon stolz.

»Gut, dann können wir ja beginnen. Basilia, diese Männer haben ein Anliegen, und ich möchte, dass du ihre Worte für mich übersetzt.«

Gwilym und Cailech verneigten sich vor ihr, und sie atmete erleichtert und dankbar auf, da die beiden sich nichts anmerken ließen.

Schließlich erzählten sie, was sie am Morgen schon Lia gesagt hatten. Sie sprachen von der fehlenden Bezahlung, der Schwächung der Garnisonen, die eine Gefahr für ihrer aller Leben darstellte, und vom Wunsch, Raymond zum Kommandanten zu ernennen. De Montmorencys Ungeschick im Umgang mit den Kriegern ließen sie ob seiner Anwesenheit geflissentlich aus. Aber sie nannten auch die unerfreuliche Wahrheit, dass die Männer drohten, Strongbow zu verlassen. Lia kam die ungemütliche Aufgabe zu, das meiste zu übersetzen.

Ihr Vater sagte kein Wort, hörte sich alles an, seine Miene wie aus Stein, aber in seinen Augen loderte Zorn. Die Frage war nur, wem er galt. Es war de Montmorency, der nach Beendigung der Schilderungen als Erster das Wort ergriff, auch wenn es ihm sichtlich schwerfiel. Er schnappte nach Luft wie ein Fisch auf dem Trockenen. »Wie könnt ihr es wagen?« Er sah sich in der Halle um, Hektik im Blick, als erwartete er bereits, von seinen Untergebenen niedergestreckt zu werden. »Verrat! Elende Verräter! Das ist euer Dank? Das nennt ihr Loyalität? Ihr habt hier überhaupt nichts zu fordern!«

Lia erkannte, wie die Männer sich anspannten, und sie sah die Situation bereits eskalieren. Aber ihr Vater kam zu gar keiner Antwort, denn de Montmorency kreischte sofort weiter.

»Ausgepeitscht gehören sie alle, oder noch besser aufgehängt!«

Lia verdrehte die Augen. »Wollt Ihr das gesamte Heer aufhängen, Sir Hervey? Das könnte ungemütlich werden, wenn Ihr Euch plötzlich allein der Kriegsbande des Hochkönigs gegenübersehet.«

»Es muss ein Beispiel gesetzt werden.« De Montmorency wandte sich Strongbow zu, sich sichtlich nur schwer davon abhaltend, ihn zu rütteln. »Dieser Aufmarsch hier muss Folgen haben. Für alle.« Er schoss Lia einen vernichtenden Blick zu, es war klar, dass er sie darin einschloss. »Untergebene haben nichts zu fordern, sie haben zu gehorchen.«

»Wir sind bereit, vieles zu erdulden, Mylord«, ließ sich Cailech vernehmen, und Lia übersetzte erneut. »Aber nicht unter dem hier.« Er deutete auf Hervey de Montmorency, der noch roter wurde. »Raymond le Gros soll uns führen, und Ihr werdet das treueste, stärkste Heer an Eurer Seite haben, mit Männern, die kämpfen *wollen*.«

»Ihr habt zu kämpfen, ob ihr wollt oder nicht.« De Montmorency sah immer wieder zu seinem Neffen, auf eine Bestätigung wartend, nun schon fast verzweifelt. Auch Lia ließ ihren Vater nicht aus den Augen. Wieso sagte er nichts? Zugegeben, es war eine schwierige Situation. Der Forderung einfach so nachzugeben würde ihn schwach wirken lassen, ihn für die Zukunft erpressbar machen. Wenn die Männer damit durchkamen, könnten sie später noch ganz andere Dinge fordern. Gleichzeitig zeigte de Montmorencys Ausfall gerade eben, dass die Krieger recht hatten mit dem, was sie sagten.

Lia war so in Gedanken versunken, dass sie zusammenzuckte, als ihr Vater sich plötzlich von seinem Stuhl erhob und seinen Blick über alle Anwesenden wandern ließ. »Ich bin froh, dass ihr zu mir gekommen seid, meine Freunde.« Er warf de Montmorency einen flüchtigen, mahnenden Blick zu, alle lauschten angespannt seinen Worten. »Wenn auch unnötig. Ich kenne eure Sorgen, und es war schon lange mein Wunsch, schnellstmöglich Ordnung und Wohlstand zurück nach Ferns und ganz Leinster zu bringen. Den Anfang habe ich bereits gemacht.« Er sah erneut seinen Onkel an, ausdruckslos. »Viele von euch wissen vielleicht, dass Sir Hervey de Montmorency demnächst Nesta FitzMaurice heiraten wird. Es ist Zeit für meinen geliebten Onkel, eine Familie zu gründen, vom politischen Leben zurückzutreten und seine mehr als verdienten friedlichen Jahre mit seiner Frau zu verbringen.«

Die Männer sahen sich an, schienen es nicht glauben zu können. De Montmorency sollte tatsächlich seine Macht verlieren! De Montmorency stand weiß und zitternd da, während ihr Vater seine emotionslose Maske aufrechterhielt. Er hatte es tatsächlich so gedreht, als wäre das alles sein Einfall gewesen und immer so geplant und nicht von den Männern gefordert. Lia fiel es ebenso schwer, an solch ein plötzliches Wunder zu glauben. Ihr Blick wanderte zur Treppe, und sie musste grinsen. Dort stand Aoife und zwinkerte ihr kaum merklich zu.

»Auch wird euch aufgefallen sein, dass Raymond le Gros gemeinsam mit mir zurückkehrte und wieder an meiner Seite steht. Er diente dem König auf dem Festland genauso wie ich, und obwohl Henry sich nur schwer von ihm trennen konnte, gab er ihn mir an die Seite, damit er mir dabei hilft, Leinster gänzlich zu erschließen und zu halten. Es ist mir eine Freude und Ehre, euch mitzuteilen, dass Raymond FitzGerald euer neuer Kommandant ist.«

Stille, die ganze Halle schien den Atem anzuhalten. Lia hatte Jubel erwartet, Erleichterung, aber stattdessen war es so ruhig, dass sie das Gefühl hatte, die Gedanken aller Anwesenden schreien zu hören. Die Männer schienen völlig überrumpelt von dieser Wendung und sahen einander ratlos an. Niemand hatte damit gerechnet, dass ihre Forderungen einfach so genehmigt wurden.

Schließlich trat Raymond aus den Schatten, blieb vor dem Podest stehen und verneigte sich vor seinem Herrn. Ihr Vater neigte kurz hoheitsvoll sein Haupt, wandte sich dann ab und schritt nach außen hin vollkommen gelassen die Treppe hoch. De Montmorency rauschte hingegen hinaus, sich keine Mühe gebend, seinen Zorn zu verbergen. Alle warteten, bis er verschwunden war, dann hörte sie ein kollektives Aufatmen, Cailech lachte leise auf.

»Ich glaube es nicht. Aufgehängt zu werden hätte ich tatsächlich für wahrscheinlicher gehalten.«

Lia lächelte zufrieden, als sie sah, wie Raymond auf die Krieger zuging. »Versammelt die Männer im Hof. Ich habe etwas anzukündigen.« Er gab den Befehl sowohl auf Irisch als auch Walisisch, und Lia war überrascht, dass er das Irische so gut beherrschte. Also hätte auch er übersetzen können, es aber für klüger gehalten, sich im Hintergrund zu halten.

Cailech, Gwilym und die anderen nickten grinsend, eilten aus der Halle, und Raymond folgte ihnen.

»Was hast du anzukündigen?«, wollte Lia wissen und ging neben ihm her.

Er zwinkerte ihr zu. »Das wirst du gleich hören. Und glaube nicht, ich wüsste nicht, wer hier die Fäden gezogen hatte. Du siehst mich gänzlich beeindruckt. Du hast deinem Vater vom geplanten Aufstand erzählt, nicht wahr?«

Lia schüttelte den Kopf. »Das war Aoife.« Sie sah noch einmal zur Treppe, aber ihre Freundin war bereits wieder verschwunden. Sie hatte alle gerettet mit ihrem Mut, Strongbow einzuweihen und ihm somit die Gelegenheit zu geben, das Rad herumzudrehen. Das hätte auch gänzlich anders ausgehen können.

Sie begaben sich hinaus auf die Außentreppe, und Lia blieb überwältigt stehen. Cailech und Gwilym mussten niemanden mehr holen. Das gesamte Heer schien sich im Hof zu drängen, hatte anscheinend darauf gewartet, wie das Gespräch mit dem Earl ausgehen würde. Es war ein Heer, das bei einem unglücklichen Ausgang der Gespräche bestenfalls abgezogen wäre, um sie ihrem Schicksal zu überlassen. Im schlimmsten Fall hätten sie ihre Waffen gegen sie gezogen. Ein Zittern fuhr durch ihren Körper bei diesem Gedanken. Das Wissen, wie knapp sie dem Unglück entgangen waren, hallte immer noch in ihr nach.

Raymond trat ans Geländer und blickte auf all die Krieger hinab, die bei seinem Anblick augenblicklich verstummten.

»Meine Waffenbrüder! Ich komme zu euch zurück als euer Kampfgefährte, euer Kamerad, euer Kommandant.« Da war er, der Jubel, die ganze Burg schien davon zu beben.

Raymond hob die Hand, und es wurde wieder still. Als wäre er ein König, dachte Lia, und zum ersten Mal verstand sie, dass ihr Vater Raymond nicht nur verabscheute, sondern vielleicht auch fürchtete. »Ich habe für unseren König auf dem Festland gekämpft, an der Seite tapferer Ritter und Lords für eine noble Sache. Aber heute freue ich mich, zurück an eurer Seite zu sein.«

Das Gejohle nahm noch stärkere Ausmaße an, und Lia fing an, sich um Maud zu sorgen. Hoffentlich machte ihr der Lärm keine Angst. Ein Blick auf Raymond hielt sie davon ab, nach ihr zu sehen. Er stand auf der Außentreppe, mit seiner gewaltigen Gestalt, hochaufgerichtet, und Lia meinte, die Könige Britanniens, deren Blut in seinen Adern floss, in ihm zu sehen. Den anderen schien es nicht anders zu ergehen, selbst Mägde und Knechte hielten mit ihrer Arbeit inne, um ihm zuzuhören.

»Ich kann es kaum erwarten, erneut mit euch allen in den

Kampf zu ziehen, und bin glücklich, dass es nicht mehr lange dauern wird. Faelán Mac Faeláin hat sich dem Earl zu lange widersetzt. Offelan ist ein Teil Leinsters, der dem Earl untersteht, und es wird Zeit, Mac Faeláin zu zeigen, wer hier das Sagen hat! Mac Faeláin ist eine Gefahr innerhalb unserer Grenzen, und wir haben ihm oft genug die Möglichkeit gegeben, Frieden mit uns zu schließen. Aber nun ist seine Zeit abgelaufen. Ich sage, lasst uns ihm einen Besuch abstatten!«

Lia dröhnten die Ohren. Wie war es nur möglich, dass die Aussicht auf einen Kampf so viele Männer mit derartiger Euphorie erfüllte, während sie nur Entsetzen empfand? Wenn sie daran dachte, dass Raymond schon wieder fortging und sein Leben riskierte, wurde ihr schlecht. Sie musste auch an den letzten Mann denken, den sie in eine Schlacht hatte reiten sehen. Er war nicht zurückgekehrt. Sie sollte sich an Abschiede und Verluste gewöhnt haben, aber sie empfand nur schreckliche Angst um Raymond.

»Wir nehmen uns Offelan und kehren reich zurück! Holt die Wetzsteine raus, schärft eure Waffen, wir haben lange genug gewartet!«

Lia ließ den gewaltigen Moment, der bestimmt auch ihren Vater oben in seinem Gemach erreichte, noch einen Moment lang auf sich wirken, dann wandte sie sich ab und ging hoch, um nach ihrer Tochter zu sehen.

Auf dem Weg zum Frauengemach passierte sie das Zimmer des Constables und blieb erschrocken stehen. Hysterisches Geschrei hallte durch den steinernen Flur. Sie vernahm auch die ruhigere, eiserne Stimme ihres Vaters, konnte aber nicht ausmachen, was er sagte. De Montmorency hingegen klang, als würde er auf dem Spieß gebraten, so schrill wurde seine Stimme. Lia hörte ihn nur von Verrat und Familienzusammenhalt schreien. Gerade als sie die Tür zum Frauengemach aufschieben wollte, öffnete sie sich, und Alina kam heraus.

»Bist du stolz auf dich?« Sie deutete hinter sich, und Lia wusste zuerst nicht, was sie meinte. Aber dann ging ihr auf, dass auch das Fenster des Frauengemachs in den Hof ging.

Sie hob ihren Kopf. »Ich bin sehr stolz darauf, dass die Krieger unserem Vater nicht davonlaufen und wir diesen Ort noch länger unser Heim nennen dürfen.«

»Und du glaubst, das ist dein Verdienst?«

Lia lächelte. »Nein.« Sie schob sich an ihr vorbei und lauschte, um zu hören, ob Maud weinte, aber es war alles ruhig.

»Es muss dir sehr gefallen, deinen Geliebten dort unten so gefeiert zu sehen. Kein Wunder, dass du unbedingt seine Frau werden willst.«

Lia blieb stehen, ließ die Worte noch einmal durch ihren Kopf gehen und lachte schließlich leise.

Ferns, Südostirland, Oktober 1173

»Er hat mehrere Herden Rinder gestohlen, mein Herr! Von was sollen wir nun leben? Wir stehen vor dem Nichts!« Der Ire aus dem westlichen Grenzbereich Leinsters schien den Tränen nahe. Eine verschorfte Wunde verunstaltete sein bärtiges Gesicht, und sein wollenes Gewand war über und über mit eingetrocknetem Schlamm bedeckt.

Hinter ihm versammelten sich noch weitere Männer, die nicht besser aussahen, und alle sahen fordernd zu Strongbow hoch.

»Wo ist der *brehon*?«, verlangten sie zu wissen und meinten damit den Rechtsgelehrten an einem irischen Hof, der alle Gesetze kannte und üblicherweise Urteile fällte. »Der *brehon* bei uns im Dorf hat gesagt, wir müssen den ganzen Weg hierherkommen, um Recht zu erfahren, denn die Normannen verbieten, dass wir auf eigene Faust losziehen und uns rächen. Nun sind wir hier, haben unsere Frauen und Kinder zurückgelassen, um die weite Reise auf uns zu nehmen, und wollen diese Vergehen gesühnt sehen.«

Morice Regan übersetzte an Strongbows Seite, auch wenn er das nicht unbedingt musste. Lias Vater lernte stets dazu, und auch Aoife hielt sich neben ihm, um ihm die Lage zu erklären, während Lia an der Seite ihrer Stiefmutter Platz genommen hatte und lieber beobachtete. Die Männer kamen aus der Gegend rund um Waterford. Eine Stadt, die Strongbow und Raymond unter großen Verlusten eingenommen hatten und in der Strongbow und Aoife vermählt worden waren. In dieser Stadt hatte der Fürst von Desmond, Dermot Mac Carthy, dem König gehuldigt, den Schwur aber offensichtlich nicht besonders ernst genommen.

»Mylord Striguil hat eure Klage vernommen«, erklärte Regan den aufgebrachten Iren, »er wird euch in den nächsten Tagen mitteilen, wie er mit den Raubzügen Mac Carthys umzugehen gedenkt.«

»Aber der Earl kann das nicht entscheiden«, protestierte der Sprecher der Gruppe. »Wo ist der *brehon*?«, wollte er erneut wissen. »Wie soll ein Mann Recht sprechen, der nicht von Kindesbeinen an im Wissen um die vielfältigen Gesetze ausgebildet wurde? Niemand stellt einen Mann an den Amboss, drückt ihm einen Hammer in die Hand und erwartet, dass er ein Schwert schmiedet, wenn er noch nie im Leben Eisen behandelt hat und noch nicht einmal weiß, wie ein Pferd beschlagen wird! Genauso wenig kann ein Fürst Recht sprechen, wenn er kein Rechtsgelehrter ist!«

Morice Regan öffnete den Mund, um etwas zu sagen, aber gerade, als er tief Luft holte, kam Strongbow ihm zuvor.

»Du sprichst Wahres, mein Freund, und ich respektiere eure irischen Gebräuche. Ich hörte schon vieles vom Amt des *brehon* und bin geneigt, mir einen derart weisen Mann zur Seite zu stellen, um mich zu beraten. Aber bis dahin müssen wir mit den normannischen Gesetzen vorliebnehmen. Glaube mir, wenn ich dir sage, dass ich *mein* Handwerk beherrsche und so wie gewünscht von Kindesbeinen an darin ausgebildet wurde. Ich schmiede kein Eisen, und ich studiere keine Gesetzesbücher. Mein Handwerk ist das Herrschen. Mein Handwerk ist es, ein Land nicht nur zu halten, sondern es zu stärken, zu verteidigen und den Menschen darin den größtmöglichen Wohlstand und Sicherheit zu bieten. Dazu gehört, dass ich für euch in der Schlacht blute und dass ich Unrecht vergelte. Und euch ist großes Unrecht widerfahren, ihr wurdet bestohlen und angegriffen, damit wurde auch ich als euer Herr und euer Beschützer bestohlen und angegriffen. Dermot Mac Carthy hat dem König seine Treue geschworen, er unterstützte mich an der Seite meines Schwiegervaters, er war ein loyaler Verbündeter. Aber dieser Treuebruch wird nicht ungesühnt bleiben. Ein Kriegsakt kann nur auf eine Weise beantwortet werden.«

»Mit Verlaub, mein Herr«, meldete Donnell sich zu Wort, der sich von den oberen Plätzen der längsseitigen Tafel erhob. »Raubzüge um ein paar Herden Rinder sind keineswegs ein Kriegsakt und bestimmt nicht als solcher zu verstehen. Vielmehr sind derartige Raubzüge bei uns eher eine Art Brauch. In den Sommermonaten nehmen wir unsere Jungen und lehren sie bei solch harmlosen Streifzügen, was es heißt, ein Mann zu werden, ein Krieger. Wie sonst sollen sie es lernen?«

Strongbow sah seinen Schwager einen Augenblick lang wie erstarrt an, dann knallte seine Faust auf den Tisch, derart heftig, dass sein Kelch umkippte und Aoife sich die Hände vor den Mund schlug.

Langsam erhob er sich vom Stuhl, ungeachtet der erschrockenen Blicke, die allesamt zu ihm hochstarrten. Seine Stimme begann mit einem Knurren und wurde immer lauter. »Jungen werden zu Männern, zu Kriegern, indem sie eine fundierte Ausbildung genießen, nicht nur im Kampf, sondern auch in der Ritterlichkeit, in der Bedeutung von Ehre. Sie wachsen, indem sie von den Besten lernen! Raubzüge, sinnloses Morden und Stehlen von Nachbarn, von Christen, sind Sünden an Gott und nicht länger eine willkommene Sommerbeschäftigung! Seht euch unsere Ritter an.« Er wies zu denen, die nicht mit Raymond unterwegs waren, um Offelans Clanführer an seinen Treueschwur zu erinnern. Da waren die Bloet-Brüder, die Brüder John und Richard de Hereford, während Adam de Hereford an Raymonds Seite stand, Gilbert de Boreart, Walter de Riddlesford, John de Clahull und viele andere. »Diese

Ritter haben als Halbwüchsige keine Frauen und Kinder abgeschlachtet und ein paar Kühe über Landesgrenzen getrieben. Sie lernten nicht, indem sie Krieg mit unschuldigen Menschen spielten. Und trotzdem sind sie heute der Schrecken eines ganzen Volkes, sie lassen den Feind erzittern, bringen uns Sieg um Sieg! Dermot Mac Carthy aus Desmond wird erfahren, dass seine Jungen nicht länger auf meinem Grund und Boden ihre Äxte zum ersten Mal in Blut tränken! Er wird lernen. Oder er wird vernichtet.«

Es herrschte absolute Stille, und die irischen Bittsteller sahen mit einer Mischung aus Bewunderung und tiefem Schrecken zu ihrem fremden Herrscher hoch.

Nur Donnell wagte es erneut, das Wort zu ergreifen. »Wenn Ihr Mac Carthy angreift, Mylord«, sagte er langsam, als müsste er einem Kind Offensichtliches erklären, »wenn Ihr in Desmond eindringt, werden sich alle irischen Fürsten und Clanführer gegen Euch erheben. Leinster ist Euer Erbe, mein Vater ernannte Euch zu seinem Nachfolger, und selbst die Iren, die gegen Euch sind, müssen durch Eure Ehe mit meiner Schwester zumindest eine gewisse Legitimität Eures Anspruchs anerkennen. Durch Freundschaft und Diplomatie gelang es Euch, den einst von Leinster abgefallenen Part Ossory zurückzugewinnen, auch dieses Land lässt sich noch rechtfertigen. Das Fürstentum Meath ging an Hugh de Lacy, der König höchstpersönlich verfügte darüber, und auch das mussten die Iren schlucken. Aber nie zuvor setzte ein Normanne einen Fuß außerhalb dieser Grenzen. Ihr müsst verstehen, welches Bild für die Iren mit einem Feldzug Eurerseits nach Desmond entsteht. Sie werden sagen, Ihr wollt ganz Éire an Euch reißen, Ihr wollt ein Fürstentum nach dem anderen unterwerfen, so wie mein Vater es versuchte und damit aus seiner Heimat verbannt wurde. Dieser kleine Raubzug ist für niemanden der Rede wert.« Er warf den Opfern einen Blick zu, zeigte aber kein Mitgefühl, sondern wandte sich sofort wieder Strongbow zu. »Er reicht nicht als Rechtfertigung, Krieg außerhalb Eurer Grenzen zu führen. Nicht für die Iren. Mit Vergeltung entfacht Ihr ein Feuer, das Ihr nicht mehr löschen könnt.«

»Nicht ich war es, der den ersten Funken entzündete, werter Schwager. Ich danke für deinen Rat, aber wollen wir Recht und Ordnung in diesem Land etablieren, Frieden für unsere Kinder schaffen, dürfen auch kleinste Vergehen nicht unbestraft bleiben. Sobald mein Kommandant Raymond FitzGerald mit seiner Truppe aus dem Norden zurückkehrt, soll er sie in den Westen führen.«

Die Männer jubelten, und Lia wünschte, ihr Vater würde Raymond nicht bereits in einen neuerlichen Kampf schicken, eher er überhaupt gesund zurückgekehrt war. Sie warf Aoife an ihrer Seite einen besorgten Blick zu. Ihre Stiefmutter schien nicht sehr angetan von den Worten ihres Gemahls, vielleicht sah sie die Raubzüge als Irin ähnlich wie ihr Bruder. Aber dann deutete Aoife unauffällig nach vorne, und als Lia in dieselbe Richtung sah, erkannte sie Alina und Geoffrey FitzRobert im Schatten der Stützpfeiler zusammenstehen.

Verwirrt zog sie die Brauen zusammen. Was machten die beiden dort drüben? Sie schienen von der Aufregung in der Halle gar nichts mitzubekommen, sondern waren in ein angeregtes Gespräch vertieft.

Lia hatte gar nicht gewusst, dass die beiden sich kannten, geschweige denn, einander nahe genug standen, um wie zwei Verschwörer in dunklen Winkeln zu stehen. Andererseits hatte sie Alina in den letzten Wochen gemieden, um ihrem Geschimpfe über William und auch ihren verletzenden Worten über die ungewisse Zukunft von ihr und Raymond zu entgehen.

Ihr Magen krampfte sich zusammen. Was heckte Alina aus? Wollte sie ihrer Ehe mit FitzMaurice entgehen? Hatte sie ein Auge auf den hübschen Geoffrey geworfen? Sie würde sich selbst ins Unglück stürzen. Und was mit Geoffrey geschehen würde, wollte sie sich gar nicht ausmalen.

»Ich muss dich warnen, Lia.« Aoife flüsterte nahe an ihrem Ohr, während Strongbow und Donnell weiterhin die Konsequenzen eines Feldzugs besprachen. »Ich wusste nicht, ob ich etwas sagen soll, sie ist deine Schwester, außerdem meine Stieftochter. Aber ich glaube, du solltest es wissen.«

Lia wandte sich Aofie zu, und der zermürbte Ausdruck ihrer Stiefmutter und Freundin half nicht, sie zu beruhigen.

»Sie will mit Geoffrey davonlaufen, nicht wahr? Hat sie mit dir gesprochen?«

Aoife sah sie einen Moment lang erstaunt an, dann schüttelte sie den Kopf. »Seit Alina hier ist, habe ich kaum drei Sätze mit ihr gesprochen. Sie scheint mir aus dem Weg zu gehen. Nein, dein Vater hat etwas mit mir besprochen, das mich mit Sorge erfüllt.« Sie lehnte sich noch etwas zu näher zu ihr und warf Alina und Geoffrey einen weiteren Blick zu. »Es scheint wohl so, als hätte Alina deinem Vater angedeutet, dass dein Herz insgeheim für Geoffrey FitzRobert schlägt.«

Lia runzelte die Stirn und musste grinsen. »Für Geoffrey? Wie kommt er denn auf so etwas?«

»Alina. Richard sagte, dass Alina ganz außer sich gewesen wäre, den Tränen nahe, weil ihr das Herz bricht, bei allem, das du durchmachen musstest. Dass Geoffrey der Mann ist, den du willst. Dein Vater überlegt bereits, Alinas Worte ernst zu nehmen – dich mit einem jungen aufstrebenden Ritter zu verheiraten, mit deiner großen Liebe, nachdem du Robert de Quincy aus politischen Gründen nehmen musstest und dein Schicksal so tapfer annahmst. Er will dir geben, was du verdienst.«

»Das kann nicht wahr sein.« Ihre Worte klangen wie ein Fluch, und Aoife drückte ihre Hand.

»Ich habe deinem Vater gesagt, dass du nie ein Wort über Geoffrey FitzRobert verloren hast, dass ich weiß, wie du für

Raymond empfindest, schon seit Langem. Es ist kein politischer Schachzug, auch Raymonds Gefühle für dich sind nicht gespielt – das sieht ein Blinder. Zum Glück konnte ich Richard überzeugen, dass zumindest die Sache mit Geoffrey Unfug ist. Ich möchte dich trotzdem vor Alina warnen – sie scheint dir Schaden zufügen zu wollen.«

Lia seufzte. »Ich weiß. Ich werde mit ihr sprechen. Und was Raymond anbelangt, bist du bei meinem Vater wie immer auf taube Ohren gestoßen?« Lia hatte gedacht, sie würde nie wieder heiraten wollen. Doch jetzt, wo Raymond fort war und sie in Ruhe auf ihr Herz hatte hören können, war ihr bewusst geworden, dass sie nach wie vor die Frau an der Seite von Raymond le Gros sein wollte. Seine Nähe gab ihr das Gefühl, lebendiger zu sein. Sie vermisste ihn, sie sorgte sich um ihn, ihr Herz machte stets einen Satz, wenn sie an ihn dachte, und wenn er sie berührte, fühlte sie sich heil.

»Diesmal ist Alina zu weit gegangen.« Lia stand auf und sah ihre Schwester gerade noch mit Geoffrey aus der Halle gehen. Alle Aufmerksamkeit war auf die nächste Gruppe Iren gerichtet, die kamen, um einen nachbarschaftlichen Streit zu lösen, es war der geeignetste Augenblick, um Alina zu konfrontieren.

»Vielleicht solltest du dich vorher beruhigen«, flüsterte Aoife noch und hielt ihren Arm fest, aber Lia hatte ganz anderes im Sinn. Sie griff nach ihrem Wanderstab, der an die Wand lehnte und auf den sie sich nach dem Fieber häufiger hatte stützen müssen. So fand es niemand mehr sonderbar, sie damit zu sehen. Die Zeit für kluge, nette Worte, die Aoife immer predigte, war vorbei. Sie hatte versucht, Frieden mit ihrer Schwester zu schließen, hatte sich immer als die schlechtere gefühlt, weil ihr das als Kind so eingeredet wurde, aber jetzt musste sie Alina zeigen, dass sie sich nicht von ihr gängeln ließ.

So gelassen wie möglich trat sie vom Podest und bahnte sich ihren Weg zwischen den Männern ihres Vaters. Auch im Hof hatten sich unzählige Menschen versammelt, um den Earl persönlich bei diesem Gerichtstag zu sprechen.

Lia sah sich von ihrer erhöhten Position der Außentreppe aus um, konnte Alina in all dem Trubel aber nicht erkennen. Das machte nichts, ihre Schwester würde ihr nicht entwischen. Sie malte sich bereits aus, wie sie Alina bei den goldenen Haaren packte, sie in die Halle schleifte und ihrem Vater vor die Füße warf, damit er über sie urteilte.

Die Aussicht ließ sie die Treppe hinuntereilen, auch wenn sie wusste, dass sie nie so weit gehen würde. Trotzdem, sie nährte ihren Zorn, er gab ihr Kraft. Sie würde sich nicht länger von Alinas unschuldigen Augen und Mitleid einlullen lassen. Entschlossen trat sie von der Treppe, umrundete sie und machte sich auf den Weg zum rückwärtigen Bereich des Burgturms, wo eine kleine Grünanlage zu Spaziergängen einlud, als sie gegen etwas Hartes prallte.

Verblüfft sah sie auf, und fast wäre ihr ein Stöhnen entkommen, als sie direkt in Geoffreys dunkle Augen hochsah.

»Basilia! Es tut mir leid, ich habe dich gar nicht gesehen.«

»Ich dich auch nicht.« Dafür war der rote Nebel des Zorns vor ihren Augen zu dicht. »Hast du Alina gesehen?«

Geoffrey deutete mit einer zittrigen Bewegung hinter sich. »Sie will etwas frische Luft schnappen, der Aufruhr in der Halle war ihr zu viel.«

Lia schnaubte. »Sie ist kein so zartes Pflänzchen, wie sie dich glauben machen will, Geoffrey.« Sie wollte an ihm vorbei, aber Geoffrey stellte sich ihr in den Weg, sah auf sie hinab und rieb seine Finger unruhig aneinander.

»Basilia, könntest du mir wohl einen Augenblick widmen? Ich schwöre, es dauert nicht lange. Ich muss nur … ich kann nicht länger schweigen.«

»Geoffrey.« Sie hob die Hand, um ihn aufzuhalten, aber da platzte es schon aus ihm heraus.

»Ich möchte deinen Vater um deine Hand bitten!« Seine Stimme war unnatürlich schrill, und Lia zuckte zurück. Das alles war absurd. In was für eine Situation hatte Alina sie da nur wieder reingeritten? Lia umschloss den Wanderstab fester.

»Geoffrey …«, versuchte sie erneut, ihn aufzuhalten, aber er ließ sie nicht zu Wort kommen.

»Ich weiß, ich habe dich in der Vergangenheit schlecht behandelt, habe Unverzeihliches gesagt und getan. Und trotzdem standest du mir zur Seite in den düstersten Stunden meines Lebens. Du bist der gütigste, beste Mensch, den ich kenne und …«

»Geoffrey!« Sie konnte nicht länger zuhören, das war zu viel. »Das stimmt doch alles gar nicht.«

Seine Augen verengten sich, und Lia atmete tief ein, um ruhig zu bleiben. »Ich kann dir nicht erklären, was zwischen Alina und mir ist, ich verstehe es ja selbst nicht wirklich. Aber sie hat dir etwas eingeredet! Sie lässt dich Dinge sagen und glauben, die nicht wahr sind.«

»Das ist nicht …«

»Du magst mich doch gar nicht, Geoffrey! Von Anfang an hat dich mein Verhalten abgestoßen, du willst keine Frau wie mich! Eine Frau, die sagt, was sie denkt, die einem Mann nicht gehorcht, die für sich selbst kämpft! Du weißt es selbst, wenn du in dich hineinhörst. Meine Schwester hat dir Gift ins Ohr geträufelt.«

Geoffrey starrte sie an, so getroffen, dass ihr Herz zu rasen begann. »Ich will dich nicht verletzen«, beeilte sie sich zu sagen. »Auch wenn wir meist unterschiedlicher Meinung sind, bist du mir irgendwie ein Freund geworden. Ich weiß, dass du ein guter Mensch bist, dass du anständig bist, du wirst bestimmt ein wunderbarer Ehemann, nur nicht …«

»Ist das denn nicht genug? Darauf können wir aufbauen. Ich

weiß, ich verdiene dich noch nicht, aber ich stehe erst am Anfang.«

»Ach Geoffrey, ich weiß, dass du all deine Vorhaben in die Tat umsetzen wirst, da bin ich mir ganz sicher. Es ist nur …«

»Es ist Raymond FitzGerald, nicht wahr?« Bitterkeit klang aus seiner Stimme. »Er hat es ja vor dem gesamten Haushalt kundgetan. Aber du darfst ihm nicht trauen, Basilia!« Er streckte die Hand nach ihr aus, aber sie wich zurück.

»Solche Worte aus deinem Mund?« Sie funkelte ihn an. »Du hast ihn doch stets verehrt!«

»Da wusste ich noch nicht, welches Spiel er mit dir treibt. Aber Alina hat mir …«

»Alina! Siehst du denn nicht, dass *sie* es ist, die spielt?«

Geoffrey sah sie so ehrlich verständnislos an, dass sie wusste, es hatte keinen Sinn, er würde ihr nie glauben. Die sanfte, gutmütige Alina zu Intrigen fähig? Es war unvorstellbar.

»Ich meine es ernst, Basilia. Ich glaube, wir beide könnten glücklich miteinander werden. Ich … ich kann auch darüber hinwegsehen, dass du schon mal verheiratet warst, dass du eine Tochter hast.«

Lia schloss die Augen. Sie wusste nicht mehr, was sie darauf sagen sollte. Sie sah Raymond vor sich, wie er Maud in seinen Armen hielt, und hätte sie noch Zweifel daran gehabt, wie sie für ihn empfand, wären sie spätestens jetzt gewichen. »Ich muss mit Alina reden, Geoffrey. Bitte schlag dir diesen Unsinn aus dem Kopf!« Sie sah ihn beinahe flehentlich an, er blickte starr und zweifelsohne verletzt zurück, als unvermittelt ein Horn über den Lärm im vollgestopften Hof erklang.

Augenblicklich war es still, alle blickten zum offenstehenden Tor, und Lia spürte ihr Herz schneller schlagen. Die Menge wich zur Seite, lief auseinander, wie die Brandung um einen Felsen. Die in Ehrfurcht geflüsterten Worte, der Name, den sie so lange zu hören herbeigesehnt hatte, lag auf Dutzenden Lippen.

»Er ist zurück«, hörte sie immer wieder. »Raymond FitzGerald, seht nur!«

Nur Lia konnte nichts sehen, da waren zu viele Menschen. Sie hörte die Pferde im Stall wiehern, sie schienen ihre zurückgekehrten Kameraden zu begrüßen. Dann erklangen unvermittelt die Laute von Sackpfeifen. Die Menschen im Hof drängten sich immer weiter zurück und verstellten Lia die Sicht.

Ungeduldig zwängte sie sich entlang der Treppe zurück, trat auf die ersten Stufen, und dann erkannte sie ihn. Er ritt an der Spitze der Kriegstruppe auf seinem Rappen, er trug seinen Helm, was seine goldenen Locken verbarg, und durch den Nasenkolben war auch ein Gutteil seines Gesichts bedeckt. Aber er war unverwechselbar.

Ihm folgten die Krieger mit ihrer lautstarken Musik sowie unzählige, aneinandergebundene Pferde und Karren voller Truhen.

»Mylord!« Raymond breitete die Arme aus und verneigte sich im Sattel. Er blickte nach oben, und als Lia in dieselbe Richtung sah, erkannte sie ihren Vater, der herausgekommen war und vom Kamm der Treppe den Hof überblickte. »Offelan ist Euer. Ich bringe Euch Pferde, Waffen, Silber und Gold.«

Strongbow konnte nichts erwidern, der Jubel all jener im Hof, der Garnison und sogar derer, die nur für den Gerichtstag gekommen waren, hätte jedes Wort verschluckt. Es lag aber ein Lächeln in seinem Gesicht, das Lia Hoffnung gab. Sie wusste zwar nicht, ob er wegen der Beute und des Erfolgs lächelte, aber sie hoffte, dass es ein erster Schritt in Richtung Versöhnung war. Raymond wollte sich gerade aus dem Sattel schwingen, als Strongbow die Hand hob und ihn innehalten ließ. Auch die anderen verstummten einer nach dem anderen, sie stießen sich gegenseitig an, zischten um Ruhe.

»Sir Raymond.« Ihr Vater sprach ruhig, aber seine volltönende Stimme trug weit. »Ihr bringt mir Ruhm und Reichtum, der nicht meiner sein soll, sondern denen gehört, die an Eurer Seite tapfer gekämpft haben. Genauso jenen, die uns hier in Ferns schützen.« Erneuter Jubel, die Tage der fehlenden Bezahlung waren vorbei.

Strongbow aber ließ sich nur kurz unterbrechen. »Ich möchte Euch an den warmen Herd führen und die kälter werdenden Tage am Feuer verbringen lassen. Ihr und all jene, die hinter Euch stehen, haben nicht weniger verdient. Aber der Feind ruht nicht, und so betrübt es mich, Euch erneut in den Kampf schicken zu müssen, um Unschuldige zu vergelten und die Sicherheit in unserem Land wiederherzustellen. Dermot Mac Carthy, der Fürst von Desmond fiel in unser Land ein, raubte, schändete und mordete. Lasst uns ein Zeichen setzen. Lasst uns Blut mit Blut vergelten. Zieht los und nehmt, was geraubt wurde und noch mehr.«

Die Krieger hinter Raymond streckten die Fäuste in die Luft. Sie waren erschöpft, hatten zweifelsohne Verluste erlitten, befanden sich aber dem Anschein nach in einem Rausch, und die Aussicht auf weiteren Kampf, auf noch mehr Beute, schien sie mit neuer Kraft zu erfüllen.

Raymond hingegen gab sich nüchtern. Er ließ seinen Blick über die Anwesenden schweifen und verharrte schließlich bei ihr. Er nahm seinen Helm ab, und Lia fürchtete bereits, er würde ihren Vater vor ein Ultimatum stellen. Ihm vor dem gesamten Haushalt erneut zu einer Entscheidung zwingen, und all ihre Arbeit, die beiden einander näherzubringen, vernichten.

Aber er sah sie nur unverwandt an, so, als präge er sich ihren Anblick ein. Es war unmöglich, seine Gedanken zu lesen. Dann brach die Verbindung, er sah wieder zu Strongbow hoch und neigte den Kopf.

»Euer Vertrauen in mich ehrt mich, Mylord. Ich werde sichergehen, dass Ihr es nicht bereut.«

»Wählt so viele Männer, wie Ihr für diese Aufgabe benötigt, und brecht schnellstmöglich auf.«

»Mylord.« Unvermittelt drängte Geoffrey sich durch die Menge ins Herz des Hofes zu Raymond. Dabei sah er aber nicht zu seinem Idol, sondern hoch zu Strongbow. »Ich bitte Euch um Erlaubnis, den Feldzug zu begleiten.« Er sprach nicht mit der für ihn charakteristischen Aufregung, sondern todernst, entschlossen, was sie aufhorchen ließ und sie mit Sorge erfüllte. »Mein einundzwanzigster Geburtstag steht bevor, und ich bin bestrebt, mir den Ritterstand zu verdienen, mich Euch zu beweisen.« Er sah nicht in Lias Richtung, aber Strongbow tat es. Als wüsste er durch Alinas Worte genau, worum es ging.

Sie schüttelte kaum merklich den Kopf, und sie konnte ein Stöhnen nur schwerlich unterdrücken. Hier ging es nicht darum, an Achtung zu gewinnen, um vor Strongbow um ihre Hand anzuhalten. Sie hatte ihm nur allzu klargemacht, dass er sich das aus dem Kopf schlagen musste. Trotzdem wollte er auf diesen Feldzug, mit dem Ausdruck eines Märtyrers auf dem Gesicht, und am liebsten wäre sie zu ihm gegangen, um ihm eine kräftige Ohrfeige zu verpassen. Strongbow wandte sich wieder ab, sah hinunter zu Geoffrey, und zu ihrem Entsetzen nickte er. »Sir Raymond und alle anderen können sich glücklich schätzen, einen so tapferen jungen Mann an ihrer Seite zu wissen. Gott sei mit euch allen.« Er wandte sich ab und ging zurück in der Halle, während es im Hof sofort wieder zu summen begann von all den Stimmen, die durcheinanderredeten.

Lias Blick fiel zu Raymond, der sich gerade aus dem Sattel schwang, und auch er sah wieder in ihre Richtung. Ihre Lippen verzogen sich zu einem breiten Lächeln, und am liebsten wäre sie auf ihn zugerannt und hätte sich ihm in die Arme geworfen. Er machte einen Schritt auf sie zu, aber dann umkreisten ihn unzählige Männer, redeten auf ihn ein und versperrten Lia erneut den Blick auf ihn. In all dem Trubel sah sie plötzlich Alina, die von den Gärten zurückkam und sich ihren Weg zu bahnen versuchte.

Lia biss die Zähne zusammen, raffte ihre Röcke, ging die

Treppe hinunter und schob sich ebenfalls zwischen unzähligen Leibern hindurch. Immer noch wieherten Pferde, die Sackpfeifen begannen erneut zu spielen, der Lärm dröhnte in ihrem Kopf.

Alina war klein, inmitten der Menge könnte sie ihr leicht entwischen, aber Lia bahnte sich ohne Rücksicht ihren Weg und sah schließlich goldenes Haar.

Sie schob ein paar irische Hirten zur Seite, streckte die Hand aus und bekam Alina am Arm zu fassen, ehe sie im Backhaus verschwinden konnte. Vermutlich wollte sie dort den Trubel abwarten oder sich etwas zu essen holen. Lia hatte schon mitbekommen, dass sie während der Mahlzeiten kaum zugriff und sich dann lieber in die Küche oder ins Backhaus schlich, um die flachen Haferküchlein zu stibitzen.

Lia konnte es ihr nicht verdenken – das nicht –, aber so viel anderes.

»Basilia, was …«

Aber Lia ließ sie gar nicht zu Wort kommen, sie umschloss Alinas dünnen Arm mit eisernem Griff und zerrte sie mit sich in Richtung des verlassenen Ambosses unter dem Strohdach auf der gegenüberliegenden Seite des Hofs. Der Schmied, der die Pferde beschlug, Werkzeug und Kochgeschirr herstellte, war nicht an seinem Arbeitsplatz, obwohl das Feuer in seinem Brennofen nicht versiegte. Bestimmt gehörte er zu den Schaulustigen, und so zog Lia ihre Schwester in die Wärme des Verschlags.

»Es reicht, Alina!« Sie konnte kaum sprechen, so außer Atem war sie – vom Kampf gegen unzählige Leiber, gegen ihre sich wehrende Schwester und vor allem vor Zorn. »Ich weiß, du willst mir schaden, wenn ich auch nicht verstehe, weshalb. Aber was kann der arme tölpelhafte Geoffrey dafür? Du hast ihm so lange Unsinn eingeredet, und jetzt zieht er los, um sich umbringen zu lassen!«

Alina sah sie verständnislos an. »Ich weiß nicht, wovon du redest. Ich wollte dir nur helfen.« Alina hob ihren Kopf, ihre

Stimme ein unschuldiger Singsang. »Du hast mir all die Vorzüge aufgezählt, die ein junger Ritter als Ehemann mit sich bringt, und ich wollte dich aus den Fängen dieses alten Kriegers Raymond retten. Hast du mir nicht gesagt, dass ich mich glücklich schätzen kann, keinen Mann in Vaters Alter heiraten zu müssen, wie froh ich sein müsste, mit William FitzMaurice verlobt zu sein? Nun, ich wollte dir dasselbe ermöglichen.«

Der Zorn über diese unschuldig vorgetragenen Worte brachte Lia beinahe um den Verstand. Am liebsten hätte sie ihrer Schwester mit dem Wanderstab eins übergezogen. Doch sie zwang sich ruhig zu atmen – Aoifes Worte in ihrem Kopf zu hören.

»Wir sind Schwestern, mehr noch, Zwillinge. Wir sollten zusammenhalten. Was habe ich dir getan, dass du mir immer wieder Leid zufügen willst?«

»Zusammenhalten, ja?« Alina machte einen Schritt auf sie zu, ihre grünen Augen funkelten, ein ungewöhnlicher Anblick, schließlich hielt sie ihren Blick meist schüchtern gesenkt. »Alles, was ich sehe, wenn ich in unsere Kindheit zurückblicke, sind deine Verfehlungen, Basilia, dein Streben, jede noch so kleine Regel zu brechen. Und was hast du dafür bekommen? Die Bewunderung und Liebe aller!«

»Das ist nicht wahr. Wenn du wüsstest, wie sehr ich es versucht habe, wie schwer es für mich war …«

»Was war schwer für dich? Ständig zu tun und zu sagen, was dir in den Sinn kommt? Nie nachzudenken oder mit den Konsequenzen deines Handelns zu leben und dich damit ständig in den Mittelpunkt zu drängen? Lia ist etwas Besonderes, Lia ist ein freier Geist, Lia hat Stärke, lasst uns Lia nach Irland schicken, lasst uns Lia mit dem treuesten Mann Strongbows verheiraten. Du warst stets der Liebling aller, immer in den Gedanken aller. Mutter, Tante Marared, Großvater, Vater, Gildas … Raymond le Gros. Und ich? Ich tat stets, was von mir erwartet wurde. Welchen Dank bekam ich dafür, außer übersehen zu werden?«

Lia wusste nicht, was sie sagen sollte. Der Schmerz, der Zorn, den Alina offensichtlich empfand, war ihren eigenen Gefühlen aus der Kindheit so ähnlich – eigentlich hätten sie die besten Freunde sein müssen. Außer, dass Lia Alina nie Leid hatte zufügen wollen, und das war der Unterschied. Sie spürte ihren Zorn schwinden, da war nur noch Leere und Resignation.

»Es tut mir leid, dass du dich benachteiligt gefühlt hast, aber das rechtfertigt nicht, mir stets schaden zu wollen, und schon gar nicht, einen jungen Mann in den sicheren Tod zu schicken.« Sie hob den Wanderstab in ihrer Hand, und Alinas Augen weiteten sich, sie wusste genau, wozu sie damit fähig war. »Eigentlich wollte ich dir deine hübsche Nase damit brechen, aber dafür bist du mir schon zu egal.«

Lia fand Raymond im Stall, wo er auf einem Holzbock für die Sättel saß und sein Schwert wetzte.

»Du musst dir einen Knappen zulegen, ein so ruhmreicher Ritter wie du sollte diese Arbeit nicht selbst erledigen.«

Raymond sah auf, und der Ausdruck, der sich bei ihrem Anblick über sein Gesicht legte, ließ ihr Herz stolpern. »Ich hatte mal einen Knappen. Doch er wurde von einer Lady auf beeindruckende Weise auf den Boden der Tatsachen gesetzt und wandte sich deshalb Gott zu.«

Lia grinste. Sie war von Sorgen und Angst erfüllt, aber sie musste nur zu ihm gehen, und die Welt schien ihr ein wenig besser.

»Außerdem kümmere ich mich gerne selbst um meine Sachen, es ist lästig, von oben bis unten bedient zu werden, und dieses ständige Verbeugen mit ›ja, Sir, nein, Sir, soll ich Ihnen noch beim Anziehen helfen, Sir …‹.«

Lia lachte. »Findest du das nicht ein wenig egoistisch? Du verwehrst einem jungen aufstrebenden Jungen, von Raymond FitzGerald höchstpersönlich ausgebildet zu werden. So viele Knappen suchen einen Platz für ihre Ausbildung zum Ritter, kann man da ein bisschen Höflichkeit für einen guten Zweck nicht ertragen?«

Raymond legte sein Schwert zur Seite und erhob sich, türmte sich vor ihr auf. Seine Hand legte sich sanft unter ihr Kinn, hob es an, und dann legte er seine Lippen auf ihre. Erst zärtlich, dann fordernd.

Lia schloss ihre Augen, genoss die Wärme, das Kribbeln. Sie verspürte keine Panik mehr, ganz im Gegenteil. Sie glaubte, Flügel zu bekommen und davonzufliegen.

»Ich denke darüber nach.« Er küsste sie noch einmal auf die Stirn, dann richtete er sich auf und sah sie mit demselben prüfenden Blick an wie im Hof. »Ist alles in Ordnung, Lia? Du scheinst aufgebracht? Behandelt man dich nicht gut? Du musst nur ein Wort sagen, und ich hole dich von hier weg.«

Sie lächelte dankbar und lehnte ihren Kopf an seine Brust. »Mach dir keine Sorgen, es geht mir gut. Ich kann mich selbst verteidigen, wie du weißt.« Sie trat einen Schritt zurück und lehnte sich mit hochgezogener Augenbraue auf ihren Wanderstab. Zum Glück waren alle um sie herum so beschäftigt, dass sie Raymond und ihr keine Aufmerksamkeit schenkten. Das Gedränge hatte sich kaum gelegt, obwohl die Abendstunden bereits eingetreten waren. Aber Pferde mussten für diesen nächsten Feldzug vorbereitet und Waffen und Proviant geladen werden. Überall liefen Bedienstete umher und gingen ihrer Arbeit nach, genauso Krieger, die ihre Ausrüstung auf Vordermann brachten.

»Ich muss dich um etwas bitten, Raymond«, sagte sie trotzdem in leisem Ton, damit niemand es hörte.

»Ich möchte beinahe sagen, alles, was du willst, aber so wie du aussiehst, bin ich lieber vorsichtig. Was ist es?« Er ließ sich wieder auf dem Bock nieder, streckte die langen Beine aus und sah sie abwartend an.

Lia biss sich auf die Unterlippe, suchte nach den richtigen Worten. Sie konnte Raymond nicht von Alinas Intrige erzählen, wer wusste schon, wie er darauf reagierte? Wenn er Alina zur Rede stellte, der hünenhafte Ritter auch nur seine Stimme gegenüber dem zarten, unschuldigen Pflänzchen erhob, könnte ihm das schaden.

»Könntest du dich weigern, Geoffrey FitzRobert auf deinen nächsten Kriegszug mitzunehmen?«

»Geoffrey FitzRobert? Du meinst den Burschen, den dein Vater dir als Aufpasser zur Seite gestellt hat?«

Lia nickte ernst. »Es geht ihm nicht gut. Er hat schlechte Nachrichten erhalten, und ich habe Angst, dass er sich dem Heer anschließt, um …«

»Du glaubst, er hat vor, als Held zu sterben?« Raymond sah sie lange an, und sie glaubte schon, er würde sie nach dem Grund für ihre Sorge fragen, Eifersucht zeigen, aber er seufzte nur und nahm den Wetzstein zur Hand. »Lia, dein Vater hat vor dem gesamten Haushalt bekanntgegeben, dass Geoffrey mitgeht, und wenn ich es ihm jetzt verbiete, wird es Gerede geben.«

Lia öffnete den Mund zu Protest, aber er fuhr bereits fort. »Ich werde ein Auge auf ihn haben. Ich werde nicht zulassen, dass ihm etwas passiert, *das* kann ich dir versprechen.«

»Du sollst darauf aufpassen, dass dir nichts passiert.« Sie ging zu ihm und nahm sein Gesicht in beide Hände, ihr war egal, wer sie sehen konnte. »Nicht abgelenkt sein und in eine dieser schrecklichen Äxte laufen. Wie willst du mir versprechen, dass Geoffrey nichts geschieht? Du kannst mir nicht mal versichern, dass *du* gesund zurückkehrst.«

»Ich versichere es dir. Ich habe nicht vor, in eine Axt zu laufen, ehe ich mit dir alt und grau geworden bin.«

Lia beschloss seinen Worten zu vertrauen und tat das, wonach ihr Körper, ihre Seele verlangte. Sie lehnte sich vor und küsste ihn, so wie er sie vor dem Frauengemach geküsst hatte. Sie presste ihren Körper an seinen, genoss das tiefe Stöhnen, das aus seiner Kehle drang, und vergrub ihre Hände in seinen Haaren, um seinen Kopf noch näher zu sich heranzuziehen. Schließlich löste sie sich schwer atmend von ihm und setzte ihm den Wanderstab an die Brust.

»Wenn du dein Wort brichst, zeige ich deinen Männern, wie leicht auch Raymond FitzGerald von einem Mädchen zu Fall gebracht werden kann.«

6 Monate später
Ferns, Südostirland, Mai 1174

Es war eine unglaubliche Hochzeitsfeier. Lia war wie gefesselt von dem Spektakel, das sich ihr auf der weiten Wiesenfläche außerhalb der Burgmauern bot. Reiter vollführten zu Ehren der Doppelhochzeit von Alina und William sowie von de Montmorency und Nesta Kunststücke auf galoppierenden Pferden. Da waren auch Schaukämpfer und Feuerbändiger. Die gesamten Feierlichkeiten waren der reinste Rausch. Damals bei Lias Hochzeit war alles sehr schnell gegangen, ihr Vater hatte es so eilig gehabt, sie zu verheiraten. Aber diesen Fehler hatte er nicht noch einmal begehen wollen. Den ganzen Winter über waren die beiden Hochzeiten geplant geworden, und das Ergebnis war wahrhaft atemberaubend.

»Ich auch, ich auch!« Maud zeigte zu einem der Iren, der auf dem Rücken des galoppierenden Pferdes stand und dabei mit Lederbällen jonglierte. Die dunkle Mähne des Hengstes, in die bunte Schleifen gebunden waren, flog wild durch die Luft, die Hufe stapften trittsicher und in gleichmäßigem Takt durch den Schlamm, und der Mann mit seinen langen dunklen Haaren, die hinter ihm her wehten, stand barfuß und mit leicht gebeugten Knien auf dem mächtigen Tier, als spürte er die Bewegungen gar nicht.

Lia musste zugeben, dass diese Kunst eine Faszination auf sie ausübte, und Maud ging es nicht anders, es war schwer, sie zurückzuhalten, damit sie nicht direkt auf die Pferde zulief. Lia konnte kaum glauben, dass sie schon über ein Jahr alt war und kaum zum Verstummen zu bringen war. Sie redete ohne Unterlass und das auf Irisch und Normannisch, oder eher einer Mischung aus beidem. Zugegeben, nicht alle verstanden sie so, aber Lia wusste immer genau, was Maud sagen wollte.

»Pferd! Ich auch reiten!«

»Wenn du etwas größer bist, mein Herz. Dann kannst du auch auf galoppierenden Pferden stehen. Du kannst machen und werden, was auch immer du willst.« Sie ging neben Maud auf die Knie nieder und küsste sie auf die Wange, genoss den Moment des Friedens mit ihr.

Die schlimmste Anspannung war vorüber. Am Morgen bei den Trauungen vor der Kirche war Lia vor Mitleid mit Nesta und auch mit William das Herz schwer gewesen. Schließlich hatte Nesta ein ebenso großes Scheusal heiraten müssen wie Lia, und William musste nun sein Leben lang an der Seite einer Frau verbringen, die ihn spüren ließ, wie unglücklich sie war. Aber nun schien es allen gut zu gehen, und sie feierten hier draußen auf der Wiese, inmitten der bunt geschmückten Bäume, ein rauschendes Fest.

Sie sah wieder zu den Reitern, die zu einer umherziehenden Schaugruppe gehörten und für die ihr Vater ein Vermögen bezahlt hatte, genauso wie für die Musiker, die abends beim Festmahl spielen sollten. Nach allem, was Lia bislang gesehen und gehört hatte, waren sie es wert.

»Ich auch, ich auch.« Maud war nicht zu beruhigen, und Lia zog sie an ihre Brust, um sie mit Küssen zu überhäufen und vom Geschehen abzulenken. Vielleicht sollte sie häufiger die Ställe besuchen und Maud mal auf ein Pferd setzen.

»Die nächste Hochzeit wird unsere sein.« Unvermittelt stand Raymond neben ihr und legte ihr die Hand in den Rücken.

Lia gab sich keine Mühe, ihr glückliches Lächeln zu verbergen. Für sie war es nach wie vor etwas Besonderes, ihn plötzlich neben sich zu haben. Er war den ganzen Winter als Teil der Besatzung der Garnison in Wexford gewesen. Sie hatte ihn nur selten gesehen, meist nur zu großen Feierlichkeiten wie dieser heute.

»Ich glaube, dieser Tag wird nie eintreffen«, seufzte sie und richtete sich auf. Sie wollte Maud hochheben, aber ehe sie dazukam, hatte Raymond sie schon auf dem Arm. Maud strahlte ihn an, und er zeigte mit komischen Grimassen auf die irischen Reiter.

Es war sonderbar, ihn so zu sehen, wenn sie bedachte, welch anderer Mann er im Kampf sein musste. Sein Sieg in Mac Carthys Land hatte ihm noch größeren Ruhm beschert, aber ihr wurde immer noch ganz flau, wenn sie daran dachte, wie knapp es gewesen war.

Zuerst hatte alles ganz leicht ausgesehen. Raymonds Truppe hatte Lismore geplündert, eine Stadt Mac Carthys, und war dann weiter ins Umland gezogen, während Adam de Hereford die Beute in Lismore auf Schiffe laden ließ. Doch dann hatten Ostmänner aus Cork mit einer Flotte angegriffen, um die Beute an sich zu nehmen. Zum Glück hatte Adam de Hereford den Feind in einem Gefecht auf dem Fluss schlagen können und somit die Flotte und Beute noch vergrößert. Raymond war währenddessen mit seiner kleinen Gruppe ausgerechnet Dermot Mac Carthy und seinem Heer in die Arme gelaufen. Doch auch er hatte mal wieder wie durch ein Wunder ohne große Verluste gesiegt und viertausend Rinder nach Waterford gebracht. Die Männer feierten ihn nun, als wäre er ein Gott.

»Wir dürfen nicht aufgeben, Lia, er wird nachgeben.« Raymond hob Maud auf seine Schultern, damit sie besser sehen konnte, und sie genoss das Bild. Obwohl sie sich keine großen Hoffnungen machte, dass ihr Vater einer Hochzeit bald zustimmen würde, waren sie für Lia beinahe schon eine kleine Familie. Strongbow hätte den ganzen Winter über Zeit gehabt, eine

Verlobung zwischen ihnen bekannt zu geben. Schließlich hatte Raymond ihm große Siege eingebracht.

Zumindest um Geoffrey musste sie sich keine Sorgen machen. Nach den Kämpfen in Lismore hatte Strongbow ihn zum Ritter geschlagen und als Teil der Garnison nach Wexford geschickt. Es bestand also keine Gefahr mehr, dass er Alinas Andeutungen ernst nahm.

»Wenn er einer Verlobung nicht zustimmt, bin ich langsam bereit, mit dir davonzulaufen. Ich bin ein Bastard, man erwartet bestimmt keine besondere Tugend von mir.«

Er lachte und küsste sie vor allen auf den Scheitel. »Wir dürfen nicht aufgeben, Lia, du musst auch daran glauben, besonders jetzt, da ich …« Er seufzte schwer, und Lia machte einen Schritt auf ihn zu.

»Da du was? Schickt Vater dich nach Thomond?« Den ganzen Winter über hatte er Rachepläne geschmiedet gegen seinen einstigen Verbündeten, den Fürsten von Thomond, Donnell O'Brian.

O'Brians Vorfahren waren Fürsten von ganz Munster gewesen, ein großes Reich, aber der Hochkönig hatte das Land nach Familienstreitereien geteilt – in Thomond im Norden und Desmond im Süden. Eine Strategie, die der Hochkönig gerne anwandte – große, mächtige Fürstentümer zu kleinen schwachen machen –, um seine eigene Macht auszubauen. Dasselbe hatte er in Meath getan, das nun Hugh de Lacy hielt.

O'Brian war über den Verlust seines halben Landes so erzürnt gewesen, dass er sich den Normannen angeschlossen hatte, in der Hoffnung, durch ihre Hilfe ganz Munster zurückzubekommen. Außerdem war er mit Aoifes Schwester verheiratet und hatte somit auch eine verwandtschaftliche Beziehung zu Strongbow.

Aber nachdem Raymond gegen Mac Carthy gezogen war, den Mann, der den zweiten Teil Munsters hielt und der Rinderraubzüge in Strongbows Land unternommen hatte, war O'Brian außer sich gewesen. Wie von Aoifes Bruder vorausgesagt, hatte er den Vormarsch nach Munster als Kriegsakt aufgefasst, als Zeichen, dass die Normannen ganz Irland für sich erobern wollten und er als Nächster an die Reihe käme. Er war mit Unterstützung des Hochkönigs, der seinen Sohn und eine Kriegstruppe zur Verfügung gestellt hatte, nach Kilkenny Castle gezogen, das ihr Vater erst vor Kurzem hatte errichten lassen. Die Burg war noch im Aufbau und nicht stark genug, einem Ansturm standzuhalten. Also war die Garnison nach Waterford geflüchtet, während O'Brian die Burg zerstört und das Umland geplündert hatte.

Nun war Strongbow bestrebt, zurückzuschlagen. Es war ein nicht enden wollendes Hin und Her, Menschen starben so sinnlos, und dieser Feind war bestimmt nicht leicht zu besiegen. Als einstiger Verbündeter Strongbows kannte O'Brian die normannische Stärke, normannische Taktikten und war vorbereitet.

»Es muss einen anderen Weg geben, als Krieg gegen O'Brian zu führen, gegen Aoifes Schwager«, überlegte sie laut.

Raymond wandte sich ihr zu, er hob Maud von seinen Schultern und drehte sie so in seinen Armen, dass sie weiterhin dem Schauspiel zusehen konnte. »Da hast du recht, und ich habe bereits mit deinem Vater darüber gesprochen. Vor allem, da ich nicht da sein werde, um für ihn zu kämpfen. Ich muss zurück nach Hause, nach Carew. Mein … mein Vater ist gestorben, und ich muss mich dort sehen lassen, muss zu seiner Beerdigung gehen.«

Lia nahm seine Hand. »Es tut mir leid, Raymond, das wusste ich nicht.« Raymond hatte ihr erzählt, dass sein Vater krank gewesen war, aber ihr war nicht bewusst gewesen, wie sehr.

Raymond zuckte mit den Schultern. »Wir standen uns nie nahe – im Gegenteil – ich verabscheute ihn. Aber er war das Oberhaupt der Geraldines, der älteste legitime Sohn Nestas und Geralds. Mit seinem Tod … ich weiß auch nicht, geht eine

Ära zu Ende. Mein Bruder Odo wird Carew erben und den Posten als Constable von Pembroke. Ich bin froh, dass mich dort keine Verpflichtungen halten, aber ich muss zumindest zurückgehen und meine Mutter und meine Geschwister sehen. Ich bin auch nicht der Einzige, der wieder nach Wales geht. Es werden noch viele andere Geraldines Irland verlassen, um meinem alten Herrn die letzte Ehre zu erweisen. Deshalb ist es auch kein guter Zeitpunkt, um in den Kampf zu ziehen.« Er berührte sacht ihre Wange. »Ich werde zurückkommen, so schnell es geht. Bis dahin musst du hier die Stellung halten.« Er zwinkerte ihr zu. »Ich weiß, dass du das kannst. Halte deinen Vater im Zaum.«

»Wenn das so leicht wäre.« Lia senkte den Blick. »Ich werde mich nie daran gewöhnen, dich gehen zu lassen.«

»Diesmal ist es kein Kampf.«

Sie nickte, auch wenn sie die Schiffsreise nach Wales nicht beruhigender fand. Wer wusste schon, ob die Waliser sich nicht erhoben, jetzt, da ein bedeutender Geraldine gestorben war? Und dann war da auch noch ihre Situation in Irland.

»Basilia?«

Die schüchterne Stimme an ihrer Seite riss sie aus ihren Gedanken. Sie war überrascht, sie zu hören. Lia drehte sich um und sah tatsächlich Alina neben sich stehen – in ihrem wunderschönen grünen Bliaut mit den Goldfäden und dem langen goldenen Haar, in das Aoife heute Morgen Blumen geflochten hatte. Noch war es nicht verdeckt, wie es sich für eine verheiratete Frau ziemte, die Haube käme erst morgen dran. Sie sah atemberaubend schön aus, genauso wie die zweite Braut Nesta, die gerade einen Pokal von de Montmorency entgegennahm und daran nippte. Die beiden hatten den ganzen Vormittag den Inbegriff der schüchternen, in sich gekehrten Braut verkörpert. Lia hatte seit der Sache mit Geoffrey kein Wort mehr mit Alina gewechselt, doch nun, wo ihr Zwilling so blass vor ihr stand, konnte sie ihre schwesterlichen Gefühle nicht gänzlich ablegen. Sie spürte die Angst, die von Alina ausging, als stünde sie wieder bei ihrer eigenen Hochzeit.

»Meinen herzlichen Glückwunsch«, ließ sich Raymond mit rauer Stimme vernehmen. Lia hatte ihm nichts von der Intrige rund um Geoffrey erzählt, aber sie hatte das Gefühl, er hatte Alina von Anfang an durchschaut.

Alina knickste flüchtig. »Danke, Sir.« Dann wandte sie sich wieder an Lia, ihre Augen wirkten in dem schmalen Gesicht viel zu groß und von Schreck geweitet, wie bei einem jungen Reh. »Könnte ich wohl einen Moment lang mit dir sprechen?« Sie deutete zu einer Baumgruppe hinüber. Bunte Stoffbänder flatterten dort drüben von den Ästen im Wind, und es sah tatsächlich friedlich aus. Die meisten Feiernden versammelten sich bei den Reitern oder auf der anderen Seite, näher bei der Burg, bei den Tafeln, wo eine Unmenge an Wein aus Poitou ausgeschenkt wurde. In Irland gab es keine Weinbauern, und so ließ ihr Vater ihn über Waterford importieren.

»Worüber willst du mit mir reden?« Sie konnte ihr Misstrauen nicht gänzlich ablegen, und Alina kaute auf ihrer Unterlippe herum. Sie sah zu Raymond auf, der sie genauso streng musterte, und schließlich wieder zurück zu Lia.

»Bitte.«

Sie seufzte und streckte die Hände nach ihrer Tochter aus, um sie Raymond abzunehmen. Doch er schüttelte den Kopf. »Geh nur, wir sehen uns weiter die Reiter an.« Lia lächelte dankbar und folgte ihrer Schwester zögerlich.

»Dein Bräutigam vermisst dich schon.« Sie deutete zu William FitzMaurice hinüber, der durch die Zuschauer irrte und sich nach allen Seiten hin umsah. Aus der Ferne wirkte er wirklich prächtig in seinem seidenen Bliaut, mit dem Schwert an seiner Seite, die dunklen Haare zurückgekämmt. Seine Narben waren nicht zu erkennen, aber Lia fand ihn ja auch aus der Nähe nicht hässlich anzusehen. Dafür war sein offener Blick stets zu einnehmend.

Alina winkte ab und zog sie das letzte Stück unter die blühenden Bäume. »Ich weiß …«, begann sie und blickte zu Boden, »wir beide haben uns nicht immer so verstanden, wie es bei Schwestern sein sollte.«

Lia musste sich auf die Unterlippe beißen, um nicht laut aufzulachen. Sie wollte an diesem schönen Frühlingstag nicht streiten, und so nickte sie nur, gespannt, was Alina von ihr wollte.

Alina atmete hörbar ein. »Vielleicht werden wir uns nie verstehen, und so wie es aussieht, werden wir auch keine Gelegenheit mehr dazu haben, etwas daran zu ändern. William will gleich morgen früh nach Offelan aufbrechen.«

»Das ist sehr weit weg.« Und noch nicht lange für uns erschlossen, fügte Lia in Gedanken hinzu. Sie fragte sich, wie sicher es dort sein mochte. Besonders, da nun immer mehr Iren entschlossen schienen, die Macht der Normannen auf die Probe zu stellen.

Nachdem es Raymond erst letztes Jahr gelungen war, Offelan zu erschließen, hatte ihr Vater das Land an treue Männer und Verbündete gegeben. Darunter Maurice FitzGerald, Alinas Schwiegervater. Und FitzGerald hatte das Land wiederum zwischen seinen beiden Söhnen William und Gerald aufgeteilt.

Lia konnte nicht anders, als sich Sorgen zu machen, doch sie versuchte sie zu verbergen. »Raymond hat mir erzählt, dass Offelan wunderschön ist. Es wird dir dort bestimmt gefallen.«

»Tu nicht so, als wärst du nicht froh, mich los zu sein, du wolltest mich ja ohnehin nie hier haben.«

Da war sie wieder, die Alina, auf die Lia gelernt hatte vorbereitet zu sein. »Ich bestreite nicht, Erleichterung zu verspüren.«

Alina sah sie einen Moment lang überrascht an, dann nickte sie, den Mund zerknirscht zur Seite gezogen. »Ja, das darf mich nicht wundern.«

»Alina, was wolltest du?« Sie sah zurück zu den Reitern, und dank Raymonds Körpergröße fiel es ihr leicht, ihn inmitten der Menge auszumachen. Maud saß wieder auf seinen Schultern, und sie erkannte, dass sich ein paar Krieger um ihn tummelten und versuchten, mit Maud zu spielen. Einer von ihnen verdeckte sich immer wieder das Gesicht, nur um dann mit lustigen Grimassen nach vorne zu springen. Maud bebte vor Lachen, was Lia ein Lächeln entlockte.

»Ich … also ich muss …«

Alinas Gestammel lenkte ihre Aufmerksamkeit zurück zu ihr, und Lia sah zu, wie ihre Schwester einen schlichten Eisenring vom Finger zog. Feine Rillen waren darin eingraviert.

»Der gehört dir.« Alina reichte ihr den Ring, aber Lia sah sie nur misstrauisch an.

»Er gehört dir!« Sie nahm Lias Hand und legte den Ring hinein. »Gildas hat ihn mir für dich mitgegeben. Ich sollte dir ausrichten, wie sehr Wolf dich vermisst und dass sie alle an dich denken und … es ist dein Ring.«

Lia sah auf den schmalen Reif in ihrer Hand hinab und dann wieder hoch zu Alina. Ihre Augen füllten sich mit Tränen. »Wieso gibst du ihn mir jetzt?«

»Ich will nicht gehen, ohne Gildas' Wunsch zu erfüllen. Ich lasse dich von jetzt an in Ruhe.«

»Ich wollte nie, dass du mich in Ruhe lässt«, sagte Lia leise und betrachtete das Schmuckstück in ihrer Hand, dachte an Gildas und alle zu Hause. »Ich danke dir für den Ring.« Dann steckte sie ihn sich an den Finger. »Vielleicht kommst du uns mit William besuchen. Zu Weihnachten oder an anderen Feiertagen.«

Alina nickte und trat von einem Bein aufs andere, und Lia blickte erneut zurück zu Maud, die nach wie vor die Krieger verzauberte. »Wolltest du noch etwas?«

Alinas Kopf fuhr hoch, ihre Augen schienen aus den Höhlen

zu springen. »Ich kann das nicht, Basilia! Ich kann nicht mit ihm gehen, mit ihm verheiratet sein, mit ihm …« Ihre Gesichtsfarbe nahm einen Grauton an, und Lia glaubte, sie würde jeden Moment in Ohnmacht fallen. Schnell nahm sie Alinas Hand und kämpfte gegen das Ziehen in ihrem Bauch, das sie an ihre eigene Situation damals erinnerte. »Es ist nicht so schlimm, wie du es dir vorstellst.« Für Lia war es noch tausendmal schlimmer gewesen, aber sie konnte nicht glauben, dass William seiner Alina je ein Haar krümmen würde. Es musste einfach anders sein, mit einem Menschen, der einfühlsam und zärtlich war.

»Du wirst sehen, Alina, wenn du William die Möglichkeit gibst, dir zu zeigen, wie sehr er dich liebt, wenn du ihn nicht wegstößt, kannst du glücklich werden.«

Zu ihrer Erleichterung sah Alina etwas beruhigter zurück zu den Feiernden, wo William inzwischen bei Raymond stand und sich auch mit Maud beschäftigte.

»Es tut mir leid, Lia.« Sie sah sie nicht an, blickte weiter zu ihrem Gemahl, zu Maud und zu dem Mann, den Lia liebte. »Ich weiß, du wirst mir nicht glauben, ich würde es auch nicht tun, aber bevor ich gehe, musst du wissen, dass es mir leidtut. Ich fühlte mich so verloren.«

»Ich weiß.« Lia rieb ihre Finger aneinander, nun war sie es, die unruhig mit dem Fuß durch die Wiese schabte. Dann aber atmete sie tief ein und gab dem Bedürfnis nach. Sie zog Alina an sich und drückte sie fest, so wie früher, als sie noch kleine Kinder gewesen waren und Eifersucht noch nicht Teil ihres Lebens war.

Alinas Körper erzitterte, und Lia glaubte, sie schluchzen zu hören. »Kommst du mich in Offelan besuchen? Mit Maud? Vielleicht werde auch ich ein Kind bekommen, dann könnten sie zusammen spielen.«

Lia nickte und legte die Hand auf Alinas Schulter. »Ja. Das wäre schön.«

Ferns, Südostirland, Juni 1174

Die Tür flog auf, derart heftig, dass Lia beinahe die Kleider aus den Händen fielen.

»Seid ihr fertig?« Ihr Vater stürmte durch die Vorhänge, ehe der Page ihn ankündigen konnte, und sah sich mit hektischem Ausdruck im Frauengemach um. Offene Truhen standen mitten im Raum, die Kinder saßen in einem Haufen Tücher und Hauben und hatten den größten Spaß, sie in die Luft zu werfen, während Aoife ihre Nähsachen sorgfältig in einem Beutel verstaute.

»Wir sind dabei, alles einzupacken, wie du siehst«, brummte Aoife ungewohnt offen, aber der Blick ihres Gemahls ließ sie augenblicklich verstummen.

»Beeilt euch, ihr müsst nicht alles mitnehmen! Herrgott, nur das Nötigste, das ihr für euch und die Kinder braucht. Zieht etwas an, in dem ihr gut reiten könnt, und dann lasst uns endlich aufbrechen!« Er war schon wieder auf dem Weg nach draußen, als Aoife ihm den Weg verstellte.

»Warte!« Sie sah sich im Raum um, ließ ihren Blick von einem besorgten und verwirrten Gesicht zum nächsten wandern, und stemmte schließlich eine Hand in die Seite. »Du kannst nicht mit einem Bruchteil des Heeres zurückkommen, verkünden, dass wir umziehen, und dann nichts weiter dazu sagen! Wir folgen dir, aber du musst uns auch verraten, wohin wir gehen und warum.«

Lia beobachtete ihren Vater. Die Dringlichkeit in Strongbows Augen, sein Anblick, wie er angespannt wie eine aufgezogene Sehne in voller Rüstung im Raum stand, schweißgebadet, sagte ihr bereits genug, um sich zu beeilen.

Nesta hingegen spähte an Strongbow vorbei zu den Vorhängen, als erwartete sie, auch ihren Gemahl de Montmorency hereinstürmen zu sehen. Dabei sah sie weniger verängstigt als besorgt aus. »Mylord …«, begann sie mit piepsiger Stimme. »Bitte entschuldigt, aber ist mein Gemahl … ich sah ihn nicht im Hof …«

Strongbow hob beschwichtigend die Hand, seine Züge wurden etwas weicher. »Seid unbesorgt, Madame, meinem Onkel geht es gut, er ist in Waterford und wartet dort auf Euch.« Er wandte sich wieder an Aoife und erhob seine Stimme, damit sie alle seine Worte hörten. »Wir reiten nach Waterford – der Rest des Heeres ist bereits dort. Ich weiß nicht, wie weit sie uns folgen werden, nur dass ihr in Waterford hinter starken Mauern sicherer seid.«

»Sicherer? Vor wem?« Aoife und Lia tauschten einen Blick, und Lia hob instinktiv Maud auf. Er und de Montmorency waren nach Raymonds Fortgang tatsächlich gegen Donnell O'Brian aus Munster gezogen. Doch dann war ihr Vater mit einer kleinen Gruppe viel schneller als erwartet zurückgekehrt und hatte ihnen ohne viele Erklärungen gesagt, sie sollten packen.

»Vor O'Brian! Vor dem Hochkönig! Vor allen verdammten Iren, die gegen uns ziehen!«

Nun konnte Lia sich nicht mehr zurückhalten. Mit Maud auf dem Arm trat sie an Aoifes Seite. »Was ist passiert?«

Strongbow strich sich über den kurzen Bart an seinem Kinn, der immer mehr grau als rot wurde und den er sich seit seinem Aufbruch bestimmt nicht mehr rasiert hatte. Sein Kiefer spannte sich an. »Wir zogen wie geplant nach Cashel, um O'Brian eine Lektion zu erteilen«, knurrte er und sah zu den anderen Frauen im Raum, hauptsächlich Irinnen, die wohl nur einen Bruchteil verstanden. »Aber bevor wir dort ankamen, ritten die Bloet-Brüder aus der Vorhut zurück, mit der Nachricht, dass der Hochkönig mit einem Heer gegen uns zieht. Also schickte ich die beiden sofort nach Dublin, um Unterstützung zu holen. Und die Ostmänner und unsere Garnison zogen auch ohne Zögern los. Aber sie kamen nie bei uns in Cashel an. Sie marschierten durch Ossory und campierten in der Nähe von Thurles, als O'Brian und der Sohn des Hochkönigs sie nachts angriffen.«

Aoife legte sich erschrocken die Hand auf den Mund.

»Hunderte Ostmänner starben, und auch vier Ritter de Lacys fielen. Der Rest konnte fliehen. Als wir davon hörten, machten auch wir uns sofort auf den Weg nach Waterford – ich bin nur hier, um euch zu holen.« Er legte Aoife die Hand auf die Schulter und nickte Lia und Nesta zu. »Jetzt beeilt euch.« Er wartete auf keine weiteren Versuche, ihn aufzuhalten.

Nun nahm auch Aoife den neun Monate alten Gilbert auf den Arm und gab den anderen Frauen Anweisungen, ihnen beim Packen zu helfen. Sie würden nicht mitkommen, sondern an der Seite ihrer Ehemänner, Väter und Onkel bleiben, die die Burg verteidigten. Lia hoffte inständig, dass O'Brian und der Hochkönig ihren Verfolgungszug nach Leinster aufgaben.

Waterford war uneinnehmbar – besonders durch Iren, die keine Belagerungen kannten. Ihrem Vater war es kaum gelungen, die Stadt zu erobern, mit all den Kriegsmaschinen, die er sein Eigen nannte. Erst als Raymond entdeckt hatte, dass eins der Häuser über die Stadtmauer hinausragte und auf der Außenseite nur durch einen Pfosten gehalten wurde, hatten sie weiter vordringen können. Raymond hatte den Pfosten einschlagen lassen, und so war das Haus mit einem Teil der Mauer zusammengebrochen. Waterford war gefallen, aber mittlerweile war die Mauer ausgebessert, die Stadt wieder stark und solche Schwachpunkte beseitigt.

»Es ist de Montmorency«, hörte sie Cairin leise auf Irisch zischen, Nesta einen flüchtigen Blick zuwerfend – nicht abfällig, eher mitleidig, so wie sie alle für die arme Nesta empfanden. »Er bringt unserem Heer Unglück. Für ihn wollen sie nicht kämpfen. Wir brauchen Raymond zurück.« Nun sah sie zu Lia und fuhr etwas lauter fort. »Raymond hat uns einen Sieg nach dem anderen gebracht. De Montmorency zieht ein einziges Mal los, und schon befinden wir uns auf der Flucht.«

Lia konnte nichts dagegen sagen, denn insgeheim gab sie Cairin recht. Mit einem Schaudern drückte sie Maud fester an ihre Brust und hoffte, dass Raymond bald zurückkehrte.

Lia hätte nicht gedacht, das Frauenhaus mit den vielen bunten Federn als Dachschmuck noch einmal wiederzusehen. Sie fühlte sich in der Zeit zurückversetzt. Zuletzt war sie als Fünfzehnjährige in Waterford gewesen, neu in Irland, voller nervöser Anspannung und gleichzeitig beeindruckt von diesem fremden Land. Sie hatte Aoife kennengelernt, den König, sie war von einem aufregenden Tag in den nächsten getrudelt. Nun war sie zurück, als fast Achtzehnjährige, Witwe, Mutter und gänzlich verändert. Sie sah die Stadt, die Bewohner in einem völlig neuen Licht, sie nahm Kleinigkeiten eher wahr, fühlte sich nicht mehr erdrückt vom großen Ganzen.

So war ihr auch nicht entgangen, wie still es in der Stadt gewesen war, als Strongbow und seine Männer durch die Straßen marschiert waren, welche Blicke getauscht und wie zornig getuschelt worden war. Anstatt freudiger Zurufe und aufgeregter Kinder, die das Heer betrachteten, hatten Mütter ihre Sprösslinge schnell nach drinnen gezogen, feindselige, aber auch ängstliche Augen hatten aus den kleinen Fensterluken geblickt, und bis auf einige wenige, die ihrer Arbeit nachgingen, hatte die Stadt viel zu ruhig und wie verlassen gewirkt. Die Ruhe vor dem

Sturm. Was mochte diese sonderbare Stille auslösen? War es die Angst vor den vielen grimmigen Kriegern, die Erinnerung an die Bluttaten, als Waterford von Strongbow eingenommen worden war, heraufbeschworen? Aber bei der Ankunft des Königs damals hatte Hochstimmung geherrscht! Oder war die Kunde der vielen Verluste bei den Ostmännern Dublins bereits bis hierher gedrungen? Hatten die Menschen hier vom hohen Preis gehört, den ihr Volk gezahlt hatte, um Strongbow zu helfen? Es wäre nicht verwunderlich, wenn die Bewohner deshalb feindselig zu ihrem Herrn blickten. Ein besseres Gefühl gab dieser Gedanke ihr aber trotzdem nicht.

Waterford sollte ihnen Sicherheit bieten, aber als Lia Maud in die Arme des sonst so gut gelaunten Ritters Walter Bloet gab, der sich nun nervös im Hof umsah, fühlte sie Angst in sich hochsteigen.

Schnell stieg sie aus dem Sattel des Zelters und nahm Maud gleich wieder an sich. Sie drückte sie fest an ihre Brust, auch wenn Maud das nicht mochte und versuchte, sich zu befreien.

»Lass uns die Kinder in den Schatten bringen.« Aoife kam an ihre Seite und deutete zum bunten Frauenhaus hinüber, Schweiß stand ihr auf der Stirn, und ihren müden Augen war die lange Reise anzusehen. Sie waren gestern noch den halben Tag geritten, hatten nachts auf einer Burg der Geraldines gerastet, um im Morgengrauen gleich wieder aufzubrechen. Nun stand die Sonne bereits hoch am Himmel, und auch Lia sehnte sich nach etwas Kühle.

Doch in diesem Moment strömten Damen aus dem Frauenhaus, die hochgestellten Frauen Waterfords, vermutlich die Gemahlin des Stadtführers und Familienangehörige der Garnisonsbesatzung. Bei Aoifes, Lias und Nestas Anblick stießen sie sich gegenseitig an, steckten die Köpfe zusammen und tuschelten. Eine irische Prinzessin, die Tochter des Eroberers und Nesta, Spross des mächtigen Geschlechts der Geraldines. Was für ein Bild mussten sie abgeben! Welche Geschichten waren wohl über sie erzählt worden, über die Frauen derer, die das Land für sich beansprucht hatten.

Lia unterdrückte ein Seufzen. Ihr blieb nur zu hoffen, dass die Lage sich bald beruhigte und sie zurück nach Ferns kamen, eine Burg, die sie bereits als ihr Zuhause ansah.

»Mylord!« Unvermittelt schwang das Tor der großen Halle auf, und ein fülliger Mann mit langem grauen Haar und Bart trat heraus, flankiert von einer Leibwache grimmiger Krieger. Er trug einen prächtigen Umhang mit Fellbesatz, unter dem er an diesem ungewöhnlich heißen Tag fast eingehen musste. Aber er schien die Hitze gar nicht zu bemerken. Flink eilte er zu ihnen herüber, ein breites Grinsen im Gesicht, das die nervösen, ja fast schon schreckgeweiteten Augen nicht zu überspielen vermochte.

»Was für eine Ehre! Willkommen! Willkommen in Waterford! Eure Männer kündigten bereits an, dass Ihr und Eure Familie uns mit Eurer Anwesenheit beehren wollt. Ich bin Fretellus, erinnert Ihr Euch an mich? Der Stadtführer Waterfords! Ich habe ein ausgiebiges Mahl für Euch vorbereiten lassen. Kommt nur, kommt.« Er winkte Strongbow und alle anderen Richtung Halle, aber niemand bewegte sich.

»Sir Robert.« Strongbow winkte einen seiner Ritter zu sich, den grauen Robert de Birmingham. »Ich will mit den Anführern der Garnison reden, bringt sie in die Halle.« Der Mann wendete wortlos sein Pferd und preschte davon. Strongbow sah sich indessen erneut um, begutachtete den schmalen Graben, der die Halle mit seinen Wirtschaftsgebäuden von der restlichen Stadt trennte, die aufgeschütteten Erdhügel, die den Namen Verteidigungsanlage kaum verdienten. Er blickte zu den beiden Türme hoch, von denen Pfeile abgeschossen werden konnten, aber lange wäre die Position nicht zu halten, das sah selbst Lia. Vielleicht sollte sie sich keine Gedanken darum machen, aber das Verhalten ihres Vater und aller anderen zwang sie dazu. Sie wünschte sich Cailech an ihre Seite, der sie, Aoife und die Kinder stets beschützt hatte, aber er war losgeritten, um Aoifes Bruder Donnell Kavanagh von der Situation zu berichten.

»Vielleicht möchte Mylord lieber in Raghnalls Turm unterkommen?«, mischte sich der Stadtführer mit nervösem Gekicher ein. Nun sah Lia deutlich, wie ihm der Schweiß die Stirn hinunterlief.

Sie erinnerte sich an den Turm im Mauerdreieck, er war gewaltig gewesen, eine Festung in sich. Der König hatte damals Raymonds Onkel Robert FitzStephen dort einsperren lassen, um die Iren bei Laune zu halten. Er kam Lia im Anbetracht ihrer Nervosität ebenfalls als bessere Alternative vor als das federngeschmückte Haus.

Aber Strongbow verengte die Augen. »Wieso sollte ich zu Raghnalls Turm wollen? Wollt ihr mir nun endlich erklären, was hier los ist? Die Menschen wirken feindselig.«

Lia trat näher heran, genauso Aoife, und das nervöse Kichern, das Fretellus erneut von sich gab, während er sich über den mächtigen Bart strich, gab ihr kein besseres Gefühl.

»Mylord, vielleicht möchtet Ihr zuerst reingehen und in Ruhe darüber sprechen. Vielleicht …«

»Ich will wissen, was hier los ist!«

Der Stadtführer zuckte zurück, leckte sich die Lippen, sah sich hilfesuchend um, aber angespannte Mienen waren wohl alles, was er erblickte. Schließlich schluckte er sichtlich und trat etwas näher zu Strongbow, senkte seine Stimme. »Es herrschen Unruhen, Mylord. Der Hochkönig ruft alle Clans seines Fürstentums Connaught zusammen, und angeblich schließt sich ihm auch Ulster an. Sie wollen gegen Meath ziehen.«

»Um Hugh de Lacy zu vernichten, und danach kommen sie nach Leinster zu mir.«

Fretellus nickte aufgebracht, nun war da kein Gekicher mehr, um den Ernst der Lage zu überspielen. »Das ist nicht alles, Mylord. Die Ostmänner – als sie hörten, wie viele ihres Volkes aus Dublin für Euch fielen, in diesem unglücklichen Feldzug gegen O'Brian …«

De Montmorency räusperte sich, seinem Ausdruck war die Empörung anzumerken, aber Fretellus fuhr ungeachtet dessen fort: »Es wurden Stimmen laut, sie wollen Euren Kopf, Mylord.«

»Die Ostmänner.« Strongbow sah zu den Reetdächern der Stadt hinaus, und seine Lippen pressten sich zu einer schmalen Linie. »Hier in Waterford?«

»Und in Wexford, Mylord. Noch können Eure Garnisonen die Lage unter Kontrolle halten, aber es herrscht eine … angespannte Stimmung.«

»Sind wir hier denn sicher?«, wollte Aoife wissen, Gilbert auf dem Arm und Isabel an der Hand. Auch sie sah in die Stadt zurück, und dass sie sich ihre Sorge so leicht ansehen ließ, sprach Bände.

Strongbow betrachtete seine Frau und Kinder einen Moment lang, dann legte er Aoife die Hand auf die Schulter. »Sicherer als irgendwo anders.«

»Vielleicht sollten wir um Unterstützung bitten. Verstärkung rufen.« Etwas Flehendes ging von Aoife aus, das Lia mit noch größerer Unruhe erfüllte. Waren es die Erinnerungen an vergangene Kriege, die die Prinzessin mit solcher Angst erfüllte? Erkannte sie die Zeichen besser als alle anderen?

»Wen sollen wir um Unterstützung bitten?« Etwas Ungeduldiges, gleichzeitig aber auch ungewohnt Hektisches ging von Strongbow aus. »Dublin und seinen mickrigen Rest können wir nicht fragen, sie sind gerade erst geflohen, Wexford steht vor der offenen Rebellion, genauso diese Stadt hier. Die Geraldines sind in Wales. Wir sind allein.«

»Du kannst nach Raymond schicken«, schlug Lia vor. Derselbe ungeduldige Blick traf nun auch sie, aber Lia ließ sich davon nicht einschüchtern. Hier ging es um mehr als Stolz. Sie musste ihr Kind, ihre Familie schützen. »Raymond kann Männer in Wales zusammenziehen und mit ihnen übersetzen. Er kann uns helfen.«

Ihr Vater wandte sich nur abrupt ab, deutete Fretellus, ihm zu folgen, und marschierte in die Halle. Lia schloss die Augen und verkniff sich einen wütenden Aufschrei.

»Wir müssen ihn zur Vernunft bringen, Lia!« Aoife trat an ihre Seite, ihre Worte kaum mehr als ein drängendes Flüstern. »Du hast die Stimmung in der Stadt doch auch bemerkt. Irgendetwas braut sich zusammen.«

»Ich weiß.« Sie sah zu de Montmorency, der seine Frau zu den anderen Damen schickte. Seine Hand lag in Nestas Rücken, er schob sie weiter, aber nicht grob, fast schon fürsorglich. Dann sah er einen langen Moment auf Nesta hinab, als prägte er sich ihren Anblick ein, wandte sich ab und folgte seinem Herrn. Er war blass, während ihm gleichzeitig das schüttere Haar nass vor Schweiß am Kopf klebte.

Wenn Raymond nur nie gegangen wäre. Sie konnte nicht sagen, ob der Feldzug mit Raymond anders ausgefallen wäre, ob die hohen Verluste, das gesamte Desaster dieser Aktion tatsächlich an de Montmorencys Unfähigkeit lag. Aber sie brauchte einen Schuldigen. Sie brauchte einen Hoffnungsschimmer. Genauso wie die Männer musste sie daran glauben, dass Raymond auch diese Situation meistern konnte.

Sie hatte den Gedanken kaum zu Ende gedacht, da hörte sie Rufe in den Straßen auf der anderen Seite der kleinen Brücke, ein Grölen, gefolgt von Schreien. Im nächsten Moment preschte Robert de Birmingham durchs Tor, sprang behände für sein Alter aus dem Sattel, ehe das Pferd richtig zum Stehen gekommen war, und rannte zur Halle. »Wo ist der Earl? Wo ist der Earl?«

Lia sah zurück in die Stadt. Mit Schrecken sah sie nahe dem Tor, durch das sie hereingeritten waren, Rauch aufsteigen. Die graue Wolke verdichtete sich, konnte nicht von einem simplen Herdfeuer stammen, und die Schreie nahmen noch zu.

Lia griff nach den Zügeln ihres Pferdes und legte ihre Hand auf den Wanderstab, den sie am Sattel befestigt hatte. Weitere Krieger strömten in den Hof, sie waren Lia nicht bekannt, aber sie trugen die Rüstungen der Garnison. Vor der Brücke stellten sie sich auf, bildeten im Halbkreis eine Wand aus Speeren.

In diesem Moment kamen die anderen schon wieder aus der Halle. »Dort kommt Ihr nicht mehr hinaus«, hörte sie Robert de Birmingham sagen. Er eilte an Strongbows und de Montmorencys Seite in den Hof, gefolgt von einem leichenblassen Fretellus. »Eins der kleineren Tore käme noch in Frage, um aus der Stadt zu gelangen, aber auf den Straßen seid Ihr zu leicht einzuholen, vor allem mit den Frauen und Kindern. Aber von der Straße abzuweichen wäre verheerend. Außerhalb der Stadtmauern liegt nichts als undurchdringbares Marschland, dort ist es zu gefährlich.«

»Raghnalls Turm!«, rief Fretellus und deutete Richtung Fluss. »Dort könnt ihr euch verschanzen, niemand wird hineingelangen.«

»Für wie lange? Wie lange, bis uns die Nahrung ausgeht, während die ganze Stadt fällt und wir auf keine Befreiung hoffen können?« Strongbow winkte die Ritter, Bogenschützen und Fußkämpfer zu sich, die mit ihnen angekommen waren und bereits angefangen hatten, Pferde abzusatteln und sich zur Küche zu begeben. »Die Ostmänner haben mehrere Krieger aus der Garnisonsbesatzung getötet und schließen die Stadttore. Sie wollen Blut sehen. Unser Blut.«

Aoife an ihrer Seite keuchte auf, während Lia ihren Vater nur wie erstarrt ansah. Er hatte sie in eine tödliche Falle geführt.

»Sie schließen sich zusammen, noch ist es nur eine kleine Gruppe, aber bald befindet sich die ganze Stadt in offener Rebellion. Wir müssen uns zum Fluss kämpfen. Aoife, Basilia!« Er kam mit weitgreifenden Schritten zu ihnen und winkte die beiden Bloet und die drei Hereford-Brüder zu sich. »Verteidigt sie mit eurem Leben. Und möge Gott mit uns sein.«

Walter Bloet nahm ihr Maud aus dem Arm, ehe sie reagieren konnte, dann faltete Ralph Bloet seine Hände zusammen und hieß ihr aufzusteigen. Lia konnte nur handeln, nicht denken, eisige Hitze rauschte durch ihre Adern, legte sich als kalter Schweiß auf ihre Haut.

Sie schwang sich in den Sattel und nahm Maud wieder an sich. Aoife tat es ihr gleich, nur gab sie Isabel an die starr vor sich hin sehende Nesta, während sie selbst Gilbert auf dem Arm hatte. Isabel war schon über zwei Jahre alt, an wie viele dieser Momente würde sie sich erinnern? Würde sie Aoifes Schicksal teilen? Musste auch sie von Beginn an mit ansehen, wie Blut floss und ihr Heim niederbrannte? Würde es auch Maud so ergehen? Wenn sie überhaupt noch so lange lebten und nicht gemeuchelt wurden, mitten auf den Straßen Waterfords.

Nein, sie musste sich zusammenreißen. Sie spürte den Wanderstab gegen ihr Bein und dachte an Gildas, der sich seine Angst nie hatte anmerken lassen. Auch Raymond schritt seinen Männern in scheinbar aussichtslosen Situationen mutig voran, sie musste sich ein Beispiel nehmen.

»Los!« Strongbow gab das Zeichen zum Aufbruch, die Krieger mit den langen Speeren gingen voraus, die Ritter flankierten die Damen und de Montmorency, während Strongbow zurückblieb und sicherstellte, dass niemand von hinten angriff.

Lia presste Maud an sich, hoffte, dass ihre Kleine nicht spürte, wie wild ihr das Herz in der Brust pochte. Sie traten über die Brücke auf die von niedrigen Häusern aus Flechtwerk und Lehm gesäumte Straße. Vom Trubel, den sie einst in dieser

Stadt erlebt hatte, war nichts zu spüren, die Menschen schienen sich im Innern zu verschanzen.

Sie hielten sich in südlicher Richtung, vereinzelte Bauten aus Stein begegneten ihr und solche, die mit Holzstehern errichtet worden waren. Sie passierten eine Kirche und hatten den Fluss beinahe erreicht, als ihnen plötzlich eine Gruppe Krieger den Weg verstellte. Lia konnte den mächtigen Turm in der Stadtmauer erkennen, ein sicherer Zufluchtsort, aber er schien ihr unerreichbar.

Die Ritter zogen ihre Schwerter, das Geräusch ging ihr durch und durch, ließ sie zusammenzucken. Gilbert fing an zu weinen, und Strongbow drängte sich mit seinem Pferd zu ihnen hindurch. »Wenn ihr es nicht zum Fluss schafft, reitet zur Kathedrale. Dort müsstet ihr fürs Erste sicher sein!«, rief er über seine Schulter, ehe er durch die Reihe der Lanzenträger direkt auf die gut zwei Dutzend wütender Ostmänner mit ihren Äxten zuritt. Sie riefen etwas in der fremden Sprache der Norweger und klopften ihre Waffen auf die Schilde.

Die Handvoll Bogenschützen in Strongbows Gruppe legten Pfeile an, de Montmorency rief Befehle über den Lärm, und Lia sah den ersten Ostmann tot zu Boden gehen. Das Sterben begann, es war genauso schlimm anzusehen wie anzuhören. Sie hatte Mühe, ihren Zelter in diesem Aufruhr unter Kontrolle zu halten und gleichzeitig zu verhindern, dass Maud die Schrecken sah und ihr mit ihrem Gezappel aus den Armen rutschte.

Sie musste absteigen, aber wenn es darum ging zu fliehen, wäre sie zu langsam. Sie sah zu Aoife, der die Angst deutlich im Gesicht stand. Die wenigen Ritter, die nicht vorne kämpften, zogen ihren Kreis enger um Lia, Aoife und Nesta, was Basilias Zelter noch unruhiger machte. Er machte einen Sprung zur Seite, Basilias Bein stieß gegen Adam de Hereford, nun schrie auch Maud auf. Lia wollte sie gerade beruhigen, als wildes Gebrüll hinter ihr erscholl.

Sie fuhr im Sattel herum, und eine Klaue schien sich um ihre Kehle zu schließen. Eine Gruppe weiterer bewaffneter Ostmänner strömte die Straße hinunter, direkt auf sie zu, Blut an den Axtblättern.

»Sie töten jeden Mann, jede Frau und jedes Kind, das kein Däne oder Norweger ist!«, rief Fretellus panisch, der die Sprache der Ostmänner verstand. »Wir müssen in Raghnalls Turm! Schnell! Schnell!« Er trieb sein Pferd an, verließ die Sicherheit der Ritter und preschte nach vorne, mitten ins Gefecht hinein.

Lia sah nur noch sein Pferd, das sich aufbäumte, und im nächsten Moment war Fretellus verschwunden.

»Madame.« Walter Bloet kam an ihre Seite, das gezogene Schwert in der Hand, sein Ausdruck grimmige Entschlossenheit. Ihm war kein Schreck ob dieser ausweglosen Situation anzusehen, vielleicht weil er solchen Gräueln schon oft genug begegnet war. Und an seiner Stärke hielt sie sich fest.

»Nehmt sie!« Lia streckte ihm die zappelnde, schreiende Maud entgegen, während ihr Pferd eingeschlossen von anderen immer noch wild tänzelte. »Bringt sie in Sicherheit. Allein könnt Ihr es schaffen!« Sie dachte an nichts anderes mehr, nur, dass Maud entkommen musste.

Aber Sir Walter regte sich nicht. »Wir alle kommen hier raus«, stellte er klar, mit solcher Selbstverständlichkeit, dass sie sich einen Moment lang fragte, ob sie sich all das nur einbildete. Aber dann sah sie sich um, die wenigen Krieger aus der Nachhut stellten sich dem schreienden Mob, der ihnen entgegenkam. Sie blickte wieder nach vorne und dankte still Gott, dass sie ihren Vater immer noch auf seinem Schimmel sah. Und plötzlich flog das Tor von Raghnalls Turm auf, und eine Gruppe der Garnisonsbesatzung strömte zur Unterstützung heraus.

»Kommt.« Sir Walter und die anderen ritten vorwärts, hielten sie immer noch in ihrer Mitte. Einer der Ostmänner sah die von Rittern umschlossenen Damen und stürmte auf sie zu, die Augen so weit aufgerissen, dass das Weiß darin hervorzuspringen schien. Adam de Hereford ritt von hinten an ihn heran und machte ihn nieder, ehe er sie erreichen konnte. Das Schwert fuhr direkt in seine Kehle, und Lia schloss einen kurzen Moment die Augen.

»Weiter!«

Sie bewegten sich Stück für Stück durch die enge Straße, ihr Vater und die anderen hatten den Weg zum Fluss fast schon geräumt, während ihnen immer mehr Krieger und deren mordlustige Schreie folgten.

Ihr Vater deutete zu den vielen Langschiffen auf dem Fluss. »Bringt die Frauen und Kinder an Bord! Sofort!«

Walter Bloet schwang sich aus dem Sattel, sah sich nach allen Seiten hin um. »Schnell, Madame. Kommt.« Er hielt die Zügel ihres Zelters fest, und Lia stieg ab, ohne Maud aus den Armen zu geben. Sir Walter ergriff ihren Arm, zerrte sie weiter über den Handelskai, an dem das Wasser ungeachtet des menschlichen Sterbens friedlich vor sich hin leckte. Lia sah, dass sein Bruder Aoife an der Hand hielt und Adam de Hereford Nesta. Sie bahnten sich ihren Weg zwischen einfachen Händlern und Kaufleuten hindurch, die panisch versuchten, ihre Waren und sich selbst vor dem Ansturm in Sicherheit zu bringen, erreichten fast schon den Steg zum Boot, als aus einer Seitengasse noch mehr Bewaffnete auf sie zuströmten.

Sir Walter ließ sie los, schob sie hinter sich, und die anderen Ritter taten es ihm gleich. Sie stellten sich vor ihnen auf, ohne ein Wort zu sprechen, als könnten sie die Gedanken des anderen lesen.

Ihr Vater und seine Männer versuchten die Verfolger aufzuhalten, und Lia erkannte mit Entsetzen, dass sie bald eingekreist waren.

Die Krieger prallten auf die Ritter vor ihnen, Lia wich ob der Wucht etwas zurück, sie sah aufblitzende Klingen, hörte das Stöhnen und Fluchen über dem ohrenbetäubenden Weinen Mauds und Gilberts. Nur Isabel war stumm, sie hielt Nestas Arm und blickte aus großen Augen aufs Geschehen.

Im nächsten Moment brach einer der Ritter zusammen. Lia sah erst auf dem zweiten Blick, dass es Ralph Bloet war. Sein Schwert fiel ihm aus der Hand, und er lag reglos auf dem Boden, sein Helm mit dem breiten Nasenkolben war verrutscht, Blut floss über sein Gesicht. Und mit seinem Fallen drangen zwei Krieger durch die Reihe, hielten direkt auf Aoife zu.

Lia kam es vor, als dehnte sich die Zeit, nur um im nächsten Moment wieder viel zu schnell weiterzulaufen. Aoife taumelte zurück, umklammerte Gilbert, einer der Männer senkte seine Axt, griff nach vorne, packte ihre Haube samt Haar und zog sie an sich. Aoife öffnete den Mund wie zu einem Schrei, aber kein Ton kam ihr über die Lippen. Es war Nesta, die anfing, wie wild zu japsen und zu wimmern.

Walter Bloet trat über seinen am Boden liegenden Bruder hinweg, versuchte sich aus den Kämpfen zu lösen, um zu Aoife zu gelangen, aber ein anderer griff ihn an. Hinter ihr kämpften immer noch Strongbow und die anderen, während Aoife nun doch ein Schrei entkam. Der Krieger ließ seine Axt fallen, packte Aoife mit beiden Händen und versuchte ihr Gilbert zu entreißen.

Lia dachte nicht weiter nach. »Nimm sie!« Sie streckte Nesta ihre Tochter entgegen, drückte sie ihr in die Arme, ehe sie richtig reagieren konnte, auch wenn ihr das Bild, wie Aoife drauf und dran war, ihr Kind zu verlieren, befahl, Maud nie loszulassen.

Sie stellte noch einen Augenblick lang sicher, dass Nesta Maud und Isabel gut festhielt, dann rannte sie zu Aoife, hob die am Boden liegende, langstielige Axt auf und griff sie wie den Wanderstab. Gildas' Stimme rauschte durch ihren Kopf, all seine Anweisungen, und sie hatte das Gefühl, ihre vertraute Waffe in Händen zu halten. Sie konnte ohnehin nicht nachdenken, wie aus dem Nichts kam ein anderer Ostmann.

Er grinste bei ihrem Anblick, fettige Strähnen hingen ihm ins aufgedunsene Gesicht, er streckte die Hand nach ihr aus, aber Lia wich ihm geschickt aus. Der Ostmann knurrte etwas, sein Grinsen schwand, er holte mit seinem Kurzschwert aus, aber erneut drehte Lia sich mit einem tänzelnden Schritt aus dem Weg. Sie tauchte unter der Klinge hinweg, dabei sah sie Gildas vor sich, wie er bei ihren Übungen seinen Stab schwenkte, und sie glaubte sogar, das Holz über sich hinwegsausen zu spüren anstatt die Klinge, so wie früher. Sie drehte sich herum, ihr Körper erinnerte sich an all die Bewegungsabläufe, und aus der Drehung heraus schwang sie den langen Stiel, der ihr aufgestellt bis zur Hüfte reichte. Das Axtblatt fuhr über den ungeschützten Oberkörper des Mannes, es war so scharf, dass es wie durch Butter in sein Fleisch schnitt, und der Ostmann sah sie aus fast herausquellenden Augen an. Blut durchtränkte sein zerfetztes Hemd, aber Lia konnte sich nicht länger auf ihn oder ihr eigenes Entsetzen konzentrieren, ein Schatten bewegte sich schnell auf sie zu, und als sie sich umdrehte, sah sie einen weiteren Ostmann. Auch er trug ein kurzes Schwert, und auch er unterschätzte sie, versuchte sie mehr zu fassen zu bekommen, als sie mit seiner Waffe zu verletzen, und auch er fiel.

Sofort sah sie zurück zu Aoife, sie wurde immer noch festgehalten, auch wenn Lias Kampf ihren Angreifer kurz abgelenkt hatte. Jetzt versuchte er erneut, Gilbert zu packen, und Lia verstärkte den Griff um ihre neue Waffe. Sie holte aus, hörte sich selbst schreien, und aus ihr unerfindlichem Grund sah sie plötzlich Colwyns Bild vor sich, sie fühlte sich in der Zeit zurückversetzt, dann prellte der Widerstand des Aufschlags durch ihre Arme. Der verschwommene Schleier vor ihren Augen löste sich, und sie sah die Axt im Rücken des ungerüsteten Ostmannes stecken. Seine Hände sanken schlaff an seine Seiten. Aoife stolperte zurück, sie hatte Gilbert noch im Arm, dann brach der Ostmann in sich zusammen.

Ein paar Herzschläge lang konnte Lia nur auf ihn hinabstarren, ihr Blick flog zu den beiden anderen, die sich auch nicht mehr rührten, und ein sonderbarer Laut, halb Keuchen, halb Schluchzen kam ihr über die Lippen. Dann sah sie zurück zu Aoife und Nesta. Beide starrten sie an, als wäre sie eine Gestalt aus einer anderen Welt, aber anders als bei Alina einst sah sie keinen Vorwurf, eher Bewunderung. Und auch einige Ritter, sogar ihr Vater blickten in ihre Richtung, während sie weiterkämpften, ebenso fassungslos über das Bild, das sich ihnen geboten hatte.

»Kommt mit.« Lia nahm Maud wieder an sich und deutete zum Handelsboot, auf dem der Kapitän aufgeregt winkte. Es konnte eine Falle sein, sagte sie sich, er könnte sie zu sich locken, um sie dann niederzumachen, aber er schien ihr kein Ostmann zu sein. Sein aufwendig bestickter Bliaut, das kahlrasierte Gesicht und kurzgeschnittene Haar sprachen eher für einen Händler aus dem Frankenreich.

»Schnell!« Sie rannte mit Maud auf dem Arm an den kämpfenden Rittern und den Ostmännern vorbei, wissend, dass, wenn die Ostmänner sich jetzt umdrehten, niemand mehr zwischen ihnen stand. Sie mussten einfach schneller sein. Sie sah zurück, überprüfte, ob Aoife und Nesta ihr folgten, und rannte schließlich weiter, so schnell ihre Füße sie tragen konnten, aufs Wasser zu, ihr Blick auf den Kapitän gerichtet, der sie mit seinen Gesten zur Eile antrieb.

Der gepflasterte Stein wich dem Holz des Stegs, sie rannte die Laufbrücke hoch, hörte den Händler nun rufen. »Schnell, schnell, schnell!«, in einer Sprache, die dem Normannischen nahekam, aber doch anders klang. Zumindest war es nicht Irisch oder Norwegisch.

Ein paar Seeleute lehnten sich über die Bordwand, reichten ihr die Hände, die anderen im Hintergrund riefen Unverständliches. Lia brauchte ein paar Augenblicke, um zu begreifen, dass sie sie nicht zur Eile antrieben, sondern ihr zujubelten.

Zweifelsohne hatten sie ihren Kampf beobachtet. Die Männer nahmen Maud an sich, gaben sie zurück an andere und ergriffen dann ihren Arm, zogen sie an Bord. Lia strauchelte, aber die starken Hände hielten sie aufrecht. Sie sah zurück, zu Aoife und Nesta, sie hatten es auch geschafft.

An Land ließ sich Strongbow zurückfallen, verband sich mit den Rittern, die die Damen beschützt hatten. Sie formten einen Halbkreis, und so gelang es ihnen, sich rückwärts Richtung Boot zu bewegen.

Die Bogenschützen rannten ebenfalls zum Fluss, über den Steg, kletterten an Bord und spannten sofort wieder ihre Starkbögen. »Nur noch drei Schuss pro Nase«, knurrte einer von ihnen auf Walisisch und wischte sich mit dem Pfeil in der Hand den Schweiß aus den Augen. »Jeder Pfeil muss sitzen!«

Und das taten sie. Nicht umsonst galten sie als die besten Schützen der Welt. Die Pfeile zischten zwischen Strongbow und den anderen Rittern hindurch und rissen beinahe eine ganze Reihe Ostmänner nieder.

»Madame.« Einer der Seeleute ergriff ihren Arm, zog sie zurück, hinter Ballen und Truhen. Lia hob Mauds Gesicht an ihr eigenes, legte ihre Wangen aneinander, um sie zu beruhigen und sich selbst.

Einer der Krieger ihres Vaters fiel vorneüber, eine geworfene Axt steckte in seinem Rücken, einen anderen riss ein Ostmann herum, der schneller war als die anderen.

Lia spürte Tränen in ihren Augen aufsteigen. »Lauft«, flüsterte sie, das Gesicht ihres Vaters durch einen Schleier hindurch betrachtend. Sie sah auch all die anderen, die Ritter, denen sie tagein, tagaus begegnete, ohne sie wirklich zu kennen oder ihnen besondere Beachtung zu schenken. Sie mochten auch Frauen und Kinder haben, die auf sie warteten, Träume und Ängste, ein ganzes Leben, das noch auf sie wartete. »Lauft.«

Die ersten erreichten das Boot, sprangen über die Bordwand

hinweg, drehten sich mit ihren gezogenen Waffen sofort um. Die Bogenschützen nahmen erneut Stellung auf, ließen ihre zweite Pfeilsalve über die Verfolger ergehen.

Walter Bloet erreichte den Steg, und Lia konnte es kaum glauben, aber sein Bruder Ralph lief neben ihm her, blutend und augenscheinlich benommen, aber Walter stützte ihn, zerrte ihn weiter.

»Lauft.« Sie zitterte am ganzen Körper, sah in die von Zorn verzerrten Gesichter der Ostmänner.

Weitere Krieger sprangen an Bord, und Lia spürte ihr Herz einen Takt lang aussetzen, als Strongbows Stiefel auf den Planken aufkamen. Er war in Sicherheit!

Die letzten Pfeile zischten von den Sehnen, und die Bloet-Brüder warfen sich über die Bordwand.

Die Ritter traten über sie hinweg, stellten sich in einer Reihe auf und wehrten die Ostmänner ab, die an Bord zu gelangen versuchten. Auf der Enge der Laufbrücke konnten sie ihre Zahl nicht einsetzen, einer von ihnen warf seine Axt, aber in diesem Moment machte das Boot einen Ruck und setzte sich in Bewegung. Die Männer hielten Schilde über die Ruderer, duckten sich selbst darunter, einer der Seeleute zog auch Lia auf die Knie hinunter, und dann glitten sie davon, den Fluss hinunter, das wütende Schimpfen des Feindes in den Ohren.

Ein Schluchzen entfuhr ihr, sie sah auf Maud hinab, die sie aus großen, tränengeröteten Augen ansah, aber keinen Laut mehr von sich gab. Erst jetzt bemerkte Lia, dass ihre Hände mit feinen roten Spritzern besudelt waren. Blut. Sie hatte getötet. Und es tat ihr nicht leid. Sie wusste noch, wie zerstört Geoffrey FitzRobert einst gewesen war, wie geschockt von seiner Tat.

Aber Lia war nur froh, dass es allen gutging. Sie sah zu Aoife, Strongbow fiel vor ihr auf die Knie und zog sie und Gilbert an sich. Auch nach Isabels Hand griff er, um sie in seine Umarmung einzuschließen.

»Mylord.« Der Kapitän türmte sich über ihnen auf, und Strongbow drückte seine Familie noch ein letztes Mal an sich, ehe er sich erhob und dem Kapitän die Hand auf den Arm legte.

»Ich stehe in Eurer Schuld. Wie lautet Euer Name?«

»Eugène Perrè, Mylord, aus Antwerpen. Es war mir eine Ehre, Euch zu Diensten zu sein.« Er lachte kurz auf und deutete auf Lia. »Ihr hättet dieser schönen Dame eine richtige Waffe geben sollen, sie hätte euch alle verteidigt.«

Ihr Vater sah zu ihr, genauso alle anderen, und Lia wünschte, sie könnte unsichtbar werden. Sie spürte immer noch den Rausch des Kampfes durch ihre Adern fließen und zitterte am ganzen Leib. Sie erwartete Tadel oder Unverständnis, aber ihr Vater legte sich die Hand auf die Brust und neigte seinen Kopf in ihre Richtung. Die anderen Ritter, Krieger und auch Seeleute taten es ihm gleich. Es war ein stiller, aber dafür umso ernsthafterer, ungewohnter Zoll an Respekt, und Lia spürte Tränen in ihren Augen aufsteigen.

»Du hast uns gerettet«, flüsterte Aoife und griff nach ihrer Hand. »Das werde ich nie vergessen. Und vielleicht irgendwann … kannst du es mir beibringen.«

Lia hörte sich lachen, auch wenn es sich fremd anfühlte. »Tatsächlich, Prinzessin?« Sie sahen sich an, aus tränenverschleierten Augen, aber voller Glück und Erleichterung, überlebt zu haben.

Der Kapitän räusperte sich. »Mylord, seid mir hier willkommen, und erlaubt mir, Euch noch weiter zu dienen und Euch zu jedem Hafen zu bringen, den Ihr wünscht – England, Wales oder zurück in die Normandie?«

»Nein.« Strongbow sah auf seine Familie hinab und hinüber in die Stadt, über der immer mehr Rauchsäulen aufstiegen. »Ich habe nicht vor, Irland zu verlassen und alles, was wir aufgebaut haben, wegen ein paar raufwütiger Wikingerabkömmlinge zu verlieren. Dies ist das Land meiner Frau, ihr Erbe, und ich segle nicht davon wie ein Feigling.«

»Aber Mylord …«

»Bringt mich zur Inis Doimhle.«

Der Kapitän sah ihn ungläubig an, dann blickte er übers Schiff, als suchte er nach Unterstützung, um seinen überraschenden Gast zur Vernunft zu bringen.

»Mylord, die Insel liegt hier mitten im Fluss, einen Steinwurf von Waterford entfernt – die Ostmänner können jederzeit mit ihren Langschiffen zu Euch übersetzen und beenden, was sie angefangen haben.«

»Die Ostmänner wollten ihrem Ärger Luft machen und die Stadt zurückgewinnen, sie werden uns nicht verfolgen. Und selbst wenn. Inis Doimhle hat zwei starke Forts, eines im Norden, eines im Süden, wir können die Insel halten und leicht verteidigen.«

Der Kapitän sah nicht besonders begeistert aus, nickte aber. »Wie Ihr befehlt, Mylord, aber …« Er deutete zu Lia und den anderen. »Lasst mich wenigstens die Frauen und Kinder mitnehmen. Ihr könnt sie zurückholen, wenn die Lage sich etwas beruhigt hat.«

»Nein, wir bleiben zusammen. Aber wenn Ihr mir wirklich noch weiter helfen wollt, segelt für mich nach Pembroke. Fünf Meilen nordöstlich von dort liegt Carew Castle.«

Lia horchte auf, ihr Herzschlag, der sich gerade eben etwas beruhigt hatte, beschleunigte sich wieder. »Sagt Raymond FitzGerald de Carew, was sich hier zugetragen hat. Sagt ihm, wir brauchen Männer, um Waterford zurückzuerlangen und den Aufstand in ganz Irland niederzuschlagen. Sagt ihm, wir brauchen den Kommandanten, Raymond le Gros.«

Die Ostmänner des nördlichen Forts auf der Insel im Fluss Suir schienen ein wenig überrascht von der plötzlichen Ankunft des Earls, aber nicht feindselig.

»Ich möchte, dass sich alle im Hof versammeln«, verkündete Strongbow, kaum dass sie das Torhaus passiert hatten.

Blicke wurden getauscht, Misstrauen brandete spürbar auf. Doch die beiden Wachen in den langen Eisenkleidern und mit den runden Schilden in den Händen nickten, riefen etwas in der fremden Sprache, während Strongbows Bogenschützen, einfache Krieger und Ritter ins Fort hereindrängten. Sie waren vielleicht drei Dutzend, ihr Vater hatte kaum Verluste erlitten. Nur Fretellus hatte es nicht ins Boot geschafft. Lia wusste nicht, was mit ihm geschehen war, aber sie konnte es sich vorstellen.

»Du weißt, was du zu tun hast«, hörte sie de Montmorency seinem Neffen zuraunen.

Strongbow antwortete nicht, er blickte starr geradeaus den fremden Kriegern entgegen, die aus einer kleinen Halle kamen, von den Wehrmauern und aus einem Wachturm. Lia zählte sechzehn Männer.

»Wir haben Euch nicht erwartet«, sagte einer von ihnen, ein Mann mit schiefer Knollennase und verfilztem Bart. Er sprach Normannisch, wenn ihm auch anzuhören war, dass es nicht seine Muttersprache war. »Tatsächlich bekommen wir auf unserer Insel nur selten Besuch. Oder seid Ihr hier, um die Garnison zu ersetzen?« Er warf den Rittern und Kriegern einen Blick zu, länger als gut sein konnte, denn er schien ihre Kampfspuren zu bemerken. »Wir hörten, die Insel wurde einem Geraldine verliehen. Wir sollen zurück nach Waterford, ist es das?«

»Waterford hat sich der Rebellion ergeben«, sagte Strongbow in kalter Ruhe. »Die Stadt hat sich gegen ihren Herrn, König und Gott gestellt, was alle Ostmänner Waterfords zu Verrätern macht.«

Die Fremden spannten sich deutlich an, so manche Hand schloss sich fester um die Axt, legte sich auf den Knauf eines Schwerts.

»Legt eure Waffen nieder, weicht ab vom Pfad der Treulosigkeit, des Eidbruchs und der Gottlosigkeit. Nur so erlangt ihr Gnade.«

Die Männer tauschten Blicke, sie ließen aber ihre Waffen nicht los und Strongbows Ritter nicht aus den Augen.

»Ihr habt euren Herrn gehört«, mischte sich de Montmorency ein, ging aber nicht näher an die Ostmänner heran, eher stellte er sich ein wenig hinter seinen Neffen, als wollte er ihn als Schild benutzen. »Weg mit den Waffen.«

»Ihr sagt, unsere Brüder haben sich gegen Euch erhoben. Welchen Grund hatten sie dazu?«

»Verräter brauchen keinen Grund«, zischte de Montmorency, »sie tragen Verrat im Blut.«

Strongbow hob die Hand, um seinen Onkel zum Schweigen zu bringen. »Viele Eures Volkes aus Dublin fielen, als sie kamen, um mich im Kampf gegen Donnell O'Brian aus Thomond und den Sohn des Hochkönigs Conor Maenmoy zu unterstützen. Sie fielen einem Hinterhalt zum Opfer.«

Erneut tauschten die Ostmänner Blicke, dann ließ der Anführer seine Axt sinken. »Erlaubt Ihr uns, abzuziehen, um nach Waterford zurückzukehren?«

Strongbow sagte nichts, und Lia sah ihren Vater erschrocken an. Wieso versicherte er ihnen nicht Unversehrtheit? Was hatte er vor?

Aber dann machte Strongbow zwei Schritte auf die Fortbesatzung zu. »Einst lud ich den Fürsten von Ossory zu Verhandlungen in mein Lager ein.« Er blickte von einem zum anderen, seine Kapuze aus Kettengeflecht hatte er zurückgeschoben, sodass sie auf seinen Rücken fiel und der Wind ihm das mehr graue als rote Haar ins Gesicht wehte. »Ich versicherte ihm freies Geleit, friedvolle Gespräche. Aber ich ließ mich von schlechtem Rat davon überzeugen, die Gelegenheit zu ergreifen und mich von einer Gefahr zu befreien. Ich gab den Befehl, Mac Gillapatrick hinrichten zu lassen, kaum dass er mir gegenüberstand.«

Nun waren es nicht nur die Ostmänner, die sich verwirrt und angstvoll ansahen, sondern auch alle in Strongbows Gefolge. Was bezweckte er mit seinen Worten? Sie waren gefährlich, und die Krieger ihm gegenüber streckten unruhig ihre Finger, traten von einem Bein aufs andere.

»Es wird euch nicht neu sein, dass Mac Gillapatrick immer noch lebt und sein Land meinem anschloss, um es als mein Vasall zu halten. Wisst ihr, was sein Leben rettete? Loyalität. Nicht seine – sondern die meines ältesten Freundes Maurice de Prendergast. Maurice war es gewesen, der dem Iren Unversehrtheit garantiert hatte, und er zog sein Schwert gegen mich. Bestimmt habt ihr von der Geschichte gehört – ich kenne einige irische Lieder über diese Heldentat. Sein Handeln hat mich auch etwas gelehrt. Nie wieder werde ich ein Versprechen geben, das ich zu brechen beabsichtige.«

Die Worte hingen lange in der Luft, der Wind schien sie zwischen den beiden Parteien im Kreise zu wirbeln, ehe sich Erkenntnis auf den Gesichtern aller abzeichnete. Und auch Lia spürte die Wahrheit wie einen schweren Stein in sich sinken. Ihr Vater wollte diese Männer töten!

»Und für diese Ehrlichkeit erwartet Ihr nun, dass wir die Waffen niederlegen, uns hinknien und uns unserem Schicksal ergeben.«

»Ihr wisst, ich habe keine andere Wahl. Ich kann euch nicht hierlassen und riskieren, dass ihr uns nachts angreift, dass unsere Frauen und Kinder in Gefahr geraten. Ich kann euch aber auch nicht gehen lassen, mit dem Wissen um jede Schwachstelle dieses Forts.«

»Wir werden uns nicht einfach umbringen lassen.«

Strongbow sah den Sprecher lange beinahe bedauernd an, dann winkte er seinen Rittern. »Ich weiß.«

Im nächsten Moment brach die Hölle los. Jemand packte sie an den Schultern, riss sie zurück ins Torhaus, presste sie gegen die Wand. »Bleibt hier!«

Krieger prallten aufeinander, die Ostmänner wurden umzingelt, Lia konnte nicht glauben, dass sie erneut solch sinnlosem Sterben zusah. »Hört auf!«, rief sie, obwohl sie wusste, wie nutzlos ihre Worte waren. Sie wollte auf die Kämpfenden zulaufen, sie irgendwie aufhalten, aber erneut war da die eiserne Hand, die sie gegen die Mauer presste. Es war Walter Bloet, sein Bruder lag auf einer provisorisch im Boot zusammengezimmerten Trage auf dem Boden neben ihm. Auch Nesta und Aoife und die Kinder hielten sich im Torhaus, während die anderen um ihr Leben kämpften. Aber es war schnell vorbei. Die Fortbesatzung fiel, ihre Körper lagen wie von einem Sturm umgeweht, blutbesudelt auf dem Boden, und Lia drückte Maud etwas fester an sich.

De Montmorency kam zu ihnen, sichtlich zufrieden mit sich selbst, und Lia konnte sich nicht zurückhalten. »Das hättet ihr nicht tun müssen!« Ihre Stimme brach, und sie sah an de Montmorency vorbei zu ihrem Vater, dessen Gesicht von roten Spritzern übersät war. »Das hättet ihr nicht tun dürfen!«

»Basilia, du verstehst das nicht.«

Lia schüttelte den Kopf, sie war es so leid, diese Machtlosigkeit.

»Du solltest jedem einzelnen dieser Krieger danken«, knurrte de Montmorency neben ihr. »Sie riskierten ihr Leben, bluten, für dich und deine Brut. Ohne sie wärt ihr nicht mehr da. Aber alles, was dir einfällt, ist zu zetern und zu jammern. Wo ist dein Respekt?«

Lia sah den einzelnen Rittern und Kriegern ins Gesicht und, obwohl es ihr nicht gefiel, wusste sie, dass de Montmorency recht hatte. Diese Männer hatten ihr Leben für sie riskiert und sie gerade jetzt vor einer erneuten Gefahr bewahrt. Die Ostmänner hätten sich den Feinden angeschlossen, ihnen bestimmt mitgeteilt, wo sie waren und wie sie eindringen konnten. Sie wusste das alles, und trotzdem war ihr schlecht.

»Seid still«, flüsterte unvermittelt Nesta an ihrer Seite und legte ihr die Hand auf den Arm.

De Montmorency sah auf seine Frau hinab, und Lia konnte es kaum glauben, aber etwas Warmes trat in seine Augen, das sie nie zuvor an ihm gesehen hatte, geschweige denn geahnt, dass es existierte. Er nickte Nesta zu, dann wandte er sich ab und befahl, die Körper in den Fluss zu werfen.

»Nein, wir werden sie begraben«, sagte ihr Vater und winkte Adam de Hereford und ein paar andere zu sich. »Nehmt so viele Männer, wie ihr braucht, und befreit auch das Fort im Süden. Besetzt sie ausreichend, und kommt dann zurück. Wir werden hier verharren, bis Sir Raymond mit seinem Heer zu uns stößt.«

»Schneller, mein Schatz, schneller.« Lia breitete die Arme aus und fing die anstürmende Maud auf, nur um sich zurück ins hohe Gras fallen zu lassen und sie über ihren Kopf zu heben.

Maud gluckste und lachte, und Lia zog sie an sich und übersäte sie mit Küssen, so lange, bis Maud zu zappeln anfing und sich befreite. Sie rannte wieder mit ihrem lustig wackeligen Lauf zu den Apfelbäumen hinüber, breitete die Arme aus und stürmte erneut auf sie zu.

Lia war so froh, dass all die Gräuel keine Spuren hinterlassen hatten, zumindest machte es nicht den Anschein. Blieb nur zu hoffen, dass die Bilder nicht irgendwann ihre Träume heimsuchten.

Maud warf sich erneut auf sie, und Lia hob sie hoch und wirbelte sie herum. Die Sonne schien warm und angenehm auf sie herunter, die ungewöhnliche Hitze war verflogen, und auch der Regen der letzten Tage hatte nachgelassen. Trotzdem war ihr Kleid von der Wiese nass, aber das machte ihr nichts aus. Das Spiel mit ihrem Kind war zu schön, eine zu angenehme Abwechslung von der Anspannung im Fort, um sich darum zu kümmern. Es würde wieder trocknen, und dann könnte sie den Dreck ausbürsten – ein anderes Kleid hatte sie leider nicht, ihre sorgfältig gepackte Habe lag noch in Waterford und war vermutlich längst verbrannt worden oder gestohlen. Sie mussten mit dem vorliebnehmen, das sie an sich trugen, aber sie konnten schließlich froh sein, überhaupt noch am Leben zu sein.

»Lia, kannst du mir helfen?« Aoife kam mit Gilbert und Isabel zu ihr, das mächtige Fort in ihrem Rücken, ihr unbedecktes Haar fiel ihr in Flechten bis über die Hüfte und ließ sie einer Feengestalt gleichen. »Ich möchte mir den Gemüsegarten ansehen und im Hain dort drüben nach Kräutern suchen.« Sie hob den Weidekorb in ihrer Hand etwas hoch. »Vielleicht gelingt es uns, den Männern heute Abend etwas Anständigeres als immer nur Haferfladen und gepökeltes Fleisch vorzusetzen.«

»Hast du das schon den Köchinnen verkündet?« Die beiden Irinnen, die noch als Leibeigene die Fortbesatzung bekocht und bedient hatten, waren etwas eigen, wenn es darum ging, ihre Speiseauswahl zu erweitern, da sie ihre Vorräte für den Winter aufsparen wollten. Sie waren auch nicht erfreut, plötzlich so viele Menschen versorgen zu müssen, auch wenn Aoife, Lia und Nesta stets mit anpackten.

»Wenn sie sich weigern, zu kochen, was wir ihnen bringen, machen wir es einfach selbst.«

Lia nahm Maud an der Hand und lachte. »Du kannst kochen?«

»Es wird schon nicht so schwer sein.« Aoife strich Isabel ein paar rötliche Strähnen aus dem Gesicht und lächelte. »Außerdem müssen auch die Kinder etwas Obst und Gemüse bekommen, nicht immer nur Hafer in jedweder Form.«

»Ich kann dir nur zustimmen.«

Sie folgte Aoife zu einem lichten Wald und sammelte mit ihr und den Kindern Bärlauch, der zwar schon geblüht hatte und dessen Blätter daher etwas faserig waren, aber immer noch gut verzehrt werden konnte. Dazu nahmen sie noch haufenweise Sauerklee mit. Aus dem Gemüsegarten holten sie noch ein paar Möhren und machten sich mit ihrer Ausbeute auf den Weg zurück ins Fort.

Sie hatten kaum den Hof betreten, da sah Lia de Montmorency und Nesta aus der Kapelle kommen. Nesta hielt den bedeckten Kopf gesenkt, de Montmorency hatte dafür gesorgt, dass die beiden Bediensteten ihr eine neue Haube beschafften, nachdem ihre eigene Kopfbedeckung die Flucht nicht überstanden hatte, ebenso wenig wie Lias und Aoifes, die sich aber nicht darum scherten.

De Montmorency sah sich hoch erhobenen Hauptes um, als wäre er hier der Herrscher. Am liebsten wäre Lia zu Nesta gegangen, um sie zu trösten, um ihr eine Vertraute zu sein. Es musste schrecklich sein, an der Seite eines solchen Mannes zu leben und mit niemandem darüber sprechen zu können. Zwar war ihr nie aufgefallen, dass de Montmorency seine Frau schlecht behandelte, aber sie konnte sich einfach nicht vorstellen, dass irgendjemand an seiner Seite glücklich sein konnte.

Aber ehe sie näher gehen konnte, erschollen Rufe von den Wehrgängen der Palisade.

»Mylord!« Einer der einfachen Krieger eilte die Holztreppe hinunter in den Hof und verschwand im Wohnturm. Einige Augenblicke später kam er wieder heraus, mit einem nicht minder aufgeregt wirkenden Strongbow an seiner Seite.

»Er ist doch erst vor wenigen Tagen weggesegelt, wie kann das sein? Raymond kann unmöglich in so kurzer Zeit ein ganzes Heer …« Er rauschte an Lia vorbei, und die letzten Worte wurden vom Wind davongetragen. Lia und Aoife tauschten einen Blick, dann stellten sie den Korb ab, nahmen die Kinder und eilten den Männern hinterher, zum Wehrgang hoch.

Und tatsächlich. Das Boot, das sie in Waterford gerettet hatte, kam den Fluss heraufgefahren, Lia erkannte auch Eugène Perrè vorn am Bug. So wie es aussah, befand sich kein Heer an Bord, und Lias Hoffnung auf ein baldiges Entkommen von dieser Insel schwand. Genauso wie das aufgeregte Kribbeln in ihrem Inneren beim Gedanken, Raymond wiederzusehen.

Es schien ihr eine Ewigkeit zu dauern, bis der Händler anlegte, Perrè an Land kam und sich endlich im Hof wiederfand. Aber schließlich standen sie ihm alle gegenüber und warteten gespannt auf Neuigkeiten.

»Ich hätte nicht erwartet, Euch so bald wiederzusehen, mein Freund.« Strongbow ging auf ihn zu, und auch Lia hielt sich nahe an seiner Seite, um zu erfahren, was vor sich ging. »Wenn Ihr gekommen seid, um den Lohn für Eure Dienste einzufordern, muss ich Euch leider enttäuschen. Solange ich hier festsitze …«

»Mylord.« Perrè sah mit deutlichem Unwohlsein in die Runde. »Ihr seid großzügig, mir Lohn zu versprechen. Ich diente euch nicht, weil ich mir eine Bezahlung versprach.«

Von wegen, dachte Lia belustigt. Ihr Vater war für seine übermäßige Großzügigkeit bekannt, die ihn schon oft in Schwierigkeiten gebracht hatte. Perrè wusste bestimmt davon, und seinen prächtigen Kleidern nach zu urteilen hatte er einen teuren Geschmack. Doch Lia gönnte ihm eine Belohnung von Herzen, schließlich verdankten sie ihm alle ihr Leben.

»Was führt Euch dann so schnell zu mir zurück?«

Perrè kaute auf der Innenseite seiner Wange herum, betrachtete Aoife, Nesta, und schließlich blieb sein Blick an Lia hängen, für einen viel zu langen Moment, um bedeutungslos zu sein. Lias Magen krampfte sich zusammen.

»Mylord, ich habe getan, worum Ihr mich gebeten habt. Ich

segelte nach Pembroke und traf in Carew den Ritter Raymond FitzGerald.«

Strongbow straffte die Schultern. »Er stellt ein Heer auf.« Das war keine Frage, keine Bitte, sondern ein Befehl, als stünde Raymond direkt vor ihm. Aber Perré sah erneut zu Lia, trat unruhig von einem Bein aufs andere und atmete hörbar ein.

»Mylord, Sir Raymond schickte mich seinerseits mit einer Nachricht an Euch. Und mir bleibt nun nichts anderes übrig, als Euch seine Worte zu überbringen. Bitte verzeiht.« Er ließ seinen Blick über den Hof schweifen, in dem sich immer mehr Neugierige versammelten. »Ich soll es vor Zeugen verkünden. Das war Sir Raymonds Wunsch.«

»Wie lautet die Nachricht, Perrè?« Die Ungeduld war Strongbow anzuhören, und der Händler strich mit fahrigen Bewegungen seinen wertvollen Bliaut glatt. »Mylord, Sir Raymond ist bereit, Euch zu unterstützen, zu einem Preis, den Ihr bereits kennt.« Er deutete an ihm vorbei zu Lia, und sie schloss die Augen, als könne sie so verschwinden.

»Er ist bereit, Euch zu unterstützen, für die Hand Eurer Tochter Basilia de Clare.«

Raunen erklang im ganzen Hof, wie nicht anders zu erwarten war. Sie hörte einen kehligen Laut aus Strongbows Kehle, aber als Lia zu ihm sah, stellte sie überrascht fest, dass er ein Lachen unterdrückte. »Dieser alte Sturkopf«, murmelte er belustigt, was de Montmorency fassungslos nach Luft schnappen ließ. Eine Hand schob sich in ihre, und als Lia aufsah, erkannte sie Aoife an ihrer Seite, die sie anlächelte. »Mylord, welche Antwort soll ich ihm geben?«

»Dem kannst du nicht nachgeben!«, rief de Montmorency fast hysterisch. »Solch eine Unverfrorenheit! Dich zu erpressen, deine Lage auszunutzen und …«

Strongbow hob seine Hand, ließ seinen Onkel verstummen, dann blickte er über die Schulter zurück zu Lia. Nachdenklichkeit stand in seinem Blick, etwas Zärtliches, Trauriges, und Lia schnürte sich die Kehle zu, als ihr bewusst wurde, dass er sie schon lange nicht mehr so direkt angesehen hatte.

Sie nickte, gab ihm ihre Antwort auf die unausgesprochene Frage. Und allein dass er ihr die Möglichkeit gab, abzulehnen, berührte sie. Er entschied nicht mehr über ihren Kopf hinweg, ihr Glück bedeutete ihm etwas, und sie wusste, sie würde ihn stets genauso verehren wie als kleines Kind, egal, was er machte.

Ja, sie wollte Raymond heiraten, auch wenn sie mindestens genauso wütend auf ihn war wie de Montmorency. Würde Raymond sie bei einer nicht zufriedenstellenden Rückmeldung tatsächlich auf dieser Insel verkommen lassen?

Ihr Vater schien ähnlicher Ansicht. »Raymond FitzGerald wird kommen, mit oder ohne mein Versprechen. Aber wenn es ihm gelingt, den Aufstand niederzuschlagen, soll er Basilia zur Frau bekommen und den Posten des Constable von Leinster.«

Alle sahen ihn überrascht an, und obwohl Lia seine Worte bereits geahnt hatte, war es etwas anderes, sie ausgesprochen zu hören. Eine Zustimmung ihres Vaters. Wie lange hatten sie darauf gewartet? Wie viel war seit ihrem ersten Wunsch, Raymond zu heiraten, passiert. Es schien ihr ein ganzes Leben her. Aber nun sollte der Moment kommen. Sie würde eine Geraldine werden, Raymond FitzGeralds Frau. Aber zuvor musste Raymond das schier Unmögliche gelingen, den Aufstand niederschlagen und überleben.

Lia schlug eine Mücke von ihrem Arm und wischte auch zwei von Mauds Gesicht. Die Abende auf der Insel im Fluss waren am schlimmsten, und bei all dem Regen glaubte sie manchmal schon, einfach vom Wasser verschluckt zu werden. Zumindest brach jetzt die Sonne ein wenig zwischen den Wolken hervor, und Lia konnte die frische Luft genießen und aufs Wasser hinunterschauen. Der Fluss führte in gewundenen Linien an der Nordseite ihrer Insel vorbei nach Waterford, machte aber an beiden Seiten der Insel eine Biegung und umschloss sie somit von allen Seiten. Er war reich an Fischen, und die Männer ihres Vaters taten ihr Bestes, um sie zu fangen. Doch sie mussten vorsichtig sein und durften sich nicht zu weit entfernen, wenn sie mit ihren kleinen Ruderbooten hinausfuhren. Zwar hatten die Ostmänner noch keine Anstalten gemacht, sie auf der Insel heimzusuchen, aber niemand wusste, ob und wann sie hinter der Flussbiegung hervorkommen würden. Hin und wieder kamen Händler auf dem Weg nach Waterford bei ihnen vorbei, und Maud liebte es, auf den Wehrgängen der Palisaden zu stehen und nach neuen Schiffen Ausschau zu halten. Auch Lia fühlte sich hier oben, wo der Wind ihr ins Gesicht fuhr, etwas freier als eingepfercht im kleinen Fort. Selbst wenn sie hier den Mücken ausgesetzt war.

»Madame, wenn Ihr erlaubt.« Robert de Birmingham schob sie ein wenig zur Seite, lehnte sich über die Brustwehr und schirmte seine Augen vor der Sonne ab.

Lia blickte in dieselbe Richtung wie der Ritter, und auch sie sah Schatten über das Wasser gleiten. Ein Lächeln entrang sich ihr, und sie wuschelte Maud durchs dunkle Haar. Die Schiffe kamen aus Osten, also nicht von Waterford, sondern vom Fluss Barrow, der ins Meer mündete. Vielleicht konnten de Birmingham und die anderen sie zum Halten bringen, um ihre Waren anzusehen oder Nachrichten zu hören. Bisher waren keine Neuigkeiten zu ihnen gelangt, weder von Irland noch aus Wales, und das untätige Verharren und Warten zermürbte die Gemüter aller. »Was für ein Glück wir haben, Maud. Wir wagen uns nach draußen, und schon sehen wir wieder ein paar Schiffe.« Sie hob Maud etwas höher, damit sie besser sehen konnte, aber als ein Schatten dem nächsten folgte und das helle Tuch der Segel den ganzen Fluss einzunehmen schien, sanken ihre Arme schwach hinab.

»Sir Robert …« Sie spürte ihr Herz schneller schlagen, Angst machte sich in ihr breit, und sie verstärkte ihren Griff um Maud. »Das … das ist eine ganze Flotte.« Sie starrte den Schiffen entgegen, die immer besser auszumachen waren, und Lia ahnte, was dies bedeutete. Die Ostmänner mussten sich zusammengeschlossen haben, um sie nach fast einem Monat auf dieser Insel endgültig zu vernichten. Sie hatten die besten Schiffe, unzählige davon, und nun kamen sie hierher.

»Ja, Madame, eine Flotte. Ich zähle ein Dutzend Schiffe.« De Birmingham, dem ihr Vater Land in Offaly verliehen hatte, wandte sich ihr zu, er schien sich um eine unbesorgte Miene zu bemühen, um sie nicht zu verängstigen. »Madame, vielleicht wäre es klüger, wenn Ihr in den Turm geht. Nur bis wir wissen, woher diese Schiffe …«

Aber er konnte nicht aussprechen, da flog ihr Vater die Treppe hoch, immer zwei Stufen auf einmal nehmend. »Er ist da!« Seine grauen Augen waren riesig, und sein Antlitz trug solche Erleichterung, solche Freude, dass er Lia wie ein neuer Mensch vorkam. Sie verstand nicht, was er meinte, aber dann drehte sie sich wieder zu den Schiffen um und erkannte schwach die verschiedenen Wappen der Geraldines an den Masten.

Ihre Hand flog zu ihrem Mund, um den freudigen Laut zu verbergen, aber gänzlich unterdrücken konnte sie ein Jauchzen nicht. Er war tatsächlich gekommen! Raymond war hier, um sie alle zu retten! Sie hatte nicht an ihm gezweifelt, schon gar nicht, nachdem ihr Vater zugestimmt hatte, ihm alles zu geben, was er verlangte, aber seine tatsächliche Ankunft machte sie trotzdem glücklicher, als sie je für möglich gehalten hatte. Zu lange verharrten sie hier in der Schwebe, ohne zu wissen, wer als Erstes über den Fluss kommen würde, Freund oder Feind. Aber nun war er hier, und er war nicht allein. Es waren sogar mehr Schiffe, als de Birmingham zuerst gezählt hatte. Lia entdeckte fünfzehn.

Die Schiffe kamen näher, und Lia versuchte, Raymond auf

ihnen auszumachen. Angespannt hielt sie Ausschau nach seiner unverwechselbaren Gestalt, nach den goldenen Locken. Der Wind trieb die Schiffe schnell über den Fluss, ließ sie am Fort vorübergleiten, und dann sah sie ihn. Raymond stand am Bug des dritten Schiffes, blickte den Wehrgang hoch und verneigte sich mit ausgebreiteten Armen.

Lia wusste nicht, ob er sie sah, seine Augen lagen in den Schatten unter dem Helm, und auch der breite Nasenkolben verdeckte sein Gesicht, aber das machte im Moment nichts. Er fuhr weiter, allen anderen hinterher, Waterford entgegen, um die Stadt zurückzuholen. Es war keine leichte Aufgabe, und Lia wollte gar nicht daran denken, welchen Gefahren er sich aussetzte, aber trotz aller Sorge hatte sie jetzt das Gefühl, dass alles wieder gut werden würde.

»Schiff!«, rief Maud, und Lia hob sie an ihr Gesicht und küsste ihre Wange.

»Ja, mein Liebling, ein Schiff. Und es wird uns mitnehmen.«

Lia rannte mit gerafften Röcken über den Hof. Drei der Geraldines-Schiffe legten an, nur wenige Tage, nachdem sie an der Insel vorbeigesegelt waren. Sie kamen zurück, und Lia betete, dass sie siegreich gewesen waren, dass sie nun endlich nach Hause konnten.

Das Tor öffnete sich, und die gesamte Besatzung, alle, die hatten fliehen müssen, versammelten sich im Hof.

Raymond hielt sich an der Spitze seiner Truppe aus Rittern, Bogenschützen und berittenen Soldaten. Bei seinem Anblick schien die Luft im schieren Freudejubel zu zerspringen.

Lia aber brachte keinen Ton heraus. Sie konnte ihn nur ansehen. Er wirkte abgekämpft, hatte sich dem Anschein nach mehrere Tage nicht rasiert, und trotzdem grinste er über beide Ohren wie ein Junge. Er schob sich die Kapuze aus Kettengeflecht zurück, und sein Haar stand ihm wirr vom Kopf ab. Am liebsten wäre sie zu ihm gegangen, um es ihm glattzustreichen, um ihre Hand hindurchgleiten zu lassen. Sie spürte dieses Sehnen in ihrem Bauch, und die Aussicht, seine Frau zu werden, erschien ihr kaum noch furchterregend.

Nah an seiner Seite hielt sich ein Junge, der vielleicht acht Jahre alt war, mit pechschwarzem kurzgeschnittenem Haar und stechend blauen Augen. Einen Moment lang hielt sie den Atem an, aber er war zu jung, um William zu sein und zu alt für Richard. Mit nervös geweiteten Augen sah er sich um, und Lia schalt sich für ihre kindischen Gedanken eine Närrin. Selbst wenn er Raymonds Sohn gewesen wäre, sollte sie ihn genauso ins Herz schließen wie Raymond ihre Maud.

Zu Raymonds anderer Seite hielt sich ein Geraldine, den Lia schon öfter gesehen hatte. Meilyr FitzHenry, ein enger Freund de Prendergasts und nicht nur Nachfahre walisischer Fürsten, sondern auch des englischen Königshauses. Sein Vater war ein Bastard König Henrys I. gewesen. Er war ein Vetter Raymonds, und gemeinsam gingen sie auf Strongbow zu und brachten ihm sein Wappen zurück.

Augenblicklich war es still, und Raymonds Worte trugen weit, als er auf ein Knie niederging und das Tuch hochhielt. »Waterford ist Euer, Mylord.«

Erneut brandete der Jubel auf, und Lia spürte eine enorme Last von ihren Schultern gleiten. Es war vorbei! Raymond war gesund zurückgekehrt, und all die Schrecken sollten ein Ende nehmen. Sie konnten nach Hause!

Raymond sah in ihre Richtung, und das Wissen, an was er dachte, ließ es unter ihrer Haut kribbeln, als wären Hunderte Schmetterlinge darunter gefangen.

»Wie steht es um die Stadt?«, wollte ihr Vater wissen und bedeutete Raymond aufzustehen.

Aber es war Meilyr FitzHenry, der sprach, während sich der

Kreis der Besatzung enger um sie schloss, weil alle hören wollten, was gesagt wurde. »Raghnalls Turm wurde von Euren Männern gehalten, Mylord, aber der Rest der Stadt musste viel erleiden. Die Ostmänner töteten zweihundert Männer der Garnison, dazu auch jede Frau und jedes Kind, das nicht ihrem Volk angehörte. Wir haben die Anführer hingerichtet.«

Ihr Vater senkte den Blick, nickte langsam, und Lia wusste, er gab sich selbst die Schuld für all das Leid. Schließlich hatte all das mit seinem gescheiterten Feldzug begonnen.

Schließlich drehte ihr Vater ihr den Kopf zu, sah sie lange an. Sein Gesicht wirkte um einiges fahler als noch vor ein paar Wochen, die Falten in seinen Wangen betonten das abgemagerte Gesicht. Lia schluckte, aber er wandte sich wieder Raymond zu und sprach ganz ruhig über etwas völlig anderes, als sie erwartet hatte. »Was ist mit Fretellus? Ich verlor ihn auf dem Weg zum Fluss aus den Augen. Geht es ihm gut?«

Raymond sah ebenfalls zu Lia und dann wieder zurück. Mit einem Seufzen strich er sich das vom Wind durcheinandergeratene Haar zurück. »Er überlebte den ersten Aufstand, aber dann heuerte er ein paar Ostmänner an, die er für vertrauenswürdig hielt, damit sie ihn zu Euch übersetzen. Die Männer betrogen und töteten ihn. Wir hörten, dass viele von ihnen Euch auf die Insel folgen wollten, um zu beenden, was sie angefangen hatten, aber die Stärke des Forts hielt sie davon ab.«

Ihr Vater schloss die Augen, und Raymond atmete hörbar ein. »Mylord, erlaubt mir, Euch und Eure Familie zurück nach Waterford zu bringen. Die Stadt ist wieder in Eurer Hand, und den beginnenden Aufstand in Wexford konnten wir noch zerschlagen, ehe ein richtiger Brand daraus wurde. Ich kam mit dreißig Rittern, dreihundert Bogenschützen und hundert berittenen Soldaten. Es wird uns gelingen, auch Hugh de Lacy zu helfen und all die normannischen Gebiete wieder zu sichern, wenn wir schnell handeln.«

Die grauen Augenbrauen ihres Vaters verbanden sich zu einer Linie. »Was ist mit de Lacy? Er ist doch in der Normandie beim König.«

»Das ist er, aber wenn er zurückkehrt, wird er Meath verloren haben. Der irische Hochkönig ist mit einem gewaltigen Heer auf dem Weg in sein Land, wir erfuhren in Waterford davon. Er will sich Meath zurückholen, und allem Anschein nach hält er auf die Burg Trim zu, die Tyrrell für de Lacy hält. Diese Burg ist lediglich ein Turm auf einem aufgeschütteten Hügel, von einem Graben, Wall und ein paar Holzbrettern geschützt. Tyrrell wird sie nicht gegen die vereinten Clans von ganz Connaught und Ulster halten können. Wir sollten so bald wie möglich aufbrechen, wenn wir rechtzeitig ankommen wollen.«

Ihr Vater lächelte, was Lia überraschte, noch mehr, da es nichts Zynisches an sich hatte, im Gegenteil. Er wirkte nur noch müde. »Ja, das sollten wir. Auf in einen neuen Kampf. Morgen. Heute werdet Ihr meine Tochter heiraten.«

Raymond hob die Augenbrauen, und auch Lia sah ihren Vater erstaunt an, aber er fuhr schon fort.

»Bringt uns nach Waterford, Sir Raymond, und dort sollt Ihr in der Kirche der Heiligen Dreifaltigkeit Basilia zur Frau nehmen, so wie vereinbart. Am selben Ort, an dem ich meine Aoife ehelichte. Möge er Euch dasselbe Glück bringen wie uns.«

Erneut wurde es so still, dass Lia meinte, das Knarzen der Schiffe vor den Mauern hören zu können, während ihr Herzschlag unnatürlich laut in ihren Ohren pochte.

Nun war es also so weit, der Moment, auf den sie so lange gewartet hatten.

Raymond sah sie an, fragend, prüfend, und Lia lächelte ihm glücklich zu, wenn auch ein wenig nervös, als unvermittelt Aoife nach vorne stürmte.

»Nein!«, rief sie und ergriff Strongbows Arm. »Raymond und Lia werden nicht in Waterford heiraten!«

Nun drehten sich auch die zu ihnen um, die sich längst von der Gruppe gelöst hatten. Auch Meilyr FitzHenry, der mit dem Jungen die Pferde zu den Wassertrögen geführt hatte, blickte auf und kam zurück.

»Aoife …«, begann Lia und sah von einem schockierten Gesicht zum nächsten. Doch Aoife schien fest entschlossen. Sie baute sich vor ihrem Gemahl auf und stemmte eine Hand in die Seite.

»Lia wird nicht in einer Stadt heiraten, die in Blut getränkt wurde, wo immer noch die Zeichen der Rebellion zu sehen sind, wo Frauen und Kinder ihren Tod fanden! Ich ritt einst nach Waterford, als die Stadt gerade erst erobert worden war, wo es nach Tod stank und wir durch Blut wateten. Ich heiratete Euch dort, aber Lia wird es nicht so ergehen! Lia soll zu Hause eine Hochzeit feiern, die sie verdient.«

Ein Lächeln spielte um Raymonds Mundwinkel, er legte sich die Hand auf die Brust und verneigte sich vor Aoife. Lia spürte Tränen in ihren Augen aufsteigen. Am liebsten hätte sie ihre Stiefmutter umarmt, aber da ergriff Strongbow das Wort.

»Dafür ist keine Zeit. Wir müssen nach Meath und Tyrrell helfen. Und zuvor führt unser Weg nach Wexford, um Männer für unseren Feldzug zu gewinnen.«

»Dann wird Lia in Wexford heiraten«, erklärte Aoife und machte mit ihrem Tonfall deutlich, dass sie keine Widerrede duldete. »Aber niemals in Waterford.«

Wexford, Südostirland, Juli 1174

»Wie hübsch du aussiehst.« Lia steckte Maud ein paar Wildblumen ins Haar und rückte ihr Kleid zurecht, das sie von der Tochter einer der noblen Damen Wexfords bekommen hatte. Es stand Maud ausgezeichnet, ließ sie aussehen wie eine kleine Prinzessin. Wie fremd Lia so ein Leben einst vorgekommen war, wenn sie auf die Burg von Striguil hochgeblickt hatte. Und nun sollte sie den größten Ritter des Landes heiraten und eine Geraldine werden.

»Heute ist ein großer Tag. Von nun an wird alles wieder gut, mein Liebling, wir können nach Hause. Freust du dich schon darauf?«

Maud zog sich als Antwort die Blumen aus dem Haar und steckte sie sich in den Mund. Lia musste lachen, zog sie an sich und küsste sie auf den Scheitel.

»Lia!« Aoife stand über ihr und sah tadelnd auf sie hinab. »Du solltest dich selbst zurechtmachen, du willst doch deinen Bräutigam nicht warten lassen.«

»Er hat schon so lange gewartet, ich glaube, ein paar Augenblicke mehr machen keinen Unterschied.«

Aber wie um ihre Worte zu verhöhnen, klopfte es an der Tür des Stadthauses nahe am Hafen, das die Damen bezogen hatten. Es gehörte dem Marshal ihres Vaters, John de Clahull. Nach allem, was in Waterford geschehen war, fühlte ihr Vater sich nahe am Fluss sicherer, auch wenn es bei ihrer Ankunft in Wexford keine Anzeichen von Rebellion oder Unzufriedenheit gegeben hatte. Im Gegenteil. Strongbows und vor allem auch Raymonds Eintreffen war hoch bejubelt worden.

Cailech, der in Wexford zu ihnen gestoßen und Aoife seither keinen Augenblick lang mehr allein ließ, öffnete die Tür. »Was ist?«, knurrte er auf Irisch, aber keine Antwort erscholl.

Lia sah an ihm vorbei und erkannte den schwarzhaarigen Jungen, der Raymond auf die Insel bei Waterford begleitet hatte. Sie stand auf und legte Cailech die Hand auf den Arm. »Wie können wir dir helfen?«, fragte sie auf Normannisch, nicht sicher, welche Sprache er verstand.

Aber er sah sie erleichtert an. »Madame, mein Herr hat mich gebeten, Euch dieses Zeichen seiner Ehrerbietung zu überbringen.« Er streckte ihr einen goldenen gedrehten Halsreif entgegen, der in der Mitte von funkelnden Edelsteinen geschmückt war. Der Anblick verschlug ihr die Sprache. Nie zuvor hatte sie etwas so Kostbares gesehen, geschweige denn getragen, und sie fühlte sich noch mehr wie in einer anderen Welt. Ihr fiel aber auch auf, wie schwer es dem Jungen fiel, die normannischen Worte zu formen, erkannte aber, was seine Landessprache war.

»Mein Herr wünscht, dass Ihr sein Geschenk bei der Hochzeit tragt. Der Reif gehörte meiner Großmutter …« Er räusperte sich, wurde ganz rot. »Ich meine, der Mutter meines Herrn. Sie wollte, dass Ihr ihn habt.«

Lia nahm den Reif an sich, er war schwer und kalt. Mehr noch als das Schmuckstück interessierte sie aber der Junge. »Die Mutter deines Herrn ist auch deine Großmutter?«, fragte sie auf Walisisch, was ihn erstaunt den Mund aufklappen ließ. Vielleicht wusste er nicht, dass auch sie zum Teil Waliserin war. »Das heißt, du bist ein Geraldine, nicht wahr?« Ein Geraldine, dem das Normannische schwerfiel und der auf Walisisch antwortete, als hätte er nie etwas anderes gesprochen.

»Ich bin David le Walleys, Madame.«

Sie musste lächeln. »David, der Waliser.«

Er nickte kräftig. »Meine Mutter ist Isabel FitzWilliam FitzGerald de Carew, die Schwester meines Herrn Raymond le Gros. Mein Vater ist Ralph le Walleys, Sohn von Cadwaladr ap Gruddudd, der Bruder unseres großen Fürsten von Nordwales Owain Gwynedd, Gott möge seiner Seele gnädig sein.«

Lia lächelte ob der Inbrunst, mit der er sprach, und nun verstand sie auch, wer er war. Sie hatte schon von Raymonds Schwester Isabel, der Rebellenkämpferin, und ihrem nordwalisischen Prinzen gehört. Die beiden lebten irgendwo im Norden von Wales in Abgeschiedenheit. Kein Wunder, dass ihrem Sohn das Normannische so schwerfiel.

»Es ist mir eine Freude, dich kennenzulernen, David le Walleys. Bitte richte deinem Herrn aus …«

»Ah, ich sehe, du hast meinen Neffen bereits kennengelernt.«

Lias Kopf fuhr hoch. Unvermittelt stand Raymond hinter dem Jungen und grinste sie an.

Sofort setzte ihr Herz einen Schlag lang aus, sie konnte ihn nur anstarren. Mit noch nassem Haar stand er vor ihr, in einem dunklen, aufwendig mit Goldfäden bestickten Bliaut, das Schwert gegürtet, sein Umhang wurde von einer Fibel, die einen Drachen darstellte, gehalten. Ein Zeichen seiner Zugehörigkeit zu Wales. Er sah atemberaubend aus, und ein sonderbares Ziehen machte sich in ihrem Unterleib bemerkbar. Sie würde seine Frau werden. Es fiel ihr immer noch schwer, das zu glauben.

Sie war ganz versunken in seinem Anblick, sodass Aoifes plötzlicher Vorsturm sie erschrocken zusammenzucken ließ. »Weg mit Euch!« Sie machte eine Bewegung, als verscheuche sie ein Insekt. »Was fällt Euch ein! Eure Braut muss sich für die Zeremonie vorbereiten, Ihr habt hier nichts zu suchen!«

Cailech legte seine Hand auf die langstielige Axt an seinem Gürtel, um Aoifes Worte zu unterstreichen, wenn auch seine Mundwinkel im Versuch, ein Lächeln zu verbergen, zuckten.

Er verstand Aoifes genaue Worte nicht, wusste aber wohl, worüber sie sich aufregte.

»Bitte verzeiht, Madame, ich wollte nur sichergehen, dass Lady Lia mein Geschenk gefällt und sie es auch tragen möchte.«

»Das kann Euch Euer Page ausrichten, dafür müsst Ihr nicht vor unserer Tür erscheinen.«

Raymond strich sich über das glattrasierte Kinn, ein Grübchen zeichnete sich in seine rechte Wange. »Da habt Ihr wohl recht, aber dann wäre mir entgangen, meine Braut in ihrem reizenden Aufzug zu erblicken.«

Er zwinkerte ihr zu, und Lias Hand flog an ihren Kopf. Ein leises Keuchen entfuhr ihr, als ihr bewusst wurde, dass Aoife ihr Haar in engen Schlingen hochgesteckt hatte, um sie lockig zu bekommen. Sie musste lächerlich aussehen! Außerdem hatte Aoife Kohle und von Pflanzen gefärbtes Fett benutzt, um ihre Augen und Wangen zu betonen, was ganz bestimmt noch schlimmer aussah. Lia hatte sich sofort das Gesicht waschen wollen, aber dann war Maud so entzückend vor ihr gestanden, und sie war abgelenkt worden.

»Das Schmuckstück wird wunderbar dazu passen«, sagte er, und Lia wollte am liebsten im Boden versinken. Aber da wurde er ernst und wandte sich an Aoife. »Madame, wenn Ihr erlaubt, ich würde gerne einen Augenblick lang allein mit Lia sprechen.«

Lia wusste, wie Aoife reagieren würde, noch ehe sie das empörte Luftschnappen hörte.

»Sir, das könnt Ihr unmöglich ernst meinen!«

Ein Blick von ihm sagte sehr genau, wie ernst es ihm war, und Aoife schüttelte den Kopf, fluchte unterdrückt und wandte sich dann betont würdevoll an Nesta und an Joan, die Gemahlin des Marshals. »Meine Damen, wenn ihr mir beim Verteilen des Mädesüß behilflich sein möchtet, über das die Braut nachher zur Kirche schreiten wird? Kinder, kommt mit mir.« Alle sahen sich an, aber schließlich nahm Nesta Maud an der Hand, Aoife hob Gilbert auf, und Madame de Clahull führte Isabel nach draußen.

Lia ging in die Mitte des Raums zu den gepolsterten Sitzgelegenheiten rund um die Feuerstelle und hieß Raymond Platz zu nehmen. »Was gibt es denn so Wichtiges. Das wird Gerede geben.« Sie nahm den Krug mit Mead vom Tisch und schenkte ihm einen Becher ein.

Aber als sie sich zu ihm umdrehte, wäre er ihr fast aus der Hand gefallen, denn Raymond hatte die Tür geschlossen und stand nun dicht vor ihr.

»Lia …« Seine Hand hob sich an ihre Wange. Seine andere nahm den Becher und stellte ihn zur Seite. »Wir hatten keine Gelegenheit, miteinander zu sprechen seit …« Er zuckte mit den Schultern. »Nun, seit vor meiner Abreise nach Wales. Ich wollte dich sehen, mit dir reden, bevor wir vor die Kirche treten. Du kannst dir nicht vorstellen, wie froh ich bin, dass dir in Waterford nichts passiert ist. Als ich die Nachricht hörte … Zuerst versuchte ich Perrè zu zwingen, mich sofort zu dir zu bringen, ich wollte dich holen und nach Wales schaffen. Aber ich wusste, du würdest nie ohne deinen Vater gehen, und dein Vater würde Irland nicht verlassen, ehe die Kontrolle nicht wiederhergestellt ist. Also setzte ich sofort alles daran, Männer zu finden, um euch zu helfen. Ich ließ keinen einzigen Tag verstreichen, schon ehe Perrè mir die Zustimmung deines Vaters brachte.«

Lia lächelte. »Ich weiß.«

»Ich hörte auch von deinen Heldentaten. Die Männer auf Perrès Schiff sangen ein Loblied nach dem anderen über dich, über die goldene Kriegerin, die Wikinger niederstreckt.«

Hitze stieg ihr in die Wangen, gleichzeitig schauderte sie beim Gedanken an die Männer, die durch ihre Hand gefallen waren. »Ich bin keine Heldin. Ich habe nur versucht zu überleben und die zu beschützen, die mir etwas bedeuten.« Sie sah ihn an, wie er so atemberaubend vor ihr stand, und konnte es kaum erwarten, für immer mit ihm verbunden zu werden. »Deshalb bist du also gekommen? Um mir zu sagen, dass du weißt, wie gefährlich ich sein kann?«

Er verzog seinen Mund zu einem halben Lächeln. »Das ist mir schon lange klar.« Er wurde wieder ernst. »Ich weiß, wie du deinen letzten Hochzeitstag erlebt hast, deine Ehe … Ich will nur, dass du weißt, jetzt wird alles anders. Du musst auch nie wieder kämpfen, um dich und andere zu beschützen. Diese Zeit ist jetzt vorbei. Dein Vater möchte, dass ihr unser Heer morgen begleitet bis nach Dublin und während des Feldzugs dort bleibt.«

Lias Kopf fuhr hoch. Sie hatte sich bereits zu Hause in Ferns gesehen. Vor einem Monat hatte ihr Vater sie nach Waterford gebracht, zu ihrer Sicherheit, und sie konnte nicht vergessen, wie das geendet war, dass sie Maud hätte verlieren können.

»Dein Vater hat mir heute auch verkündet, dass er mir zu meinen Ländereien in Odrone und Glascarrig auch noch Fotherd vermacht, als Mitgift. Es liegt auf dem Weg nach Dublin, aber ich fürchte, wir werden keine Zeit haben, um den kleinen Umweg dahin zu machen.«

»Raymond! Du hast es geschafft.« Sie legte ihre Hände auf seine Brust und strahlte ihn an. »Du bist der nachgeborene Sohn und hast es selbst zu einem angesehenen Ritter und nun auch zu einem mächtigen Lord geschafft!«

»Es war ein langer Weg.« Er schob ihr eine der Locken zurück, die sich aus den Schlingen gelöst hatten. »Für uns beide.« Er trat einen Schritt zurück. »Ich weiß, es hätte anders laufen sollen, du hast mehr verdient, als durch ein Ultimatum vergeben zu werden, aber ich hoffe, du hast deine Meinung nicht geändert. Willst du nach wie vor meine Frau werden?«

Sie sah zu ihm auf und legte nun ihrerseits ihre Hand an seine Wange. »Das will ich. Das will ich unbedingt, Raymond. Obwohl der Gedanke, dass du morgen schon wieder fort sein wirst, in einer neuerlichen Schlacht …« Sie hob hilflos die Schultern. »Wann nimmst es ein Ende, Raymond? Ist das der Preis, den man für all den Wohlstand zahlt? Bei Gildas führten wir ein einfaches Leben, aber in Frieden. Manchmal träume ich von diesem Leben. Hier bin ich zwar eine Lady und kein Schafhirte, aber dieses Dasein ist einsam und gefährlich.«

»Bereust du es? Nach Irland gekommen zu sein?«

»Ich hatte keine Wahl. Und ich wollte es auch.« Sie dachte an all die schönen Momente hier mit Maud und Aoife und Raymond, und ein Lächeln stahl sich auf ihre Lippen. »Nein, ich bereue es nicht, ich wünsche wohl einfach nur eine ruhigere Zeit herbei.« Sie fuhr mit der Hand über seine Brust, wollte ihm durch all ihre Sorgen und Zweifel nicht das Gefühl geben, an ihrem Hochzeitstag unglücklich zu sein. »Ich wünschte einfach nur, wir beide hätten etwas mehr Zeit, um uns kennenzulernen … als Mann und Frau.«

Etwas Warmes trat in seine Augen, seine Hand glitt in ihren Nacken, und er zog sie an seine Brust. Er hielt sie einfach nur fest, und Lia wusste tief in ihrem Innern, genau nach dieser Sicherheit, die sie in seinen Armen spürte, hatte sie sich viel zu lange gesehnt.

»Das wünschte ich auch. Aber wir werden die Zeit nutzen, die wir haben.« Etwas Verschmitztes lag in seiner Stimme, und Lia war glückselig, dass sie anstatt eines Anflugs von Panik erneut dieses Ziehen spürte und sich wie von selbst dichter an ihn schmiegte.

»Versprochen?«, flüsterte sie und spürte, wie sich sein Körper allein durch dieses eine Wort anspannte. Er schob sie ein wenig von sich, und Lia spürte Hitze in sich aufsteigen, als sein dunkler Blick auf sie niederfiel.

»Versprochen«, flüsterte er rau.

Sie legte wieder ihren Kopf an seine Brust, um seinen durchdringenden Augen zu entgehen. Ein Zittern überkam sie, wenn sie nur an die heutige Nacht dachte. »Du bist schon so oft fortgeritten und wieder zurückgekehrt, Raymond. Sieh zu, dass du es auch tust, wenn wir verheiratet sind.«

Sie spürte sein leises Lachen mehr, als dass sie es hörte. »Ja, auch das verspreche ich.«

Sie zwickte ihm leicht in die Seite. »Dann musst du nur noch gleich zum Priester Ja sagen, dann bin ich für heute zufrieden.«

»Du hättest mehr verdient.« Aoife trat an ihre Seite und ließ ihren Blick durch den Saal der großen Halle der Ostmänner Wexfords schweifen. Es waren hauptsächlich Männer hier, Krieger, die sich morgen auf den Weg machen würden, um gegen den Hochkönig Irlands zu kämpfen. Allein beim Gedanken wurde ihr ganz flau im Magen. »Es sollte ein großes Fest sein, wie bei Alina auch! Ich hätte mehr Zeit gebraucht, um alle einzuladen und etwas Großartiges zu planen – es tut mir leid.«

Lia lächelte ihre Stiefmutter an und küsste sie auf die Wange. »Es ist wunderbar! Ich brauche kein großes Fest. Ich durfte den Mann heiraten, den ich mir immer gewünscht habe.« Sie blickte zur anderen Seite der Halle, wo Raymond neben einem der Stützpfeiler bei seinem Vetter Meilyr FitzHenry stand und lachte. Sie konnte nicht glauben, dass sie tatsächlich mit ihm verheiratet war, die Zeremonie war wie eine warme Sommerbrise an ihr vorbeigerauscht. Nun stand sie inmitten der Feierlichkeiten mit einem Becher Mead in der Hand und umringt von Menschen, die ihr Gottes Segen wünschten.

Es gab Unmengen zu essen und noch mehr zu trinken, und das allein schien für die Krieger zu zählen und ließ sie ausgelassen feiern. Lia brauchte keinen Blumenschmuck, keine Schaukämpfer oder von weit her angereiste Musiker. Die kleine

Gruppe, die die Halle mit den Tönen der Sackpfeifen erfüllten, waren mehr als genug. Einzig ihre Familie hätte sie herbeigesehnt. Ihre Mutter, Gildas, sogar Alina. Es wäre schön gewesen, sie heute an ihrer Seite zu haben.

Sie blickte wieder zu Raymond und fühlte sich sogleich ertappt, als er sie ebenfalls ansah. Ein Lächeln spielte um seinen Mund, und auch sie musste lächeln, als ihr bewusst wurde, dass sie ihn jetzt, so oft sie wollte, offen ansehen durfte. Er war ihr Gemahl.

»Madame, erlaubt mir, Euch zu gratulieren.« Lia drehte sich um und sah Geoffrey FitzRobert vor sich stehen.

Fast wäre ihr ein freudiger Laut entschlüpft, sie wusste gar nicht wieso. Vielleicht, weil es guttat, jemanden vor sich zu haben, der von Anfang an dabei gewesen war auf ihrem Weg in Irland. Er war oft beschwerlich gewesen, doch nun hatte sie das Gefühl, wirklich angekommen zu sein. Die Ungewissheit, was ihre Zukunft betraf, hatte ein Ende, und Lia wollte die ganze Welt umarmen. Und sie war froh, dass er als Teil der Garnison von Wexford nun gesund und munter vor ihr stand.

»Es ist schön, dich wiederzusehen, Geoffrey.«

Seine angespannte Haltung wich ein wenig, und Lia fiel auf, wie sehr er sich verändert hatte. Vom schlaksigen Heranwachsenden war nicht mehr viel übrig, alles an ihm schien kantiger, härter geworden zu sein. Er war wirklich ein ungewöhnlich gut aussehender, ja beinahe hübscher Mann. »Ich hoffe …« Er räusperte sich, straffte die Schultern. »Ich hoffe, Ihr könnt mir mein Verhalten bei unserem letzten Aufeinandertreffen verzeihen. Ich verhielt mich nicht wie der Ritter, den ich zu verkörpern anstrebe.«

Lia legte ihm die Hand auf den Arm. »Es gibt nichts zu verzeihen. Und nun entspann dich, du bist mein ältester Freund hier.«

Geoffrey schien die Luft zu entweichen, und er grinste.

»Wusstest du, dass Wexford eigentlich Waes Fjord heißt? Das ist nordisch und bedeutet *Einfahrt zum Watt*. Und es soll auch möglich sein, an klaren Tagen von der Küste aus bis nach Wales zu blicken, aber ich habe es noch nie geschafft, egal, wie sehr ich meine Augen auch angestrengte. Und ...«

Lia musste lachen, und Geoffrey strich sich das kastanienbraune Haar zurück, das er immer noch auf Kinnlänge trug. »Bitte entschuldige, ich schwafle.«

Sie drückte seinen Arm. »Nein, nein! Bitte, erzähl weiter. Ich habe es vermisst.«

»Sir Geoffrey.« Die raue Stimme an ihrer Seite zauberte ein Grinsen auf ihr Gesicht. Sie hörte etwas Warnendes heraus, Eifersucht, und es war wundervoll.

»Mylord.« Geoffrey verneigte sich, schien aber nicht mehr so eingeschüchtert von Raymonds heldenhafter Figur wie früher. »Erlaubt mir, Euch Gottes Wohlwollen für diese Verbindung zu wünschen. Ihr seid wahrlich ein gesegneter Mann. Viele träumten davon, Lady Basilia zur Frau zu bekommen.«

Lia verschluckte sich beinahe am Mead, aber Raymond lachte nur und klopfte Geoffrey die Schulter. »Ihr könnt mir glauben, das ist mir bewusst.«

Er legte einen Arm um ihre Taille und beugte sich zu ihrem Ohr hinab. »Ich weiß nicht, wie es dir geht, aber ich habe mir gedacht, da das Heer morgen schon früh loszieht, sollten wir vielleicht nicht die halbe Nacht feiern, sondern uns lieber schon zurückziehen.«

Lia erstarrte, sie konnte nicht zu Raymond aufsehen, in ihrem Bauch kribbelte es so wild, dass sie ihre Hand dagegenpressen musste. »Wie Ihr wünscht, Mylord«, flüsterte sie und blickte zu ihrem Vater, der gar nicht richtig zu bemerken schien, dass dies die Hochzeit seiner Tochter war. Er war gänzlich vertieft in Gespräche mit seinen Rittern und den Anführern der Garnison. Lia konnte es ihm nicht verübeln. Der Thomond-

Feldzug mit de Montmorency war die erste richtige Niederlage der Normannen in diesem Land gewesen, und ihr war sofort ein Aufstand gefolgt. Nun schien ihr Vater einen Schlachtplan zu entwerfen, sein Marshal breitete gerade eine Karte vor ihm aus.

Sie sah zu Raymond hoch. »Sollen wir uns hinausschleichen?«, raunte sie und wies mit dem Kinn zum Hallentor.

Raymonds Augen funkelten belustigt. »Will sich da jemand vor all dem gut gemeinten Spott schützen, der unweigerlich folgen wird?«

»Niemand wird es wagen, mich in Verlegenheit zu bringen, aber ich denke, du wirst einiges abbekommen. Ich will dich nur schonen.«

Raymond lachte, nickte aber seine Zustimmung und legte seinen Arm um sie, sodass sein Körper sie abschirmte.

Im nächsten Moment eilte Aoife zu Strongbow und klatschte laut in die Hände. Sie gab den Musikern leise Anweisungen und wandte sich schließlich an alle Feiernden. Lia fürchtete schon, sie würde ihre Pläne vereiteln, aber das sah Aoife nicht ähnlich. Wie erwartet schien sie Lia die Flucht ermöglichen zu wollen, denn sie verkündete, einen irischen Tanz vorzuführen und ihn auch Strongbow beibringen zu wollen. Alle wandten sich ihr gespannt zu, und Lia warf ihr einen dankbaren Blick zu. Schließlich war es beinahe unmöglich, unbemerkt mit Raymond le Gros zu entkommen.

»Sie ist großartig«, flüsterte sie, als Raymond sie auch schon im Schatten der Stützpfeiler nach draußen führte.

»Ich kenne eine Frau, die noch viel großartiger ist.« Er brachte sie in die kühle Nacht hinaus, flackerndes Licht der Fackeln tanzte über sein Gesicht, und die Musik dröhnte dumpf aus der Halle. Der Wind fuhr über ihren Körper, und sie erschauderte.

Raymond sah auf sie hinab, seine Augen funkelten im Zwielicht. »Ich hoffe sehr, dass ich morgen nicht aufwache, um festzustellen, dass das alles nur ein Traum war.«

Sie stellte sich auf die Zehenspitzen, legte ihm ihre Hand in den Nacken und küsste ihn. Es war ein langsamer Kuss, als hätten sie alle Zeit der Welt, und Lia gefiel der Gedanke, dass es irgendwann so sein würde. Raymond würde zurückkehren aus Meath, und dann könnten sie sich sein neu verliehenes Land ansehen, könnten ihre Familie vergrößern und sich eine Zukunft aufbauen.

»Willst du noch nach Maud sehen?«, fragte Raymond und deutete in Richtung Fluss, wo Joan und Nesta die Kinder im Haus des Marshals hüteten.

Lia schüttelte den Kopf. »Ich weiß, sie ist in guten Händen.« Aber ihr ging das Herz auf, dass Raymond daran dachte.

Raymond betrachtete sie. Es war ein magischer Moment, unwirklich und verzaubert. Nie hätte sie geahnt, dass es so friedlich sein konnte, einfach nur in der kühlen Sommernacht zu stehen und den anderen anzusehen, zu erahnen, was in ihm vor sich ging.

Aber dann hörte die Musik auf zu spielen, und lautes Lachen drang heraus. Raymond blickte auf. »Ich denke, wir sollten verschwinden, ehe sie uns hier draußen noch finden.«

Lia biss sich auf die Unterlippe, nun war es also so weit, sie legte ihre Hand in seine.

Raymonds Haus war nicht weit entfernt, er hatte es schon bewohnt, als er Teil der Garnison Wexfords gewesen war. Sie folgten der schmalen, leicht ansteigenden Straße vom Hafen weg, die nur schwach von den Öllampen der umliegenden Häuser beleuchtet war, und fanden den steinernen Bau schließlich in völliger Dunkelheit vor. Lia brauchte ein paar Augenblicke, um zu erkennen, dass die Tür mit Blumen geschmückt war, und auch auf dem Pfad zum Haus lag Mädesüß verstreut.

Raymond öffnete die Tür und führte sie hinein in einen von nur wenigen Bienenwachskerzen erhellten Raum. Ihre Füße raschelten durch die Binsen, von denen ein angenehmer Duft aufstieg, Schatten flackerten über die gekalkten, von Wandteppichen geschmückten Mauern.

In eine Außenwand war eine Feuerstelle eingelassen mit einem Durchzug nach draußen, was die Luft im Raum angenehm klar machte. Lia kannte solcherlei Feuerstellen nur aus den nobelsten Burgen, sie war Feuerplätze in der Mitte des Raumes gewohnt, darüber ein kleines Loch im Strohdach, damit der Rauch abziehen konnte – was nie besonders gut gelang.

»Mylord. Madame.« Wie aus dem Nichts trat David le Walleys aus den Schatten und reichte ihnen beiden mit einer Verbeugung einen Becher.

Lia nickte ihm dankbar zu und war überrascht, wie warm sich das Gefäß anfühlte. Sie nippte daran. Es war erhitzter Wein, der im Sommer vielleicht etwas ungewöhnlich war, aber er half, ihr nicht enden wollendes Zittern zu beruhigen. Sie konnte plötzlich nicht anders, als zurückzudenken an de Quincy, an ihre erste Nacht mit ihm, und ihr Magen verkrampfte sich.

Raymond legte einen Arm um sie, zog sie an sich, und sofort fühlte sie sich etwas ruhiger.

Ein Rascheln ließ sie zu einer Trennwand aus Holzpanelen blicken. Im nächsten Moment kam eine kleine, rundliche Magd aus der offenstehenden Tür. Sie knickste vor ihnen beiden, rückte ihre Haube zurecht und ging schließlich wortlos zum Feuer, um Holz nachzulegen.

»Es ist ein schönes Haus«, brachte Lia heraus, da sie die Stille nicht aushielt.

Raymond umschloss ihre Hand und drückte sie. »Ja, und du hast noch gar nicht alles gesehen.« Er führte sie zu der Tür, durch die die Magd gekommen war, und Lia fand sich in einem kleinen, ebenfalls nur dezent beleuchteten Raum wieder, den ein großes, von Vorhängen umhülltes Bett einnahm.

Lia umschloss ihren Becher etwas fester und konzentrierte sich auf den mit Mustern bestickten Stoff.

Raymond öffnete seinen Schwertgurt, legte ihn auf dem kleinen Tisch ab, auf dem ein Krug bereitstand, nahm ihr ohne Worte den Becher aus der Hand und füllte ihn wieder auf.

»Der Hochkönig wird nicht erwarten, dass wir kommen«, sagte er und nahm selbst einen Schluck. »Er wird glauben, dass Wexford und Waterford längst untergegangen sind und dein Vater noch auf der Inis Doimhle festsitzt. Er weiß noch nichts von der Verstärkung, und so wie ich die Iren kennengelernt habe, werden sie das Weite suchen, wenn sie davon hören, bevor wir sie erwischen.«

Lia nickte. »Ich hoffe es.«

»Es ist auch gut, dass du mit Maud nach Dublin mitkommst.« Er zog sich den Bliaut über den Kopf und stand im nächsten Moment nur noch im knielangen Unterhemd da. Sie starrte ihn aus großen Augen an, was er gar nicht zu bemerken schien. »Dort seid ihr sicher, und ich habe noch länger etwas von euch, und wir sind auch schneller wieder vereint.« Er zwinkerte ihr zu.

»Ja. Das ist gut.« Sie konnte den Blick nicht von seinen im Zwielicht dunkel funkelnden Augen nehmen und hörte kaum, was er sagte.

»Aber lass dir nicht einfallen, dich wieder vom Kloster auf St. Hogges anziehen zu lassen. Dafür ist es jetzt zu spät. Du bist verheiratet.« Ein Grinsen. Dann flog das Unterhemd zur Seite.

Lia hielt den Atem an. Er stand nur noch in seinen Beinlingen vor ihr. Seine Haut wirkte golden im Licht der süß duftenden Kerzen, sie spannte sich über Muskeln, die bewiesen, dass er ein großer Krieger war. Vereinzelte goldene Härchen schimmerten im Licht auf seiner Brust wie Goldstaub. Am liebsten hätte sie ihre Hand auf seine Haut gelegt, um seine Wärme zu spüren.

»Vielleicht gibt es auch wieder einen Bogenschießwettbewerb.« Er kam auf sie zu, so gelassen, als befänden sie sich draußen auf einem Spaziergang. »Es wäre ohnehin besser, wenn ihr euch mehr außerhalb der Stadt aufhaltet – mit Cailech und bis auf die Zähne bewaffneten Begleitern natürlich. Denn im Sommer lässt es sich in so einer Stadt nicht leicht aushalten. Den Gestank würde ich euch nur ungern zumuten.«

Er hob langsam seine Hand, strich über den in Falten geworfenen Stoff an ihrem Bauch, folgte der seitlichen Verschnürung und zog sie an ihrer Hüfte schließlich auf.

Sie sah ihn an wie unter einem Bann stehend, er berührte nicht mal ihre Haut direkt, nur durch das Tuch hindurch, und trotzdem glaubte sie, kleine Flämmchen zuckten von dieser Stelle über ihren ganzen Körper.

»Wenn der Hochkönig erst mal seine Lektion gelernt hat, wird er uns nicht mehr belästigen, du wirst sehen. Irland wird Stabilität und Frieden erfahren, genauso wie wir beide.«

Seine Hände fuhren zu ihren Schultern, schoben das Überkleid nur mit den Daumen ihre Arme hinunter, sodass es wie ein kleiner See um ihre Füße lag. Dann löste er die gehäkelte Haube von ihrem Kopf und breitete ihre gelockten Haare aus.

»Wer weiß, vielleicht bekommt Maud auch noch einen Bruder oder eine Schwester.« Seine Finger lösten mit geschickten Bewegungen die Verschnürung ihres Unterkleides, und auch dieses schob er ihr nun langsam von den Schultern. Nur dieses Mal berührten seine Hände tatsächlich ihre Haut, sie spürte es bis in ihre Zehenspitzen und ließ zitternd die Luft entweichen.

Sein Blick glitt über ihren nackten Körper, und seine Stimme, obwohl er immer noch unbeschwert weitersprach, nahm eine andere Farbe an, sie wurde etwas rauer, etwas tiefer. »Und wir werden uns jede meiner Ländereien ansehen, und du entscheidest, wo du leben möchtest, wo wir uns eine komfortable und sichere Burg bauen und …« Er nahm ihre Hand und zog sie etwas näher. Lia trat aus dem Kleiderhaufen, nicht wissend, worauf sie achten sollte, auf seine Worte, seine Nähe oder die Tatsache, dass sie Raymond le Gros nackt gegenüberstand.

»Und dann werden wir deinen Vater und Lady Aoife zu Weihnachtsfeierlichkeiten einladen und große Feste feiern.« Er hielt ihren Blick gefangen, sein Atem stockte ein wenig, er dachte bestimmt nicht, dass sie es bemerkte, aber ihre Sinne schienen ihr sonderbar geweitet, sie hörte sogar das Knarzen des Feuers im anderen Raum, das Rascheln der Binsen, wenn David oder die Magd sich bewegten.

Unverwandt sah er ihr in die Augen, sie lauschte seiner Stimme, und sie spürte mehr, als dass sie sah, wie er seine Beinlinge aufnestelte.

»Du könntest deine Mutter und deinen Stiefvater einladen, damit sie uns einmal besuchen kommen.« Etwas fiel zu Boden, Lia wagte es nicht, hinabzusehen, denn sie wusste, er war nun völlig unbekleidet, genauso wie sie. Er erlaubte auch nicht, dass sie woandershinsah, sein Blick durchbohrte sie weiterhin, ließ nicht zu, dass sie sich auf etwas anderes konzentrierte als auf seine Augen. »Vielleicht können die beiden sich sogar vorstellen, in Irland zu leben.«

Der Gedanke gefiel ihr, aber er nahm keine Form an, streifte sie lediglich, sie war hin- und hergerissen zwischen der Realität und den Bildern, die seine Worte schufen.

Er nahm wieder ihre Hand, ging rückwärts Richtung Bettstatt, führte sie mit sich und sah sie weiterhin an. »Vielleicht möchtest du auch Alina in der Nähe haben. Ich weiß, ihr versteht euch nicht gut, aber sie ist deine Schwester, und auch dein Bruder Richard sollte sich häufiger blicken lassen.«

»Er steht in de Prendergasts Dienst.«

»Ich weiß.« Er schob mit seiner freien Hand die Vorhänge zur Seite und offenbarte ein mit blütenweißen Laken und bunten Kissen bedecktes Bett. »Aber das heißt ja nicht, dass er nicht auch mal Zeit mit seiner Schwester verbringen kann.« Er setzte sich auf die Bettkante und zog sie näher. Sie stand vor ihm, wusste nicht, was sie tun sollte, und insgeheim hoffte sie, dass er weiterredete, es beruhigte sie. Und erst jetzt begriff sie, dass er es genau deshalb tat. Um den Bildern, die sich aus ihrer Erinnerung einschleichen wollten, keine Möglichkeit zu geben, sich zu formen.

Plötzlich sah er sie aber stumm an, das Kerzenlicht flackerte in seinen dunkel wirkenden Augen. Seine Hand glitt in ihren Rücken, sacht wie eine Feder. Sie bekam eine Gänsehaut. Seine Finger glitten hinab, über ihren Po zur Rückseite ihrer Oberschenkel. Mit sanfter Kraft drückte er dagegen, bedeutete ihr, ihr Knie an seiner Seite aufs Bett zu stellen. Dann hob er sie ein wenig hoch, und ehe sie sich's versah, saß sie rittlings auf ihm. Sie hielt sich an seinen Schultern fest, spürte alles von ihm, wie bereit er war, und sie wartete darauf, dass er sie aufs Brett drückte, über sie kam. Sie bereitete sich bereits auf die Panik vor, wenn sie sich in all die Kissen gedrückt sah, aber er ließ seine Hand in ihren Nacken gleiten, zog ihren Kopf näher, und dann küsste er sie.

Lia hörte sich selbst zitternd seufzen, sie wusste nicht, was er vorhatte, aber er küsste sie so langsam, so tief und verzehrend, ihr schwanden alle Gedanken und mit ihnen auch ihre Angst. Er hielt sie nah bei sich, berührte sie, seine Hand glitt an ihrem Bauch hinab zwischen ihre Beine, und der Raum begann sich zu drehen. Ihr Atem beschleunigte sich, sie ließ ihre Hände über ihn gleiten, und Empfindungen, die ihr gänzlich fremd waren, trugen sie hinweg. Sie war nicht eingesperrt, sie konnte sich bewegen, konnte alles an ihm wahrnehmen, und dann wurden sie wie von selbst eins. Nicht nur ihre Körper, sie wusste, auch ihre Seelen waren miteinander verbunden, so wie sie es schon so lange in sich fühlte.

1 Jahr später
Dublin, Südostirland,
September 1175

Lia blickte von den Wehrmauern von Henrys Burg aus auf die Stadt hinüber. Sie betrachtete all die Reisenden mit ihren Karren, die der Straße folgten und bei St. Marys Gate hielten, um Einlass nach Dublin zu erlangen. Viele von ihnen hatten Gänse in Käfigen oder Körbe voll mit Brombeeren. Michaelis war der letzte Tag, an dem die Beeren gepflückt werden durften. Danach waren sie vom Teufel verflucht, denn als der Erzengel Michael Luzifer aus dem Himmel verbannte, fiel der Teufel in einen dornigen Busch Brombeeren und spuckte in seiner Wut auf sie.

Noch dauerte es zwei Tage bis zum Feiertag, aber Reisende strömten schon jetzt nach Dublin. Es brachte Glück, zu Michaelis eine Gans zu essen, aber es war auch ein Fest, zu dem alle Abgaben fällig wurden. Und jene, die ihren Beitrag nicht leisten konnten, versuchten wohl, ihren Herrn mit einer Gans und Brombeeren zu beschwichtigen. Viele der Karren waren auch mit Astern geschmückt, ihre lilafarbenen Blüten strahlten in den sanften Sonnenstrahlen, die auch das Laub der Bäume am Straßenrand in ein Lichtermeer verwandelten. Es war ein wunderschöner Anblick, und er erfüllte Lia mit bittersüßem Schmerz. Ein Sehnen machte sich in ihr breit, und auch wenn sie wusste, was sie sich so sehr herbeiwünschte, ließ sie den Gedanken nicht richtig zu.

»Ich habe dich schon gesucht.«

Lia lächelte, wie immer, wenn sie Raymonds Stimme hörte.

Für sie würde es wohl nie selbstverständlich werden, dass er an ihrer Seite war, gesund und in Sicherheit.

Der Feldzug nach Meath war im Sande verlaufen. Tyrrells Garnison in Trim war beim Vormarsch der Iren geflohen, nicht wissend, dass Unterstützung nahe war. Aber Raymond und ihr Vater wären ohnehin zu spät gekommen. Bei ihrer Ankunft in Trim hatte das Heer des Hochkönigs die Burg bereits niedergebrannt. Und da Raymond und die anderen dort keinen Unterschlupf für die Nacht hatten finden können, verfolgten sie das feindliche Heer. Aber sobald sie sie eingeholt hatten, liefen die Feinde auseinander, zerstreuten sich in alle Richtungen und rannten davon.

Tyrrell hatte Trim schließlich wieder neu aufgebaut, und de Lacys Männer und Strongbow hatten mehrere Burgen in Meath errichtet, um das Land zu sichern. Der Hochkönig hatte nichts dagegen unternommen. Generell war es ruhig um ihn geworden. Bestimmt wusste er jetzt, dass es keinen Sinn hatte, gegen Strongbow vorzugehen, noch nicht einmal geschwächt konnte er besiegt werden.

Seit über einem Jahr war es friedvoll, und Lia hatte mit Raymond die neue Zweisamkeit genossen, ohne Sorgen und Kämpfe. Sie hatten wie besprochen seine Ländereien besucht, und auch bei der mittlerweile schwangeren Alina waren sie gewesen. Dabei war Lia überrascht gewesen, wie sehr Alina aufgeblüht war in der kleinen Burg, die sie mit allerlei Zierrat verschönert hatte. Kein böses Wort über William hatte sie verloren, im Gegenteil. Da waren zärtliche Blicke gewesen, die Lia mit Erleichterung erfüllt hatten. Sie vermisste die Zeit abseits des Trubels, denn ihr Gefühl sagte ihr, dass Strongbows Einladung zu Michaelis Gründe hatte.

»Hast du bereits mit meinem Vater gesprochen?«, fragte sie Raymond neugierig.

Raymond nickte nur abwesend, trat hinter sie, führte seine Hände an ihrem Bauch zusammen und küsste sie auf den Scheitel. Lia wusste, es steckte keine andere Absicht hinter seiner Berührung als die, ihr nahe zu sein, aber trotzdem kehrte der Schmerz zurück. Ihr Bauch müsste längst gewölbt sein, und in ihrem Magen wurde es ganz flau, wenn sie daran dachte, dass auch Raymond auf ein Zeichen wartete. Sie erwartete immer noch kein Kind, nach über einem Jahr der Ehe. Mit de Quincy war es so schnell gegangen. Maud war aus Leid entstanden, und es kam ihr wie ein grausamer Scherz vor, dass die wunderbaren Momente mit Raymond zu keinem solchen Wunder führten.

Manchmal glaubte sie sogar, die Priester hatten recht. Die Frauen durften keinen Gefallen an der ehelichen Zusammenkunft finden, das war gegen Gottes Wunsch. Vielleicht hatte Gott ihre Qualen belohnt und ihr deshalb Maud geschenkt …

»Worüber zerbrichst du dir schon wieder den Kopf?« Raymond strich ihr eine lose Strähne unter die Haube, und Lia biss sich auf die Unterlippe, um einen anderen Schmerz zu fühlen als den in ihrem Herzen.

»Ich mache mir einfach Sorgen, was mein Vater im Schilde führen mag.«

»Er hat eine Nachricht des Hochkönigs erhalten.«

Lia drehte sich in seinen Armen um, das hatte sie nicht erwartet. »Von Rory O'Connor?«

Ein Lachen entfuhr ihm. »Soweit ich weiß, ist das sein Name, ja.«

»Aber was kann er wollen?«

»Er hat Gesandte nach Windsor zum König geschickt, um ihm offiziell zu huldigen. Und im Lichte dieses neuen Bündnisses möchte er auch mit deinem Vater Frieden schließen – und natürlich will er auch die Unterstützung seines Heers.«

Lia rümpfte die Nase. Der Hochkönig stellte sich lieber auf die Seite der stärksten Macht im Lande. »Wofür braucht er Unterstützung?«

»Um Limerick einzunehmen. Die Stadt der Ostmänner in Thomond. Donnell O'Brian und er sind schon lange verfeindet, und da auch dein Vater nicht gut auf ihn zu sprechen ist, will er sich mit ihm verbünden.«

Lia fröstelte trotz der warmen Sonne und dachte an den Tag, an dem ihr Vater geschlagen aus Thomond zurückgekehrt war. Donnell O'Brian hatte ihren Vater hintergangen, hatte ihr Bündnis missachtet und Kilkenny niedergebrannt. Dann war er ins Lager der Dubliner Ostmänner eingefallen, was zum Aufstand in Waterford und beinahe zu ihrer aller Tod geführt hätte. Und nun sollte zweifelsohne auch Raymond gegen ihn ziehen.

»Vater stimmt zu, nicht wahr? Er wird dich nach Thomond schicken. Allein schon um Rache zu nehmen.«

Raymond nickte ernst, sein Kiefermuskel zuckte. »Es ist ein Feldzug wie jeder andere«, sagte er beruhigend, aber seine Augen waren ungewöhnlich ernst.

»Mein Vater ist schon einmal dort gescheitert.« Lia verbarg ihr Gesicht in ihren Händen, wollte das alles nicht wahrhaben. Sie hatte geahnt, dass ihre friedliche Zeit ein Ende nehmen würde, aber nicht solch eines.

Raymond zog ihre Hand von ihrem Gesicht und sah sie eindringlich an. »Ja, er ist gescheitert, mit de Montmorency an seiner Seite. Und diesmal haben wir den Hochkönig und sein gewaltiges Heer nicht gegen uns, sondern als Verbündete.«

»Und wenn das eine Falle ist? Wenn er sich mit O'Brian zusammengetan hat und euch nur in sein Land locken will? Es war viel zu lange ruhig, sie haben diesen Plan ausgeheckt und …«

Raymond legte seine Lippen auf ihre und brachte sie somit zum Verstummen. Es war erstaunlich, welche Wirkung seine Nähe auf sie hatte. Sie hatte angenommen, die Anziehungskraft zwischen ihnen würde nachlassen, wenn sie erst einmal verheiratet waren, wenn sie einander endlich gehörten, aber das

Gegenteil war der Fall. Sie wollte immer mehr von ihm, und Raymond schien auch nicht genug von ihr zu bekommen.

»Mach dir keine Sorgen mehr.« Er küsste sie noch einmal kurz und richtete sich schließlich auf. »Wir werden auf alles vorbereitet sein, und wir sind auch nicht allein. De Prendergasts Freund, der Fürst von Ossory, schließt sich uns an und wird uns mit seinen Männern nach Limerick geleiten. Und wenn Limerick erst einmal gefallen und O'Brian besiegt ist, wird Irland zur Ruhe kommen.«

»Das sagt ihr immer alle. Wenn dieser Feind besiegt ist, wird es Frieden geben, aber dann kommt ein neuer, und ich höre wieder dieselben Reden.«

Raymond lächelte. »Und irgendwann werden wir recht haben, und es wird tatsächlich Frieden herrschen. Und jetzt lass uns runtergehen. Ich glaube, Maud treibt die Damen schon in den Wahnsinn, weil sie immer nur zu den Pferden will.«

Lia nickte, und erneut kam der Schmerz in ihr auf, da sie nicht in der Lage war, ihm ein Kind zu schenken. Er war so wunderbar und geduldig mit Maud.

»Lia.« Raymond beugte sich zu ihr hinunter, fing ihren Blick ein. »Hör auf.«

Sie schob ihr Kinn vor. »Womit?«

»Du weißt, womit.«

Sie blickte zu Boden, und er seufzte schwer. »Die richtige Zeit wird kommen, hör auf, dir deshalb Sorgen zu machen.«

Lia nickte, wie meist, wenn das Thema aufkam, aber irgendetwas in ihr wollte raus, ließ sich nicht mehr hinunterschlucken. Vielleicht, weil sie nicht mehr endlos lange Zeit hatten, weil er fort musste. »Was, wenn die richtige Zeit nicht kommt?« Sie spürte Tränen in ihren Augen hochsteigen, blinzelte sie aber, zornig über sich selbst, fort. »Wir wissen nicht … Mauds Geburt war schwer … Ich war danach sehr lange krank. Was, wenn ich keine Kinder mehr bekommen kann? Ich hätte es dir vorher sagen müssen, ich hätte dich nicht in eine Ehe locken dürfen und …«

»Lia, hör sofort auf damit!« Er packte ihre Schultern, und es war ihm deutlich anzusehen, dass er gegen den Drang kämpfte, sie kräftig zu schütteln. »Du hast mich nirgendwo reingelockt, und wenn wir beide keine Kinder mehr bekommen, dann wird Gott schon wissen, wieso. Ich werde nicht lügen und sagen, dass ich nicht glücklich wäre, ein Kind mit dir zu haben, aber wenn es nicht sein soll, ändert das rein gar nichts an meinen Gefühlen. Du hast bereits eine wunderbare Tochter, und ich habe zwei Söhne. Außerdem habe ich *dich*, und ich danke dem Herrn jeden Tag dafür.«

Lia sah ihn an und lächelte. Sie stellte sich auf die Zehenspitzen und küsste seine Nasenspitze. Seine Worte bedeuteten ihr so viel, auch wenn sie das Gefühl, ihm nicht alles geben zu können, was er verdiente, nicht völlig vertrieben.

Sie wollte sich abwenden und hinuntergehen zu ihrem Vater und Aoife, als ihr eine Gruppe Reiter auf der Straße auffiel. In ihren einheitlichen Clanfarben und mit den langstieligen Äxten an ihrer Seite stachen sie inmitten der einfachen Leute sofort heraus. Lia kannte diese Farben und versuchte die einzelnen bärtigen Gesichter genauer auszumachen.

»Kavanaghs Männer?«, überlegte Raymond laut, der sie ebenso entdeckt hatte.

Lia nickte, auch sie erkannte die Krieger von Aoifes Bruder. Was mochte sie hierherführen und dann noch in solch einem halsbrecherischen Galopp? Lia hatte Donnell Kavanagh schon lange nicht gesehen, er hielt sich meist in seinem bergigen Land in Okinselagh auf, das er von Strongbow verliehen bekommen hatte.

»Vielleicht bringen sie die Abgaben.« Raymond legte seine Hand in ihren Nacken, und Lia verengte die Augen, da die Reiter nicht auf die Burg, sondern zwischen all den Reisenden auf die Stadt zuhielten. Bei St. Mary's Gate hielten sie an, sie schienen mit jemandem zu sprechen, der in der Dunkelheit des Torhauses nicht auszumachen war. Dann wendeten sie schließlich und folgten der Straße zurück.

»Sie suchen bestimmt meinen Vater.« Lia ergriff Raymonds Hand und zog ihn mit sich. »Komm, vielleicht bringen sie die Nachricht, dass der Feldzug nicht stattfinden wird und O'Brian sich freiwillig ergibt.«

Raymond lachte über ihre Hoffnung, und gemeinsam schritten sie den Wehrgang zurück zur Treppe in den Hof hinunter und blickten zum Tor der Burganlage. Lia sah ihren Vater und seinen Marshal aus dem Torhaus kommen, tief in ihr Gespräch vertieft. Der Marshal war für die Pferde zuständig und für all die Wägen und Karren, die Waffen und Proviant transportierten. Im Angesicht des bevorstehenden Feldzugs nach Limerick, einer Stadt, die weiter entfernt lag, als die Normannen auf dieser Insel je vorgedrungen waren, war es nicht verwunderlich, dass er viel zu tun hatte.

Auch Aoife war im Hof, sie gab Anweisungen an die Mägde, wo sie den Blumenschmuck zum Fest anbringen sollten. Da Hugh de Lacy immer noch an Henrys Seite war, hielt Strongbow die Burg und Stadt, was Aoife zur Hausherrin machte.

Es war ein enormer Kontrast – die Vorbereitungen auf einen Kampf und für ein Fest –, und Lia konnte einen Moment lang nur belustigt zwischen den beiden hin- und hersehen.

»Wir sollten auf einhundertzwanzig Ritter kommen, Mylord, dreihundert berittene Bogenschützen und vierhundert zu Fuß.« De Clahull und ihr Vater näherten sich, ein nur verhaltenes Lächeln hob Strongbows Mundwinkel bei ihrem Anblick, als gefiele es ihm immer noch nicht, sie an Raymonds Seite zu sehen. Aber ehe er etwas sagen konnte, erklang ein Hornstoß, gefolgt vom Knarzen des sich öffnenden Tors. Dann trabten die Krieger aus Donnells Gefolge in den Hof.

Aoife blickte auf, ihre Brauen zogen sich zusammen, auch sie schien ihren Bruder inmitten der Männer zu suchen, aber er war nicht dabei.

Cailech kam vom gegenüberliegenden Wehrgang herunter, alles lief in der Mitte zusammen, wo sich die Krieger von den Pferderücken schwangen und auf Aoife zugingen, ihre Mienen ausdruckslos.

Ein ungutes Gefühl kam in ihr auf, sie sah ihren Vater, der an Aoifes Seite trat, einer der irischen Krieger sagte etwas, zu leise, um es zu verstehen, aber Aoife reagierte nicht darauf. Sie blickte den Krieger nach wie vor völlig gefühllos an, während dieser weitersprach.

Lia ging näher heran, anfangs hörte sie nur tiefes Raunen, doch allmählich konnte sie einzelne Wörter ausmachen, vielleicht auch, weil es um sie herum immer stiller wurde.

»Wir schlugen uns gut, der Sieg war uns bereits sicher, als sie ihn von hinten niederstachen. Er starb noch vor Ort, meine Herrin. Sein Leichnam wird nach Ferns gebracht, um an der Seite seines Vaters zu ruhen.«

Lia sah den Krieger sprachlos an. Dann erreichte das Gesagte ihren Verstand, ihr Herz, und sie schlug sich die Hand vor den Mund. Donnell Kavanagh war tot? Das durfte nicht sein. Es herrschte doch Frieden, wie war das passiert? Sie erinnerte sich noch genau, wie freundlich Donnell stets zu ihr gewesen war, wie er ihr mit seinem eigenen Hemd das Blut abgewischt hatte, nachdem de Montmorency sie geschlagen hatte. Er war Aoife so nahegestanden, er war der Letzte in ihrer Familie gewesen.

Sie wandte sich ihrer Stiefmutter zu, spürte Tränen in sich aufsteigen, denn auch wenn Aoife sich nichts anmerken ließ, wusste Lia, dass ihr das Herz brechen musste.

Aoife hielt den Kopf hoch erhoben und nickte kaum merklich. »Ich danke dir, dass du den weiten Weg auf dich genommen hast, um mir vom Tod meines Bruders zu berichten. Mit der Erlaubnis meines Gemahls werde ich nach Ferns reiten, um seiner Beisetzung beizuwohnen.«

Der Krieger verneigte sich, und Aoife wandte sich ab, ein Abbild der Würde. Einzig ihre Hände zitterten, aber das fiel bestimmt kaum jemandem auf. Aoife schritt über den Hof zu den Wehrmauern, Strongbow wollte ihr hinterher, aber de Clahull hielt ihn auf. »Mylord, wenn Lady Aoife nach Ferns reisen möchte, müssen wir für eine Eskorte sorgen und …«

Lia hörte nicht länger zu. Sie fand Aoife auf den Wehrgängen, wo sie vorhin noch mit Raymond gestanden hatte und ein Ende des Friedens gesehen hatte. Wie hart das Leben wieder zuschlagen würde, hätte sie aber nicht vermutet.

Aoife hörte sie kommen und wandte sich ihr zu. Nun stand ihr der Schmerz deutlich ins Gesicht geschrieben. »Die Gegend war immer schon unruhig. Sie sagen, Donnell hat die Abgaben für Michaelis eingetrieben, und die Clanführer O'Foirtchern und O'Nolan haben ihm eine Falle gestellt.« Sie ballte die Fäuste. »Es war wohl nur eine Frage der Zeit. Es wird immer so weitergehen. Irgendwann trifft es auch uns.«

Lia streckte die Hand nach ihr aus, aber Aoife wandte sich abrupt ab und blickte auf den Fluss hinunter. Immer noch ratterten Karren über die Brücke und verschwanden im Torhaus. Das Bild wirkte plötzlich nicht mehr so hübsch wie noch vor ein paar Augenblicken.

»Bitte verzweifle nicht, Aoife. Du hast schon so vieles überstanden, ich war nur bei einem kleinen Teil davon an deiner Seite, aber ich werde den Rest des Weges nicht von dir weichen. Du bist zu stark, um jetzt zu zerbrechen, um die ganze Welt als düsteren Ort zu sehen. Donnell hätte es nicht gewollt.«

Aoife sah sie aus müden Augen an. »Ja, ich habe schon vieles erlebt und gesehen, Lia, und aus diesem Grund mache ich mir auch nichts mehr vor. All das«, sie umfasste das vor ihnen liegende Land mit einer ausschweifenden Geste, »ist ein Schlachtfeld. Es wird immer eines bleiben. Die Zeit des Friedens wird doch wieder nur genutzt, um einen neuen Krieg zu entfachen, und wieder werden Frauen zu Witwen, und Mütter verlieren ihre Söhne, Schwestern ihre Brüder. Das muss ich dir doch nicht erzählen, Lia. Du warst selbst Witwe, und nun zieht Raymond erneut in den Kampf. Glaubst du wirklich, es hört je auf? Glaubst du, wir können an der Seite unserer Männer alt werden, sollte uns nicht das Kindbett holen? Wir werden sie zu Grabe tragen!«

Lia packte Aoife an den Schultern. Sie wusste nicht, wieso sie plötzlich derart wütend war, aber sie konnte diese Worte nicht so stehen lassen, sie vom Wind über die grünen Hügel davontragen lassen. »Hör auf, solchen Unsinn zu reden! Dein Vater starb mit über sechzig Jahren, und das nicht in einer Schlacht! Sieh dir Raymonds Onkel an, all die Geraldines, sie haben ebenfalls längst mehr als sechzig Winter gesehen, und sie reiten noch in Schlachten, sie erlebten unzählige davon, und keine war ihr Ende. Es muss nicht so kommen. Ich weiß um deinen Schmerz, du hast deinen Bruder verloren. Lass uns um ihn trauern, aber du hast immer noch deinen Gemahl und auch deine Kinder. Halte dich an ihnen fest. Sie brauchen dich und du sie.«

Aoife senkte den Blick, holte zitternd Atem. »Ich weiß einfach nicht mehr, wie wir weitermachen sollen. Besteht unser Leben nur daraus, auf die Männer zu warten, während sie kämpfen?«

Lia presste die Lippen aufeinander, sie konnte diese Gedanken nur zu gut nachempfinden. Sie selbst war schon oft von ihnen heimgesucht worden. »Wir haben unsere Kinder, wir haben unser Heim, all die Menschen, die hier leben, für die wir verantwortlich sind. Wir haben den Kriegern gegenüber eine Verantwortung, den Pagen. Wie viele Geiseln hat mein Vater von irischen Clanführern im letzten Jahr erhalten? So viele von ihnen sind noch jung und brauchen unsere Führung. Wir bringen ihnen den Weg des Friedens bei, lehren sie, dass Iren und Normannen zusammenleben können, und wenn unsere Kinder und all diese Kinder erwachsen sind, werden sie nichts anderes mehr kennen als ein fruchtendes Miteinander. Die Männer mögen da draußen kämpfen, aber wir haben ebenfalls unsere Aufgabe, und sie ist nicht minder wichtig.«

Aoife machte einen Laut, halb Lachen, halb Schluchzen. »Du wirst neunzehn Jahre alt und bist weiser als manch altes Mütterchen.«

Lia zwang sich zu einem Lächeln und zuckte mit den Schultern. »Ich hatte die weiseste Lehrmeisterin.«

Aoife nickte, holte noch einmal tief Luft und straffte schließlich die Schultern, während nun Tränen ihre Wangen hinabliefen. »Dann werde ich wohl aufbrechen, um meinen Bruder zur letzten Ruhe zu betten.« Sie wollte an Lia vorbeigehen, blieb aber abrupt stehen.

Lia drehte sich um und sah ihren Vater die Treppe hochkommen. Seine Miene war so schuldbewusst, Lia wusste genauso wie Aoife sofort, was er sagen wollte.

»Es tut mir leid.« Er trat näher, rang deutlich mit sich. »Aoife, wir können keine Männer abziehen, um dich nach Ferns zu bringen. Wir brauchen jeden einzelnen für den Feldzug oder um die Burgen zu halten. Auch ist es gerade außerhalb dieser Mauern zu gefährlich für euch.« Er streckte die Hand nach ihr aus. »Glaube mir, mir widerstrebt nichts mehr, als dich jetzt allein zu lassen, aber mit den Händlern, die vorhin im Hafen einliefen, kam auch eine Nachricht des Königs an mich.«

Aoife durchbohrte ihren Gemahl mit vernichtendem Blick. »Er ruft dich zu sich.«

Strongbow nickte, den Kiefer angespannt. »Ich muss nach England, um die Zukunft Irlands mit ihm zu besprechen und den Verhandlungen mit den Gesandten des Hochkönigs beizuwohnen. Dein Onkel, der Erzbischof, wird mich begleiten. Raymond wird den Feldzug ohne mich führen, und die Männer deines Bruders werden mit ihm gehen.«

»Nun.« Aoife ergriff Lias Hand und hob ihren Kopf. »Ich werde für eine ruhige See und sichere Überfahrt für Euch beten, Mylord.« Sie setzte sich in Bewegung und zog Lia mit sich. »Komm, die Halle muss noch fertig geschmückt werden.«

Lia bemühte sich, an ihrer Seite zu bleiben, konnte aber nicht anders, als ihren Vater anzusehen, der reglos dastand und ins Leere blickte. Sie konnte sich vorstellen, wie hin- und hergerissen er war zwischen Loyalität seiner Familie und seinem König gegenüber. Und wieder einmal verfluchte Lia stumm den König, selbst wenn er diesmal wohl nichts dafürkonnte.

Lia nahm dankend die Körbe von der Köchin entgegen und reichte Aoife einen davon. »Hast du auch die Münzen?«

»Zu viele, würde mein werter Gemahl sagen, aber er ist ja nicht hier.« Sie lächelte, aber es gelang ihr nicht gänzlich, die Bitterkeit aus ihrer Stimme herauszuhalten.

Lia drückte kurz ihre Hand, dann zog sie ihren Schleier zurecht, der sie als verheiratete Frau auswies, schlug ihre Schuhe zusammen, um den Schlamm abzuklopfen, und ging zum Tor. Sie hatte aber kaum ein paar Schritte zurückgelegt, da entdeckte sie de Montmorency, in eindringlichem Gespräch mit einem Mann, den Lia hier noch nie gesehen hatte. Er trug feine, aber leicht ausgebleichte Kleider im normannischen Stil, ein langes Messer steckte in einer Scheide am Gürtel, aber es war kein richtiges Schwert. Also konnte er kein Ritter sein.

»Cailech, kennst du diesen Mann?« Lia deutete unauffällig zu den beiden hinüber, sie standen in der Nähe des Hundezwingers, und das Gebell der riesigen *Cú Faoil*, der irischen Wolfshunde, übertönte jedes gesprochene Wort.

Cailech schüttelte wie erwartet den Kopf. »Hab ihn noch nie gesehen, Madame.«

»Du verziehst dein Gesicht.« Aoife lehnte sich nach vorne, um ihren Blick einzufangen. »Was ist los?«

»Nur so ein ungutes Gefühl.« Die Art, wie de Montmorency sich immer wieder umsah und schließlich ihren Blick traf, nur um den Mann etwas zur Seite zu ziehen, machte sie nervös. Es war lange still um ihn gewesen. Lia hatte gehofft, er würde sich mit seiner jungen Ehefrau begnügen und keinen politischen Aufstieg mehr anstreben. Er hatte sich meist im Hintergrund gehalten, auch hatte sie keine Gegenworte von ihm zu ihrer Hochzeit gehört. Aber nun spürte sie wieder dasselbe Unbehagen wie früher, wenn sie ihn ansah. Noch mehr, als de Montmorency dem Fremden etwas reichte. War es ein Brief?

»Meinst du, er heckt etwas aus, jetzt, da Richard in England und Raymond in Limerick ist?« Aoife sah ebenfalls besorgt zu den beiden hinüber, und Lia versuchte, die Gedanken dieses Widerlings nachzuvollziehen, auch wenn es ihr nicht gefiel, sich in ihn hineinzuversetzen.

»Es ist ein gefährlicher Feldzug, es ist nicht sicher, wer zurückkehren wird«, Lia zwang sich zu einer emotionslosen Stimme, »und sollte Raymond etwas geschehen, sieht de Montmorency sich vielleicht wieder an seinem alten Platz. Und während Vater ebenfalls weg ist, hat er hier das Sagen.«

»Er kann nicht glauben, dass Raymond fällt. Der letzte Bote hat doch berichtet, dass der Hochkönig zu seinem Wort steht. Seine Männer brennen angeblich ganz Thomond nieder und haben O'Brian besiegt, während Raymond gegen die Ostmänner aus Limerick kämpft.«

Lia schloss einen Moment lang die Augen. »Es braucht nur *einen* verirrten Pfeil.« Sie schüttelte den Kopf. »Nein, dazu wäre er nicht fähig. Niemand würde diesem Befehl folgen. Er wird nicht fallen, aber selbst wenn de Montmorency diesen Ausgang nicht erwartet, irgendetwas hat er vor.« Entschlossen hob sie ihr Kinn an. »Und wir werden herausfinden, was.«

Erneut sah de Montmorency aus verengten Augen zu ihr herüber, zweifelsohne wusste er, dass sie ihm misstraute. Dann sagte er etwas zu dem Fremden, und dieser blickte ebenfalls in Lias Richtung. Er wandte sich wieder de Montmorency zu und schien belustigt über irgendetwas.

Lia lächelte den beiden betont freundlich zu und setzte sich in Bewegung. In Cailechs Begleitung schritten Aoife und sie aus der Burg und die Straße nach Dublin entlang. Es war nur ein kurzer Weg zu ihrem Ziel, dem Haus von Aoifes Onkel, dem Erzbischof von Dublin, aber Lia hatte nicht mehr vor, ihn einzuschlagen. Stattdessen bedeutete sie Aoife, ihr zu folgen, und verließ die Straße, ehe sie die Brücke über den kleinen Flusslauf erreichten, um in die Stadt zu gelangen. Sie hielt direkt auf die Kirche außerhalb der Mauern zu und nutzte schließlich eine kleine Baumgruppe, um sich dort zu verbergen.

»Was tun wir hier?«, wollte Cailech wissen, und auch Aoife sah sie verwirrt an.

Aber Lia hob die Hand und deutete zum Burgtor. Der Mann, mit dem de Montmorency gesprochen hatte, kam heraus. Er ritt einen weißen Zelter, und zwei bewaffnete Männer begleiteten ihn zu seinem Schutz. Er hielt auf die Stadt zu, und als die kleine Gruppe die Kirche passierte, beeilte Lia sich, ihnen hinterherzukommen. An diesem Sonntag waren nicht so viele Menschen unterwegs wie sonst, keiner ging seinen Arbeiten nach, und die morgendlichen Messen waren auch schon vorüber. Es sollte ein Leichtes sein, ihn zu verfolgen.

Vor Saint Mary's Gate kam ihnen Robert de Bigarz entgegen, ein normannischer Ritter, der den Oberbefehl über die Wachen hielt.

»Lady Aoife, Lady Basilia.« Er verneigte sich mit ausgebreiteten Armen. »Was führt Euch bei diesem Wetter in die Stadt?« Er deutete zum Himmel hoch, der sich rasch zuzog.

Lia lächelte ihn an und versuchte gleichzeitig, den Fremden im Auge zu behalten, der lediglich ein Schreiben hochgehalten und somit Einlass erlangt hatte. »Sir Robert, es ist schön, Euch wiederzusehen. Meine Stiefmutter und ich bringen Gaben an die Bedürftigen.« Sie hob den Korb mit Brot, Käse und Äpfeln und war froh, nicht lügen zu müssen. Sie hatten ja tatsächlich vorgehabt, zum Haus von Aoifes Onkel, des Erzbischofs, zu gehen, um dort milde Gaben zu verteilen, während er selbst in England war. Es war eine Aufgabe, die Lia gerne übernahm, und sie lenkte vor allem auch Aoife von ihrer Trauer um ihren Bruder ab. Der Erzbischof war bekannt für seine Mildtätigkeit, er hatte sogar Häuser errichten lassen, in denen elternlose Kinder unterkommen konnten und in denen man sich um sie kümmerte. Auch diese wollten Lia und Aoife besuchen. Derartiges Leid war ihr von den kleinen Burgen und umliegenden Dörfern fremd, aber in einer großen Stadt wie Dublin versammelten sich jeden Tag Kranke und Mittellose vor der im Bau stehenden Kathedrale oder dem Haus des Erzbischofs, um etwas Gnade zu erlangen.

Die Bedürftigen mussten nur ein paar Augenblicke länger warten, bis Lia herausgefunden hatte, was der Fremde mit de Montmorency zu schaffen hatte.

»Gott segne Eure Güte. Ihr solltet Euch nur beeilen, zurückzugehen, ehe der Sturm über Euch hereinbricht.« Robert de Bigarz trat zur Seite und bedeutete auch den Wachen, sie durchzulassen.

»Mylord, sagt, kanntet Ihr die Männer, die vor uns durchs Tor kamen?« Sie konnte die Reiter nicht mehr ausmachen, und es war ihr fast unmöglich, ihr Gegenüber ruhig anzusehen, statt den Männern hinterherzueilen.

De Bigarz warf einen Blick zurück durchs Tor. »Ihr meint die Händler aus Bristol?«

Sie kamen also aus England. Was hatte de Montmorency mit ihnen zu schaffen?

»Genau die. Lady Aoife und ich haben uns nur gefragt, woher sie kommen mögen.« Sie lächelte, knickste flüchtig, nahm Aoifes dargebotene Hand und ging gemessenen Schrittes durchs Tor in die Stadt hinein.

»Welchen Weg mag er genommen haben?« Aoife sah sich auf der Straße um und warf einen Blick in düstere Seitengassen.

Lia deutete zur vor ihnen liegenden Abzweigung. »Wenn er ein Händler ist, dann wird er zum Hafen unterwegs sein.« Und es war der Weg, den Lia und Aoife ursprünglich hatten gehen wollen, denn das Haus des Erzbischofs lag nicht weit entfernt vom Fluss Liffey, der dort ins Meer mündete.

»Komm schnell.« Sie beschleunigten ihre Schritte, während Cailech ihnen wortlos folgte, die Hand stets auf dem Stiel der Axt, seinen Blick in jeden Hauswinkel wandern lassend, als erwartete er, dort einen Angreifer hervorspringen zu sehen. Waterford hatte seine Spuren an ihm hinterlassen, obwohl er gar nicht dabei gewesen war – oder gerade weil er eben nicht da gewesen war, um Aoife zu schützen. Seitdem begegnete er ihr mit noch mehr Ehrerbietung, er hatte ihr sogar dafür gedankt, dass sie Aoifes Leben gerettet hatte. Sie war alles, was ihm von der Fürstenfamilie geblieben war, auch ihn hatte Donnells Tod schwer getroffen. Er schien entschlossen, Aoife vor jeglichem weiteren Leid zu bewahren. In seiner Gegenwart fühlte sie sich selbst in den Engen dieser Stadt beschützt, obwohl sie geglaubt hatte, nie wieder einen Fuß in eine derartige Falle setzen zu können.

»Da ist er.« Aoife deutete nach vorne, und tatsächlich, sie erkannte den Schimmel und die beiden Krieger.

»Glaubst du, der Brief ist für meinen Vater?«

Aoife zuckte mit den Schultern. »Es wäre möglich. Und ich käme mir sehr albern vor, wenn wir hier einen Händler verfolgen wegen irgendeines harmlosen Anliegens de Montmorencys.«

»Wäre es so harmlos, hätte er kein solches Geheimnis darum gemacht.«

»Für de Montmorency ist doch alles schrecklich wichtig, was ihn betrifft.«

Damit hatte Aoife recht, aber Lia würde wohl trotzdem keine Ruhe finden, ehe sie nicht wusste, was de Montmorency im Schilde führte.

Sie passierten die halb fertiggestellte Kathedrale, die ihr Vater und der Erzbischof in Auftrag gegeben hatten, und kamen an einer Menschentraube vorbei, die beim Haus des Erzbischofs bereits auf Gaben warteten.

In diesem Moment drehte der Fremde sich erneut zu ihnen um und wendete sein Pferd. Erschrocken blieb Lia stehen.

»Myladys, ich fühle mich geehrt, mich Eurer Begleitung erfreuen zu dürfen, doch dürfte ich wohl erfahren, weshalb Ihr mir hinterherschleicht? Sucht Ihr eine Passage auf meinem Schiff? Für Damen wie Euch fände sich bestimmt ein Platz, und die Männer werden sich freuen.«

Cailech knurrte. »Ich verstehe nicht, was er sagt, aber es gefällt mir nicht.«

Der Blick des Händlers zuckte zu Cailech, und Lia wusste, dass der irische Krieger einen beeindruckenden Anblick bot. Aber mit zwei mindestens genauso kriegerisch aussehenden Begleitern an seiner Seite sah der Fremde Cailech wohl nicht als Bedrohung.

»Ihr irrt Euch«, sagte sie und deutete zu den Menschen, die sich mühselig von der Straße erhoben. »Wir sind hier, um Gottes Werk im Namen des Erzbischofs zu verrichten.«

Aoife begann, erste Gaben auszuteilen, und Lia tat es ihr gleich.

Der Fremde schnaubte verächtlich. »Ich nahm Mylord de

Montmorency nicht ernst, als er meinte, Ihr seid gefährlich, Lady Basilia, eine Schlange wie alle Abkömmlinge Evas. Aber da Ihr mir von der Burg weg hinterher seid wie eine gemeine Diebin, liegt es wohl nahe, dass er recht hatte. So sprecht und sagt mir, was Ihr im Schilde führt, und glaubt nicht, dass die Namen Eures Vaters oder Gemahls mich beeindrucken – auf dem Meer zählen sie wenig.«

Lia bemühte sich nicht länger zu lügen und streckte dem Schimmel ihre Hand entgegen, damit er sie beschnuppern konnte. Dann nahm sie die Zügel in die Hand, um den Mann aus Bristol am Wegreiten zu hindern. »Ihr tragt einen Brief von de Montmorency bei Euch, und ich will wissen, an wen er geht.«

Der Händler hob verblüfft die Augenbrauen, und einen Moment lang schien er nicht zu wissen, ob er zornig werden oder lachen sollte.

»Das geht dich gar nichts an, Mylady.«

»Alles, was de Montmorency tut, geht mich etwas an. Was bezahlt de Montmorency Euch für die Übergabe dieses Briefs?«

Wie erwartet horchte der Mann auf, tauschte einen Blick mit den anderen.

»Ihr sagtet, die Namen meines Vaters und Gemahls beeindrucken Euch nicht, aber das sollten sie. Denn sie sind gewiss beeindruckender als der Name Hervey de Montmorency. Ich zahle Euch den doppelten Preis, wenn Ihr mir sagt, um was es in dem Brief geht.«

Der Händler ließ seinen Blick über sie gleiten. »So viel habt Ihr nicht.«

Lia nickte. »Nicht bei mir, aber ich werde jemanden zum Hafen schicken, der Euch Euren Lohn bringt, noch ehe Ihr ablegt.«

»Woher weiß ich, dass Ihr kein falsches Spiel spielt?«

Lia seufzte und löste den Beutel mit den Münzen für die Armen von ihrem Gürtel. »Das sollte als Anzahlung genügen.«

Der Händler strich sich übers glattrasierte Kinn, dann nickte er. »Ich weiß nichts über den Inhalt, ich kann Euch nur sagen, an wen der Brief gehen soll.«

Lia sah ihn ungeduldig an.

»Der Brief ist für den König.«

Lia stürmte durchs Tor in den Burghof und sah sich nach de Montmorency um. Aoife hatte Mühe, sie einzuholen, aber das war ihr im Moment gleichgültig. De Montmorency hatte dem König geschrieben, und sie wusste einfach, dass das nichts Gutes bedeuten konnte. Der König war für sie stets eine Bedrohung, ein Damoklesschwert, das über ihnen hing, um zu zerstören und wegzunehmen, was sie sich aufgebaut hatten.

»Wo ist er?«, flüsterte sie zornig und ließ ihren Blick über die freilaufenden Hühner, die Gänse und die einsame Ziege schweifen, die sich im ganzen Hof verteilten. Aber in keinem Winkel war de Montmorency zu entdecken. Dafür sah sie Nesta aus der kleinen Kapelle kommen, in der sie nur selten ihre Messen hörten; eher diente sie dazu, einen Ort zu haben, um in Ruhe eine Gedenkkerze anzuzünden und zu beten.

»Lady Nesta.« Lia lief auf die junge Geraldine zu. »Könnt Ihr mir vielleicht sagen, wo ich Euren Gemahl finde?«

Nesta sah aus ihren grauen Augen zu ihr hoch und dann an ihr vorbei zu Aoife, die ihr gefolgt war. Ihr blasses Gesicht leuchtete fast schon unter dem dunklen, strengen Wimpel, der ihren Kopf umschlang. »Ich glaube, er kümmert sich um die eingelangten Abgaben.«

Fast wäre ihr ein Schnauben entkommen. Es sollte sie nicht wundern, dass de Montmorency sich bei den Reichtümern aufhielt, auch wenn er stets betonte, dass er ohne jegliche weltliche Güter auskam. Ländereien hatte er sich trotzdem gerne schenken gelassen, und anscheinend nutzte er das Geld auch für Intrigen.

»Danke.« Lia wollte sich gerade abwenden, da trat Aoife nach vorne und verstellte Nesta den Weg.

»Sagt, Mylady, wisst Ihr irgendetwas von einer Nachricht Eures Gemahls an den König?«

Nestas Augen weiteten sich, und Lia konnte sie einen Moment lang nur sprachlos ansehen. Nie hätte sie gedacht, dass Nesta etwas davon wusste, schließlich traute de Montmorency einer Frau gar nicht zu, politische Belange zu erfassen. Aber ihre Reaktion machte deutlich, dass sie nicht zum ersten Mal davon hörte.

»Mein Gemahl tut seine Pflicht«, sagte sie und wollte sich abwenden, aber Aoife ließ sie nicht vorbei.

»Was soll das bedeuten? Wenn es irgendein Problem gibt, dann sollte wohl mein Gemahl informiert werden, nicht der König.«

Nesta senkte den Blick, sie wirkte so zart und zerbrechlich, schien unter Aoifes Strenge förmlich zusammenzufallen, sodass Lia wie so oft Mitleid für sie empfand. »Ihr müsst nichts sagen, ich werde selbst mit de Montmorency sprechen. Aber bitte vergesst nicht, wenn Ihr Hilfe braucht, wenn es irgendetwas gibt, über das Ihr sprechen möchtet, wenn Euer Gemahl Euch Unrecht tut, kommt zu Lady Aoife oder mir. Wir können Euch helfen.«

Nun blickte Nesta auf, aber anstatt Erleichterung oder Dank stand ihr Unverständnis ins Gesicht geschrieben. »Was meint Ihr damit?«

Lia und Aoife tauschten einen Blick, und schließlich nahm Lia sanft Nestas Hand. Vielleicht hätte sie schon viel eher ihre Hilfe anbieten sollen. »Ich glaube, Euer Gemahl kann manchmal etwas … hart sein, wenn es um seine Vorstellungen einer

Frau geht. Seine Erwartungen sind meist unerfüllbar. Und seine Methoden, sie durchzusetzen, sind oft …«

»… grausam«, half Aoife ihr aus, was Nesta mit nur noch verwirrterem Ausdruck quittierte.

»Ich weiß nicht, wovon Ihr sprecht, Mesdames, aber mein Gemahl hat weder unerfüllbare Erwartungen, noch kennt er Grausamkeit.«

Erneut tauschen Lia und Aoife einen Blick, sie konnten wohl nicht verbergen, wie schwer es ihnen fiel, diese Worte zu glauben.

Zum ersten Mal sah Lia so etwas wie Zorn in Nestas Augen glimmen. »Mein Gemahl ist ein guter, gottesfürchtiger Mann, und er verdient es nicht, ständig belächelt oder überflügelt zu werden. Es gibt keinen frommeren Menschen hier auf dieser Burg, und ich bin gesegnet, dass mein Vater mich ihm zur Frau gab.«

Lia starrte Nesta, die nun gar nicht mehr zart und zerbrechlich wirkte, an. Sie schalt sich einen Narren. Hätte sie nicht durch Alina lernen müssen, dass stille Wasser tief waren, dass all das schüchterne Gehabe eben nur Gehabe war. Nie wäre sie auf den Gedanken gekommen, Nesta könnte glücklich sein an de Montmorencys Seite oder dass sie sein Gedankengut teilte!

»Ihr könnt Euch nicht vorstellen, wie froh und erleichtert ich bin, Euch das sagen zu hören, Lady Nesta.« Das meinte Lia vollkommen ernst. »Ich machte mir oft Sorgen um Euch.«

»Um mich muss sich niemand sorgen, Ihr solltet lieber zu Eurem eigenen Gemahl blicken.«

Das ungute Gefühl kehrte zurück, das sie schon seit de Montmorencys Gespräch mit dem Händler begleitete. »Was wollt Ihr damit sagen?«

»Dass mein Gemahl sieht, was Raymond le Gros tut.« Sie deutete zum Tor hinaus. »Er holt sich Limerick, und was hält ihn dann davon ab, ganz Irland an sich zu reißen? Er und die

Geraldines halten schon einen Großteil von Strongbows Land für ihn, und nachdem sie in Wales immer mehr verloren haben, wollen sie nun Irland.«

»Die Geraldines? Ihr gehört doch selbst zu dieser Familie!«

»Nicht mehr.«

Lia sah Aoife an ihrer Seite schockiert an, die auch nur mit den Schultern zucken konnte und ganz verdattert schien.

»Ihr könnt unmöglich selbst auf diesen absurden Gedanken gekommen sein, Lady Nesta. Mein Gemahl ist in Strongbows Namen in Limerick.«

»Als würde Strongbow sich seinem Schwiegersohn in den Weg stellen! Wir alle wissen, wie Raymond le Gros ihn dazu gezwungen hat, ihm Eure Hand zu geben. Wir alle wissen, wie er sich die Verehrung der Männer mit unchristlichem Handeln sichert. Er mag nicht Strongbow sein, aber er kontrolliert sein Heer. Und Euer Vater, Lady Basilia, weiß das sehr genau. Er kann sich ihm schon lange nicht mehr in den Weg stellen. Raymond le Gros hat hier das Sagen, und es wird Zeit, dass der König davon erfährt.«

»Ihr liegt falsch.« Es war Aoife, die sprach, in vollkommener Ruhe, was ihre Worte umso schwerer wiegen ließ. »Aber ich sehe, jedes weitere Wort wäre zwecklos. Also lasst mich nur sagen, dass ich mich Lady Basilia anschließe und Euch meine Glückwünsche zu einer wohlarrangierten Ehe ausspreche. Wenn Sir Raymond und Mylord of Striguil zurückkehren, werdet Ihr erkennen, dass Eure Sorgen unbegründet waren.«

5 Monate später
Dublin, Südostirland, Jänner 1176

Lia versuchte ihr Kichern zu unterdrücken, als Raymond ihren Hals küsste und sie mit seinem kurzen Bart kitzelte.

»Sssch«, machte er mahnend und ließ seinen Mund weiter an ihr hinabgleiten.

Lia krallte ihre Hände ins Leinenlaken und presste die Lippen aufeinander. Sie wusste, die Wände der Gemächer in Henrys Palast waren dünn, und sie konnte sich schon vorstellen, was man dazu sagte, dass Raymond FitzGerald sich mitten am Tag zu seiner Frau legte. Aber vielleicht waren sie es auch schon gewöhnt, denn seit Raymond siegreich aus Limerick zurückgekehrt war, hielten sie sich selten woanders auf.

Es war warm und stickig hier drinnen, und Raymonds heißer Körper auf ihr tat sein Übriges, um sie zum Schwitzen zu bringen, aber nichts davon war unangenehm. Nie hätte sie gedacht, das Gewicht eines Mannes auf sich zu spüren und nichts als Wonne zu verspüren.

»Mylord?« Ein Klopfen, und Lia zuckte zusammen, griff schnell nach der Decke, um ihren nackten Körper zu verbergen.

Raymond hingegen legte seinen Kopf auf ihre Brust und schien keine Eile zu haben, an ihrer Lage etwas zu ändern, um zumindest den Anschein zu wahren.

»Was ist, David?«

Ein Räuspern und ein Scharren, dann erklang die kindliche Stimme des Jungen. »Mylord, der Earl of Striguil ist soeben in Dublin angekommen.«

Unvermittelt fuhr Raymond hoch, und sein Blick traf ihren. »Strongbow ist zurück?«, fragte er noch einmal nach, was David vor der Tür bejahte.

Lia spürte ihr Herz aufgeregt klopfen, sie hatte sich schon Sorgen gemacht, da ihr Vater so lange beim König gewesen war, aber Henry hatte ihn am weihnachtlichen Hof haben wollen. Nun war er endlich zurück, und Lia konnte de Montmorencys heimliche Machenschaften mit ihm besprechen. Raymond nahm ihre Sorgen nicht ernst, er sah in de Montmorency einen wütenden, unbedeutenden Wicht, aber Lia sah Unheil über sich schweben, seit sie von diesem Brief wusste.

»Ich komme gleich!«, rief Raymond, und Lia hörte David davongehen. Grinsend sah er auf sie hinab.

»Er ist erst am Hafen, bis er sich durch die Stadt geschlagen hat und die Burg erreicht, dauert es noch ewig.« Er beugte sich zu ihr hinab, um sie zu küssen, aber Lia drückte ihn weg.

»Sollten wir ihm nicht entgegenziehen? Ihn willkommen heißen?«

»Das können wir auch hier im Hof machen.« Erneut versuchte er sie zu küssen, aber Lia wand sich unter ihm hervor, auch wenn sie es bedauerte, das warme Bett und vor allem Raymond zu verlassen. »Zieh dich an, wir sollten keine Zeit verlieren. Es ist besser, wenn du mit ihm sprichst, bevor de Montmorency ihn in die Finger bekommt und irgendwelchen Unsinn über Limerick erzählt, um dich schlechtzumachen.«

Raymond erhob sich vom Bett und griff mit einem Seufzen nach seinen Beinlingen.

Lia beobachtete ihn aus den Augenwinkeln verstohlen, sie konnte sich an seinem Körper einfach nicht sattsehen.

»Was soll er schon erzählen?« Raymond schlüpfte in seine Stiefel. »Wie heldenhaft mein Neffe David sich verhalten hat? Wie wir die Stadt stürmten, obwohl sie mit ihren Mauern, dem Graben und dem Fluss uneinnehmbar schien?«

»De Montmorency findet immer einen Weg. Aus irgendeinem Grund wird er nicht müde, gegen deine Familie zu hetzen, und du weißt, welchen Einfluss er auf meinen Vater hat.«

»Diese Zeiten sind vorbei.« Er sah sie an, wie sie in ihr Unterhemd schlüpfte, und Schalk blitzte in seinen Augen auf.

Lia trat einen Schritt zurück. »Wir müssen uns beeilen.«

Er kam langsam näher, wie ein Jäger, der seine Beute im Blick hatte. »Ich weiß.«

»Wage es nicht.«

»Tu ich nicht.« Seine Mundwinkel zuckten, seine grauen Augen funkelten, und Lia sah sich nach einem Fluchtweg um.

»Wenn wir jetzt nicht gleich losgehen …«

»Ich weiß.« Er machte einen Satz auf sie zu, Lia schrie auf, im nächsten Moment hatte er sie um die Taille gepackt, über die Schulter geworfen, und dann fiel sie auch schon aufs Bett.

Sie wollte protestierten, aber sein Mund verschloss ihren, und Lias Widerworte schwanden dahin. Vielleicht hatten sie ja wirklich noch etwas Zeit.

Lia fluchte stumm, als sie in den Hof kamen und de Montmorency bereits wild gestikulierend auf ihren Vater einredete.

»Ich habe es dir gesagt«, zischte sie, aber Raymond zwickte sie nur ins Hinterteil und beschleunigte seine Schritte.

»Mylord! Wir sind gesegnet, Euch gesund zurück heißen zu dürfen.«

Strongbow nickte ihm nur knapp zu, seine Miene aber zeigte sanftere Züge, als er Lia entdeckte, und auch sie spürte nach wie vor dieselbe Mischung aus Ehrfurcht und tiefer Liebe, die sie bei seinem Anblick empfand, seit sie ein kleines Mädchen war.

»Basilia, wie schön du bist.« Er kam auf sie zu, und Lia fiel auf, dass er einen Fuß sonderbar nachzog.

»Vater, bist du verletzt?«

Er lachte und zog sie in seine Arme, was er schon lange nicht mehr getan hatte. Mit geschlossenen Augen sog sie seinen vertrauten Geruch ein, und einen Augenblick lang vergaß sie, dass sie eine erwachsene Frau von neunzehn Jahren war.

»Ach, wenn es nur eine heldenhafte Verletzung wäre, mein Liebes.« Er blickte auf sie hinab, und Lia erkannte nun aus der Nähe, wie sehr er in den letzten Monaten gealtert war. Anstatt vereinzelter grauer Strähnen und Bartstoppeln waren nun sogar seine Augenbrauen grau, und tiefe Furchen zogen sich in seine Haut um den Mund. »Es sind diese dreimal verfluchten Stiefel, die ich mir in Windsor habe machen lassen, um den König nicht mit meinem alten löchrigen Paar zu beleidigen. Aber sie sind mir zu eng, und ich musste jeden Tag damit am königlichen Hof laufen. Wenn ich sie erst mal wieder los bin, geht es meinen Füßen gleich viel besser.«

Lia lächelte und küsste ihn auf die Wange.

»Richard, wir sind noch nicht fertig.« Zu ihrem Bedauern trat de Montmorency heran, sein Mund so verkniffen, dass sich Falten wie ein Spinnennetz darum herum ausbreiteten. »Wenn du erst hörst, was sich diese Geraldines in Limerick erlaubt haben!«

Raymond kam hinzu, aber anstatt de Montmorency zu unterbrechen, verschränkte er nur lächelnd die Arme vor der Brust und lauschte.

De Montmorency verlor auch keine Zeit, seinem Ärger Luft zu machen. »Die Stadt war nicht zu erreichen, und so ritt dieser kleine Geraldine-Bursche …«

»David le Walleys«, half Raymond ihm auf die Sprünge und zwinkerte Lia zu.

De Montmorency warf ihm einen vernichtenden Blick zu, fuhr aber fort: »Er ritt mutterseelenallein, ohne auf einen Befehl seines Kommandanten zu warten, durch eine Furt zu den Stadtmauern.«

»Durch seine Adern fließt das abenteuerlustige Blut meiner Schwester«, mischte sich erneut Raymond ein.

Strongbow sah ihn aus schmalen Augen an. »Wo wart Ihr, als dies geschah?«

»In der Nachhut, Mylord.«

»Umso dreister von diesem Geraldine-Jungen!«, echauffierte sich de Montmorency. »Aber damit war es nicht genug. Ein anderer Jungspund ritt ihm hinterher, um seinen Mut zu beweisen, um zu zeigen, dass es sicher war und sie die Stadt angreifen konnten, als wäre dieser Geraldine sein Kommandant! Aber natürlich folgte ihnen niemand. Und so standen die beiden Größenwahnsinnigen allein am Fuße der Stadtmauern, und die Wachen wurden vom Aufmarsch des Heers natürlich auch auf sie aufmerksam.«

»Die Fülle der Details ist beeindruckend, dafür, dass Ihr nicht dabei wart«, murmelte Raymond und strich sich mit der Hand über den kurzen Bart an seinem Kinn.

»Es endete in einer Katastrophe, wie du dir vorstellen kannst, Richard. Der junge Geraldine schaffte es sicher zurück zum Heer, aber der andere wurde von der Strömung mitgerissen und war verloren. Nur damit war es nicht genug. Die Waghalsigkeit eines weiteren Geraldine gefährdete alle! Nun ritt Meilyr FitzHenry hinüber!« Er wurde ganz rot und bemerkte gar nicht, wie seine Frau Nesta und zwei der anderen Damen mit den Kindern herauskamen, um Strongbow zu begrüßen.

»Fast hätte er diese Dummheit mit dem Leben bezahlt, denn die Wachen warfen allerhand Geschosse auf ihn. Und dann kam Sir Raymond …«

Raymond machte einen Schritt nach vorne. »Ich gelangte an die Spitze des Heers und gab den Befehl, meinen Vetter Meilyr zu unterstützen, die Furt zu durchqueren, die Mauer zu stürmen und Limerick einzunehmen. Was wir auch taten.«

»Mit hohen Verlusten!«

Raymond warf ihm einen Blick zu. »Wir trugen kaum Verluste davon. Mein Vetter Milo FitzBishop hält die Stadt nun mit einer Garnison für Euch, Mylord.«

»Ein weiterer Geraldine!« De Montmorencys Kiefer zuckte, seine Zähne schnappten sonderbar aufeinander, seine Worte waren kaum mehr als ein Keuchen. »Der Bastard eines Bischofs! Diese gesamte Sippe ist verrucht!«

»Onkel.« Die ruhig gesprochenen Worte ließen ihn verstummen. Strongbow warf einen Blick zu den Kindern hinüber, die Aoife weise noch etwas fernhielt, und wandte sich schließlich wieder de Montmorency zu. »Der König erzählte mir von einer Nachricht, die Ihr an ihn geschrieben habt.«

De Montmorency schob sein Kinn vor, wie ein gescholtener Junge. »Es ist meine Pflicht, den König über die Ambitionen dieser Sippe zu informieren, ihn zu warnen.«

»Und mich vor dem König als unfähigen Anführer darzustellen, ist ebenso Eure Pflicht?«

De Montmorency fuhr zurück und starrte seinen Neffen an. Diese Reaktion hatte er augenscheinlich nicht erwartet, aber Strongbow wollte offensichtlich auch nichts mehr sagen. Unter deutlichen Schmerzen wandte er sich ab und ging humpelnd auf die Kinder zu, die ihn freudig begrüßten. Isabel war schon fast vier, Maud fast drei und der kleine Gilbert nur wenig jünger.

Alle drei liefen ihrem Vater und Großvater entgegen und fielen in seine ausgebreiteten Arme.

Lia betrachtete das friedvolle Bild, spürte aber de Montmorencys hasserfüllten Blick auf sich. Sie wandte sich ihm zu. »Eure Mühen waren vergebens«, sagte sie und schob ihre Hand in die Raymonds. »Der König sieht Euch als das, was Ihr seid. Ein neiderfüllter, armer, alter Mann.«

Sie erwartete einen Zornesausbruch, weiteres Geschrei, aber

stattdessen lächelte de Montmorency auf derart schaurige Weise, dass sie eine Gänsehaut bekam.

»Wir werden sehen.«

»Ich kenne eine Sage von der Königin Medb und ihrem Gemahl Ailill.« Der irische Junge sah mit roten Wangen zwischen Lia und den anderen Damen hin und her. Er scharrte mit dem Fuß durch die Binsen und räusperte sich. »Darin geht es um den Krieg um einen Stier. Denn Medb und Ailill hatten genau dasselbe Vermögen. Mit dem einzigen Unterschied, dass Ailill einen besonderen Stier besaß. Dieser Stier war eigentlich in Königin Medbs Herde geboren, aber er weigerte sich, von einer Frau besessen zu werden. Also stellten die beiden ein Heer auf, um in einem anderen Königreich für Medb ein genauso starkes, fruchtbares Tier zu erlangen, das niemand freiwillig hergeben würde. So wollten sie die Besitztümer wieder ausgleichen.«

Lia lächelte Manus aufmunternd an. »Das klingt nach einer sehr aufregenden Geschichte. Möchtest du versuchen, sie uns auf Normannisch zu erzählen?« Sie wies zu Nesta, die an einem Altartuch stickte. »Nicht alle hier verstehen das Irische, und es wäre eine gute Übung.«

Manus, er war der Sohn eines Clanführers aus Meath, sah sie aus schreckgeweiteten Augen an.

»Ich werde dir helfen«, versicherte sie ihm und deutete zu David le Walleys. »David fiel es gestern auch schwer, die walisischen Verse ins Normannische zu übersetzen, aber er hat es versucht. Nur so könnt ihr lernen.«

Manus sah von einem zum anderen und nickte schließlich. Er war neun Jahre alt und einer der bemühtesten Pagen. Lia wusste, wie schwer es den vielen irischen Jungen fiel, an einem normannischen Hof zu leben, als Geiseln, die das Wohlverhalten ihres Clans garantierten. Aber von Aoife hatte sie auch erfahren, dass irische Jungen stets früh in die Obhut von anderen Familien gegeben wurden, um Bündnisse zwischen ihnen zu schließen und eine Ausbildung zu erlangen. Ähnlich wie bei den Normannen, die ihre Jungen zum Pagen, dann zum Knappen und schließlich zum Ritter in einem anderen Haushalt ausbilden ließen. Es mochte für die Kinder also nicht zu schwer sein, von zu Hause wegzumüssen, auch wenn die Ehre einer Ritterausbildung und eine Geiselhaft etwas anderes waren. Aber Lia hoffte, dass sie den Kindern nie das Gefühl gab, Gefangene zu sein. Als eine der wenigen, die sowohl Irisch als auch Normannisch und Walisisch sprach, verbrachte sie viel Zeit mit den Pagen und versuchte ihnen allen das Normannische beizubringen, damit sie später, wenn sie erwachsen waren, in der normannischen Welt zurechtkamen.

Aber Manus hatte kaum mit der Geschichte angefangen, da kam Aoife herein. Sie sah sich im Raum um, und obwohl sie sich wie immer gelassen und würdevoll gab, erkannte Lia an ihren Augen, dass etwas nicht stimmte.

»Lady Basilia, hättet Ihr einen Augenblick Zeit?« Sie machte eine kaum wahrnehmbare Bewegung zur Tür, und Lia nickte.

Sie erhob sich von der mit Polstern ausgelegten Bank und legte Manus die Hand auf die Schulter. »Mach nur weiter, ich bin gleich wieder da.« Sie warf einen Blick auf die schlafende Maud in ihrem Bett, die wie immer um diese Tageszeit mit Gilbert aneinandergekuschelt selig träumte, und folgte Aoife nach draußen.

Sie traten direkt ins grelle Tageslicht, denn in Henrys Palast waren die Räume nicht unter dem Dach miteinander verbunden, sondern jeder hatte eine Tür nach draußen.

Aoife ergriff ihren Arm und zog sie zum Küchenhaus, aus dessen Dach der Rauch des Ofens aufstieg. Ein würziger Geruch lag in der Luft, ein deftiger Eintopf. Das war gut, er würde ihrem Vater wieder zu alten Kräften verhelfen. Seit seiner

Rückkehr vor ein paar Wochen schien er ihr immer blasser und dünner zu werden, aber sie wusste nicht, was ihn quälte, er sprach auch nicht darüber.

Aoife drückte ihren Arm, sie flüsterte und sah sich immer wieder gehetzt nach Zuhörern um. »Es ist schlimmer, als wir dachten.«

Lia wusste erst nicht, was sie meinte, zu viele Sorgen begleiteten sie seit den Wochen von Strongbows Rückkehr: mögliche Folgen von de Montmorencys Brief, de Montmorencys offenkundige Bereitschaft zu weiteren Intrigen und auch die Gesundheit ihres Vaters.

Und als sie Aoife ins verzweifelte Gesicht sah, wusste sie auch, dass es genau darum ging. »Er ist krank.« Die Prinzessin ließ erneut ihren Blick über den Hof schweifen und blickte auch zur Halle, in der Strongbow und ein paar der Männer den Bau weiterer Burgen planten. »Er lässt mich nicht an sich heran, er will noch nicht einmal …« Sie sah Lia vieldeutig an. »Heute schlug er sogar vor, es wäre besser, wenn ich bei den Frauen übernachtete! Ich dachte schon, er hätte vielleicht eine Geliebte.«

Lia schüttelte den Kopf. Ihr Vater war einer der treuesten Männer, die sie kannte. Er war über viele Jahre ihrer Mutter treu gewesen und nun auch Aoife. Er war niemand, der schnelle Freuden suchte.

Aoife schien diese Gewissheit aber nicht zu beruhigen. »Es ist sein Fuß.«

»Immer noch?« Ihr war es so vorgekommen, als wäre sein sonderbares Gehen besser geworden, seit er andere Stiefel trug.

Aoife nickte, und Tränen schossen ihr in die Augen, was verstörend anzusehen war. »Er hat mir nichts davon gesagt, aber ich habe es gesehen. Er dachte, ich schlafe, und zog seine Stiefel aus. Es sieht so aus, als wäre ihm durch die zu engen Stiefel der Zehennagel eingewachsen, und nun ist der ganze Zeh entflammt, das nackte Fleisch ist zu sehen, Lia. Du kannst dir nicht vorstellen, wie bestialisch es gestunken hat. Er muss etwas tun! Ich habe versucht, ihn darauf anzusprechen, aber er wurde nur zornig und tat meine Sorge als lächerlich ab! Aber ich habe es gesehen, selbst eine kleine Wunde kann Schreckliches anrichten und …«

Ein unvermittelter Hornstoß ließ sie verstummen, und sie blickten beide zum offenstehenden Tor, durch das nur wenige Augenblicke später zwei normannische Ritter preschten.

Lia und Aoife tauschten einen Blick, es waren keine Männer der Garnison, die hier ständig ein und aus ritten, sonst wäre nicht das Horn erklungen. Die Ritter verloren keine Zeit, schwangen sich aus dem Sattel und eilten mit weitgreifenden Schritten zur Halle.

Lia und Aoife folgten ihnen, ohne darüber sprechen zu müssen, und traten dicht auf ihren Fersen in den enormen Saal ein, der durch die Sonnenstrahlen, die durchs grünliche Glas der Fenster fiel, in unheimlichem Licht erstrahlte.

Lia erkannte ihren Vater nur als fernen Schemen neben Raymond auf der anderen Seite auf dem Podest. Neben ihrem hünenhaften Gemahl wirkte die eingefallene Gestalt ihres Vaters noch besorgniserregender.

Aoife schien dasselbe zu denken, denn sie ergriff ihren Arm, um sie aufzuhalten. »Ich werde nach einem Heiler suchen«, flüsterte sie, wandte sich ab und ging wieder hinaus.

Strongbow hatte sich stets solch guter Gesundheit erfreut, dass er es nie für nötig gehalten hatte, einen Heiler in seinen Haushalt aufzunehmen.

Die fremden Ritter hielten sich nicht damit auf, ihre Waffen abzugeben, sondern schritten zwischen den Tafelreihen auf Strongbow zu.

»Mylord!«, rief einer von ihnen, und anstatt Strongbow erhob sich Raymond.

»De Barry, was ist los?«, fragte er, ehe ihr Vater dazukam, etwas zu antworten. Lia glaubte, den Namen de Barry schon gehört zu haben, vermutlich ein Geraldine, einer von Raymonds vielen Vettern.

Der Ritter wandte sich nun direkt Raymond zu. »Limerick steht unter Belagerung. Donnell O'Brian hat uns mit seinem Heer eingekreist, ich konnte gerade noch entkommen, um Hilfe zu holen. Die Vorräte sind nach dem Winter knapp, wir werden nicht lange durchhalten.«

Lia starrte den Ritter an, und auch alle anderen in der Halle waren plötzlich ganz leise. Was war nur los mit diesem Jahr, dass es so beginnen musste?

Ein Rascheln erklang in der Stille, und Lia hätte beinahe laut aufgestöhnt, als sie de Montmorency aus den Schatten treten sah. Sie hätte es wissen müssen, wo schlechte Nachrichten waren, konnte dieser Mann nicht weit sein.

»Das war abzusehen«, zischte er mit vernichtenden Blicken in Raymonds Richtung. »Habt Ihr tatsächlich geglaubt, Limerick ließe sich halten? Aus dieser Entfernung? Ihr verschwendet dort drüben Männer, die wir hier gut gebrauchen können.«

Raymond ignorierte ihn und wandte sich Strongbow zu. »Mit Eurer Erlaubnis, Mylord, stelle ich eine Truppe zusammen, um die Garnison in Limerick zu unterstützen und Donnell O'Brian ein für alle Mal zu schlagen.«

Strongbow aber sah ihn nicht an, stattdessen blickte er an den Rittern vorbei direkt zu ihr. Raymond folgte seinem Blick, und Lia spürte die ihr so bekannte Angst, wenn er in den Kampf ziehen sollte. Erneut stand eine Zeit des ungewissen Bangens und Wartens vor ihr. Und plötzlich wusste Lia auch, was in ihrem Vater vor sich ging. Warum er nicht den Befehl gab und Raymond erneut losschickte, warum er sie so unverwandt ansah, keine Entscheidung fällend. Ihr lief ein kalter Schauer den Rücken hinunter.

Er dachte dasselbe wie sie. Er wollte Raymond nicht wegschicken, falls ihm etwas geschah. Damit sie nicht alleine dastand. Aber so durfte er nicht denken. Er durfte keinen Herzschlag lang an die Möglichkeit denken, von solch einer kleinen Verletzung zu sterben! Er war Strongbow, und wenn er jetzt schwach wurde, wenn er anfing, den Tod in Betracht zu ziehen, käme er auch zur Tür herein. »Limerick kann gerettet werden«, sagte sie und nickte ihrem Vater ermutigend zu. Aoife und sie waren nie besonders verschlossen gewesen, und die meisten Männer waren gewohnt, dass sie sich einmischten in Dinge, die wahre normannische Frauen ihren Männern überließen.

»Mein Gemahl hat Limerick erobert, Mylord, er kann die Stadt halten. Schickt ihn los, damit er O'Brian zeigt, was es heißt, sich gegen Euch zu stellen.«

Sie warf Raymond einen Blick zu, und er schien nicht überrascht über ihre Worte. Im Gegenteil, er sah sie an, als verstünde er genau, worum es ging. Sie wollte ihn nicht in den Kampf schicken, aber sie durfte auch nicht zulassen, dass ihr Vater sich aufgab. Wie immer konnte er sie zu leicht lesen, aber leider kannte auch Strongbow sie viel zu gut, denn etwas Trauriges trat in seine Züge. Er nickte aber und erhob sich von seinem Stuhl, ohne sich Schmerzen anmerken zu lassen.

»Sir Raymond, nehmt so viele Männer, wie Ihr braucht, und befreit Limerick.«

Lia konnte gar nicht hinsehen, sie glaubte, ihr würde das Herz stehenbleiben.

»Bitte sei vorsichtig!«

Raymond grinste sie nur an, und Maud lachte laut. Ohne Sattel saß er auf einem seiner viel zu großen, viel zu schweren Schlachtrösser, Maud vor ihm, und galoppierte in einem Kreis um sie herum.

Die Sonne strahlte an diesem Märzmorgen bereits warm auf

die Wiese außerhalb der Burg hinunter, und Raymond hatte die wenigen Momente vor seiner Abreise nach Limerick noch nutzen wollen, um Zeit mit Maud zu verbringen. Lia sah den beiden gerne zu – wenn sie nicht gerade drauf und dran waren, sich den Hals zu brechen. Auch wenn die Freude, die sie empfand, stets mit Schuldgefühlen einherging, Raymond keinen Erben schenken zu können. Heute Morgen waren erneut all ihre Hoffnungen enttäuscht worden, und mittlerweile war sie der festen Überzeugung, dass sie tatsächlich keine Kinder mehr bekommen konnte.

Maud lachte und gluckste, und Lia konnte nicht anders, als zu lächeln. Sie sollte Raymond zur Vorsicht mahnen, aber es war zu schön, die beiden zusammen glücklich zu sehen. Vielleicht brauchten Raymond und sie tatsächlich nicht mehr. Vielleicht sollte sie sich mit dem zufriedengeben, was Gott ihr geschenkt hatte. Es war gewiss nicht wenig. Sie hatte einen Mann und ein Kind, die alle in Liebe miteinander verbunden waren. Maud war die Erbin von Robert de Quincys Land und Vermögen, es würde einmal an ihren Ehemann gehen. Und Raymond hatte davon gesprochen, seinen Besitz seinen Neffen zu vermachen, sollte er keinen Erben bekommen. Er sprach stets ohne Bitterkeit davon, eher so, als gefiele ihm die Vorstellung, den Jungen, darunter auch David, etwas hinterlassen zu können. Auch würde er bestimmt dafür sorgen, dass seine eigenen Söhne, auch wenn sie illegitim waren, nicht leer ausgingen.

»Und jetzt freihändig, Maud!«

Lia wandte sich ab, sie konnte es nicht mit ansehen, auch wenn sie Raymond vertraute. Sie wollte sich gerade in der Wiese niederlassen und die mitgebrachten Speisen auf dem Tuch ausbreiten, als ihr vier Reiter auf der Straße auffielen. Sie ritten aus der Stadt und hielten direkt auf die Burg zu. Das bedeutete, dass sie wahrscheinlich im Hafen von Dublin gelandet waren und von weit her kamen.

Auch Raymond bemerkte sie, brachte den Hengst zum Stehen und reichte ihr Maud hinab, die lautstark protestierte und zurück aufs Pferd wollte.

»Ich hoffe, das sind nicht noch mehr schlechte Nachrichten«, seufzte Raymond, aber als Lia an den näher kommenden Reitern das Wappen des Königs erkannte, bekreuzigte sie sich.

»Leise jetzt«, murmelte sie Maud zu und sah zu Raymond hoch. Er erwiderte ihren Blick eindringlich.

»Das hat bestimmt nichts mit diesem Tropf de Montmorency zu tun«, sagte er bestimmt, aber Lia zweifelte, dass er recht hatte.

Die Reiter hatten das Tor beinahe erreicht, als sie Raymond, Lia und Maud entdeckten. Sie schwenkten um und kamen direkt auf sie zu, als hätten sie Raymond erkannt und wollten zu ihm anstatt zu ihrem Vater. Zum Geraldine, der laut de Montmorency ganz Irland an sich reißen wollte.

»Das gefällt mir immer weniger«, flüsterte Lia, setzte aber schnell ein Lächeln für die Fremden auf.

Raymond gab sich nicht die Mühe abzusteigen. Gelassen saß er auf dem Rücken seines prächtigen Rappen, stützte seine Hände auf dem Widerrist ab und sah den Reitern entgegen.

»Mylord FitzGerald!«, rief einer von ihnen, klang aber wenig freundlich. »Wie angenehm, Euch hier draußen vorzutreffen. Madame.« Der Ritter nickte ihr zu, und Lia deutete einen Knicks an.

Raymond sah einem nach dem anderen in die Augen und runzelte die Stirn. »Robert Poer, Osbert de Herlotera, William de Bendinges, Adam de Gernemue. Was für illustre Namen in so frühen Stunden.«

Der Ritter, der wohl Osbert hieß, spannte sich deutlich an. »Mylord FitzGerald, ich bin hier, um Euch zum König zu begleiten. Sir William und Sir Adam werden indessen hierbleiben, als Garanten für Euren Herrn, den Earl of Striguil.«

Raymond schnaubte abfällig. »Garanten wofür? Dass Henry mich nicht grundlos aufhängt?«

Lia klammerte sich an Maud fest. Ihre Tochter wehrte sich auch gar nicht mehr gegen ihren starken Griff, sondern klammerte sich an sie, was nicht zu ihr passte. Für gewöhnlich hasste sie es, getragen zu werden, und sollte längst darum kämpfen, hinuntergelassen zu werden, um wild über die Wiese zu laufen. Aber sie spürte wohl ebenfalls das aufbrandende Unheil.

»Was wird meinem Gemahl vorgeworfen?«, fragte Lia mit so fester Stimme wie möglich, aber Raymond warf ihr nur einen warnenden Blick zu, schüttelte den Kopf.

»Wenn es der Wunsch des Königs ist, mich zu sehen, so folge ich dem gerne.« Er breitete die Arme aus. »Nach Euch, meine Herren. Erlaubt mir, mich von meiner Frau zu verabschieden.«

Die Ritter tauschten Blicke, als hätten sie nicht mit einer so einfachen Ergebung gerechnet, aber dann ritten sie los, nicht aber, ohne immer wieder über die Schulter zurückzusehen, als fürchteten sie einen Fluchtversuch.

»Du kannst nicht gehen«, flüsterte Lia.

Raymond stieg vom Pferd und führte es neben sich her. Er legte den freien Arm um sie und Maud. »Mir geschieht nichts. Ich habe für Henry gekämpft und gesiegt, er wird nichts auf windige Anschuldigungen geben.«

»Wenn deine Dienste für ihn solch großen Wert hätten, wenn er den Worten keinen Glauben schenken würde, warum schickt er dann überhaupt nach dir?«

»Henry ist stets nervös, was Irland betrifft. Er sieht immer überall Verrat. Am liebsten wäre es ihm, wenn wir uns mit den Iren für die Ewigkeit bekriegen, damit weder sie noch wir ein mächtiges Reich vor seiner Türschwelle haben. Du kennst das doch alles aus Wales. Und wenn jemand daherkommt und ihm erzählt, dass ein walisisch-normannischer, schrecklich gutaussehender Ritter drauf und dran ist, ganz Irland für sich zu erobern, sich ein Königreich im Königreich zu erschaffen, sieht er nicht mehr ganz klar. Vergiss nicht, dieser Mann hat immerzu mit Verrat in seiner eigenen Familie zu kämpfen. Er ist von misstrauischer Natur, aber nicht dumm. Er wird mir nichts tun.«

»Dein Wort in Gottes Ohr. Aber was ist mit Limerick? Vater kann nicht für dich gehen, er hat immer noch Schmerzen und …«

Plötzlich wandte sich der älteste der Ritter, Robert Poer, zu ihnen um, die Augen verengt, blickte er zwischen ihnen hin und her. »Schmerzen, Madame? Was ist mit Strongbow?«

Lia sah den Ritter einen Moment lang nur erschrocken an, sein rundes Gesicht, das die Kapuze aus Eisengeflecht umrahmte, wirkte mit der langen spitzen Name wie die eines Adlers. Niemand durfte wissen, dass es ihrem Vater schlecht ging, das wäre ein Zeichen der Schwäche. Schnell fasste sie sich an die Wange. »Sir, ich sprach von meinem Zahn. Er quält mich schon lange, und ich fürchte, ich werde ihn verlieren.«

Poers harte Züge wurden etwas sanfter, mitfühlend sah er sie an. »Ihr solltet einen Barber rufen, der sich darum kümmert.«

Lia nickte nur und war froh, als der Ritter sich wieder umdrehte und auf den Weg konzentrierte.

Raymond drückte ihre Schulter, noch leiser als vorhin sagte er: »Es gibt genug andere, die das Heer nach Limerick führen können, um die Stadt zu befreien. Ich bin nur ein Mann.« Er küsste sie auf den Scheitel. »Alles wird gut.« Er klang nicht sehr überzeugt, aber sie sollte wohl seinen Versuch würdigen, zuversichtlich zu klingen.

Schließlich erreichten sie die Burg, wo sie neugierige Blicke von allen Seiten trafen, Flüstern brandete auf, als die Schaulustigen das königliche Wappen entdeckten.

»Vielleicht wäre es klug, wenn du Maud zu den Frauen bringst und dann deinen Vater holst«, raunte Raymond ihr zu. »Er muss vorübergehend einen neuen Kommandanten wählen, und es wird hier wohl etwas … turbulent werden, wenn die Männer hören, dass nicht ich sie nach Limerick führe.«

Lia machte einen unwilligen Laut. »Und wenn mein Vater de Montmorency als deinen Vertreter wählt, hat dieses Scheusal gewonnen, und wir werden Limerick verlieren. Alles, wofür du gekämpft hast.«

»Er allein wird nicht über Sieg oder Niederlage entscheiden, fürchte dich nicht.«

»Oh doch, das wird er, denn die Männer werden für ihn nicht kämpfen wie für dich.« Sie stellte sich auf die Zehenspitzen und drückte ihm einen Kuss auf die Wange. Dann machte sie sich auf die Suche nach ihrem Vater.

In der Halle war er nicht, aber dann fiel Lia ein, dass der Heiler aus der Stadt heute kommen wollte. Also brachte sie Maud ins Frauenhaus, wo auch Gilbert und Isabel spielten, und machte sich auf den Weg zu Strongbows und Aoifes Gemach.

Sie hörte den Zorn ihres Vaters schon vom Hof aus, und im nächsten Moment flog die Tür auf, und ein kleiner weißhaariger Mann huschte heraus, sah sie kurz an und eilte weiter.

Aoife folgte ihm. »Wartet!«, rief sie, mit solch einer Verzweiflung in der Stimme, dass Lia sie kaum noch wiedererkannte. Mägde und Pagen drehten sich erstaunt zu ihnen um, aber Aoife schien es nicht zu bemerken. Dann entdeckte sie Lia und hielt abrupt inne.

»Gott sei gedankt, du musst mir helfen, ihn zur Vernunft zu bringen.« Sie zog Lia ins Gemach, in dem ein süßlich faulender Gestank herrschte. Lia konnte sich gerade noch davon abhalten, die Hand vor Mund und Nase zu schlagen.

Entsetzt sah sie zu ihrem Vater, der nur im Unterhemd vor ihr stand und bei ihrem Anblick zusammenzuckte. Er blickte auf seinen nackten Fuß hinab, und als Lia das rohe, von gelbem Eiter triefende Fleisch an seinem Zeh sah, wurde ihr eiskalt und brennend heiß zugleich. Der ganze Fuß war angeschwollen und gerötet, und Lia musste an den Türrahmen greifen, da ihr die Knie weich wurden.

Aoife schlug die Tür hinter ihr zu. »Es hat keinen Sinn mehr, so zu tun, als wäre nichts, als ginge es von selbst weg.«

»Es wird schon besser«, knurrte ihr Vater seine Frau an, und Aoife holte unvermittelt aus und verpasste ihm eine schallende Ohrfeige.

Lia zuckte zurück, die Hand ihres Vaters fuhr hoch zu seiner Wange, und er sah Aoife fassungslos an, die mindestens genauso getroffen zurückstarrte. Aber sie sammelte sich schnell wieder.

»Ich werde den Heiler zurückholen.«

»Das wirst du nicht!«

»Er kann dir helfen!«

»Indem er mich verkrüppelt? Mich zum Gespött aller macht? Dann kann er mich auch gleich umbringen.«

»Du sturer Esel, dein Wunsch wird wahr werden, wenn du nichts unternimmst!«

Lia räusperte sich vorsichtig, und beide fuhren zu ihr herum. Aoife zeigte auf den Fuß hinab, den Strongbow mit zusammengebissenen Zähnen in den Stiefel schob. »Sieht das für dich gesund aus?«

Lia kam zu keiner Antwort, erneut gab ihr Vater ein Knurren von sich. »Das wird wieder!«

»Nur, wenn der Heiler dich behandelt!«

Lia räusperte sich laut und hob die Hand, und die beiden gaben tatsächlich Ruhe und starrten sie an. »Wie will der Heiler dir helfen, Vater?«

Aoife öffnete den Mund, brachte aber kein Wort heraus, während Strongbow ruhig und kalt sprach. »Er will mir den Fuß abnehmen.«

Lia nickte, das hatte sie sich fast gedacht. Sie blickte erneut auf den Fuß hinab und sah dann wieder hoch in die so vertrauten Augen, die ihr jetzt trüb und müde entgegenblickten.

»Und es gibt keinen anderen Weg?«, begann sie, aber Aoife ließ sie nicht ausreden.

»Er wird sterben, wenn er es nicht tut! Der Heiler sagt, die Gifte breiten sich im ganzen Körper aus. Es mag … es mag sogar jetzt schon zu spät sein.«

»Das kann doch nicht wahr sein.« Lia klang fast schon belustigt, aber das alles war so absurd. Es war doch nur ein zu enger Stiefel, nur dieser eine Nagel … *Ich fürchte, ich werde ihn verlieren.* Ihre eigenen Worte an Robert Poer klangen in ihrem Kopf. Sie hatte nicht geahnt, dass sie sich als wahr herausstellen würden.

»Ganz genau, Lia, und du musst dich auch nicht länger wegen der Worte dieser Schwarzseher sorgen. Sag mir lieber, was dich hierherführt.«

Lia konnte ihn einen Moment lang nur wie erstarrt ansehen, sie hatte die königlichen Gesandten schon beinahe vergessen. Aber nun brach auch diese Furcht über sie herein, und sie glaubte, davon erdrückt zu werden. Wie konnte Aoife davon sprechen, dass ihr Vater sterben könnte? Wegen solch einer Kleinigkeit? Er stand doch vor ihr. Wenn etwas seine Wunde berührte, hatte er Schmerzen, aber das war doch normal. Alles in allem wirkte er gesund – etwas dünner und grauer, aber doch nicht sterbend!

»Basilia?«

Sie zuckte zusammen, versuchte ihre Gedanken zu ordnen. »Männer des Königs sind gekommen, um Raymond mitzunehmen – wegen de Montmorencys Anschuldigungen.«

»Was?« Aoife trat auf sie zu. »Das können sie nicht tun!«

Strongbow fluchte: »Sie haben sich wahrlich den besten Augenblick dafür ausgesucht.«

»Raymond ist bereit, ihnen zu folgen«, erklärte Lia schwach und geistesabwesend, während sie ihren Vater musterte, zu erkennen versuchte, wie schlecht es wirklich um ihn stand. »Er sagt, du musst einen neuen Kommandanten erwählen, um das Heer nach Limerick zu führen.«

»Ich werde selbst reiten.«

»Bist du des Wahnsinns?« Aoife sah aus, als wollte sie noch einmal ausholen. »Du wirst nirgendwohin reiten! Der Heiler wird zurückkommen, er wird deinen Fuß abnehmen, denn ohne Fuß kannst du weiterleben, Richard! Ist das nicht wichtiger? Du wirst lernen, damit umzugehen, du …«

»Wer sollte mich noch ernst nehmen?«, herrschte er Aoife an, in einem Tonfall, den Lia nie zuvor an ihm gehört hatte. »Ich bräuchte Hilfe bei jedem Schritt, könnte nicht einmal mehr alleine stehen! Willst du mich pflegen? Du bist zweiundzwanzig Jahre alt und willst einen alten Krüppel an deiner Seite?«

»Ja, das will ich!« Sie packte ihn am Hemd. »Denk an die Kinder, Richard! An Isabel und Gilbert.« Sie wies auf Basilia. »An Lia, Maud, Alina und ihr ungeborenes Kind! Wir brauchen dich!«

»Ja, ihr braucht mich ganz. Aber besser, ich bin gar nicht da, und ein fähiger Nachfolger kann meine Position einnehmen, als dass ich nur noch eine Last bin!«

»Vater, wie kannst du so etwas sagen? Aoife hat recht! Hör auf den Heiler – er wird wissen, wovon er spricht.« Nun klang Lia genauso verzweifelt wie ihre Stiefmutter, aber ihr Vater schüttelte nur den Kopf. Er zog sich den Bliaut über, schloss seinen Schwertgurt und nahm seinen Umhang. Dann ging er mit deutlich zusammengebissenen Zähnen zur Tür. »Lasst uns mal die königlichen Gesandten begrüßen.«

Aoife und Lia tauschten einen entsetzten Blick. Wie sollten sie einen sturen Kopf wie den ihres Vaters zum Umdenken bewegen? Und selbst wenn sie ihn dazu bringen konnten, sich von dem Heiler behandeln zu lassen – die Entfernung eines Fußes war keine Kleinigkeit. Was, wenn er daran starb?

Sie schüttelte den Kopf, sie musste die Tränen zurückhalten und ihrem Vater hinterher.

Draußen im Hof hatte sich ein Tumult entwickelt. Die Forderung der königlichen Gesandten schien sich wie ein Lauffeuer verbreitet zu haben. Lia sah Cailech und viele andere Iren, Waliser und Ritter, die auf Raymond und die Gesandten einredeten. Auch de Montmorency hatte sich dazugesellt und schien alles andere als glücklich. Erstaunlich, schließlich hatte er, was er wollte, der König nahm seine unverschämten Worte ernst.

»Die Iren werden nicht gehen«, hörte sie Cailech in bemühtem Normannisch.

»Die Waliser ebenso wenig«, fügte Gwilym hinzu. Zustimmendes Gemurmel folgte, während die Gesandten fassungslos dreinschauten und de Montmorencys Kiefer mahlte.

»Ich danke euch für eure Treue«, wandte sich Raymond an die immer zahlreicher werdenden Krieger. »Aber ich bin sicher, dass euch auch ein anderer Kommandant siegreich von Limerick zurückführen wird. Ihr alle gehört zu den besten und tapfersten Kriegern, die mir je begegnet sind, und wenn ich zurückkehre, werden wir zusammen feiern.«

»Dann wäre ja alles geklärt«, hörte sie Sir Osbert ausrufen, und de Montmorency nickte bekräftigend. »Wir sollten keine Zeit verlieren und den günstigen Wind nutzen, ehe das Wetter umschlägt. Ah, Mylord of Striguil.« Der Ritter wandte sich Strongbow zu. »Ich nehme an, Mylord FitzGeralds Gemahlin hat Euch bereits über unseren Auftrag in Kenntnis gesetzt?«

»Das hat sie.« Ihr Vater sah sich um, er schien nicht mehr überrascht von der Menschenansammlung und der Loyalität seinem Ritter gegenüber. Und dieses Mal schien er auch nicht erbost darüber, ganz im Gegenteil. Es kam Lia sogar so vor, als wäre er erleichtert darüber, als glätteten sich die Sorgenfalten bei diesem Anblick.

»Mylord FitzGerald, Limerick bedeutet uns nichts«, ließ sich erneut Cailech vernehmen. »Wenn es nach uns geht, kann die Stadt fallen. Meine Männer werden diesen weiten Marsch nicht auf sich nehmen, wenn unser fähigster Kommandant sie nicht führt«, er warf einen abschätzigen Blicke in de Montmorencys Richtung. »Und dieser Kommandant seid Ihr. Wenn sich erst herumspricht, dass Ihr fort seid, werden noch viel mehr abspringen. Ich kann es nur so deutlich sagen: Entweder ziehen wir mit Euch nach Limerick oder gar nicht.«

»Besser als mein irischer Freund könnte ich es nicht ausdrücken«, fügte Gwilym hinzu, der sich auf seinen Bogen stützte. »Mylords.« Er sah von Strongbow, weiter zu de Montmorency und dann zu den königlichen Gesandten. »Auch wir weigern uns, in Limerick ohne Mylord FitzGerald zu kämpfen.«

Lia konnte nicht glauben, was sie da hörte, und den anderen schien es genauso zu gehen. Lange Momente herrschte entsetztes Schweigen, de Montmorency setzte bereits zu einer Schimpftirade an, aber dann räusperte Sir Osbert sich und lenkte alle Aufmerksamkeit auf seine Person.

»Mylord of Striguil, solches Verhalten werdet Ihr wohl kaum dulden. Das ist … das ist …«

»Ein Segen.« Strongbow ging auf Raymond zu, und einen Moment lang war ihm beim Gehen keine Beeinträchtigung anzusehen, er war wieder der alte Befehlshaber. »Mein Schwiegersohn hat sich die Treue dieser Männer verdient, genauso mein Vertrauen. Ich kann mich glücklich schätzen, einen Mann in meiner Familie zu haben, der solche Verehrung erfährt. So entscheidet selbst, Sir Osbert. Nehmt Mylord FitzGerald mit und seid damit für den Tod der gesamten Garnison Limericks verantwortlich, oder genießt meine Gastfreundschaft, während mein Schwiegersohn die Garnison befreit, und nehmt ihn anschließend mit zum König.«

Sir Osbert sah aus, als hätte Strongbow ihn geschlagen. Er

öffnete den Mund, brachte aber kein Wort heraus. Es war der grauhaarige runde Ritter Robert Poer, der das Wort ergriff. »Wir können warten«, sagte er mit rauer Stimme, die keine Widerrede duldete. Sir Osbert sah ihn zwar etwas mürrisch an, wusste aber anscheinend, dass Protest zwecklos war.

Strongbow hob die Hände. »Dann ist ja alles geklärt.« Er zog Raymond zur Überraschung aller an sich und klopfte ihm auf den Rücken. »Möge Gott mit Euch sein, mein Sohn.«

Lia konnte den Worten des Erzbischofs nicht folgen. Die Ostersonntagsmesse in der halb fertiggestellten Kathedrale, die von einem hölzernen Gotteshaus in einen prächtigen Steinbau umgewandelt wurde, sollte sie beeindrucken. Aber sie war so damit beschäftigt, ihren Vater zu beobachten, dass sie kaum etwas von den Worten des Erzbischofs mitbekam. Strongbow saß ein paar Plätze weiter neben ihr an Aoifes Seite, zwischen ihnen die Kinder. Sein Gesicht wirkte wächsern, die Augen glasig, Schweiß stand ihm auf der Stirn.

Schon vor einer Woche war bei ihm ein Fieber ausgebrochen, und Aoife und Lia waren nicht müde geworden auf ihn einzureden, hatten sogar den Heiler noch einmal geholt, aber er hatte sie alle abgewehrt. Aoife war sogar schon versucht gewesen, die Männer ihn niederhalten zu lassen, um ihm gegen seinen Willen den Fuß abnehmen zu lassen. Aber sie hatten beide gewusst, dass keiner seiner Männer dazu in der Lage wäre, und Strongbow hätte es ihnen auch nie verziehen.

Zu ihrer aller Überraschung aber war das Fieber wieder gewichen, in den letzten zwei Tagen war es ihm sogar ganz gut gegangen, er hatte auch wieder gegessen. Aber nun sah er erneut fürchterlich aus, und Lia rutschte unruhig auf der Bank hin und her.

Aoife sah an ihm vorbei zu ihr, und auch ihr stand die Sorge ins Gesicht geschrieben. Sie war selbst nur noch ein Schatten ihrer selbst, die Wangen eingefallen, ihre Haut kränklich blass. Vermutlich sah Lia auch nicht besser aus. Sie sehnte Nachrichten von Raymond herbei, aber bislang hatten sie noch nichts gehört, außer dass sich ihm Aoifes Vetter Murtough Mac Murrough mit seinen Männern aus Okinselagh und Donnell Mac Gillapatrick aus Ossory angeschlossen hatten. Raymond selbst hatte dreihundert Krieger und zweihundert Bogenschützen bei sich. Er musste O'Brian schlagen und dann schnellstmöglich zurückkehren.

Plötzlich zuckte ihr Vater zusammen, als erwache er aus einem tiefen Schlaf. Er blickte hinab auf die Kinder und sah dann weiter zu Lia, aber es wirkte, als wisse er gar nicht, wer sie war, als blickte er direkt durch sie hindurch. Er schüttelte den Kopf, kniff die Augen zusammen, dann stand er unvermittelt auf.

Der Erzbischof verstummte mitten im Wort, sah aus verengten Augen auf den Gemahl seiner Nichte hinab, auch alle anderen blickten zu Strongbow. Schweigen herrschte, da war nur das leise Heulen des Windes von draußen.

Der Erzbischof räusperte sich schließlich, dann setzte er seine Rede fort, und Strongbow schob sich zwischen den anderen hindurch in den langen Gang, der hinausführte, was aufgebrachtes Flüstern auslöste.

Lia wollte ihm hinterher, aber auch Aoife schien dieselben Gedanken zu hegen. Lia beugte sich schnell zu ihr hinüber und drückte ihre Hand. »Geh nur. Ich kümmere mich um die Kinder.« Sie nickte ihr aufmunternd zu, wusste, wie wichtig es für Aoife war, an der Seite ihres Gemahls zu sein, als ein dumpfer Laut durchs Gotteshaus klang.

Lia wusste es, spürte es tief in ihrem Innern, noch ehe sie aufsprang und zurück zum Tor blickte. Ihr Vater war dort zusammengebrochen, und einen Moment lang war sie wie gelähmt. Im nächsten brach Lärm über sie herein, ihr eigenes wild schlagendes Herz, Dutzende durcheinanderredende Stimmen, aufgeregte Rufe um Hilfe. Aoife zwängte sich zwischen den vielen Leibern hindurch, die alle sehen wollten, was mit dem mächtigen Strongbow geschehen war. Die Kinder wollten ihr hinterher, und Lia hatte Mühe, alle drei festzuhalten.

Sie nahm Gilbert auf den Arm, erwischte von Isabel und Maud ein Stück vom Umhang und zog sie zurück. Sie konnte nicht sehen, was vorne vor sich ging, da waren zu viele Menschen, alle drängten sich dicht aneinander.

»Bringt ihn raus!«, hörte sie eine männliche Stimme rufen, war es die des Marshals?

Eine andere verlangte nach dem Heiler, wieder ein anderer forderte die Menge auf, zurückzuweichen.

»Kommt, Kinder, wir sehen nach, ob die Köchin euch schon etwas vom gesegneten Schinken abzweigt.« Lia versuchte ihrer Stimme etwas Ungezwungenes zu geben, doch sie hörte selbst, wie unnatürlich hoch sie klang.

»Aber was ist los?«, wollte Isabel wissen. »Wieso ist die Messe plötzlich vorbei? Wo sind Vater und Mutter hingegangen?«

Lia suchte fieberhaft nach einer Antwort, aber ihr fiel beim besten Willen nichts Beruhigendes ein. Die meisten Besucher waren schon nach draußen geströmt. Sie musste hinterher.

Sie traten hinaus ins grelle Tageslicht, und Lia versuchte ihren Vater oder Aoife im Getümmel auszumachen, aber sie waren nirgends zu sehen. Bettler warteten auf milde Gaben von den Noblen dieser Stadt, andere versuchten etwas zu verkaufen, aber die meisten sahen sich nur ratlos um.

Dann trat unvermittelt Cailech aus der Menge zu ihr. »Madame, ich bringe Euch und die Kinder sicher durch die Stadt zurück zur Burg.«

Lia senkte ihre Stimme. »Habt Ihr meinen Vater gesehen?«

Er nickte nur grimmig, und seine Augen sagten alles. Lia konnte es sich nicht leisten, jetzt vor den Kindern zusammenzubrechen, auch wenn es sich anfühlte, als wäre sie ein Gefäß mit unzähligen Rissen und jemand goss unaufhörlich Wasser hinein, um den Druck zu erhöhen.

Sie folgte dem Krieger wie eine Schlafwandlerin durch die vollgestopften Straßen und hatte alle Mühe, die Kinder abzulenken, indem sie die Häuser auf dem Weg zählten.

Zurück bei der Burg nahm Cailech ihr Gilbert aus den Armen und deutete zu Strongbows Gemach. »Ich kümmere mich um die Kinder, Madame. Geht nur.«

Lia warf ihm einen dankbaren Blick zu. Ein Krieger bot freiwillig an, die Aufgabe der Frauen zu übernehmen und die Kinder zu beschäftigen? Mit einem unterdrückten Schluchzen lehnte sie sich nach vorne und hauchte ihm einen Kuss auf die Wange.

Dann eilte sie zum gegenüberliegenden Holzbau. Sie klopfte nicht an, da sie ohnehin annahm, dass das Gemach voller besorgter Menschen war. Aber als sie die Tür aufschob, war es vollkommen ruhig. Aoife kniete neben der Bettstatt, die Hände gefaltet, den Kopf gesenkt.

»Wo sind alle?«, flüsterte Lia und starrte auf das verschwitzte Gesicht ihres Vaters. Ihr kam es so vor, als spürte sie sein Glühen selbst aus dieser Entfernung.

»Ich weiß es nicht. Irgendjemand holt wohl den Heiler aus der Stadt, und mein Onkel, der Erzbischof, ist auch noch auf dem Weg, aber ich habe alle rausgeschickt. Sie sollen ihn nicht so sehen, ihn anstarren und darüber flüstern, was geschieht, wenn er tot ist … Sie dürfen nicht so reden, nicht so denken, nicht so tun, als wäre er schon fort, planen für den Moment, wenn er …« Sie schluchzte auf und verbarg das Gesicht in den Händen.

Lia kniete neben ihr nieder und legte ihr die Hand auf die Schulter. Sie erinnerte sich noch gut an Aoifes Verzweiflung nach Donnells Tod. Und nun erlegte Gott ihr eine weitere Prüfung auf. Wieso? Aoife durfte nicht auch noch ihren Ehemann verlieren. Lia durfte nicht ihren Vater verlieren!

»Er hat das Fieber schon einmal besiegt, er wird es wieder schaffen. Vater ist stark, er ist Strongbow …« Lia hörte selbst, wie sehr ihre Stimme zitterte, und konnte nichts mehr sagen.

Sie wusste nicht, wie lange sie an Aoifes Seite kniete, als sie ihren Vater stöhnen hörte. »Basilia«, seine Hand strich fahrig über das Bett, und Lia beeilte sich, sie zu ergreifen und festzuhalten.

»Ich bin hier, Vater.«

»Gut, gut.« Er hustete, und Lia befeuchtete schnell seine Lippen mit etwas Wasser.

»Wir sind hier, du bist nicht allein, alles wird gut.«

»Basilia, meine Basilia. Du warst immer so stark. Du hast immer alles für mich getan. Kannst du … kannst du mir verzeihen?« Seine Lider flatterten, und Lias Herz hämmerte gegen ihre Brust. Sie warf Aoife einen Blick zu, die nicht minder verzweifelt aussah, als Lia sich fühlte.

»De Quincy«, seufzte ihr Vater angestrengt. »Kannst du … mir verzeihen?«

Lia drückte seine Hand, sie wollte ihm sagen, dass es nichts zu verzeihen gab, aber das wäre gelogen. Er hatte sie in diese Ehe gezwungen, wissend, dass sie es nicht wollte, dass sie einen anderen liebte, rein aus politischen Gründen, und er kannte diese Wahrheit genauso. Leere Floskeln würden ihm nicht helfen, und so gab sie ihm die Antwort, die er hören musste und vermutlich auch sie selbst. »Ja, Vater. Ich verzeihe dir.«

Seine Mundwinkel zuckten, als wollte er lächeln, aber dann verzogen sie sich schmerzhaft, und ein qualerfüllter Laut kam ihm über die Lippen. Lia hätte sich am liebsten die Hände auf die Ohren gepresst, aber stattdessen drückte sie seine Hand.

»Aoife«, fuhr er schließlich fort, »du warst mir immer eine gute Frau. Ich hatte schon geliebt. Basilias Mutter. Ich hätte nie gedacht … noch einmal so zu fühlen. Aber du …« Er öffnete die Augen und sah Aoife tränenverschleiert an. »Du besitzt mein Herz. Bleib stark für die Kinder.«

»Sprich nicht so.« Aoife versuchte offensichtlich streng zu klingen, aber sie konnte das Schluchzen kaum zurückhalten. »Wage es nicht, Richard, ich schwöre es dir.«

»Meine Aoife …«

Er murmelte weitere Worte, aber Lia erhob sich, wich zurück. Sie wollte die beiden alleine lassen. Sie musste nachsehen, wo der Heiler blieb.

Lia hörte die beiden miteinander flüstern und konnte nicht glauben, dass dies das Ende sein sollte. Das war nicht möglich. Nicht ihr Vater, auf den sie am Fuße der Burg von Striguil gewartet hatte, um sein leuchtend rotes Haar schon aus der Ferne zu sehen, wie er näher ritt und voller Stolz auf sie hinabsah.

Alina musste herkommen! Lia hätte ihr eine Nachricht schicken sollen, um ihr von Strongbows Unwohlsein zu erzählen, aber vielleicht hatte sie selbst nicht wahrhaben wollen, wie ernst es um ihn stand. Was würde ihre Mutter dazu sagen? Wie ging es ihr an Gildas' Seite? Und Richard! Er war mit seinem Herrn Maurice de Prendergast in England. Er musste auch zurückkommen. So viele Gedanken wirbelten durch ihren Kopf, als sie hinaustrat und ins grelle Sonnenlicht blinzelte. Ostersonntag. Wie sehr hatte sie diesen Tag früher geliebt.

»Madame, wie geht es dem Earl?« Unvermittelt trat Robert Poer an ihre Seite, der graue Ritter aus der Gesandtschaft des Königs.

Lia schüttelte nur den Kopf.

Poer nickte, dann trat er näher an sie heran, so dicht, dass sie sich beinahe berührten. Er senkte seine Stimme. »Niemand darf wissen, wie schlecht es um ihn steht, Madame. Dieser Zusammenbruch vor allen – wir können es nicht rückgängig machen, aber umso vorsichtiger müssen wir jetzt sein. Der Earl wird sich wieder von diesem Fieber erholen, versteht Ihr mich, Madame? Selbst wenn es anders ausgeht. Alle anderen müssen glauben, dass das Fieber weicht, denn wenn sich herumspricht, dass Strongbow nicht mehr ist, wird sich jeder irische Clanführer überlegen, ob er uns noch länger folgt oder versucht, das Land wieder in irische Hand zu bekommen. Ganz Leinster wird brennen, und Strongbows Heer ist weit weg.«

Lia konnte nur zu Boden starren. Nicht genug, dass sie drohte, ihren Vater zu verlieren, Poer hatte auch recht. Mit Strongbows Tod könnte alles zusammenbrechen. Sie alle wären in größter Gefahr.

Was hatte Donnell Mac Gillapatrick aus Ossory noch gesagt, ehe er Raymond seine Unterstützung für Limerick zugesagt hatte? »Wir Iren schlagen uns immer auf die Seite der Gewinner und fallen jenen in den Rücken, die fliehen.« Wer schwach war, fiel, dachte Lia und blickte mit schwerem Herzen und kaltem Entsetzen zum Gemach ihres Vaters. Schwach, wie durch den Verlust Strongbows.

Lia starrte auf das Pergament hinab und suchte nach den richtigen Worten. Ihre Hand fühlte sich so kraftlos an, sie konnte die Feder kaum halten. Flackerndes Kerzenlicht ließ unheimliche Schatten über den Tisch tanzen, draußen war es totenstill, ein leiser Windhauch strich eisig kalt durchs offenstehende Fenster in ihren Nacken. Niemand klagte oder weinte, denn niemand wusste es – fast niemand. Aoife kannte die Wahrheit, genauso Cailech, John de Clahull, der treue Marshal ihres Vaters, und die Bloet-Brüder, denen sie vertrauen konnten. Auch de Montmorency hatte eingeweiht werden müssen. Er hätte einen gewaltigen Radau veranstaltet, hätten sie ihm den Zugang zu seinem Neffen verwehrt. Und Robert Poer hatte es ja auch schon vorhergesehen.

Der Heiler hatte nichts mehr tun können, es war zu spät gewesen. Am Ostermontag, dem 5. April im Jahre des Herrn 1176, war Richard FitzGilbert de Clare, Earl of Striguil, Lord von Leinster, Marshal des Königs, Justiziar von Irland, Gemahl der irischen Prinzessin Aoife, Vater von fünf Kindern, Großvater eines Mädchens, an Wundbrand gestorben.

Lia setzte die Feder an, aber sie konnte nichts davon schreiben. Die Wahrheit war zu gefährlich, aber wie lange konnten sie sie geheim halten? Wie lange könnten sie das Gemach verriegelt halten und mit Speis und Trank ein und aus gehen, als kümmerten sie sich um den kranken Strongbow, ohne dass jemand Verdacht schöpfte?

»An Raymond«, schrieb Lia auf, auch wenn es ihr immer noch schwerfiel, die Schriftzeichen zu formen. Maurice Regan hatte sie ihr beigebracht, aber sie benutzte diese Kunst zu selten, um sie sicher zu beherrschen. Jetzt fiel es ihr noch schwerer, sauber zu schreiben, ihre Hand zitterte zu stark.

Lia wusste, Raymond konnte gar nicht lesen, er würde sich die Nachricht von seinem Kaplan vorlesen lassen – und ob man diesem trauen konnte, war fraglich. Raymond wusste von Strongbows Krankheit, er musste nun von seinem Tod erfahren. Er musste zurückkehren und Leinster sichern, ehe sich das ganze Land in einem Aufstand erhob. Erneut waren sie auf Rettung angewiesen, so wie damals in Waterford. Aber nun schien ihr die Lage noch düsterer.

»An Raymond, meinen geliebten Herrn und Gemahl, deine Basilia wünscht dir Gesundheit. Wisse, mein liebster Herr, der Zahn, der mich so lange quälte, fiel nun aus«, schrieb sie auf, hoffend, dass er sich an ihre Worte an Roger Poer erinnerte und die Botschaft verstand. »So bitte ich dich, wenn in dir Liebe oder auch nur Zuneigung für mich, aber auch für dich selbst ist, zögere nicht und kehre heim, so schnell es geht.« Sie spürte eine Träne ihre Wange hinabfließen. Sie sehnte sich so sehr danach, Raymonds Nähe zu spüren, von ihm gehalten zu werden, all ihr Leid ausbrechen lassen zu können, aber noch musste sie es in sich einschließen.

Die Tür flog auf, und Lia zuckte zusammen, die Feder fiel ihr aus der Hand und hinterließ einen dicken Tintenklecks auf dem Pergament. Sie fuhr sich übers Gesicht, drehte sich um und sah Roger Poer aus den dunklen Abendstunden eintreten.

»Madame, es sind bereits zwei Tage vergangen, wir können keine Zeit mehr verlieren, Limerick ist weit fort. Habt Ihr die Nachricht an Euren Gemahl geschrieben?«

Lia blickte auf die Zeilen hinab und konnte nicht glauben, dass sie Raymond zurückrufen musste, weil ihr Vater gestorben war. Es war so unwirklich. Er war oft fort gewesen, sie war es gewohnt, ihn nicht immer sehen zu können. Aber diese Endgültigkeit drückte sie nieder. Es war so schnell gegangen. So schrecklich schnell. Und dann auch wieder nicht, wenn sie bedachte, dass alles schon bei seiner Rückkehr Anfang des Jahres begonnen hatte.

»Wo ist Lady Aoife?«, fragte sie mit rauer Stimme, sie saß hier schon zu lange und hatte nicht gesprochen.

Poer zögerte nur einen kurzen Moment, dann seufzte er. »Bei ihm.«

Lia presste die Augen zu, biss die Zähne zusammen, um nur ja keinen Laut von sich zu geben. Schlimmer noch als ihr eigener Schmerz traf sie der ihrer Stiefmutter. Sie war gezwungen, so zu tun, als ginge es ihrem Mann besser, sich den Genesungswünschen aller aussetzen, die Kinder anlügen, während in Wahrheit alles nur noch dunkel war.

Lia streute Sand über die Tinte und betrachtete ein letztes Mal die krakelige Schrift. »Die Botschaft ist fertig.« Sie versiegelte den Brief, und Poer trat näher.

»Wir können nur hoffen, dass Limerick bereits befreit wurde und Mylord FitzGerald mit seinem Heer sofort zurückkehrt.«

»Damit Ihr ihn mitnehmen könnt zum König.« Sie sah zu ihm auf und wusste, wie viel Bitterkeit und Hass aus ihrer Stimme sprach, aber sie hatte keine Kraft mehr, so zu tun, als hätte sie für Henry auch nur einen Funken Ehrerbietung übrig. Gerade jetzt, wo ihr Vater tot war, für den seine Hoheit nie viel übrig gehabt hatte.

Nein. Sie durfte ihren Vater nicht als Opfer in Erinnerung behalten. Er war stark gewesen. Er war viel zu jung Earl geworden, hatte diese enorme Verantwortung übernommen, hatte geliebt und Treue gezeigt, er hatte so viele Kämpfe ausgefochten, in Wales, in England und der Normandie, in Irland. Er hatte so vieles verloren, einen Großteil seines Landes, aber nie sein Ansehen. Er war Strongbow gewesen. Und er würde es für immer bleiben. Niemand würde ihn vergessen.

Die Kirchenglocken im Turm der Kathedrale läuteten, und Lia hätte es nicht gewundert, wenn sie noch weit außerhalb Dublins gehört werden konnten.

Der Erzbischof schritt der Prozession mit hoch erhobenem Bischofsstab voran, ihm folgten weitere hohe Würdenträger der Kirche mit Weihrauch und einem goldenen, mit Edelsteinen besetzten Kreuz. Strongbows Ritter trugen den Sarg und flankierten ihn, sie trugen ihre prächtigsten Rüstungen, die Schwerter an ihren Seiten. Lia ging wie eine Schlafwandlerin hinter ihnen her, Maud an der Hand, Aoifes trauernde Präsenz an ihrer Seite überdeutlich spürend. Gilbert und Isabel schluchzten immer wieder auf, während Maud ganz still war. Ihre Augen wirkten riesig in dem sanften Kindergesicht, sie starrte stets nur auf den Sarg, als stellte sie sich vor, wie ihr Großvater darin lag.

Überall hatten sich Menschen versammelt, sie bekreuzigten sich, und der Erzbischof segnete sie, dann schlossen sie sich der Prozession an.

In der Kathedrale empfing sie bereits der Gesang der Mönche des Arrouaise-Ordens, und bei diesem wunderbaren Klang fiel es Lia noch schwerer, sich zusammenzureißen.

Die Müdigkeit tat ihr Übriges, um es ihr schwer zu machen, ihre Gefühle zu verbergen. Die Nächte, in denen sie über den Leichnam ihres Vaters gewacht hatte, waren nicht spurlos an ihr vorübergegangen. Zehn Tage lang war es ihnen gelungen, Strongbows Tod geheim zu halten, aber dann waren Gerüchte unter den Mägden entstanden, und die Männer hatten gefordert, Strongbow zu sehen. Es war Zeit gewesen, die Wahrheit zu verkünden, und Lia hoffte nur, dass niemand so schnell ein Heer aufstellen konnte, um gegen sie zu ziehen, ehe Raymond zurück war und das Land in die Stabilität zurückfinden konnte, bevor es überhaupt in Kämpfe verwickelt werden konnte. Heute war der 20. April, ihr Vater war schon fünfzehn Tage tot, aber für Lia war der Gedanke immer noch unwirklich.

Der Erzbischof las die Messe, und Lia fühlte sich an den Ostersonntag zurückerinnert, als ihr Vater in der Kirche zusammengebrochen war. Sie hatte es schon damals gewusst.

Einer der Mönche stimmte das Totenlied über dem Sarg an, das er nun für viele Tage singen würde. Lia spürte Aoife an ihrer Seite beben, und die Erkenntnis, dass sie nichts tun konnte, um ihr zu helfen, war wohl das Schlimmste. Aoife war nun Witwe, und Lia konnte sich gar nicht vorstellen, wie sie sich fühlen würde, wenn Raymond etwas zustoßen sollte. Wie schon so oft bewunderte sie ihre Stiefmutter für ihre enorme Kraft – trotz des großen Schmerzes, der ihr in den Augen abzulesen war, hielt sie den Kopf stets hoch erhoben und ihre würdevolle Ausstrahlung aufrecht. Nur Lia spürte das Zittern, sah, mit wie viel Mühe sie sich zusammenhielt.

Der Sarg wurde in sein steinernes Grabmal gehoben, wo ihr Vater von nun an ruhen sollte, und Lia wurde wie so oft in den letzten Tagen von unzähligen Erinnerungen heimgesucht. Sie sah sein Gesicht vor sich, sein Lächeln, wenn er sie vor sich auf sein Pferd gesetzt hatte, sie konnte seine Nähe förmlich spüren.

Aber die Bilder wurden jäh unterbrochen, als Rufe von vor der Kathedrale erschollen, gefolgt vom Tosen unzähliger aufgeregter Stimmen. Der Erzbischof stockte in seinen lateinischen Versen, im nächsten Moment flog das Tor auf, und einer der Wachen stürzte herein.

»Er ist zurück!«, rief er auf Irisch, und es war ihm kaum möglich, den Lärm von draußen zu übertönen. »Unser Herr! Er ist zurück!«

Lia spürte ihr Herz stolpern, einen winzigen Moment lang glaubte sie an ein Wunder, sah ihren Vater mit seinem leuchtend roten Haar auf seinem Pferd, so wie er früher ausgesehen hatte, als er noch jung und nicht vom Leben und der Krankheit gezeichnet gewesen war. Aber sie wusste, es war unmöglich. Trotzdem sprang sie auf. Ein Funke Hoffnung breitete sich in ihr aus. Auch der Bischof blieb nicht länger ruhig stehen. Er stützte sich auf seinen langen Stab und ging mit weitgreifenden Schritten den Mittelgang zum Tor hinaus, um nachzusehen, was vor sich ging. Ihm folgten immer mehr Trauergäste, und auch Lia konnte sich nicht mehr halten.

Mit Maud auf dem Arm drängte sie sich zwischen den verwirrten Menschen hindurch, sie musste nach draußen. Und dort empfing sie neben der vielen Menschen auch der ferne Klang von Sackpfeifen und Flöten. Sie spielten eine klagende Melodie, die ihr direkt ins Herz schnitt. Darunter mischte sich eine sonderbare Art von Donner, Lia glaubte sogar ein Beben zu spüren. Eine gewaltige Staubwolke zog durch die Straßen herauf, es konnte nur ein enormes Heer sein, das sich der Kathedrale näherte.

»Mama, was ist los?«, rief Maud über den zunehmenden Lärm hinweg. Mittlerweile strömten immer mehr Menschen aus der Kathedrale hinaus, um zu sehen, was geschah.

Lia hörte sich schluchzen. »Ich glaube, es ist Raymond, mein Liebling.« Sie vergrub ihr Gesicht in Mauds Haar. »Er ist zurückgekommen.« Sie drängte sich weiter zwischen den Menschen hindurch und war überrascht, dass es ihr immer leichter fiel. Die Menge wich zur Seite, machte Platz. Die Musik war schon näher, die schrillen Töne der Sackpfeifen bescherten ihr eine Gänsehaut, der gleichmäßige Klang von Hunderten marschierenden Stiefeln donnerte in ihrer Brust. Lia schob sich zwischen den letzten Leibern hindurch und sah ihn. Sofort schossen ihr Tränen in die Augen.

Er saß in voller Rüstung auf seinem Rappen und hielt sich an der Spitze des in Reihen marschierenden Heers, Strongbows Standarte in der Hand. Die Reihe der Krieger schien nicht enden zu wollen, sie war eine Schlange, die sich durch ganz Dublin wand, Ritter auf Pferden, Bogenschützen, Fußkämpfer, sie alle zogen herauf zur Kathedrale, um Strongbow die letzte Ehre zu erweisen und um ein Zeichen zu setzen. Leinster war nicht verloren, das Heer war zurück und mit ihm jemand, der sie führen konnte.

Die Trauer schlug um in Jubel, all das Bangen und die Sorgen um die Zukunft schienen mit dieser Ankunft zu weichen. Und auch Lia kam es so vor, als könne sie nach Wochen zum ersten Mal wieder atmen.

Sie rannte auf Raymond zu, er schwang sich aus dem Sattel, reichte die Standarte seinem Vetter FitzHenry und fing sie auch schon mit Maud zusammen auf. Er hob sie hoch, drückte sie fest an sich, vergrub sein Gesicht an ihrem Hals, und Lia konnte nicht anders, die Tränen befreiten sich, ein Schluchzen entkam ihr, als sich ihre Trauer endlich Luft machte. Und auch Maud begann zu weinen, obwohl sie vermutlich gar nicht verstand, was all das hier bedeutete.

»Es ist schon gut.« Lia strich Maud das Haar aus dem Gesicht und küsste sie. »Jetzt wird alles wieder gut.«

»Wieso weinst du, Mama?« Maud schob sich etwas von ihnen und sah sie mit tränengeröteten Augen an.

Aber Lia lächelte, zum ersten Mal seit langer Zeit. »Weil ich so froh bin, dass wir alle wieder zusammen sind.«

Raymond legte seinen Arm um ihre Taille und sah sich um. Dann spannte er sich unvermittelt an, ließ sie los und schritt über den Platz zu Aoife, die aus der Menge trat. Er ging vor ihr auf ein Knie nieder, und Lia fühlte sich schlecht über die Erleichterung, die sie spürte, da sie Raymond wiederhatte, während Aoife nichts geblieben war.

Sie hörte nicht, was Raymond sagte, aber Aoife legte ihm die Hand auf den Scheitel und erwiderte etwas, ohne sich Gefühle anmerken zu lassen. Isabel und Gilbert hielten sich an ihrer Seite, noch zu jung, um wirklich zu verstehen, was vor sich ging, was der Tod ihres Vaters bedeutete.

Schließlich erhob Raymond sich, nur aber, um sich de Montmorency gegenüberzusehen, der alles andere als glücklich aussah. Lia ging näher heran, und auch die Gesandten des Königs hatten sich ihren Weg gebahnt.

»Was ist mit Limerick?«, wollte de Montmorency unumwunden wissen.

Raymond wandte sich Aoife zu und ignorierte ihn einfach. »Donnell O'Brian hob die Belagerung auf, um uns am Pass von Cashel zu stellen. Wir zerschlugen sein Heer und befreiten Limerick. O'Brian und auch der Hochkönig, der nach seinem Abkommen mit König Henry handelte, übergaben mir Geiseln zur Sicherstellung ihrer Treue.«

»Wieso sehe ich dann Euren Vetter, den Bastard des Bischofs, in den Reihen der Geraldines?«, echauffierte sich de Montmorency und erhob seine Stimme, sodass alle ihn hören konnten. »War es nicht er, der die Garnison von Limerick hielt?«

Raymonds Kiefermuskel zuckte kurz. »Ja, das war er. Aber als ich die Nachricht meiner Gemahlin über den Tod des Earls erhielt, berieten wir uns.« Er sah zu den Rittern des Königs. »Wir beschlossen, Limerick aufzugeben, die Garnison abzuziehen und mit nach Leinster zu nehmen, wo sie jetzt bestimmt mehr gebraucht wird.«

De Montmorency gab einen entsetzten Laut von sich, dabei war er ja von Anfang an dagegen gewesen, Limerick zu halten.

Raymond schien denselben Gedanken zu haben, denn nun wandte er sich ihm doch noch zu. »Limerick ist von Feinden umgeben und zu weit für uns entfernt, um wirklich Macht darüber ausüben zu können. Nicht in unser jetzigen Situation. Jetzt, da Strongbow tot ist, brauchen wir jeden Mann in Leinster, wir können uns diesen Klotz am Bein nicht leisten.«

»Ihr seid ein Versager, FitzGerald! Ein Verräter und Versager! Mein armer Neffe! Wenn er noch gehört hätte, dass Ihr diese Stadt in Feindeshände gegeben habt, sein Herz wäre schon viel eher stehengeblieben! Mein einziger Trost ist das Wissen, dass wir nun von Euch befreit werden.« Er sah zwischen den Gesandten des Königs hin und her. »Ich sehe keinen Sinn darin, noch weiter hier zu verharren. Raymond FitzGerald ist zurück, und Eure Aufgabe ist es, ihn dem König vorzuführen, damit er die Konsequenzen seiner Taten erfährt.«

»Wir kennen unsere Aufgabe«, knurrte Osbert de Herlotera. »Und wir werden ihr nachkommen.«

»Ja. Indem wir Raymond FitzGerald zum vorläufigen Nachfolger Strongbows erklären«, ließ sich Robert Poer vernehmen, was de Montmorencys Augen beinahe aus den Höhlen springen ließ. Auch Osbert de Herlotera wurde plötzlich ganz rot vor Zorn.

»Wie könnt Ihr es Euch herausnehmen, über die Wünsche des Königs hinweg zu handeln und Entscheidungen zu fällen, die nicht Eure sind!« Er deutete zu den beiden anderen Rittern aus des Königs Gesandtschaft, die sich aber lieber im Hintergrund hielten und sich auf keine Seite stellten.

Robert Poer sah de Herlotera ruhig an. »Ich bin bereit, meine Entscheidung vor dem König zu erklären und zu verteidigen, denn ich bin mir sicher, dass sie in seinem Sinn ist. Wir wären Narren, Raymond FitzGerald mitzunehmen und das instabile Land in noch größere Gefahr zu bringen. Denkt Ihr, der König würde es uns danken, wenn er Irland verliert?« Er wandte sich Raymond zu, den schäumenden Sir Osbert gar nicht mehr beachtend. »Ihr habt weise gehandelt, Mylord FitzGerald, Limerick hätte sich nicht halten lassen, und Leinster geht nun vor. Wir müssen Stärke zeigen und das Land verteidigen. Und es besteht wohl kein Zweifel, dass Ihr ein fähiger Heerführer seid und die Achtung der Männer besitzt. Im Anbetracht der Umstände halte ich es für vernünftig, ohne Euch nach England zurückzukehren, und ich bin mir sicher, der König befürwortet diese Entscheidung.«

»Das kann nicht Euer Ernst sein.« De Montmorency machte einen Schritt auf ihn zu. »Strongbows Nachfolger? Das ist meine Position!«

»Mylord FitzGerald ist der Gemahl von Strongbows Tochter und hat mehrmals bewiesen, der Aufgabe gewachsen zu sein. Niemand wäre naheliegender, bis Strongbows Sohn Gilbert herangewachsen ist und sein Erbe antreten kann.«

»Er ist der Gemahl seines Bastards!«

Robert Poers Ausdruck versteinerte, dann wandte er sich Lia zu. »Ich bitte Euch um Verzeihung, Madame. Und bitte glaubt mir, dass ich dem König berichten werde, was hier vorgefallen ist. Und mit wie viel Würde Ihr und die Prinzessin«, er nickte Aoife zu, »diese schweren Stunden und Tage getragen habt. Nicht jede Frau wäre fähig gewesen, solche Stärke zu zeigen und die eigenen Gefühle hintanzustellen, um den königlichen Frieden zu wahren.«

Lia nickte ihm dankbar und tief berührt zu. Raymond war wieder zurück, und ihm drohte keine Gefahr mehr durch de

Montmorency oder den König. Er war Strongbows Nachfolger! Sie waren in Sicherheit.

Mit einem Stechen im Bauch sah sie zu Aoife hinüber, die ihren Blick wohl zu spüren schien, denn sie hob den Kopf und lächelte sie an. Es war ein trauriges Lächeln, trug aber keine Bitterkeit in sich. Lia kämpfte erneut gegen Tränen, und auch Aoifes Augen glitzerten. Aber sie sah zwischen Raymond und ihr hin und her und schien ihr die Zukunft, die sie mit ihm hatte, zu gönnen. Lia wusste, es würde lange dauern, bis die Wunden dieser Tage geheilt waren, vermutlich würden sie nie ganz weggehen, aber sie hatten wieder einen Lichtschimmer.

»Mylord de Montmorency.« Raymond richtete sich zu voller Größe auf und sah auf dieses Scheusal von Mann hinab. »Aus Respekt Eurem Neffen gegenüber, der stets ein Herz für Euch hatte, werde ich Euch nicht zurück nach Wales schicken. Aber ich lege Euch sehr nahe, Eure vom Earl verliehenen Ländereien zu besuchen und das Leben dort mit Eurer Frau zu genießen.«

De Montmorency machte sonderbar schnappartige Mundbewegungen, konnte aber nichts sagen. Er war jetzt machtlos, und allein das gab Lia ein ihr fast schon fremdes Gefühl von Sicherheit.

»Lasst uns zurück in die Kathedrale gehen.« Sie schob ihre Hand in die Raymonds und blickte zum Erzbischof. »Die Tore sollen offen stehen, damit alle die Gelegenheit haben, meinem Vater die letzte Ehre zu erweisen.«

Aoife holte zitternd Atem und zog ihre Kinder an sich, eine einzelne Träne floss über ihre Wange. »Er war ein König. Ja, er soll wie einer verabschiedet werden.« Sie blickte zu der irischen Truppe des Heeres und rief laut: »Spielt, meine Freunde, spielt so laut, dass euer Herr es im Himmelreich hört!« Und die Iren taten wie geheißen, und der Klang der Sackpfeifen erscholl über den Platz, mit seiner mystischen Melodie. Er verband sich mit dem Gesang der Mönche in der Kathedrale, was sich stören müsste, aber das Gegenteil war der Fall. Die alten irischen Lieder, die keltischen Gebräuche und die der Kirche und der Normannen verbanden sich, so wie ihr Vater es immer gewollt hatte.

»Es tut mir leid, dass ich nicht hier war.« Raymond hob Maud an seine Brust und legte seinen freien Arm um ihre Schultern, als sie der Prozession nach vorne folgten, wo der Sarg ihres Vaters lag.

Lia sah zu ihm auf. »Es zählt nur, dass du jetzt hier bist. Und dass du bleibst.«

Raymond nickte, beugte sich zu ihr hinab und küsste ihre Stirn. »Ja, ich bleibe. Und niemand wird mich mehr von dir wegbringen.«

Nachwort

Alles hat ein Ende, und so ist nun auch die Geschichte rund um die Familie der Geraldines mit ihrer schillerndsten Figur Raymond le Gros fertig erzählt. Es war eine aufregende Reise und ein Privileg, die Familie von ihrer Entstehung in »Die Tochter des letzten Königs« zu begleiten und ihre Abenteuer auf Papier zu bringen.

Wenn man eine Geschichte über die Geraldines schreibt, muss man zwangsweise ein großes Augenmerk auf Raymond legen, denn er wird in den Überlieferungen quasi als Übermensch dargestellt, als großartiger Held, als Freund des kleinen Mannes, als herausragender Ritter und noch so vieles mehr. Wenn man aber bedenkt, dass wir einen Großteil unseres Wissens der damaligen Ereignisse einem Geraldine verdanken, nämlich Raymonds Vetter, dem Kleriker Gerald de Barry, ist die positive Darstellung Raymonds nicht verwunderlich. Gerald wird nicht müde, seine Familienmitglieder in seinen Werken über Wales und Irland zu preisen, aber ich bin ihm dankbar, denn er gibt uns sogar genaue Personenbeschreibungen, die ein farbenprächtiges Bild zeichnen. So grandios wie Raymond war, so schwach war Strongbow in Geralds Augen und so böse und falsch Hervey de Montmorency. Seine Aussagen sind stets mit Vorsicht zu genießen, schließlich sind sie sehr einseitig, wie auch seine Meinung, dass alle Frauen der Ursprung des Bösen seien. Aber er gab damit einen guten Einblick in das Gedankengut der damaligen Zeit – besonders in das der Kirchenseite.

Gerald war zum Glück nicht der Einzige, der über diese Zeit geschrieben hat, und es war spannend, Geralds Aussagen mit denen der zum Beispiel irischen Seite zu vergleichen. Auch in anderen Werken wird Raymond oft hervorgehoben, und so war ich nicht zögerlich, vieles davon zu übernehmen. Ob Hervey wirklich so ein Scheusal war, ist schwer zu sagen. Aber er intrigierte gegen die Geraldines, und wenn er tatsächlich, wie überliefert, Gefangenen die Glieder brechen ließ, um sie über eine Klippe zu werfen, kann ich ihm einfach nicht viel abgewinnen. So hatte ich kein schlechtes Gewissen, ihn zum Bösewicht zu machen.

Aber kommen wir zu Basilia, die ja in meiner Geschichte im Mittelpunkt steht, und das nicht nur, weil sie mit Raymond verheiratet war. Ich hatte sie schon zuvor ins Auge gefasst, da sie erneut eine der vielen Frauen in den Überlieferungen ist, bei denen man sich nur die Mühe machte, zu erwähnen, mit wem sie vermählt wurde. Es liegt mir am Herzen, diesen Frauen eine Stimme zu geben, und Basilia verdient es ganz bestimmt, ins Rampenlicht gerückt zu werden.

Wenn Sie sich selbst auf die Suche nach Basilia de Clare machen, werden Sie zweifelsohne über Texte stolpern, in denen Basilia als Strongbows Schwester bezeichnet wird. Denn in welchem verwandtschaftlichen Verhältnis Basilia zu Strongbow stand, ist heute unklar. Manche Quellen behaupten, sie wäre seine Schwester oder Halbschwester gewesen, aus der Zeit, in der seine Mutter noch die Mätresse Henrys I. gewesen war. Andere sagen, sie wäre Strongbows uneheliches Kind, genauso wie Richard und Alina. Am weitesten verbreitet ist die Annahme, dass es damals wohl zwei Basilias gegeben hat – sowohl eine Schwester als auch eine illegitime Tochter. Und für mich steht außer Frage, dass jene Basilia, die zuerst Robert de Quincy heiratete und danach Raymond le Gros, Strongbows Tochter war. Das sagt schon eine einfache Berechnung: Denn wäre Basilia tatsächlich eine illegitime Tochter von Strongbows Mutter und König Henry I., so wäre sie älter als Strongbow – und in der damaligen Zeit war es mehr als unwahrscheinlich, dass eine adlige Frau in ihren Dreißigern oder Vierzigern zum ersten Mal heiratete. Schließlich mussten mit ihr Bündnisse geschlossen und diese mit möglichst vielen Kindern besiegelt werden. Und Jugend stand stets für Fruchtbarkeit.

Auch halte ich es für unwahrscheinlich, dass Basilia Strongbows Schwester war, denn in diesem Szenario wäre sie zum Zeitpunkt ihrer ersten Ehe in Strongbows Alter gewesen. Sehr viel jünger hätte sie nicht sein können, da Strongbows Vater im Jahr 1148 starb und danach natürlich keine Kinder mehr zeugen konnte.

Und de Quincy blieb ja auch nicht Basilias einziger Ehemann. Denn er fiel tatsächlich kurz nach der Hochzeit wie im Roman beschrieben, und auch Raymonds Kampf um Basilia trug sich im Großen und Ganzen so zu. Als Strongbow ihm Basilias Hand verweigerte, verließ Raymond ihn und kam ihm erst zu Hilfe, als er das Versprechen erhielt, Basilia heiraten zu dürfen. Ob Raymond dabei politische Gründe verfolgte oder seinem Herzen folgte, kann man heute natürlich schwer sagen. Aber zumindest der Kleriker Morice Regan, den Sie im Roman kurz kennenlernten, schrieb, dass Raymond Basilia sehr liebte. Und Gerald de Barry stellt die Verbindung ebenfalls als Liebesheirat dar und schreibt auch darüber, wie lange Raymond sich nach der Umarmung dieser Frau gesehnt hat. Solche kleinen Hinweise lassen das Autorenherz natürlich höherschlagen – und hoffentlich auch das Leserherz.

Überliefert ist auch der Brief, den Basilia an Raymond schickte, in dem sie ihm in einer versteckten Botschaft von Strongbows Tod berichtete. Es waren Zeilen, die von großer Klugheit sprechen und auch von einem tiefen Verständnis zwischen den beiden, denn Raymond verstand und gab Limerick tatsächlich auf. König Henry soll später dazu gesagt haben: »Brillant war der Angriff auf Limerick, noch brillanter ihre Befreiung, aber nur in der Aufgabe der Stadt lag wahre Weisheit.« Die Gesandten des Königs entschieden auch tatsächlich, dass Raymond in Irland bleiben sollte, nachdem sie seine Abreise schon zuvor verschoben hatten, da die Truppen sich geweigert hatten, ohne Raymond nach Limerick zu ziehen.

Für Raymond und Basilia folgte nach Strongbows Tod tatsächlich eine verhältnismäßig friedliche Zeit. Auch wenn Raymond nicht lange Strongbows Nachfolger blieb, denn der König war weiterhin misstrauisch und nahm ihm und vielen anderen Geraldines mehrere Ländereien weg. So hielt er ihre Macht in Grenzen und setzte seinen eigenen Mann William FitzAudelin als Justiziar von Irland ein. Doch den Geraldines gelang es bald, zu alter Stärke zurückzukehren, und noch heute lassen sich viele irische Familien zu den Geraldines zurückverfolgen.

Basilias Tochter Maud de Quincy heiratete später den Sohn von Maurice de Prendergast, Philip, und sie blieb auch Basilias einziges Kind. Es ist nicht ganz klar, wann Raymond starb, aber er war neun Jahre nach Romanende noch am Leben, als Prinz John nach Irland kam, und auch in den Jahren danach gab es keinen Eintrag von seinem Tod. So hege ich die Hoffnung, dass er und Basilia eine lange, unbeschwerte Zeit miteinander genießen konnten.

Leider ist es aber sicher, dass Basilia ihn überlebte (was aufgrund des Altersunterschieds auch nicht verwunderlich war), denn sie heiratete ungefähr zwanzig Jahre nach Romanende den Ritter Geoffrey FitzRobert, den Sie nach diesem Roman nun ebenfalls schon kennen. Diese dritte Hochzeit ist ein weiterer Hinweis, dass Basilia schlecht Strongbows Schwester sein konnte, denn dann wäre sie bei ihrer dritten Hochzeit bereits um die sechzig gewesen, ein wahrlich stolzes Alter für diese Zeit.

Geoffrey FitzRobert wuchs zu einem großen Ritter heran und gehörte zum Gefolge des berühmten William Marshal, der eng an der Seite von fünf aufeinanderfolgenden Königen stand. William Marshal heiratete schließlich auch Strongbows und Aoifes Tochter Isabel, die Alleinerbin Strongbows, denn ihr Sohn Gilbert starb bereits als Jugendlicher. Mit William Marshal und Isabel wurde auch die Grafschaft von Pembroke wiederbelebt, die Strongbow ja an den König verloren hatte.

So endet die Geschichte der Geraldines, aber wie heißt es so schön? Wenn eine Tür sich schließt, öffnet sich eine neue.

Nun ist also der Moment gekommen, mich bei all jenen zu bedanken, die mich auf dieser langen Reise durch die Historie begleitet haben. Allen voran möchte ich natürlich meinen Lesern ein großes Dankeschön aussprechen. Es kommt für mich immer noch einem Wunder gleich, dass ich meine Geschichten teilen darf und sie auch auf Begeisterung stoßen. All die wunderbaren Nachrichten versüßen mir immer wieder den Tag.

Tausend Dank an meine Lektorin, die es immer wieder schafft, mit leichten Drehungen und Wendungen genau das herauszuholen, das ich vermisst habe.

Danke, Anna, für dein immer offenes Ohr, danke an meine Familie für all die Unterstützung und danke an meine Agentur, die mir stets zur Seite steht.

Autorin

Sabrina Qunaj wurde im November 1986 geboren und wuchs in einer Kleinstadt der Steiermark auf. Nach der Matura an der Handelsakademie arbeitete sie als Studentenbetreuerin in einem internationalen College für Tourismus, ehe sie eine Familie gründete und das Schreiben zum Beruf machte. Sabrina Qunaj lebt mit ihrem Mann und ihren zwei Kindern in der Steiermark.

Sabrina Qunaj im Goldmann Verlag:

Die Geraldines-Reihe
Die Tochter des letzten Königs. Historischer Roman
Das Blut der Rebellin. Historischer Roman
Der Ritter der Könige. Historischer Roman
Die fremde Prinzessin. Historischer Roman

(alle auch als E-Book erhältlich)

GOLDMANN
Lesen erleben